桂 信子全句集

ふらんす堂

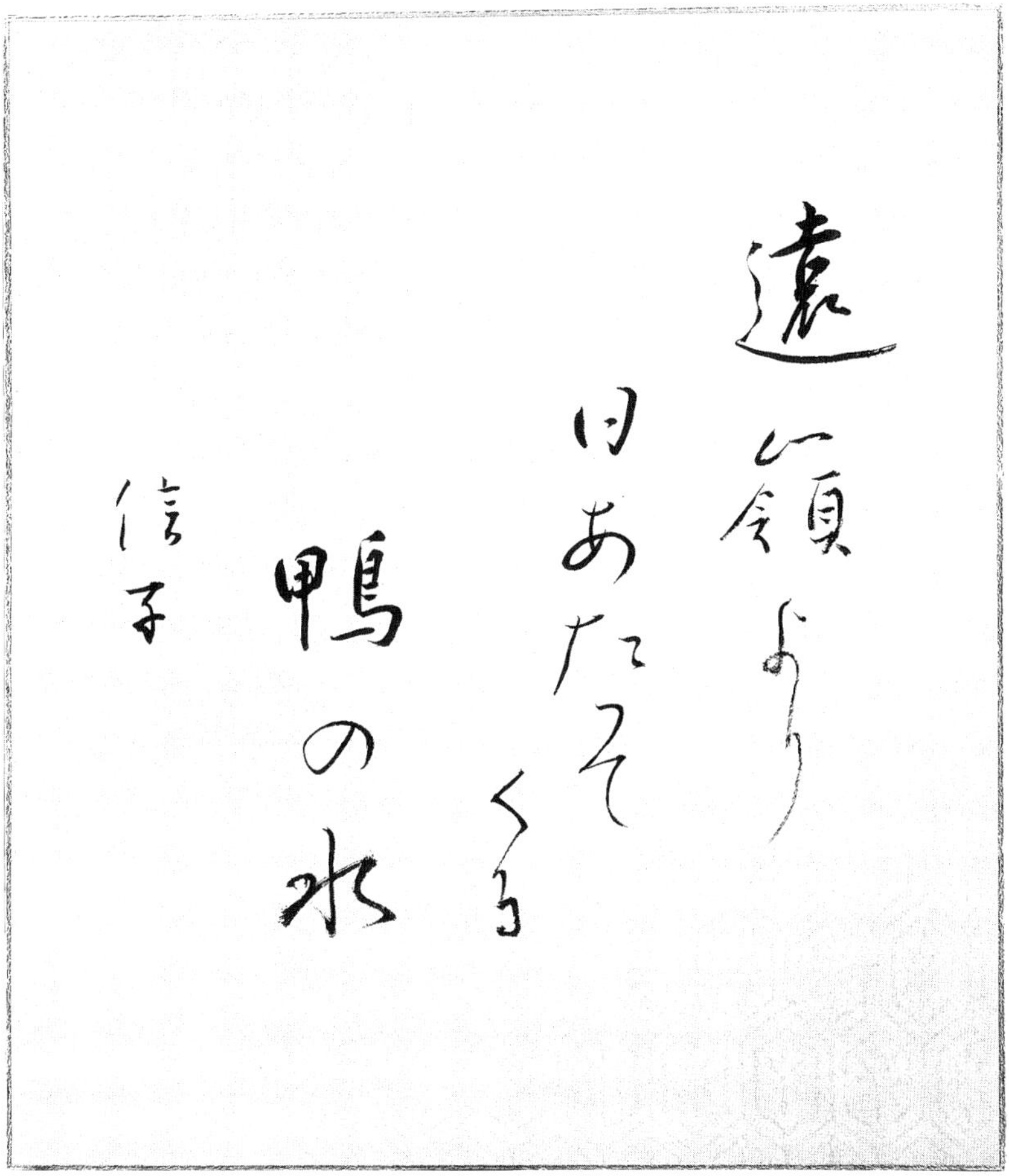
遠嶺より
日あたつてくる
鴨の水
信子

まどのゆき女体にて湯をあふれしむ

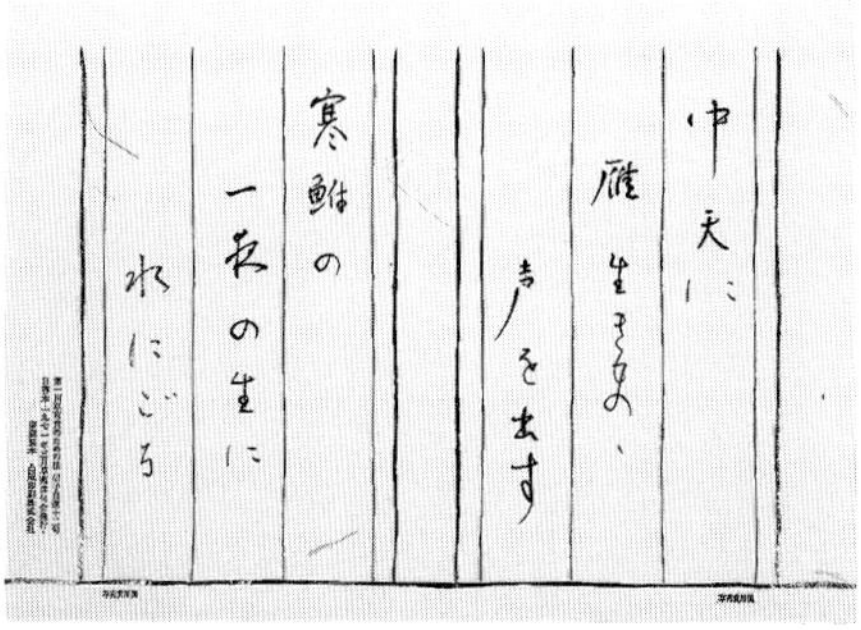

中天に雁生きもの、声を出す

寒鮒の一夜の生に水にごる

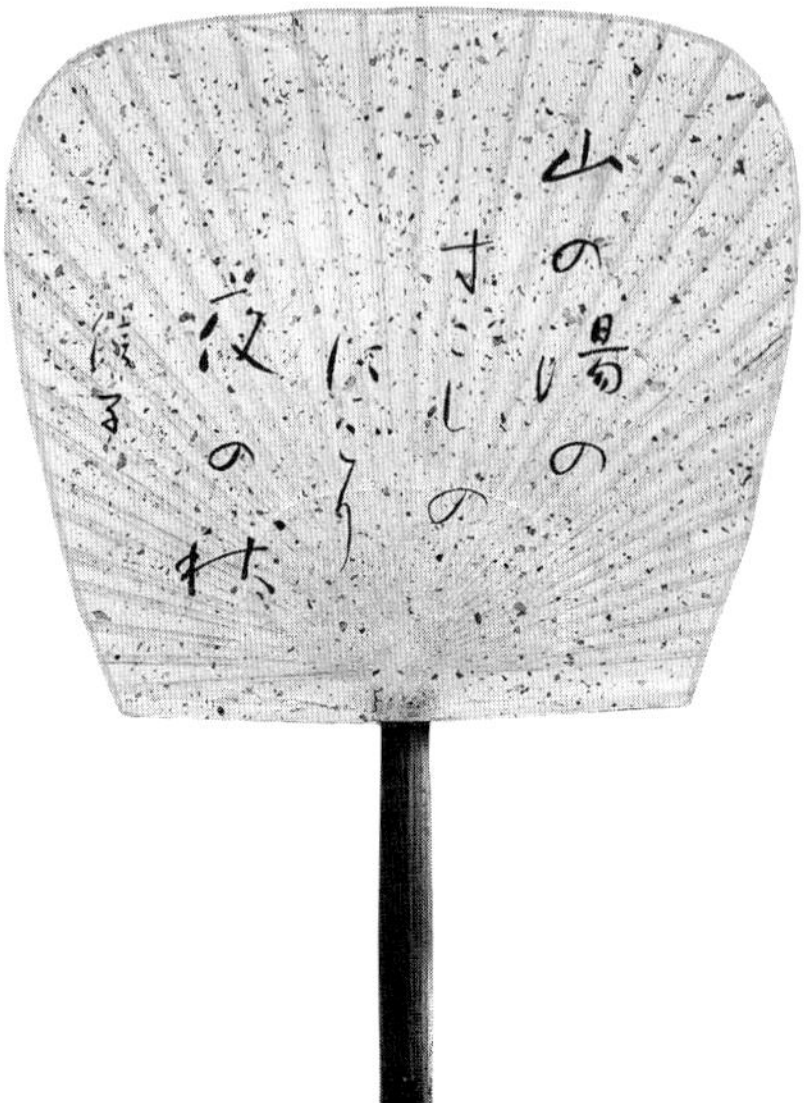

山の湯のすこしのにごり夜の秋

桂　信子全句集＊目次

第一句集

月光抄

著者へ・日野草城 15
序・山口誓子 18
序・生島遼一 20
昭和十三年（一九三八） 23
昭和十四年（一九三九） 23
昭和十五年（一九四〇） 25
昭和十六年（一九四一） 28
昭和十七年（一九四二） 31
昭和十八年（一九四三） 37
昭和十九年（一九四四） 38
昭和二十年（一九四五） 42
昭和二十一年（一九四六） 43
昭和二十二年（一九四七） 50
昭和二十三年（一九四八） 58

抄に寄す・八幡城太郎 65
跋・伊丹三樹彦 69
あとがき 74

第二句集 女身

序・日野草城 79
序・山口誓子 81
昭和二十三年―二十四年（一九四八―一九四九） 85
昭和二十五年（一九五〇） 89
昭和二十六年（一九五一） 97
昭和二十七年（一九五二） 102
昭和二十八年（一九五三） 109
昭和二十九年―三十年（一九五四―一九五五） 114
跋・生島遼一 128
解説・楠本憲吉 130

あとがき 138

第三句集

晩　春

昭和三十年―三十一年（一九五五―一九五六） 143
昭和三十二年（一九五七） 145
昭和三十三年（一九五八） 147
昭和三十四年（一九五九） 150
昭和三十五年（一九六〇） 152
昭和三十六年（一九六一） 154
昭和三十七年（一九六二） 158
昭和三十八年（一九六三） 163
昭和三十九年（一九六四） 165
昭和四十年（一九六五） 171
昭和四十一年（一九六六） 178
昭和四十二年（一九六七） 185

『晩春』の句・楠本憲吉 189
あとがき 198

第四句集
新　緑
昭和四十二年―四十三年（一九六七―一九六八） 203
昭和四十四年（一九六九） 207
昭和四十五年（一九七〇） 212
昭和四十六年（一九七一） 222
昭和四十七年（一九七二） 234
昭和四十八年（一九七三） 242
あとがき 253

第五句集
初　夏
昭和四十八年秋―四十九年（一九七三―一九七四） 257
昭和五十年（一九七五） 268

昭和五十一年（一九七六） 281
昭和五十二年（一九七七） 293
あとがき 297

第六句集
緑　夜

昭和五十二年（一九七七） 301
昭和五十三年（一九七八） 306
昭和五十四年（一九七九） 320
昭和五十五年（一九八〇） 331
川の流れ 338
『緑夜』にふれて・細見綾子 344
あとがき 350

第七句集
草　樹

昭和五十五年秋（一九八〇） 353

昭和五十六年（一九八一） 356
昭和五十七年（一九八二） 368
昭和五十八年（一九八三） 380
昭和五十九年（一九八四） 391
昭和六十年（一九八五） 402
あとがき 416

第八句集 樹影

昭和六十一年（一九八六） 419
昭和六十二年（一九八七） 430
昭和六十三年（一九八八） 442
昭和六十四年―平成元年（一九八九） 458
平成二年（一九九〇） 473
平成三年（一九九一） 486
あとがき 489

第九句集　花　影

平成三年（一九九一）　493
平成四年（一九九二）　498
平成五年（一九九三）　504
平成六年（一九九四）　514
平成七年（一九九五）　526
平成八年（一九九六）　536
あとがき　543

第十句集　草　影

平成八年（一九九六）　547
平成九年（一九九七）　551
平成十年（一九九八）　561
平成十一年（一九九九）　569

平成十二年（二〇〇〇） 581
平成十三年（二〇〇一） 597
平成十四年（二〇〇二）三月 604
あとがき 611

句集『草影』以後 613

解　題　宇多喜代子 641
年　譜　吉田成子　丸山景子 651
あとがき　宇多喜代子 689
全句季語別俳句索引 691
全句初句索引 807

桂　信子全句集

凡例

○桂信子の既刊句集一〇冊をその初版によって完全収録した。

○句集未収録作品は、「句集『草影』以後」として、収録した。

○句の仮名遣い表記は原則として初版の表記にしたがったが、漢字表記は新漢字表記とした。巻末に付した季語別索引、初句索引もそれに準じた。

○季語別索引における季語は『カラー図説大歳時記』(講談社)に拠って分類し、配列してある。

○口絵部分の短冊等のキャプションについては、本句集の表記ではなく、筆跡にしたがっての表記とした。

第一句集

月光抄

（げっこうしょう）

昭和24年3月10日発行
発行者　田中嘉秋
発行所　星雲社刊
大阪市生野区林寺町3丁目180番地
印刷者　重政重職
大阪市福島区亀甲町2丁目105番地
定価100円

著者へ

日野草城

桂　信子さん

いよいよあなたの句集が世に出ることになつた。おめでたう。心からお祝を申上げる。あなたが句集を出したいとどんなに熱望してゐたか、私にはよくわかつてゐた。その機会が一日も早く来るやうにと、私もひそかに念じてゐた。やつとここに宿願が成就するのである。あなたのよろこびは私の想像以上であるに違ひない。そして、あなたのお母さんのおよろこびも。

あなたがこの句集を上梓するについては、世のつねの作家たちのひとしく持つであらうもろもろの願ひのほかに、あなたが誰よりも愛するあなたのお母さんをよろこばして、せめてもの親孝行をしたいといふ美しい念願が加はつてゐる。このやうな孝心に裏づけられてこの句集が編まれたのであることを遍く世に知らせることは、序文執筆者としての私の悦ばしい義務であると考へる。

あなたが寡婦の星に生れついた人かどうか、人相見でない私にはわからない。しかし、人相見でない私にもはつきりわかることは、あなたが若し寡婦でなかつたなら、この『月光抄』は決して生れてはゐなかつたであらうといふことである。或ひは、このやうな断定が少々強引に過ぎるといふならば、一歩を譲って、たとへ『月光抄』が生れてゐても、決してこのやうな内容のものではなかつたらうと言ひ直してもよい。兎も角、今日の如き俳句作家桂信子は存在してゐないであらうことは確かである。

かういふ私の見解が失当でないとしたら、あなたにとつて寡婦といふ境遇は一概に不幸をもたらしたといへないことになる。将来はいざ知らず、すくなくとも今日までのところでは、寡婦であることがあなたに幸してゐたといへるのではないか。あなた自身もこの境遇を決して居心地の悪いものとは感じてゐないらしい。その証拠に、あなたは今までにもたらされた再婚の機会をすべて斥けて来てゐる。あなた自身も言ふ通り、貞女二夫にまみえずといふ風な旧弊な考は毛頭なく、再婚の意思を欠くわけではないのだが、条件がむづかしいのだ。俳句作家としての桂信子を生かすこと、これが不可欠の条件なのだ。

作家であることが第一義で、主婦であることは第二義といふのであるから、かいなでの求婚者ならちよつと首を傾けるにちがひない。沢山の求婚者たちに首を傾けさせながら、あなたは、男なんて案外いくぢのないものですわねえとでも言ひたげに悠然としてゐる。夜道に日は暮れませんとうそぶいてゐるやうでもある。しかし、平凡な主婦にはおさまりたくないといふあなたの志を枉げずにすむやうな、理想的な家庭生活があなたに恵まれることを、私は心から念じてゐる。理解の深い御主人のはげましと協力の下に、今までとは異つた句境があなたに開けることを考へるのは、私にとつてもどんなにかたのしいことであらう。

今日全国の俳壇から十人の第一線女流作家を選び出すとして、あなたがその中の一人に入るであらうことは疑ひもない。しかし、それで満足するあなたではあるまい。五指の中に入り、三羽烏の一羽となり、第一人者に至らねば止まぬといふくらゐの野心は持つてゐるであらう。志はすべからく大なるべしである。意志あるところ道ありともいふ。信子よ頑張れ、と私は敢へてけしかける。

昭和二十三年仲秋

月光抄

序

山口誓子

（自分のことが先になるが）『激浪』を世に出してから、私の支持者には一部変動があつた。昨日の支持者が今日の反撥者となり、昨日の反撥者が今日の支持者となつた。桂信子さんは新しい支持者の一人である。然も強い支持者である。

作家は支持者なくとも独り歩まねばならぬのに、支持者が一人でもあるとすれば、この道はさびしくない。いつも身近に支持者を感ずるからである。

桂さんは私を支持すると共に、私の作品から多少の影響を受けられたやうだ。

私は、桂さんの作品をどういふ訳か、「旗艦」時代からずつと見守つて来た。だから桂さんの作品にすこしでも変化があらはれればそれを看過すことはないのである。

過去の桂さんの俳句は、私の眼には、どちらかと云ふと、柔らかきに過ぎた。抒情詩だとて、俳句は柔らか過ぎてはいけないのだ。どこかの一点で、即物的に引き緊つてゐなければならぬのである。それは形象を擔ふ言語のみが引き緊るのではない。内部に向つて引き緊るのである。

一例だが、せんだつて桂さんが「太陽系」に発表された「鷲」の

艦に鷲短日の煤地におちる
短日の鷲に幾度も鳴る汽笛
鷲老いて胸毛吹かるる十二月

など、私の眼には、内部に向つて引き緊つた例だと思はれるし、志向を同じうする私の作品と相通ずるのではないかと思はれる。

桂さんは自分といふものをしつかり摑んでゐられて、その自分を育てる為めに芸術の多方面に亘つて勉強をされてゐる。桂さんの読書振りは聞くだけでも気持がいゝが、私は一々その報告を受け、それに基いて、内外の小説を物色し、せつせと読むのである。負けてはならじと読みはげむのである。

教へるとすれば、私の作品が桂さんに何ものかを与へ、その代り私は桂さんに教へられて小説を読む。教へ、教へられるといふ関係に立つて、お互ひ対等のつきあひの出来るのを私は喜んでゐる。

いまもいふやうに、桂さんは自分といふものをしつかり摑んでゐられるから、何を読まれても、自己喪失はない。だから、桂さんの俳句の友達がひそかに心配するやうに、ミイラ採りがミイラになつたりするやうなことはないのである。（ミイラといふのは誓子のことである）

抽象言に終始したが、これを桂さんの句集へのはなむけとする。

序

生島遼一

信子さんの俳句のことは草城さんや誓子さんが書かれるだらうから私はほかのことを書かう。信子さんが私のところへ初めて来られたのはもう十年近く前のことだ。そのころはまだ結婚直後だつたらしく、御影に住んでゐたから神戸の私の家へ月に二回、あるいひは三回と、規則たゞしい間隔で遊びに来られた。

私達が十年住んだあの阪急六甲駅に近い家は粗末な家だつたが晴れた日は二階からよく海が見えていまもなつかしい。あの二階でよく雑談した。何を話したか大ていとりとめない話だつた。前に「アカシヤ」に誰かが、私が信子さんにフランス文学を教へたやうに書いてゐたひとがあるがこれは間違ひである。翻訳の新刊の話くらゐはしたけれど、特にフランス文学の話らしいものはあまりしたことがない。信子さんは私を先生と呼んだり書いたりしてくれるが私は何一つ教へたことはないはずだ。ただ、教へたといふことでもないが、多少影響をおよぼしたことがあるとすれば、それは私が自分の一番悪いところと常常考へてゐること——ヂレツタンチズムであらう。能や文楽のはなし、絵を見たり、大和の古い仏像を見あるいたりすることはよく話した。私が無責任にその時の気まぐれですすめたり、ほめたり、けなしたりすることを、信子さんは几帳面に自分で見に行つたり、ていねいに鑑賞したり、勉強したりして、あとで報告してくれるので、時には大へん恐縮した。

私自身も仕事に身が入らず、不愉快なことが多くてもつぱら気晴らしのつもりで遊んでゐた頃で、自然さういふ風になつたのだが、信子さんもその後御主人をなくしてからいろいろ気をまぎらすことが必要だつたにちがひない。さういふ気晴らしにも几帳面な性格からひたむきになるところが見えた。

十年間にいろんなことがあつた。御主人をなくし、病気をし、空襲で家を焼かれ、せんだつての月光抄を見るとそのあひだの推移がよくわかつた。信子さんを古典主義者と評してゐる人があつたが、古書や古美術が好きといふほかに、肱をはつて行儀正しいお辞儀をするところや暑いのに和服に帯をしめて涼しい顔をしてゐるところがある。フランスの古典文学のえらい作家はみな元来内にあらあらしい激情をもつてゐた人で、それを抑へるために端正な規矩や文体を必要としたのだといふ。だからこの内の情熱が文体からちらちらのぞいてゐる。そしてこの情熱がなくなり形式だけの古典主義になつたのがつまらない擬古典派である。いつだつたか信子さんは「今度はきつと大きい恋愛をして結婚します」と思ひつめたやうに真顔でいつたことがあつた。

行儀のいい、冷静なしとやかな信子さんもやはり内にあらあらしい激情をつつんで、それをあゝいふ端正そのもののやうな表現でおさへてゐる古典主義者なのであらうかどうか。私は句の方をよく鑑賞するすべを知らないが、信子さんの尊敬する草城さんや誓子さんはこの人の作品の中からこの女流作家の『人』をどう読みとつてをられるか聞いてみたい。

昭和十三年

短日の湯にゐてとほき楽をきく

木洩れ日のむらさき深く時雨去る

文展

絵に連なり冬山窓に鮮しき

昭和十四年

梅林を額明るく過ぎゆけり

春愁の夕べを帰る手の汚れ

雨ふれり春の火鉢に顔ふるび

きりぎりす素顔平らに昼寝せる

短夜の畳に厚きあしのうら

顔の翳濃く日盛りのカンナ視る
ひぐらしや対きあふひとの眸の疲れ
閑暇憂し金魚は昼の水に浮き
なまぬるき水を呑み干し忿りつぐ
枯園にひとの言葉をかみ砕く
嫁く日近く母の横顔みて居りぬ
朝光《かげ》に紅薔薇愛《かな》し妻となりぬ
短日の薔薇白々と夫遅き
霜白く蓬髪の夫たくましき
ひるのをんな遠火事飽かず眺めけり

ひと日暮れ風なき街の空やさし
誕生日母に貰ひし足袋はきぬ
夜霧濃し厚き母の掌に手をおけり

昭和十五年

夕ざくらしづかにひとの酔さむる
春ふかく芋金色に煮上りぬ
雨ぬくしやすらかに今日の眸を閉づる
桜花爛漫と夫の洋服古びたり
蟻殖えてひとみ鋭く夫病みぬ
花の夕ひとりの視野の中に佇つ

激情あり嶺々の黒きを見て椅子に

別府行　二句

夜のケビンしづかにりんご傾きぬ
海昏れてわれ夕風に匂ひけり
わが声のまづしく新樹夕映えぬ
睡蓮に外人の声ひゞきあへり
風青し寝椅子にパイプころがれる
シューベルトあまりに美しく夜の新樹
ひとづまにゑんどうやはらかく煮えぬ
蟬時雨夫のしづかな眸にひたる
夫とゐるやすけさ蟬が昏れてゆく

須磨　二句

漕ぐわれに水のゆたかさばかりなる

ひとり漕ぐこゝろに重く櫂鳴れり

部屋秋陽夫の匂ひの衣をたゝむ

月あまり清ければ夫をにくみけり

夫病む

夫ねむり霧はひそかに河を流れ

夫の咳わが身にひゞき落葉ふる

離《さか》る身に松のひゞきはあらあらし

穹を視る眸のやさしくなりて夫癒えぬ

むきあへばカラーが眩し寒林に

クリスマス妻のかなしみいつしか持ち

昭和十六年

芽ぶく樹々夫の哀歓に生き足らふ

藤のかげ友いとし妻さびにける

女の心触れあうてゐて藤垂るる

鯉の音かそけしセルの香に佇てば

夫の脊に噴水の音かはりけり

藤の花ほつりと夫を待つ日暮

母子睦む緑蔭を過ぎ鶴の前

子なき吾をめぐり万緑しづかなり

夕月のかそけさ人の子を抱くも

花桐にまひる物縫ふこゝろ憂き
剃りあとの青き夫なり夏木立
秋の灯に夫が読む余白なき書物
子なき淋しさは言ふまじと秋の灯に坐る
わが袂かるし晩涼の橋灯る
秋あつし鏡の奥にある素顔
夫急逝
医師遅し臨終《いまわ》の夫をむせび抱く
握りしむ臨終の夫の掌のぬくみ
秋の星厳しき真夜を夫は逝けり
蟋蟀の鳴きつのる夜を夫は逝けり

夫逝きぬちちははは遠く知り給はず

われを置き夫は秋風とともに逝けり

秋天は常のごとあり夫逝くに

秋天に雲あり夫を焼く焼場

秋の夜のうつしゐ常にわれに向く

その後

秋雨の昼のつめたき掌をかさね

天澄むに孤独の手足わが垂らす

思慕ふかく秋雲を四方にめぐらせり

秋の夜を笑ふひとなき淋しさよ

夫を想へば

白菊にかなしさありて眸を閉づる

菊の香に夫を想ひて昼しづけき
寂けさを欲りまた厭ひ炭をつぐ
炭つぎつ昼はそのまま夜となんぬ
わが運命《さだめ》肯ひ寒き運河の辺
夫恋へば落葉音なくわが前に

昭和十七年

針葉林しづかに出でて初日なる
喪にこもり元日の声を四方に聴く
喪にこもり元日の陽をわが膝に
元日の樹々あをあをと暮れにけり

髪重し白梅あまた朝を耀り

白梅のかゞよひふかくこゝろ病む

白梅の耀りまさりつゝ虚しき昼

昼の寡婦なほ白梅の照に耐ゆ

上枝《ほつえ》昏るゝ白梅に日の容なほ

白梅に穹ゆくひゞきうすれつゝ

梅一輪こぼせし風が眉にくる

早春哀傷

喪の家にありきさらぎの藪濃ゆし

耐へがての日の竹青く陽に透けり

昼しづか寡婦の生けたる梅白し

きさらぎの簷《のき》に陽あたる陽の硬さ

きさらぎの水のひゞきを夜も昼も

きさらぎの夕月映る水ひゞく

神戸　二句

山を視る山に陽あたり夫あらず

海を視る海は平らにたゞ青き

沈丁に夕べのあをさまさりくる

憂き日々にあり春蘭の薄埃

春蘭の影濃くうすく昼しづか

薄照りの陽に春蘭のもの憂しや

春愁のまなざし久し春蘭に

花の道母のぬくき手執りゆくも
母とゆく花のほそ道湿りけり
春愁の身にまとふものやはらかし
花の日々われにかかはりなく過ぎぬ
夫とゐて子を欲りし日よ遠き日よ
夫とゐる幻のなか花あかり
幸とほき日に馴れ花の樹々親し
牡丹園白日の海かゞやけり
牡丹昏れ夕べのひかり空に満つ
ぼうたんの昼闌けて書く巻手紙

夜の新樹こゝろはげしきものに耐ふ
夜の新樹はげしき雨も降り出でよ

病中　六句

熱少しある日の太鼓夜もひゞき
カンナの黄視野いつぱいに熱上る
日ざかりの黄の花にくみ熱に耐ふ
ひぐらしに樹々の残照ながかりき
蟬時雨熱の掌を組む胸うすし
蟬の夜の暗きともしび灯りけり
野菊咲き今年も締むる紅き帯
白菊とわれ月光の底に冴ゆ

草紅葉ひとのまなざし水に落つ
木洩れ日の素顔にあたり秋袷
独り言いよよ時雨るる夜となりぬ
秋逝くと黄昏ふかく樹々鳴りぬ
逝く秋のひとごゑ池をめぐりきぬ
逝く秋や夫が遺愛の筆太き
墨を磨る心しづかに冬に入る
氷る池硬き声音のひと通る
故神島鱗兵氏に
水の音寒木は夜もしづかに耀る
君が碑は寒木が辺に耀りゐけむ

昭和十八年

梅が香やひと来て坐る青畳
梅こぼれ午後の黒土あたたかき
水匂ひきさらぎの花咲き闌けぬ
笹子鳴きふたゝび空はくもりけり

観能（生島遼一先生御夫妻に）四句

永き日の「羽衣」を舞ひをさめける
能面をとるやほのかに春の汗
永き日の鼓きこゆる廊長し
金扇に春燈高きところより
初秋の肌へさやらに菜を食めり

秋風や日輪白く波にあり

棕櫚を揉む風となりたる無月かな

菊の日々ふるさとを母恋ひたまふ

母のこゑして菊を焚くうすけむり

ゆく人の眸のたのもしき師走かな

昭和十九年

乏しきに馴れきよらかに年迎ふ

寒林の梢かゞやき海の音

大寒の河みなぎりて光りけり

冬の陽のしばらく耀りて海昏れぬ

月光抄

大寒の古りし手鏡冴えにけり
たちまちにあられ過ぎゆく風邪ごもり
立春の花白うして風邪ごこち
湯ほてりのひととゆきあふ寒の雨

勤め――神戸経済大学予科図書課　三句

今日よりの働く顔とむきあへり（鏡中）
今日よりの勤めのわれに固き椅子
うすうすと冬陽のとどく簿書の上
木の芽風海むらさきに明けにけり
朝空や木の芽の雫ふり仰ぐ
あかつきの空かんばしき木の芽かな

あけぼのの木の芽しづかに雫せり
海鳴りや花のこまかき影を踏む
倚り馴れし柱の冷えや夕ざくら
湯上りの肌の匂へり夕ざくら
夕ざくら見上ぐる顔も昏れにけり
わが面の薄夕映えや花の中
昼しんと花のはづれの松太し
桜葉となるやをみなの衿白し
夕雲のかたち変へつゝ青あらし
野をゆくや薄物くろき母のあと

傘ひくく母の瘦せたる夏野かな
ふり止みて再びはげし蓼の雨
雷去るやひとごゑ高き塀のうち
ふるさと《ふるさと》の秋草高き駅に佇つ
ふるさとはよし夕月と鮎の香と
鮎の香や母やすらかにふるさとに
ふるさとの梨に耀る陽のしづかなる
井を汲むや唐黍《なんばん》わたる風荒し
ふるさとの暗き灯に吊る秋の蚊帳
母ときてふるさとに吊る秋の蚊帳

ふるさとの虫の音高き夜を寝ぬる

昭和二十年

天地のひかりしづかに梅咲きぬ

老《おい》母《はは》と居ればほのかに梅の風

家全焼——三月十四日　四句

春暁の焼くる我家をしかと見き

春暁の樹々焼けゆくよむしろ美し

かの壁にかゝれる春著焼け失せし

倚り馴れし柱も焼けぬ弥生尽

北河内に仮居す

窓杳く野崎のさくら咲きにけり

初蟬や水面を雲のうつりつゝ

遠山に雲ゆくばかり麦を蒔く

柿耀るや村人声を高めあふ

曇日の石とむきあふわが秋思

母ねむり無月の空のあかるけれ

霜きびし母娘こもれる深廂

裏町の泥かゞやけりクリスマス

昭和二十一年

元日の鳥が来て鳴く裏の川

むらさきの帛紗ひろげぬ雪日和

庭石の耀る日もなくて風邪ごもり

部屋ぬちに声音しづみぬ霜深く
母の顔老いしと思ふ朝の霜
病む母に霜の深きをいひ足しぬ
野に出づるひとりの昼や水温む
ひところのわれをかへりみ啄木忌
声とほく水のくもれる杜若
花菖蒲夕べの川のにごりけり
夕づきてさゞなみまぶし花あやめ
庭石に梅雨明けの雷ひゞきけり
蟬なくや袖に射し入る夕薄日

月光抄

夏草の根元透きつゝ入日かな

白壁に蜂つきあたりつゝ入日

黒蝶のいきづくほとり沼くもり

相ふれてひそやかにあり暁の蝶

燃ゆるもの身に夏萩を手折りけり

夕蟬や松の雫のいまも垂り

蚊を打ちしてのひら白く夏をはる

松の幹のみな傾きて九月かな

衰へし犬鶏頭の辺を去らず

母病むや樹々のはざまの天の川

愛憎を母に放ちて秋に入る
母と娘のこゝろ距てて月更くる
月光のとゞく木立や母のこゑ
さびしさはひとには告げね月の樹々
墨すつてひととへだたる十三夜
十六夜やわれのみこもる部屋ほしき
十六夜の母の前なる小盃
手を貸して母を渡すや月の溝
ともしびのひとつは我が家雁わたる
門をかけて見返る虫の闇

月光抄

夜々の虫減りゆくなにがなし哀し

恋知らずしてわが一生《よ》終ふべきか

月の街歩みしよりの恋ごころ

恋ごころときにはつのり秋ふかむ

夫の忌をこゝろに秋の京に入る

夫の忌の時雨に逢ひし橋の上

夫の忌の時雨しみたるわが袂

青りんごひとりの夜もよきものぞ

りんご食みわが行末は思はざる

りんご食みいちづなる身をいとほしむ

燭の灯に月下の石のゆらぎけり

あなうらのひややけき日の夜の野分

この庭の露びつしりと髪みだれ

秋風の窓ひとつづつしめゆけり

目に触るるものみな乾き秋の風

秋風の馬の臭ひと歩きゐつ

もの思へば鵙のはるけくなりゆける

夕雲にひびきかりがねよと思ふ

かりがねのしづかさをへだてへだて啼く

雁なくや古りたる椅子にひと日かけ

月光抄

雁なくや昼の憂ひを夜もてる
雁ないてふとくづほるるこゝろかな
雁なくや夜ごとつめたき膝がしら
霧の中むなしさのみぞつきまとふ
もの縫ひて夜は夜の憂ひ木の実降る
白菊や一天の光あつめたる
眩しみて白菊の辺に撮られたる
まつさをき穹にくひこみ銀杏の木
白菊に起ち居しづかな日を重ね
野分中相ふれてゆくひとの肩

柿に耀る陽はかげりきて海に耀る
柿ひそかに潰え海鳴りはげしき日
柿の色脳裏に荒れし海を見る
熟柿落ち飼猫ひそかなる歩み

昭和二十二年

寒木やガラスのごとき硬き空
寒木のさきざきに雲なびきをり
窓の雪よりそふひともなかりけり
寒の星忘れゐし「死」にゆきあたる
河耀りて翼おもたき寒がらす

寒がらすこゑごゑさむく木隠れぬ
笹鳴や母のやつれは言ふまじく
梅かをり女ひとりの鏡冴ゆ
雛の灯や憂ひなかりし日のことなど
雛の灯に近く独りの影法師
雛の日の哀愁いつの年よりか
わが憂ひつゝむに馴れて雛まつる
部屋部屋のうすくらがりや沈丁花
菜の花に裏戸はいつも明けはなたれ
わが影の起き伏し庭に桃散りて

灯れば寂かさのま、耀るりんご
りんご掌にこの情念を如何せむ
春燈のもと愕然と孤独なる
散るさくら孤独はいまにはじまらず
心、日に疲れしづかに見る木の芽
木の芽憂しひそかにひとを恋ふことも
葉桜の夕べかならず風さわぐ
うつむきてゆきもどる日々雲雀鳴く
雲雀鳴く夕空仰ぐこともなし
蟻ころす馴るるといふは侘びしきこと

雨雲のましたあやめの色の濃き
雨雲やとがりてうすきあやめの葉
足垂れてあやめの水を濁しけり
あやめの辺束ねて軽き洗ひ髪
髪うすく幸うすくまたあやめ咲く
牡丹生けてうすき蒲団に臥たりけり
黒衣着て五月の窓に倚らむとす
ひそかなる恋そのままに梅雨に入る
梅雨じめり木目のしるき下駄を履く
梅雨の窓電柱いつも月隠す

梅雨昏し死魚洗はるるを見下せる

梅雨ひと日にんげんの声のがれたし

わが黒衣かけしひと日の梅雨の壁

梅雨の夜のひとづまならぬわが熟睡《うまい》

夜よりも昼のはかなき梅雨の寡婦

絢爛とひとに訪はれし梅雨の寡婦

夏雲や夢なき女よこたはる

緑蔭に蟻の一日ながかりき

子をもたぬ女のひけめ緑蔭に

誰がために生くる月日ぞ鉦叩

月光抄

黒蝶や薬をのみし舌にがく

黒蝶や香水つよきひとゝゐて

母老いてパン喰みこぼす秋の灯に

秋風や母のうしろの生駒山

木鋏の音はつきりと野分去る

すゝき原水なき川を月照らす

すゝき野に肌あつきわれ昏れむとす

秋の土鶏のみつむるもの動く

秋の暮鶏はいつまで白からむ

大蛾息づけばわれも息づける

鵙なくや見送るひともなくて出づ
男臥て女の夜を月照らす
月の斑や女さみしきま丶臥たり
水の上の落葉や月の夜を沈む
枯木の股月の光を流すのみ
夜の霧に溝を流るる水絶えず
雁のこゑ遠ざかる夜の線路越ゆ
雁をきく敷布の皺をのばしつつ
かりがねや手足つめたきままねむる
大木の根元の冷えのひもすがら

月光抄

通りすぎ心に触れし枯木あり
逢ふところまでいくたびも枯木過ぎ
ひとの掌の触るることなき枯野の石
冬の松日輪ひとつよるべなし
松の樹とわが荒れし掌に朝日射す
冬の川はなればなれに紙ながる
檻に鷲短日の煤地におちる
鷲動かず紙屑北風にさらはるる
鷲老いて胸毛ふかるる十二月
冬の鷲爪みじかくて老いにけり

昭和二十三年

寒夜鮮しこつぷに水を注ぐとき

霜柱牝鶏絶えず眸をうごかし

相たのむ母娘の影や寒に入る

寒風に牛叱るこゑのみ短か

牛歩み去り寒燈に糞のこす

寒の馬首まつすぐに街に入る

馬駈けて寒月光の道のこる

馬ゆきて馬の臭ひのぬくき冬

冬の犬糞まるに時を費さず

冬の犬呼ぶ声あればひたに駈く
寒月光夜もまがれる松の影
寒月光男女つれだち出づるころ
石上の霰しばらく月照らす
溶くる霰落つる霰を月照らす
手拭は乾かず夜の雪つもる
冬の畳起ちても塀が見ゆるのみ
ひとごゑのなかのひと日の風邪ごこち
風邪の衿白きをあはす逢はんとて
眼帯や街に二月の風荒き

眼帯に二月の塀の屹立す
眼帯や片目の街の冬ざるる
若からぬ寡婦となりつつ毛糸編む
梅見んと眉毛をながく母きたる
梅の昼はるかなる水汲みにゆく
春潮をみて来ていつか風邪ごこち
春の夕日見馴れし家の窓照らす
さくら咲き去年とおなじ着物着る
げんげ野を眺めて居れど夫はなし
永き日の寡婦にびつしり竹ならぶ

蟻ひとつころせばあたり何もなし

菓子つまむ蟻ころしたる指をもて

あやめ咲きひとりでわたる丸木橋

膝の砂あやめの水に払ひけり

あやめ咲きつぎをあてたる足袋をはく

藤の下犬無雑作に通りけり

藤の下赤犬藤をしらずゆく

緑蔭に赤犬を見てすぐ忘る

緑蔭の奥の緑蔭男女ゐて

青蛙はるかにはるかに樹が倒れ

梅雨の月てらすは樹下の魚の骨
老母点す梅雨の月より暗き灯を
かはほりや池にうつれる母の顔
炎天や手鏡きのふ破《わ》れて無し
蜂の縞ありありと海しづかなる
蜂死ねりうねりにうねる海の碧
昼あつく蚊帳吊る紐を垂らしたり
髪黒き男が飼ふやきりぎりす
ゆるやかに着てひとと逢ふ蛍の夜
母の髪染めて黒しや秋の陽に

月光抄

蟷螂にかゞめば膝の夕陽かな

萩の葉のこまかきにわが脛入るる

乳首より出づるものなし萩枯るる

指硬く組めり秋夜を組むほかなき

雁なくや小暗き部屋の隅の母

十六夜の黒からぬ髪梳り

月光のつきぬけてくる樹の匂ひ

月の夜の枕ひきよせ寝るほかなき

独り寝のひくき枕やちちろ鳴く

亡父《ちち》に似るおもざし月にてらさるる

ひとりとてひとり歩める月の街
犬しばしかゞめり月のまがりかど
やはらかき身を月光の中に容れ

抄に寄す

八幡城太郎

桂信子とのつき合ひは極く新しく、「まるめろ」「アカシヤ」からと思ふが、お互に名前は「旗艦」時代から知り合つてゐた。文通するやうになつた或時の手紙に、大阪で戦災をうけたが、身のまはりのものは何一つ出さなかつたけれど、句帖一冊だけを持つて逃げたことを知り、それでは風手亭版の句集を作つてあげようと、その句帖の写しを送つて貰ひ、わたしはわたしなりの好みによつて抄録し、それに〃月光抄〃と名付け、表紙は安住さんに書いていただき、桂信子句鈔を著者に捧げた。それが、こんど星雲社から句集となつて上梓されるのだが、勿論、わたしの〃月光抄〃以外の作品も、こんどの〃抄〃に入れてあるにちがひないが、それにしても、わたしの〃月光抄〃を一つの起点として集を為してくれることは、信子の心はえの程、うれしい限りである。昨年の「アカシヤ」の特集のときも〃月光抄〃、こんども〃月光抄〃と、この名を捨てずに用ひてゐてくれるのは、信子の心根のやさしさ清らかさの然らしむるところと思はれる。

小田武雄の手紙にへホイットマンなんか『草の葉』一冊を一生増補して行つたのですね。あのやうに君も『相模野抄』を一生増補改版して行つたら面白いとおもひます。僕なら

『伊予』ですね〉と申してきたが、信子も矢張り武雄やわたし同様に、増補してゆく俳句作家の範疇に入るものと思はれる。句集を墓標として、過去を過去たらしめると云つたやうな、思ひあがつたことはしないで……

神韻縹渺とした〝奈良〟〝女人高野〟〝明石城〟など、古く限りなく美しい作品を発表した頃、すでに信子は夫を亡つて、よりどころのないさびしい生活を送つてゐたと思ふ。その結婚もほんの短いもので、それだけにその束の間の幸福が、地上に於ける最も美しい幻影になつて、濃く淡くのちのちまで信子作品に揺曳してゐるのを覚えしめる。

梅林を額明るく過ぎゆけり
嫁く日近く母の横顔みてをりぬ
ひとづまにゑんどうやはらかく煮えぬ
蟬時雨夫のしづかな眸にひたる
クリスマス妻のかなしみいつしか持ち

これらの作品には、後の信子作品の片鱗をうかがふことが出来るが、前半の作品全体として、人生の受取り方の稚さ浅さが見えるけれど、孤独に耐へ、孤独を嚙みしめるにしたがつて、次第に信子の人生が拓けてきたやうに思へる。

門をかけて見返る虫の闇

これはわたしの好きな句の一つであるが、信子作品を考へる上に、重要なポイントをなしてゐると思ふ。このあたりから作者信子の高貴な精神のかがやき、情操のゆたかさと共に、叙法のたしかさが看られるやうだ。

ともしびのひとつはわが家雁わたる

女ひとりの生活を支へてゆくために、勤めの身となつたが、ぽつんとただ一人だけ。たそがれ深い空をゆく一つらの雁をさびしいと見る。やがて、まるめろグループ、アカシヤグループに一つらの雁を見出して、その一羽となつて飛翔する、それは倖せといつては余りにもかすかな倖せ、だが、其麼ほのかな幸福でも、信子にとつては貴いものに違ひない。

誰がために生くる月日ぞ鉦叩

この句について草城先生は「誰がために、などとあなたは未だに迷つてゐるのですか。信子よ、あなた自身のために、そして、あなたの俳句の為めに。これが私の助言である」が併し、このやうな煩悩も亦、信子を考へる上に必要なことである。勿論、先生のいつもの例で、パラドクシカルなものの言ひ方をしてをられるのだと思ふが、卅五歳の一女性が解脱し放下し了へたとしたら、このやうな句集も、わたしたちは手にすることも出来なからうし、われわれのグループからは凡そかけ離れた、杳か彼方に鎮座ましましてしまふであらう。わたしたちが信子作品に愛情をもち、共に哀しみ歓び合ふ僾ないしぐさも、常凡の世を一歩一歩踏みしめてゆく、あの巡礼か、ころしも雨戸の外で、おもひ出したやうに鳴く鉦叩は、誰がために生くる月日ぞと、物言ひたげな不思議な錯覚におちいる。

夕ざくら見上ぐる顔も昏れにけり

信子と云ふ教養ある婦人を考へるうへに於て、京都の生島遼一氏を思はないわけにはいかない。恰もわたしの那須辰造氏と同じやうな立場であるが、両氏が共にフランス文学の方であり、日本古典に造詣深く、殊に能に就いて一見識あるのも面白い。わたしは俳句について、那須氏からいろいろ教へを享けてゐるが、那須氏も、兎角横道にそれたがるわたしの俳句の方向に、よきブレーキをかけて下さる。信子も生島氏に、教示され愛されて、かずかずの教養を身につけたに違ひない。この夕ざくらの句も、わたしには京都の桜が想はれ、その連想から生島氏が泛んでくるのは、わたしのおもひ過しであらうか。

最後に、信子の〝激浪ノート〟について一寸触れさせて貰へば、これは東京三氏の〝現代俳句の出発〟と共に、誓子研究には欠くことの出来ない文献となるであらう。

とまれ、桂信子という作者は、能でいふ幽玄の世界にまで到達し得る作者であると、今から申しても、過褒にはならないであらう。

昭和廿三年十月上浣　　相模野の僧房に於て

跋

伊丹三樹彦

桂信子さんの句集が愈々出る。こんな悦しいことはない。況してやまるめろ叢書の一冊に加へられる。いつさう悦しい。
私は先づ跋を求められるに方つて、「月光抄」の成るまでを顧みたい。

桂さんは敗戦の年、大阪で空襲を受け家財の殆どを焼かれてしまつた。その際着のみ着の儘で難を逃れた桂さんではあつたが、たつた一つ離さなかつたものがある。それは他でもない。一冊の句帖であつた。執念といふ言葉がある。身の危急を告げるときにすら念頭を離れないもの、桂さんの句帖の場合がそれであつた。いや、桂さんにとつて句帖は執念の対象どころではない。正しく桂さんの命そのものだつたといつて差支へないだらう。でなければ、そのやうな行動が咄嗟に振舞へるものではない。私はこの話を聞いて深く感動した。桂さんの俳句生活が絶対的な境地に於て為されてゐる事実を、歴然と知らされる思ひだつたのだ。

その句帖はやがて八幡城太郎氏のもとに廻つた。（城太郎氏は桂さんにとつても、また私にとつても、この道の先輩として忘れ難いひとである。）氏はそれをもとにして愛誦作品を輯録された。

白菊とわれ月光の底に冴ゆ

撰集の名は「月光抄」であつた。

私は桂さんに借覧を乞うて、限定版壹部の『月光抄』を掌にした。題字・安住敦氏、本文・城太郎氏、唐紙に瀟洒な筆致で浄書されたものだ。この友愛にあふれた撰集を眺めて、私は再び感動を深くした。

こんどの『月光抄』出版のことは、小寺正三句集『月の村』記念会の席上で具体化した。だが私たちまるめろの仲間は揃つて貧しい。残念乍ら経済的な面で援助をなすだけの余裕を持合さない。一座はしばしためらつた。このとき桂さんがぽつんと呟いた。「私、着物を売つてでも……」それは低いが力のこもつた声であつた。いちづに思ひつめたひとの凜然たる決意の言葉であつた。私はみたび感動を深くした。かくして『月光抄』は稿なり世に出でんとするのである。

さて『月光抄』は桂さんが句をもつて綴つた前半生の記録である。それは桂信子特輯号（アカシヤ）に就いて

――「私の俳句は、あくまで私自身のものでありたいと願つてゐる。私が生れるまでは曾てなかつた。そして今後もまた再びくりかへされない私のいのち――私はこのいのちをおろそかにしたくない。」といふ桂さんの念願が、作品の上に実践されてゐるからだ。

夫逝きぬちちはは遠く知り給はず
天澄むに孤独の手足わが垂らす
秋の夜を笑ふひとなき淋しさよ
花の日々われにか、はりなく過ぎぬ
夫とゐて子を欲りし日よ遠き日よ

これらの作品には結婚後、幾ばくもなくして夫を喪つた桂さんの慟哭、孤独、寂寥、憂愁、追憶など、あらゆるかなしびがかなしびとして詠はれてゐる。この場合、俳句は桂さんにとつて唯一の救ひであり、よりどころであつたと思はれる。桂さんの内部の声はただちに俳句と化し、そしてその悉くが珠玉作品となつてゐるのもまた故なしとしない。が、桂さんのその後の独身生活は

青りんごひとりの夜もよきものぞ
十六夜のわれのみこもる部屋ほしき
ちる桜孤独はいまにはじまらず
夜よりも昼のはかなき梅雨の寡婦
誰がために生くる月日ぞ鉦叩

のやうな諦悟や、虚無の境地にまで歳月は深まつてゐるのである。私は先だつて桂さんと会つた折、このことを指摘した。虚無の世界を追求するほかはないといふ桂さんの消極的

な生活態度を、まづ俳句の側から打破して貰ひたいと披瀝したのである。桂さんはいちいち頷いてみせた。そして「激浪ノオト」執筆以来、傾倒してやまない誓子氏の作品に就いても

海に出て木枯かへるところなし

の虚無感から

荒涼たるなかに蜜柑の甘き吸ふ

への脱出境により共感を覚えるといふエッセイを、太陽系に発表してゐるのである。
桂さんはまた最近作として

やはらかき身を月光の中に容れ

を私に示した。ここには従来にないロマンチシズムが、やや官能的な手法を以て表現されてゐる。今後、桂さんの私生活にはどのやうな変化がもたらされるか、もとより知る由もない。しかし憂愁にとざされ、哀傷にみちあふれた『月光抄』の世界（その範囲ではもはや完璧といへる）は、もつと明るい方向に導かれるのではないか。——少くとも私にはさう思はれるのである。とまれ女流作家として戦後派の代表的な新人と目される桂さんである。この『月光抄』から向後のあらたなる展開と飛躍を予想しうるのは、まことに力強いことといはねばならぬ。

月光抄

昭和廿三年十月

あとがき

『月光抄』は、昭和十三年秋から二十三年秋迄の過去十年間の二千余句の中から、四百句を抄録した私の最初の句集で、八幡城太郎氏、伊丹三樹彦氏が跋におかき下さいました様に、昭和二十年三月、自宅全焼の際、持ち出した唯一のものである句稿を、城太郎氏に編んでいたゞき「月光抄」と名附けられたものをもととしたものでございます。

結婚、夫の病気、つゞいて死別、実家、勤め、罹災と此の十年間、私の身の上にさまざまの変化がございましたが、つねに変らないのは、師のあたたかい御庇護と、句友の御厚情、肉親の情愛でございました。ことに生島遼一先生御夫妻には、十年近く一方ならぬ御厚情を賜りました。

昭和十七年より十九年の間、即ち実家に帰つてからしばらく、私は、京、大和の寺々をめぐつて仏像を拝するのを何よりのたのしみにいたして居りました。その時の句、百句程は、すべてこゝに割愛いたしました。十七年より十九年の間の句数の少いのはそのためで、これらの句は、別に機会があればまとめて上梓いたしたいと思つて居ります。

私は俳句をはじめる以前から、草城先生の御句が好きで「旗艦」に入つたのもそのために他ならず、その後、「琥珀」「太陽系」「アカシヤ」「まるめろ」「火山系」と先生のゆかれるままに従つてまゐつた私でございました。

昭和廿年秋、先生に親しく御目にかゝる機会を得て、伊丹三樹彦氏をはじめ、まるめろ同人の皆様とともに、先生の御膝下に絶えず直接御指導を受ける身となり、和気靄靄とした雰囲気の中に句作をつゞけてまゐりました。

昭和二十一年夏、伊丹三樹彦氏より、誓子句集『激浪』を借り受け、それを筆写したとき、私は、今までの誓子句集には感じなかつた強い衝動をうけ、それがやがて「激浪ノート」を執筆する動機となつたのでございますが、以後『遠星』『晩刻』をよむにしたがつてますます誓子先生の御作風に傾倒するやうになりました。

廿一年初秋(この句集で言へば「夕蟬や松の雫のいまも垂り」以降)からの私の句は誓子先生の影響なくしては、考へられぬものでございます。廿三年一月には、誓子先生を天ケ須賀海岸におたづねし、感激ひとしほなものがございました。私の今後の句風は、どのやうに変化いたしますかわかりませんが、やはりその本質的なものは、草城先生の御作風に似かよつてゐるのではないかと思はれます。しかし私自身念願とするところは、あくまでも、自分自身の俳句でありたいといふことでございます。

此の度、この句集を上梓するにあたり、日野草城、山口誓子、生島遼一の三先生より、御忙しい中を、また御病中をそろつて序文を賜り、また、八幡城太郎氏、伊丹三樹彦氏からは、跋を賜りました御厚情をあつく御礼申上げます。また、「まるめろ」「アカシヤ」「火山系」旧「多麻」「白堊」の先輩、同人の皆様に、日頃の御指導と御鞭撻を感謝申上げますとともに、この書を上梓することをお引受け下さいました田中嘉秋氏にあつく御礼申上げます。

昭和二十三年十二月　大阪徳庵の仮寓にて

桂　信子

第二句集

女身（にょしん）

500部限定出版
1955年11月刊行
発行所　琅玕洞刊
発行者　楠本憲吉
装　画　鍋井克之
印刷者　神尾福太郎
製本者　荘司庄次郎
頒価350円

序

―著者へ―

日野草城

桂　信子さん

あなたの第二句集が世に出ることを先づおよろこび申上げる。句集を出すといふことは、俳句作家にとつて一つの脱皮であるから、何かと感慨のまとふものに違ひない。その感慨は人々によつて異なるであらう。或る人はよろこびに溢れて誇り高く、或る人はおづおづとつつしみ深く、或る人はみじめな過去を脱ぎ捨てるやうに眼をつぶりながら、これが私の成し得たすべてです、とその句集を世の中へ差出すのである。あなたの場合はそのいづれに当るか、或ひはそのいづれにも当らないか、私は知らない。

それは兎も角、第一句集『月光抄』を世に問うた時ほどの昂奮は今のあなたには感じられないに違ひない。すべて経験を重ね、時を経るにつれて、人は物事に馴れて来る。馴れるといふことは安定することで、失敗の危険が少くなることである。それ故、馴れとは大切であるが、馴れることによつて、刺戟を受ける力が鈍くなり、躍進の機縁をとり逃がす危険も生れて来る。

あなたの寡婦生活は長く、俳句生活も久しくなつた。いづれも充分手馴れて堂に入つたといへる。それだけに生活態度にも作句態度にも、いささかも危げがない。やはり年期の功である。時間をかけて着実に積み重ねて来たものは堅固で信頼できる。

漢詩の七言絶句の四句は、それぞれ起・承・転・結の四趣に分れて照応変化の妙を現すべきものとされてゐるが、第一句集『月光抄』を「起」とすればこの集『女身』は「承」に当るといへるだらう。順序がさうなつてゐるといふばかりでなく、内容の移り変りについても、起と承の関係にあると私は思ふ。私はこの集を見て格別眼を瞠らされなかつた。『女身』は『月光抄』の連続であり当然の発展であつたからである。何年か後に出されるであらう第三の句集において、あなたは如何なる「転」を見せてくれるであらうか。私にはそれがたのしみであり、眼を瞠らせてもらへることを期待する。その時こそあなたがもう一段高い場所へ抜け出る時であり、脱皮らしい脱皮を遂げる時であらう。

昭和三十年七月

序

―信子像―

山口誓子

桂信子さんのこの句集を貫いてゐるものは「想夫恋」である。亡き夫を偲ぶ情である。亡き夫に関はる句には「夫なき家」「夫なしのわが身」「夫なくて」「夫まつ身にあらず」「夫はなし」「亡夫《つま》とほし」などの言葉が使はれてゐる。

鉛筆もてひろぐ炭火や夫はなし

そして夫亡き自分を信子さんははつきり「寡婦」と呼び、「寡婦ひとり」と云ひ据ゑて、吾が身のひとりなることを強く意識する。

「人妻の悲喜」はなくなつて、寡婦の悲しみのみが残つたのである。

寡婦われに起ちても臥ても鶏頭燃ゆ

亡き夫と自分との間に子がなかつたことも顧られる。

生まざりし子に関はる句には「子がなくて」「呼ぶ子をもたず」「子なきわが家」「子を

あやす言葉つたなし」などの言葉が使はれてゐる。

子への愛知らず金魚に麩をうかす

そしていよいよ吾が身のひとりなることを強く意識する。「ひとり」「孤り」「をみなひとり」「ひとりの影」「ひとり身」などの句の頻出する所以である。

さういふ風に、吾が身のひとりなることを痛感する信子さんが、吾が身をいとほしむのは当然である。

「女身」を題名とする句集――この句集ほど吾が「身」に執した句集は他にはあるまい。「身」は「女体」であり「四肢」であるが、細部に分れては「ししむら」「腰」「腕」「蹠」「乳房」「膝」「手」「指」「ふくらはぎ」「てのひら」「足」となる。

これら等を詠つて飽かぬのは信子さんが吾が身をいとほしんでやまぬ証拠である。吾が身をいとほしむ信子さんであるから、「服の皺」が気になり、「盛装の一汚点」「服の汚点」も気になる。信子さんは真底はさういふ人らしい。

信子さんをさういふ風に見れば、「腰紐ゆるめ」「くづるる膝」「くつろぎし姿勢」「盛装ゆるむ」「やや酔ひし身」などは、ほんとの信子さんの一時の変形のやうに思はれてならない。

「酔ひたくてのむ酒」でありながら「酔ひがたい」酒なのである。

そのことは、次のことに就いても云へるのではないだらうか。

信子さんは「女ざかり」といふ語をかなしみ、いのちの限り咲く牡丹に圧倒されるときがある。又、わが情のどつとあふれておち、「何すべく生き来しわれか」と吾が身の顧られるときもある。

さういふときには「何せば心やすまらむ」と自問する信子さんなのだ。

そんな信子さんが「ひとひとりこころにありて」と一人の「ひと」を詠ふときがあつても、私にはそれが想夫恋の一時の変形のやうに思はれてならない。

信子さん自身もそれをこころのうちのこととして、「きざしそめたるものおさふ」と詠つてゐるではないか。

これが句集『女身』から私の組み立てた信子像である。

この信子像は「夫なしのわが身」の像であるから、それはさびしい時間とさびしい空間の中に立つてゐる。

さう思ふ所為か、この句集全体はさびしさが基調になつてゐる。「生くるを憂し」と思ふひとの句集である。

信子さんの肉親に対する情は深い。信子さんが随処に詠つてゐる「母」なるひとに私は会つたことがある。私が、伊勢の四日市天ヶ須賀で、病重かつた頃、信子さんと二人で訪ねて下さつた。あれから七、八年経つ。

信子さん母娘は互ひに支へあつて生きて来られた。そしてこれからも。

昭和三十年十月　西宮苦楽園にて

昭和二十三年―二十四年

触るるものなくて枯枝穹《そら》に張り
冬木より離れわが影とまどへる
風邪なれば土塀に沿うて歩みけり
寒林や道より細く水流る
雪の中子等の叫びの遠のけり
霜かがやきひとりの衾《ひとね》たたまるる
春の風荒し今日より母旅に
声高に春の旅より母もどる
春の海一燈つよく昏れにけり

めざめたる衾のかたき春の雷
桃見ゆる暗き厨にものを煮る
風邪の身にながき夕ぐれきたりけり
憂きままのひととせ長し散るさくら
春月の木椅子きしますわがししむら
花ぐもり臓腑おもたき牛あゆむ
欲情やとぎれとぎれに春の蟬
腰太く腕太く春の水をのむ
ももさくら咲き起き伏しの異らず
春のくれ夫なき家に帰りくる

女身

夫なしのわが身に裁つや春袷
さきがけてわが部屋灯す春夕焼
鉄材を地におくひびき五月憂し
藤の昼膝やはらかくひとに逢ふ
窓あきしまま藤の夜となりにけり
藤の昼をんなしばらく憂かりけり
藤棚を出て藤棚の夕茜
蹠より梅雨のはかなさはじまりぬ
梅雨の家みな真顔にて飯を食む
ふところに乳房ある憂さ梅雨ながき

青梅のひるのねむりやかなしみて
天の蟬まひるぐらぐら湯が煮え立つ
きりぎりす腰紐ゆるめ寐ころべば
膝にさす朝の陽つよしきりぎりす
ひとりねのひるの底よりきりぎりす
濃き浴衣きて夜祭の灯のなかに
しづかなる時経て夕焼身に至る
黒衣にて佇てばこほろぎ身に近く
こほろぎのうかべる水を地に流す
母こぼれ降りる秋晴れの市電より

秋の水へだてしひとも黒衣にて
生きもののぬくみをうつす秋草に
秋ふかし鏡に素顔ゆがみゐて
秋の暮女ばかりの衣を干せり
月の中透きとほる身をもたずして
中天に雁生きものの声を出す
飛べど飛べど雁月光を逃れ得ず

昭和二十五年

風邪癒えぬままに踏み入る冬の畦
大き掌《て》に枯野来し手をつつまるる

母とわれ夜寒の咳をひとつづつ
情念の身の寒水を渉り居り
大寒の影を正しうして孤り
寒の海男の声がきて穢す
寒月に水捨つひとの華燭の日
みじめなる雲押しひらき寒の月
中空にとどまる凧も夕陽浴ぶ
木椅子得しひと日の疲れ冬の雁
窓《まど》帷《かけ》の重くて雪のふる夜なり
どの家にも鼠ひそみて雪つもる

女身

大寒の乾ききつたる橋わたる
母寝ねてより寒月の窓に射す
母起ちてともす灯ちさし冬の雁
春霰やめばたちまち月の甍
霊柩車ゆき雪がふり今日をはる
湯上りの指やはらかし足袋のなか
元日の泥濘君をかへらしむ
寒風やたくましと見しひとのそば
おのづからくづるる膝や餅やけば
ミルクのみ霧ふかき夜を出でゆける

湯ざめして居り黙々と豆腐切る
ふたりづつふたりづつ花の中に入る
花吹雪いづれも広き男の胸
石は石のつめたさくら昏れにけり
衣をぬぎし闇のあなたにあやめ咲く
しづかにてぼうたんに時経つつあり
牡丹咲ききつて真向より朝日
湯ざめせし貌寒灯の下過ぐる
霜柱不意にかがやき鶏はばたく
畳の目粗し雪夜をかへりきて

女　身

窓の雪女体にて湯をあふれしむ

寡婦ひとり入るる青蚊帳ひくく垂れ

わが顔の鏡裡かなしむ花ぐもり

花ぐもり庖丁きれぬままつかふ

花の中みなおろかなる顔となる

死にたけれ静かにて花満ちたれば

竹林に春日射す何時面上げても

春夜の寮男の気配満ち満ちて

寡婦痩せて地に黒蟻のおびただし

厨水春川に入る音を立て

憂きひと日ここにはじまる朝ざくら
藤棚の花咲く季節だけ仰ぐ
闇に新樹みなぎればわれ寝ねがたき
風荒き夜の青蚊帳の中に入る
いなびかりひとと逢ひきし四肢てらす
ぼうたんの蘂ふかくして蟻うごく
月光に踏み入るふくらはぎ太し
猛る鵙このまま老いゆくか
子がなくて白きもの干す鵙の下
まんじゆさげ月なき夜も蘂ひろぐ

梅雨くらしはなればなれに四肢よこたふ

白昼《ひる》の灯のよんどころなき梅雨の家

緑蔭を出でて白蝶おちつかず

きのふ子を死なしめし家枇杷熟す

波白く男の群に入りがたし

夜の雷身辺に師の封書おく

羽根透ける蟬を夕焼にはなちやる

朝顔の萎へてしばらく跫《あ》音《おと》なし

七月の家ゆるがせて汽車黒し

鵙遠し無言を楯として対す

月浴びてきし身をあつき湯にひたす
鵙鳴けり工場金属音の中
別れきし荒き息もて萩を折る
起き伏すもをみなひとりぞ雁わたる
秋風が過ぐ抽斗にナイフ錆び
溝流る水音迅しクリスマス
紙屑をたきて音なし寒の土
薄暮にてとろ火の粥をのぞきこむ
海にして浮ぶものなし寒の暮
冬鵙や綺羅を野道にかがやかす

雁なきてひとりの母を老いしむや

昭和二十六年

元日の合唱は低音部より

枯園に息はづまする之が恋か

大寒や鴉翼を張りて飛ぶ

雪積むやしづかにつつむこころの喪

ひと日見て下りしことなし寒の庭

冬木より目づたふ雲のなくなりぬ

たまさかの雪なり出でて髪ぬらす

牡丹雪ひとときは鏡はなやぎぬ

しづかなる母の起ち居も雪の景

須臾にして雪ふりしくか子等のこゑ

春の闇柵ある園とおもはれず

門に佇ち焚火の群に近よらず

煖炉より笑声われのことならむ

雪空のものうくて貨車うごき出す

春雪に呼ぶ子をもたず立ち眺む

鳶ないて何なすべしや昼の寡婦

こころ澄む日のまれにして春の蟬

奈良

新樹透く夕陽や奈良の粗壁に

新樹ゆきくろき仏ををろがめる

初蟬やかがやきそめし水のいろ

吉野

石の冷え身におよびつつ花昏れぬ

寡婦ふたり歩む吉野の春鴉

長谷寺　三句

口乾き牡丹はひくく土に咲く

いのちの限り咲ける牡丹に圧され佇つ

廻廊はかげり牡丹は耀りかがやく

遅ざくら夕陽どの部屋にも入りて

倦める身に春雨絶えず幹つたふ

ひとづまの褪せし着物に春陽射す

腰うづむばかり五月の砂やさし
ゐんどうむき人妻の悲喜いまはなし
曇天のひくき揚羽を怖れけり
身近かなる男の匂ひ雨季きたる
梅雨ちかし鏡の裏に猫のこゑ
梅雨晴れ間小さき鏡になにうつさむ
梅雨長し寡婦となりても猫飼はず
身に添はずして梅雨ちかき日の晴着
七夕や孫なき母が空仰ぐ
老いてのちも書をよむわれか地虫なく

女身

女ざかりといふ語かなしや油照り
大旱のつたなき琴を今日も弾く
炎暑いまわが家は厠のみ涼し
女人寄りおのおのもおのもに衣の透ける
打水の母にはげしき西日射す
絹をもて身をつつむ秋きたりけり
ひとり臥《ね》てちちろと闇をおなじうす
雁吸はれたる夜空より雨滴落つ
犬がゐて鶏頭の地のやや濡るる
秋袷母の匂ひをわれも持つ

障子張るひとりの影をうつすべく

夫なくて子なくて白き菊咲かす

寝ねたらぬ眸に冬田あり平らかに

みごもりしことなし肌に秋日あつし

何すべく生き来しわれか薪割る

冬の石踏みて近づくひとの夫

道の辺の石階寒の河に没《い》る

鶏の血を河岸に垂らせり寒の河

昭和二十七年

元日の竹藪過ぎて陽あたりぬ

女身

夕臥せば寒厨に菜を洗ふ音
寒厨に立たず女の日々過ごす
薪割る五欲を顔にあらはさず
川霧のなかにて赤く海老ゆだる
風邪癒ゆる砂糖を壺に満たしめて
冬日没りわが窓しばしかがやかす
病院の廊曲るごと寒さ増す
枯野にて匍ふ虫見るは堪へがたし
水筒のぬくみに手触れ枯野中
煖炉ぬくし何を言ひだすかもしれぬ

きさらぎの風吹ききみはひとの夫

逢ひたくて凧をみてゐる風邪ごこち

貨車が来て粉雪一層荒れ狂ふ

枯野来し水に夜業の手を洗ふ

湯上りの身を載せ雪の夜の秤

別れの手振りをさむ左右の冬の畦

叱られて帰る霰の石畳

春月がのぼるころよりふさぎこむ

げんげ田やそしりゐしひと近づきぬ

夕蛙生くるを憂しと思ひそむ

榊原温泉

湯の宿に髪を垂らして春ふかし

宿の畳にべつたり坐る四月かな

無雑作にねころぶ鶯が鳴けり

母と娘にすることなくてさくら散る

奈　良

いのち惜ししづかに花の散りぬれば

ひとりなれば佇つこと多し春水に

尾　道

口中に飴夏海を俯瞰せり

鞆

漁師町に色街つづく薄暑かな

夏蜜柑ざつくり剝きて旅たのし

嵯峨野（天竜寺）三句

六月の雲あわただし大庇

濡れわたりさつきの紅のしづもれる
さつき先づ濡れそぼち芝濡れにけり
梅雨いく日みじかくて髪もつれけり
女体の香われにもありや梅雨晴れ間
眼を張れる蛾や硝子戸を雨垂りて
掘割に映る梅雨の灯逢はず辞す
梅雨夜更け覚めて夫まつ身にあらず
梅雨昏し腰揺りて牛歩き出す
梅雨の月いま泉わく森もあらむ
勤め憂し夜をのみ坐る梅雨畳

つよき火を焚きて炎暑の道なほす

炎昼の焚火全く煙なし

頸飾りはづすくつろぎし姿勢にて

子への愛知らず金魚に麩をうかす

炎天に釘うつ音をはばからず

此の家去る朝もはげしく蟻ゆきかふ

杭打ちて炎天の土ひびわれたり

七月の蝶あらあらし砂の上

やがて影を天幕にしまひ月の浜

後頭部冷えて夏暁の河を越す

三たび居を替へて銀漢いよよ濃し

いちじくも九月半ばの影つくる

他家の猫撫して秋昼ひとりの餉

逢はず久し鵙の辺に鵙猛りつつ

虫しげし四十とならば結城着む

まんじゆさげ視線もてひとを虐げし

なほ励むこと持ち吾も秋燈に

鵙はやもけたたましわが誕生日

箕面　四句

滝どつとあふれておつるわが情も

紅葉耀りみな童顔の老夫婦

紅葉縫ふそれぞれによき夫持ちて
水中に滝深く落ち冬に入る
四十近し湯豆腐鍋にをどらせて
椅子浅く掛けて秋日に診られ居り
枯山に昼餉の小さき音を立つ

昭和二十八年

寒雀子なきわが家の畔をあつむ
雪のなか傘のうすくらがりがよし
駅長の閑雪嶺を立ち眺む
笹鳴や厨に刃物研がれゐて

深雪ならむ朝の戸あけて声あぐは

雪ふれば雪ひねもすの窓ひとつ

夫はなし暮雪を映す破《や》れ鏡

梅に陽があたり年々亡《つ》夫《ま》とほし

帯留を身よりはづして日短し

遠山に日ざし衰ふ二月尽

われによき師ありて北風をいそぐなり

串にさす魚やはらかし寒の暮

寒夕焼反り身に魚の焼かれ居り

俎の濡れしままにて雪の暮

鮒煮えてくれば粉雪となりにけり
春の昼匙おちてよき音たつる
車窓いつか雪となりをり知らず編む
手鏡の指紋浮きでて雪ふらす
春昼の群衆のなかストに倦む
天の隅ひらく入日や菫まぶし
春愁もなし梳く髪のみじかければ
臥るときのてのひら白く春逝けり
岩はなれたる梅雨の蝶荒く飛ぶ
目を病めば白蝶にはかに園にふゆ

春日向鉋次第に早くなる

ひたすらに赤し颱風前の薔薇

母の日の母のこまかき柄を択《よ》る

平らかに畳に居るや春のくれ

黒布もてつつむ部屋の灯春の風邪

女若くあやめ剪るにも膝まげず

糸もつれしままの夕餉や梅雨ながし

比叡　三句

山襞に夏うぐひすの声こもる

谷水にひぐらしこゑを重ねけり

比叡の灯に紅蛾は翅をたてて歩く

女身

ひとり身にいきなりともる晩夏の灯
夜をこめてひとりの部屋に灯蛾ふゆる
夾竹桃花のをはりの海荒るる
海に出でしより流木の触れあはず
水に出て蜻蛉かがやく翅を持つ
秋風にパンのかたちの包み抱く
菊の辺へ日曜の下駄ゆるく履く
錐もみて細き穴あく月の中
鉛筆もてひろぐ炭火や夫はなし
鶏頭に素足すばやき女かな

寡婦われに起ちても臥ても鶏頭燃ゆ

車窓より女のみ見る曼珠沙華

鵙の昼何せば心やすまらむ

鵙の昼古き写真のわれ笑ふ

かがやきて髪も秋日のものとなる

白昼のくらきところに曼珠沙華

白昼《ひる》昏しまばたかば曼珠沙華消えむ

クリスマス雪のつもらぬ屋根つづく

昭和二十九年—三十年

初日さす戦後の畳やはらかし

女　身

駅の鏡明るし冬の旅うつす
空に爪あるをたのみて帰路いそぐ
男女歩む枯園を枯園とせず
壁うつす鏡に風邪の身を入るる
炉の灰に昼の陽が射すひと待てば
ひと去りて元日の風笹鳴らす
賀状うづたかしかのひとよりは来ず
皮手袋の匂ひがわれをへだてゐる
別れ来て冬の鏡におのれ恃す
元日の厨乾きて親しめず

肉親《うから》臥て庭石濡らす寒の雨
笹鳴や女ばかりの昼ながし
酔ひし顔母に見られぬ笹鳴ける
鍋の中にやはらかきもの寒に入る
他郷にて懐炉しだいにあたたかし
雪つもり肉親一室につどふ
餅焼いて食ふや男を交へずに
寝ね足りてちかぢかと見る枝の雪
約したるのちの手袋ゆるく履く
逝く春の甍ばかりの屋上園

女　身

さつまいもやはらかく煮て春愁ふ
ビールほろ苦し女傑となりきれず
さくら咲く日々にて何かもの足らず
花の駅黒く憎くて貨車過ぐる
昼闌けて天日の渦蝌蚪の渦
春潮にたえずさからふ杭を打つ
子がなくて苺ミルクの匙なむる
梅雨の鶏うみし卵をかがやかす
新緑や踏切番の旗鮮し
切りしのち梅雨の鉄片となる鋏

栗咲く香にまみれて寡婦の寝ねがたし
梅雨の底かの瞳のみわが心占む
かの瞳ゆゑこころ乱れし梅雨幾日
梅雨ふかしきざしそめたるものおさふ
梅雨ふかしこころに戒を犯しつぐ
母慈眼梅雨の薄日を額に受け
梅雨の蝶飛べば昏きに入りやすし
風邪の身のほてりや透きし雨衣のなか
子をあやす言葉つたなし夕燕
蝶容るる昏さを保ち梅雨の樹々

女　身

わが憤り言葉とならず汗ながる
わが庭のトマト耀ることなく熟れし
胸で押す群衆花火はじまらず
花火待ち遠し仰ぎて天の欠点《あら》さがす
花火消えむとしばらく夜空混みあへり
天の肌目《きめ》こまかに花火吸ひこめる
花火消えすかさず夜空ひきしまる
薔薇展のなかに造花をつけて入る
秋風や蟻も古びて樹を伝ふ
足垂らす蜂と親しき時しばし

稲雀波うつ山にむかひ飛ぶ
細き薄き板に囲まれ颱風待つ
秋曇の幹の褐色ドドラン死す
秋風やハンドバッグの中汚なし
颱風外《そ》れ月夜の貨車として進む
人の眸の細く鋭し颱風後
戸の内外秋風細く通ひあふ
縁に垂らすわが足大いなる晩夏
秋天に出て服の皺気になりだす
いつも夕べのつかの間の秋陽白壁に

はや朝の心とがれり雨の鵙

柿耀りて牛にしづかな刻うつる

枯野に出てなほ喧しき女学生

朝の玻璃つめたし遠の曼珠沙華

曼珠沙華の隙なき構へ根より抜く

蝙蝠《こうもり》傘の裡鮮しや鵙の雨

硯洗ひ秋水少しづつ濁す

老蜂の窓より入りて出でゆかず

秋風や盛装ゆるむひとの前

秋陽照らし出す盛装の一汚点

秋風に掛けし衣のよき容《かたち》なす

燈を離れゆき秋の蚊の見逃がさる

秋の鹿老の近よるごとく寄る

盛装の紐いくすぢや稲雀

逢ひし衣を脱ぐや秋風にも匂ふ

盛装より身をとりもどし芋を焼く

年逝くとしづかに満たす甕の水

佇てる吾を物体として蜂とまる

人呼ぶと声荒げたる冬の川

女学生の黒き靴下聖夜ゆく

頁剪りはなつをわれの聖夜とす

たたみ目のゆがみし国旗初日に出す

女としてわが身うつれり初鏡

外套のなかの生ま身が水をのむ

寒行にひとりひとりの視線過ぐ

炉火もえつぎたやすくひと日たちにけり

煖炉もえわが身いとしむ刻となる

一指だに触れず十年の瓦斯煖炉

飛機騒音寒夜ねて読む「赤と黒」

紀州白良浜

一度だけの波音冬日昏れにけり

冬日没りてより影となり貝拾ふ

昨夜《よべ》萎へし身の短日の温泉《ゆ》に太る

冬の松揺れては母のこゑ奪ふ

豊岡城崎行

喫泉に口あまやかす雪のなか

旅にて使ふ鮮しき紙幣《さつ》雪の駅

雪のなかの黒土その下の黒蟻

他郷にて駅の煖炉にすぐ寄らず

雪国の柄太き傘を借り出づる

雪墜ちて深雪ににぶき音うまる

身にひびく音ことごとく雪解音

松乱れ寒鴉乱るる日本海

日和山海岸

寒潮の濃きよりかもめ逃れんと

日本海の寒浪一滴服の汚点《しみ》

日本海の色きびしすぎ寒鴉翔《た》つ

日和山水族館

寒潮浅くせんなき鮫《さめ》を沈ましむ

凍の夜も鰈《かれい》の腹は白からむ

ひと待てば聖夜の玻璃に意地もなし

ひとひとりこころにありて除夜を過ぐ

玻璃のなか息あたたかく母老ゆる

玻璃のなか湯気こもらせてひそと母

部屋の隅の赤き金魚と越年す

ひとり身の風邪枯菊を玻璃のそと

東京行

ゆでたまご口いつぱいに冬の旅

べつたりと富士煖房車ゆるく馳す

白鳥に冬夕ぐれの堀の水

旅人われに冬の落日のみおなじ

親しみ受く冬日東京の三叉路に

冬薔薇わが辺にあれば酔ひがたし

雛の夜の猫踏み歩く屋根の上

酔ひたくてのむ酒辛し春嵐

やや酔ひし身をつつむ雨衣透きにけり
人待つにあらず灯《ひと》す花の日々

女身

跋

生島遼一

前の『月光抄』のときにも何か書けということで、私は俳句のことは何もわからない人間だから、著者の人物素描のようなことを書かせてもらった。あれから七年、そのあいだの信子さんの俳句の勉強がどういうふうに実を結んだかということは、草城先生や誓子先生がまたお書きになるにちがいない。私はただ、素人目にもだんだん立派になってこられたことをいつもよろこんでいる。新しい句集が出ることはまた一段と大きなよろこびである。

女流俳人が女らしい感覚や抒情を句に生かそうとつとめているということは、当り前のことかもしれないが、この句集の著者には少し特色があるように私なんかも感じるのは、緊張や自己凝視がほかの人より一際強いように感じられることではあるまいか。

これも大方は想像でいうことながら、著者のこの十数年の生活はけっしてよそ目に見えるほど容易なものではなかったと思う。一つの苦闘だったといってもいいのではないか。そういう苦しみが、前にいったような緊張感や自己凝視を生むようなことにもなっているのではないかと思う。一つ一つの句からは、平常の座談のときのように何気なく語られているようでそれほど生活的なものが感じられなくとも、いくつかつらねて読むと、この人のそのときそのときの生活の姿が相当つよく浮き上がるのを、『月光抄』のときも感じた。

この新しい句集からも多分同じような印象をうけそうである。両先生の影響で連作句のような特色がこういうところに出ているのだろうか、といった気もしてならない。

いすれにせよ、こういう句集がこれからさき三つ四つと重ねられて行ったら、句で書かれた女の一生がここにも一つできあがりそうである。

昭和三十年九月

解説

—『女身』の周囲—

楠本憲吉

書かでものことであるが、桂信子さんは、

「本名丹羽信子。大正三年（一九一四）大阪に生る。大阪府立大手前高女卒業。桂七十七郎と結婚二年にして死別して実家に戻り、爾後職を得て独立自活。昭和一三年より日野草城に師事、『旗艦』『琥珀』『太陽系』（火山系）の同人を経て昭和二一年伊丹三樹彦等と『まるめろ』創刊、昭和二四年草城主宰誌『青玄』発刊と同時にその同人となる。草城門であるが、一方誓子の影響も見られ、新興俳句系唯一の女流作家である。句集に『月光抄』（昭二四星雲社刊）あり。

　誰がために生くる月日ぞ鉦叩」（『現代俳句辞典』）

といふことになる。

『女身《によしん》』は『月光抄』に次ぐ、桂さんの第二句集で、昭和二三年秋より三〇年春に至る七年間の句業が収められたものである。

『女身』一巻を一口に評すると、俳句を以てする日本の寡婦の切なき連禱であると言へよう。

霜かがやきひとりの衾たたまるる
春のくれ夫なき家に帰りくる
寡婦ひとり入るる青蚊帳ひくく垂れ
起き伏すもをみなひとりぞ雁わたる
春雪に呼ぶ子をもたず立ち眺む
鳶ないて何なすべしや昼の寡婦
ゑんどうむき人妻の悲喜いまはなし
女ざかりといふ語かなしや油照り
夫なくて子なくて白き菊咲かす
冬の石踏みて近づくひとの夫
梅雨夜更け覚めて夫まつ身にあらず
子への愛知らず金魚に麩をうかす
紅葉縫ふそれぞれによき夫持ちて
梅に陽があたり年々亡夫《つま》とほし
鉛筆もてひろぐ炭火や夫はなし
寡婦われに起ちても臥ても鶏頭燃ゆ

女　身

栗咲く香にまみれて寡婦の寝ねがたし

など「女独り」の生活の哀歓が、俳句的曲折と省略を濾過されても、猶切々と訴へられてゐるのである。これらは又、「女独り」の幸福の追求が如何に至難のものであるかを切実に物語つてゐるのである。

『女身』には又、積年の努力と犠牲によつて築き上げられた寡婦の座を揺がす、相聞の句が頻出することもその一特徴である。

藤の昼膝やはらかくひとに逢ふ
情念の身の寒水を渉り居り
いなびかりひとと逢ひきし四肢てらす
元日の泥濘君をかへらしむ
きさらぎの風吹ききみはひとの夫
逢ひたくて凧をみてゐる風邪ごこち
叱られて帰る霰の石畳
堀割に映る梅雨の灯逢はず辞す
約したるのちの手袋ゆるくはむ
梅雨の庭かの瞳のみわが心占む
梅雨ふかしきざしそめたるものおさふ
逢ひし衣を脱ぐや秋風にも匂ふ

ひと待てば聖夜の玻璃に意地もなし

などの句がそのことを物語るが、そこに窺はれる桂さんの情意は、哀憐と評していい程純粋で美しい。まさに俳句的情念と解くべきであらう。

　純粋に自然との出会を詠んだ句や、努めて客観的に素材と対決した句も少からずあるが、それらの諸作と雖も、その作品の背後には、恰もG《ゲー》線の如くに寡婦の嘆息と中年の情意とが交互に高鳴つてゐるのは哀れである。

女　身

触るるものなくて枯枝穹に張り
中天に雁生きものの声を出す
まんじゆさげ月なき夜も蕊ひろぐ
牡丹雪ひととき鏡はなやぎぬ
いのちの限り咲ける牡丹に圧され佇つ
腰うづむばかり五月の砂やさし
雁吸はれたる夜空より雨滴落つ
犬がゐて鶏頭の地のやや濡るる
椅子浅く掛けて秋日に診られ居り
秋の鹿老の近よるごとく寄る

そのやうな桂さんの孤独を常に温めてゐる人はよき肉親《うから》――就中桂さんの老母であらう。そのことは『月光抄』以来、桂さんの句に親炙する者にとつては、母子俳句の典型を各々そこに描いてゐるに違ひないと私は思ふ。私は未だその人に会つたことはないが、桂さんの句によつて、大阪船場に久しく住みついた老婦人《おえさん》をかなり彫り深く教へられてゐるものの一人だ。

声高に春の旅より母もどる
母こぼれ降りる秋晴れの市電より
母とわれ夜寒の咳をひとつづつ
母起ちてともす灯ちさし冬の雁
雁なきてひとりの母を老いしむや
七夕や孫なき母が空仰ぐ
酔ひし顔母に見られぬ笹鳴ける
母慈眼梅雨の薄日を額に受け
玻璃のなか湯気こもらせてひそと母

桂さんの孤独を満たし慰め、且桂さんをより高めるもう一つの大いなるもの――それは桂さんの美意識である。日本の古美術への傾倒、近代絵画に対する造詣、十九世紀仏文学に寄せる鑑賞等々は既に定評あるところであり、私は何よりも、それ等に対する、執拗といつてもいい程の桂さんの息の長さ、腰の据ゑ振りに屢々感服させられてゐるのである。

『女身』にはそれらの教養の数々が、恰も氷山の実体のやうに、海面深く秘められてゐて、露出してはゐないが、

新樹ゆきくろき仏ををろがめる
初蟬やかがやきそめし水のいろ
六月の雲あわただし大庇
谷水にひぐらしこゑを重ねけり

などの、奈良・吉野・比叡・嵯峨野等の風景句の背後には、桂さんの通ひ馴れた風土性と、窮め尽した歴史的意識が豊かに充満してをり、

秋曇の幹の褐色ドラン死す
飛機騒音寒夜ねて読む「赤と黒」

の類ひの句にしても、「時間をかけて着実に積み重ね」られた「堅固」さ故に、全くの「信頼」が持てるのである。

そのやうな桂さんにとつて、誓子の『激浪』一巻は、桂さんの俳句生活に第二の青春を齎した開眼の書であつたやうに私は見受ける。そのことは又、前著『月光抄』の句脈と『女身』のそれとを仔細に比較すれば容易に頷けようから、ここで細叙することは避けて置く。

私は桂さんを識つて僅々十年に過ぎぬ故、その人について喋々することは遠慮すべきだが、始めて阪急宝塚線の岡町駅で御目にかかつた時、和服で、「桂でございます」と挨拶されて、先輩女流の慇懃さに全く気圧されたけれども、その日の目的の正三居で、接待の甘藷を頬張りつつ、何かの時「あッ、さうか」と言ひ乍ら頭を掻かれた桂さんの茶目気を見て、ああ何と邪気の無い人だらうと俄に親和感を覚えさせられたのであつた。その次ぎに受けた桂さんからの強烈な印象は、猛暑を押して行はれた京都吟行の際の、恐るべきタフネスな脚力であつた。その時の桂さんは単衣物に柾下駄の出立であり乍ら、同行の男連中のバテ振りを後目に、聊かもそのペースを崩すことなく終始先達を承つて、つひに現役五年兵上りの伊丹さんすら悲鳴を上げさせたのであつた。以来、私の桂さんに対する親和感は今日まで連綿と続いてゐるわけだが、嘗て己が俳句への志向の相違から、伊丹さん始め「まるめろ」の連衆と訣別した時、恰も帰りの車中で桂さんと一緒になり、私は怏々の情を隠し切れず、桂さんをつかまへて、「僕は東京へ出ます。生活も一変してみせます。俳句に賭けるのだ」といふやうなことを喋りつづけたやうに記憶してゐる。その時桂さんは流石に水のやうに静かに私の一方的な話を諾つて「只、御多幸を祈る」と言はれ、別れたのであつた。それから四五年の間、桂さんだけは欠かさずに芳信を寄せられ、その情の篤さに只感服する外はなかつたのである。

今年になつて桂さんは二度上京され、その度び私の茅屋にも見えられた。二度目と言つてもつひ過日のことであるが、東京駅に桂さんを見送つた時、発車までの短い間、談たまたま「旅情」といふ映画に及び、「あれを観て、私はイタリアの客車の窓枠のない広い窓に感心した」と言はれ、一瞬妙な気がしたが、すぐに〝さうさう、この人は車輛会社の社員なんだ。成程ねえ〟と思ひ、「それにしても桂さんの車輛や工場を詠んだ句は余り見当りませんね」と言ふと、「さう、本当に少ないんですよ。『女身』では、

鵙鳴けり工場金属音の中

ぐらゐでせう」と言はれた。瞬間、発車ベルが鳴り、桂さんは徐々に動き出す「はと」の狭い窓からひらひらと手を振り乍ら西の方《かた》へ消えて行つてしまつたのである。その帰途、私は八重洲口からぶらぶら歩き乍ら、桂さんと私とのつきあひは十年もの間、只純粋に俳句のみによつてつながれてゐたのだといふことを今更乍ら認識すると共に、そのことが良いことか悪いことかの批判は別として、私の人生にとつてまことに珍重すべきことであるに違ひないと、自分に言ひ聞かせてゐたのであつた。

一九五五・一〇・一〇

あとがき

『月光抄』以後の句、即ち昭和二十三年秋から、三十年春までの約千余句のなかから四百六十句を抄出して、第二句集『女身』とした。この句の大半は、十七年間師事してゐる日野草城先生に御選びいただいたものであるが、その他に、伊丹三樹彦氏に選んでいただいたもの、及び私自身の好みによるものも少しまじつてゐる。

尚『女身』の題名は伊丹三樹彦氏に決めていただいた。

『月光抄』以後、私の生活には大した変化はなく、その一日一日が平凡な繰返しに過ぎなかつた。しかし平凡に見える様な毎日にも多少の心の起伏はあつた。私は日常の自分自身よりも句のなかの私に、むしろ純粋な自分自身を感じてゐる。夫もなく子もたない私は、句を作ることによつてのみ生甲斐を感じつつ、今日まで過してきたと言ひ得よう。

この句集を編むにあたり、日野草城先生、山口誓子先生からは、序文を、生島遼一先生からは跋文を賜り、又鍋井克之先生は、心をこめて装幀の筆をお執り下さつた。

諸先生の御厚情に、ただ感激するばかりである。この御恩に御報いするには、ただ句作に精進することのみが、私に残された唯一の道であると思ふ。

尚、この書を上梓することに終始心をくだかれ、且つ解説の筆をとつていただいた出版元・琅玕洞主人、楠本憲吉氏に心から御礼申上げる。
よき師、よき先輩、友人、又よき肉親を持つた身の幸福を、今あらためて感じ、喜びを新たにするとともに、今後、更に一層の御鞭撻と御指導を賜はらんことをお願ひ申上げて筆をおく。

昭和三十年十月

桂　信子

第三句集

晩春（ばんしゅん）

昭和42年10月20日
限定1,000部
発行者　楠本憲吉
発行所　あざぶ書房
東京都目黒区緑が丘2－9－17
印刷者　香取十三男
印刷所　明善印刷
青玄叢書32
頒価500円

昭和三十年—三十一年

飯強《こわ》し母の着給ふ白絣

晩涼や兄も四十路の太腰に

押入より冬の匂ひのものを出す

四十過ぐ底浅き湯を初湯とし

大寒の屋根の歪みや昼の酒

一月二十九日草城先生逝去さる

風花や亡き師の言葉片々と

父も夫も師もあらぬ世の寒椿

手袋に五指を分ちて意を決す

菜の花に日月淡し師の歿後

鮨くうて皿の残れる春の暮
五月富士全し母の髪白し
六月や東京までの無言の旅
紫陽花の醸せる暗さよりの雨
土に低く黄の花咲けることも梅雨
俎に流す血黒し秋夕焼
こほろぎに寄りて流るる厨水
暗きより出でしちちろを暗きに追ふ
遠きより見る月明のまんじゆさげ
熟柿掌に受く断りきれなくて

昭和三十二年

寒水にて洗ふ盃宴果つ
薔薇挿せども空瓶になほ洋酒の香
入日急遠目の馬に枯木添ふ
白飯に飢ゑしは昔霰はね
硝子器重し曇天に桜満ち
昼汽車のひと日の空費菜種梅雨
母指さす伊吹に雪がてのひらほど
幾日経ても金魚親しむ眼をみせず
梅雨鏡ギラリと夕べ熱出づる

栗の花匂ふとき死はみにくきもの

山の蛾がふらす銀粉九月果つ

香水の香の内側に安眠す

雑念満ちゐたりいちじくを開き食ふ

蜜柑山女の肌に血肉満ち

まんじゆさげの意味なき赤さ入日中

さぐりあつ埋火ひとつ母寝し後

意に満たぬ日々に粉雪がちらつけり

凹凸の道踏み帰りクリスマス

破れ手袋三十の夢今以て

洋傘の裡のみ紅し冬田ゆく

昭和三十三年

寒鮒の一夜の生に水にごる
寒水に透ける冬菜と指の傷
一本の白髪おそろし冬の鵙
工場裏朝まだ蒼き寒雀
七輪の火の粉まばらに雪なき冬
耀る波の玻璃にひびける寒の午後
立春の銀輪しげしぬけ通る
玻璃しばしばかがやき震ふ春疾風

逝きしルオーの絵と思ひまた長く佇つ
春夕焼に玻璃ゆだね居り丸の内
見馴れたるさくらなれども寄りて見る
満開のさくらの果のガラスコップ
夕日の蟻入りては穴をふかめゆく
亡き夫に似し犬の貌春の暮
硝子器売場光攻めあふ中とほる
青蜜柑横目の牛が通りけり
ふるさとの座蒲団厚し坐り切り
澄む水に燕まぶしき長良川

夕映えの一村囲む桑若葉

母生れし家を自在やつばくらめ

「母の日」の寝息の母に遠灯影

明治神宮内苑

緑蔭の濃きを選りては揚羽過ぐ

睡蓮の一花のために水に寄る

熊笹の風まかせにて五月古る

宮津

夏海昏るつめたき青を横たへて

夏暁の風つよし目覚めし花合歓に

昼の海の薄さ手近かに桃光る

夏うぐひす総身風にまかせゐて

生駒山上　三句

破れし扉より霧ひろごれり避暑期過ぎ

ヘッドライトの圏内過ぐる蛾の歓喜

鉄塔の間のさびしさを霧満たす

山茶花の白のたしかさ死のたしかさ

沖の船に光る靴立ち港は霧

手かぎがつるす大魚冬潮匂はせて

昭和三十四年

壁鏡冬木が遠く身震ひする

スクーターに曲る道なし寒林透き

退勤《ひけ》に見る笑はぬ牛と枯はちす

母寝ねて雪の厨に皿ひとつ

寒の闇来て一燈に入る夜学生

ガラス運ぶとおよぐ自転車ぬくき冬

寒月光ゆれゆきなやむ肥車

戦後脛長き少女の雛祭

寒き馬よぎる夕べの鏡店

水仙剪る錆びし鋏を花に詫び

桃さくら裏木戸の風昼つめたし

天龍わたるすさまじきものたかしの句

窓近き目覚めに蜂の全き屍

虚空にて見えざる鞭が柘榴打つ
小菊すぐ踏まる乙女の降りしバスに

昭和三十五年

さわぐ笹二日の日射し入りみだれ
暁の風はげしきへ翔つ寒鴉
大寒や家のまはりの溝澄みて
立春の海よりの風海見えず
寒月光背後見ずとも貨車通る
手も足も出ない雲桃咲き満ちて
桃の木へ来て耕牛がぬすみ見する

桃散るや牛がおどろく目付して
荒天の海にたんぽぽ黄をつよむ
さくら散り水に遊べる指五本
若葉蔭にくぼむ眼窩よ笛吹けり
柩ゆく梅雨の地熱のつつむなか
西日さし入る喪の家の皿の数
若き四肢ふんだんに使ひヨット出す
蛾の微光おのれ昂り母寝落つ
蝸牛二日の旅の荷さへ重し
いちじくに母の拇指たやすく没す

信濃全山十一月の月照らす

葡萄棚の濃き影ぶだう採りしあと

なびく芒の穂のみ日あたり街道昏る

団子食へば皿が秋風のまん中に

昭和三十六年

元日昏れ奇蹟おこらぬ壁鏡

絨緞の厚い皺正月の写真師来る

棕梠の葉が末まで張つて大雪報

今なら殺せる冬の蜂畳匍ふ

遮断機の影身を下る寒月光

幸福感真白き卓布冬灯に垂れ
凍菊を折り焚くわづかなる生色
寒風に出す七輪の火の粉の尾
箕面　五句
滝にのみ日が射し昃る枯木坂
枯れしもの等伏し滝音を自在にす
枯蔓の切尖に触れ水激す
枯山の奥なまなまと滝一筋
ひと仰ぐたび殺気立つ寒の滝
彎曲の黒煙列車へ梅ひらく
若者へ枝こみあつて梅林

さくら生ける花弁一片水に浮き
日曜の素顔の一家朝桜
つながれて牛考へる春の暮

琵琶湖　三句

鳰遠く花浮く水があるばかり
牛の胴花菜あかりの湖へだつ
牛にも齢湖も花菜の黄も淡く
鶏頭の夜半にてつつじ庭に燃ゆ

羽黒

洩る梅雨陽羊歯群にまた熊笹に
杉の間全容まれに梅雨日輪
梅雨日落つ大羊歯群のしづもりに

夜の冷気民田茄子をかみしめて

いちまいの薄紙よ雪の鳥海は

女五人みどりの出羽に衣を翻す

落日の芯もゆるなり山毛欅林

暁の雲一気に去りぬ花うつぎ

鶴岡市薔薇園

女人の袖いまひるがへり薔薇の風

潮岬　二句

木の芽風燈台白をはためかす

白波と春日漂ふ荒岬

大原

身に触れて重き芒穂ここは大原

赤穂

白い凪微音重ねて漁舟発つ

月見団子へ老斑の手が絶えず伸び

貌うつす十一月の水の張り

鶏頭の一抹の朱わが生に

霜月の水かがやけり咳ばかり

山茶花の白さまともに眩みぬ

鵙猛る八方破れのわが生か

鵙ひらり鼓動わが身を離れずに

冬の鵙生より炎立ちのぼる

昭和三十七年
（この年から主に現カナ表記）

病臥抄

腫れて顔重き朝餉や寒雀

八十の母の焚火の勢い立つ
影ひきて歩む冬蜂生から死へ
寒灯や蒼白の手のうらおもて
大寒の爪むらさきに眠り落つ
目覚むたび母の眼に逢う冬日寒
眠りが日課覚めている間の寒雀
風花の玻璃飾る日や入院す
病廊に彩なき女薔薇をかぐ
すでにかがやき鳩の飛翔の病窓に
悲喜の果寒月明に浮くベッド

春の烈風夜に入り止まず熱の中
白き粥かがやく雛の日とおもう
臥て過ぎし節分立春指やわらか
春暁のリフトに担送車もろとも
春薄明生死の生の側に覚む
春雨来て病廊せばむ配膳車
巷に音ひろがりゆけり春の夜は
開く百合仰臥のままの哀歓よ
春夕べ覚めて巷の音遠し
病廊の春夕焼に医師独語

晩　春

生命炎ゆ狂気の春日没りしのち
母の視野のなかの起き伏し春嵐
弱る視力へさくらを降らすオートバイ
春の虹もねむれる顔も生得し後
死を逃れ捧ぐ一枝の花の香よ
薄紙も炎となりぬ春の暮
梅雨の中手足短く老いにけり
藍浴衣夜風自在に家通る
頸すでに老いて金魚をのぞきこむ
葭簀のうちの暗きに坐る明治の瞳

とどろきてわたる天龍蛇笏逝く

秋芳洞　三句

爬虫類と化し洞窟に動かず居り
すべて微光の中にて冷えし人うごく
光る眼をもたず動かず冷えし洞に

潮来　六句

舟容れて青き真菰の水昏む
いちじくの葉蔭に遠く耕せる
十二橋の一橋くぐりまんじゆさげ
底にとどく櫂の手ごたえ葦枯れて
濡れし櫂真菰なでゆき深む秋
こまかき波こまかき波天に鰯雲

金色の芒穂破顔の農夫恐し

もの足らず枯崖に猫啼かず過ぎ

白菊に触れむと農の大きな指

人去って冬至の夕日樹に煙り

霜の踏切越えてみなぎる朝の力

スキー担ぐおのおの温き家を出て

昭和三十八年
（この年から分ち書き表記）

大寒の鏡　影のみよぎりたり

前衛花展の水　入れ替えて寒い老人

寒入日影のごとくに物はこばれ

ところどころ水光りつつ春となる
春未明　水なき道を歩みゆく
見えぬところに水湧き出でて春の暮
ふるさとに残す足あと　桃さかり
ひとごこちつけばさくらがまつさかり
水に映る花の克明　死はそこに
人ふくれ水ふくれ春終りたり
喪服で抜ける緑濃き森　風のハイヤー
梅雨晴れ間　生きていて足袋白き葬
眼帯のうちにて炎ゆるカンナあり

十和田湖

飛ぶ雲に山百合の張り県境

大揚羽木隠れ湖を求め出づ

遠き白帆　汚れ帆となり目前過ぐ

なきこもる山鳩に密　昏れの大気

林中に日と蟬声の縞の棒

草萎えて城あとに鳴らす菓子袋

昭和三十九年

スケート靴の刃みがく青年草城忌

皮の匂いの一画　日向の靴直し

捨て犬の馴れの飢の目　霜の墓地

楓の芽豆腐平らに煮られいて

水のような暮春なり出す掛時計

蜜なめて黒瞳かがやく春の暮

顔に近づく犬の涙目　復活祭

鯛あまたいる海の上　盛装して

能勢

松蟬やいつもどこかで水音して

田を鋤いて牛の伏目の日昏れまで

十薬に一点の雨廃工場

水に映り茅花は白し死は徐々に

牛不満　一枚の田を裏返し

伊勢

漁港蒸れ白装乙女のまわり空く

伊豆

子が出入りしてわさび田に遠き家

鴉さわぐ朝のわさび田伊豆山中

緑ゆるがす風ばかりなる天城越え

眩しければ燕も来ずよ石廊崎

燈台の白染める陽よ多佳子の忌

岩礁にパセリ一片若者去る

海蝕岩　八方に眼の鵜をおけり

男の旅　岬の端に佇つために

露天風呂に男の目鼻　青あらし

鏡面の貌にとまる蛾　旅また旅

照り昃る信濃つらぬく露軌条

信濃

鋭き秋風　寝覚の床を過ぎしころ

戸に咲く昼顔　ここ吾妻郡嬬恋村

木曾の水いそげり輝くものを残し

落葉松の風の隙間に物食う顔

くれゆく芒　杣負う婆のみ日当りて

天神祭　二句

川面かすかにつたうは舟渡御　獅子の笛

渡御の前一刻衰う舟篝

佐世保

犬も荒息避暑地の砂を足で掻き

老犬の耳垂れて子等避暑地去る

旅嚢重く背を干す女の傍通る

長崎

聖使徒像のひげ悲しみて炎天に

龍舌蘭の埃　汗噴く旅の夜の

雲仙

ホテルはともす　鳴くかなかなに似合う灯を

真如堂から法然院へ

庫裏におとす白髪一筋　十夜粥

十夜粥ぬくくし本堂八方透き

墓めぐる生者の雑音　枯木澄む

あたたかな墓の影より鳩飛び出す

パレットに絵具柔軟　霜の橋

板塀に沿いし水音　逝く秋の

菊の香に薄粥　われの晩年は

伊豆

玻璃いっぱいに冬日射しここ伊豆の国

ひとりの時も笑顔の老婆　蜜柑山

蜜柑山の起伏に馴れて老婆消える

ゆたかなるもの満ち蜜柑山下る

蜜柑の重さいつも頭上に蜜柑採る

昼もとざす燈台の扉の冬日向

街昏れて雁わたる空のこしおく

人等臥て雁のぬくみが空をゆく

絵本なき一家にてまた風邪家族

聖燭に子なき一家の顎揃う

クリスマスケーキこの荷厄介なもの

昭和四十年

咽喉いたむ干し物に日の匂いして

臥してきく寒風の音　草城忌

元日の犬の憂鬱　硝子越し

新聞受までの素顔に初日受く

初霜や　家に八十三の母

冬鵙の目の張り朝日水に射す

鏡閉じ　いま降る雪をしまつておく
白い道の二月　遠くに肥車
ある夜感じた春　ナプキンの白い折目
遠雪嶺　深き庇に日の射して
熊笹の根のはりつめてながい冬
熊笹のふちの黄あざやか寒波過ぐ
足にもつれる犬の幸福　梅林
尿る樵夫　光りの中に鋸を残し
梅林に近く耕す　ふりむかず
雪雫銀輪遠くより目立つ

晩　春

スープに浮ぶ灯　すべて乱してさくらの夜

耳ひらく風の三月きらめき過ぎ

朝桜　夜桜　わが家への近道

もの食いては皿洗うなり花の夕

短い旅の終り　花びらで溝うずめる

松の芯　顔出すものへ夕日の紅

手を打つて鳩に近づく朝ざくら

緊まる靴へ　細身の燕　朝の楽

藤のしめりのその下をゆくひとり旅

胸元に喫泉の白　藤も昏れる

未明の鳩ねむる　噴水のその高さに

蛍もう別の生きもの日が射せば

もう灯らぬ蛍籠　二三日は置く

目を大きく蛍をみては深夜の母

瀬にのってすぐ蛍火の急速度

白地着て蓮池の風ふわと受く

紺着流す風樹相摶つ七月の

軽井沢

樹も草も青ふかめゆき去りゆく夏

山裾薄野　とどかぬ声をかわしあう

風の秋嬬恋の名の村よぎり

浅間荒肌　逆光に持つ濃りんどう
夕浅間向日葵は黄を強く放つ
おうむも眠る晩夏揺り椅子に老夫婦
とんぼためらう金髪少女ふとふりむき

能登

笠のうち目のみ動きて苗を植う
早乙女の手足の泥のいつ乾く
日本海の端に網投げ裸稼業
南風の中ゆつくり浜へ能登老婆
朝顔むらさき海に裏側みせて棲む
砂浜に放置の筵西日さす

干鳥賊の下をゆききの赤目老婆

丹後

汐木ひろう老婆に短い足生えて

雲丹がすこし歩いて海鳴り　もうすぐ冬

牛ひき出す　穂薄の露とび散る中

急に戻る丹後　おもたい石担ぐとき

伊賀上野

掛稲を匍う製材音　かすかな飢え

枯田に降り　鳥のまわりにある明るさ

旅一夜の身寒さ霧の町　上野

霧の中稚拙こもごも水鶏笛

猪おどしあつてあたりの風騒がし

赤目滝　三句

細目してみても冬滝のきびしい拒否
冬滝まぢか　足早少女の髪なびく
馬臭あたたか落葉の中にとり残され
犬も素直　秋風の道分けゆけば
口中でつぶす無花果　母の手経て
階のぼりきり冬の金魚の尾鰭みる
雪の夕餉　パセリの青を皿に散らし
北風に手を出せば短い言葉となる
うしろより亡父の声して雪こまか
送電線にいつも平行　冬の旅

昭和四十一年

石段の変らぬ堅さ　初詣で
枯蓮の影の交錯　微笑わずか
上野不忍池　五句
浮寝鴨薄眼　入日の金枯葦
浮寝鴨目に見えぬ煤　針と降り
浮寝鴨の濡れ身そのまま夜に入る
月あかり円光　濡身の鴨静止
風立てば鴨の浮き足　月の出前
鍋に煮える豆腐の軽さ　冬過ぎて
風呂敷の小さな包み　梅を見に

干し手拭がいちにち吹かれ梅匂う

風呂敷包み少し温くて春霞

春の雪近づく犬も黒瞳もつ

春水のきらめくに似て過ぎし日は

唇なめて笛吹く葉ざくらよりの風

吊革をつかむ百の手　雛まつり

花菖蒲　多佳子横顔ばかりの夢

梅雨の石　犬の鼻先そこ過ぎゆく

畳踏む大足うつす梅雨鏡

伊香保　五句

うぐいすの遠音　きらめく女の旅

浴室へ浴衣裾長　窓打つ虻
すぐ全力で漕ぐ　パラソルの女乗せ
湖は霧　逢えばうなずく馬と馬
今たわむ武蔵野の樹々　畑打つ背
梅雨以後の幹の黒さに旅つづける
つばくらめ　目覚めの海のこの蒼さは
回転花壇に西日　穂先鋭い水のめば
格子の奥で匙音　商家へ来た祭
旱天広場に湧く蝶　見せあう力瘤

能登

魚と漁婦の眼乾いて　海鳴りつよい晩夏

砂にみじめなくらげで　海鳴りも昏れる
くらげの海に漕ぎ出す　むっつり青年漁夫
灼けバスへ乗り込む老爺　漁臭ぐるみ
ついて来る虻へ岬の石ぐらつく
不意に鳴る風鈴　海女の深いねむり
なまこ濡れ　老婆の町に夕凪来る
無人海士町　家の奥まで夕焼して
鉋屑の小さな旋回　秋風路地
顔ぬらす日照雨束の間　裏日本
ひつそりと猫いてまひる灼け岬

灼け石二三歩それから羽搏つ能登鴉
水中まで西日　すばやく魚刺さねば
膝つたう静かな力　泉湧く
皿に描く茄子の紺色　風の日の
匂う百合へ鏡の中で鳴る時計
ただよう秋陽と水に逆らい思惟少女
緻密に冷える夜気　葡萄酒のぶどう色
さざなみ喚ぶ葦　掌の中の鮒つよく撥ね
光る魚提げ背後平らな秋風受く
老婆たちまち没す怒号の薄原

晩　春

老婆の息で開く花瓶の曼珠沙華
柿実り村に赭顔の婆殖える
裏口より不意の打ち水柿減る村
ふりほどく老婆の髪へ秋の雷
易々と猫越す月明の水たまり
鵙猛る鏡の奥に女棲ませ
落葉掻く母に小走り　目ざとい鶏
木の実入れるまでポケットに風騒ぐ
穂をほどく薄　老斑照らされて
野仏に暮色たっぷり秋風散り

五指ひらけば獅子のたてがみとなる枯野
鶏頭の血の黝ずみに拳出す
皿割つて日をこなごなにした立冬
すばやく拭う手鏡　八方枯木の中
生きる顔して山頂で蹴る枯木の根
吠えるような人間の声　月の道
裏口よりあひる二三歩　冬ざれ河岸
荷車の音きくも河岸　北風きれぎれ
ある日無音　冬空撫でてはガラス拭く
行く雲の遠見の速さ　十二月

冬磧　手など垂らして犬を呼ぶ

耳鳴るは朝寝の罰か　枯れ川沿い

昭和四十二年

雨　ことに壺のまわりの暗い元日

裏白のみどりの仔細　老あたらし

老母いて襖の奥の棚光らす

白浜　三句

寒潮へひとを信じて鳴らすギター

鬱と正午　さざえじりじり焼けるに佇ち

すでに颪に抗う姿勢　冬岬

この冬の意外なぬくさ　草城忌

梯子出せば冬晴れの地に釘散らばる
指にレモンの香をかぐ　朝の冬渚
さぼてんの楕円へゆるやかな午前
掌のしめり　さぼてん午後のふくらみ持つ
道見えて人影見えて　春月待つ
道見えて　春月藁塚にあるやさしさ
じつと見つめる何かがあつて亀あるく
石像の獅子もしなやか春夕べ
遠雲雀　野をゆくひとの前のめり
夕ざくらどの家の皿も雫垂り

晩　春

母とへだつ襖一枚　菜種梅雨
馬の鼻ふくらむ　桃の風ふけば
遠野火に出没の影けものめく
眼帯の朝一眼の濃山吹
日暮れ坂町　竿売りはまつすぐ行く
さくら散り檻の豹よりかるい吐息
平行棒への一心　さくら吹雪のなか
塩味利く男の昼餉　雑木山
老漁夫のひそかな嘔吐　南風岬
女三人の背丈ことなり夏白浪

裏通りの灯までゆきつく陶器祭
夜の新樹すこしの酒に胸さわぐ

『晩春』の句

楠本憲吉

手袋に五指を分ちて意を決す

昭和三十年一月二十九日、われらが師、日野草城永逝のときの感慨を託した句。

風花や亡き師の言葉片々と
父も夫も師もあらぬ世の寒椿
菜の花に日月淡し師の歿後

などの句が、この一句の前後に作られている。

私はこの句から、山口誓子氏の連作「回想の手袋」のなかに一句を思い出す。

手袋の十本の指を深く組めり　昭和10

そしてまた、故橋本多佳子さんの

雪の日の浴身一指一趾愛し　昭38

の句も想起する。この句は昭和三十八年四月号の「俳句」の特集した「百人一句」に出されたもので、桂さんは、「俳句研究」（昭38・7）の〝橋本多佳子追悼号〟で、この句について次のように書いている。

四月号の百人一句のうち、いちばん好きな句を一句挙げよと言われたら、私は躊躇なくこの句を推すだろう。この句には多佳子さんの全身全霊がこもっていると私は感じた。私はお見舞にゆく代りに葉書に「雪の日の」の句に感銘したことをしたためて出した。と。

因みに、この「百人一句」に出された桂さんの句は、

前衛花展の水　入れ替えて寒い老人

である。

さて「手袋の」の句であるが、草城先生永逝直後の、虚脱感、寂寥感からようやく身を起して、とまれ歩き出そうとする方向を見定めた、作者の視線の感じられる句で、結句の「意を決す」の五文字に、使命感に支えられた決意のごときものが、私には感じられるのだ。そしてこの使命感のようなものは、あれから二十余年たった今日でも、常に私は桂さんの身のほとりから感じるのである。

「菜の花に日月淡し師の歿後」も、中七の「日月淡し」が、どんな慟哭調や絶叫調よりも、より深いところに疼く悲しみ、淋しさ、深淵に似た心の虚しさを感じさせるところに、桂さんならではの表現の妙に注意したいと思うのだ。

破れ手袋三十の夢今以て

という桂さんの句もあるが、もし、この句が桂さん自身のことを詠んだ句であれば、私はそこに作者の肉体を見ることが出来ても、それを凌ぐ精神が感じられないという点で、やや不満の残る句に思えるのだ。

薔薇挿せども空瓶になお洋酒の香

華麗な洋酒瓶がある。中身は空っぽだが、その形の良さに愛惜を覚え、花瓶代りに使おうとし、よく匂う薔薇を挿し、部屋のどこかに飾ろうとした。ふと薔薇の香に交り、あるいはその香を凌駕するようになお強く匂う、強烈な洋酒の香――。洋酒瓶の体臭のようなこの香りに、作者は、薔薇の香と同じ情緒的等価物を見出したわけである。

洋酒瓶、あるいは洋酒の空瓶といわずに、あくまでも〝空瓶〟と〝洋酒の香〟を分離切断して表現されているところに見るべき手腕があると私は思う。

青蜜柑横目の牛が通りけり

この句の作られた場所は分らないが、この句の眼目は「横目の牛」であり、その眼目を生かしている映発物は「青蜜柑」である。青蜜柑と牛の眼玉だけに絞って、他は一切、切り捨てるという、思い切った省略の仕方に、桂さんの来し方の実作のキャリアの感じられる一句である。

「牛」と「蛾」は、桂さんのトーテムではないかと思われるほど、この句集にはよく登場する動物たちである。

青蜜柑の重たげになっている、蜜柑畑沿いの埃っぽい田舎道を、のっそり曳かれてやって来た牛が、そこにイつ作者を「横目で」見た、その瞬間の、敏活な、作者の目くばせがこの一句を生んだわけである。物の見えたる光りを敏活に射止めた作者の気鉾の感じられる句として、私は高く評価するのである。

後年（昭和三十九年度）に出て来る「十薬に一点の雨廃工場」も、同一詩的路線上の句として共に高く評価したい。

壁 鏡 冬 木 が 遠 く 身 震 ひ す る

遠く、風に揉まれる冬木立が、壁面にかけられた鏡の奥に映っている。十九世紀風の北欧的ムードの句である。

葉を落し、蕭条と立つ冬木の大胆な擬人化、そのパウントマイムに、作者の考える視線を、私はまざまざと見るものである。

虚 空 に て 見 え ざ る 鞭 が 柘 榴 打 つ

も、同根の発想の句だが、「壁鏡」の句の叙述を拒否した表現の方が、はるかに詩的緊迫感を漂わしていると思いたい。

寒月光背後見ずとも貨車通る

シビアーな詩情漂う句である。

見えないものを、実際に見る以上に的確に描くことの難しさをしんじつ教えてくれる句である。

立春の海よりの風海見えず

の句もあるが、「寒月光」の句は、「立春の」の句のもつリアリズムをもう一歩踏み破って、作者の現実の眼より、もっと鋭く、焦点の深い、背後の心眼で対象の真実性を抽出してみせた、何かこわいような、シビアーな句である。

この句の次に

手も足も出ない雲桃咲き満ちて

という、私好みのアミューザンな句が配されているが、この句を移り読んで何かほっとするような安堵感を覚えるほど、「寒月光」の句は、緊迫した波長で、私に迫ってくるものがあるのだ。

なお、この句には、作者の自解がある。

勤め先は片町線の沿線にある。片町線は、大阪の昔からある国鉄線なのに、どういうものか発達しない。未だに半分は単線である。そこに刻を定めて貨車が通る。黒い煙をはいてそして物がなしい汽笛と共に。(『青玄秀句』第一集、'65年度版)

刻を定めて通る汽車、刻を定めて通退勤する作者の日常、その二つの事に、アナロジーを感じるが故に、私は、人一倍、この句のシビアーな味に酔わされるのであろうか。

鯛あまたいる海の上　盛装して

昭和三十九年四月、瀬戸内海塩飽諸島のあたり、遊覧船上での作。——という説明をするまでもなく、この句における結句の「盛装」の二文字が、この句のシチュエイションを雄弁に語っているところに、俳句の持つ、妖しい魅力があるのだ。

昭和二十年の秋、私が初めて桂さんに会ったとき、伊丹さんから紹介され「桂でございます」

と深い礼をされた、そのときの印象は、透明な秋の日差しのなかの盛装の女流俳人であったのだ。以来、桂さんから盛装のイメージはどうしても消えない私なのである。

男の旅　岬の端に佇ったために

同年、伊豆石廊崎での作。

この句を、村野四郎氏は、次のように鑑賞しておられる。

あの人は、ひとり岬の突端に立って、あちら向きに、じっと何かを見ている。とても寂しそうな姿だが、そうした茫漠な孤独に会いたいばかりに旅に来たとでもいうようだ。

あれが男の旅というものだろうか。

あれが男の寂寥というものだろうか。（『秀句鑑賞十二ヶ月』）

この句の鑑賞はこれで必要十分だが、なお、ひとこと、
タビのTA、ハシのHA、タツのTA、タメのTA、これらア行で終る四連のことばを、〝男の〟〝岬の〟という二つの四音から成る形容詞でモディファイしているレトリックの妙を私は指摘しておきたい。

ホテルはともす　鳴くかなかなに似合う灯を

一句には「雲仙」という前書きがついている。

ここでもホテルは擬人化され、ホテル自身がともした「灯」と、折りから降るように鳴いている「かなかな」と二者連結させることに成功している。光りと音、あるいは色彩と音響の、連結が発する詩的衝撃を、「似合う」というソフトなことばで燻しているところに、作者のエスプリの冴えた切れ味を見るべきであろう。

晩　春

朝顔むらさき海に裏側みせて棲む

昭和四十年夏、能登半島での作。
俳句は、裏窓の風景の方が句になりやすいといったひとがいる。この句の狙いは正しく、正統的な見事なカッティングで臨み、四・四・三・四・三・二の四音歩三分節の新鮮なリズムに開示しているのである。
A・SA・GA・O
U・RA・GA・WA
のA音開音や、
MU・RA・SA・KI
U・MI・NI
U・RA・GA・WA
SU・MU
のU音の点綴など、ア行音の多用が、この句に、明るく、開放的なイメージを付与していることも見逃せぬところだろう。

湖は霧　逢えばうなずく馬と馬

昭和四十一年秋、榛名湖での作。
この伊香保吟行は、前橋の金盛草鞍子さんたちの「朱」という俳句ぐるうぷに、桂さんと私が招かれたもので、青玄東京支社の大島得志・鈴木　明・諧　弘子・吉本忠之・林島彦らも参加した、一泊二日の思い出豊かな勉強会であったのだ。

棒名湖は霧のふすまに閉ざされ、肌寒い日であったが、霧の晴れ間を見て、桂さんも、私も、馬に乗り、湖畔をゆっくり一周した。一句はそのときの作であり、今でも、スラックスをはき、満面に笑みをたたえ、私と反対方向の霧のなかへ消えてゆかれた桂さんの姿が、まるで昨日の出来事のように浮かび上ってくるのである。

盛装のひと、桂さんとの交友も、もう二十年余りの歳月を閲した。私の貧しい来し方にとって、この事実は、ひとつの歴史としての重みをしみじみと感じさせるものがあるのだ。

これからも大切にせねばと念じている。

あとがき

『月光抄』『女身』につつづく私の第三句集を、一年のなかで最も好きな季節「晩春」からとってその題名とした。

『晩春』は、昭和三十年夏から、四十二年夏まで、十二年間の約一千余句の中から、四百四十句を選んだものである。

昭和三十一年一月、草城先生の御逝去にあい、茫然自失したが、その後ひきつづき「青玄」によって今日に至っている。

『女身』にいただいた草城先生の序文に次のような一節がある。

前略、漢詩の七言絶句の四句は、それぞれ起・承・転・結・の四趣に分れて照応変化の妙を現ずべきものとされてゐるが、第一句集『月光抄』を「起」とすれば、この句集『女身』は「承」にあたるといへるだらう。順序がさうなつてゐるといふばかりでなく、内容の移り変りについても起と承の関係にあると私は思ふ。（中略）何年か後に出されるであらう第三句集においてあなたは如何なる「転」を見せてくれるであらうか。

この御言葉によれば、この句集は「転」にあたるものでなくてはならない。たしかに、昭和三十八年頃から、私の句風は徐々に変化しはじめ、現代語、新仮名づかいを用いるようになった。これは若いひとたちに接している間に、今後の俳句は、やはりそのような表現方法をとるようになるであろうと思い至ったからである。しかしそこには凝縮と深い奥行きがなくてはならない。私は出来るだけ努力したつもりであるが、地下の草城先生がごらんになったら何とおっしゃるであろうか。

尚、変化の過程をしっていただくためにも、配列は年代順とした。

来年で、私は句作をはじめて三十年になるが、句の道は、どこまでいっても尽きることがない。これらの句について、大方の御批判、御鞭撻を賜われば幸甚である。

この句集を出すにあたり、お忙しい中から、終始、労を惜しまれなかった楠本憲吉氏にあつく御礼申上げる。

昭和四十二年　十月

桂　信子

第四句集

新緑（しんりょく）

昭和 49 年 2 月 1 日　発行
発行人　川島壽美子
印　刷　三協美術印刷
製　本　仲村製本
発行所　牧羊社
定価 1300 円

昭和四十二年―四十三年

蟬の窓朝の花瓶の水にごる

少年来て脚ねばりだす水すまし

ふるさとの井戸のくらがり藤散りこむ

濁る水はどこかへ流し栗の花

峡ふかく日傘曲折してくだる

手鏡の顔にも西日乗り継ぐ旅

はばたく蛾の銀粉を紗に微光の町

菊咲いて女に水と時間澄む

苔のぬくみは男のぬくみ枯山水

微光のまま昏れる雪嶺何かに堪え

墨磨つてのちの雪夜の重さ知る

身のうちも白さ保つて夜に入る雪

光りあつめる一本の杭雪解川

丸岡樹三子さんを悼む

寒の畳に死顔おがむ諸手つく

白布の下のきみの死顔寒せめぐ

靴先に散る雪きみの死は確か

遠嶺に雪また両眼をしばたたく

寒日輪へ諸手合せてきみの葬

ほとばしる水を梅林の奥に見る

新　緑

菜種咲けばしばらく菜種色の川

あしのうらからくるやわらかさ雛の前

のみ干す酒いま春月は一円燈

個々に輪を描いてとぶ虻彩史の忌

剝製の雉子に玻璃ごし花吹雪

屋上園の鸚鵡には見え春落日

地に添うて鶏の一日春の暮

画展への道眼帯に緑さす

喪帰りのいくつ重ねて霞む橋

夢寐の間を蝶翔つあとの軒雫

春帽子その庇より没日光

炎天航く船底までの鉄の階

石畳ばかり誤算のかたつむり

すこし古風で実柘榴とその周囲

からたちの夜や鏡面に鱒はしる

克明に鏡に映つてみじめな夏

信濃　四句

湧き水に朝漆黒の岩つばめ

一夜過ぎ単線駅の露の貨車

露の駅ひとりひとりに手の温み

夏逝く地日の斑と蜂の屍をのこし

悪まざと見え鶏頭のこの真紅

鶏頭の朱に女臥るもののかげ

祖母の声もともにたたんで秋扇

魚提げて何度も曲る薄の道

蜆殻友見送つてから乾く

道ばたに死が来て乾く兜虫

昭和四十四年

雛まつる壁裏昼の物音す

眼の端に水が光つていて三月

粉雪ふるまでのやさしい潦

雛菓子にすこし日あたる母の留守
野遊びの着物のしめり老夫婦
牛帰る梅雨の黒幹いくつも見て
春暮とも知らず水槽の眼なし魚
仏壇にひるのともしび紅椿
春帽子の内側汚れ水に佇つ
白昼の牡丹遠見にひとの家
老夫婦の黙に沖さす遠ヨット
葬家出て沿う六月の朝の川
山の音こだまにかえる春の暮

新　緑

てのひらの水の珠玉よ青葉騒

一本の杖の行手に夕霞

霧に眼を据えて昨日の水を見る

ひとの死へいそぐ四月の水の色

喪服で逢う久闊の友八重桜

水汲んで柄杓の重さ四月の喪

喪の膝と竹林に風冷え通る

清め塩緑陰に撒き喪の生者

春の暮川幅を水流れては

まんなかに餅のふくれる老姉妹

籐椅子になびく隣家の薄煙り
桐の花紅の夕日は人去る方
花桐と土蔵の月日友の家
忘れては小雨に濡らす花鋏
掌のしめり箸にうつして青葉の夜
氷店の鏡に午後の波頭
竹林に暮春漂う外厨
水の音簾に距て夜想曲
松の芯みていつまでも畳の上
雛の日の遠近ともる水際の家

新　緑

残雪の裏山見えて古時計

澄む水を流す母郷の斑雪山

土の匂いの毛氈たたむ花の夕

朴の広葉に雨音ひそか夏も去る

皿白く磨く山荘の夏の終り

桔梗挿す壺の暗さをのぞいてから

石仏に梅雨の山坂うねりあう

水色は遠方の色花柘榴

鉈つかう音炎天の寺の裏

滝音の圏内去らず卵売り

一枚の岩に風吹く夏の終り
月見草砂地は風の吹くままに
山中に笑う男の草じらみ
子等帰り枯野浮遊の一風船
立冬の貨車鉄柱の傍通る
黄落の奥神鏡は闇を映し
画鋲ひとつ枯木に光り学園祭
冬の暮板の間を踏むいくたびも
むつかしい一日が暮れ柚子湯の柚子

昭和四十五年

新　緑

昨日とおなじところに居れば初日さす
ライターを借りてふりむく枯世界
家鳩のぐずついている冬木立
竹林に寒気流れる手水鉢
寒椿母の白髪の揺れ通る
玉椿八十八の母の息
もの売る声母にとどかず冬の暮
空瓶透き大人ばかりの家の冬
掃き出して仏間すぐさま寒気満つ
寒鯉の平安水の昏さに馴れ

箱の中の暗色二月音なく来る
庭石は二月の重さ時計打つ
画展出て点描の森落椿
寒夕焼端まで塗らず画布の紅
画布の裏冬河ものをうかべては
一灯の限界に渦雪解川
物売りに寒暮あかるむ橋の際
つながれるものら相似て冬日の柵
弱火で煮るものの多くて冬の暮
見えかくれしてそれぞれに梅を見る

新緑

生きもののすれ違う眼や冬霞

梅林を音通りぬけ地鎮祭

辛子色に沈む夕日と母の櫛

藁うかぶ四月の川のまんなかに

日曜の眼鏡おかれて花映る

法衣重くゆく老杉の芽ぶき時

人長く佇たせ喪家の八重桜

帰校児に濃淡の菜の花畑

売る菓子の乾く花見の裏通り

石を牽く牛の念力八重桜

八重桜夕日溶けては紅ながす
水音で充たす一日さくら散る
若葉からまつすぐに来る朝の風
拳で打つ空間夜桜の帰り
緑陰に風反転し豹の息
窓外に視線やわらぐ麦畑
牛の鼻の影の近づく水すまし
木陰に光る眼をもつものら梅雨の村
罠もろとも獣がうごく霧の底
薄紙をはがす婆いて長い梅雨

新緑

黒塗りの箸の月日に青嵐

土間ぬけて遠山へ去る青田風

鉦打つて沼の風よぶ夏祭

むらがり咲くものの暑さよ墓過ぎて

崖土の赤さへ夕日と一飛燕

遠景に人馬動いて旱川

母病んで朝の日あたる蚊遣香

松虫草馬の行手の午前の陽

まじまじと子が見てひらく水中花

霧の奥に眼をみひらいて畑を打つ

山中の霧が緋鯉の緋をあやつる
霧に影うごき牡牛に昼の飢え
霧にうかぶ皿より淡くわがねむり
水中になお水はじく水蜜桃

高野山　六句

ケーブルの強索炎暑ひきのぼる
すでに晩夏草ぬきんでて昏れる山
庫裏ぬけて甕の水まで蜂かよう
雷雨すぎ正座の客に杉の箸
僧消えてのこる晩夏の石畳
念仏の地を這う声に夏終る

水甕の水に触れゆく野分の端
水に浮く蛾が生きていて西日さす
蟋蟀に闇くる鉄蓋より重く
萩叢にこもるまひるの日の匂い
飲食のかすかな音に萩昏れる
秋冷の身に及ぶまで雨後の幹
枯供華の墓地の端ゆく画学生
水底に死魚の骨揺れ牡蠣舟揺れ
紙を焼く一重の煙紅葉山
家裏に空瓶透いて紅葉山

老年の遠く近くて紅葉照る
鵙叫びところどころの潦
魚獲ては男枯野の端通る
影もたぬ牛の咆哮薄原
絶えず動き枯野にぬくい牛の舌
葦枯れる流れぬ水の端々に
さしかかるひとつの橋の秋の暮
霧の夜の川面に浮かすわが眠り

四国行　五句

紅葉の島に近寄り寄らず航く
船室の鏡冬潮時々耀る

卓にくばる真白な皿冬の航
航く海に眼鏡離さず老農夫
城壁に木の実落ちそのままの夜
雁わたる風か畳に輪ゴム踏み
水甕の水に浮く塵冬に入る
共に焚かれ枯菊と縄似てしまう
縄一本闇に遊ばせ木枯去る
物置に火吹竹古り落葉焚
落葉焚きそのあとの用次々湧く
棚の柚子に日が来て塩壺には射さぬ

冬至の陽仏壇に射しすぐに消え

聖夜劇終りいつもの裸燈つく

橋裏に灯色動かし聖夜の舟

昭和四十六年

朝の空気静かに流れ寒椿

火の椿紙片一枚空をゆく

冬鏡闇のむこうの川匂う

霜除の藁に老母の影うごく

人見えぬまま寒林の遠こだま

ゆずり葉の先すこし枯れ母ねむる

凍空を端から開く朝鏡

飯櫃の芯まで乾き寒雀

空罐の崖はしる音二月の風

喪の家に墨磨る手見え実南天

一握の島までの水尾冬の凪

雛の日の街の端のみ日があたる

壺暗く鳥啼く日の春の雲

梅林出てすぐ日を映す潦

いつか蔵われ野遊びの母の杖

藁燃やす遠い火色に三月来る

日おもての椿太鼓の音奔る
双眼鏡に鳰容れてのち湖を見る
眼前の有刺線他は春の湖
木の芽雨平らなものへ女の目
日の椿みえぬ辺りへ微塵撒き
遠い炎が見え曇天の花ざかり
奔るもの若葉を過ぎてより夕べ
春怒濤逆光のもののみな動く
荷車の消えるまで音鎮花祭
天気図に重石のナイフ若葉光

新緑

塗椀の重くて母の木の芽和え
密封の壺の重さよ木の芽風
木の芽風漆黒の膳拭き清め
濡れ傘を干して椿の午前照る
紙の桜に手触れては過ぎ子の真昼
若葉光虫はもとより鋼色
つつじ山昏れてみじめに皿小鉢
竹の皮ひらと地上に人の酔
一枚の闇に暮春の松林
人の葬暮春の水を汲むばかり

水をみちびく竹林の精春の暮
老婆の荷を解き放つ風若葉光
母へ濁す言葉の端よ別れ霜
筍飯月日身近かに母の老
蔵の戸を開け夏足袋の亡父来る
書を重く青年通る夏座敷
花桐にすでに脈打つ朝の町
桐の花ひびくものみな地に沈む
若楓奔流町の端を過ぎ
燕来る山の空気の切れ味に

新　緑

草に臥て身の内側を蟻はしる

眼前にヨット傾く一人旅

神輿来て戸口をふさぐ婆の腰

家めぐる水の迅さに五月逝く

目高の水に映ってからの子の午前

雷火にも逆立つ馬の黒たてがみ

夜の刃物うつむき祭囃子過ぐ

水中に芯とがる花少年来て

駄菓子屋のガラスの西日雨後しばらく

草刈機陽ざらしにして昼餉どき

夏草の丈に夫婦の息沈む
匙音を立てては水着家族散る
鮎釣りに遠山の風樹々の風
床下に空瓶乾く鮎の宿
厨房のナイフ曇らす山の霧
山荘の門出てすぐに霧女郎
隙多い木の橋わたり菖蒲池
吊り鏡夜は大蜘蛛のかくれ場所
俎の魚の眼が見る雲の峰
水溢れおちつかぬ甕紺朝顔

新　緑

水際に悪寒をのこす青炎天

納屋までの往き来に母の白絣

高く咲き老母まどわす白桔梗

遠景に簾垂らして老うごく

昼顔に鉄の匂いのにぎりめし

昼顔に鉦の音より顔荒ぶ

雷雲に映つて婆の水鏡

虻つれて水辺をまわる老婆の午後

草の種こぼす犬いて廃寺院

肉購いに初秋の鏡くぐりぬけ

ペン持たぬ午前水すましより寂し
鐘を打ち晩夏の雲の湧くを待つ
韻きあうものよ晩夏の雲と水
海わたる魂ひとつ夜の秋
片隅に蚊帳の紅紐海女の昼
往き来見え草市の灯へ橋ひとつ
睡蓮の純白のこす山の暮
園丁に大きな錠のある九月
吹きなびくものをうしろに鰯雲
穂芒を分け昼月と部屋の鍵

枯山をきて頂上の平らな水
四五人に日向ばかりの秋の道
盤石に青蟷螂の細肢透く
口むすぶ鯉みて帰る秋彼岸
老人に石のつらなる秋祭
音立てぬ虫いて青む夜の畳
時計師に微塵の秋日身のまわり
枯菊に午前の曇り午後の照り
枯苑にはやぬきんでて一馬身
一枚の葉書運ばれ枯野の家

皿の艶午前の時雨来ては去り
枯山につねに反古焚く薄煙り
枯山に見比べて買う鳩の笛
秋曇の幹となるまで画布を塗る
階段裏へ秋日とどいて昼の酒
セロファンにひびく霧笛よ薬のむ
鵙鳴いて木陰遊ばす村境
裏口へ水流れ出て祭笛
電線をめぐらす菊人形の上
老犬のゆく道きまり薄紅葉

枯菊の終の香りは火の中に
水底に昼夜を分ち冬の鯉
少年に白紙おかれて冬の鵙
灯の真珠冬海遠く闇に鳴り
ギターの胴に冬灯映つてからの雨
発破音その音にさえ身じろぐ冬
電線を闇に走らす冬の川
柚子湯出るとき坂下の家が見え
花八つ手花を散らして鉛の水
水奔る音の昂ぶり櫨紅葉

昭和四十七年

初御空より一本の鞭の影

火に仕え母黒豆を黒く煮る

橙のころがるを待つ青畳

獅子舞が通りこぼれる崖の土

凍湖に映す火を焚きひと日透く

暖炉燃え眼前の湖すぐ曇る

望遠鏡鳰《におどり》くぐるまでを見て

眼の隅を一鳥よぎり湖凍てる

天井に水の明るさ来て二月

新緑

裏口におろす荷鰤の尾が見えて

枯葦にひと日平らな空と水

藁屋根の端の雪嶺ことに冴え

枯葦に影つくらせず鈍太陽

老婆去り水際に浮ぶ捨て青菜

わかさぎを薄味に煮て暮色くる

冬埃舞う藁小屋の戸があいて

白昼の水色匂う冬の凪

芹の水に小銭を落す婆の昼

川上は霞がかくし老ひとり

微光曳くもの生きていて冬の霧
白無垢は霞にまぎれ鈴の音
書をひらき二月活字の香をこのむ
春雪のあとかたもなく晩餐図
風の夜半燠掻き立てて亡夫去る
縁の下に瓶もたれあい雛の夜
裏がえる白紙に微風桃の昼
風呂桶の隅のしめりに春夕日
空缶にたまる雨水種苗店
春眠の底に刃物を逆立てる

新　緑

春の昼自縛の縄の端垂らし

道問えば老婆出てきて蓬の香

土間移る夕日の重さ蓬餅

水も洩らさぬひとと対きあう花の冷え

母の寝に侍す春暁のスリッパは

蓬摘む波音遠し小松原

春潮の歯並くり出す雲の午後

三月の終りの紙を切りきざむ

病む母の薄眼に満ちて花万朶

手拭の片寄り吹かれ柿若葉

花冷えの夜は眼をひらく陶器の魚

一鳥の声のするどさ青葉騒

あやめ咲き雨戸の多い家に棲む

人声のして泉湧く町の端

人容れて緑陰さわぐひとところ

青萱を伝う人声舟寄せる

ハンカチを敷き緑陰の地とへだつ

母の辺の禱りに白蛾たちのぼる

三室戸寺一条の滝かくし持つ

老ひとり何かに祈り滝とどろく

新緑

緑陰もまたおちつかず揚羽蝶
柱時計音をひきずり夜の蛙
母ねむりそれよりつづく露の道
日傘また遠くあらわれ野の起伏
山中の殺気うかがう夏鴉
神の山に悪食みられ夏鴉
人去つて葬後の西日庭下駄に
手の影の皿に大きく巴里祭
炎天に柄杓沈めて甕の水
白雲のつらなり走る崖清水

船煙かすか無傷の炎天に
物売りの荷を砂におく土用波
土用波へだてプールに水湛う
朝顔の紺に塗箸すこし剝げ
皺のばす朝顔の種つつむ紙
入日の前の土の明るさ夏蕨
飴色の月日に天の鵙叫ぶ
沖の荒れ合歓はねむりの中にいて

那智滝　四句

とどろきのなかに無音の神の滝
銀の笛ほし滝しぶき虹となり

滝壺を誰ものぞき引返す
滝水の末に鍋釜ひたす村
夏点前水中鯉のひげ動く
駅柵に沿う窓昼の蚊帳たるむ

伊良湖　六句

砂浜に一夜放置の露の椅子
夕かけて冥む海鳴り浜あざみ
秋風の舟底白い魚ねかせ
冷え土間を砂浜へ犬ぬけ通る
芋を剝く裏口遠く波を見て
秋の浜貝を焼く手に近くいる

どんぐりの落ちて日あたる山となる
面売りにときどき光る秋の川
炎える火のふしぎなかたち秋の暮
水入れて壺に音する秋の暮
冬浜の砂の上くる薬売り
枯菊も芥のひとつ水に浮き
道端に捨縄を踏む冬の暮
年終る流れる水を垣間見て

昭和四十八年

凧糸の白のひとすじ身より出て

新緑

くれかかる二日の壁があるばかり
水餅のまわりいつもの音はじまる
初雪の下にはげしく下水音
水仙を二三日見て旅に発つ
牛のいるまわりいちにち冬日向
切株の耐えられぬとき粉雪よぶ
死者を置き鏡の中に牡丹雪
眼に見えぬ糸の張られて白椿
凍鏡据え畳目を荒くする
明日は死ぬ寒鮒の水入れ替える

潦の水減りはじめ梅の昼
きさらぎの水ふりこぼす喪の両掌
門川に砂こぼれ落ち二月尽く
川面に映るひとつの灯雛の夜
雛の日の日向かたよる石畳
昼月より淡く時過ぎ桃の村
昼月へ余命ちらばる花菜道
雛の灯を消して仏間と闇かよう
雛段に半日おかれ母の眼鏡
鮨の香に家のまわりの木の芽風

新　緑

雑誌焚く煙横長三鬼の忌

宿題の子に見えかくれ春の鶏

目が覚めて舌の根乾く花ざかり

花びらを少し吹き入れ日の格子

囀りに応えて朝の水の張り

樹々密に陽を梳り春疾風

母容態悪化

母の魂梅に遊んで夜は還る

梅に瞠く薄明の母の眸か

母細眼薄明界の野に遊び

梅が香や母の常着は闇に垂れ

臥す母のまわりきららに春の塵
眼窩深く灯る母の眸芽木昏れて
白湯たぎるなか幻の蝶の昼
明暗の際とぶ蝶を見失う
花冷えの壺が吸いこむ母の息
母ねむり葛湯さめゆく花の昼
薄紙につつむ花びら最晩年
現し世と黄泉の境の花吹雪
遠山へ喪服を垂らす花の昼
母の日のレモンを飾る古書の上

新緑

花種を蒔いてみつめるただの土

桜餅の上をときどき微風すぎ

新緑のなかまつすぐな幹ならぶ

崖の土こぼれて乾く松の芯

雁帰る酒瓶に映る夜の顔

貌映し泉をくらくする午前

水飴の瓶のほこりに燕とぶ

巣燕に看板の照るたばこ店

由布院　七句

岩風呂や木賊にかかる夕陽見て

竹の皮落ちてしばらく日の中に

木苺にかかる埃も旅半ば

水辺まで出るごわごわの宿浴衣

焼鮎の膳より吹かれ箸袋

緑陰の木椅子は昏れるまで木椅子

戸の隙に青麦光り昼の箸

紫陽花へ雨の簾をひと日かけ

十薬の花の近くの灰かぐら

水銀のおもさ夕べの梅雨鏡

梅雨の柱を齢とりまく山の風

灯を囲むものをへだてて夏蕨

新　緑

梅の実が落ちて梯子の位置きまる

萍の風の気ままに雲の午後

あかつきの萍たたく山の雨

河骨の水の傷みに顔映る

青簾走り去るものの地にひびき

弘川寺　七句

炎天へ遠山をおく竹の幹

老婆過ぎ風のむらがる竹煮草

待つものの静けさにいて蟻地獄

檐深く風棲む昼のきりぎりす

きりぎりす足元の草直立し

裏窓の水音植田照り返し

油蟬寺領の土を深く掘る

黒揚羽ゆきもどりして凶を撒く

朴の葉を打つ夕立のはじめの音

綱ひけばたちまち干し場キャンプ村

那智　五句

水音をへだて灯ともる夏座敷

鶏冠を逆立てる鶏滝の前

滝おちる身のうちのもの鳴りひびき

滝壺の青を藍とし雲はしる

蟇《ひきがえる》闇のつづきの山負うて

新　緑

白髪の息ひそめあう炎える昼

水甕に昼がかぶさる盆の村

汲みおきの水に夜がくる盆の家

遠祖のねむりへかよう盆太鼓

水番の片手しばらく樹をたたく

遠景に水争いをおく日影

ふるさとに切尖をもつ夏樹あり

塩買いに新盆の下駄乾ききり

椅子の脚砂におちつき避暑家族

街の灯のグラスに黄ばみ裾ひく夏

男から黒髪奪い夏果てる
青芒沖に力の船通る

あとがき

『新緑』は、昭和四十二年夏より四十八年初秋までの四百八十五句をおさめた私の第四句集である。その間、四十五年三月「草苑」を創刊し、四十八年四月、母を失つた。牧羊社、川島壽美子さんからのおすすめで、この度、句集を編むことを思い立つたが、亡母へ捧げたいという気持が、その根底にあつた。

また日野草城先生がお亡くなりになられてから、今年で十七年になる。果して地下の先生に見ていただけるような句があるかどうか。

先生のお好きだつた色、そして母の誕生月五月の色「新緑」をその題名とした。装幀、その他、一切のことは、牧羊社の西内さんにおまかせし、いろいろお世話になつた。あつく御礼申し上げる。

昭和四十八年秋

桂　信子

第五句集

初夏（しょか）

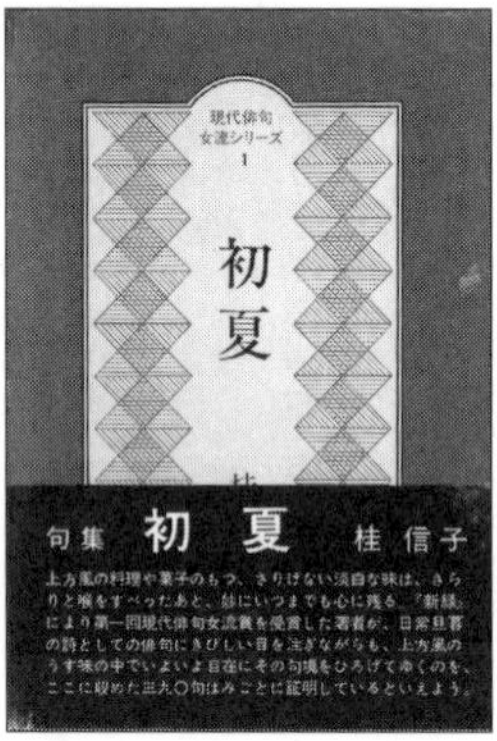

現代俳句女流シリーズ・1
昭和52年8月20日発行
発行人　川島壽美子
発行所　牧羊社
東京都渋谷区渋谷2丁目10の10
印　刷　三協美術印刷
製　本　松栄堂製本所
定価2000円

昭和四十八年秋—四十九年

水音や道に目覚めの栗の毬
昼の風鏡素通る秋彼岸
黄落の底に匂わぬ尼の頸
曼珠沙華噴く火を山の際にまで
思わぬところから湧く雨の稲雀
月浴びて歯の根をあわす水の上
紅絹を裁つ亡母に露の鯨尺
毒茸を掘つて真昼の日にさらす
穂芒の銀をけぶらす紙焚いて

頂上に来てその先に秋の山

板の間に柚子の艶おく留守の家

てのひらの大きくて柿の種のこる

二階踏む昼の足音冬金魚

呪文とけ冬日の亀が歩き出す

顔あげて湯気の蓬髪大根焚

濁り声身をとりまいて大根焚

柚子風呂へ火屑を散らす竈口

暁暗に人の声する正恵方

遠雪嶺鉄扉ひらいて国旗出す

初夏

日中の太い日がさす注連飾り
耳門より細身の出入り寒の暮
片足にまといつく紐冬畳
鏡面を夜の影はしり冬苺
初午や物音ひびく部屋の壁
遠く去るものへ風吹き蕗の薹
芹の水へ土橋をわたる砂埃
常着で佇つ種苗店の夕あかり
鮨にぎる手がガラス越し春霞
相模野の春暮になじむとりけもの

梅林を出て薄紅の夕渚
くるぶしの際ぬけてゆく春の水
風はしり窓に片寄る柿若葉
莫蓙の上にひとの娯しみ八重桜
春の土荒れて筋ひく竹箒
裏道に緑陰が見えそこへゆく
山つつじ咲き崖上の人の声
総毛立つ紙の手ざわり春の暮
風つれてひとの湧き出る躑躅山
惜春の竹の幹うつ石つぶて

初　夏

紙函のまんなかへこむ薄暑かな
影長く藤房の午後幼稚園
窓を出てショパンの高貴春の暮
浜焼の鯛仰向けに野をいそぐ
時計鳴り日の勁くなる麦畑
裏山に日がさすときの麦埃
日の虻に午後の翳りの藁筵
羽ばたきのあとさみどりの潦
水中にまつすぐ下す糸の夏
金魚の緋西の方より嵐くる

紅梅の隙間からくる悪寒かな

水を擲つ音のきこえて竹の秋

水音や巣藁にとどく夕餉の灯

橋の上の風に貼絵の遠花火

大薬罐庫裡の西日をうけとめて

寺門しめ幾重もつくる五月闇

老年や夢のはじめのすみれ道

そよぎだす早苗田の青昼鏡

電柱のかたむき映り夕田水

駅の灯が映る水田の人往来

蓋もののなかの佃煮走り梅雨

箱根　五句

六月の林すぐ尽き潦

水に灯をのこし扉おろす梅雨館

電柱の昼のさびしさ青山中

夏霧のなか幹を過ぎ幹を過ぎ

錆び音と共に開くドアー濃紫陽花

夕暮の橋が短かく青山椒

かなかなに絵筆を洗う水の彩

つるす衣の齢ふかれて衣紋竹

空瓶のぬくもり浚う土用波

山越える山のかたちの夏帽子
枇杷種に遠い灯がつき老夫妻
一族のなかにきらめき盆の水
朝顔の蔓の行方の白雫
日の虻にすばやく奔る山の水
戸の隙に婆の脚見え滝見茶屋
茶屋の昼柱時計を蜂が打つ
水面に油紋のみどり蟬の昼
観世縒りの紙つよく張る夕ひぐらし
村までの道一筋の氷店

初夏

炎える昼牛小屋までの水こぼす
舟底を擦る川の砂夏の果
城趾に鎖を垂らし九月逝く
遠山も凪の案山子も伊賀のうち
茎さしてガラス瓶透く土用波
窓際に二百十日の細身の椅子
洋酒瓶の香りちちろを誘いだす
二階から声のしている白露の日
花芒遠い荷馬車に日をつなぐ
新藁のなかに入りこむ老の箸

果てるころ月明となる村芝居

母屋の灯よぎる人影秋すだれ

誰彼の声のやさしく花芒

馬に添う綱たるむとき花芒

秋水や鯉のねむりは眼をはりて

閾をすべる雨戸いくつも白露の日

風の透く梯子をはこぶ鰯雲

萩こぼれ雲をはしらす桶の水

庫裡の戸のあけたての音夕の萩

萩の辺りまできて光る貝釦

萩叢の暗さになじむ昼枕
雑草に風みえはじめ柿を干す
稔り田の風にふくらむ老姉妹
大根馬坂の途中に日がさして
枯山へつづく街道箒売り
上手より馬あらわれて秋終る
宿の鏡のなかにしりぞく冬渚
全景の宿の絵葉書冬の浪
座布団の際まで射して冬至の陽
塗り膳を土蔵より出す朝の霜

凍の夜のはじまる兆し軒の縄

昭和五十年

ひるがえりひるがえりつつ初日くる

門松のすこしゆがんでいる日向

ソファーにいて葉牡丹の真正面

葉牡丹を曇らせている街の音

手を搏つて粉はらう昼寒日和

風呂敷の紺を匂わす冬木立

寒木のしずまるときの針の穴

藁の先いつも吹かれて寒牡丹

月光の白刃に触れ寒牡丹
井の底に月の碧玉寒牡丹
人の手に焔みじかく厄詣り
凍蝶のそばに芥を焼く焔
夜の町は紺しぼりつつ牡丹雪
雪煙りのなかに獣のうしろ脚

皇居東御苑　六句

まる見えの二の丸跡の寒鴉
寒鴉翔ぶ高からず低からず
寒鯉の水を覆うて雲はしる
城門のまんなかくぐる寒の昼

日は午後の光りを返す枯葎
管理人室に入りこむ冬木影
碧空へ梅を歆めこむ朝の鳥
尼寺の縁にふくらむ冬の蜂
尼寺の湯桶が乾く梅の昼
鉄瓶の湯に添うてくる梅の午後
尼寺をとりまく梅の咲くちから
床下を風吹きぬけて梅の寺
紅梅に佇ち白昼の嗄がれ声
古雛に水の厚みの夜も流れ

初　夏

日の射して創深く立つ春の幹

母の忌の花種を土浅く埋め

覚め際の身に張りつめる薄氷

みちびかれ水は菫の野へつづく

苗木売り夕餉の灯色遠く見て

墓山のむこうに昏れる椿山

しばらくは塔影に入る浮寝鳥

軒借りのひとに傘貸す三鬼の忌

新緑の顔映るまで茹で卵

茹で卵むけば日向に浮寝鳥

涅槃会に佳人のまじる日の翳り
燭の炎へ風邪をもちこむ昼の僧
燈明の裏側流れ紅椿
恋猫の湧いては消える日向道
佇つ影の日へ歩み出す蓬原
裏山に筍のびる昼の経
庖丁の出を待つひかり花の昼
ころげ出る飴玉の黒八重桜
縁側に尺八ころげ菜の盛り
蓮華田のむこうより霽れ昼枕

初　夏

村にひとつ鳴らぬ半鐘蓬餅

竈の火片側にうけ種袋

膝折つて縁を拭きこむ別れ霜

手拍子や水に降りこむ桜蘂

雨あとの大きな雫柿若葉

水の上を水が流れて春の暮

もの提げて土橋を渡る夜の朧

磨き砂道にこぼれて初燕

一《いち》八《はつ》に使いはじめの飯茶碗

牡丹のなかより虫の貌が出て

水際にのびきる夕日つばくらめ
水逝くとてのひらにのる蝸牛
川波のことごとく急き麻衣
多佳子忌の高階に泛くエレベーター
木の箱の釘すぐ抜けてさくらんぼ
橋裏に光のあそぶ苗代寒
そこまでは灯ののびている夏蓬
轍また深みにはいり夏大根
仏飯の湯気麦畑に日があたり
縄垂れて六月終る水の渦

初　夏

目の前に艇先あらわれ舟遊び
翅音して水の上ゆく夏衣
一日の奥に日の射す黒揚羽
さかのぼる川波の耀り鮎料理
波音に唐黍を焼く火を落す
七夕や風のしめりの菓子袋
七夕や雨たしかめる片手出す
理髪店出る人の影田水沸く
椎茸の煮上るを待つ夜の大暑
晩年の月日聳える青簾

辻よぎる人影風の地蔵盆

余呉周辺　十五句

賤が岳へ道のはじめの露葎

露の戸を開けて掌にのる余呉の湖

湖の色たちまち翳り法師蟬

秋風と月日繰りだす糸ぐるま

はたはたの翔んで隠れて湖の国

浮巣まで竿のとどかぬ夕水輪

湖の芥に添うて流れる鴨の羽

秋すでに風のひびきの湖西線

湖昏れて青葦わたる風に筋

蟇が出て廻りおさめる糸ぐるま
朝日射し繭をねむらす大庇
伊香しぐれまでの田の面を烏守る
はつ秋の雲より光大竈
蟬ないて藤樹書屋に黄ばむ紙
遠くほど光る単線稲の花
初秋や人のうしろを風が過ぎ
白紙より湧く影のあり日雷
薄瞼簾の風が白湯さます
露の葉のそれぞれに日は力帯び

荒縄の濡れては乾く萩の花
月明の遠山となる壁鏡
白露の日神父の裳裾宙に泛き
露の戸を敲く風あり草木染
露の灯の陽とさしかわる牛乳店
青柿の落ちてひろがる針のめ・ど・
蛇酒の蛇とけてゆく壺のなか
水底に泥のかぶさる月の村
土間の靴みな茸山の土つけて
縄張りのなかの飲食きのこ山

毒茸や水面いくども雲が過ぎ
太声に寄る夕ぐれの茸番人
生きものの温みが過ぎる月夜茸
ナプキンの角に日あたり牡蠣料理

松島　十句

黄落の道いくまがりみちのくは
水中に石段ひたり鯊の潮
温みある流燈水へつきはなす
舟影に芥をはこび鯊の潮
鯊舟に潮満ちてゆく月曜日
降る木の実水中半ばまで見えて

水に落ち羽毛すぐ浮く鰯雲
僧ひとりゆくに穂芒ふきわかれ
女の旅藁塚のぬくみの間を過ぎ
菊の香や女五人の強《こわ》面《おもて》
人声や豊年の臼裏庭に
稲の香も夕べに駅の伝言板
湖の日の余りちらりと冬鏡
大津絵の鬼が手を拍つ紅葉山
はつ冬や刃物を入れて水動く
湖際のものの横流れ雪ぐもり

映る炎の水際にのびて浮寝鳥
金泥の水の落日鳰くぐる
真向の芦の枯れざま舞扇
夜空より大きな灰や年の市
神燈の真下のくらさ夕霰

昭和五十一年

道いつか平らかになり初詣
寒の山来ていただきに神の酒
神前に日だまりがあり寒の山
燈明のひとりでに消え雪の昼

櫓の音の櫓についてゆく冬の湖

菫まで二タ足とんで夕渚

白紐の手よりほどけて梅の昼

行者の衣汚れて通り焚火あと

焚火あと四つ辻を人よぎり去り

十日経て庭に掃かれる追儺豆

きさらぎをぬけて弥生へものの影

足摺岬　十一句

海鳴りや天衣が降らす春の砂

巻貝のなかの薄暗遠潮騒

蠟色の顔のゆき交う椿山

初　夏

夕ぐれの力のこもる椿山

海鳴りは夜の音となり椿山

裏山の椿重くて眠り際

海鳴りの闇に椿が蕊を張る

先頭の遍路が海の入日見る

足どりのおなじ遍路の前うしろ

縁に垂れ遍路の脚の宙に泛く

ぽんかんの皮のぶあつさ土佐の国

花冷えの箱に音する吉野葛

僧の頭のなかなか消えぬ花月夜

塗膳を曇らす峡の杉花粉

ねむりつぎ薄日ふたたび蝸牛

白昼の風ふきかわる蛇の衣

甕に満ち八十八夜の水みどり

藻の匂い町にひろがり鑑真忌

朝顔の平らにひらき海の風

灼け砂に空瓶うまり人の影

佐渡行　四句

梅雨の旅同車の僧も海を見る

山々を沈めて田水張る越後

断崖やたえず震うて百合の芯

吉野　二十句

どくだみへ空マッチ箱沖くもる
炎天に山風の香や吉野口
炎天と威を競いつつ迫る山
杉のなかにしたたかな幹梅雨ぐもり
蟬声に流れをはやめ峡の雲
山伏の眸の奥ひかり青吉野
足音や間道に霧深く入る
峯入りのうしろ姿に手をかざす
いただきは霧がとりまく国境
蟇とんで女の声のすぐおこる

遠雷や山のかたちを山覆う
喜雨を待つ熊笹震い伏しながら
杣人の片方の手にいなびかり
いなびかり夜に入る幹の直立し
雷裂けて全山震う吉野杉
雷のあとにのこる杉の香奥吉野
緑陰や水際に魚の匂いして
山の鳥裏にきこえて夏座敷
低く吹く風に身をおき渋油団
祭囃子山影覆う村を出て

初夏

祭過ぎ杉の葉先の雨雫

肉親に重なりあうて梅雨の山

紫蘇しげるなかを女のはかりごと

青年に長短の紐夏の山

夏の餅黴びねば忘れ山の風

朝顔や母の白地は蔵のなか

畳目の限りなくある夜の大暑

新聞紙畳にふかれ土用波

泛子《うき》沈む水のくぼみも夏至の昼

朝ぐもり水面に触れて虫のとぶ

待つひまを川面みている土用丑

人影のかたまつて出る土用丑

壺の蜜ゆるみはじめる揚羽蝶

日覆のはためきつづけ午後の波

足許の闇に音たて池の蓮

地を展べて朝光を待つ白露の日

朝影や幹ひややかに地より立つ

炎天に一樹の影の地を移る

炎暑去る地中にふかく樹の根満ち

川半ばまで立秋の山の影

初夏

木の瘤に西日がのこり沼の水

樹はみどり深く沈めて秋の沼

秋曇の目の前にある松の幹

賽銭箱に松の塵ふる山の午後

寺を出て萩に片よる水の音

月の出て畳の縁の足ざわり

裏返る大蛾に朝の湖はあり

鉄燭の壁に影おく蛇笏の忌

新聞紙濡れて秋立つ魚市場

胡麻乾く縁のつづきの三輪の山

太縄を地に葛城の神の発つ

頂上の薄に乾び鳥の糞

秋日射し杉の匂いの厠紙

溝川の音馴れてくる唐辛子

雨蒼く降って月待つ貌の泛く

草なびく月も虚空に吹かれ出て

義仲寺附近　十三句

水汲んで水を動かす山の秋

地に触れて反る柿落葉巴塚

深秋の墓域を移る幹の影

樹々ふかく露の墓域に人うごき

墓の前木の実を降らす風のまま

秋風の墓前を飾る一羽毛

椎の樹を仰ぐ目鼻や秋の暮

秋水のゆらめきに載り庇影

白鷺の翔つて水面を彩移る

淡海より風ふいてくる帰り花

茅葺の茅の緻密に山の秋

刈田ゆく袖を四角に紺絣

吊し柿日は一輪のままに落ち

羽ばたきの音をかさねて冬に入る

一隅に冬の匂いの乱れ籠
木の実降り裏戸にひびく金盥
神楽笛金銀散らす山の風
草分けて用たすひとり里神楽
黄落のなかの一木水鏡
冬眠の蛇の真上を跫音過ぎ
短日の楽屋を走りぬける音
夕霰ひとときき芝居小屋の前
冬麗のまんなかにある床柱
鳥とんで風ばらばらばらに枯蓮

初　夏

木の実降る家に蒟蒻くろく煮え
箱階段下りる足音新豆腐
新豆腐杉山裾に日のあたり
生きものの音をたしかめ山眠る

昭和五十二年

庭隅の幹に日のある二日かな
餅のひび深くて老の笑いあう
そば通り過ぎ冬耕のにぶい音
天井に日の斑ゆらめく針供養
雪晴れの水がふくれて夕景色

雪虫のただよう日暮手のあそぶ
凍湖に白紙を反す書をひらき
一望の雪に生身の魚を提げ
神の前薄氷にのる一羽毛
信心のむれにしばらく冬の煤
絹針に囲まれている寒牡丹
微塵ともならず真向う寒入日
肩の辺を白髪ただよう寒日和
影長くいて水禽の声荒ぶ
鴨をみて水際にのこるタイヤ跡

初　夏

紙屑の散つて鴨泛く水にのる

遠嶺より日あたつてくる鴨の水

剝製の鳥に四隅の寒の闇

玻璃に雪剝製の鳥めつむれず

中腹に道の岐れる冬の山

鶏の羽ちらばつていて水温む

形代の行方に芦が音立てる

媼ひとり出て雛の日の門を掃く

日の薔薇へ扉を開く一医院

啓蟄の煙が松の幹のぼる

灯は水にまたたきはじめ牡丹雪

道端に出て火を創る薄霞

薔薇園の鉄柵に手をふれてゆく

花の咲く一日前のさくらの樹

あとがき

この度、牧羊社の「現代俳句女流シリーズ」の一巻として句集を編むこととなり、昭和四十八年秋から五十二年春までの句のなかから三百九十句を選び『初夏』と名づけた。

『月光抄』『女身』『晩春』『新緑』につぐ私の第五句集である。晩春、初夏は私の好きな季節であり、樹々のもえるような新緑の激しさを私の句の力としたいと思っている。

また今までもそうであったが、今後も、平常心を大切にしつつ一日一日を心をこめて生きてゆきたい。

牧羊社の川島壽美子氏、荻野節子氏はじめ多くの方々にお世話になった。あつく御礼申し上げる。

昭和五十二年初夏

桂　信子

第六句集

緑夜

（りょくや）

現代俳句の100冊・6
昭和56年9月25日発行
発行所　現代俳句協会
〒101東京都千代田区外神田4－6－10銀座第一青果ビル4F
印刷所　大洋印刷産業株式会社
定価880円

昭和五十二年

手を触れて鳥のぬくみの夕霞

ぜんまいの拳ほどけよ雲と水

おぼろより仏のりだす山の寺

涅槃会の拇指太く宙にあり

菜種梅雨念仏の膝つめあわせ

傘立にある忘れ傘灌仏会

翔つ鳥の腹やわらかく花菜畑

歯刷子にそこはかの日や春隣

水道管地中に岐れ春の暮

惜春の目の前に垂れ撞木綱
怒るとき片足あげる壬生狂言
壬生狂言かわらけ割れて埃立つ
ぬきんでて山の日に倦む八重ざくら
茶店透き柱に緑射す時計
太鼓橋白地は水に放れ泛く
祭衆ひとりは朝日顔に浴び
吹かれ落ち八十八夜の白タオル
聖堂をつつむ風あり松の芯
土塀より梯子つき出て柿若葉

緑　夜

夏火鉢遠くの山に陽がさして
湯ざましや六月の暾を遠くみて
電柱に手を触れてゆくいなご捕り
遠泳ぎ流木はなお沖へゆく
ふなばたに大きな雫沖膾
舟傾ぐ方に日当り沖膾
河童忌の白紙をはしる墨の色
奥祖谷《いや》の水をはねては水車
白桃の一夜水漬き宿の桶
夜の秋の影を大きく祖谷泊り

山の湯を出て蓮根の酢の匂い

山の湯のすこしの濁り夜の秋

板敷に映る鉄瓶夜の秋

涼風を通す柱の黒光り

人影の炎天に消え平家村

ソース瓶潮騒に立つ夏の果

雲流れたしかに秋の松の幹

荷のなかの茄子胡瓜濡れ門前町

徳利の口まつくらや稲穂波

伝言板裸燈稲田の端てらす

緑夜

昏れてなお案山子の吊り眼風の中
一木に夕日とどめる運動会
足あとのつかぬ土踏み薄原
鶫散って樹の根をひたす山の水
大楠の冷え日もすがら叫ぶ鳥
秋の浜煮ものの湯気のそば通り
解く舟のたちまちに乗る鯊の潮
近くまで波のきている新松子
冬に入るけものの逆毛撫でながら
掛時計数多く打ち山眠る

便箋の白に日あたる冬座敷

舟底に粥の煮えたつ雪催

雪原のまひるは束となるひかり

雑炊や人の働く向う岸

昭和五十三年

初詣の帰りに通る裏の山

薄氷のとけるる刻くる山の池

倒木や石の飛び散る寒の谷

時々は泛く寒鯉の胴まわり

神棚の榊の真青雪催

緑　夜

一月や油紋の海に雨の粒
ゆきずりのひとともの言う大師講
大寒の松の辺りの殺気かな
大寒や魚の容ちに猫はしり
竈よりとり出す烈火一の午
初午や白波つづく裏社
楪の大方は枯れ沖つ波
床柱のなか真白や梅の花
橋脚に白波の立つ盆梅展
舟べりに鱗の乾く涅槃西風

ハンカチをていねいに折り冬菫
笹鳴きや戸をあけて屋根あらわれる
蓬摘む一円光のなかにいて
日の下に真水のくぼみ蓬山
空井戸の蓬の茂り宇陀郡
学校の裏の道ゆく蕨狩り
枕より離れる身丈蕨飯
傍らの子に杓わたす灌仏会
伊勢講の群降り車中がら空きに
すかんぽの一本を折り山の雨

筍を括る荒縄土の上
芽山椒の一葉をちぎり夕山路
傘さして闇に花蘂降る気配
従兄来て潮の匂いの春の暮
犬冷えて出る曇日の竹藪を
野の果をずいと見渡す更衣
若竹の日射しに乾く糠袋
水打つや一日空《ラ》の神輿庫
夏芝居果てて草の根の水びたし
蠟燭の焰の長くのび松の花

汲み水の濁りを通る躑躅山

舷に両眼映るうなぎ池

炎天の山ふところの家の粥

富山　三句

山聳つや日覆ふかく写真館

山の町かげり濃くなる初燕

登山駅男女四五人遅れ着く

立山　五句

雪渓に影のするどく夕べの木

雪山の前に目立たぬ雪の山

落日や雪嶺は意のままに聳ち

中空に相寄り昏れる雪の嶺

雪嶺のことごとく昏れ水の音

安曇野　二十句

安曇野や窓近くまで田水張る

透き水のさざめき通る山葵沢

山葵田に雪白く湧く午前かな

雪嶺出て安曇野の水平らかに

安曇野に顔出て歩く麦の秋

旅人も羽搏ちつつゆく麦の秋

山へ入る道白く耀り旧端午

山裾に添うて日の照る花卯木

鳥一羽強気の声の花卯木

駅に立つ山の冷気のうしろより
山荘のベランダに居て日の涼し
郭公や夜明けの水の奔る音
落葉松の芽吹きに堪える夜明け前
栗の花匂う真下の水汲場
山独活やひと日を陰の甕の水
雨後の幹にさっと日のさす桐の花
黒揚羽飛ぶ水滴に映るまで
昏れんとし幹の途中の蝸牛
一木のうしろ百木夏の暮

緑　夜

地獄絵に奪衣婆いて夏深む

川水の濁りに添うて夏の果

十薬や何か音する籠り堂

寺深く衝立の字や昼深し

木立より顔あらわれる夏木立

廃線路踏み山中の日雷

紫陽花に佇ち山々の昏れごころ

重く押すホテルの木の扉巴里祭

山上に肉炙る手や夏の暮

会うひとのこころごころや山の夏

山上に強き燈洩らす夏館

鯉の眼の血ばしって泛く半夏生

ひと葬ることの始終や雲の峯

目頭の寄り合うてゆく炎暑の葬

渋団扇左右に振ってひと悼む

仏前のまんじゅう丸し蠅叩

葬りあと身は萍に似て遊ぶ

夜の大暑垂らす喪服の裾に臥て

炎天や都電の駅に「鬼子母神」

薑《はじかみ》や人影わたす神田川

緑　夜

掘割に町音沈む新豆腐
新豆腐終りの箸を夕日中
夕風や線路づたいに祭衆
夏神楽川ひとすじを闇におき
山昏れる萍は萍のまま
釣人の位置また変り雲の峯
門川を流れる風や地蔵盆
盆僧に席すぐに空く山の駅
ととのわぬまま夕となり盆の道
施餓鬼僧水面の照りを見ては佇つ

鳥けものまわりに遊び川施餓鬼

匂いなきものら集り夏神楽

三方に道がひらけて祭笛

竿竹売り露の籬に触れて過ぐ

山中の一木に倚る蛇笏の忌

梯子より人の匂いや神無月

岩鼻へわたす板切鯊日和

道ばたに七輪煽ぐ鯊の潮

桟橋を端まで歩く秋の昼

崖下の見えぬ波きく大根引

秋の浜松の力に遠くいる

箱根　七句

純毛の服に日あたり文化の日
天地に露満ちひとを通すかな
紙屑を散らして秋の山鴉
山々を過ぎる日輪昼の虫
搦手に矢鳴りの音や薄原
湖消えて昼の穂芒湧くばかり
穂芒に風の出てくる昼の酒
われら去るあとに日当る秋の山
酢の瓶のむこうの枯野日が照って

前山にむらさき通る時雨雲

巻紙やしぐれては野に彩はしる

白湯をつぐ湯呑に十一月の昼

茶の花を梯子の影の過ぎてゆく

奥庭に穂絮日和の百ヶ日

しぐれ来て幹黒く聳つ行者宿

そのなかの一木に触れ秋惜しむ

新米をこぼしうつむく風の昼

日のあたる方へ手が出て炭を挽く

冬の日や水の上来る青榊

緑　夜

焚口は枯野にむいて昼の風呂
立冬の白波遠く念珠置く
冬立つや尾鰭ひろげて山の鯉
冬波や石の館に薔薇かざり
冬霞してギリシャ船沖にあり
朱塗椀冬波遠く逆立てる
桶あれば桶をのぞいて十二月
天窓の昼のひかりや冬至粥
階段を踏む音を背に冬至粥
麓より村を出てゆく冬至の陽

水深く魚はしらせて山眠る

昭和五十四年

初凪や裏戸より鶏はしり出て

元日の川波明り窓にくる

裏山は松が枝ばかり初詣

落葉地にあたたまる日の御陵守

緋色よりはじまる壁の新暦

葉牡丹や女ばかりの昼の酒

お降りや夕ぐれとなる幹の色

初日待つ人声にいて浜の宿

緑　夜

元日の常着や浜に犬つれて
大寒の木々にうごかぬ月日あり
神の灯のひとひらなびく寒の山
薄氷をころがる煤や神の池
神前の笛まっすぐに寒雀
隣室の闇に一夜の寒卵
一月や浄め塩散る石畳
塩胡椒ふって一月終りたり
如月や海の底ゆく白鰈
初午や結び疲れの赤い紐

巻寿しや三和土の乾く涅槃西風

壁裏のひびきに沿うて二月逝く

水中にまなこ開けば春となる

うぐいすや乾かぬままに雨後の幹

囀りのたちまち社とりかこむ

白酒の酔となるまで松を見て

格子より夕日さしこむ蒸鰈

てのひらに鮨なれてくる桃の花

涅槃像拝む閾の艶またぎ

灯あかりに歎くもの増え涅槃図絵

緑夜

涅槃図の亀の歎きは首のべて
涅槃像の肉色の足伏しおがむ
村々や朧のなかに鳥睦み
白湯のんで朧のなかに鳥探す
紙屑を焚けば彼岸の炎色立つ
廊下まで砂埃くる御開帳
春服や青のまなこの魚のぞき
暗闇に入り花篝ふり返る
花びらのときに入りこむ蒲団部屋
干し蒲団叩く音する浜の午後

春潮のうねり過ぎゆく白枕
街燈は高きにともり鳥帰る
鳥帰る机の角に膝を打ち
玻璃を打つ風となり居り蜆汁
家々に摺り鉢伏せて田水張る
苗代寒黒塗りの膳拭き清め
こめかみに一烈火あり梅雨の闇
鶏屋さわぐ空を流れる杉花粉
杉木立立夏の袴たたまれて
五月逝く大きな山を前にして

緑　夜

帆柱のかたまっている夏の暁
ふところを出てゆく風や夏怒濤
窓の玻璃赤く染りぬ貝料理
雷過ぎて舟に寄りゆく夜のくらげ
夏の月蒲団を海に沿うて展べ
海流は夢の白桃のせて去る
麦秋や海の匂いを道しるべ
夜の海に泛く蝶ひとつ燈台光
大阪の屋根の歪みも大暑かな
岩を越す波ふたたびや梅雨曇り

麨《はったい》や金色の陽の海に入り

暑気中り昼の土蔵の間をゆく

足音のひと現れず夏座敷

草叢に井戸をかくして夏館

うねる川うねる道あり麦の秋

教科書を窓際におき麦の秋

郭公や靄のなかより山の形

山頂にゆきわたる日や遠郭公

夏の暁牛方宿のひとり発つ

山冷えの夜を下りくる沼の面

緑　夜

玻璃へだて山の寄り合う洗鯉
越えて来し山々も昏れ洗鯉
山荘や卵がうつる朝鏡
箱庭に天のかげりの過ぎてゆく
瓶ふって虫をころがす夏休み
土瓶より濃き茶出でくる夏の果
白露の日海の平らを窓に見て
萩の風白猫は絵のなかで臥る
煉瓦館秋水陰のなか流る
飢餓の図を仰ぐ顔あり鵙日和

雁渡し海なき国に入らむとす
駅弁の黒きこんにゃく雁渡し
黄落のなかをただよう小海線
田仕舞のふりむく顔を遠く見る
霜月の近くて深山音のせぬ
夕ぐれの顔のみ動く稲架襖
椅子の背を一回まわし鵙の晴
菊花展饅頭の餡こぼれ落つ
霧ごもり港ごもりや船の笛
虫喰いの菊の葉人の手がちぎる

石の上に落す鉛筆秋旱り
曼珠沙華喇叭の紐のからみつつ
黒猫の去り月光は机まで
山の湯の湧きつづきつつ木の葉散る
黄落や片膝立てて山の湯に
短日の巻尺もどす舞台裏
蝮草人の居ぬ日の鏡の間
山ひとつ浮び諸山霧の中
日は空を月にゆずりて女郎花
山々に深空賜わる秋祭

荒風の昨日につづく黍畠
太柱半ばは陰に菊日和
水底を亀があるいて神の留守
低き地へ水は流れて一位の実
夜は音のはげしき川や木の実独楽
日輪は稲架より稲架へ佐久郡
橋過ぎて日の衰えの紅葉谿
立冬の水にしばらく山うつる
燈明のまわりが空いて冬に入る
汲みたての水揺れている冬椿

十二月遠くの焔消しにゆく

回転扉人を放ちて山眠る

地の底の音をおさえて山眠る

昭和五十五年

追羽子や山川つねの姿にて

節分や柱のかげに待たされて

水辺ゆく如月の僧山下りて

白波や冬の松より手を離す

燈明や雪を怺えて軒庇

人去って鏡のなかの遠霞

日の昏れて机の上の種袋

舟べりの水に雲湧く雛の日

雛の燈の及ばぬところ盆重ね

雛の眼にいくども乾く水たまり

ひこばえや竈の前を掃きよせて

春寒や昨日からある雲丹の瓶

栓抜きは水に沈んで柳絮飛ぶ

霞む海霞む島あり朝の玻璃

春水や雲のかたちをそれぞれに

舟底に水の音する朧かな

緑夜

薄明や水のなかにも猫柳
祭笛水寄り添うて流れけり
象の皺ゆっくりと見て春隣
鶯や雑木林がくもりだす
襟元のゆるみに春の仏立つ
僧のあと蹤いてまがれば薄暑の木
山脈や帰雁は遠き灯の上に
音立てて八十八夜の山の水
歯刷子の一列窓の柿若葉
鏡見て居れば八十八夜かな

杉花粉僧の行手の山に降る
苗代寒紙の散らばる部屋のなか
蕨より高きものなし名無し山
蝸牛まひるの崖をころげ落つ
山の湯に桶ひびきこの長き梅雨
山中や祠に乾く梅雨の泥
山中の泉におとす切符かな
蟇大きな月がうしろより
水は縦に枕は横に夏ふかむ
鰻池に藁ういている朝ぐもり

緑夜

母のせて舟萍のなかへ入る

遠国や舟ばたを匍うかたつむり

井戸替を見ている群のなかにいる

六月のひと日ふた日は寝ころびて

一日の大方過ぎて水中花

飲みさしのコップおかれて夏座敷

吸殻を縁にころがす盂蘭盆会

読経の座のうしろより入る帰省かな

朝の蟬忌日の白湯が煮え立ちて

皿叩く子のひとり居て夏の果

白地着て山脈の襞はっきりと

雲水の水跳び越えし夏の山

夏至過ぎてのちの二タ言三言かな

深く入る竹林の陽や半夏生

するするとのびし岬や夏霞

真鶴岬　七句

耀る波の岬とりまく祭笛

ひじき取り岩間にかくれ沖つ波

昼顔や潮満ちてくる家の裏

祭笛町なかは昼過ぎにけり

夕雲のいささか動き祭幡

白波のあちらこちらや夏の果

川の流れ

私の生れたところは、大阪のまんなか、東区八軒家である。八軒家といっても、それは正式な町名ではない。いつか上野さち子さんから電話があって「八軒家という地名を、地図で探しましたがありませんでした。どの辺りでしょうか」ときかれた。八軒家は、だいたい大阪東区京橋三丁目あたりで私の家は五十六番地であった。私の小学校時代、天神橋と天満橋の間に「八軒家」という市電の停留所があったが、大阪から市電が姿を消すともにその名もいつか忘れられてしまった。

この間、ある百貨店で、豊臣秀吉展がひらかれ、桃山時代の大坂城や、その周辺をかいた絵図屛風をみたが、天満橋がほんの小さくかかれてあったにもかかわらず、八軒家は、八軒家旅籠《はたご》町として随分大きく広範囲にかかれてあった。つまりこの辺りは、昔、伏見からくる数多の舟の舟付場であり、旅籠がたくさんあって賑わったのであろう。芭蕉も、この舟付場から上り、八軒屋久左衛門の家へ泊った筈である。もちろん私の家は昔からそこにいたわけではない。そこは仮の住いであった。その前は近くの釣鐘町《ちょう》にいた。釣鐘町も昔からの町で、釣鐘屋敷とよばれる釣鐘を吊った家があった。兄はその町で生れた。しかし、それも仮の住いで、その前は北浜二丁目にいた。ちょうど堺筋に面していて、いまの証券取引所の真向いである。

そのころまだ堺筋には市電が通っていなかった。電燈さえまだ点っていなかったのである。夕ぐれ、ガス灯をつける人が町をまわり、店の小僧さんたちは、ランプのホヤをふくのが毎日の大切な仕事であった。母は、その時の話をよく私達に語ってきかせた。

母は、馬車にのって、堺筋を通ってゆく伊藤博文公の顔もおぼえていた。千円札の伊藤博文の顔よりもう少し痩せて居られたと言っていた。その他、住友男爵や、政府の高官等、夕涼みで表の床几に腰かけていると、近くの花外楼や灘萬など、有名な料亭へ通うそれらの人達の姿が次々と通っていった。

日露戦争のときは、多くの負傷兵が、あとからあとから、堺筋を通って病院へはこばれていった。ロシヤの捕虜もこれまた次々に堺へはこばれる道すじとなった。それらは、私の生れる前のことだから、母にそんな話をきかされても、私には遠い昔の話としか感じなかった。たとえば、徳川時代、いやもっと以前のこととおなじような遠さでその話をきいたのだ。しかし、明治の終りから、私がものごころつくまでは、十数年しか経っていない。誰でも、自分の生れる以前のことは、みなそのようにはるかなこととしか受け取らないのであろうか。終戦から今まですでに三十六年が経っている。今の若い人達が、戦争というものを、遠い昔のことと考えるのは無理もないことである。

やがて北浜に電車が（といっても今の地下鉄ではない。もう今はなくなってしまった市電である）通るようになり、堺筋に面した私の家は、表側を大部分けずられて、道幅がひろがった。そのために、父母は、移転しなければならなくなり、仮の住いとして、釣鐘町や、八軒家を転々としたのである。私が数え年四つの時、船越町《ちよう》に家を購い、そこが父の最後の家となった。この家は、昭和二十年三月十四日、空襲にあい焼けてしまったが——。

八軒家の家は浜側で、裏が川に面していた。しかしその家の記憶は私には全然ない。しかし、母に抱かれて私はこの川の水を毎日見ている筈である。私の句に水がよく出てくるのはそのせいかと思ってみたりする。

母が私の眠り際にうたってくれた子守歌は次のようなものであった。

ねんねころいち　天満の市は
大根そろえて舟に積む
舟に積んだらどこまでゆきゃる
木津や難波の橋の下
橋の下にはかもめがいやる
かもめとりたや網ほしや

その天満の市は、八軒家と川をへだてた向い側にあり、その頃栄えた青果市場であった。

船越町の家の最初の記憶は、庭へ入れるための大きな岩を、男の人達がうんうん押しながら運んでいる光景である。石が私の最初の記憶であることは、これまた俳句をつくるようになったのち、不思議な因縁と思うようになった。

船越町の家は、西へ四、五軒いった先に、松屋町筋があり、賑やかな商店が並んでいた。東の方は坂になって大阪城へつづく。坂の上は、いわゆる上町台地で、船越町もいわば、堀の内側といえるところにある。松屋町筋をなお西へゆくと、横堀川が流れ、淀川と合する。そのあたり、難波橋、今橋、高麗橋、平野橋、大手橋と、浪速八百八橋のうちのいくつかの橋がひしめいている。

その附近の町の名は、石町《こくまち》、島町《しままち》、釣鐘町《ちょう》、船越町《ちょう》、平野町《まち》、淡路町《まち》、大手通とつづくが、ほとんどが、海とか川と関係のある町名であるのが面白い。南北を貫く町は、筋とよばれる。御堂筋、堺筋、松屋町筋、谷町筋、というように。このなかの御堂筋は、南御堂、北御堂がこの筋に面しているからつけられた名であり、南御堂のあたりは芭蕉終焉の地でもある。堺筋は、その名の通り堺へつづく道である。

船越町を、北へ二つ目の島町を、まっすぐ西へゆくと、高麗橋があり、それを渡って、なおもゆくと、堺筋の角に三越がそびえている。私は小さい時、三越へよく連れられていったが、そのころはまだ畳敷きで、下足番が履物をあずかってくれ、靴にはみなカバーを履かせてくれた。また、私の幼い時から三越にはエスカレーターがあった。

道路は舗装してなくて土のままだった。牛や馬の荷車がいつも通るので、時々、市の車が、丸い石をごろごろと道に撒き、それがいつの間にか車が通るたびに埋められて堅い道になるのだった。しかし雨が降ると、道はすぐぬかるみ、自転車が通ると轍がくっきりと残った。今、思い出すと、それらの光景は、みな私の俳句の材料になっている。

中之島公園が近いので、夕方にはよく父に連れられて夕涼みにいった。公園の端の剣先《けんさき》というところで、父はよく釣糸を垂れ、鯔《いな》やハスなどを釣った。その魚を手摑みにした時の感触、また満潮時、石の舗道をひたひたと浸す淀川の水、くぼみを匍う小さな蟹、父の着ていた黒い上布、さくらの花びらのたまった水たまり、公園で打ち上げられる花火、納涼映画、それらはすべて、幼い私の胸に大切に蔵われた。ことに私は、水の流れをじっと見ていることが好きであった。

そういえば、父母のふるさと岐阜にも清らかな長良川の流れがあった。ことに父の家は長良川の氾濫に何度も害を蒙った程、川の近くである。しかし長良川は、荒れることはあっても、昔から鮎のすむ美しい川である。いつか橋の上から見下ろすと、底まで見える程透いていて、そこをさかのぼる鮎の背がときどきかすかに黒く見えるのであった。

昭和二十年、空襲にあって住道《すみのどう》というところに仮住居したが、そこもまた裏に川が流れていた。しかしこの川は濁って茶色をしていた。夕方になると、そこから立つ臭気が、夏など堪えがたいものであった。私は、淀川の満々とした流れを思いながら、一年をそこで過ごした。今は淀川の水も濁っているに違いないが、そのころは、水量の豊富な淀川が、心のふるさととも思えたのである。

今の私の住居は箕面だが、ここは箕面の滝があり、箕面川の清冽な流れがある。私の家の井戸を掘るとき、ごろごろと石ばかり掘り出されたが、石のほかも大分砂地で、昔は、ここは河原であったとかいうようなことを聞いた。その井戸水は、夏は手がしびれる程つめたく、その味もおいしい。私はその井戸の水をのむたび、このような俳句を作りたいものだと思うのだった。水のなかにある滋味、それは言葉ではいいあらわすことはむつかしい。砂や石の間をふかく浸透した水の味は、それを味わったひとでなければわからないだろう。

　私自身の俳句もまた、このように滋味をたたえたものでありたいといつも思うのだが、それはなかなかむつかしいことだ。俳句は、一朝一夕になったものではなく、長い年月をかけて自然にかもされたものである。私の心のうちを流れる水は、私を遠い昔へ運んでくれる。これからも、私はたぶん水に添って、歩いてゆくだろう。それがたとえ、奈落の口へ流れ入る水であったとしても――。

『緑夜』にふれて

細見綾子

私が桂信子さんとお目にかかるようになったのは、「女性俳句」というのが出来て、桂さんも私もそれに名を連らね、一年に一回くらいはどこかでお会いするようになってからである。今桂さんの年譜をくって見ると、「女性俳句」参加は昭和二十九年、とあるから、二十七年前のことである。桂さん三十九歳とあるのを見て、その若さにも驚く。若かった桂さんを知っていることは大変たのしい。

私が桂さんを印象したのは、スピーチのうまい、ということであった。長い講演というようなものではなく、大ぜいの集りの中にあって指名されて立って話す、また順番がまわって来たので起ち上ってものをいう。

ほんの数分の短い話に私はいつも感心をした。軽妙なのである。軽妙といっただけでは足りないへうへうたる趣きのある話ぶりであった。

私は桂さんが起つと誰よりも先に、また誰よりも強く手をたたいた。話がすむと誰よりも長く拍手を送った。それを今はじめて桂さんに伝えることになる。

私はその軽妙さに、大阪人、を感じていた。大阪人のもっているよさ、一見無抵抗とも見える風とおしのよいさわやかさがたのしかった。

その会合に集まるのは、あらかた関東人かあるいは関東に長く生活している人が多かったから、大阪人たるところは理解し難い雰囲気だったと思う。関東人というものは大体切れ味のよい、物事の区別のはっきりしたことを好む、それがどうかすると空虚さを感じさせることもあるが。それに比べて関西人は野暮《やぼ》な点がある。関東人、就中東京人は大阪を野暮だと思っているのではないか。しかし、この野暮だとも見えるところこそ関西人の土壌である。割り切っても割り切っても割り切れないものが関西の土壌にはあるとおもう。相反するものが同時に存在し得る広さ、深さ、また渾沌さがある。この土壌こそ文化である。


私自身は大阪人ではなく、大阪からまた二時間も汽車に乗らねばならない丹波の片田舎に生れ育ったのだが、その片田舎ですらも、いかに上方文化の影響下にあったか、今にして一層それがよくわかるのである。現在東京に住んで三十年近くなるが、まごう事なき関西人であり、故郷の上方文化から抜けきれないでいる。現在ではむしろ失うまいとして、ひとつひとつを再吟味してみたい気持ちが強い。上方文化の底深さを思わずにはおれない。

桂さんが如何に関西人（より大阪人）であるかということを言及するべく、やや前置きが長すぎたが、桂さんの土壌こそ最も興味あるものであり、それを併せて考える時、桂さんの俳句の本質に近よれるような気がするのである。

近松門左衛門も井原西鶴もまた私の俳句の師の松瀬青々もこの浪華の花であった。俳人桂信子さんも同じ土壌からすっくと伸びて花を咲かせ、ますます大成してゆかれることがのぞましい。

句集『緑夜』について小見をのべてみたい。

『緑夜』は（昭和五十二年――昭和五十五年）の作品集である。

怒るとき片足あげる壬生狂言

壬生狂言かわらけ割れて埃立つ

は私を立ち止まらせた。壬生狂言の特質がよくとらえられている。壬生狂言の趣きは、単なる行きずりにはわからないものである。二句目のかわらけ割れて埃立つ、の埃り、はおもしろい。俳諧の目である。

電柱に手を触れてゆくいなご捕り

遠泳ぎ流木はなお沖へゆく

一木に夕日とどめる運動会

電柱の句、さりげないが、たしかである。いなご捕りの実態が描かれている。一木に夕日、の句も同系列の作品である。

一月や油紋の海に雨の粒

舟べりに鱗の乾く涅槃西風

これらはなかなか手きびしい作品である。きびしく迫力がある。

ハンカチをていねいに折り冬菫
蓬摘む一円光のなかにいて

繊細な柔軟な作品。けれども初期の女身をうたった作品とは趣きを異にしたものがある。

空井戸に蓬の茂り宇陀郡
伊勢講の群降り車中がら空きに
掘割に町音沈む新豆腐
夜の大暑垂らす喪服の裾に臥て
桶あれば桶をのぞいて十二月
紙屑を焚けば彼岸の炎色立つ
うねる川うねる道あり麦の秋

もそれぞれおもしろい。それぞれに作者の居り方が表面的でない。

涅槃像の肉色の足伏しおがむ
灯あかりに歎くもの増え涅槃図絵
花びらのときに入りこむ蒲団部屋

涅槃像の肉色の足、の句斬新である。灯あかりに歎くもの、の句も写実的強さのある作品、灯が明るくついたことによって、歎くものが増えた、という観察。花びらのときに、の句の蒲団部屋の動かし難さ、右の三句は集中の傑作である。

立風書房刊『現代俳句全集』に納められた桂信子集のあとに、生島遼一氏の「桂　信子さんのこと」という一文がある。この一文は桂さんの理解者の文として感銘した。

その中に次のようなことがある。「信子さんの句には初期から中期にかけて〈女、女〉〈わたしは女〉こういう主張のつよい句が多く、それがみんなの目をひいて来たのだろうし、女だからそれでいいし、それがこの人のもちまえ、個性だろうけれども、私の勝手な見方だが、その後少し変って、近年そういう〈女、女〉から若干脱皮して来た感じのするのは、年齢の問題もあるだろうけれども、正しくはそれだけではなく、熱心な句作の技術たんれんがそういう道に行かせたというべきかも知れない」とあり、私の言いたいこともそれであると思った。

信子さんは、日野草城の弟子として発足している。年譜にもあるように、自分が選び、自分が求めた師である。信子さんの句風が草城から発していることは勿論である。感覚・官能派の草城から、信子さんは歩き出している。草城没後の信子さんは幾多の試練を経て、それをも糧として歩みつづけている。信子さんのかくされた強さ、を思わずにはおれないが、しかし、草城を離れたのではなく、あくまでも草城から歩いたということを忘れてはならないと思う。

現在の桂信子さんの句には草城の影は少なくなっている。今回『緑夜』を読み、つくづくそう感じた。信子さんは（女）であることから、自由になりつつある。女らしさを失うということではなくて、そういう束縛から、自分を解放すること（それがより女性的であることもあるだろう。）そしてそこから、広々と果てしなく、また変転極まりない自然と人生の観照に打ちこんでゆく道を見出しておられるように思う。

数は少ないが『緑夜』から私が取り上げた数句を見ると信子さんの目下の姿勢がよくわかる。これは恐るべき姿勢と言えよう。今後の進展の約束の見える姿勢である。

浪華《なにわ》（大阪）の花のような句業を成就していただきたい。桂信子さんをおいて外にはないと思うので、もう一度つけ加えさせていただく。

あとがき

この度、現代俳句協会の一〇〇冊のなかの一冊として句集を編むこととなり、昭和五十二年春から五十五年夏までの句をおさめて『緑夜』とした。『月光抄』（昭和二十四年）、『女身』（昭和三十年）、『晩春』（昭和四十二年）、『新緑』（昭和四十九年）、『初夏』（昭和五十二年）、につづく第六句集である。新緑の頃の季節が好きなので、それにちなんだ題名を今度もつけた。表現は平らかに、内容は深くという私の気持はいまも変らない。ご多忙のなかを、私の句のためにご執筆賜った細見綾子氏、また刊行の労を惜しまれなかった村井和一氏はじめお世話になった方々に厚く御礼申し上げる。

昭和五十六年六月　　桂　信子

第七句集　草樹（そうじゅ）

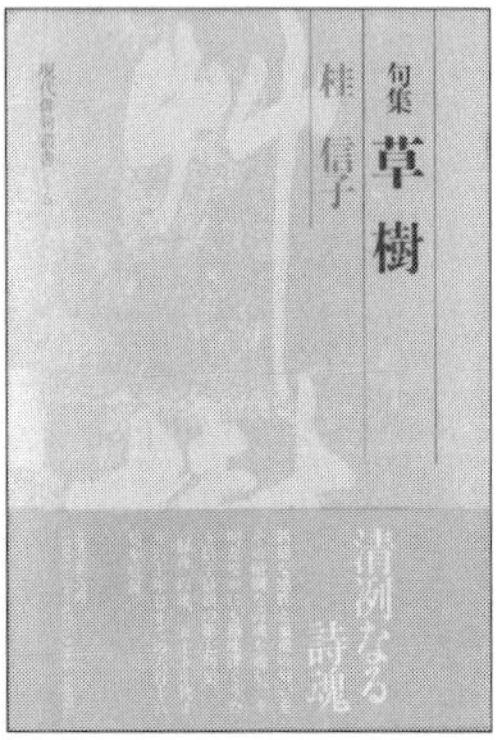

現代俳句叢書 5
昭和 61 年 6 月 25 日発行
発行者　角川春樹
発行所　株式会社角川書店
〒 102 東京都千代田区富士見 2 － 13 － 3
装　丁　伊藤鑛治
印刷所　株式会社熊谷印刷
製本所　株式会社宮田製本所
定価 2500 円

昭和五十五年秋

木の洞を通ふ風あり秋の立つ

木の扉《ドアー》の触れあふ音や白露の日

いつせいに風に立つ葉や法師蟬

鎌倉やことに大きな揚羽蝶

ひるすぎの町音にゐて心太

寺うちの往き来の影も萩のころ

桔梗の丈に風吹く山の昼

横顔に傘の雫の飛んで秋

秋彼岸石階の端砂たまり

秋風を来て鼻筋の通る馬

傘立に傘がまつすぐ立つて秋

薄原の八方明り鳥翔つ

珈琲や夜に入るまでの蝮草

霜降や一気に鯉の腹割きて

岸の波打ちあつてゐる無月かな

舟べりを擦る穂すすきの乱れざま

舟底押す水の力や秋の暮

百本の蠟燭ともせ湖の霧

霧の夜の幹ばかり立つ三合目

月の湖といつかなりゐて草さわぐ

月明に小枝とばしぬ富士颪

木の実降る音を遠くに夜の皿

黄落や木の根濡らさぬほどの雨

傘さしてまつすぐ通るきのこ山

裏にすぐ崖ある宿や生姜汁

立冬や足許にきて動く波

酒蔵や年逝くと人水に佇つ

山腹や枯れ果ててなほ葡萄の木

昭和五十六年

一本の電柱の立つ初景色

正月の自転車倒す珈琲館

うしろ背に声かけてゐる寒の入り

闇のなかまだ二つある寒卵

浮寝鳥卵の殻の流れつく

汚れゐる本のカバーも二月かな

猫の胴のびきつて起つ節分会

櫓の音の近くを通る雪見酒

初午の荒壁に添ふ子がひとり

草樹

かつらぎの山は円くて干蕨
立春の積木の家を指くぐり
三月の下駄箱暗き小学校
初午や灰かぶりゐる道の草
鉄門や紅椿より錆びはじめ
階段の裏のこたつを探し出す
山翳や村に入りゆく芹の水
レコードのかすれしダミア春の雪
遠きより波いく筋も雛の日
雛の店の奥に雑多な箱があり

流し雛岩陰を波躍り出て
山々や花咲くまでの遠景色
川砂の乾く蹠や涅槃西風
涅槃会やこちら側より砂ぼこり
ゆきひらや春月窓にかかりそむ
電線をひつぱりあつて桜の木
からうじて鶯餅のかたちせる
浅春や闇へひろがる松の枝
水際に立ち三月の樹の容《かたち》
船底を足音のゆく鳥曇り

さくら咲く「敦盛そば」の休みの日
花のなか太き一樹は山ざくら
牡丹餅やはつきり見えぬ山の空
ふりむかぬ大勢に射す春の日矢
花びらの階段に散り昼の客
囀りのなか裏声の九官鳥
長靴の左右に倒れ猫の恋
トランプを一枚めくり猫の恋
縁側に居坐る猫や灌仏会
家鳩に庭木のみどり日もすがら

仏眼にひといろの水初燕
さざ波のこちらむきたる花菖蒲
家々の深き庇やあやめ咲く
黒甍せり出してくるあやめかな
人肌のぬくみの酒や花菖蒲
山川のなびく夕べや白絣
腕立ての遂に伏したる夏畳
昼顔にうしろを見せて男帯
夏落葉深く沈みて露天風呂
杉山に斜めの雨や宿浴衣

草　樹

風通り冷しものある昼の庫裡
寺門出て別棟に入る夏料理
でで虫や闇に重なる幹の数
かたつむり鎌倉の木をすべり落つ
うつぶせに船の音きく夏暁かな
船の影近く夏暁のホテルの扉
岸壁に船の聳えて明け易き
貨車近くとまり越後の梅雨の駅
蟬なかぬ山つらねたり越後線
物売りの窓下を過ぎ朝ぐもり

蟇を見下してゐる寺男

夏帽の下照り返し舟の波

海峡のまんなかを航く大暑かな

八月をかたはらにおく三尺寝

船底に人あまた寝て旱雲

魚釣りの糸長く垂れ油照り

庇より影の出てゆく氷水

溝川を流れる箸や土用の入り

起し絵や離れ座敷に灯がともり

山に佇ちむかうの山も夏霞

炎天の道は峠を越えてゆく
牛の身の山越えてゆく炎暑かな
蛇の衣まはりの草のなびきけり
山々ををさめし闇や朴の花
竹の幹白服の人通しけり
鋸をひきゐる蟬の木の根元
こほろぎや闇夜の甕に満ちて水
うしろから風吹いてくる夜店かな
短夜や空《から》の水筒壁に垂れ
盆過ぎや人立つてゐる水の際

湯のなかに沈むタオルや夏の果

黄落や表戸ぬらす朝の雨

秋風や一生の石彫つてをり

松籟を遠く月夜の油壺

毒茸や出口一方だけ開いて

痩せるため生薬を嚙む黄葉季

薔薇館舌なめづりの猫と居て

金襴のお守り腰に文化の日

マネキンに描き足す涙鵙叫ぶ

秋祭ともに出でたる犬叱る

草　樹

出番待つ馬話しあふ村芝居
扉を押せば外套くろぐろ壁にあり
猟夫舟石垣に沿ひ湖に入る
海の底うねりつづける無月かな
霧を出て樹の幹太し霧に入る
薄野や夕ぐれを牛迫りくる
都さす貨車が連なり鰯雲
雁わたし遠き鉄路を人よぎる
秋風やももいろの牛横たはり
坐す牛にそれぞれの顔秋深む

鮭のぼる川夕映えとなりゐたる

手摑みの鮭さげて居り千歳川

遠く見え鮭撲つ男風の中

冬近し水辺にあまた鱗散り

放生の魚を眺めて岸にあり

裏戸開き松の根方に鯊の潮

黄落や梯子おかれし土の上

十夜粥鉢のぬくみにひざまづく

高き縁めぐらす寺や冬構

日の射して二つながらに紅葉山

草樹

廊過ぐる跫音しばらく大襖
深川や竿竹売りも冬の声
午後に入りゆるむ障子や池の水
水尾やがてさざなみとなる鴨の池
枯菊や船宿あたり灯の入りて
顔見世や地に電柱の影ながく
大津絵の折り皺のばし冬の雁
絵らふそく一本立てて日短か
ひとの手のおなじ動きに冬の畑
十二月緋の緞帳の長く垂れ

日のなかに人影の泛く冬至かな

昭和五十七年

元日の大空を陽のゆきわたり
森深く人の温みや初詣
破魔矢受く巫女の口紅だけ見えて
薬売り二日の山を下りけり
腰張りの端に隙ある小豆粥
大寒や起きぬけに見る山と牛
唐草の風呂敷たたむ節分会
桶かわく日射しのなかの冬の蜂

鎧扉や冬の金魚の尾鰭立ち
別棟に鼓鳴り出す寒稽古
紅椿ばかり茂りて壺のなか
日を浴びる雀を屋根に蜆汁
遠くより二月の海のうねりかな
心棒のはづれし車冬の波
数へずにゐられぬほどの鴨の数
戸を開けていづれの道も冬霞
雛の眸に微塵をふらす庭の樹々
雛の灯のつくころとなる幹の影

雛段のそばに久しき妻楊子

薄氷の真下の水に鰭の紅

舷に濡れし足あと芦の角

海見ては椿山より下りてくる

椿落ち水平線のうすみどり

七味屋の土間に払ひて春の雪

衰へて日は水の上に初桜

ごはんつぶよく嚙んでゐて桜咲く

休日の問屋を出でし朧かな

水の上に炎のひとひらや花篝

草　樹

水際より藻のあらはるる桜の夜
暗幕の裏の緋色や入学期
朝の陽や老僧に置く桜餅
鉄鉢や施米にまじるさくら蘂
眼の塵をいくたびも拭き松の花
春逝くや高きところに亀ねむり
膳はこぶ泛き足に添ふ鴨の水
みづうみのまんなかくらし春の雁
壺ひとつ納屋にのこりて鳥帰る
蛤は砂のなかなる沖つ波

春潮や杖深く入る浜の砂

春潮に逆うて竿立ち流る

春疾風帆船ガラス瓶のなか

鳥の巣や水輪に落ちる藁の屑

下京や生麩ふくらむ花の昼

眼の上に眉がありけり花吹雪

錦絵の彩ずれてゐて立夏の灯

見覚えの桟へボート揺れて着く

渡舟まで荷についてゆく山の虻

じやんけんの石が勝ちたり遠卯波

草　樹

夏至の日の海越えて来し紺絣

潮の香のまぎれもあらず宿浴衣

甘酒や水より水へ石飛んで

蚊柱や眉つりあげし絵看板

薄暗に口あんぐりと夏芝居

寝ころぶや水からくりの音のなか

下京を過ぎてしばらく青嵐

ゆきずりの日傘をたたむ廓あと

潮の香や廓にのこる夏火鉢

削り氷の赤旗近き廓あと

線香の灰おちつきて苗代寒
夏至の日の井戸の底より昏らき水
経師屋へ深く入りゆく夏帽子
萍のいつか寄りゆく水漬き舟
更けてより馴れし祭の人通り
酒倉の間を抜けゆく水着かな
熊笹のこもれる闇に水を打つ
箱庭の釣人ひとり暮れて佇つ
河童忌の空罐とまる崖の際
よく見える氷屋の旗杉木立

水の耀りまともに宿の青簾
煙草屋をはなれし声や夜の秋
昼顔や舟出す声を浜にむけ
よしきりや花莫蓙のべる舟の底
男きて遊船に莫蓙かかへ入る
友舟の水尾に乗りゆく舟遊び
ひとしきり櫓の音はげし舟遊び
芦のなかくぐもる声を葭雀
水深を計る男に夏藻寄る
夏館灯の消えて波とどろけり

涼しさはいつもの席の柱陰

闇に潮満ち来し気配葭障子

月映る刻を待ち居り忘れ潮

立秋の土搔いてゐる山の犬

枯園やつつ立つてゐる乗馬靴

穂芒や水よりくらく馬過ぎる

何となく山の容《かたち》を霧のなか

山中や影あるものに霧奔る

神父くるあたりの風や秋の水

鳥渡るここら一面鉄気《かなけ》水

鶏小屋に鶏むくれゐる月明り

月明や飼はれしけものくらがりに

鳥とぶや井戸の底より芒の穂

曼珠沙華真一文字にほど遠し

落葉焚き風がとりまく火の柱

つる細き眼鏡を探す白露の日

鳥渡る筆の穂先のやはらかに

欠け茶碗水に瞭らか鳥渡る

低くくる水の匂ひや稲穂波

わだち深く今年の米のこぼれ居り

俯伏せの甕の久しく柚子の空

秋天の高きに台辞《せりふ》うろおぼえ

月の航ともづなに乗る黒い鳥

月の中板一枚に水流る

川幅の裾ひろがりに都鳥

群衆にまぎれ居りしが冬立ちぬ

冬霧やつながつてゐる縄の端

ケーブルを降りるに間あるひとしぐれ

一日の青柚子の耀り温泉の宿

湯舟より遠き山あるしぐれかな

草　樹

檜山よりつづく杉山しぐれけり

しぐるるやすうつと開きし宿襖

手打つ音二度ひびきけり枯木宿

宿の廊つきあたりたる冬鏡

板の間の漆黒を踏む冬の宿

しぐるるや宿のはたきの遠い音

茶の花や輪ゴムをとばす宿の子ら

水たまり刈田に澄むも河内かな

木枯や帰りは空《から》の出前箱

二つ目の辻に嚔をのこしけり

雨傘を横に払うて親鸞忌
歳の市裏通りより入りにけり
猟銃を壁につるして霧の山
石ころを積んで祠や山眠る

昭和五十八年

初湯より上りていまだ真昼なる
三日はや机の下に白紙落ち
松風の音遠ざかり初暦
膝ついて松風をきく寒の入り
樹々の根に水のしたがふ寒日和

雪はらふ人影ひとり書道塾

摺り足の部屋を出でくる二月かな

笹鳴きや米粒ひかる桝のなか

笹鳴きの神社ぬけゆく指物師

ぼたん鍋風音山を下りけり

猪《し》肉《し》食ふや下駄ちぐはぐに外厠

立春や捨煙草よりけむり立つ

松の幹遠きは黝し春の潮

松の根のあらはに二月過ぎにけり

置かれたる眼鏡に歪み雛あられ

鏡面に鴨翔つさまを遠く見つ

草餅や水にひろがる紙つぶて

三月の裸電球水の上

霾《つちふる》や家に二日の泊り客

まつしろな猫に睨まれ春の風邪

居酒屋にしばらく居りて鳥曇り

昼の酒はなびら遠く樹を巻ける

囀りや深空は藍を保ちつつ

鶯や赤土色の崖を過ぎ

間道を風の走りて花吹雪

立春の松の根方を砂はしり
それぞれのうしろ姿の陽炎へる
菜種梅雨灯明の輪を幾重にも
花咲いてのちをしばらく昏らく居り
すぐ横に看板のある桜餅
花祭川半ばまで芥寄り
大川の朝の舟陰三つ葉芹
揚舟に砂かたよりて彼岸西風
松風の絶ゆるときなし初諸子
開帳や泥のつきたるままの靴

鶏のおちついてゐる花ぐもり
鶏の胸張つて昼どき八重桜
暮れがたの穀雨の白湯のたぎりけり
牛の乳草にこぼして夏立ちぬ
谷底の雨霽れてゆく夏蕨
荒海や砂飛んでくる茄子の苗
おのづから展く河口や岩燕
まつさきに映る自転車田水張る
巣燕や河口に騒ぐ朝の波
海荒れや畳の上に新若布

夏山のうしろより入る伯耆かな
松の風八十八夜の湯呑立つ
舟虫のうごきし砂や松の風
海鳴りのこちらを絶えず夏の霧
蟹黒く沈みゆきたるのちの波
舟虫のあたりの砂のこそばゆし
灯のひとつ石段照らし青葉潮
洗面器におかれて昏れる蕨束
大川の逆波白し蚊喰鳥
深く入る森に月夜の潦

五月闇羅漢のうしろ羅漢立つ

歌麿展出でたる卯月ぐもりかな

竹皮をぬぐを見てゐる宿酔

山中の花桐にあふ真昼かな

雨傘の雫の下の青山椒

水すまし水の四隅にゆかず昏る

廓あと檐ふかくゆく揚羽あり

巣燕に天井黒くつづきけり

見飽きたる夕日の壁や冷奴

夜の風に壁搏つてゐる衣紋竹

草　樹

白絣部屋のまんなか通りけり
白絣家を出でゆくうしろかげ
葬半ば松の高さに夏日あり
日覆のなかに残りて葬の椅子
身じろぎて扇をおとす通夜の客
渡り得ぬ深き淵あり蛇苺
花桐のうけとめてゐる夕日かな
舟の上へ真水をはこぶ夏の浜
夏潮や芥かがやく入日どき
砂つきしままの蹠や冷奴

馬柵《ませ》つづくかぎり空ある月見草

老眼にいくつも見えて烏瓜

夏燕故里は水濁りけり

夏萩におかれひとつの机かな

日あたりて備前備後の遠稲田

露しとど津和野の宿の黒甍

水くぐり夜は白鯉と遊ぶかな

水を聴く面それぞれに秋の人

野の草の匂ひに佇ちて神無月

秋の風丸き柱をめぐり吹く

秋風に適へる松の容《かたち》かな

色鯉に神田川より引きし水

朽ち舟のどうにもならず秋日中

串だんごの串ひきぬいて秋の風

枯松葉くすぶりそめし真昼かな

秋ふかし過ぎきし方も松の風

はばたける鶏の蹴爪や野分あと

木の実降る山中白き魚の腹

苔清水近くの岩の汚れゐて

熊笹のさわぐ谷ある無月かな

黄落や幹のまはりの朝の影

秋風や山翳移る水の面

縄張りの縄新しきのこ山

新米や崖の家より見下され

すでに冬浅瀬を渉る鳥の眸も

犬小屋に敷く新藁のはみ出して

丼の縁の飯粒時雨宿

雑炊や遠き一樹のかしぎたる

戸を閉《さ》して冬灯を洩らす行者宿

新米や土間に片寄り藁の屑

幹の影揺れ山中の冬泉

畳目のこまかき昼を笹鳴ける

口開けてすこし雪受く空也の忌

昭和五十九年

暁闇や元日の幹黒く聳つ

山河の河を雲ゆく三日かな

水搏つて舟繫がるる雪催

寒蜆の笊をゆすりて真昼なる

浮く鴨を数へなほしてばかりなる

残り鴨水を出てすぐ日向あり

雪原や車中明るき紙コップ
雪中の深処をくぐる水の音
柄の太き傘もたせある雪の宿
海鳴りの沖にこもりて寒障子
雪舞ふや水面かすめし棹の影
雪見舟ゆき交しつつ音立てず
纜《ともづな》をかけてゆるみぬ雪の杭
雪中に佇つ水掻きのなき鳥も
結氷や川辺の鳥の脚長く
雪兎に夕暮の棒横たはる

草樹

雪降るを虫降るといひ遊び居り
大寒や白布を覆ふ膳の上
膳ひとつのこりて朝の雪の宿
梅咲くや飛白《かすり》模様のシネマ見て
神灯の前の地を打つ夕霰
風花や墨の香のたつ部屋に居る
白梅のほとりこまかき飴細工
梅の闇犬の寝藁のぬくもりて
卓袱台をもたせし壁や雛の日
チューブよりはみがきの出る霞かな

囀のそのあと長く眠りたり
湯呑おく粗《あら》拭きの盆桜餅
いくたびも見る太幹の春の雨
流れゆく芥にわかれ蜆舟
蜆汁空遠くゆく鳥のあり
鮨の皿上り框に松の風
舌の上に渋茶のこれる卯波かな
便箋の白き八十八夜かな
押入れに使はぬ枕さくらの夜
曇天の山深く入る花のころ

草　樹

大幹のいつまで雫八重桜
ふりむいて花見団子を地に落す
鉄の扉のゆつくりしまる春手套
蒼海の舟底をゆくくらげなる
舟底にさかなを生かす春の闇
潮ぐもり青田ぐもりにつづきけり
ひきずりし藻のあと砂に朝ぐもり
北ぐにの蛾の舞ひ出づる能舞台
北ぐにに幻はあり夏蓬
宿の湯へきしむ廊下や麦の秋

湯の宿の曇りガラスや桐の咲く

夏潮を蒼し蒼しと盥舟

島のなかの国中《くんなか》といふ青田かな

かはほりや遠き部屋より文弥節

壁紙に文弥の反古や西日中

籠枕百夜通へる島の船

夏暁や百草なびく磯の風

夏木より葉の震ひ落つ能舞台

御陵へつつしみあゆむ木下闇

青田風つむじとなりて黒木御所

草樹

鼓の音いつしんに立つ夏木あり
夜の谷のさだかならねど花榊
島人の目鼻顕ちくる麦の秋
島人にふりかへられて薄暑かな
陶枕に間遠となりて寄せる潮
六月の匂ひのうごく枕上
目の荒き宿の畳や暑気中り
海昏れて流人の国の遠蛙
真黒き釣鐘を見て昼涼し
石組のまはりの砂の炎ゆる昼

萍に絶えず虫くる山の昼
河骨のところどころに射す日あり
まくなぎや山中に沼ひろがりて
鳴る前の絃の張りゐる卯月波
松蟬や柩のなかに脚のばす
絵本の中きつと途中で桜咲く
散る花は遠き幹より八重桜
白昼の松を目指してこがね虫
秋立つや鐘をつかんとのけぞれる
押し戻す鉄の扉の隙野分波

水溜りに錆浮いてゐる氷店
白露の日石段ひとつづつ降りる
辛口の人の集まる無月かな
羽ばたいて枝のゆれゐる無月かな
秋風やかたまつて船下りきたる
汐ひきしあとわらわらと秋の蟹
神職の町一筋の霧ごもる
水引のかかりし奉書秋深し
月明や潮のなかなる神の島
広縁を拭きたるあとの良夜なる

十三夜うすももいろのねずみ死ぬ

穂芒をもらひたる夜の空の色

角伐りや春日の宮の紋どころ

勢子の縄まつすぐのびて鹿倒る

角伐らる鹿に小さき枕あり

不浄門堅く閉ざされ角伐り場

神無月笛の袋を裏返し

運動会草深く日の射しにけり

新米や蔵の陰ゆく猫車

雲の上に月の照りゐて蔵の町

草　樹

遠くより引返しくる菊車
老人の寝や床下に山の芋
紐の束廊下の隅に菊日和
鶏頭の倒れしままの朝あり
火の見まで甍つらねしぐれかな
白菊に加ふるものを探し居り
深秋の水に真昼の日を泛かべ
藁灰のぬくみに遠き山河あり
薪積んで寺に人気のなき日かな
松の根にふきたまる砂冬至波

陸橋の遠く日あたる冬至かな
源流のきらめきに佇ち年送る

昭和六十年

鏡餅暗闇を牛通りけり
神鏡や初日のせたる水の面
海底に藻の色顕ちて初日の出
神の杉冬麗の日を流しをり
カーテンの隙間にありし寒の海
遠くより影うごきだす枯野かな
蠍座を見に立つひとや冬座敷

山々をわたる日差や餅の黴

ころがれるワインのコルク雪の玻璃

松籟の寺に道中絵双六

水に日のいくたびか映え浮寝鳥

放れ鴨へ芦くぐりきし日差かな

風わたることのしばらく浮寝鳥

上げ潮の橋下通る余寒かな

海月見しはこの水門のあのあたり

枯芦へ落日は金《きん》放ちたる

深き井の水汲み上げて二月かな

清明や街道の松高く立つ
雨はじく傘過ぎゆけり草餅屋
名水の見えて降りゆく花の崖
花祭りのまひるに丸き椅子得たり
いつの世も書院は昏らし遅桜
もう見えぬ沖の白波八重桜
木の洞のひとつ明るし花篝
花篝ひとときき顕ちしはるかかな
笹鳴きや西国街道靄ごめに
街道の小溝にこぼれ蜆殻

草樹

亀鳴くやぽんかん出せしあとの箱
舟くぐる橋裏ひろし春かもめ
落花のなかことに激しき落花あり
土を掘るにぶき音せり八重桜
僧房や囀りの木は門前に
方丈の風に泛きたる紙涼し
竹林の土に日あたる薄着かな
蚊柱の大ゆれしたる竹林
中京や水を打つたる後の露地
水無月の橋一僧を通しけり

舟遊び畳のへりの砂踏みて

舟に添ひ流るる死魚や川遊び

川二つ寄りゆくあたり夏霞

新緑や鯉のあげたる水しぶき

緑蔭の椅子音たてて佇れけり

蝸牛かぞへはじめのひとつかな

浮葉より虫立ちのぼる朝景色

水底を六月過ぎてゆきにけり

夏帽子揺れ馬の背のあらはるる

ほととぎす窓際ばかり明るくて

ほととぎす一山越えしへだたりに

半ば閉ぢ半ば開きて奈良扇

奈良扇一本道となりゆけり

貴船　十七句

杉山に杉の影満ち朝の蟬

虚無僧といつかへだたり青嵐

僧衣より百合の香立ちぬ朝の燭

三伏の岩くぐりゆく神の水

水神を暗きところに夏木立

揚羽蝶昼の昏らきに水祀る

岩組むは神棲むところ日雷

ひぐらしや灯《ともし》はいつも御簾の奥

大葉より落つる雫や川床《ゆか》料理

川床にゐて隣の川床のひとを見る

その上を覆ふ大樹や川床料理

谿音やうすくらがりに夏樹の根

啼く蟬の朝はやさしき貴船川

水際に蟬の一生《よ》のありにけり

遠き灯のひろがりきたる霧のなか

屑籠をぬくき畳に鮎の宿

滝音のしばらくありし白枕

草　樹

蟇かすかに椅子のきしみたる
しづかなる扇の風のなかに居り
笑ひ出す途中の顔や御田植
猫の貌四角に怒り半夏生
遊船のみるみる岸をはなれけり
形代の片袖折れて流れゆく
昨夜の雨水音にきく夏越かな
裏戸より人出て佇てり盆の波
一山に日ざす刻きて油蟬
心太蝙蝠傘を厚く巻き

形代や雨粒落ちる夜の海

雨粒の額にかかりし夏祓

汀まで藻の匍ひ上る夏祭

床下を色鯉の水京の宿

桔梗やまひるの部屋のくらがりに

へだたりて居り涼しさの床柱

壺の口ひろきを移る秋の翳

庭石やいま微に入りし遠ひぐらし

雑草の根に盆過ぎの水の翳

深草に買ひし酸漿《ほおずき》乾びをり

草　樹

もの置かぬ秋の机を憶ひけり

左京区や電柱寄りに大文字

秋の蛇水にかくれし匂ひかな

蒲の穂の影の乱れし水の端

蒲の穂や波いくたびも折返す

砂の上に朱欒ころがり鳳作忌

奈良坂の家うち暗きさるすべり

街道にくだけし瓜や奈良格子

炎天や格子を太く生薬屋

書信籠にともに入れあり奈良扇

掻き氷奈良の駅にて別れたり

露けくて水辺に鯉の頭の寄れる

秋の夜白湯長く置く枕上

露けしや撞木の縄の宙とんで

祠の灯水に映れり露葎

萩わけし弾みの雫胸元に

芋嵐花かんざしを拾ひけり

早立ちの声過ぎゆけり露葎

唐辛子淡海を靄のなかにこめ

稲刈りの刈りのこされしところかな

雁わたし米の袋を積み重ね
積まれたる瓦に秋陽さす日かな
露の道竹一本を結界に
日は秋の大甕を置く門構
神官の遠くを歩く紅葉かな
鳥渡る野のまんなかの深き井戸
月の湖さざ波立ちてきたりけり
沖くらくこもれり月の波がしら
燕去ぬ湖の真上や比良に雲
月を待つ人の小声や草に風

月出でてほのと泛きたつ畳の香

月の出や桟橋を人歩きゆく

長屋門よりとびとびの彼岸花

阿波

藍倉の陰に入りたる秋の水

地芝居や立ち坐りして風の中

村芝居翁の笛のとうたらり

木偶《でく》の目の夜は金色に木枯吹く

帆柱に十一月の光かな

吉備路

式台に冬の陽のさし庄屋あと

石筍に水戯れて冬に入る

洞を出てこの世の落葉ふりつもる

朝の餉や備前備中霧のなか

昼の陽や枯葉舞ひ入る神楽殿

釜《かま》殿《どの》の大きなしやもじ黄落季

こんにやくの刺身を食へば時雨けり

あとがき

この句集『草樹』は『月光抄』『女身』『晩春』『新緑』『初夏』『緑夜』につぐ私の第七句集で昭和五十五年秋から六十年暮までの六百十八句をおさめた。そのうち五十七年までの句は、未完句集『草樹』として『桂信子句集』に収録したものだがこの度、立風書房の了解を得てここに再録した。たまたまこの稿を清書している最中、現代仮名遣いの第四次改定が発表され、詩・短歌・俳句などの作品は歴史的仮名遣いでも許容されることになり、現代仮名遣いのあまり度々の改定に私自身とまどいを感じて、この度、歴史的仮名遣いに統一することにした。この句集を上梓するについて角川春樹氏、小島欣二氏、角川書店の福田敏幸氏をはじめ、角川書店の多くの方々にお世話になった。あつく御礼申し上げる。

昭和六十一年四月六日

桂　信子

第八句集

樹影（じゅえい）

1991年12月20日発行
発行者　鎌倉豊
発行所　立風書房
東京都品川区東五反田3丁目6番地18号
印刷所　信毎書籍印刷株式会社
製本所　株式会社難波製本
定価2900円（本体2816円＋税）

昭和六十一年

竹一本水に映りて寒に入る

小豆粥たちまち松のくもりたる

水仙をよくよく見たる机かな

水仙に変らぬひと日ありにけり

四方の玻璃枯れて大きな壺ひとつ

寒土用鯉にとどかぬ日差あり

白波にひろがる光鴨雑炊

落日や横にはしりし鴨一羽

枯芦の日あたつてゐるところかな

夜陰よりおぼろに入りし松の幹

冬桜庭下駄厚く奈良に在り

雛の日の波白く立つ倉の間

梅林の奥に捨てある青筵

かたまりし空《から》の湯呑や梅林

浴泉のエメラルド色花曇

橋越えてすぐ街道の草餅屋

伊吹嶺の昏れつつありぬ蕨飯

杭全《くまた》神社御田植祭

神鏡に映る冠御田植祭

おん田植鴉の絵馬の下に坐す

樹　影

牛をひく綱もつれけりおんん田植
おん田植面のなかより佳き声す
お田植の笛の音ひびく平野郷
笛の音に花の散りたるひとしきり
テラスより見てことごとく松の芯
苗売のしばらく居りしあとらしき
松が枝の荒れしづまりし燕の巣
穀雨とて燈明の芯かきたつる
伊勢みちの途中鳴きたる蟇《ひきがえる》
一団の発ちし湯宿や椎の花

須磨琴や卯波立ちゐる沖つ方

一絃のひびく筍ぐもりかな

うぐひすや杖売る店のひとだかり

山中の沼を鋼にほととぎす

さるをがせ大夕立となりにけり

夏富士の黒きを玻璃に夜の珈琲

藻の花の辺を過ぎ水馴竿の影

水鉄砲遠き玻璃戸のひかりたる

薄闇に蹠拭きゐる夏越かな

松が枝をくぐりて来たり初扇子

樹　影

上布着て二段構への波の白

杉叢も仏も蒼し籐寝椅子

揚羽蝶ねむりの国の蒼くあり

白扇や越えきし山を目のあたり

夜の秋や天井高き山の宿

夜の秋の湯舟にのこるひとりかな

渡し舟潮の耀りを日傘うち

八朔の夜風に会ひし松の幹

浄瑠璃寺　四句

秋風や山門にたつ木の柱

桔梗や仏をへだつ扉一枚

くらがりに九体の仏秋入日

水漬舟萩叢を風わけきたる

東京　四句

秋風や細身の傘を巻きながら

秋雨の日照雨となりし銀座かな

樹の茂り草の茂りも世田谷区

雁わたし宿の出窓を水の上

沼の水日なかとなりぬ秋の蛇

見られつつしばらく居りし秋の蛇

いつか人と離れて居りし櫨紅葉

薄紅葉水中を亀浮いてをり

豊年や踏切番のややをら立つ

朝風や駅舎の裏に瓜の蔓

露の玻璃山々は影重ねたる

秋吉台

雲の影薄が原を覆ひゆく

薄原笛吹童子現れよ

姫御前の人形の立つ夜の薄

ザビエル記念聖堂

絵硝子の裏を木の葉の降りつづく

常栄寺

屏風絵の月日に遠き翅音あり

鶏頭に荒く結はへし垣根あり

夕薄棹さして音なかりけり

南山城隠れ古寺

蓮の実のとんで都のはづれかな

京過ぎて黍嵐また葛嵐

堂くらし露けき千手寄りあひて

み仏のめつむりながき秋日かな

雁わたし鉄路一本山に入る

石臼を庭石として豊の秋

よれよれの禰宜の袴や秋日和

山中や芒がくれの沼の耀り

隠れ寺ある一村の冬構

沼あをく雁くる風を迎へけり

周防　十八句

山肌の白し周防に月出づる
後の月長門周防を照らしけり
関門の引き潮さわぐ砂月夜
早鞆に月の潮路の立ち騒ぐ
海峡を波打ちあひし帰燕かな
燕去ぬ波の幾重に周防灘
冷まじや早瀬に乗りし一小舟
関門の灯に昂ぶれり月の灘
月白く春帆楼の甍かな
瓦斯燈の残る館や鰭の酒

河豚雑炊次の間に闇満ちにけり

雑炊や他郷の月の丸くあり

霧笛の尾長き朝や壇の浦

鯊の舟入日の波を立たせけり

一湾に漁《すなどり》ながき秋日和

砲台跡に秋の潮のとどろけり

ゆきずりの御裳《みも》裾《すそ》川の秋の風

庇より周防の国の鰯雲

一瀑を山ふところに冬の村

山水のたはむれ入りつ冬の村

明るさに水めぐりゆく冬山家
まちまちに冬灯のつきて谿の家
井戸蓋に落ちしばかりの紅椿
庭石にうごく灯影や紅椿
山中や薄まみれに宿ひとつ
門を鎖して夜鴨をしづめたる
街道の日すぢよぎりし穂絮かな
廓あと木辻格子を穂絮過ぐ
夜の灯と笛の音洩るる雪の家
人動き影のうごきて冬至なる

上野不忍池　六句

枯蓮やうごくともなき池の水

水の中われにかへりし鴨一羽

かたまりし鴨が中州の草濡らす

枯蓮の日当つてゐる午前かな

鴨の中の美童の鴨に餌《えさ》をやる

見定めし鴨にパン切とどきけり

大年の真闇に水を流しけり

昭和六十二年

一村の昂ぶり長し神楽舞

杉の間を光の筋や神楽笛

初舟出しろがねの波立たせけり
初富士や影となりたる漁り舟
沖の船に遠き沖あり紅椿
沖波の彼方に寒波居坐ると
舟影や水の浅きに寒蜆
裘《かわごろも》北北西が恵方とや
寒行の足指永く記憶せり
白足袋の僧より落ちし名刺かな
動かぬ時計柱に長し冬旱
山の手に古き傘さし寒の内

節分や納屋におぼえの金だらひ

寒牡丹菰の奥まで海の耀り

冬桜一滴の水硯に泛き

奈良　四句

このあたり奈良のはづれや寒桜

中二階へ細身のてすり寒桜

啓蟄や松風過ぐる中二階

薄氷の池をまぶしみ奈良茶粥

薄明の浮寝の鴨となりゐたる

茎立や昨夜しづまりし湖の荒れ

夕の灯の溝を流るる梅林

樹影

厨窓半ば開けある雨水の日
鹿の首壁より出でて春暖炉
草の根の蛇の眠りにとどきけり
末黒野の果にゆるがぬ一樹あり
松の間に比良八荒のあとの湖
桃の花湖の風吹く畳かな
花のなかに目覚めて白き真昼あり
とこしへに花降りつもる白枕
笛を吹く構へとなりし花曇
清明や砂掻きつづく放ち鶏

樹を過ぐる灯影八十八夜かな

缶切りをうごかして居り苗代寒

帯馴らす後《うしろ》手《で》茅花あかりかな

鉄の扉に花のはりつく法然忌

着流しのひとりに蚋《ぶと》の襲ひけり

まくなぎや門前町のはづれより

勝尾寺　六句

碑面に立つさざ波や初蛍

新緑や水を窺ふ一羽ゐて

僧の衣のくれなゐ現るる松の芯

声明に日のひろがれる末草

青き空あり山中に鳥孵る

青嵐法の山より降りきたる

信濃

いくたびも日照雨過ぎたり青信濃

国境過ぎたるあとの涼しき樹

蟬はげし人の出で来ぬ湖畔村

ひぐらしや甲斐山中の厠窓

宇陀

薬草園朝を涼しき水流る

屋根の上に草茂り居り薬草園

茴《うい》香《きょう》や昼深みゆく宇陀郡

蛇の目に薬草うねりはじめけり

蟇鳴くや釘にかけある藁草履

蟇宇陀の郡の水泡かな

水無月の黒き傘さす宇陀郡

丹波　六句

梅雨の山のあなたの奥の城趾かな

蓮池のいよいよ雨を交へけり

葉裏より不意に鳴きたる雨蛙

磴の雨丹波の蛙手をついて

山の雨蛙の目玉まんまるし

蓮の花古陶は土に眠りけり

京　九句

六波羅に荷をほどきたる秋暑かな

秋扇のはたと止みける「勅使の間」

秋扇を帯にさしけり粟田口

法師蟬籠り啼きける粟田口

桔梗の間に運ばれし朝の粥

やうやくにとどきし日差白桔梗

衣被遠山に雨降り出でし

室町の六角に売る秋扇

影揺るる水際も扇名残かな

日光

神輿より外れし衆ゐて掻《か》き氷

卓布より青き蛾のたつ湖の宿

夏帽子ホテルは扉つらねたり

八朔や法螺貝ふかく法の山

妙義

秋雷をひそめし嶺の黒く聳つ

秋嶺の闇に入らむとなほ容《かたち》

流星やすでに妙義をかくす闇

山上の光まばらに鬼薊

山嶺の昼夜のかたち新豆腐

屏となり塊となりつつ秋の嶺

地芝居のすみたる村の水音かな

岡山後楽園ほか

萩叢をゆるがす風や鶴の胸

秋の嶺裾野に牛を囲ひけり

露ふかし椀に色濃き備前味噌

一湾の潮目よぎりて鯊の舟

遠国に秋水の濃き夕べあり

月明の杭に通ひの舟きしむ

高貴寺

冬の燭慈雲尊者に奉る

門くぐるひとりふたりや冬の寺

立冬の寺の畳にある日差

初冬や土の匂ひの厠紙

気配して人の出でくる冬障子

一僧に喜捨の米粒初時雨

日差より外れし鶏冠枯葎

本殿の裏の梯子や落葉積む

阿波

白波を眼路の限りや鷹渡る

鷹渡る襞荒立てし祖谷の嶺

鳥放ち山は眠りに入らむとす

藁屋根に眠りの近き山の容《なり》

敗荷や谷影近く迫りたる

平家村霧の中にて深井汲む

土の上に山の音きく秋の蛇

一灯へ人の息寄る峡の冬

現れし一山あとは霧ごもる

嶺ふかく添ひゆく翅や青鷹《もろがえり》

若狭

冬霞若狭の国を覆ひけり

鴨羽搏つ近くせまれる賤が岳

冬荒れの波に日あたり小浜線

冬薄なびけるさまも遠敷《おにゅう》川《がわ》

凍つるまで鵜の瀬の水のひびきかな

木曾周辺　六句

残雪や木地師の里の小椋《おぐら》姓

雪雲の屋根つづきけりお六櫛

荒格子妻籠は雪を惜しみなく

いただきに日の残りゐる谿紅葉

遠き音冬滝らしくなつて来し

若狭塗冬日は遠く海の上に

白波に沖遠ざかる冬至かな

湯の中に虐げられし柚子のこる

昭和六十三年

火噴く山西に東に年明くる

地の底の燃ゆるを思へ去年今年

自らを炎となさむとて初詣

月明のことに雪被し富士の山
年逝くや闇にをさめし嶺あまた
藁灰や遠《おち》に大きく眠る山
元日の炎に壁の絵のルノアール
読みさしの頁の裸婦図去年今年
きれぎれに見たり初夢らしくなし
牛を打つ鞭を初日に村童子
山容の二日は雲にまぎれけり
裏返す榾火に遠き雨の音
灯明りに飛び去るものを見し雪夜

寒林にまぎれず駈くる一騎あり

夢に見し魔神をいまに寒月夜

山の神地の神集ふ寒月夜

裘《かわごろも》銃身に似し身をつつむ

薄氷を踏みて或る日の夕景色

炎を水に映して闇の三日かな

初凪や傘を背負ひし魚売

一椀に野山のひかり小豆粥

一燈をつつむ冬靄草城忌

強霜を覆ひの上に舫舟

水一筋末黒となりし野を流る
燗酒や闇に口開く寒蜆
凍滝の棒となりたる無音かな
雄叫びのいづこふりむく寒の闇
荒海へ眸を燃やし過ぐ鷹一羽
舞ふ鷹の眸に映りけり冬日輪
虚空にて鷹の眸飢ゑてきたりけり
虚空にてかすかに鳴りし鷹の腹
鷹舞ふや海に入らむとして落暉
大楠に遠き入日や鷹羽搏つ

何もなき海見つくして避寒宿

地鳴りして夜の地震過ぐる寒障子

いつの間にしりぞきし潮避寒宿

湯舟より見あぐる宿の寒桜

降らぬまま雪見障子も薄暮なる

蚕の匂ひ雪の匂ひや谿の村

寒月や現れて来し松の幹

もぐさ屋の硝子戸ひびく寒九かな

もぐさ屋も伊吹の嶺も寒暮にて

山の影木の影睦月過ぎゆけり

春の夢あまたの橋を渡るかな

海流の上の一舟へ春の日矢

春潮の幾重も夜に入らむとす

海流のうねりに遠き春燈

鳥帰る海峡の灯をあまた見て

白蝶のおびただしきに囲まるる

越後

音のなき越後や湖に春の雪

ややあつて呟く雪の越後人

白鳥の声のなかなる入日かな

松が枝のたわむと見しが雪《ゆき》煙《げむり》

雪沓の音なく来たり湖の際

鴨の色ただよふ白鳥湖の水際

白鳥の白鳥らしからざるもあり

餌に集ふ白鳥常の貌ならず

去る鴨のぬくみを水に夕茜

吹雪中この荒波をこそ越後

二三日ホテルに居りて弥生尽

立つ波の白き尖《とが》りも春の暮

富本憲吉記念館

うぐひすや日照りの中の大和棟

門内の大きな壺と春惜しむ

蔵うちの微光ひとすぢ花の昼

箱階段夏足袋白く降りきたる

安堵村憲吉邸の大椿

四国　八句

国造りの神も朝寝や夏霞

潮待ちの舟の打ちあふ夏衣

六月や金毘羅参り宿に入る

つばくらや幟下せし金丸座

松が枝や僧のうしろの風涼し

夏至の陽のなほ竹林に経机

庇出づる雲のかたちや籠枕

からくりの芝居つづきぬ麦の秋

伏見

舟宿へ藻の川わたる半夏生

寺田屋の五右衛門風呂や麦の秋

夏柱一刀痕をのこしけり

天窓の光り囲りに心太

舟宿の蚊ののぼりゆく昼障子

京

白ラ紙の泛くほどの風葛饅頭

夏祓淡き色もて水描かる

水渡る足のゆらめき夏祓

一燭の炎あやふし夏祓

水亭にねころんでゐる男の子

音羽山の一樹にすがり夕蜩

夕風に袖口つらね涼み舟

祭月洛中に水匂ひけり

菊売りの荷ほどかるる五条坂

購ひし菊賜りし菊ともに挿す

浪がしら白く寄せくる菊畠

化野をめぐりて今宵蛾となりし

蓮ゆるるほどの風来てうすぐらし

火蛾の宿一夜水音を近くせり

萍の辺に天井の低き家
松が枝や眼もと涼しきひとと居り
心太みづうみ遠く煙りたる
昼ふかく稲刈る音のすすみくる
花火あと水面に泛きし何やかや
蜩の一樹はなれし湖畔かな
葦舟の声のとどかず湖の霧
霧のなか音無川の音ばかり
山荘や遠眼に白き山法師
納屋までの道の凹凸きりぎりす

樹影

しろがねの雨横降りに茄子畑
灯に遠き洞におびただしき羽虫
山の闇白蛾あまたをしまひけり
樹液噴く幹日ざらしに揚羽蝶
水の辺にひと日の昏るる蝸牛
舟の揺れ胸辺に扇名残りかな
一天の翳りなきとき帰燕かな
雲かはるがはるに伸びて薄原
ものみなの影重ねあひ薄原
山裾をめぐる道あり秋彼岸

吊鐘を闇に沈めて白蛾かな

こほろぎや黒き柱の横に臥て

すぐそばを真水過ぎゆく月夜茸

道の辺に土うづたかき雨月かな

まぎれつつ立待居待過ぎにけり

秋深し法相宗の塔の影

夕闇の萩群ざわとあるばかり

秋草のほとりに長き禱りあり

立つ鷺も禱りのかたち秋の水

石の上に伏したる荒藻秋日差

とどきたる夕日しばらく葛の谿

日の出でて靄のなかより真葛原

遠ざかる秋へ雑《いら》草《くさ》そよぎ初む

秋空や二階の人に富士見ゆる

風の戸の鳴る暁や黍嵐

霧深く谷へみちびく水音あり

秋風の吹いてくるなり藁草履

秋曇の海に浮びて蝶の翅

水の上の闇ひらけゆく十三夜

音たてぬもののなかより秋の鶏

禱りの背霧にかくれてしまひけり

月明の奈良もはづれの一寺なる

樹の揺れを鏡の奥に初嵐

鏡面に重なりあひし真葛なる

曼珠沙華縞の着物の干されゐて

そこここに地のくぼみゐる曼珠沙華

松風の湖渡るらし衣被

新走り松風低く樋を鳴らす

秋水も笛の音も闇ぬけてきし

備中

白薄水嵩はげしくなりにけり

樹影

雲垂れて石見の国の唐辛子

備中へ雲退りゆく秋の滝

山中の大鯉に冬きたりけり

松籟の高きを渡る通し鴨

月の桂の庭　三句

寄りあひてはなれて石の秋思かな

石庭に一葉落つる真昼かな

石に吹く風や身を揺る萩薄

冬の滝日輪白く過ぎゆけり

水白く流るるばかり冬の樹々

山中や日の没るまでを猛り鵙

山内図師走の風となつてゐし

備中に入りて師走の円き山

しぐるるや遠き川面の薄光《て》りに

大冬木に微塵みなぎる日和かな

暗闇に人の頭うごく去年今年

暗黒や穴のしめりに蛇ねむる

去年今年沖の真闇を船すすむ

昭和六十四年―平成元年

初夢や宙を巻きゆく蛇の舌

薄氷の満ちて大甕軒下に

昭和果つ真夜の豆腐の水底に

七草の水に萎えたる朝厨

時ならぬ吹上御所の玉霰

枯笹の音たてててゐるまひるかな

白粥に霞みし山河ひろがれる

両眼に畳目茫と七日粥

鏡中に昭和果てたる床柱

昭和終る日の蒟蒻をたいてをり

昭和果つかたまつてゆく裘

玻璃うちに黒き猫ゐてしぐれけり

魚の鰭の自在を底に厚氷
全集の濃き藍色や草城忌
夜の闇に雪の気配や草城忌
水流せしあとの薄氷京の宿
追儺会のすみし路辺の草そよぐ
冬ぬくし飯は噴かずに炊かれけり
旧正の白波に佇つまひるかな
火掻き棒のまはりの火屑寒の闇
かはらけの宙とんでゆく二月かな
窓際のガラスコップや遠雪嶺

樹　影

揚舟のしめりに白き春の砂

如月の半ばを白きホテルに居

桜餅何もなき山眺めけり

鈍《にび》色の衣をまとふとき帰雁かな

白魚舟水底は藻のからみあひ

蜆舟芦のそよぎを出でゆける

ある日より笑ひはじめし名なき山

道すでに深山に入りぬ遅桜

春ふかし深山の樹々のたたずまひ

樹々の間いつか灯となる朧かな

春ふかし芝の平らに日あたりて

水際のあやふきに佇ち春の鹿

おもむろに首のべし鹿春の水

奈良格子の奥に蕗煮る匂ひかな

淡き灯の並び点りぬ八重桜

洛中の霞める日々を稽古笛

寧楽山や花咲爺はどのあたり

僧房や松の根方もおぼろにて

食《じき》堂《どう》に松風通る春の昼

池水も枝垂れざくらも昼深し

丹波

眠る山目覚むる山も丹波なる
陽炎や絵馬へもどりし黒神馬
黒茶碗花の中なるひとりかな
畳より立つ影八十八夜なる
中京や川瀬の音も夏立つ日
初夏の白き花より吹かれけり
水無月の門うちひらき能の笛
いちにちの綺羅を通せり白蓮
小虫匍ふ日あたつてゐる泥の上
行くひとも橋もおぼろに湖国なる

葦と葭ともにさわぎて湖の昏
瓦斯燈の青きを慕ひ湖の蝶
青梅や濡れびかりして水汲場
藻の花に音なく富士の顚ちにけり
藻の花を地の神過ぐるまひるかな
山霊に囲まれて居り青蜥蜴
木の洞を出でて狂へり揚羽蝶
たてよこに富士伸びてゐる夏野かな
弓射よと夏野にそよぐ一樹あり
富士山のほかは目立たぬ夏の山

茶柱の立つ夏富士のふもとかな
中空に富士も日に倦む夏蕨
遠富士へ萍流れはじめけり
湖の辺に富士顕ちし日の夏衣
足もとに風出でてきし牛蛙
白南風や湖底にひらく貝の殻
容《なり》変へぬ富士とひと日の蟇
闇重ね居り夏富士と白枕
山法師ゆたかなる夜となりゆける
まくなぎやむかしばなしをききしあと

白絣荒波とほく闘へる
夕波の舟ばたを打つ祭かな
浴衣づれ音羽の山を下りきたる
松が枝に驟雨いたりぬ黒書院
三伏や奈良のあたりのうす煙
大仏を三伏の山囲みけり
茶漬屋の閾の端にゐて大暑
坪庭を大暑の空の覆ひけり
ひぐらしや山裾に水祀る村
くらがりに祭座蒲団積まれゐる

三伏の白砂ばかり裏鬼門
炎天や鬼に金棒など要らぬ
炎天やお握飯《にぎり》おしいただきしこと
眼前に黒き一木冷奴
門前に昨夜の雨あと土用蜆
新幹線車中を鰻飯通る
山荘やプリンに霧の灯をひとつ
茶漬屋の一隅にあり暑気中り
白雨きて堀川通かき消えし
蟬の森水の匂ひのしてきたり

松の威に添ふ秋風や門跡寺

料亭の門前に水打ちて老ゆ

露の夜の灯りに巫女の白額

朝粥や桔梗ひたせる山の水

夏足袋のひとり過ぎける地行燈

水甕に庇裏のうつる朝ぐもり

夜の秋鼠てのひらかざしけり

蛇《くちなわ》も縄も流るる出水かな

神官の袴にすさる羽抜鳥

水の音樹の音闇に夏祓

うしろより砂踏む音や夏祓
水透きしところより秋はじまりぬ
甲冑の貌の部分に稲埃
生薬の匂ひに秋の風きたる
霜月に入りたる伊勢の木立かな

尾道　八句

海神より賜りしこの秋日和
秋光や小魚の跳ねる曳き車
直哉旧居の湯呑秋陰まとひゐて
通ひ船いくたびも着き鯊の潮
秋翳や海峡沿ひの浅庇

家裏に潮の満干や鯊日和

桟橋に長き夕日や鯊日和

尾道のきれいな猫の秋思かな

鶏のとさか珍らし七五三

大沢池　三句

まづ巫女ののりて揺れたる月見舟

舟の来る気配に揺るる萩薄

月の出やしきりに別の舟の波

下野　八句

稲架日和空気おいしくなりにけり

手拭のまるめおかれし下り簗

蛇籠より洩るる水音秋の風

崩れ簗を見る屈竟の男の背
むかひくる風のひびきや崩れ簗
道の辺に雨後の川音崩れ簗
岩風呂の紅葉に近き入日なる
紅葉宿大きな雨となつて来し
銀杏の樹いまも黄套三宅坂
藁焚くやおのづからなる灰の色
珈琲碗夜寒の眼鏡置かれある
日の中に釦とんだる枯野原

丹波　五句

菊日和丹波に低き山ならぶ

煙る山しぐるる山やあまご飯

一山に時雨去りたる堂柱

立ち坐りして御僧に秋日果つ

山襞の深き一宇に時雨の灯

新走り身の影をおく畳かな

爽涼の御饌に香りのなかりけり

蕪蒸遠き遮断機上りたる

浮世絵を枕辺にせり枯木宿

さまざまに色ある夢や冬の宿

風吹かば修羅となるべし落葉道

冬麗の富士へ草の根白く伸び

忘年や身ほとりのものすべて塵

平成二年

巫女の笛高鳴りしたる去年今年

初旅や練り歯みがきのひとうねり

年迎ふ円き器に円き水

初東風に大甕の水笑ひけり

閻王の舌を見上ぐる初詣

大寒の山中にして鍋たぎる

春立つと簞笥の鐶の鳴り出づる

むかし男ありけりとなん福笑
踊り場に人と出会ひて雪催
雪兎にいよいよ暗き違ひ棚
雪兎昼までほつておかれけり
雪ひとつふたつが消えし地行燈
冬麗の気高き馬を引き出だす
休日やすぐ馬柵にくる冬の蠅
笹鳴きや渡り廊下に山の塵
闇と闇のはざま灯りし節分会
闇へ打つ豆鬼にあたつたことにして

とんねるの雪なき国へ出でにけり
滝涸れて一応滝と思ふだけ
春帽子水辺の女とならむため
漁家十戸旅館あまたや彼岸西風
舟人に手をとられ乗る磯遊び
荒波に影躍りゐる春の鳶
夜の波のしろがねを展べ葦の角
相へだてつつ流れけり浮寝鳥
ことごとく雑木山なり霞みけり
うぐひすと思ひしときはもう鳴かず

草餅のだんだん重くなつてきし
清明や垣根結はへし棕梠の癖
煮凝りをくづす目玉はとうに無し
いづ方へ失せし眼鏡や春の暮
ホテルより見し春月や西行忌
春の山短かき柵をめぐらせり
水流れては時流れ花の昼
花の中うづ高き書は抛らんかな
花曇りうしろの山の鳴りにけり
色鯉の床より出づる池畔亭

花どきのいつも得体の知れぬ雲

逝く春の動かぬ岩にもたれけり

囀の遠き天ありガルボ逝く

水すまし水に浮かびてガルボの死

遠き世の白蛾となつてしまひけり

水吸ひに黄泉《よみ》より来たる揚羽蝶

舞ひつかれステンドグラスの蝶となる

行平《ゆきひら》にただよふ飯《いひ》や昼霞

城門の黒きをくぐる薄暑かな

裏山の松の容《かたち》に昼寝せり

抽斗の黴の聖書を怖れけり

黴の書とすまじジイドもチエホフも

避暑の荘この家の掛軸いつも鶴

安房　鴨川

岩燕波とがりては尖りては

風ややに強くなりたる蒸し鮑

日あたりてひじき採りたるあとの岩

浜昼顔ホテルは窓を閉ざしたり

夏潮や藻屑寄りたる岩の陰

揚げ舟の底匍ふ蟹の音乾く

一湾を退く潮や初燕

船頭の毛脛まぢかに涼み舟
手漕ぎ舟浜昼顔を遠ざかる
白波の立ち上りたるときぞ夏
いつの世も揚羽は煉瓦館に舞ふ
卓燈の翳のなかなる夜の秋
掛香や夜空の黒く垂れて来し
羽蟻出てもの音のなき一夜なる
夜の波のうねりにのりし蝶の翅
蟬の穴にひそみて一夜眠りたし
木下闇に鯉のうねりを見し夜かな

草そよぎゐるは水辺の蛇のため

床下に朽ちゆくものや羽蟻舞ふ

白波や筋目立ちたる麻衣

門の松夏百日を傾いて

松籟や秋の気顕ちし門構

竹林に一夜の露の荒筵

黒き傘炎天の町を来つつあり

魃《はったい》やイランイラクをとり違へ

枝々に張る秋冷の大気かな

露の篭草々に日のあたり初む

樹　影

地蔵盆筵にうすきところあり

海近き町に佇ちゐて風の秋

湖過ぎて湖に出会へり風の秋

山ひとつ湖に映して影涼し

一湖より見し一山や風の秋

足長蜂影長く来る湖の昏

立冬の水音は山の深きより

初冬の木々にやさしき音つづく

人歩む日向日陰も冬の景

冬滝やいづれの香とも隔たりて

秋ふかし夢二の女灯をともす

洛中や眉を涼しくホテルに居

山の木のはつきり見えて白露の日

白露かな杓文字《しやもじ》につきしごはんつぶ

室津

秋ふかき室津の宿の畳かな

戸の隙に雨の一本まんじゅさげ

舟べりにとまる蜻蛉や出水あと

夜の海へまんじゅさげなど流さむか

一僧の前もうしろも野分波

雑草の先に風ある濁酒

濁酒太郎もいつか眠りたる
黄落や真正面に社殿あり
霜月の祠に供へ黄なる酒
湯豆腐や名のなき山を借景に
大火鉢灰まさぐりしあとのあり
一山は雨に沈みて大火鉢
大火鉢畳の縁の模様かな
ひとの頭のうすくらがりに十夜寺
一方の薄明りより十夜僧
十夜粥箸のまはりの灯影かな

紐ながき財布とりだす紅葉茶屋
お火焚《ほたき》の煙まつすぐ上りけり
火薬庫の錠に日あたり山眠る
袈脱ぐ金銀のベルトかな
山中やあまたの穴に冬霞
枯木立心に画布をたてかくる
木枯や昨夜にはづれし蝶番
眠る山けものの柔毛吹かれたる
抜け道のどこかにありし冬の山
二の膳や北山しぐれ過ぎし空

障子しめ空気のうごく黄水仙
亀水に平らに浮きて冬ぬくし
強霜の大気に紘のひびきけり
強霜に鋼の川の流れけり
凍蝶の微塵となりし空気かな
火の端に残る紙片や年の果
炎立つ山の一隅冬芒
窓の樹の風にうごけり蕪蒸
敗荷のまはりの雨のこまかなる

平成三年

同胞《はらから》よイラクの初日など思ひ
雪嶺に囲まれてゐる神楽の灯
室の花貌の大きな魚を飼ひ
舌厚く肉を食みをり室の花
飛火野に女帯ほど雪解水
白粥や玻璃のくもりも四温なる
旧館の雪解け遅きランチかな
炉の榾を返すしぐさも吉野なる
熱燗や灰ならしゐる吉野人

かたまりて貌のわからぬ海鼠なる
俎のどちらむいても海鼠なる
土間に入る火薬の匂ひ狩の犬
雪道の鞍馬格子を雪の景
松風の雪散らしたる勢ひかな
涅槃図を蔵して雪の末寺なる
山の湯のなみなみとある寝釈迦かな
雛の日の水際藻屑を交へたる
眠りゐていややいや出でし雛もあらむ
晩成の成はいつごろ万愚節

船底に歪な鏡春の航

渦潮のその底をゆくうねりかな

京

常緑の一樹のほかはみんな花

白張りて法然院の貴《あて》椿《つばき》

この花に廊いくたびも曲り来し

花御堂の人群遠く紫衣の僧

念仏のたゆたひてゐる花の中

あとがき

『樹影《じゅえい》』は『月光抄』『女身』『晩春』『新緑』『初夏』『緑夜』『草樹』につづく私の第八句集である。昭和六十一年冬から平成三年春までの五年間の句六百九十句をおさめたがこの間多くの方々との永別があった。今読みかえしてみるとその時々の思いが何となく句にあらわれている。私は本年十一月で七十七歳になったがなおも歩きつづけねばならない。生きている限りは――。

なお『樹影』の題名は「読売新聞」にのっていた桜田精一氏の絵につけられていた題名と同じものである。この絵については「俳句研究」昭和六十三年九月号の拙文「小さな池の声」のなかで書かせていただいた。この句集上梓にあたりお世話になった立風書房　宗田安正氏に厚く御礼申し上げる。

平成三年十一月一日　　　　桂　信子

第九句集

花影（かえい）

1996年12月10日第一刷発行
発行者　鎌倉　豊
発行所　立風書房
〒153 東京都目黒区上目黒5－5－8
印刷所　信毎書籍印刷株式会社
定価3000円（本体2913円＋税）

平成三年

白砂を踏む音筍曇りなる

ゆきつくは社殿の鏡ほとどぎす

つめよりし膝そのままに夏神楽

蟇宿着手荒くたたまる

土佐　十三句

葭切や雨傘ひらくまでもなし

梅雨の河見えざるものへ網を打つ

野に蜜のあふれて村のひるねどき

四万十川《しまんと》に白波を見ず梅雨曇

一舟に灯のはいりたる葭の風

屋形舟水に影おく涼気かな

舟べりを過ぐ六月の水の色

水の面に灯のくだけゆく夕河鹿

明易や川靄まとふ泊り舟

船宿に置き忘れある白日傘

内側に青き魚売る葭簀張

南国の皿に盛られしうつぼかな

腹中のうつぼ思へば梅雨深し

蚊遺香の変らぬかたち海鳴す

樹雫の太き一滴昼寝覚

花影

遠花火立居目立たぬひとと居り
うなぎ屋の黒き天井夏の果
ただならぬ雲のかたちや稲の花
電柱に厄日すみたる日射かな
金魚鉢に水の衰へ昼ふかし
夏逝くやガラスの奥のわからぬ絵
毒茸を踏むが煙の立ちはじめ
仆れたる案山子につよき泥の耀り
よく歩くひとに交りて野分あと
奥吉野　四句
落葉降る途中の空や奥吉野

一山の杉をつつみて五里霧中

落日や崖の上に湧く金《きん》薄《すすき》

日没や煙のなかの白薄

葛城　三句

葛城の細き草踏む冬立つ日

葛城も大和もいよよ冬構

冬木樵に鳥湧き出づる空の奥

峡紅葉神鼓の音の底を匍ふ

阿波野青畝氏邸　四句

秋風に松斜めなるままが佳し

秋風の盤石に腰青畝大人《うし》

聖燭を立てて暖炉に火の未だ

花　影

爽籟や簷過ぎてゆく水の綾

木曾　五句

木地師ゐて木の粉を散らす冬初め

囲炉裏火のくづるるさまや峡の奥

火の奥の炎の熾んなる時雨宿

衝立の陰の声音や薬喰

佇みてどぶろく呑みに入るつもり

年果つるホテルに大き焼却炉

ゆくゆくは骨撒く洋の冬怒濤

木も草もいつか従ひ山眠る

山川の枯れゆくさまに遍き日

逝く水や枯草杭にとどまれる

日も月も険しくはなし冬の山

枯薄乱るるさまに日のまとも

奈良盆地冬の煙を上げにけり

ポケットにあるといふだけ木の実独楽

窓枠の木目ざらつく薬喰

猪鍋の果て電柱の黒く立つ

平成四年

寒月をまたぐに惜しき潦

雪中の鷺に遠き灯ともりそむ

朽舟にさざ波光る二月かな
寒巌に載りしばかりの浄め塩
百本の枝の横ざま寒松籟
白波や泡ののこれる冬の浜
啓蟄や曇り硝子に灯のともり
うぐひすや崖を降りゆく村の人
初桜水中を泡のぼりそむ
初桜空気つめたくなりにけり
燈明の芯さみどりに春の雷

北国　十句

砂山に四五人現れぬ彼岸潮

立山のあるべきあたり朝霞

陽炎や敦賀に低き街の屋根

北ぐにの曇りづめなる帰雁かな

裏山の窓に迫れり蒸鰈

茎立や風荒びきし浜の家

遠くより荒波の舌磯菜摘

楤の芽や横波かぶる浜の桶

雪囲ひ解く屈強の男たち

雪囲ひ解きし梯子の置かれあり

薄氷に遠く日あたる林あり

花　影

襖絵は狩野山楽牡丹の図
水陽炎襖の金に及びたる
闇のなか髪ふり乱す雛もあれ
花筏となるまでの花たゆたへる
花の中鐘真黒な音を出す
月日なき鯉に散りつぐ桜蘂
水の面に落ち大いなる紅椿
護摩の火の燃えさかる間も春逝ける
井戸蓋の乾き久しき春落葉
土間深く風通ひけり祭あと

萍の隙間怖れし昔かな

雲踏みて今も昔もみづすまし

日の浜にくらげは水となりゆける

かたまりて暮色となりし涼み舟

川沿ひにつらねし庇秋の立つ

秋風の遊ぶのれんとなりにけり

桔梗や藁うかびゐる朝の水

草々を露もて覆ひ隠れ里

夜々の灯を重ねていつか秋簾

白桔梗砥部焼の壺すこし濡れ

舟べりに水見て扇名残かな

舟着場に一舟のこり秋暑なる

この秋空死の通ることいくたびか

手に触れし草の湿りや大花火

敬老日豆腐の上を水流れ

潮いたみ風いたみして種茄子

裏口へ色なき風を通しけり

昼茸に大きく揺るる山の樫

中辺路　十一句

中辺路や冬日のなかに魚乾《から》び

中辺路の一樹のもとの枯仏

小座蒲団茶店に冷えし葛峠

山姥のうしろ姿のすさまじや

熊野路や竹柏《なぎ》にさす月とこしなへ

神在ます熊野の冬のしんの闇

鹿刺を食うべしあとの顔ばかり

何事にもおどろかぬ顔秋の暮

日も月も宙にただよひ熊野灘

ひとびとに山の掟や去年今年

山にゐて山の匂ひに年果つる

平成五年

初日の出熊野一円おしだまる

初日さす深熊野青き渕湛《たた》へ

靄のなか容おのづから冬の山

時雨れつつ山は容をなしにけり

琵琶湖　十句

湖の陽や遠見の鴨へ金の波

鴨鍋や水を距てて鴨昏るる

比良比叡雪を冠りぬ夕景色

沖雲は雪はこびつつ湖の暮

湖の面の銀に障子を開け放つ

裏戸より一人出できぬ雪の宿

雪解道四五人店の灯に寄れる
鴨うごき闇に水輪のひろがれる
鴨の羽根浮きたる水の堰を越ゆ
流れ藻や堰のあたりに温む水
春近し水輪のなかに水輪生れ
如月も半ばや水の遊ぶ色
何ごともなかりしさまに大冬木
波音に応へし幹や二月果つ
梅咲くやふだん着につく飯の粒
炮烙や家にも春の来たるらし

花影

どことなく傷みはじめし春の家
擂粉木のどこやらにある春の家
行平《ゆきひら》や春の雪散る夕まぐれ
蜆舟ゐて景をなす昨日今日
川舟の舳先の揃ふ彼岸寒
茎立や荒き波くる暁の畑

悼・堀葦男氏　三句
亡きひとに箕面の山の遅ざくら
山の影花の影きみ去りし世に
葉ざくらやきみの短冊掛けしまま
誰彼のわが前よぎる花篝

蛇穴を出で曇日の水平ら
奈良の鬼京都の鬼に地虫出づ
うぐひすや温みののこる昼の飯
灯のホテル弥生は月を上げながら
春月や川面に何の水煙
花の下顔白く塗ることをせり
花吹雪をちこちに声あがりけり
陶榻にときに影ある日永かな
翁眉竹秋の風わたりくる
一門に志あり椎若葉

白牡丹耀りくらがりの梯子段
夕風にとゝのふ鉦や祭鱧
祇園会や京へ上るといひしころ
鱧ちりや浪速ことばの橋と箸
祭着や幼なの箸の上げ下《おろ》し
紺暖簾奥の八十八夜かな
簾かげいつまで老の箸づかひ
箸墓に眠る女人や梅雨の闇
鵜舟待つ浪速とおなじ風吹いて
綱の鵜に火の旺んなる篝かな

篝火に「鵜の目鷹の目」のその鵜の目

杉田久女の墓

おん墓に夏花一輪たてまつる

悼・加藤楸邨氏　四句

梅雨鴉楸邨が逝く逝くと啼く

梅雨真闇楸邨やあーいと呼ばんかな

炎えて立つ楸邨あらぬまひるの木

知世子夫人出迎へたまふ梅雨の門

牡丹一花終の白さを保ちをり

虚空よりとつて返せし揚羽蝶

地獄絵を抜け出し故の蝶の黒

ふりむきし顔思ひ出す広島忌

白地着て抜き差しならぬ昨日今日
もろもろのもの尖りだす九月かな
秋扇ひとさし舞うてくれしひと
露の夜の紙燭に裾を照らさるる
秋空や高きにおきて志
雁渡しこころ澄みくるきざしあり
裏口を出て秋風となつてゐし
秋の水真鯉の黒を沈めたる
八月や兄の帽子が遠ざかる
八月の終りきれいな魚の骨

秋彼岸隙なき老婆前をゆく
一本の枝を渡しぬ月の川
秋の水御所のほとりを流れけり
ふりかへり大きな月に出会ひけり
顧みてわれに影ある夜長かな
沖の舟にもいま月光の射しをらむ
菊の香や初心を以て貴しと
井戸蓋に木の実の撥ねて真昼なり
秋深むスワンの朱きまなじりも
紅葉昏る頂きに日はありながら

あるときはもつるるままに冬の滝
中ほどを出没の頭や薄原
薄荒れ眼前の景白濁す
これ以上何を怖るる薄原
傷舐むる獣もあらむ山の月
穴に入りしあとはどうにもならぬ蛇

松江にて　五句

秋日濃き出雲街道猫走る
天守への太き手摺も秋の翳
街道に暁の灯のこり秋曇
点したし八雲旧居の秋ランプ

八雲聴きしかこの枯葦のたつる音
数へ日の数ふるほどもなき日数
数へ日や一日づつの珠の晴
いつの間に冬至過ぎたる日射かな
中腹の道顕らかに冬の山
鬱と居り寄りくる鹿の匂ひにも
海鳴りの闇の中なる去年今年
闇に泛く日本列島去年今年

平成六年

身にひそむ気の充ちゆきて初湯かな

初凪や天変地異の兆しつつ

いちにちの大方餅を焼く匂ひ

大寒のここはなんにも置かぬ部屋

葛根湯身の一冬を支へけり

うぐひすや雑木林もいつか失せ

近江路　二十二句

見るからにゆるき流れに春の鴨

鴨てふ字出来し前より鴨泛かぶ

黒き肝食うべて鴨と浮き寝せる

鴨宿の屏風金屏とはゆかず

どこにでもある軸垂らし鴨の宿

艫の音のしばし過ぎゆく鴨の宿
襖絵は名知らぬ絵師の寒雀
艫音して寄りくる舟も朧かな
湖の日や芦の芽ぐむを目のあたり
枯葦の影の乱れも湖北なる
過ぎゆくも戻るも諸子釣りの舟
近江路は水色に昏れ雪雫
身中の鴨に眠りの神誘ふ
鴨鍋や夜更けて修羅となるわたし
街道の昼絶え間なき雪雫

花　影

人容れぬ雪の桟橋長く伸び
丁子屋のいつもの屛風「いろはにほ」
湖の上の靄の切れ目や雪の比良
雪の比良水面に影を泛べけり
満ち足りし思ひの顔や鴨の宿
蹠にもさかなのあぶら遠霞
わかさぎの焼かれし形に寝ころがる
さざなみの志賀に弥生のひと日かな
北窓の景にまばらの残り鴨
黒茶碗鴨引きし湖のこりけり

深く来し梅林にある水たまり
しばらくは笹鳴のみのきこえけり
崖降りるひと見えてゐる雛の日
大方は雛人形の箱と見し
窓下の箒の掃きし春の土
晩霜や白紙を折るに力入れ
逆立つるべき眉もなし春の月
すり胡麻の香りのなかや初蝶来
擂粉木の音のなかなる春の暮
横文字に舌かむことも三鬼の忌

花　影

三寒の寒のつづきて四温なし

老いるまでの儀式いくつも春の暮

棚の奥にかたき羊羹さくら咲く

さくら餅仏間を通りぬけにけり

さくら咲き重ね重ねし水の色

龍太の句見たし読みたし春の暮

備中や削られし山片笑ひ

三月二十六日・誓子先生ご逝去

誓子先生翁とならず逝きませり

三月二十七日は如月の満月

西行にひと日をいそぎ誓子逝く

魂遊ぶ空如月の望のころ

誓子亡き芦屋の松に春夕日

波にのり波にのり鵜のさびしさは　誓子

喪ごころや白子の浜に浮かぶ鵜も

桜咲きそめしそこらの日昏れかな

春の水もののあはれはここらより

春愁や着馴れし服の匂ひにも

花の中わが身も水を吸ひ上ぐる

俎板のまつさらにして桜鯛

夏立つとこの夕風に吹かれゐる

穀雨とや朝より白湯の沸騰す

大甕の覆へる筍ぐもりかな

燕に真青な空つづきけり
巴里祭知らずに巴里祭を詠む
初扇胸高といふ言葉あり
瓜の種笊にひつつき沖つ波
睡蓮に一本の草添ひ映る

奈良　三句

奈良の梅雨甍の沈みはじめけり
靄晴れていつよりありし藻刈舟
眺むるとなく開きをり奈良扇
老の前永く置かれし粽かな
昼寝覚椅子の脚より見えて来し

鼿音や昼寝覚めざるひとのあり

理髪店の鏡日傘のいま通る

土用波帆船瓶にをさまりて

さまざまの匂ひに昏るる土用丑

柳まづ置かれ納涼芝居かな

夕空と水との間祭笛

祭鱧湯引きを待てる小窓かな

門燈の点きしばかりや秋桜

相似たる月日に庭の萩と椅子

卓袱《ちやぶ》台《だい》のありしころにも萩に風

そのままが佳し秋風にふくらむ衣
松籟や鴨に平らな日のつづく
昏れながら放つ光や初紅葉
昏れゆくに水面の紅葉まくれなゐ
菊の辺や作り笑ひの顔せねば

月見能　五句

月の出や威儀を正せる苑の松
野外能夏枯れの樹を照らしけり
高笛に灯蛾狂ひたる野外能
舞の手に月の甍の遠き照り
月の中へ枝さしのべし苑の松

柚味噌や端のみ見ゆる寺甍

冬の鳥短かき音を立てにけり

答志島　六句

一舟に一人立ちゐる海鼠舟

蛸壺のあまたの底のみな乾く

何もゐぬ冬の生簀をみなのぞく

冬ぬくし桶を餌ひ出る蛸の脚

冬没日見ぬまま暮れし浜の宿

冬の水音なく岩を濡らしけり

冬滝の真上日のあと月通る

滝音を山の音とし冬深む

花影

夜も音のとどろき止まず冬の滝
山中や落葉のぬくみ土の上に
山深く幹のまはりの照紅葉
いま誰にも逢ひたくはなし冬の山
長考は山の芋より始まりぬ
桶底に海鼠の思ひかたまれる
たちまちに海鼠のつくる曇り空
何といふことなき昼の海鼠かな
海鼠から何が飛び出すかも知れぬ
日だまりにゐる時だけの人ぎらひ

飛ぶ鳥に枯野のうねり川の耀

芒野やひとの決めたる国境

枯芒の一本づつに日当れる

芒原戻り道などある筈なし

いつときの血気なつかし去年今年

年逝くと鮃平たくなりにけり

平成七年

矢面に立つ人はなし弓始

一月十七日、阪神大震災

御恵方は西とや西に地震《なゐ》おこる

すはといふ間もあらばこそ寒の地震《なゐ》

寒暁や生きてゐし声身を出づる

地震あとの高声寒の闇走る

地震あとの声松過ぎの家々に

余震また身を伝ふがに寒の夜半

寒日輪常のごと出づ地震のあと

動かぬ戸いくつもありて寒の部屋

寒椿挿したき壺も割れにけり

強霜やこの梁の下友逝きし

寒暁を素走りしたる地震の神

地震知らぬかに山々の眠りけり

いくたびも震ふ大地や寒昴

人小さく凍てて地の揺れ思ふまま

とこしへに地球はありや寒星座

大寒や静かなる世に遠くゐる

動かぬ戸動かぬままに草城忌

地震あとの春待つ顔を上げにけり

人間を笑うて山の覚めにけり

悴みてひたすら思ふ死とは何

死に不意にわし摑まれさう追儺の夜

紙雛のあやふき影や夜半の燭

花影

瓦礫をとぶ初蝶どこまでも瓦礫
落花いま大地平らにありにけり
杉花粉かたまり嶺を越えにけり
死ぬことの怖くて吹きぬ春の笛
ひとあまた逝き山中に蛇の穴
三面鏡に映りし故のリラの冷え
ぼんやりとしてゐていつか夏近し

悼・野澤節子氏　四句

かの世へと君をつつみて花吹雪
あの世にて花を褥となし給へ
いざなはれさくらの精となり給ふ

虚子の忌につづく節子忌これよりは
灯ともりてひとりひとりにさくら散る
京の端水面に花を湛へけり
樹々の香のなかへ入りゆく立夏かな
橋際の一燈茅花流しかな
暮るる間の雨の匂ひやえごの花
胸板をつらぬく矢欲し更衣
河骨や水皺に貌のまじりたる
夏鴨や湖に日の没る日々の景

奈良　五句

奈良の昼ホテルに仮の夏炉あり

燃えぬ梢夏炉に飾り奈良ホテル

竹皮を脱ぐひとときの無風かな

坪庭に今日いちにちの竹落葉

まくなぎを払ふしぐさをいくたびも

長簾うちのひと日や水の綺羅

ひと日過ぎひと日古びぬ長簾

まぎらはしきものに囲まれ梅雨ふかし

ほととぎす聴く幸を得し遠忌かな

遠蛙あやふき木橋渡りをり

蛇苺遠き水面の耀つよし

遠蛙田の面は翳り濃くしたる
人遠く歩める青田ぐもりかな
日に熱き瓜をくれたる隣びと
夕月や柱に添うて眉涼し
はかなさはいづれ衣の香と蛍火と
笛復習《さら》ふ浴衣の糊の立ちしまま
祭鱧遠き世よりの笛を吹く
先の舟涼しき水尾を引きにけり
その次はお囃子舟の波きたる
縁側にゐて暮れそむる祭かな

片陰のなき道歩む老婆あり
太陽の丸く真上に終戦日
死神も厄病神も涼みけり
動きゐるものを眺めて端居かな
鹿の眸に万燈の灯のおぼつかな
料亭に松を眺めて昼涼し
太り肉《じし》の女将涼しく出できたる
蟬の穴冥へつづくはどの穴か
舟すこし木陰に入りぬ水の秋
ふり返るひと怖しき霧のなか

いちにちの終りに会ひし烏瓜
頭の中に猫を解体して九月
厚雲の上を日のゆく薄原

湖北　五句

時かけて漣となる水の秋
鳰くぐる水底にこそ綺羅ありと
新藁や簷重ねあふ漁師町
月の夜は月さしこまむ丸子舟
ふた廻り半の細帯霧の宿

中辺路　八句

杉山にひびける音のみな冬へ
中辺路の山にこだまし冬の音

花　影

枯山や熊野にながきはねつるべ

どの家もみなぎつしりと薪積む

冬構へ完璧にして熊野郷

月光のしばらく照らす峡の底

水に透き初冬のさかなみな細身

烏瓜いつも思はぬところにある

待宵の月のなかなるスープかな

かかる世の月孤つ空わたりゆく

秋夕焼山の彼方に誰も居ず

闇のなか歩みつづけて去年今年

年逝くや海鼠は海鼠の容《かたち》して

平成八年

何思ふとも元日となりゐたり

湖の面をつたふ光や初日出づ

氷魚といふさかな小鉢に湖の宿

松が枝にひと日風ふく初諸子

遠松風二日の景の曇りそむ

風景のなかに昏れゆく湖の鴨

うごきそめし影に朝靄七日粥

見渡してみてほどほどの鴨の数

菜屑より流れはじめし寒の川
姥怖し正月行事知りつくす
三日とも日当りのよき畳かな
水餅の水餅らしく沈みをり
底にまだ水餅らしきもののあり
松過ぎの灰のぬくもり夕座敷
立春のこんにやくいつか煮えてをり
如月の鯉を一刀両断す
凍滝のしろがね闇をつらぬけり
寒月に白刃をかざす滝のあり

牡丹雪まばらに人の顔の見ゆ

舞殿を雪解雫の囲みけり

をとひの雪の残りし狭庭かな

水の面に松が枝つたふ雪雫

しばらくして雪見障子の閉ざさるる

棒黒くのこし解けだす春の雪

雑草に春の気配の風かこれ

怒濤音椿がわつと押し寄せる

白波のひるがへる時椿落つ

三日経て支離滅裂の落椿

紅椿どこかに人の佇ってをり
人体に椿の闇のこもりたる
日当るやうぐひす餅の粉膝に
笹鳴をたしかめてゐる間の閑か
水色に昏るる二月の燈台は
虫出しの雷おどろかぬ虫のゐて
啓蟄の土を覆へる芥かな
水の面に雛を浮かべしよりの風邪
海の風来て三月の乱れ髪
春陰の商家を囲む艶格子

銀の海割つて入りくる若布刈舟
雁帰る浜の藻屑は黒きまま
菜の花に白波のよく立つ日かな
夜も昼も白波の上鳥帰る
白波の果に帰雁の空展く
春の島なんでもなくて横たはる
水仙の花ばかりなる入日かな
花を待つこころに明くる御空かな
ゆきずりのここにも咲いてゐる桜
川濁る白き桜の向う側

花　影

春の風よんどころなく吹いてをり
春灯つくまでの不安や青畳
一山を覆へる靄や花の冷え
糸ざくら背山の冷えの及びたる
常ならぬ窓の明りや花の暁
青空や花は咲くことのみ思ひ
花の窓へ宿の廊下のゆきどまり
いつになく人訪ふこころ花の昼
鍋の焦げそのままにして桜咲く
み仏のゆらぎ出でたる花篝

夜桜や影の大きな人往き来

何といふことのなき日のさくら散る

空間にパイプの煙四月逝く

四月逝く柱鏡に空映り

あとがき

『花影《かえい》』は『樹影』につづく第九句集である。平成三年夏から平成八年春までの五年間の句四八八句をおさめた。この間に前回と同じく多くの方々との永別があったが、その他想わぬ阪神大地震がおこりただならぬ五年間であったと思う。しかし私は幸い元気で八十二歳を迎えようとしている。

なお『花影』の題名は花をよんだ句が集中比較的多く私もまた桜の花が年と共にひとしおなつかしく思われ、このように名付けた。この度もまた立風書房　宗田安正氏のお世話になった。厚く御礼申し上げる。

平成八年九月九日

桂　信子

第十句集

草影（そうえい）

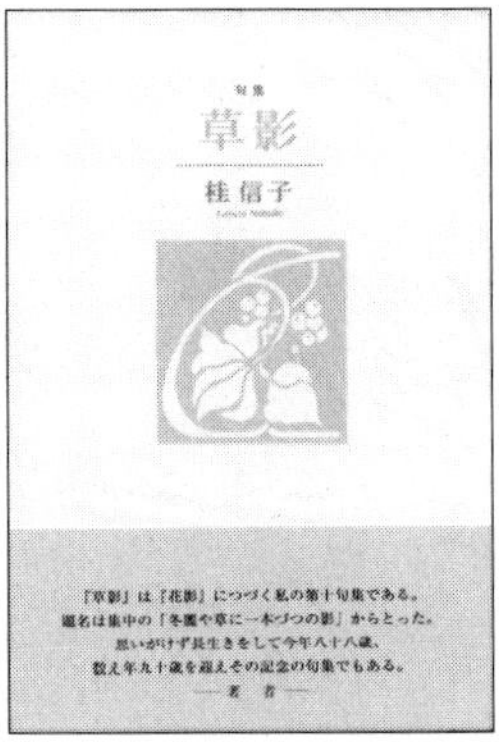

2003年6月6日初版発行
発行人　山岡喜美子
発行所　ふらんす堂
〒182－0002 東京都調布市仙川町
1－9－61－102
装　丁　君嶋真理子
印刷所　株式会社トーヨー社
製本所　有限会社並木製本
用　紙　太平紙業株式会社
定価3150円（本体3000円＋税）

平成八年

一粒の雨を広葉に半夏生

森奥を照らす一燈稽古笛

ひとところ川波荒し青簾

祭衆笛ふく顔を笠のうち

日傘より見る若者の笛吹く口

祭鱧夕風つよくなりにけり

着流しのまま町中や祭鱧

それらしき匂してをり鰻の日

釜占ひ神事　五句

大杓子くらがりに垂れ梅雨さなか

占ひの巫女の白衣も梅雨じめる

梅雨釜や白衣の巫女の言おそろし

釜鳴り出づるまでの静寂《しじま》や青葉闇

梅雨の釜おどろおどろと鳴り出づる

雨脚の光一瞬白蓮

煉瓦館の酒場《バア》の灯影や青葉冷

六甲山上

紫陽花に自称憂愁夫人かな

老鶯や木橋に楔《くさび》深く入る

水音のはやも初秋のひびき立つ

夕風やさざ波となる遠き蟬

あぢさゐにあぢさゐ色の暮色くる
あぢさゐに灯り初めたる麓の灯
一枚に灯の街展べし夜涼かな

日野草城先生句碑除幕（天好園）　七句

師の句碑に月照る夜の待たれけり
師の句碑に照る満月を思ひけり
碑と月のむかひあふ夜の来たりけり
山中や萩も薄も風のなか
巻かれあるホースの赤し草の露
揉みあへる真鯉の黒や秋の水
夜の風にこの白萩の乱れやう

岡山　七句

ゆくほどに秋や備前の甍耀り

碑《いしぶみ》の建ちし日よりの夜々の月

いつか見し井戸ありいまも木の実降る

濠の水に木の実沈みて午後となる

夜は霧にとりまかれなむ城孤《ひと》つ

灯なき城中空にあり冬の月

菊花展終りしテントなほ残る

月の夜の貌の映らぬ鏡かな

鷹の眸のはかり知れざる志

月光に遠く置かれしレモンかな

波の穂を捉ふ燈台去年今年
年逝くと山の気こもる壺の中
地にこもる都会のひびき去年今年
瞠きても闇ばかりなる去年今年

平成九年

元日のホテルの窓の波ばかり
ソファーも雑煮の餅もやはらかし
白波も今年の景となりゆけり
雪たのしわれにたてがみあればなほ
年寿ぐと無用の壺を飾りけり

初夢のかごめかごめの国に居り

をちこちにこぼるる夕日寒の入

大寒や野のはるかまで日当りて

夕暮れて雨より雪となるあはひ

髪真白川波真白立ち競ふ

大海のなか一杓の寒の水

切りむすびたきひとのあり寒稽古

佳きひとと水を距てし寒九かな

春近し日陰の笹の動きにも

謝りて追儺の鬼の役終る

豆撒いて鬼より怖きもの払ふ
身を揺する音のなかなる雪解川
立冬の暮色は沼の底の色
波の上に遠き日を置く冬至かな
思ひ出し笑ひときどき薬喰
春立つ日シャボンの泡の中に居り
国旗出すひと小さく見ゆ冬山家
近くなるほど雪嶺の威丈高
水温むころの思ひ出あまたあり
雪嶺の青く震ひぬ夜の鏡

雪の日の皿にぶあつき舌平目
啓蟄や音なく濡るる庭の樹々
椅子ひとつ庭に泛きゐる夜の朧
あはやとはいま紅椿落つるさま
飯櫃に温き飯あり地虫出づ
春寒のびつくり水や小豆煮る
傾ぎし家どうにか春となりゐたり
鴨引きて堰を越えゆく鴨の羽
なんとなくあちこち浮遊残り鴨
朧より立ち上りくるものの影

どこまでも橋伸びてゆく夜の朧
海流に日の強く照る藪椿
紅椿濤音も夜に入りゆけり
春の航波の綺羅よりはじまりぬ
初蝶にとらへどころのなき日射
白き椅子に一度は止まりたき初蝶
部屋の隅さくら明りの朝を得し
おちつかぬまま脇息に花の宿
大阪の花の中なる遠忌かな
集りて散りて遠忌の花の中

逝く春や水に逆立つものを見て
身のまはりいつの間に春終りたる
底知れぬ井戸をのぞけり夏立つ日
水無月の名の美しや不安の世
黒潮の夜気迫りくるビールかな
あの声は冥よりの声牛蛙
籐椅子に新聞いつも荒だたみ
かりそめの世の水無月を過しけり
呼べばすぐふりむくひとやすひかづら
遠祖の地茅花流しのなかにあり

草　影

雷ひそむ山の気配や木々そよぐ

青葉騒昔の顔の打ち揃ひ

大広間文月の箸の揃ひけり

立鏡いくつもありて夏館

楸邨忌畳の上を蟻の匍ふ

鏡より出づる光や梅雨の月

七夕やいつもこの日の曇り空

いつの間に変りし店や鰻の日

水底に目覚めて鱵の病んでをり

水貝や遠き記憶の御真影

海花火遠流の島をおもひけり

起き伏しの枕ひとつや盆の風

雲の峰何引つ提げてゆくべきや

街中を烏歩ける終戦日

八月や闇に集る真人間

沙羅散るや助走の長きわが一生《よ》

秋立つや観念の墨磨つてをり

永田耕衣氏九十七歳にて永眠　八月二十五日

赤芋の地中に太り耕衣の死

ダイアナ元妃事故死　八月三十一日

ダイアナの死やかなぶんの一直線

上田五千石氏急逝　九月二日

秋の富士吾より先に逝きしはや

湯の町の片側暗し十日月

悼　細見綾子氏　九月六日

丹波路の稔田の黄や綾子逝く

秋草にやはらかき風綾子逝く

悼　平畑静塔氏

出石そば小皿に五枚静塔逝く

悼　中迫廣子さん

月光をさかのぼりゆく君かとも

白臘のひとの眠れる秋の闇

水の上を景色流るる舟遊び

海開き神官冠おさへけり

地蔵盆短かき町を往き来せる

次の間に控へて扇名残かな

燈籠を濡らして終る松手入

ホースの水桔梗の鉢覆へす

鰯船かがやく水尾を残しけり

悼　河田寿恵子さん

これよりは秋明菊を思ひ出に

豊年や朝より白紙折りたたむ

冬近し黒く重なる鯉の水

猪垣に風の無き日のありにけり

東吉野村を思へば餅つく音

みちのくに見し片鱗の冬入日

青森の林檎の紅と志功の絵

草の実やいつか老いたる山の鳥

日矢を得て白刃の光冬の滝

クリスマスツリーに関はりなき身なり

ネグリジェの裾ひらひらとクリスマス

ホテルのカーテン襞ふかくして去年今年

冬濤にいつしか闇の音まじる

平成十年

初御空いよいよ命かがやきぬ

漕ぎ出づる艪音身近に初霞

海鳥に岩のぬめりや初日射

初日射この美しき地球に棲む
初旅のまづ富士見ゆる窓がよし
鯉太り初日の金の水くぐる
嫁が君といふ薄気味の悪き名よ
水餅に似る水槽の章魚の群
魴《はう》鮄《ぼう》ののつぺらぼうの味を噛む
枯野ゆく貨車に日当る鉄路あり
冬蜂の死やカーテンの襞のなか
チェンソーの不意のひびきや枯木山
結界とせり涅槃図の長き箱

草　影

涅槃図の裏側をゆく人の声
二月去りゆく細身の傘を巻きながら
白梅をひとの過ぎゆく温みかな
春愁や浜辺の松の頼り甲斐
雛の眼にただ亀甲の松の肌
遠白波ときどき騰り雛納め
人形の髪朧より摑み出す
桃流れくるやも川の靄の奥
いつの世も朧のなかに水の音
土佐に入る日傘のまはりみな緑

水の綾さまざまに夏はじまれる
したたかに黒き幹ありつばくらめ
山深く蝶をかくまふ扉あり
蝶あまたまとひて土佐の山中に
宇奈月温泉
延對寺荘に眠りて夏涼し
青き山碧き水見て湯の宿に
蛾とのぼる合掌部落の縄梯子
岩瀬家の暗き二階に五月果つ
越中の田水へだてし男舞
なほきこゆ田水越えくる麦屋節

こきりこや蝌蚪の踊れる水のなか

六月やうたたねになほ麦屋節

卯波にて

くぐるべくのれんはありぬ冷し酒

梅雨曇「卯波」に電話鳴りにけり

冷し酒波郷の軸も古りにけり

その朝　林田紀音夫氏の訃をきく（八月十五日）

蝙蝠傘林田紀音夫逝きたると

鉛筆もてしるす句ひとつ紀音夫逝く

蒼白き顔の過ぎゆく梅雨の街

梅雨の車内寄りかかるには細き傘

塀穴より出できし猫の暑気中《あた》り

水無月も文月も憂しや墨硯
川波の耀りひとときや祭鱧
水色の夕べとなりぬ祭笛
雑草の風に吹かるる祭あと
押入へ片手のばせば籠枕
珈琲館に好きな絵ありて夏深し
栗の皮剝きてこの世に順ひぬ
夏終る夜の卓燈の青き翳
動かぬまま闇にまぎれし蟇
終戦日日輪のみが輝きて

水底に動かぬ石や秋の立つ

悼　岩崎太造氏　二句

岩崎太造破顔一笑豊の秋

徳利をあの世の供に豊の秋

悼　田村ひろし氏　二句

ファインダーをのぞく眼冥き野分浪

秋草のやさしさにひと逝きたまふ

朴落葉真正面より吹かれくる

をちこちのひとに逢ひたる秋祭

秋祭過ぎしは昨日塀の泥

豊年や流るるままに洗ひ水

円き空のこして落ちる秋の滝

弁当のまはりの塵や松手入

松手入ちよつと刈り込み過ぎしかな

事多き十一月のはじまりし

飛火野の小流れに佇つわれも鹿

小《しよう》雪《せつ》の日とか茶色の奈良に居り

寺箒立てかけしより時雨かな

銀行の軒に売らるる冬菜かな

冬霞盆地一塊昏れにけり

末枯はきらひな言葉夕茜

これからのことはまかせて山眠る

運び来しホテルの年越蕎麦ひとつ

平成十一年

初日出で限りなく来る波の金

いづくより来る幸四方《よも》を拝みけり

初霞通ひ船なほ仕度せり

悼　高屋窓秋氏

海青く花咲くまでの幹と枝

これよりは一月一日窓秋忌

春を待つおなじこころに鳥けもの

鏡面のひととき暗し鳥帰る

冬遍路入日の金をまとひけり

一心に生きてさくらのころとなる

川底の石なめらかに春惜しむ

星の下猫の恋また人の恋

草餅や相合傘の肩しづく

傘かしげつつ眼もて過ぐ草餅屋

板の間の黒光りせり豌豆剥く

どこからか春はくるなり目つむれば

ブラインド下せしままに春の来し

冥き世や花散りながら舞ひながら

花散るやあの世の湖も波打てる

カナリヤの脚の薄紅春逝くか

春逝くやダルマカレイになるもよし

京大和ほか

料亭の手摺の艶も花のころ

塔の陰なほ花保つ一枝あり

突風や花噴きあがる花の中

噴きあがる花片空ゆく夕疾風

筏ともならず池面のはなびらは

雲映る隙間もなくて花片浮く

塵としてややうづたかき桜蘂

春の石亀の手足のやをら出て

亀鳴くを聞きたくて長生きをせり
梅雨前の闇のなかなる大欅
湖の耀りまともとなりぬ夕簾
暗き湖へ水無月の帯ゆるく巻く
梅雨の月志賀のみづうみ銀放つ
蓮の花地声の人の通りけり
鰻の日近しと夕べ肱まくら
夏鴨の夕べや何の物おもひ
梟鳴くや梟をつけたきことのあり
夜の祭帯のゆるんでゆくらしき

とつおいつ祭の中をゆきしのみ

行列の真中にゐて大暑かな

左《と》見《み》右《かう》見《み》しては買はずに祭店

川波のきらめきやまず祭鱧

留守の家の七夕笹の枯れし音

留守の家を訪ふいつからの日向水

浜花火見知らぬ人と並び見る

暗き海大きくうねり花火果つ

平成十一年七月三十一日骨折入院　五十六句

病窓に日々の夏雲鮮しき

短夜をかくも長しと病室《へや》の闇

点滴の命を絞りゐるがごと
看護婦の眼のらんらんと炎天見る
ナースの眉一直線に夏涼し
眠れねば故人をおもふ夏の闇
蟬しぐれ担送車に子の声は無し
手術衣のわれに似合はず真炎天
涼しとも蓮の間《あはひ》の舟の路
大蓮の間ベッドを浮かしけり
水殿に浮かぶ心地や仰臥の位
萍の中を進みて白枕

水中の色鯉自在吾は仰臥
色鯉の歓喜をわがものとせむ
亡き父も亡き兄もゐて白絣
水に映り威を強めをり夏の松
睡蓮の眠りに白馬過ぎゆけり
水底へくぐり真夏の夜の夢
色鯉と共に舞はむと水底に
音楽や色鯉とわれ水中に
身のうちに匿《かくま》ふ深傷《ふかで》夜の秋
蓮の葉を水に浮かせて身は没す

因縁は深からねども池の蛇

霧深し骨もこころも杳として

秋風や心の傷は覆ふなし

心中になほ期するあり水の秋

風三筋きて初秋と思ひけり

白粥の白をすくひぬ秋立つ日

朝粥のまはり初秋の光満つ

秋といふ身にしむころのきたりけり

白露や三界に身の置処《おきど》なし

暁《あかつき》の蓮の台《うてな》に坐りたし

暁の近よりがたき蓮の白
白蓮にいま日の昇る寂光土
いまが死にごろか白蓮花ひらく
老夫人のピンクのパジャマ鰯雲
無器用に着たるパジャマや萩の白
治療には薔薇一本の花瓶も邪魔
一花なき病室《へや》に切絵の秋の鳥
秋励む二本の脚で歩くため
現《うつつ》とも夢とも過ぎて初夜《そや》の雁
いましがた人逝きしやも初夜の雁

水に映りいま敗荷《やれはす》となる途中
鬱勃と夜は来りけり残り鴨
残り鴨かすかに鳴きし声かとも
真夜かけて窓わたりゆく月ひとつ
外科病棟夜は月光に泛くベッド
月の中わが魂いまは珠なして
魂は売らぬ雲より雲へ月
句を思ふ心一途や羽抜鶏
月光やベッド真白き舟となる
月光や身にまとひたきうすごろも

草影

月の中航く白き舟白き櫂
一燈を目ざし漕ぎゆく月の舟
虫の音を聞かむと白き舟すすむ
蟬絶えて虫絶えて何もなき野末
はじめより高音朝《あした》の秋の鳥
風や秋鏡のなかの帽子掛
曼珠沙華周りの空気いつも透く
秋風をやりすごしゐる草の丈
切株の日向の坐りごこちかな
松手入バケツの水に松葉浮く

これをしも秋空といふ藍の色

秋風やいつも気になる蝶《ちょう》番《つがい》

逝く秋のからくれなゐの心意気

立冬や何も映さぬ山の水

谿川のいつの間にこの冬の音

火の恋し木の洞に身をかくす夢

傍に来て眼《まなこ》のつよき冬の鳥

路地の灯のいつしか点り神農祭

ポタージュの厚みを唇に黄落期

白薄狂女いづれに匿《かくま》ひし

この辺りたしかにありし蛇の穴
鬱の日や冬空へ杖飛ばさむか
天井の龍の眼《まなこ》を煮こごりに
煮凝の白眼を最後まで残す
桶の底なまこに骨のない不安
穴に入りし蛇の周りの闇おもふ
くろがねの魂いだき蛇ねむる

平成十二年

大いなる闇うごきだす去年今年
一年を封ずる糊をつよく引く

初詣人出の先の見えぬまま

一月を丸めて抛る水の上

ものの影仄かにありし白障子

重なれる海鼠を見ては辛抱す

たしかめてみたき海鼠の目鼻立《チ》

大き梁より落ちきしは春の煤

濡れ色の鴉に二月屹立す

過ごし来し月日の端に梅の白

つきあふには少し窮屈白梅は

「休み」とも書かずに休む梅の茶屋

山眠る景そのままに窓ひらく
天と地のあはひに生きて餅を焼く
二〻月はいつも部厚き靴の音
三月は曲りくねりし松の枝
やうやくに近づいてきし初音かな
水の辺に散りし白紙や春帽子
啓蟄や柱の影の長く伸び
木蓮を過ぎてきたりし夜風なる
啓蟄やこの世のもののみな眩し
浪音や春はそのまま俯伏して

風音や春逝くときは忍び足
夕ぐれも春逝くときも薄き靄
亀鳴くや身体のなかのくらがりに
つぎの世は亀よりも蛇鳴かせたし
悼　寺井文子さん
きさらぎのいづれの星となりたまふ
母の日のゆるき大川海に入る
如雨露より水のやさしき春の暮
菖蒲の日一直線のレールかな
飛ぶ虫のときには見えて菖蒲園
水の面を影の過ぎゆく穀雨かな

草　影

春落葉山の湿りになじみつつ

庭先に何の雫や笹鳴ける

やはらかき肌着身に添ひ百千鳥

朝ざくら風音は天過ぎゆくも

囀りや大樹の昏きところより

曇日や甕の水面に桜満ち

鉄燭の春の灯となりゐたり

佳き酒を飲みしあとなる春灯

遠く来て名もなき川の春の暮

野の涯《はたて》まで白蝶の浮き沈み

地に日《ひ》数《かず》椿無惨となりにけり
池水に流るるとなく落花密
逝く春の林のなかの水たまり
一枚の絵に白き道春の逝く
日の桜呆けて居りぬ人もまた
桜満ち身過ぎ世過ぎは考へず
春の地震《なゐ》いまさらどうなるものでなし
地震の国に生きてゐんどう剝いてをり
地の底の鯰に聞きたきことのあり
今にして鯰の髭を宜へり

牡丹散るいまなにもかも途中にて
塵あまた空をただよひ春逝くか
男袴のうしろ涼しき鼓の音
居ずまひを正すの語あり初扇
何もなき壁を照らして梅雨の燭
切尖をいづれに向けむ照若葉
身を賭してはげむ一事や日雷
故飯島晴子さんの『平日』贈らる
黒揚羽現れてこの世のひと悼む
藤房の色より来たる夕べかな
水の面に影の過ぎゆく穀雨かな

松の芯バケツの水のまだ揺れて
謹しみしるす六月六日晴子の忌
青葉木菟あたりの闇を宥めては
ほととぎすきれいな闇を鳴き過ぐる
一日の通り過ぎたる梅雨の闇
ものどもに夏は来にけり笛太鼓
湧き出づる不思議な力夏立つ日
白線を地に長く引く五月かな
睡蓮の水に行き交ふものの影
水中に色鯉鬱の眼をひらく

草影

睡蓮に睡る刻来て山の影
額の絵に西日のとどき留守の家
六月や洗ひざらしに糊きかせ
梅雨大樹宿りて終の一雫
梅雨蝶の柱の陰に昨日より
この蝌蚪の黒きかたまりいつ現れし
禅寺の松のしかかる梅雨ぐもり
もろもろに入日の深く射す残暑
ふり返るあまたの顔や夏の果
先の世のわからぬことは鯰に聞け

これよりのくれなゐ秘めし霧の山

大空の何待ちて澄む何も来ず

霧の中に夜の崖せまる舳先かな

しばらくの間を置いて鳴る霧笛かな

いつ遺句となるやも知れずいぼむしり

志　高　き　に　あ　り　て　秋　簾

先をゆく父の着たまふ上布かな

揺れぬ樹を真夜とり囲む熱気かな

夏百日堪へてゐる樹の底力

わが町の木陰涼しき研師の座

草影

百の牡丹のなかの一花を描き倦まず

どれだけと言へぬ羽蟻のむらがれる

七月の殺気真昼の水を過ぐ

祭あとなほ荒れてゐる兄《あに》弟《おとと》

大阪の西日真向より来たる

蟇の肌波打つてより水に入る

日本の地声か夜の田の蛙

方丈の柱の陰にゐて涼し

間をおきて萍過ぐる舟の影

身もそぞろ秋立つ風のよぎるさへ

初秋やひとの蹠《あうら》の真白くて
初秋の草のかこめる真水かな
何となく佇てば秋草そよぎけり
暮れそむる辺りに秋を思ひけり
蛇笏の忌寸鉄の句をつくらばや
今朝の秋柔《やわ》き箒の動くまま
窓際の透きたる景や一葉落つ
初夜の雁空は雲ゆくばかりなる
草なびくかたちや既に秋の風
秋ふかみゆく身ほとりの草も樹も

樹々ゆれておのづからなる秋思かな

悼　斎藤光枝さん
秋の雷きみの叱声かと思ふ

悼　水野輝枝さん
桔梗のむらさききみはいづくにや

泥《でい》眼《がん》を初秋の風通りけり

鬼《き》女《じよ》の面柱に哄ふ月の真夜

小《こ》面《おもて》のほのと泛きたる夕薄

無月とや笑むが定めの翁面

挿されたる壺に桔梗の一《ひと》雫《しずく》

秋深し木は年輪をいとなみつ

朽木いま流木となり夜の霧

宮柱枯野の果の水光る

他郷にてしきりに鯔《ぼら》の飛ぶ日なり

秋航や半島長く日当れる

朦朧と海朦朧とわが秋思

水槽に魚ひるがへり冬の立つ

冬木立ひしめくものを身のうちに

過ぎしこと海に捨てきし冬の鳥

悼　岩村蓬氏　夕霧忌もて戦乱の御世を閉づ

逝きたまふ君の詠みたる夕霧忌

故楠本憲吉氏　十三回忌（十二月十七日）

三面鏡暗闇に立つ憲吉忌

冬麗や草に一本づつの影

このごろや夕かけてくる時雨ぐせ

真昼間のひとり遊びや冬金魚

眦《まなじり》を決すとまではゆかぬ冬

天はいま何たくらむや冬の雲

庭石の濡れはじめたる時雨雲

黒外套鎧ふはるかにひしめく街

風雪に耐へねばならぬ枝ばかり

走るほどの用なしいつの間に師走

十二月こちらの本をあちらへ積み

ねばならぬことのつづきて年終る

二千年終る門真一文字
松籟の砂地に長き小正月
地の底の烈火を憶ふ寒の入
一念発起いづれは松の内どまり
寒雷に打たれて目覚む身の五欲
赤き実を小鳥こぼして冬終る
遠き舟正月淡く過ぎゆけり
闇の夜の身にはりつめし氷かな
時ならぬ鉛の時雨や黒茶碗
時雨傘凭《もた》せしままや寺の門

数へ日の水面を流れ己が影
いくたびも「第九」をききて年果つる
二千年過ぎたる夜々の月憶ふ
煤逃げのゆきたき寺に来て居りし
手入すみし松の容《かたち》や天龍寺
枯蓮の動かぬ水に日のあたり

平成十三年

幼な児にいくつ数ふる手毬唄
立春やひと生くる故この世あり
風邪はやるどうにでもなる齢なり

風の吹くままに散りたる春落葉

谷底の落葉となりて春過ごす

何もかも遠くへ去りぬ冬霞

冬銀河暗闇を水流れをり

やはらかき褥《しとね》に目覚め四月かな

麗かやジャムのつまりし瓶ならび

春昼を動きづめなる鶏冠《とさか》の朱

毎日を同じ山見て虚子忌なる

杉花粉日輪うすく過ぎゆくも

春逝くや砂の上なる影もまた

白湯たぎる音となりつつ春の昼

誕生仏甘茶いくたび浴びにけむ

濡れづめにして夕暮れぬ甘茶仏

抽斗の奥に生薬花まつり

俎に魚《うを》春愁の眼《まなこ》閉づ

溢れ蚊や夕べは六腑衰へて

井戸蓋の上《へ》に乾きゆく夏落葉

花菖蒲多佳子いづくに佇ちたまふ

悼 能村登四郎氏 二句

縁側に亡きひと想ふ走り梅雨

歩み来し能村登四郎白絣

七月の机漆黒朝の風

水の綺羅ひと日つづけり青簾

青簾のむかう艪音の往き帰り

一瞬の虹アンソニー・クイン死す

古簾つらねて町家昼の閑《ひま》

夕かけて風出でにけり青簾

散らばやと散る筍の皮ひとつ

忙《いそが》しき世やいそがしく更衣

装ひも世過ぎのひとつ初扇

祝宴の写真の端にゐて涼し

草　影

横に臥て樹々の音聞く簟《たかむしろ》
とり立てて言ふこともなし夕涼み
七月の刃物沈めし山の水
家奥に低き声して大暑かな
少しづつ飲んでなくなる氷水
盆提灯揺れずに更くる不気味かな
向日葵の精根尽きしさまにあり
集りてはやも踊りの輪となれり
盆の波昨夜の芥を濡らしけり
粋《すい》といふこの一筋の涼気かな

黒といふ涼しき色を着給へる

秋の一報《九月十一日》天地ひつくり返りけり

天高き日やアイザックスターン死す

窓閉ぢて九月はラフマニノフの曲

秋きたる命まるごと洗ひたし

蟇《ひき》鳴くやいよいよ太き土性骨

八つ頭の現状如何とも出来ず

蛾を打つて手応へのなき闇の中

骸《むくろ》の蛾由々しき貌をしてゐたる

地蔵会の誰に引かるる後ろ髪

わが身また糸瓜にひとし垂れ下る
何ややありて糸瓜の重く垂れ
紅葉散り一幹の照《てり》あらはなる
枯蓮によんどころなき昼の水
黒衣の女《ひと》現はれるかも落葉径
落葉焚き途中で急に無口になる
いづれ地に朽つる落葉を掃き寄する
冬日向幹の途中に蟻迷ふ
救ひやうなし蒲の穂のこの枯れざまは
身の果は知らず舞ひ立つ冬鷗

寒気団去り次に来るものは何

忘年の酒いささかの覚悟あり

考へてもわからぬ国や年果つる

長考に結論はなし大晦日

悼　三橋敏雄氏（十二月一日）

冬霧の海に消えゆく振りむかず

悼　杉田芳子さん（十二月五日）

枕頭に冬の香水君亡くて

悼　朝比奈隆氏（十二月二十九日）

彼の世にても指揮棒握りいざ「第九」

平成十四年三月

一に一足せば三かも注連飾

太古より光は真直《ます》ぐ初日出づ

万物の一塵として年迎ふ
野の果まで馬駈け抜けよ初日中
元日や如何なる時も松は松
家々に鏡餅のみ鎮座せり
読初は思案の末の『方丈記』
身のうちの腑のみやはらか寒の闇
初雪や橋のむかうの舟灯る
光りのなか微塵ただよふ春近し
春近し九官鳥の哄ふさへ
七草を過ぎ何やらを過ぎ春となる

笹鳴や夢二の女《ひと》の黄八丈
まさに春孔雀の羽根の拡げやう
心中を貫く光寒の月
世を憂ふるものらの眉根春未だ
大正昭和二月の雪は深かりし
土の上に何やら動く日向ぼこ
薄氷をのせたる水の動きけり
深吉野やいま会ひたきは雪解水
梅を観に女ざかりを過ぎし群
悼　佐藤鬼房氏
寒に逝くまこと俳句の鬼として

草　影

春遠し海に起伏のなきひと日
鳥の巣に雲の流れの早き空
大空も頭の中も花粉満ち
鶯の満足の声昼闌ける
春めきてきしか何やらむずかゆし
春来るや身の底を海とどろけり
花のなか魂《たましひ》遊びはじめけり
いつせいに花咲き音なしの構へ
花遠くして十字路の白き昼
晩年の思ひとはこれ夕ざくら

夕ざくらやさしきものはやはらかし
糸桜しだるるさまを見せにけり
死守したきものひとつあり春の闇
湖《みづうみ》へ髪なびかせよ麦の秋
蛙鳴く誰もが冥《よみ》へゆく途中
春の暮われに家路といふは無し
暮春の灯ひとつふたつと他人《ひと》の家に
苔ふかき庭に沈みて石ひとつ
逝く春を惜しむ間もなくあれやこれ
何の荷ともなく背に負うて梅雨に入る

草　影

身近なるひとより梅雨のはじまりぬ

ものの匂ひなべてかすかに梅雨の家

かび美《は》しき闇やわが身も光りだす

ほととぎすまさかと急にしいんとなる

死ぬ病死ねぬ病やほととぎす

道順はここを真直ぐ夏の暮

人の言ふ老《おい》とは何よ大金魚

眼つむるや重なり合へる青山河

青嵐や遠く一会の松の幹

涼しさの佳き日を思ふ松の枝

ゆくりなき憶ひに照りて夏の月
ほかならぬ憶ひのなかを祭笛
夕かけて己れ励ます蟬の声
蟬羨《とも》し憶ひのたけを啼きゐるは
臥してなほ憶ふ句ごころ夏の夜半
風音にゆるぎもあらず夏木立
朝に夕に落葉掃く日のなほありや

あとがき

『草影』は『花影』につづく私の第十句集である。題名は、集中の「冬麗や草に一本づつの影」からとった。思いがけず長生きをして今年八十八歳、数え年九十歳を迎えその記念の句集でもある。たぶんこの句集が私の最後の句集となることと思う。ご一読賜れば幸いである。またこの句集を編むにあたり、宇多喜代子さんに大変お世話になった。御礼申しあげる。

二〇〇三年五月一日

桂　信子

句集『草影』以後

水滴の間のびしてをり夏ふかし

「草苑」二〇〇二年一〇月

秋となるまでのわが身のおきどころ

叫びたきことかずかずや黒日傘

一羽毛ただよふ秋となりにけり

音もなく水の流れて秋となる

立秋や何かを思ひ立たねばと

大花火何といつてもこの世佳し

地蔵盆路地の奥より跫音せる

兵児帯の房の絞りや地蔵盆

綾子忌 九月六日 はまた輝枝の忌濃竜《りん》胆《どう》

くちなはの口惜しといふ眼を見たり

「草苑」二〇〇二年一一月

汗をかく蛇も居るらしその濡れ身

いつ穴に入るやわが身に飼ひし蛇
かすかなる鳥の羽音や白露の日
さまざまの雲ゆきあひて秋に入る
袖ぬける風や九月の肌熱し
秋の浜幹にもたせる身とこころ
無花果の頭上に笑ふ酔心地
まつすぐにゆけば九月の乱れ雲
平らなるひろがりにあり水の秋
まだ夏のつづきのところどころかな
世の中のよくも悪くも糸瓜垂る
これといふことなくて咲く白桔梗
老はこれから木のてつぺんに昼の鵙

「草苑」二〇〇二年一二月

ああ言へばかう言ふ鵙と思ひけり
この年の雨に終りし十三夜
うそ寒やいつか空《す》きたる身の囲り
やうやくに秋と思へば冬近し
足の地につかぬ思ひの日日の秋
なればなるやうになりゆく水の秋
ひと日かけ裏返りたる朴落葉
立冬や秋いつの間に終りたる
惜しむひまなくて逝きたる秋惜しむ
京二条歩きて居れば急に冬
もの入れし袋の容《チ》冬となる
冬山中日向の石の平らなる

「草苑」二〇〇三年一月

冬に入る冬のむかうもやはり冬
まつたうに落ちて冬滝ただ白し
片時雨山々は雲走らせつ
「美濃吉」の黒き柱や年忘れ
聖夜の伴に洗ひ熊などよからんか
本重ね年を重ねていつか死ぬ
忘年や話せば長きことながら
空青し極月の塵宙を舞ひ
太綱の闇に入りたる除夜詣
九十の春いまだ読みたき書《ふみ》のあり
九十の春いまだ行きたきところあり
九十の春いまだ知りたきことのあり

「草苑」二〇〇三年二月

初笑ひ世の中をかしなことばかり

生くること宜《うべな》ふ九十歳の春
（九十歳――数え年）

己が身にその勢《きお》ひ欲し初怒濤

「草苑」二〇〇三年三月

一切の空《くう》貫きて初日の出

一滴に初日あたれり松雫

大寒や風より先に人狂ふ

忘れものせしやうな昼小正月

落椿水の上にて狂ひだす

菱の実にしづかな雨となりにけり

つぎつぎと薄氷《うすらひ》流れ岸の草

冬ざくら城門の影芝に伸び

冬扇の手筥に深く京の昼

いざ舟出初日いまこそ大全円
しろがねの太刀欲し二月ともなれば
春立つや音たてて矢を放つ風
あけぼのの色そのままに春きたる
ときどきは音立てなほす春の滝

「草苑」二〇〇三年四月

限りなき外套の黄の昭和かな
梅見頃花よりもまづ坐らねば
梅の香にゴッホの絵などちよつと無理
梅の香に色ありとせばスーラの黄
梅の香にいま思ひ出す老夫人
梅林顔にまつすぐ日のあたる
いつかうに変り映えせぬ雛の膳

「草苑」二〇〇三年五月

雛菓子の紅毎年のことながら

行くひとの背を照らしゐる花篝

いづれ消ゆるそれぞれの背の花明り

花筏草陰にすぐ滞る

魂《たま》のなきひと等寄りあふ花の下

地に憂ひあれば空ゆく花吹雪

空に散り再び会はず花吹雪

夜の桜翼なきもの地に騒ぐ

箕面　六句

朝翳の重なりあふも紅枝垂

はなびらのいま花屑となる途中

逝く春を惜しむこころのおのづから

散るさくら水の張力見えて来し

「草苑」二〇〇三年六月

閉まりたる戸の奥に音夕ざくら

新樹照り心に遠く馬車の鈴

そのままでよろしからむと蛙鳴く

おのづから光を放ち牡丹咲く

牡《ぼう》丹《たん》の炎噴きゐる静寂《しじま》あり

老人となり刀《なた》豆《まめ》の舌ざはり

大海亀の涙を憶ふ暮春かな

春愁や大海亀の背の乾く

春を惜しみ人を惜しみて飯を食む

草間時彦氏を悼む

遺影とは握手適はず祭鱧

尽き果つるまでがわが世や祭笛

身を入るる隙あらばよし祭笛

「草苑」二〇〇三年七月

底知れぬ水湧き出づる松の風
松風のひびく泉の底に貌
滝となるまでの流れの幾夜経し
夕河鹿この水の果何現るる
祭笛遊びごころとなりゆける
流れつつ白き草の根夕河鹿

「草苑」二〇〇三年八月

夕景に人を容れざる梅雨の橋
おもむろに暮れそれらしく梅雨の橋
お互ひの日暮ごころや祭鱧
遠雷やこころの奥に風そよぐ
蝌蚪散つて天日のみの残りたる
麦の秋ひとは横臥を重ねつつ

世の中をほどほどに見て端居かな

黄昏の河面やキャサリン・ヘップバーンの死

どよめきのいづくともなく鉾祭

「草苑」二〇〇三年九月

折にふれ思ひ出すひと祭《まつり》鱧《はも》

ひきがへる祖母のいつしか坐りゐる

どのやうなことにならうと蟇

身八つ口よりの夜風や藍浴衣

晩春は佳しこのごろは晩夏また

レコードのタンゴゆるやか夏の逝く

秋雲や画家のガウンの裾短か

いづこより湖の匂ひや鰯雲

身のどこか裏返りたる盆の波

風吹いて晩夏の景となりゆける
夏あざみどこにでもある景色かな
夏の海これより先は海の夏
秋立つや豆腐のほしき齢なる
梅雨のあと夏の過ぎたる覚えなし
爽やかな空気の端を吸ひしのみ

「草苑」二〇〇三年一〇月

秋暑し人の近づく草の音
秋の風人の匂ひのいづこより
これが秋鏡のなかのもの吹かれ
やうやくに秋のかがやき水の綺羅
扉の前に吹かれてよりの枯葉なる
月明や扉の半ばまで木々の影

「草苑」二〇〇三年一一月

頭《づ》に添はぬ枕や二十六夜待
海照らす日は真正面秋の暮
やさしさは日にひろがれる秋の潮
秋潮にいま落日となるところ
落日や秋潮の綺羅わが身にも
高からぬ山連なりて秋の暮
逝く秋のあからさまなる山の容《なり》
備前備後の山の親しき秋の暮
冬泉に一花となりてわれの舞ふ
窓に倚ればラフマニノフの秋の景
坂の上の人いつか失せ鰯雲
大正の館を濡らす冬の雨

「草苑」二〇〇三年一二月

銀杏散る金《きん》縁《ぶち》の画のちらと見え
冬に入る備前の山のうすぐもり
西国の茶の花を眼で慈しみ
早潮に抗《あらが》ふ船や冬に入る
冬波のひびき記憶の奥処より
月出でて海峡をゆく一漁船
舟影のすすむともなく水の秋
冬近し鯉の鱗の黒光り
音もなき闇を背負ひて秋深し
秋深し湯に顔映らざるはよし
蒲団干すよき夢を見る夜はいつか
日向ぼこ当り障りのなきやうに

「草苑」二〇〇四年一月

小肥りとなられし女将《おかみ》忘年会

往生に「大」をつけたき今朝の春

初鏡いつまで生くるつもりなる

テレビよりわけのわからぬ初笑ひ

初御空よりの光は海より射す

「草苑」二〇〇四年二月

新しき部屋ゆゑ初日右手より

初日出づかの井戸に水湧きをらむ

鏡餅なければ嫁が君も来ず

神棚仏壇ともになければ四方拝

声なくて一部屋づつの初明り

元旦や力を出さず声立てず

一年の計まだ立たず初詣

段差なき閾にこぼす寒の水
佳きひとの声音まぢかや歌かるた
念力の通はざるなし冬日宙

「草苑」二〇〇四年三月

旧正を過ぎし日射となりにけり
庭石に何時よりの苔朝の霜
霜深し夢の通ひ路いづこまで
冬日輪没りたるのちの茜雲
草氷柱いつしか溶けし水たまり
きさらぎの夢のつづきのきれぎれに
夢の淵歩いてゐたる二月かな
笹鳴きや次の笹鳴きもう聴けず
ふてぶてしく春の金魚となりゆける

枯葦のなかの光の入り交り
一ト摑み余分となりし貝割菜
貝割菜この頃聞かぬ牛の声

「草苑」二〇〇四年四月

ひとところ水の凹みや春一番
うぐひすや朝の素早き身拵《ごしら》へ
整へるものの哀しみ雛の眼
燻《くすぶ》れる生木三月終りたり

昭和二十年三月十四日未明

炎上せし雛の叫び暁の雨
雛の顔夢のなかなる炎かな
音頭とるつもりなけれど「春がきた」
あれは何時の思ひ出なりし夕桜

「草苑」二〇〇四年五月

朝よりの花びら浮かべ池の水

餌《えさ》らしきものも水面に春の鯉

春の水美《び》髯《ぜん》の鯉のあらはるる

浮き出でて顔の大きく春の鯉

花影やいまだつめたきちりれんげ

朝粥の冷《さ》めしをすくふ花の陰

餌とともに浮く飽食の春の鯉

朝よりのわが影の失せ花ぐもり

灯明りにそれぞれの顔春深し

蹲《つく》踞《ばい》に野焼の灰のややかかり

花散るやわれにかかはる紐の数

花かるく樹々は重たく夜に入りし

今死ねば浄土に花の散り敷かむ

「草苑」二〇〇四年六月

五月来る頭に乗せしベレー帽
夏空へ片岡球子の面構へ
振りかけの粉《こな》の四散や若葉風
拭きこみし縁黒光り若葉寒
初燕飛び立つまでの縁かな
ふるさとやいづくよりこの団扇風
昔セルと言ふものありき樹に凭れ
藤棚に吹かるる蔓の動きづめ
藤棚にかかりし藤の先見ゆる
蔓の間入日となりし虻の金
涼風の過ぐる終りの風に逢ふ
涼風過ぎ音となりゆく影あまた

「草苑」二〇〇四年七月

空梅雨らし音なきままに山の水
柔肌の鮎の身金串ぬかれけり
一尾いま串抜かれたるばかりの鮎
夜の闇より驚きし虻まつしぐら
夏野ゆく夏野の果も夏野なる
水たまり天を映して夏野かな
こころの底を流るる水や夏野原

「草苑」二〇〇四年八月

黒揚羽野のまんなかの石乾き
空間に鼓動大きく黒揚羽
はばたきて耳元過ぐる黒揚羽
室内に七夕笹の風を待つ
らちもなき七夕笹の願ひごと

死とは何七夕笹に風の来ず
月に還りたきひとあり七夕笹の揺れ
逝く春をおくる心の綾さまざま
水の面に映る単なる残り鴨
一応は泰然として残り鴨
ぶつつけ本番雉子は一声《ひとこえ》叫びたる
暮れ際のめだかは右往左往せり
めだか散り少しは見ゆる池の底
老鶯の声谷深くなりゆきし
見つむるも何もなき空夏となる
照らされて眼《まなこ》張りゐる蝸牛
病葉の上に病葉一日過ぐ

「俳句」二〇〇四（平成一六）年八月号

ふりむくな夏蝶は翅重ね合ひ
落ちてより目立つことなき夏椿
魚は魚獣《けもの》は獣夏果つる
関門の短かき船笛《ふえ》や夏霞
新茶の香収まるところに収まりし
夏の灯の対岸の綺羅洋燈《ランプ》消す
夏霞多佳子いづくに在《おわ》すらむ
夏灯呆とひとは眠りに入るならむ
夏の夜の過ぎゆくものの杳として
夏逝くや藻の青青と波の間《あい》
夏怒濤海は真《まこと》を尽しけり
夏の真夜闇とどろきて波となる

海際に浮遊の微塵夏深し
素手素足動かざる闇摑みたし
夏の闇てふ得体の知れぬものに佇つ
闇つねに動きて夏の怒濤音
ある時は動かざる闇夏の真夜
人力車にレトロの街の夏柳
梅雨近く錆の鉄條なほ伸びて
原色の土産物屋の夏祭
六月六日
黒き蝶あれは化身よ晴子の忌
この世また闇もて閉づる夏怒濤
大花火草一筋を流しけり
まひまひやほんにこの世は面白し

「草苑」二〇〇四年九月

まひまひのあてなく舞ひて日昏れけり
心中の日向水いま揺れはじむ
周遊船涼しき灯《ともし》つよくせり
水尾一筋ひきて消えゆく祭かな
身のどこかむずかゆきまま夕涼み
遠蟬の止みたるのちの長き道
釘箱は庭の葉陰に夏休み
初秋やひそめるものの声きこゆ
西日つよきいま大阪の河の面

「草苑」二〇〇四年一〇月

浮《う》子《き》ひとつ竿に従ひ夏の果
花火の下黒き頭《ず》あまたうごめける
花火果て大河一瞬黒き帯

白浪の沖に立つより夏の果
河の面夏逝くこころありにけり
河口また黒き藻交り台風来
人ひとり遠き橋ゆき夏の果
逝く夏の今日ひとときの空の色
西方は浄土か輝く夏の海
まつすぐに来る波涼し音もなし
一夜経て波のかたちのすでに秋
秋の波駛《はし》る一瞬ありにけり
秋暑し泥の乾きし築地塀
雲は秋木の考へてゐたりけり
じやんけんのあいこのままの秋の暮

「草苑」二〇〇四年一一月

対岸の灯のかたまりて闇涼し
いなびかり音なき湖を照らしけり
この空に記憶さまざま大花火
ふりむかず霧にまぎれてゆきしひと
違ひ棚に同じ人形冬近し
秋暑し号外の端泥より見え
草つけて廻る車輪や収穫期
秋暑し一木のみに日のあたり
秋日没る庭の平らに金の砂
ころがれる木の実に何の咎《とが》ありや
肉声といふもの恐《こわ》し冬の闇
昨夜《よべ》よりのわが影いづこ冬の朝

「草苑」二〇〇四年一二月

冬真昼わが影不意に生れたり

桂信子著書解題

宇多喜代子

〈句集〉

■第一句集『月光抄』

昭和二十四年（一九四九）三月十日に「まるめろ叢書②」として、星雲社（大阪市生野区林寺町三丁目一八〇番地）より発行。発行者・田中嘉秋。定価・百円。昭和十三年秋から二十三年秋に至る十年間の作品二千余句から抄出した四百二十句を収録。序文を日野草城、山口誓子、生島遼一。跋文を八幡城太郎、伊丹三樹彦。装丁は桂信子。「まるめろ」は、昭和二十一年十一月に、日野草城を中心にして伊丹三樹彦、小寺正三、楠本憲吉、桂信子らが結成したグループ。

昭和二十年三月十四日、大阪空襲により大阪市東区八軒家の自宅を全焼。その際に唯一持ち出した句帳より八幡城太郎が自身の愛誦する句を和唐紙に書き、手製の句集を一部制作。これに「月光」と命名。題字は安住敦。この集名と抄出句を原稿とする。

昭和十三年に阪急百貨店の書籍売場で「旗艦」を知り投句を始める。この夏、「旗艦」の新人の集いに出席。ここで日野草城に会う。巻頭の〈短日の湯にゐてとほき楽をきく〉は、「旗艦」昭和十四年二月号に初出。

■第二句集『女身』

昭和三十年（一九五五）十一月に琅玕洞より発行。発行者・楠本憲吉。五百部限定。昭和二十三年秋より三十年春までの四百十六句を収録。序文を日野草城、山口誓子。跋文を生島遼一。解説は楠本憲吉。表紙は木綿布張で装画は鍋井克之。定価は三百五十円。

題名の「女身」は、「旗艦」の先輩である伊丹三樹彦の命名による。

昭和十六年五月に「旗艦」（七十六号）終刊。その後の主なる発表誌は「琥珀」、昭和二十年十一月創刊の「まるめろ」、「太陽系」「火山系」。日野草城主宰の「青玄」。

■第三句集『晩春』

昭和四十二年（一九六七）十月二十日に、あざぶ書房より限定一千部として発行。発行者は楠本憲吉。昭和三十年夏より四十二年夏までの四百四十句を収録。解説・楠本憲吉。定価は五百円。

昭和三十一年一月二十九日に日野草城没。没後、伊丹三樹彦が「青玄」の発行、編集の任にあたり、昭和三十四年より、「定型を生かす・季を超える・現代語を働かす・分ち書きを施す」の四原則を「俳句現代派・青玄」の新運動として推進する。これに従い、昭和三十七年から、それまでの歴史的仮名遣いを、現代仮名遣いに変える。昭和三十八年の〈前衛花展の水　入れ替えて寒い老人〉より分ち書きを実践する。

■第四句集『新緑』

昭和四十九年（一九七四）二月一日に牧羊社より発行。昭和四十二年夏より四十八年夏までの句より四百八十五句を収録。定価は千三百円。

「青玄」の是とする「分ち書きを施す」表記に違和を感じ、この表記によらぬ句を発表するために昭和四十五年三月に主宰誌「草苑」を創刊。昭和四十二年から「草苑」創刊までの句も一行書きにして収録。現代仮名遣いを採用。定価は千三百円。

この句集で第一回現代俳句女流賞を受賞。

■第五句集『初夏』

昭和五十二年（一九七七）八月二十日に、牧羊社より「現代俳句女流シリーズ・第一巻」として発行。昭和四十八年秋から五十二年春までの句より三百九十句を収録。現代仮名遣いを採用。定価は二千円。

■第六句集『緑夜』

昭和五十六年（一九八一）六月に、現代俳句協会より「現代俳句の一〇〇冊」のうちの一冊として発行。昭和五十二年春より五十五年夏までの句より三百五十七句を収録。巻末に著者のエッセイ「川の流れ」を収載。解説は細見綾子。定価は八百八十円。

■第七句集『草樹』

昭和六十一年（一九八六）六月二十五日に、角川書店より発行。昭和五十五年秋より六十年暮までの句より六百十八句を収録。

昭和五十八年六月十日に、『月光抄』から『緑夜』までの全句を収録した『桂信子句集』（立風書房）が刊行され、これに昭和五十五年秋より五十七年暮までの句を「未完新句集」として加える。その「未完新句集」に昭和六十年暮までの句を加えて『草樹』とする。定価は二千五百円。

なお、この句集の句を清記していた際（一九八六年七月）に、現代仮名遣いの第四次改定が発表され、度重なる改定告示にとまどいを感じ、それまでに「草苑」や他誌発表に現代仮名遣いで発表した句のうち、この句集に収録するための全句を歴史的仮名遣いに変更した。

したがって、『桂信子句集』の「未完新句集」と『草樹』に入っている同一句の表記が、「未完新句集」では現代仮名遣い、『草樹』では歴史的仮名遣いとなっている。

■第八句集『樹影』

平成三年（一九九一）十一月三十日に、立風書房より発行。昭和六十一年冬から平成三年春までの句より六百九十句を収録。定価は二千九百円（本体二千八百十六円）。句集名は桜田精一の同名の絵に因んだもの。

この句集で、第二十六回蛇笏賞を受賞。

■第九句集『花影』

平成八年（一九九六）十二月十日に、立風書房より発行。平成三年夏から平成八年春までの句より四百八十八句を収録。定価は三千円（本体二千九百十三円）。

平成七年一月十七日、阪神淡路大震災に遭遇。

■第十句集『草影』

平成十五年（二〇〇三）六月六日に、ふらんす堂より発行。平成八年夏から平成十四年春までの句より六百三十句を収録。定価は三千百五十円（本体三千円）。平成十五年に数え年九十歳を迎え、その記念と無事長寿の自祝を兼ねての句集刊行。あとがきに「たぶんこの句集が私の最後の句集になると思う」と記す。

この句集で第四十五回毎日芸術賞を受賞。

■『草影』以後（句集未収録作品）

平成十六年十二月十六日に逝去。「草苑」四一八号（平成十六年十二月号）の「冬」が最後の作となる。平成十四年夏から、平成十六年十二月までの「草苑」と総合誌「俳句」に既発表の三百一句。

〈その他の著作・編著〉

■文集『草花集』

昭和五十一年一月十二日、ぬ書房より発行。山口誓子の句集『激浪』を研究した「『激浪』ノート」全文をはじめ、日野草城についてのエッセイなどを収録。

■戦後俳句シリーズ・『桂信子句集』

昭和五十三年（一九七八）三月一日、発行は「海程」戦後俳句の会。第一巻は『永田耕衣句集』、

桂信子はその39巻。『月光抄』『女身』より百九十七句を抜粋。解説は鈴木河郎。

■編著『草城十二か月』

昭和五十五年（一九八〇）六月一日、草苑俳句会より発行。「草苑」創刊より十年間、表紙裏に毎号掲載した日野草城の一句と桂信子による短文を一か月に十句ずつ、計百二十句を収録。巻末に日野草城略年譜を付す。なおこの日野草城の句の掲載は、桂信子生存中つづけられた。全四百十八句。定価千二百円。

■『桂信子句集』

昭和五十八年（一九八三）六月十日、立風書房より刊行。『月光抄』から『緑夜』までの既刊句集の全句と、未完句集として『草樹』の一部を収録。略年譜を付すなど、刊行日時点における全句集の体を示す。栞を井本農一、高柳重信、飯田龍太。解説、宇多喜代子。定価六千八百円。

■文集『信子十二か月』

昭和六十二年（一九八七）六月一日に第一刷発行。六十三年五月二十日に第二刷発行。発行所は立風書房。昭和五十二年より六十二年までの間、雑誌社や新聞社に発表した文章、毎月の「草苑」に連載していた文章などより抜粋したものをまとめた散文集。定価は千八百六十円（本体千八百六円）。

■句集『彩』
平成二年（一九九〇）五月二十五日、ふらんす堂より発行。『月光抄』から『草樹』までの句より、視覚でとらえた色彩だけでなく、心象の彩も含む「彩」をテーマにした三百四句を自選。栞を作家の杉森久英。定価は千円（本体九百七十一円）。

■句集『桂信子集・草色』
平成二年（一九九〇）五月三十一日、三一書房より「俳句の現在・④」として発行。既刊句集より抜粋の二百五十九句収録。最新句集の『樹影』を最初に、以下『月光抄』から『草樹』までの句を自選。句集『晩春』の分ち書きは一行書きにしている。巻末に宗田安正が「桂信子小論・水と炎のはざまに」を執筆。栞を井本農一、松平盟子。定価は千八百六十円（本体千八百六円）。

■句集『桂信子』
平成四年（一九九二）五月三十日、春陽堂書店より初版発行。二刷発行は同年六月十日。既刊句集より自選三百句を収録。杉浦清孝の写真や、村上護との対談などで構成される。巻末に宇多喜代子による「わが師　わが結社」、初句索引を付す。定価は八百円（本体七百七十七円）。

■句集『月光抄』
平成四年（一九九二）六月十日、東京四季出版より発行。序文や後書きなどを初版のままにして収録。栞に「『月光抄』のころ」を執筆。定価は二千八百円（本体二千七百十八円）。

■句集『桂信子』

平成四年（一九九二）七月二十五日、花神社より「花神コレクション〔俳句〕」として発行。『月光抄』の全句と、『樹影』までの既刊句集より五百句を自選。高柳重信、松平盟子、宇多喜代子の桂信子論、略年譜、初句索引、季題別索引で構成される。定価は千五百円（本体千四百五十円）。

■句集『女身』

平成八年（一九九六）九月二十五日、邑書林の「邑書林句集文庫」として発行。『女身』の全句を収録。ただし、日野草城、山口誓子、生島遼一の序文、楠本憲吉の解説は割愛。定価は九百二十七円（本体九百円）。

■句文集『草よ風よ』

平成十二年（二〇〇〇）五月二十五日、ふらんす堂より発行。昭和六十年から平成十一年までに「草苑」に掲載した俳句と文章をまとめたもの。ただし句は、毎号の十句のうちより三句を選ぶ。定価は本体二千八百五十七円＋税。

■聞き書き『信子のなにわよもやま』

平成十四年（二〇〇二）七月一日、大阪府の協力による対話講座「なにわ塾叢書」81としてプレーンセンターより発行。「なにわ塾」の塾生を前にした対話を、語り口をそのままに収録したもの。コーディネーターは木割大雄。講座回数は四回。桂信子が生まれ育った大阪と俳句への思いをわかりやすく語った内容。巻末に桂信子の自選五十句、塾生らの感想を載せる。定価は六百八十円＋税。

桂 信子年譜

吉田成子
丸山景子 編

○年齢は満年齢とした。
○俳句作品および散文等の執筆活動についての記述は、行動録とは別に行を改め、行初めに*を付した。
○敬称は一切省略させていただいた。

大正三年（一九一四）
十一月一日、父、丹羽亮二、母・くにゑの長女として、大阪市東区八軒家（京橋三丁目）に生まれる。長兄、英敏は、四歳にて死亡したため、次兄、千年（大正二年生まれ）と二人兄妹。

大正六年（一九一七）　二歳
大阪市東区船越町二丁目の家に移る。この時の光景が記憶のはじめ。

大正七年（一九一八）　三歳
米騒動。父が軍服着剣して家を出たのを記憶する。

大正八年（一九一九）　四歳
一家中スペイン風邪にかかる。急性肺炎を併発。医師二人より匙を投げられたが、奇蹟的に快方に向う。以後虚弱体質となる。

大正十年（一九二一）　六歳
大阪市立北大江尋常小学校（現、東中学）へ入学。

大正十一年（一九二二）　七歳
急性小児リュウマチスにかかり、そのあと心臓をおかされ生死の境を彷徨。

昭和八年（一九三三）　十八歳
大手前高女を卒業と同時に、急病にて父死亡。堂ビル花嫁学校に通う。主任の岡島千代先生は、生島遼一先生夫人。大阪婦人写真クラブにて山沢栄子の指導を受ける。

昭和九年（一九三四）　十九歳
兄の本箱の岩波文庫を片っぱしから読む。ツルゲーネフとチェホフを特に愛読する。この年、日野草城が「ミヤコ・ホテル」を発表。その句の鮮しさに驚く。

昭和十年（一九三五）　二十歳

俳句の実作をはじめるが、どこへも投句せず。

昭和十三年（一九三八）　二十三歳

店頭にて「旗艦」を知り初投句。

昭和十四年（一九三九）　二十四歳

夏、「旗艦」新人クラブに出席。日野草城先生にはじめてまみえる。十一月、桂七十七郎と結婚、神戸市東灘区徳井町に新居を構える。近くの生島（岡島）千代先生に挨拶にゆき遼一先生にお眼にかかる。

昭和十五年（一九四〇）　二十五歳

神戸三菱クラブでの「旗艦」句会に出席、そこでト部奈良男、神生彩史を、神戸婦人句会では藤木清子を知る。彩史の紹介で家の近くの伊藤消雪居で開かれた「火星」俳句会に出席。岡本圭岳、横溝差知子（後、圭岳夫人）、四方田静江、杉本愛子を知る。生島教授宅をしばしば訪問、本を借りて読む。

昭和十六年（一九四一）　二十六歳

「旗艦」同人に推される。のち「琥珀」と改題され、ひきつづき同人、九月二十三日、夫七十七郎、喘息発作のため急逝。子供がないので実家に帰る。十二月、太平洋戦争勃発。

昭和十七年（一九四二）　二十七歳

損害保険クラブにての「日野草城を囲む会」に出席。文楽へ毎月通う。奈良の古寺を巡る。

昭和十八年（一九四三）　二十八歳

知人の紹介により金曜会に入り、源豊宗教授の日本美術史を聴く。懐徳堂にて沢瀉久孝教授に『万葉集』を学ぶ。その他『唐詩選』や『日本外史』の講義を受ける。芭蕉二百五十年忌の南御堂で、橋本多佳子と会う。

昭和十九年（一九四四）　二十九歳

生島教授夫妻の世話で神戸経済大学（現在の神戸大学）予科図書課に勤める。課長は服部英次郎教授。大和法輪寺の井上慶覚師を識る。「俳句研究」からはじめて稿料をもらう。

昭和二十年（一九四五）　三十歳

一月、除隊となった伊丹三樹彦の訪問をうける。初対面。二月、三樹彦、長田喜代治らと法輪寺に井上慶覚師を訪ねる。三月十四日、空襲のため家全焼。句稿のみ懐ろに着のみ着のまま寝屋川の知人宅に家族とともに逃げ、一週間後、住道、小浜一郎方に仮住居。兄応召。五月、予科校舎も空襲のため全焼。終戦。十一月、草城先生を中心に、三樹彦、楠本憲吉、安川貞夫らと、小寺正三居を訪問、「まるめろ」俳句会を結成。兄、帰還。

昭和二十一年（一九四六）　三十一歳
一月、近畿車両K・Kに勤務（神戸大学は通勤不可能のため）。四月、新興俳句系同人誌「太陽系」創刊、同人として参加。近畿俳句作家協会、近畿俳句会で、西東三鬼、平畑静塔、波止影夫、永田耕衣を識る。山口誓子を天須賀海岸にたずねる。日野草城主宰、土岐錬太郎編集「アカシヤ」同人となる。大阪市城東区今津町、遊佐武次方の離れに移り住む。十一月、同人誌「まるめろ」創刊。
＊「『激浪』ノート」を「まるめろ」に連載。

昭和二十二年（一九四七）　三十二歳
＊作品五句を「俳句研究」五月号に発表。
＊「『激浪』の価値」を「俳句研究」十一・十二月号（合併号）に執筆。

昭和二十三年（一九四八）　三十三歳
「太陽系」終刊と共に「火山系」として改題発行され、ひきつづき同人となる。
＊「秋風」五句を「諷詠派」創刊号に発表。

昭和二十四年（一九四九）　三十四歳
第一句集『月光抄』刊行。高橋鏡太郎の訪問を受ける。十月、門田龍政、誠一兄弟によって草城主宰誌「青玄」が創刊され参加。
＊「牛」十句を「俳句研究」八月号に発表。

昭和二十五年（一九五〇）　三十五歳
西下の八幡城太郎、土岐錬太郎と会う。橋本多佳子を奈良あやめ池に訪う。五月、「火山系」終刊。
＊伊賀草魚句集『吾子如何に』序文執筆。

昭和二十六年（一九五一）　三十六歳
＊「現代俳句」に「橋本多佳子句集『紅絲雑感』」を、「暮しの手帖」に随筆を寄稿。

昭和二十七年（一九五二）　三十七歳
赤尾山稜の招きにより福山大会へ。木下夕爾に会う。箕面に移り住む。現代俳句協会の会員に推される。

昭和二十九年（一九五四）　三十九歳
「女性俳句会」が創立され発起人となる。「女性俳句」創刊、編集同人。角川書店の『昭和文学全集』に句を収録。
＊「秋風」八句を「俳句」に発表。

昭和三十年（一九五五）　四十歳
二月、「女性俳句」一周年に上京。楠本憲吉居に泊り、安住敦、石田波郷、八幡城太郎を訪問。大野林火の司会で、金子兜太らと「俳句」二月号の座談会「現代俳句の周辺」に出席。三月、殿村菟絲子が西下、共に奈良に遊び、橋本多佳子を訪問。鍋井克之画伯居で、たびたび句集装幀の打ち合わせ。秋に再び空路上京。年末に第二句集『女身』を刊行。赤尾山稜の招きで広島大会に出席、宮島へ。

＊作品各十五句を「俳句」一月号に、「俳句研究」四月号に発表。
＊随筆「晩秋三題」のうち「京阪」を執筆。

昭和三十一年（一九五六）　四十一歳

日野草城先生が逝去。同人会にて「青玄」の「光雲集」選者に推される。新俳句懇話会の会員となる。六月、『女身』出版記念会。会のあと、三樹彦、憲吉らと奈良に遊ぶ。
＊作品十五句を「俳句」の新人特集に、また「加茂川」八句、「梅雨」十五句を同じく「俳句」に発表。
＊「草城の随筆について」および随筆「雛の日」を「俳句研究」に書く。「喫茶店にて」を「俳句」七月号に執筆。

昭和三十二年（一九五七）　四十二歳

西村蓼花に招かれ、豊岡、城崎行。五月、母と熱海の「小坂」に数日滞在。その間に入院中の楠本憲吉を東京に見舞う。秋、板坂藤伍の招きで因島へ。「女性俳句」大会にて、箱根行。
＊「洋酒の香」十五句と「月の刃」十五句を「俳句」に発表。
＊「『くれなゐ』余話」を「浜」三月号に、「『海彦』評」を「俳句研究」八月号に、「『青玄』の新人」「『海彦』鑑賞」「私の写真」を「俳句」に、「私の歳晩」を「俳句研究」十二月号に掲載。『現代日本文学全集』俳句篇（筑摩書房）に作品を収録。

昭和三十三年（一九五八）　四十三歳

「青玄」百号全国大会に上京。夏の「青玄」宮津勉強会に出席。
＊「春の鳩」「立春」各十五句を「俳句研究」に、「夕日の蟻」三十句を「俳句」七月号に発表。
＊馬場移公子句集『峡の音』評を「俳句研究」十一月号に、自句自解「『月光抄』と『女身』の中の私」を「俳句」に執筆。「俳句研究」三月号に雑詠選。

昭和三十四年（一九五九）　四十四歳

「青玄」北陸勉強会に出席。「女性俳句」五周年に上京。横山白虹夫妻、野澤節子、吉田北舟子に会う。
＊「冬の金魚」十五句を「俳句研究」二月号に、「壁鏡」三十句を「俳句」四月号に、「北陸路」八句を「俳句」に発表。
＊『現代俳句集』第四巻（みすず書房）に作品収録。また同集第七巻「楠本憲吉集」の解説を執筆。

昭和三十五年（一九六〇）　四十五歳

毎日新聞社の全国女流俳句大会の選者として上京。母と北陸行。
＊「曼珠沙華」十五句、「北陸線」十四句を「俳句」九月号に、「喪の草履」十句を「俳句研究」九月号に発表。
＊野澤節子句集『雪しろ』に解説執筆。

昭和三十六年（一九六一）　四十六歳
「青玄」徳山支部の招きで、防府、徳山へ。羽黒山全国俳句大会に招かれ、殿村菟絲子、細見綾子、加藤知世子、柴田白葉女と共に出羽三山行。のち一人で野尻湖より上高地に至る。
＊「羽黒」十五句を「俳句」九月号に、「琵琶湖」五句を「現代俳句研究」第二号に発表。
＊「現代俳句合評」を「俳句」に三か月連載。

昭和三十七年（一九六二）　四十七歳
一月、草城忌に出席、その夜より病臥、入院。七月、秋芳洞、萩の勉強会に出席。「青玄」百五十号大会に上京。潮来をめぐり、のち一人で志賀高原を旅。俳人協会が創立され会員となる。
＊野澤節子との往復書簡と共に「病臥抄」五十句を「俳句研究」八月号に発表。
＊「俳句誕生」を「俳句」二月号に執筆。

昭和三十八年（一九六三）　四十八歳
草城句碑建設打ち合わせ会に出席。弘前、十和田湖などの「青玄」夏期勉強会に行く。橋本多佳子を回生病院に見舞う。五月、多佳子逝去。十一月、服部緑地に草城句碑が建立される。
＊「俳句」の「百人一句」に作品一句発表。

昭和三十九年（一九六四）　四十九歳
「青玄」関東ブロック大会に上京。帰りに、伊丹夫妻ら四名と伊豆下田へまわる。夏、同じく佐世保、長崎の勉強会へ。のち単身で雲仙より柳川を経て博多へ。東棉（現在の株式会社トーメン）俳句部講師となる。
＊「春から夏へ」十五句を「俳句」に発表。

昭和四十年（一九六五）　五十歳
「青玄」信州夏期勉強会に出席。のち伊丹夫妻と白樺蓼科方面に遊ぶ。秋、宮津大会にて丹後半島一周。丸山佳子の世話で殿村菟絲子、加藤知世子らと伊賀上野へ。俳人協会を退会。
＊「真如堂から法然院へ」十五句を「俳句」一月号に、「夕日の紅」十五句を「俳句」に、「ひとり旅」十五句を同誌十一月号に発表。
＊「俳句月評」を「俳句研究」一月号に、「日野草城」を同誌四月号に、「或る視点」を「毎日新聞」に執筆。

昭和四十一年（一九六六）　五十一歳
三月、「青玄」東京支社句会に出席。上野不忍池畔、湯島天神吟行。金盛草鞍子の招きで伊香保、榛名湖へ、楠本憲吉らと句会。夏、「青玄」勉強会にて奥能登をまわる。
＊「雪の夕餉」七句を「俳句研究」三月号に発表。

昭和四十二年（一九六七）　五十二歳
夏、楠本憲吉を迎え軽井沢東棉寮にて東棉句会。十月、那須および白河での「新女性俳句」大会。そのあと東棉の人達と裏磐梯・飯坂温泉・会津をまわる。同月、第三句集『晩春』を刊行。

＊「思惟少女」十五句を「俳句研究」一月号に、「無音」十五句を同誌四月号に発表。

＊「草城の『花氷』について」を「本の手帖」の「処女句集特集号」に執筆。

昭和四十三年（一九六八）　五十三歳

丸岡樹三子追悼句会を、憲吉らを迎え東棉琵琶湖寮にて行なう。殿村菟絲子の渡米送別会を丸山佳子の世話で円山公園にて開催。そのあと「詩の家」へ。東棉の人達と志賀高原より軽井沢へ。「青玄」勉強会にて東京及び那須へ。「新女性俳句」大会で、岐阜の鵜飼を見、高山行。

＊「那須野」十五句を「俳句」一月号に、「日傘」五句を「詩と批評」に、「蟬」五句および自句自解を「毎日新聞」に発表。

＊「『まるめろ』のころ」を「俳句研究」一月号の「現代俳句作家相貌シリーズ・楠本憲吉篇」に、「俳句月評」を「俳句研究」十月号より三ケ月、執筆。また「俳句」十二月号の「現代の作家」に特集される。

昭和四十四年（一九六九）　五十四歳

三月、豊中・箕面およびトーメン俳句部の句会報を支部報として発刊。トーメン俳句部の人達と伊東に遊び、楠本憲吉のグループと句会。関西テレビの番組「いーです日本」に出演、支部報のメンバーとテレビ句会を行なう（桂米朝、イーデス・ハンソン出演）。

＊「その後の豹」五十句を「俳句研究」二月号に、「緑陰」十五句を同誌八月号に、「夜想曲」三十句を「俳句」七月号に発表。

＊「私の推す女流五人」を「俳句研究」七月号に、「初投句のころ」を「蘇鉄」二百号記念号に、「私の一句」を「俳句女園」七周年記念号に、「〝砂色の灯〟読後」を「あざみ」に、「『渦』への提言」を「渦」に、「榎本冬一郎句集鑑賞」を「群蜂」に、「『銃身』について」を「南風」に執筆。

昭和四十五年（一九七〇）　五十五歳

三月、「草苑」を月刊俳誌として創刊、主宰となる。「青玄」同人を辞退。四月十二日、朝日放送より「朝をあなたと」（さくらの句）を放送。高野山西室院で「草苑」夏季鍛錬会を行なう。「海霧灯」二十周年大会に招かれ前橋へ。つづいて「野の会」等三誌合同春期鍛錬会に出席。奈良春日大社俳句大会に出席。相模原の八幡城太郎の青柳寺へ。「草苑」東京支部発会式を兼ね句会。兵頭幸久と共に高松へ、「城」の同人と歓談、および四国新聞社の俳句会に出席。十月、小倉に於ける現代俳句協会の全国大会に出席。十二月、近畿車両株式会社を退職。なお、この年「大阪新聞」俳壇選者、「俳句研究」九月号から十一月号までの雑詠選者となる。
＊「冬日の柵」三十句を「俳句」四月号に発表。代表作三十句を「秋」百号に寄稿。作品五句および文章「紅葉山」を「毎日新聞」（12・5）に、「戦後俳句十五句自選」を「俳句研究」九月号に掲載。
＊「大中さんと『領海』と私」を「草炎」新春号『領海』特集に、「桑原次枝句集『遠樹集』について」を「琴座」に、「水島波津句集『骨』について」を「瓶」に、「春を待つ心」を「サンケイ新聞」に、「〝各誌代表女流作家集〟読後」を「俳句研究」五月号に、「草城俳句の魅力」を「俳句」十一月号に、「ある不安」を「サンケイ新聞」（12・10）に執筆。

昭和四十六年（一九七一）　五十六歳

「草苑」創刊一周年を京都で開催。林正行の招きで、小寺正三、安川貞夫、寺井文子と大王岬へ。「新女性俳句」の大会で鎌倉へ。「草苑」夏期鍛錬会を坂出市五色台白峰寺で行なう。「草苑」東京支部句会のため横浜三溪園へ。テイチクレコードよりレコード「桂信子十二ケ月」（構成＝山内侘助、朗読＝稲田英子）が発売される。
＊作品十句を「新潮」一月号に、「暮春」三十句を「俳句」七月号に、「初冬」三句を「毎日新聞」（11・3）に発表。
＊「句集『白骨』について」を「俳句研究」二月号に、「富澤赤黄男俳句管見」を同誌三月号に、「修平さんの句」を「系」に、「二百号を祝う」を「青」に、「山口誓子の一句」を「俳句研究」に、「洋子さんの作品について」を「青」六月号に、「暮石さんの句」を「運河」七月号に、「外池鑑子句集『青藍』について」を「夜盗派」に、「俳句鑑賞読本・大正篇Ⅰ」を「俳句研究」十月号に、「〝河野緋佐子句集〟について」を「春燈」十一月号に、「一冊の句集『激浪』」を「俳句」十二月号に、「句集展望」を「俳句研究」十二月号「年鑑」に執筆。吉野義子句集『はつあらし』跋文執筆。

昭和四十七年（一九七二）　五十七歳

朝日テレビ番組モーニングジャンボ「けさのひと」に出て、浦江聖天の芭蕉句碑を見る。「草苑」二周年大会を神戸市綜合福祉センターで開催。鞍馬山での「新女性俳句」大会に出席。九月、尾崎晋巳をはじめ「蒼い狼」の招きで新宮へ。台風の直撃に会う。伊良湖にて「草苑」鍛錬句会を開催。十月、阿倍野産経学園の俳句教室講師となる。
＊「早春」五句を「毎日新聞」（3・12）に、作品三十句を「俳句」五月号に、作品二十五句を「俳句研究」五月号に発表。
＊「河原枇杷男句集『閻浮提考』口碑」を「琴座」一月号に、「私にとって新興俳句とは何か」を「俳句

研究」三月号に、「私の一句」を「毎日新聞」（3・19）に、「句集『綾』について」を「菜殻火」四月号に、「植村通草句集『わすれ雪』評」を「俳句」六月号に、「『獅林』同人作品評」を「獅林」六月号に、「俳句鑑賞読本・大正篇Ⅲ」を「俳句研究」八月号に、「阿波野青畝の一句」を「俳句研究」九月号に、「『月光抄』の十年間」を「俳句」九月号に、「句集展望」を「俳句研究」十二月号「年鑑」に執筆。『現代俳句大系』第七巻（角川書店）に『月光抄』収録。同月報に「空襲と『月光抄』」を執筆。

昭和四十八年（一九七三）　五十八歳

「草苑」三周年記念大会を新大阪センイシティホテルで開催。四月六日、母、くにゑ永眠。九州・由布院にての「新女性俳句」大会に出席。「草苑」夏季勉強会を那智山にて行なう。「草苑」三重支部発足の会に出席のため榊原温泉へ。柴田政子句集『紫蘇壺』の跋文を執筆し、同出版記念会に招かれ、相模原の青柳寺へ。大阪今橋画廊、東京・牧羊社主催の俳人色紙短冊展に出品。

＊作品二十句を「俳句研究」一月号に、「母の眸」三十句を「俳句」五月号に、作品三十句および「私の俳句観」を「俳句とエッセイ」九月号「俳人特集」に、作品五十句を「季刊俳句」十二月号に発表。

＊「山頭火の一句」を「俳句研究」二月号に、「殿村さんと私」を「万蕾」一周年記念号に、「鶯谷七菜子作品について」を「俳句」八月号に、「遠く長い道―私の初学時代」を「俳句研究」九月号に、「四十五周年に寄せて」を「かつらぎ」十月号に執筆。また、田崎纓第一句集『纓』の解説、人と作品シリーズの『近代俳人』（桜楓社）に「日野草城の作品鑑賞」、『日本近代文学大辞典』に「石川桂郎」「楠本憲吉」「琥珀」の項など、それぞれ執筆。「草苑」俳句作家シリーズ2・水谷静眉句集『けもの道』の序文、『近代俳句大観』（明治書院）に「日野草城の句二十句鑑賞」を執筆。

昭和四十九年（一九七四）　五十九歳

二月、第四句集『新緑』を牧羊社より刊行。三月、「草苑」四周年記念大会を相模原・青柳寺にて開催。今橋画廊での「現代俳句作家十人展」に出品。六月、「新女性俳句」大会で箱根の対岳荘へ。九月、「草苑」鍛錬会を伊賀上野にて開催。十月、小倉の現代俳句協会全国大会に出席。今橋画廊俳句展に出品。

＊作品五句を「毎日新聞」（5・12）に、作品二十句を「俳句研究」三月号に、作品十二句を「俳句とエッセイ」三月号に、作品三十句を「俳句」七月号に、作品七句を「週刊小説」（9・13）に、作品二十句を「俳句公論」創刊号に、作品および小文を「俳句」十二月号の「現代俳句の百人」に、作品三句及び随筆

「風土のことなど」を「広軌」五周年記念号に発表。
＊「この一句」を「毎日新聞」（3・3）に、「定家と私」を「俳句とエッセイ」四月号に、「〝各誌女流俳人〟読後」を「俳句研究」八月号に、「きくちつねこ句集『うぶむらさきの芯』」を「俳句とエッセイ」八月号に、「自詠句周辺」を「俳句」九月号に、「昭和初頭の日野草城」を「俳句研究」十月号に、「秋の色」を「俳句とエッセイ」十一月号に、「長生さんの句」を「俳句公論」十一月号に、「鷹羽狩行句集『平遠』について」を「俳句公論」十二月号に、「横山白虹句集『空港』の若々しさ」を「自鳴鐘」十一月号に執筆。また「草苑」俳句シリーズ4・木村照子句集『冬の旅』の序文執筆。「蘭」七月号の「作家訪問・この人に聞く（桂信子）」に記事掲載。「俳句」十月号の「岸田稚魚俳人ポートレート集」に写真登載。

昭和五十年（一九七五）　六十歳

一月、上京、武蔵小金井の浴恩館にて東京句会。六月、「草苑」創刊五周年大会を大阪キャッスルホテルにて開催。「草苑」鍛錬会を余呉湖にて開催。十一月、松島芭蕉祭俳句大会に加倉井秋をと共に講師として出席。のち、仙台・平泉・鳴子をまわる。同月末、「草苑」東京句会及び茨城県俳句大会に出席。十一月四日、斑鳩法輪寺三重塔落慶式に招かれる。三井寺円満院にて摂津よしこ『桜鯛』出版記念会。東洋ホテルにて宇佐見魚目『秋収冬蔵』出版記念会。
＊作品五句を「俳句研究」一月号に、作品三十句を「俳句」七月号に、作品十二句を「俳句とエッセイ」九月号に、作品五句を「週刊小説」（10・16）に、作品四句を「毎日新聞」（4・6）に、作品二十五句および「私の俳句観」を「俳句とエッセイ」十二月号の「現代の俳人・桂信子特集」に、作品五句を「小説新潮」十二月号に発表。
＊「岐阜の思い出」を「青樹」一月号に、「昭和初期の日野草城」を「俳句研究」六月号に、「野沢節子の俳句」を「俳句研究」九月号に、「たのしい俳句」を「ポエカ」秋季号に、「河野多希女句集『納め髪』について」を「俳句」十月号に、「森澄雄・石原八束秀句鑑賞」を「俳句とエッセイ」十月号に、「中北綾子句集『山上祭礼』について」を「花」秋季号に、「夏祭」を「壺」十月号に、「加倉井秋をの人と作品」を「俳句とエッセイ」十一月号に、「風狂と写生」を「毎日新聞」（11・9）に、「宇佐見魚目句集『秋収冬蔵』所感」を「青」十二月号に執筆。また、「草苑」作品シリーズ5・摂津よしこ句集『桜鯛』の序文、同シリーズ6・中林長生句集『家紋』の序文を執筆。

昭和五十一年（一九七六）　六十一歳

一月、散文集『草花集』を、ぬ書房より刊行。二月末、沢田明子の招きにより高知、足摺岬へ。五月、中林長生の『家紋』出版記念会に三重へ。六月、「女性俳句」大会にて洛北大原へ。「渦」百号記念大会に招かれ、「箕面山荘」へ。「草苑」六周年記念大会を新潟・佐渡にて開催。新阪急ホテルにおける大峯あきら『紺碧の鐘』出版記念会に招かれる。十月、現代俳句協会（以後現俳協）全国大会が大阪で開かれ、大阪都ホテルへ。

＊作品二十句を「俳句とエッセイ」一月号に、作品十五句を「俳句研究」一月号に、作品五句を「別冊・小説新潮」に、作品八句を「文芸春秋」九月号に、作品三十句を「俳句とエッセイ」に発表。

＊「長谷川双魚の作品」を「俳句とエッセイ」二月号に、「野澤節子のプロフィール」を同三月号に、「むらさき色の花」を「鷹」五月号に、「書評・孤高のひと三橋鷹女」を「俳句研究」七月号に、「かがやく岬」を「俳句とエッセイ」七月号に、「鈴木六林男の俳句」を「俳句研究」九月号に、「阿部みどり女一句鑑賞」を「駒草」十月号に執筆。また、「俳句研究」六月号「桂信子特輯号」に自選二〇〇句及び「我が来し方」を寄稿。藤井季代史『寒梅』の序文執筆。

昭和五十二年（一九七七）　六十二歳

一月、東京句会のため上京。同月、「南風」四十五周年大会に招かれ、近鉄百貨店「都」へ。二月、井沢唯夫の現俳協賞受賞祝賀会へ。三月、第一回現代俳句女流賞受賞。京王プラザホテルにて授賞式。四月、奈良、むさし野旅館にて「女性俳句」大会開催。大阪住吉大社での「群蜂」の蜂まつりへ。五月、中川かず子句集『立冬』出版記念会にて豊中市民会館へ。六月、「草苑」七周年記念大会を東京中野・日本閣にて開催。七月、現俳協賞選考委員として上京。八月、「草苑」夏期鍛錬会にて祖谷へ。帰途、松山へ寄り吉野義子の案内にて市内をめぐる。同月、『初夏』（第五句集）を牧羊社の『現代女流俳句シリーズ』第一巻として刊行。九月、現俳協賞選考委員会のため上京。そのあと久保田月鈴子『月鈴児』の出版記念会へ。俳句文学館をたずねる。帰阪後、『下村槐太全句集』出版記念会に出席。十月、好人クラブでの「火星」四周年及び『岡本圭岳全句集』出版記念会に招かれて出席。

＊「新春」二十句を「俳句とエッセイ」一月号に、作品十五句を「俳句研究」一月号に、「花」五句を「毎日新聞」（4・3）に発表。

＊随筆「お正月の句」を「俳句」一月号に、「兜子の一句」を「渦」一月号に、「野沢節子句集『飛泉』のつよさ」を「俳句とエッセイ」二月号に、「三寒四温」を「青樹」二月号に、「傘寿を祝して」を「南風」三月号に、「中村苑子句集『花狩』評」を「新女性俳句」に、「日野草城の俳句」を「俳句研究」六月号に、

『四季嘯蕭』の一句から」を「俳句とエッセイ」六月号に、『大樹』五十周年によせて」を「大樹」十二月号に執筆。また中川かず子句集『立冬』序文、斎藤拙夫句集『風神』序文を執筆。『現代俳句全集』第二巻（立風書房）に四〇〇句収録。及び「自作ノート」執筆。

昭和五十三年（一九七八）　六十三歳

一月、八王子・日本閣における斎藤拙夫『風神』出版記念会に出席。すぐ帰阪、大阪ミュンヘンにおける佐藤鬼房歓迎会へ。三月、読売新聞初心者俳句講座で二時間程話す。同月、「戦後俳句シリーズ39」として『桂信子句集』刊行。五月「運河」三百号記念大会に招かれ平畑静塔の講演をきく。六月三、四日、富山において「草苑」八周年及び百号記念大会を開催。立山黒部アルペンルートをたどり、安曇野で泊まる。十一月、「かつらぎ」五十周年大会がロイヤルホテル別館でひらかれ出席。同月、「花曜」七周年大会に大阪都ホテルへ。七月、六甲山上における「女性俳句」大会に出席。同月、現俳協賞選考委員会のため上京。兄・千年、七月二十六日、永眠。八月末、現俳協選考委員会のため上京。東京句会にて芭蕉庵をたずねる。十月、現俳協大会が、名古屋、豊田ビルにて開催され、翌日、神奈川支部の人達と箱根へ。樹木園、仙石原などを巡る。同月、文学学校俳句講座で「俳句と私」と題して話す。十一月、東京北区の俳句大会に講師として上京。岸田稚魚、椎名書子等と句会。十一月、「俳句」の「俳人アルバム」のため「俳句」の鈴木豊一編集長、斎藤勝久カメラマンと、勝尾寺、曼珠院、逸翁美術館を巡る。

＊「新春」二十句を「俳句とエッセイ」一月号に、句と文「私のお正月」を「ミセス」新年号に、作品十五句を「俳句研究」四月号に、作品五十句を「俳句」八月号に発表。

＊「わが胸の……」を「壺」二月号に、「岡本圭岳氏の思い出」を「火星」二月号に、「赤尾兜子の俳句」を「俳句研究」三月号に、「さくら」を「ミセス」四月号に、「下村槐太の俳句」を「俳句研究」五月号に、「加藤知世子句集『夢たがへ』について」を「寒雷」五月号に、「藤の咲くころ」を「読売新聞」（5・13）に、「祭り」を「ミセス」七月号に、「敗戦直後の俳壇日野草城」を「俳句研究」八月号に、「神生彩史の思い出」を同誌九月号に、「心のふるさと」を「黄鐘」九月号に、「一枚の絵」を「青樹」九月号に、「ひとり旅」を「ミセス」十月号に、「龍太俳句の純粋性」を「俳句」別冊「飯田龍太読本」に、「竿竹売り」を「サンケイ新聞」に執筆。また「日野草城」を有斐閣新書『わが愛する俳人』に執筆。

昭和五十四年（一九七九）　六十四歳

三月、「女性俳句」大会にて、ホテル・京都サンフラワーへ。翌日、泉涌寺の涅槃図を拝観。二十五日、大林ビルにおける関西俳誌連盟二十周年大会で二時間程話す。読売俳句教室講師となる。五月、志摩における「草苑」九周年大会へ。六月、天王寺大阪都ホテルにての鈴木六林男還暦祝賀会へ。七月、現俳協賞選考委員会のため上京。後、数名と仁科三湖、塩の道などを巡り、穂高に泊る。新保雪女句集『樹氷』の出版記念会に出席。八月、現俳協賞選考委員会に上京。横浜にて「草苑」神奈川支部句会。九月、寺井文子句集『弥勒』出版記念会、リバーサイドホテルで前田野生子『秋の人』出版記念会。十月、「頂点」二十周年大会へ招かれる。東京毎日新聞社での現俳協大会へ出て、軽井沢へまわる。二十八日、「青」三百号記念大会で東洋ホテルへ。

＊作品十五句を「俳句研究」三月号に、作品五句を「河」五月号に、作品八句と短文を「俳句」八月号に発表。

＊「横山白虹の人と作品」を「俳句研究」二月号に、「ものの味」を「読売新聞」（3・5）に、「三谷昭氏の思い出」を「俳句とエッセイ」三月号に、三谷昭追悼「黒白の世界」を「俳句研究」四月号に、「飯倉八重子句集『草眸』について」を「俳句とエッセイ」四月号に、「榎本冬一郎の人と作品〝終戦のころ〟」を「俳句研究」五月号に、「戦後十年目の俳壇〝日野草城〟」を「俳句研究」七月号に、「西東三鬼の思い出」を「俳句とエッセイ」八月号に、「波多野爽波小感」を「青」三百号記念号に、「二十周年を祝う」を「頂点」二十周年記念号に、「『侶行』拝見」を「自鳴鐘」十一月号に、「言葉とともに」を「読売新聞」（10・16）に、「細見綾子の人と作品」を「俳句」年鑑に、「『雁道』読後」を「壺」十二月号に、「私の俳句作法」①〜④を「毎日新聞」に執筆。また新保雪女句集『樹氷』、寺井文子句集『弥勒』の序文を執筆。

昭和五十五年（一九八〇）　六十五歳

一月、俳句文学館にて「日野草城」について二時間話す。翌日、熱海、大島へ。三月、京都・都ホテルでの後藤綾子句集『青衣』出版記念会へ。二十八日、現代女流三賞祝賀パーティに出て後、平林寺へまわり信州駒ケ根にて句会。「草苑」十周年大会を大阪共済会館にて開催。菅野綾子『夢』出版記念会へ。七月、大山吟行。同、現俳協賞選考委員会に上京。湯河原にて句会。角川賞選者に推され上京。帰途上諏訪へまわる。宇多喜代子『りらの木』出版祝賀会。九月、上京のあと鎌倉吟行。十月、北九州の現俳協全国大会へ。横山房子とともに竹下しづの女の句碑を訪ねる。帰阪後すぐ山中湖へ。十一月、松山での「女性俳句」大会へ。二十二日、「渦」二十周年に招かれ大閤園へ。三十日、木内白生句集『愛日』出版記念会。十二月、摂津よしこの角川賞授賞式にともに参列のため東京プリンスホテルへ。泉岳寺吟行。

＊作品八句を「俳句」一月号に、作品十五句を「俳句研究」一月号に、作品五句を「かつらぎ」一月号に発表。

＊「『月光抄』上梓のころ」を「俳句研究」一月号に、「『方円』（長谷川久々子句集）読後」を「俳句とエッセイ」一月号に、「中村苑子句集読後」を「女性俳句」に執筆。座談会「作ること選ぶこと」を「俳句」二月号に発表、「中島秀子句集『天仙果』読後」を「沖」三月号に、「『細見綾子全句集』について」を「俳句研究」四月号に、「きくちつねこさんの句」を「蘭」三月号に、「近況」を「朝日新聞」（3・16）に、「幻の城をたずねて」を「信濃毎日」（4・9）に、「日野草城」を「信濃紀行」を「俳句」六月号に、「日野草城」を「俳句研究」七月号に、「『秘色』の艶」（猪俣千代子句集評）を「俳句とエッセイ」七月号に、それぞれ執筆。また「日野草城の句鑑賞」を『鑑賞現代俳句全集』第四巻（立風書房）に、「俳句の実践・俳句作法」を『俳句の本』第二巻（筑摩書房）に、「日野草城・人と作品」を『近代俳人』（桜楓社）に執筆、『草城十二ケ月』を編む。座談会「永田耕衣の世界」を「俳句研究」九月号に発表。「柏村貞子さんの思い出」を「青」十月号に、「斎藤玄追悼（鯉しぐれ）」を「壺」九月号に、祝文を「草炎」三百号に、「終戦のころ」を『加藤楸邨全集』第六巻（講談社）附録に、「久女の無念」を「俳句」十一月号に発表。斎藤日出於句集『夕椿』、相原利生句集『蒼生』、菅野綾子句集『夢』、宇多喜代子句集『りらの木』、木内白生句集『愛日』に序文執筆。『現代俳句大系』第十四巻（角川書店）に第四句集『新緑』収録。

昭和五十六年（一九八一）　六十六歳

二月、現俳協幹事会のため上京。三月十七日、赤尾兜子急逝。四月、角川俳句賞選考のため上京。『緑夜』にのせる写真撮影のため田沼武能カメラマンと皇居お濠端に落合う。毎日俳句教室の講師となる。五月、昭和五十六年度、大阪府文化芸術功労賞受賞。六月、ザ・ホテルヨコハマにて「草苑」十一周年記念大会。六月末、「花曜」十周年大会に招かれ都ホテルへ。七月、「俳句実作者のつどい」の講師として新潟へ。「草苑」新潟支部の世話で、五合庵、弥彦神社、弥彦スカイラインなどに案内を受け帰阪。九月、現俳協賞選考委員会のため上京。九月末、大阪都ホテルでの「鷹」の同人会に招かれる。二十七日、豊中市のホテル・アイボリィで水野輝枝『夏怒濤』出版記念会。同月、現代俳句協会より「現代俳句の百冊」のうちの一冊として第六句集『緑夜』刊行。十月、東京毎日新聞社における現俳協大会のため上京。同月、「火星」五百号記念祝賀会に招かれロイヤルホテルへ。十二月、箕面山荘にて北野平八句集『夏芝居』出版記念会。

＊作品十五句を「俳句研究」一月号に、作品二十二句を「俳句」五月号に、作品十句を別冊「婦人公論」夏号に発表。

＊随筆「俳句の風土」を「中央公論」に一年間毎月寄稿。「青眼白眼」を「読売新聞」朝刊に月三～四回一年間寄稿。「吟行の楽しみ」を世界文化社「歳時記」に、またNHK婦人百科テキスト講座「俳諧のあゆみ（大正から昭和へ）」Ⅰ～Ⅲを執筆。「日野草城」の項を「国文学」二月号に、「十二月の歌、冬の木々ほか」を「短歌」十二月号に、「権威と権力」（回顧と展望）を「俳句」年鑑に発表。『夏芝居』および『夏怒濤』の序文執筆。『現代女流俳句全集』第三巻（講談社）に八百句収録、並びに自註十句、文集執筆。

昭和五十七年（一九八二）　六十七歳

二月、現俳協幹事会に上京。同月、「新北京」における山本洋子句集『当麻』出版記念会へ。三月二十五日、榎本冬一郎逝去。四月、角川俳句賞選考委員会のため上京。五月、宝塚ホテルでの「高柳重信を囲む会」に出席。二十三日、三浦秋葉「遠野火」三周年大会に招かれ岸和田へ。六月、「草苑」十二周年大会を京都平安会館にて開催。八月、鈴木六林男『定住游学』出版記念会に大阪都ホテルへ。同日、大野林火逝去。二十九日、坂出市文化協会十周年俳句大会に招かれ空路高松より坂出へ。九月四日、東京椿山荘で、現俳協三十五周年記念祝賀会が開かれ功労賞受賞。十月、現俳協賞選考委員会のため上京。二十四日、現俳協全国大会が、大阪都ホテルにて開催される。宇多喜代子、森田智子（花曜）、現俳協賞受賞。十一月、横浜郵便貯金会館での女性俳句会に出席。十一月二十日、宇多喜代子、森田智子、現俳協賞受賞祝賀会をホテル南海で開催（「花曜」合同）。二十八日、「南風」五十周年大会に招かれ新阪急ホテルへ。

＊作品十六句を「俳句」一月号に、作品十五句を「俳句研究」一月号に発表。「女性俳句」冬号に作品五句を寄稿。

＊「俳句の風土」を「中央公論」に、昨年にひきつづき一年間、毎月寄稿。一月二十三日、NHKラジオ第二放送「盲人の時間」に放送。書評「三角屋根」を「俳句とエッセイ」一月号に、「遠藤悟逸句集『青木の実』の親しさ」を「みちのく」三月号に、「『幻戯微笑』感想」を「河」四月号に、「鎌倉の一夜」を「万蕾」百号記念号に、随筆「雪月花」を「俳句とエッセイ」九月号に、エッセイ「孤高の鶴」を「杉田久女読本」に、大野林火追悼「終戦のころ」を「俳句とエッセイ」十一月号に、「微笑の人」を「群蜂」榎本冬一郎追悼

号に、「古典一句鑑賞」を「俳句」十二月号に執筆。『現代俳句集成』第十一巻（河出書房新社）に『女身』収録。四月より、「よみうり俳壇」の選を担当。「現代俳句」十一月号に「現代俳句協会賞選考感想」を執筆。「中央公論」十二月号に「俳句の風土・冬の宿」を執筆。「俳句」十二月号に「古典一句鑑賞」を寄稿。「俳句公論」十二月号に「私の健康法」を執筆。

昭和五十八年（一九八三）　六十八歳

一月、現俳協幹事会（東京）。三月、赤尾兜子を偲ぶ会（神戸ニューポートホテル）に出席。五月、俳句研究五十巻祝賀会（京王プラザホテル）に出席。六月、「草苑」十三周年大会を舞子ビラで開催。『桂信子句集』出版。「かつらぎ」五十五周年大会（今橋美術クラブ）に出席。八月、現俳協賞選考委員会（東京）。藤井季代史句集『八重桜』出版記念会。九月、戸田尋牛句集『見跡』出版記念会。岩城一星句集『雑炊』出版記念会。「草苑」中国支部句会（津和野）。十月、現俳協賞選考委員会（東京）。翌日、「草苑」東京・神奈川合同吟行会（小石川後楽園）。秋田魁新報社主催俳句大会（秋田県）に出席。十一月、「草苑」東京・神奈川合同句会（鴨川）。そのあと新宿「喜多やま」で森澄雄氏と逢う。翌日、大阪市文化祭俳句大会。二十六日、横山白虹氏告別式のため小倉へ。翌日箕面市民俳句大会。十二月、現俳協幹事会（東京）。

＊「俳句」一月号に作品十二句、「俳句研究」一月号に作品十五句、「全国農業新聞」一月一日号に作品五句と随想。「読売新聞」一月四日号に作品三句。「星」一月号に「思い出すことなど」を寄稿。「文芸春秋」二月号に作品八句を発表。「俳句とエッセイ」二月号に「俳句の基礎知識」執筆。「大阪保険医雑誌」一月号に「巻頭随筆」執筆。「藍」一月号に「百号によせて」を寄稿。「読売新聞」三月二日夕刊に随筆「早春の海」を執筆。「現代俳句集成」第六巻月報に「師・草城の思い出」を執筆。「毎日新聞」四月九日号に作品五句寄稿。「俳句とエッセイ」五月号に作品三十句を発表。「俳句」五月号に「芭蕉・蕪村発句総索引について」執筆。「俳句」六月号に作品十一句発表。「俳句研究」六月号に「俳句研究の思い出」を執筆。「萬緑」四百号に「中村草田男の一句」を執筆。「銀座百点」八月号に随筆「ある追憶」を執筆。「現代俳句」八月号に随筆「海猫」を寄稿。「星」九月号に「吉野義子集を読んで」を寄稿。「俳句」十月号に作品三十四句を発表。「俳句とエッセイ」十一月号に「高柳重信さんを悼む」を寄稿。「俳句研究」十一月号に「高柳重信・奇妙な友情」を執筆。

昭和五十九年（一九八四）　六十九歳

二月、現俳協幹事会（東京）。三月、木田満喜子句集『からたち』出版記念会。四月、山本健吉氏文化勲章受賞祝賀会（東京会館）に出席。五月、「女性俳句」三十周年大会（琵琶湖ホテル）に出席。六月「草苑」十四周年大会を佐渡島にて開催。柿本多映句集『夢谷』出版記念会（京都都ホテル）。七月、現俳協賞選考委員会（東京）。沼尻巳津子句集『華彌撤』並びに千葉孝子句集『水晶』出版記念会（小石川後楽園）。九月、天王寺都ホテルの『波止影夫全句集』並びに橋閒石句集『和栲』出版記念会および橋閒石氏の蛇笏賞受賞祝賀会に出席。現俳協賞選考委員会（東京）。「草苑」中国支部句会（宮島・三景荘）。十月、現俳協全国大会（名古屋）。十一月、大阪市文化祭俳句大会。現俳協関西地区幹事会（なにわ会館）。箕面市民俳句大会。十二月、現俳協「句集祭」。吉田成子句集『深秋』出版記念会（心斎橋・湖月）。

＊「河」三百号記念号に作品五句。「全国農業新聞」一月一日号に作品五句と随想。「読売新聞」一月十日号に作品三句。「俳句」一月号に「鷹羽狩行句集『七草』の一句」執筆。「俳句公論」一月号に「七つの句集」執筆。「俳句四季」二月号に「横山白虹氏を悼む」を寄稿。「俳句」三月号に「類句類想類型について」執筆。「俳句」四月号に作品十句発表。「俳句とエッセイ」四月号に「日野草城」執筆。「女性俳句」四十三号に作品十八句寄稿。「俳句」五月号に「女流結社主宰として」寄稿。「俳句とエッセイ」五月号に「星野立子の一句鑑賞」執筆。「俳壇」六月号に作品三十句発表。「俳句四季」六月号に作品八句発表。「俳壇」七月号に「山口誓子句集『凍港』について」執筆。「報知新聞」七月五日号にインタビュー記事。「俳句四季」八月号に「吟行・佐渡へ」執筆。「俳句研究」九月号に作品三十句発表。「俳句とエッセイ」九月号に上野さち子句集『二藍』書評執筆。「頂点」一一四号に「私の江村像」寄稿。「四季」二十周年記念号に作品五句寄稿。「鷹」二十周年記念号に「春秋賞選と選評」を執筆。「現代俳句」十一月号に現俳協賞選後感想。「俳句」十二月号に作品二十句発表。「俳壇」十二月号に『長子』鑑賞及び本年度の自選一句寄稿。

昭和六十年（一九八五）　七十歳

一月、現俳協幹事会（東京）。二月、現俳協幹事会（東京）。翌日「草苑」東京支部吟行（浜離宮と浅草寺）。三月、山口草堂氏葬儀（千里会館）に参列。現俳協幹事会（天王寺都ホテル）。八幡城太郎氏本葬（青柳寺）に参列。四月、大阪俳人クラブ常任理事会。齋藤梅子句集『藍甕』出版記念会（ホテル日航）。「大阪俳句史研究会」懇親会に出席。五月、山内侘助句集『沖膾』・摂津よしこ句集『夏鴨』出版記念会（心斎橋・湖月）。現俳協関西地区総会（天王寺都ホテル）。現俳協幹事会（東京）。六月、「草苑」十五周年大会を京都ホテルで開催。女性俳句の会（京都）に出席。出井智恵子句集『蒼華』出版記念会（東洋ホテル）。山口波津女氏葬儀（西宮）に参列。「草苑」奈良支部発足吟行会。「渦」二十五周年記念前夜祭（ホテル神戸）に出席。七月、「高柳重信を偲ぶ会」並びに高柳重信全集出版記念会（京王プラザホテル）に出席。丸山景子句集『雛の笛』出版記念会（菊水）。八月、「三好潤子を偲ぶ会」（梅田ターミナルホテル）に出席。現俳協賞選考委員会（東京）。十月、現俳協評議委員会（半蔵門会館）。現俳協全国大会（毎日新聞社）。「海霧灯」三十五周年大会（前橋）に出席。十一月、「草苑」徳島支部発足記念会。「草苑」中国支部吟行会（井倉洞）。NHK俳句大会に出席。大館史子句集『琴糸』・足立礼子句集『文箱』出版記念会（阪口楼）。十二月、関西現俳協幹事会と句集祭に出席。

＊「俳壇」一月号に作品三句と随想、「全国農業新聞」一月一日号に作品五句と随想、「読売新聞」一月一日夕刊に作品三句と随想執筆。「俳句研究」一月号に「俳句の周辺」執筆。「自鳴鐘」一月号に「横山房子の人と作品」寄稿。「俳句四季」二月号に随筆「奈良の一日」執筆。「かつらぎ」二月号に随筆「縁」寄稿。「俳句」四月号・飯田蛇笏特集に「甲斐の空」執筆。「寒雷」五百号記念号に「歳月」執筆。「別冊アサヒグラフ」三月二十六日号に写真と作品。「俳句」五月号に新緑の一句。「俳句とエッセイ」に「追悼・山口草堂」執筆。「俳句公論」五月号に「八幡城太郎追悼句」執筆。「俳壇」六月号に作品十句寄稿。「俳句」六月号に「藤田湘子句集『一個』の句」執筆。「俳句」八月号に鈴木六林男句集『悪霊』の一句鑑賞。「風土」八月号に「石川桂郎氏の思い出」執筆。「俳壇」九月号に「あさ飯ひる飯ばん飯」執筆。「俳壇」十月号に作品三十句発表。「俳句」十月号に作品二十句発表。「ラ・メール」秋季号に作品十二句寄稿。「アサヒグラフ」増刊号に「宇多喜代子について」及び「思い出の写真」執筆。「郵政」十月号に作品五句、「南風」十月号に作品三句と「黄炎」雑感寄稿。「燕巣」三十周年記念号にエッセイ「あまのじゃく」寄稿。「四国新聞」十二月十一日号に随筆「山茶花」執筆。「毎日新聞」十二月二十八日号に「今年の秀句十句選」。「現代俳句」十二月号に現俳協賞選考感想。『横山白虹全句集』の栞文執筆。

昭和六十一年（一九八六年）　七十一歳

一月、角川新年名刺交換会（東京会館）。翌日東京・神奈川合同句会（美濃吉）。二月、現俳協総会・新年懇親会に出席。宗田安正氏句集『個室』出版記念会（新宿ステーションビル）に出席。三月、中迫廣子句集『遠ざくら』出版記念会（御影・蘇州園）。現俳協関西地区幹事会（上六なにわ荘）。齋藤梅子現代俳句女流賞授賞式（京王プラザホテル）に出席。翌日東京支部句会（美濃吉）。四月、齋藤梅子現代俳句女流賞受賞祝賀会（上本町都ホテル）。五月、西川千代子「私の伊太利亜紀行」出版記念会（東京プリンスホテル）。「俳句研究」のために野澤節子氏と対談。現俳協関西地区総会（なにわ会館）。「草苑」十六周年大会を湯ノ山温泉で開催。六月、第七句集『草樹』出版。後藤克巳句集『一声』出版記念会（大阪・北乃大和）。定月恒子句集『峡の風』出版記念会（グリーンセンター）。北野平八俳句研究賞授賞式（東京会館）に出席。阿波野青畝氏米寿祝賀会（新阪急ホテル）に出席。七月、米沢吾亦紅氏葬儀（千里会館）に参列。北野平八俳句研究賞受賞祝賀会（宝塚・島屋）。八月、神戸大学図書課勤務時代の服部英次郎先生の葬儀に参列。角川「俳句」の写真撮影。「草苑」奈良支部吟行会（浄瑠璃寺）。久富悠紀句集『千代紙』出版記念会（東京会館）。現俳協賞選考委員会（東京）。九月、「草苑」中国支部吟行会（秋吉台・湯田温泉）。十月、「草苑」藤井寺支部吟行会。現俳協全国大会（小倉）に出席。NHK学園俳句大会（NHKホール）に出席。十一月、大阪市文化祭俳句大会（中央公会堂）。箕面市民俳句大会。『楠本憲吉全句集』出版記念会。現俳協幹事会（東京）。国民文化祭選者会合（日本青年会館）。十二月、「太陽」俳人特集写真撮影（東京駅周辺）。現俳協関西地区幹事会及び句集祭（天王寺都ホテル）。「かつらぎ」の『四季選集』出版記念会に出席。「現代の女流俳人Ⅱ」の写真撮影。

＊「俳句」一月号・飯田龍太特集に「私の好きな一句」執筆。「俳句研究」一月号に作品九句発表。「俳句とエッセイ」一月号に随筆「羽子板」執筆。「俳句四季」一月号に「徳島の藍と芝居小屋」吟行記事を寄稿。「遠野火」一月号に作品五句と小文寄稿。「全国農業新聞」一月一日号に作品五句と随想。「読売新聞」一月七日号に作品三句。「毎日新聞」一月十八日号に作品五句。「俳句」二月号に「遠藤梧逸句集『老後』について」執筆。「俳壇」三月号に「昭和五十年代の話題句一句」自句自註執筆。「俳句研究」三月号に「細見綾子の人と作品」執筆。「俳句」三月号に「原石鼎生誕百年・私の好きな一句」執筆。「現代俳句」三月号に「わが句を語る」寄稿。「俳壇」四月号に作品二十句発表。「俳句」四月号に「清崎敏郎句集『系譜』について」執筆。「俳句とエッセイ」四月号に「「女性俳句」と知世子さん」執筆。「俳画アート」三月号に五句自句自解。「青芝」三月号に「八幡城太郎氏の思い出」寄稿。「小説新潮」四月号に作品五句寄稿。「鷹」五月号に「日野草城の人と作品」執筆及び「草城百句」抄出。「俳句研究」五月号に「『八幡城太郎全句集』について」執筆。「風」四十周年記念号に「「風」と関西」寄稿。「オール関西」五月号に『楠本憲吉全句集』紹

介。「俳句研究」七月号に「北野平八の人と作品」執筆及び「俳句この未知なるもの」の対談。「俳句四季」七月号に作品二十句、及びインタビューとポートレート。「ひょうたん」創刊号に随筆「夾竹桃」を寄稿。「紅通信」2に随筆「さくら」執筆。「現代俳句」七月号に作品五句。「俳句」九月号に「句集『逆瀬川』の一句」寄稿。「全国農業新聞」八月二十九日号にインタビューとポートレート。「ひょうたん」二号に随筆「ひょうたん」執筆。「俳句」十月号に作品二十句発表。「俳句空間」十月号に作品十五句寄稿。「俳句とエッセイ」十一月号に「鈴木真砂女句集『居待月』について」執筆。「ひょうたん」三号に随筆「薄」同四号に「菊」執筆。「麓」五周年記念号に作品五句寄稿。「女性俳句」四十八号に「加藤知世子氏を悼む」を執筆。「俳句年鑑」六十一年号に「いま大切なこと」執筆。「毎日新聞」十二月二十七日号に「今年の秀句十句選」。「ひょうたん」十二月号に随筆「紅葉」執筆。「現代俳句」十二月号に「現俳協賞選考感想」執筆。

昭和六十二年（一九八七年）　七十二歳

一月、関西俳人協会新年祝賀会（厚生年金会館）。角川新年名刺交換会（東京会館）に出席。大阪俳句史研究会（園田学園女子短大）。二月、現俳協幹事会総会（東天紅）、能村登四郎氏と対談（NHK学園）。四月、NHK「俳句春秋」のために飯田龍太氏と対談。現俳協関西地区幹事会。五月、「草苑」十七周年大会を箕面観光ホテルで開催。翌日箕面・勝尾寺にて桂信子句碑の除幕式。「草苑」香川支部句会。翌日徳島新聞社俳句大会に出席。現俳協関西地区総会。六月、散文集『信子十二か月』出版。女性俳句大会（京都パストラル）に出席。「俳壇」三周年記念大会に出席。現俳協四十周年記念式典（東京会館）に出席。和田悟朗句集出版記念会。八月「海程」二十五周年大会に出席。現俳協賞選考委員会（東京）。山本有三生誕百年記念俳句大会。九月、現俳協実作講座のため妙義山及び前橋へ。NHK学園俳句近畿ブロック大会で講演（芦屋ラポルテホール）。大盛和美句集『玻璃』出版祝賀会（毎日教室）。十月、現俳協評議委員会。翌日現俳協全国大会。読売新聞社にて講演。名古屋朝日カルチャーセンターにて講演。十一月、大阪市文化祭俳句大会。近松顕彰俳句大会。NHK俳句大会。箕面市民俳句大会。産経教室十五周年記念旅行（若狭・小浜）。現俳協関西地区幹事会と句集祭。伊丹の柿衞文庫にて講演。

＊「俳句」一月号に作品二十一句および「鈴木真砂女句集『居待月』の一句鑑賞」寄稿。「俳句研究」一月号に作品九句発表。「俳句とエッセイ」一月号に作品三十句発表。「万蕾」十五周年記念号に作品五句寄稿。「蘭」十五周年記念号に作品五句寄稿。「全国農業新聞」一月一日号に作品五句と随想。「読売新聞」一

月六日号に作品三句。「青樹」一月号に随筆「ものの味」執筆。「文藝春秋」二月号に作品。「俳壇」二月号に作品九句発表。「ひょうたん」二月号に随筆「山茶花」執筆。「俳句四季」三月号に作品六句発表。「俳句」三月号に「私の歳時記使用法」執筆。「俳句研究」四月号に「『楠本憲吉全句集』について」執筆。「狩」四月号に「鷹羽狩行句集『八景』について」執筆。「現代女流俳人」Ⅱに「『月光抄』のころ」執筆。「ひょうたん」四月号に随筆「椿」執筆。「俳句」五月号に作品三十一句発表。「ひょうたん」五月号に随筆「藤」執筆。『橋閒石俳句選集』栞文執筆。「ＮＨＫ春秋」十五号に能村登四郎氏と対談。「ひょうたん」六月号に随筆「花菖蒲」執筆。「茜」八号に「出井智恵子氏追悼」執筆。「現代俳句」四十周年記念号に作品五句発表。「富士ばら」百号に作品五句寄稿。「ひょうたん」七月号に随筆「さるすべり」執筆。「俳句」八月号に「女人歳時記・蛍」および「後藤比奈夫句集『花びら柚子』の一句」執筆。「渦」八月号に「兜子氏のこと」執筆。「濱」五百号記念号に「『濱』の人々と私」執筆。「童子」五月号に作品一句寄稿。「ＮＨＫ春秋」十六号に飯田龍太氏と対談。「俳句」十月号に「私の最新季語」執筆。「短歌現代」十月号に随筆「月」執筆。「俳句研究」十月号に「一枚の写真から」執筆。「桐」十周年記念号に作品五句寄稿。「河」十月号に「角川源義・人と作品」執筆。「俳句」十一月号に作品三十一句並びに「俳人日記」執筆。「俳句研究」十一月号に「わが作句信条」執筆。「俳句」十二月号に「私の季語作法」および「原裕句集『出雲』の一句」執筆。「毎日新聞」十二月二十六日号に「今年の秀句十句選」。「現代俳句」十二月号に「現俳協賞選考感想」執筆。「朝日新聞」十二月四日号に作品五句。

昭和六十三年（一九八八年）　七十三歳

一月、角川新年名刺交換会。二月、現俳協総会（東京）。藤井孝子句集『涼風』、興地浩子句集『白波』、川崎奈美句集『百千鳥』出版記念会（上六・都ホテル）。三月、安澤静尾句集『海風』出版記念会（新潟）。現俳協幹事会（東京）。「青」四百号記念大会（東洋ホテル）。山本洋子現代俳句女流賞授賞式（京王プラザホテル）。四月、読売教室十周年祝賀会（彦根・楽々園）。伊丹市芸術家協会第二回総会（伊丹市文化会館）。「草苑」奈良支部吟行（富本憲吉記念館）。俳句史研究会（園田学園女子短大）。五月、現俳協関西地区総会（天王寺都ホテル）。「かつらぎ」六十周年祝賀会（新阪急ホテル）。女性俳句の会（熱海・大野屋）。富士霊園に生前墓碑建立。六月、「草苑」十八周年大会をオオクラホテル・丸亀で開催。山本洋子現代俳句女流賞受賞祝賀会（浪華倶楽部）。七月、安住敦氏の葬儀に参列。後藤綾子句集『萱枕』出版記念会（ホテル・ニューオータニ大阪）。九月、現俳協賞選考委員会（東京）。渡辺和弘句集『海の透視図』出版記念会（東京フェアーモントホテル）。十月、全三菱俳句会（東京・高輪クラブ）。現俳協全国大会（大阪・天王寺都ホテル）。中国支部吟行会（山口県寂地峡・湯野温泉）。十一月、柿本多映現俳協賞受賞祝賀会（京都都ホテル）。大阪市文化祭俳句大会。箕面市民俳句大会。NHK全国俳句大会（東京・NHKホール）。木津あき子句集『白い椅子』出版記念会（梅田ターミナルホテル）。十二月、「NHK中国のつどい」で「わが師・日野草城」の講演。楠本憲吉氏の通夜及び密葬に参列。現俳協関西地区句集祭（天王寺都ホテル）。

＊「俳句」一月号に作品十九句発表。「俳句研究」一月号に作品九句発表。「俳句四季」一月号に「初詣の風景・勝尾寺」執筆。「全国農業新聞」一月一日号に作品五句と随想。「読売新聞」一月五日号に作品三句。「俳壇」二月号に作品二十二句発表。「俳句」二月号に「長谷川双魚追悼・水の夢」執筆。「青樹」二月号に「長谷川双魚の句業」寄稿。「俳句」三月号に「わが季語の置き方」執筆。「俳句」四月号に作品二十一句発表。「俳句未来」に作品三十句発表。「花神」春季号に作品十句。「毎日新聞」四月二日号に作品五句。「朝日新聞」四月三十日号に「わが俳枕・大阪八軒家」執筆。「俳壇」年鑑に「今日の作家」執筆。「俳壇」五月号に「現代俳句の傾向について」執筆。「俳句」六月号に「藤田湘子句集『黒』の秀句」執筆。「俳句芸術」七月号に作品十三句発表。「全国女流俳人年鑑」に作品五句寄稿。「かんぽ資金」八月号に随筆「八月」執筆。「俳句」八月号に「山本健吉氏追悼一句」。「俳壇」八月号にエッセイ「八月十五日の私」執筆。「俳句研究」九月号に「桂信子の世界・桂信子二百句」及び作品十四句と小文寄稿。「木語」九月号に随筆「台風」寄稿。朝日新聞社刊『俳枕』の監修。「NHK月刊誌AJ」に「カップルに送るメッセージ」執筆。「俳句」十月号に「追悼・安住敦」および「追悼・原コウ子」執筆。「俳句研究」十月号に「安住敦氏を偲びて」執筆。「俳句」十一月号に作品二十一句および「角川春樹句集『夢殿』の一句」執筆。「りんどう」二百五十号に随筆「信濃あたり」執筆。「向日葵」三十周年記念号に作品七句寄稿。「ポート・ラセーヌ」十一月号に「菊十句と菊について」寄稿。「俳句」年鑑に作品五句。「現代俳句」年鑑に作品五句。「俳壇」十二月号に作品二十二句発表。「女性俳句」冬号に作品五句寄稿。「現代俳句」十二月号に現俳協賞選考鑑賞。「毎日新聞」十二月二十四日号に「今年の秀句十句選」。

平成元年（一九八九年）　七十四歳

一月、角川新年名刺交換会。二月、現俳協総会（東京）、翌日東京支部句会。三月、右城暮石句集『一芸』

出版祝賀会（奈良ロイヤルホテル）に出席。宇田川文子『水引草』、戸村和子句集『白椿』、高尾のぶこ句集『桃の日』出版記念会（大阪日航ホテル）。「草苑」奈良支部吟行（奈良町）。現代女流三賞祝賀会（東京）。四月、NHK「俳句春秋」インタビュー（箕面・勝尾寺）。永田園子句集『深吉野』出版記念会（近鉄阿倍野店バンケットルーム）。徳島支部吟行会（丹波篠山）。大阪俳人クラブ理事会。五月、女性俳句の会三十五周年記念大会（京都都ホテル）。現俳協関西地区総会。富士霊園・文学者の墓の墓前祭に参列。六月「草苑」十九周年大会を山梨県・富士レークホテルで開催。玉城徹主宰「うた」十周年大会（天王寺都ホテル）で講演。「俳壇」五周年記念大会（東京アルカディア市ケ谷）に出席。現俳協幹事会（東京）に出席後、福島（飯坂温泉）泊。翌日現俳協東北大会で講演。七月、『日野草城全句集』出版祝賀会（大阪・新千里阪急ホテル）に出席。「高柳重信を語る会」（東京・銀座モン・ヴァン）に出席、同日夕「安住敦先生を偲ぶ会」（東京会館）に出席。「晨」五周年祝賀会に出席。三橋敏雄句集『畳の上』上梓祝賀会に出席。八月、現俳協賞選考委員会（東京）。九月、北陸地区現俳協俳句大会。十月、杉安和子句集『庭の花』出版記念会（大阪・ロイヤルホテル）。「草苑」中国支部吟行（尾道・千光寺山荘）。沼尻巳津子現俳協賞授賞式（東京）。翌日鬼怒川温泉・那須へ。「俳壇」掲載用に野澤節子氏と対談（横浜・ロイヤルホールヨコハマ）。十一月、箕面市民俳句大会。大阪市文化祭俳句大会。ペンクラブ（京都・ロイヤルホテル）。沼尻巳津子現俳協賞受賞祝賀会（東洋ホテル）。「草苑」阪神支部吟行（丹波・高源寺ほか）。「青玄」四十周年大会（伊丹第一ホテル）に出席。NHK俳句大会で講話と句評。十二月、現俳協関西地区句集祭（天王寺都ホテル）。「点字毎日の集い」に出席。現俳協幹事会及び現俳協大賞選考委員会（東京）。楠本憲吉一周忌法要（東京・ホテルニューオータニ）に参列。

＊「全国農業新聞」一月一日号に作品五句と随想。「俳句」一月号に作品十五句発表。「俳句研究」一月号に作品九句発表。「水明」七百号記念号に随想「羽子板」執筆。「星」十周年記念号に「吉野義子さんと私」執筆。「太陽」一月号に「私の奥のほそ道」執筆。「毎日グラフ」別冊「俳句」にポートレートと談話。「俳句四季」三月号に作品六句。「俳句研究」三月号に「楠本憲吉追悼」執筆。「俳壇」三月号に「憲吉氏を偲ぶ」執筆。「奈良毎日新聞」四月二十二日号に作品五句。「俳句」四月号に作品二十一句及び「昭和俳句へのあとがき」執筆。「俳句芸術」四月号に作品十三句発表。「梓」百号記念号に作品五句。「俳句四季」四月号に「私の一冊『日野草城全句集』」を執筆。「俳句」

六月号に作品十五句及び「わが雪月花の一句」執筆。「山暦」十周年記念号に作品三句寄稿。「俳壇」六月号に作品三句と短文。「童子」六月号に「鈴木俊作句集『大童』を読んで」寄稿。「鷹」六月号に小澤實氏と対談。「地球」九十五号に「私にとっての昭和」寄稿。「朝日新聞社編・俳枕六」に「わが俳枕・徳島」執筆。「風景」創刊号に作品三句寄稿。「女性俳句」十五周年記念号に作品十五句と小文寄稿。ＮＨＫ「俳句春秋」八月号に「選者に聞く」対談。「南風」九月号に作品三句。「青樹」九月号に作品五句。「俳句研究」九月号に作品二十四句発表。「俳句」九月号に「芭蕉の『奥の細道』の花に学ぶ」執筆。「四季」九月号に「アンケート・昭和俳句」寄稿。「俳句」十月号に「奥の細道・地名の句について」執筆及び『花咲爺』の一句鑑賞。「船団」八号に「宇多喜代子論・神の命ずるままに」寄稿。「俳句」十一月号に「森澄雄句集『所生』の一句」寄稿。「俳句四季」十一月号に競詠一句。「俳句空間」十一月号に作品十句と短文寄稿。「風土」三十周年記念号に「随筆・三枚の葉書」寄稿。「毎日新聞」十二月二十五日号に「今年の秀句十句選」。「俳句」十二月号「鑑賞俳句大系」に「お椅子のこと」執筆。

平成二年（一九九〇年）　七十五歳

一月、岩崎太造句集『牛に蹴られた腹』出版記念会（箕面山荘）。角川新年名刺交換会。二月、「斎藤慎爾さんを励まし励まされる会」（東京・東海大学交友会館）に出席。浅井文子句集『白桔梗』出版記念会（新阪急ホテル）。現俳協総会（東京）。沼尻巳津子現俳協賞受賞祝賀会（東京・銀座モンヴァン）。三月、清水盛一句集『山河集』、清水美智子句集『潮聲』出版記念会（神戸ポートピアホテル）。内海千鶴句集『紅蓼白蘋』（大阪北浜・花外楼）。西原三春句集『花吹雪』、河田寿恵子句集『うすらひ』、大洲みき句集『冬日向』出版記念会（箕面観光ホテル）。大阪俳人クラブ常任理事会（長堀橋アークホテル）。四月、読売教室十一周年記念吟行（堺・大仙公園）。五月、句集『彩』出版。句集『草色』出版。現俳協関西地区協議会（天王寺都ホテル）。女性俳句大会（安房鴨川グランドホテル）に出席。「かつらぎ」主宰交替パーティーに出席。六月、永田耕衣氏旭寿祝賀会（神戸県民会館）に出席。「草苑」二十周年記念大会を京都・都ホテルで開催。七月、「俳句」五百号記念祝賀会（東京・椿山荘）に出席。花博俳句大会（大阪・花博会場）。自宅において「映像による現代俳句の世界」のビデオ撮影。八月、渡辺萌雨氏葬儀（池田市）に参列。九月、笹尾文子句集『雪遊』出版記念会（大阪国際ホテル）。「草苑」徳島支部吟行（姫路・熊野・室津）。十月、川端周三氏葬儀に参列。現俳協全国大会（名古屋・王山会館）。「草苑」中国支部吟行（山口・西長門リゾート）。十一月、箕面市民俳句大会。前登志夫氏歌碑除幕式（奈良県東吉野村）に出席。「草苑」天王寺句会吟行（河内長野）。片岡由子句集『七夕』、米田仁紀句集『大和』出版記念会（大阪・ロイヤルホテル）。NHK全国俳句大会（東京・NHKホール）。大阪市市民文化功労賞受賞のため授賞式に出席。十二月、現俳協関西地区句集祭（天王寺・都ホテル）。山口誓子氏卒寿祝賀会。

＊「全国農業新聞」一月一日号に作品五句と随想。「俳壇」一月号に野澤節子氏と対談「女の立句を求めて」。「俳句」一月号に作品十五句発表。「山茶花」一月号に随筆「晴」執筆。「現代俳句」一月号に作品五句発表。「俳句芸術」二月号に作品十三句寄稿。「女性俳句」に作品五句寄稿。「俳壇」三月号に作品十五句発表。「俳句」三月号に「師の花の一句・梅」執筆。「群蜂」四十周年記念号「榎本冬一郎氏のこと」執筆。「俳句」五月号に作品二十一句発表。「風」五百号記念号に短文「あのころ」執筆。「俳壇」五月号に「選の現場より」執筆。「俳句研究」六月号に作品三十二句発表。「俳句」六月号に「草城の花の一句」執筆。「笹」十周年記念号に作品三句。「自鳴鐘」五百号記念号に作品一句。「寒雷」五十周年記念号に短文「思い出」執筆。「俳句」七月号に作品十五句発表。「俳壇」七月号に「加藤楸邨・牡丹の句」執筆。「俳句倶楽部」八月号に「俳句を志す人へ」執筆。「俳句」九月号に作品九句発表。「風の道」五周年記念号に作品三句寄稿。「万蕾」二百号記念号に「殿村菟絲子さんのこと」執筆。「毎日新聞」十一月十日号に作品五句。「俳句四季」十二月号に作品一句。「俳壇」に本年の自選一句。「俳句」十二月号に「最新鑑賞入門」執筆。「逓信協会誌」十二月号に作品五句寄稿。

平成三年（一九九一年）　七十六歳

一月、『小川双々子全句集』出版記念会（東京・ホテルキャッスルプラザ）に出席。「草苑」名古屋支部発足会（名古屋・YMCA）。角川新年名刺交換会。二月、現俳協総会（東京）。二月より「産経新聞」俳句欄選者担当。三月、現俳協関西地区主催大阪湾吟行に出席。四月、「草苑」箕面支部吟行（勝尾寺）。西川千代子句集『初扇』、森井静子句集『初さくら』出版記念会（大阪ターミナルホテル）。五月、大阪俳人クラブ理事会。現俳協関西地区総会。女性俳句の会（仙台）。産経教室吟行（奈良）。六月、「草苑」二十一周年大会を鬼怒川温泉で開催。「藤沢恒夫さんを偲ぶ会」（大阪ロイヤルホテル）に出席。「海流」吟行会（四万十川）。島由起子句集『船路』、松原雅子句集『紅枝垂』出版記念会（阿波観光ホテル）。七月、大津の清水凡亭美術館展示用の写真撮影（篠山紀信撮影・東京・銀座マガジンハウス）。八月、大西静城句集『軍鶏』出版記念会（丸亀ニューキャッスルホテル）。水谷静子さんの霊前参拝。生島遼一氏の葬儀（京都）に参列。九月、篠山紀信氏の写真撮影（阿波野青畝氏宅）。淡淡俳句美術館オープン祝賀会（大津市）。「草苑」中国支部吟行会（北九州）。十月、現俳協幹事会及び現俳協大賞選考会（東京）。時雨忌全国俳句大会講評（東京）。西井琴子句集『珠』出版記念会（大阪・花外楼）。水原秋桜子生誕百年・「馬酔木」七十周年記念祝賀会（東京・帝国ホテル）。波多野爽波氏の葬儀（枚方市）に参列。俳人協会三十周年記念大会。十一月、句集『樹影』出版。吉野・天川村。「草苑」天王寺句会吟行（奈良・葛城）。毎日教室吟行会（三井寺）。箕面市民俳句大会。NHK全国俳句大会（東京・NHKホール）。産経教室二十周年吟行会（木曽・伊那）。十二月、現俳協関西地区句集祭（天王寺都ホテル）。角川「ふるさと歳時記」打合せ（大阪全日空ホテル）。「点字毎日の集まり」（百八一朱）。

＊「俳句研究」一月号に作品九句発表。「俳句」一月号に作品十五句発表。「風樹」五百号記念号に作品五句寄稿。「全国農業新聞」に作品五句と随筆。「山茶花」一月号に短文「森」執筆。「女性俳句」五十六号に作品五句寄稿。「俳句」三月号に「選句の未公開基準」執筆。「年輪」橋本鶏二追悼号に「橋本鶏二氏追悼」寄稿。「波」十五周年記念号に作品三句寄稿。「俳句」六月号に作品十五句発表。「俳壇」六月号に「俳句百年目の現代俳句」寄稿。「幡」一周年記念号に作品五句寄稿。「俳句研究」七月号に「石鼎と草城」執筆。「俳句」八月号の雑詠選。「俳句四季」九月号に作品六句発表。「俳句研究」九月号に作品八句とアンケート。「俳句」九月号に作品九句とポートレート。「ノーサイド」十月号に作品三句寄稿。「俳句芸術」十月号に作品十三句発表。「楽市」四号に作品十句寄稿。「俳句」十月号に「紅白の一句」。「国文学」十月号に「虚子と草城」執筆。

平成四年（一九九二年）　七十七歳

二月、現俳協総会（東京）。翌日「草苑」東京句会（東京・如水会館）。三月、井本農一氏傘寿祝賀会（東京会館）に出席。春陽堂文庫・村上護氏と対談（東京）。水谷静眉句碑除幕式（丸亀）。「草苑」新潟、富山支部合同句会（高岡市）。四月、蛇笏賞授賞の知らせを受ける。「草苑」名古屋支部一周年記念句会（東山荘）。斎藤慎爾氏句集『冬の知恵』出版記念会（天王寺都ホテル）に出席。東京新聞社インタビュー（箕面観光ホテル）。「ふるさと大歳時記」の作業三日間（新阪急ホテル）。現俳協の有志と京都智積院ほか琵琶湖畔一泊、翌日浮御堂など吟遊。再び「ふるさと大歳時記」の作業二日（新阪急ホテル）。五月、「俳壇」の対談。女性俳句の会（香川、松山など）に出席。翌日「草苑」愛媛支部句会（佐田岬）。毎日新聞社のインタビュー。

朝日新聞社のインタビュー。室生幸太郎氏宅訪問。六月、蛇笏賞授賞式（東京会館）。「草苑」二十二周年大会を新神戸オリエンタルホテルで開催。句集『月光抄』復刻版出版。七月、相原繁子句集『花蜜柑』出版記念会（大阪サウスタワーホテル）。全国農業新聞社のインタビュー。点字毎日新聞社のインタビュー。現俳協四十五周年記念大会（東京）。翌日「草苑」北関東・東京支部合同句会。八月、中国支部吟行（岡山・日生町。）九月、「俳句」創刊四十周年・『ふるさと大歳時記』出版祝賀会（大阪・ホテルプラザ）に出席。十月、宇和井聖句集『八千草』出版記念会（大阪・花外楼）。NHK学園三十周年記念会（東京・帝国ホテル）。翌日甲府へ飯田蛇笏展（山梨県立文学館）鑑賞。翌日加藤楸邨記念館（小渕沢）へ回る。「草苑」吟行会（熊野古道）。現俳協全国大会（北九州）。十一月、原石鼎顕彰俳句大会（奈良県東吉野村）。岩井秀子句集『トア・ロード』出版記念会（神戸・ホテルリッツカールトン）。「桂信子を囲む会」（伊丹市・柿衞文庫）。箕面市民俳句大会。大阪市文化祭俳句大会。NHK全国俳句大会（東京）、十二月、現俳協関西地区句集祭（天王寺都ホテル）。阿波野青畝氏葬儀参列（夙川カトリック教会）。宇田川文子氏葬儀参列。

＊「全国農業新聞」一月一日号に作品五句と随想。「俳句」一月号に作品十五句発表。「産経新聞」一月十二日号に新年一句と短文。「蘭」二十周年記念号に作品五句寄稿。「河」四百号記念号に作品五句寄稿。「俳壇」三月号に作品十句寄稿。「俳壇」百号記念四月号に春季自筆稿一句寄稿。「俳句」四月号に「句集は私」執筆。「雪解」二十周年記念号に作品五句寄稿。「俳句研究」五月号に作品三十二句発表。NHK「俳句春秋」の「俳句工房拝見」対談。「俳句四季」六月号に「月光抄のころ」執筆。「毎日新聞」六月三十日号及び「産経新聞」七月九日号、「全国農業新聞」七月十七日号にインタビュー記事。「俳句」七月号に「蛇笏賞受賞の言葉」と『樹影』よりの作品五十句抄出。「俳壇」七月号に「俳句百年」インタビュー。「星」七月号に「吉野義子作品について」寄稿。「俳句文芸」七月号に初期作品五十句抄出及び「初学のころ」執筆。「俳句」八月号に作品十一句発表。「俳壇」八月号にデビュー時作品十句抄出寄稿。「俳句」九月号に作品十句発表。「女性俳句」に作品十五句寄稿。「朝日新聞」八月十四日号に小文「魂ぬけて」、同東京版に「京都」執筆。「俳壇」十月号に「巻頭提言」執筆。NHK「俳句春秋」四十七号に「私の三十歳のころ」執筆。「現代俳句」四十五周年記念号に一句。「俳句四季」十二月号に作品六句発表。「俳句」十二月号に「橋閒石句集『微光』の一句」及び「能村登四郎句集『長嘯』の一句」執筆。「俳句あるふあ」創刊号に「新人推奨コメ

ント」。「アサヒグラフ」俳句短歌号に作品十句と近況・近影。「俳句」年鑑に「巻頭言」執筆。

平成五年（一九九三年）　七十八歳

一月、山口誓子氏文化功労者顕彰祝賀会（京都・都ホテル）に出席。角川新年名刺交換会。二月、現俳協総会（東京）。翌日「草苑」東京・神奈川・北関東支部合同句会（深川・芭蕉記念館）。木岡陽子句集『祝ぎ舞』出版記念会（大阪・芝苑）。三月、田村ひろし句集『沖波』・田村幸江句集『船遊び』出版記念会（徳島パークホテル）。翌日「草苑」徳島支部句会。四月、現俳協関西地区幹事会（大阪・阪神ホテル）。堀葦男氏を見舞う。荒木芳邦氏（造園家）瑞宝章受章祝賀会。堀葦男氏通夜及び葬儀に参列。山梨県立文学館女性作家レセプション（山梨）。大阪俳人クラブ理事会。五月、女性俳句の会（大分・湯布院）。日本文芸家協会総会（東京）。現俳協関西地区総会（天王寺都ホテル）。大阪俳人クラブ総会。六月、「草苑」二十三周年大会を愛知県の犬山観光ホテルで開催。春陽堂祝宴（東京・帝国ホテル）。東京四季出版祝宴（東京・霞ケ関ビル）。伊那八人塚法要に参列。大阪俳句史研究会総会（兵庫・園田学園女子短大）。蛇笏賞授賞式（東京）。七月、現俳協関西地区青年部シンポジウム（天王寺都ホテル）。現俳協年鑑座談会（東京・現俳協事務所）。加藤楸邨氏の葬儀に参列。八月、鬼貫忌俳句大会（伊丹市・柿衞文庫）。九月、岩手文化祭俳句選者会議（東京）。十月、「草苑」中国支部吟行会（島根県）。現俳協幹事会・大会（東京）。翌日「草苑」東京支部句会。十一月、大阪市文化祭俳句大会（大阪市中央公会堂）。「黄鐘」十五周年記念祝賀会（新阪急ホテル）に出席。「南風」六十周年記念祝賀会（新阪急ホテル）に出席。箕面市民俳句大会。NHK全国俳句大会（東京・NHKホール）に出席。

＊「全国農業新聞」一月一日号に作品五句と随想。「俳句」一月号に作品十五句発表。「俳句研究」一月号に作品七句発表。「女性俳句」六十号に作品五句と「私の一句」。山梨県立文学館報に「甲斐の山々」執筆。「俳句あるふあ」春号に作品十句と短文。「岳」十五周年記念号に作品三句寄稿。「俳句」三月号に「森澄雄句集『余白』の一句」及び「後藤比奈夫句集『紅加茂』の一句」及び「阿波野青畝の一句」執筆。「かつらぎ」三月号に「阿波野青畝追悼・温かい手」執筆。「向日葵」四百号に随筆「京ひとり」寄稿。「俳壇」四月号に「阿波野青畝氏の一句」執筆。「俳句」五月号に「老いの俳句」執筆。「俳句研究」五月号に「山口誓子の世界」執筆。「俳壇」五月号に作品二十句発表。蘭亭社の「俳句友だち」に「句会さまざま」執筆。「俳句」六月号に作品十五句発表。「東京新聞」五月十五日号にエッセイ「深緑のころ」執筆。「寒雷」六百号

記念号に作品七句寄稿。「俳句研究」七月号に「愛用の歳時記」執筆。「海程」八月号に「堀葦男追悼一句」寄稿。「火星」八月号に「堀葦男追悼一句と小文」寄稿。「ノーサイド」九月号に作品三句寄稿。「俳句」九月号に作品八句と「開眼の一句」及び「加藤楸邨の一句鑑賞」執筆。「四季」三十周年記念号に作品五句寄稿。「好日」五百号記念号に作品五句寄稿。「産経新聞」十月十七日号に「盗類句について」寄稿。『大野林火全集』の栞文執筆。「現代俳句」十一月号に「楠本憲吉さんの思い出」執筆。「南風」六十周年記念号に作品三句寄稿。「読売新聞」十二月二十八日号に作品七句。「俳句」年鑑に「巻頭言」執筆。

平成六年（一九九四年）　七十九歳

一月、現俳協関西地区幹事会（ホテル阪神）。岩本多賀史句集『羅針盤』出版記念会（丸亀グランドホテル）。二月、近江今津（丁字屋）吟行。「俳壇」十周年祝賀会（アルカディア市ケ谷）に出席。現俳協幹事会・総会（東京）。翌日「草苑」関東三支部合同句会。上野草魚子句集『雲の峰』出版記念会（大阪・徐園）。三月、「俳句四季」十周年祝賀会（東京）に出席。「たんたん列車」で天橋立往復。藪田敦子句集『海の紺』・柳井玲子句集『そわか』出版記念会（南海サウスタワーホテル）。山口誓子氏葬儀（西宮・山手会館）に参列。四月、女性俳句の会（彦根プリンスホテル）に出席。読売教室吟行（大津）。兵頭幸久句集『四季』出版記念会。大阪俳人クラブ理事会（大阪・まつむら）。五月、「かつらぎ」六十五周年記念祝賀会（新阪急ホテル）に出席。後藤綾子氏通夜に参列。現俳協関西地区総会（天王寺都ホテル）。大阪俳人クラブ総会（天王寺都ホテル）。六月、「草苑」二十四周年大会を奈良ホテルで開催、翌日柳生路吟行。俳句史研究会総会（伊丹・柿衞文庫）。中村苑子氏蛇笏賞受賞祝賀会（東京）。七月、倉橋健一氏著『大阪ひと物語』出版記念会（大阪南・ミュンヘン）に出席。九月、角川書店の「『ふるさと大歳時記』の会」（京都グランドホテル）に出席。「谷崎潤一郎を偲ぶ月見能」観賞（谷崎潤一郎記念館）。十月、現俳協幹事会（東京）。現俳協大会（大阪・毎日新聞社）。よみうり全国俳句大会で講評。産経学園で講演。「草苑」中国支部吟行（九州・柳川）。十一月、勲四等瑞宝章受章。叙勲伝達式（東京・国立劇場）のあと宮中参内。読売新聞社より来訪取材。箕面市民俳句大会。大阪市文化祭俳句大会。大阪俳人クラブ吟行句会（大阪・南御堂会館）。「四季」三十周年祝賀会（東京・ホテルオークラ）に出席。十二月、現俳協関西地区句集祭（天王寺都ホテル）。前登志夫氏歌碑除幕式（奈良県黒滝村）に参列。産経教室吟行会（三重答志島）「点字毎日」の集り（大阪梅田・林泉）。

＊「陸」二十周年記念号に作品七句寄稿。「俳句芸

術」一月号に作品十三句寄稿。「全国農業新聞」一月一日号に作品五句と随想。「俳句」一月号に作品十五句と「中原道夫句集『顱頂』の一句」執筆。「俳句研究」一月号に作品七句発表。「ジャパンタイムス」一月号に作品一句。「山茶花」一月号に短文「波」寄稿。「火星」六十五号に作品三句と小文寄稿。「俳句」四月号に作品十五句発表。「俳句四季」四月号に作品六句発表。「俳句文芸」四月号に作品十二句発表。「俳句」五月号に作品十五句発表。「俳句研究」五月号に作品八句発表。「俳壇」六月号に作品二十句及び「思い出の誓子」執筆。「俳句」六月号に「誓子の一句」執筆。「現代俳句」五月号に「神田秀夫氏のこと」執筆。「朝日新聞」六月五日号にインタビュー記事。「風」六月号に「細見綾子氏の米寿を祝う」寄稿。「春野」七月号に「温情の人・安住敦氏」執筆。「女性俳句」四十周年記念号に「四十年の思い出」寄稿。「風景」五周年記念号に作品五句寄稿。「俳句」九月号に作品九句発表。「俳句」十月号に細見綾子句集『虹立つ』の一句鑑賞。「俳句」十一月号に黛まどか句集『B面の夏』一句鑑賞。「俳壇」十一月号に季語についてのアンケート。「風土」三十五周年記念号に作品三句と小文寄稿。「産経新聞」十一月三日号及び「読売新聞」十一月二十二日号にインタビュー記事と写真。「俳句」十二月号に「日野草城百句選」抄出。「俳句」年鑑に「巻頭言」執筆。

平成七年（一九九五年）　八十歳

一月、現俳協関西地区幹事会（ホテル阪神）。二月、現俳協総会（東京）。翌日「草苑」関東地区三支部合同句会。三月、永田耕衣氏を見舞う。大阪俳句史研究会（伊丹・柿衞文庫）。山口誓子氏一周忌追悼会（大阪ロイヤルホテル）に出席。四月、「草苑」箕面支部吟行（箕面山荘）。大阪俳人クラブ理事会（大阪阿倍野・まつむら）。読売教室吟行会（京都吉田山荘）五月、女性俳句の会（箱根プリンスホテル）。大阪俳人クラブ総会（天王寺都ホテル）。六月、「草苑」二十五周年大会を奈良ホテルで開催、翌日東吉野吟行。長野県長谷村の八人塚法要に参列。大阪俳句史研究会（伊丹・柿衞文庫）。七月、「俳句研究」口絵写真撮影（箕面・勝尾寺）。八月「鈴木六林男氏を囲む会」（天王寺都ホテル）に出席。九月「とちぎ国民文化祭」俳句大会選考協議会（東京・平河会館）。「たんたん列車」で舞鶴往復。右城暮石氏葬儀（奈良県東吉野村・天好園）に参列。十月、東京・俳句文学館にて「日野草城」について講演。「鈴木六林男氏を囲む会」（京王プラザホテル）に出席。読売全国俳句大会で講評後、「角川源義二十年祭」に参列。現俳協全国大会（東京）。翌日「草苑」関東地区三支部合同句会。（東京芭蕉記念館）「とちぎ国民文化祭」選者出席。夜「草苑」北関東支部句会（那須）。十一月、山内ふみ句集『三面鏡』出版記念会（紀伊田辺ホテル・ハナヨ）。翌日熊野、中辺路吟行。大阪市文化祭俳句大会。「宇多喜代子を囲む会」（柿衛文庫）に出席。箕面市民俳句大会。後藤克巳氏葬儀に参列。十二月、現俳協関西地区句集祭（天王寺都ホテル）。「点字毎日」の俳句年間賞選考委員会（大阪・ヒルトンホテル）。高柳重信『俳句の海で』出版記念会（東京・米屋ギャラリー）に出席。現俳協大賞選考委員会（東京）。

＊「全国農業新聞」一月一日号に作品五句と随想。「俳句四季」一月号に作品三句。「俳句」一月号に作品十五句及び「右城暮石句集『散歩圏』の一句」執筆。「俳句研究」二月号に作品二十一句発表。「読売新聞」二月十五日号に作品五句。「俳句」四月号に「鈴木真砂女句集『都鳥』の一句」執筆。「俳壇」三月号に「私のなかの古典一句」執筆。「俳句四季」三月号に作品十二句発表。「俳壇」四月号に作品二十句発表。「俳句」四月号に「虚子秀句鑑賞」執筆。「読売新聞」三月二十三日号に「私の会った永田耕衣氏」執筆。「俳壇」四月号にアンケート「新暦と旧暦」。「信濃毎日」四月十五日号に「朝の一句」及び同十七日号に「野澤節子さんを悼む」執筆。「毎日新聞」五月八日号に作品五句。「幡」五周年記念号に作品五句寄稿。「俳句あるふぁ」六月号に「私の戦中戦後」執筆。「俳句」七月号に「今日の俳人岡本差知子解説」執筆。「蘭」七月号に「野澤節子追悼二句」寄稿。「女性俳句」六十五号に作品十五句寄稿。「星」二百号記念号に「吉野義子さんと私」寄稿。「俳句研究」九月号に作品十二句と写真。「俳句」九月号に作品九句発表。「沖」二十五周年記念号に作品五句寄稿。「河」十月号に作品五句寄稿。「俳句」十月号に作品十五句発表。「俳句」別冊に作品九句と小文執筆。「渦」十月号に「三十五周年を祝して」寄稿。「俳句四季」十二月号に作品三句発表。「俳句」十二月号に「今年の秀句ベストテン」寄稿。「俳句」年鑑に「巻頭言」執筆。

平成八年（一九九六年）　八十一歳

一月、「俳句あるふぁ」記者の取材（箕面観光ホテル及び勝尾寺）。二月、「朝日新聞」記者取材（草苑阪神句会会場）。「朝日新聞」記者取材（草苑大阪句会会場）。現俳協幹事会・総会。翌日「草苑」関東地区合同句会。三月、「草苑」中国支部吟行（光市）。上田千恵子句集『春帽子』、高橋佳津子句集『回転木馬』出版記念会（帝国ホテル大阪）。四月、産経教室にて「俳句の広場」講演。大阪俳句史研究会（伊丹・柿衞文庫）。読売教室吟行（宇治）。草苑阪神支部吟行（西宮広田山荘）。五月、ＮＨＫ俳句大会講演と俳句教室（北九州）。六月、「草苑」二十六周年大会を倉敷アイビースクエアにて開催、翌日吉備路吟行。女性俳句の会（岐阜グランドホテル）に出席。大阪俳句史研究会（伊丹・柿衞文庫）。七月、「燕巣」四十周年記念祝賀会（ホテルニューオータニ大阪）に出席。「国民文化祭富山」審査会（東京）。産経教室吟行（六甲山ホテル）。九月、日野草城句碑除幕式前夜祭及び除幕式（奈良県東吉野・天好園）に参列。俳人協会三十五周年記念大会（大阪都ホテル）に出席。「国民文化祭とやま」（富山婦中町）に出席。翌日「草苑」富山支部句会。十月、「草苑」中国支部吟行（ホテル西長門リゾート）。現俳協大会（名古屋）。読売俳句大会選者講評（東京・読売会館）。十一月、「麻」大会（京都・花園会館）。大阪市文化祭俳句大会（中央公会堂）。箕面市民俳句大会。「凧」五十周年記念祝賀会（京王プラザホテル）に出席。十二月、「点字毎日」年間賞の選考会。現俳協関西地区協議会・句集祭（天王寺都ホテル）。句集『花影』出版。

＊「山茶花」一月号にエッセイ「苗」執筆。「全国農業新聞」に作品五句と随想。「俳句」一月号に作品八句発表。「俳句朝日」一月号に作品七句と写真。「新緑」一月号に「百号を祝して」寄稿。「女性俳句」六十六号に「野澤節子さんを悼む」寄稿。「朝日新聞」一月一日号に作品五句寄稿。「鉾」二月号に「平畑静塔句集『竹柏』について」執筆。「俳句」三月号に角川照子句集『秋燕忌』の一句鑑賞。「俳句」四月号に作品五句と写真。「俳句あるふぁ」四月号にインタビューと写真。「俳句研究」四月号に「自作とさくら」執筆。「俳句四季」五月号にポートレート。「凧」五十周年記念号に「五十周年を祝して」寄稿。「俳壇」五月号に作品二十句及び女流俳人大特集に七句とアンケート。「俳句」六月号に「吟行地案内」執筆。「俳壇」六月号に「野澤節子句集『駿河蘭』の一句」執筆。「波」二十周年記念号に作品三句寄稿。「俳句」七月号に作品十五句発表。「女性俳句」六十七号に作品五句寄稿。「鈴木真砂女読本」に「鈴木真砂女さんの人と作品」執筆。「耕」十周年記念号に作品三句寄稿。「秀」百号記念号に作品三句寄稿。「俳句朝日」八月号に作品七句発表。句集『女身』復刻版出版。日野草城句集『花氷』の栞文執筆。「層」秋号に作品七句と小文。「俳句研究」十月号に作品九句発表。「俳句世界」一号に作品二十句発表。「俳句」十一月号に「細見綾子句集『牡丹』の一句執筆。「俳句」十二月号に「草城の一句」鑑賞。「俳壇」十二月号に「藤井富美子の一句」鑑賞。「俳句研究」十二月号に「俳句の現在」アンケート。「燕巣」四十周年記念号に作品五句寄稿。「年輪」四十周年記念号に作品三句寄稿。

平成九年（一九九七年）　八十二歳

二月、現俳協総会（東京）。翌日「草苑」関東地区合同句会。三月、中村苑子句集『花隠れ』の会（東

京・山の上ホテル）に出席。毎日俳句大賞授賞式に出席。四月、能村登四郎句碑除幕式（奈良県東吉野村）に参列。「草苑」箕面支部吟行（箕面山荘）。読売教室吟行会（天橋立文珠荘）五月、福岡簡易保険会館にて講演。現俳協関西地区総会（天王寺都ホテル）。「草苑」二十七周年大会を白浜・コガノイベイホテルで開催。大阪俳人クラブ総会。六月「草苑」名古屋支部句会。翌日伊那八人塚法要（長野県長谷村）に参列。飯島晴子氏蛇笏賞授賞式に出席。大阪俳句史研究会（伊丹・柿衞文庫）。香川県塩江町「ほたるの里」に句碑建立。七月、現俳協五十周年記念祝賀会（東京・ホテルオークラ）。現俳協功労賞及び特別功労賞受賞。産経教室吟行（城崎西村屋）。十月、「草苑」中国支部句会（赤穂）。「東奥日報」俳句大会（青森）に出席、蔦温泉ほか散策。現俳協俳句大会（東京）。翌日「草苑」東京支部句会。国民文化祭・香川（高松）に出席。翌日塩江温泉「ほたるの里」に遊ぶ。十一月、奈良県東吉野村に句碑建立、除幕式典に参列。「永田耕衣を偲ぶ会」（姫路文学館）に出席。現俳協幹事会（東京）。箕面市民俳句大会。大阪市文化祭俳句大会。十二月、現俳協関西地区句集祭（天王寺都ホテル）。現俳協大賞選考会。

＊「全国農業新聞」一月一日号に作品五句と随想。「俳句」一月号に作品八句発表。「俳句研究」一月号に作品十二句発表。「俳壇」一月号に作品八句と小文。「俳句四季」一月号に作品三句。「俳句朝日」二月号に作品八句発表。「鉾」二月号に句集『誓子星』拝見」寄稿。「蘭」三月号に作品五句寄稿。「俳句」三月号に「開眼の一句」執筆。「俳句」五月号に作品十五句発表。「俳句世界」四号に作品二十句発表。「俳壇」五月号に「格言一つ」執筆。「俳句研究」六月号に作品二十句とポートレート。「俳壇」六月号に「素材についてのアンケート」。「女性俳句」春号に作品十句寄稿。「俳壇」七月号に作品二十句発表。「現代俳句」七月号に作品五句。「俳句」九月号に作品九句発表。「俳句朝日」十月号に作品七句発表。「俳句四季」十一月号に随想「雛」執筆。「俳句研究」十二月号に「追悼・細見綾子」執筆と「俳句の現在アンケート」。「俳句」年鑑に「わが句集を語る」執筆。「毎日新聞」十二月二十九日号に「今年の秀句十句選」。

平成十年（一九九八年）　八十三歳

一月、角川新年名刺交換会に出席。二月、現俳協幹事会・総会（東京）。「草苑」関東地区合同句会。三月、「女性俳句」懇談会。村上護氏のインタビュー。四月、「麻」島田麻紀氏一行と八軒家散策。読売教室吟行（京都古都梅）。高知県本山町に句碑建立、除幕式典に参列。五月、「草苑」二十八周年大会を宇奈月温泉で開催、翌日五箇山吟行。六月、神戸大学主催「山口誓

子について」講演会（芦屋ホール）。現俳協顧問会。大阪俳句史研究会（伊丹・柿衞文庫）。毎日俳句大賞授賞式に列席、翌日蛇笏賞授賞式に列席。七月、NHK中部地区俳句大会（下呂温泉）。『大阪おんな自分流』出版記念会に出席。女性俳句の会協議会。九月、国民文化祭選者会議（芝メルパルク）。竹下健次郎夫妻と歓談（博多ニューオータニ）。翌日「自鳴鐘」五十周年記念祝賀会（小倉ガーデンホテル）に出席。産経教室一泊旅行（ホテルニューアワジ）。十月、「草苑」中国支部吟行（鞆シーサイドホテル）。国民文化祭（大分県日田市）。十一月、読売全国俳句大会（読売会館）。箕面市民俳句大会。「狩」創刊二十周年記念大会（京都ホテル）に出席。十二月、現俳協関西地区句集祭（天王寺都ホテル）。「点字毎日」年間賞選考会（毎日新聞社）。

＊「全国農業新聞」一月一日号に作品五句と随想。「俳句」一月号に作品八句発表。「俳句研究」一月号に作品十二句発表。「好日」一月号に作品五句寄稿。「朝日新聞」三月十六日号に「テーブルトーク」。「俳句研究」四月号に「桜百人一句」。「俳句」四月号に「藤田あけ烏句集『赤松』一句」執筆。「俳句四季」四月号に作品三句発表。「俳句研究」六月号に作品三十句発表。「俳句」六月号に新作十二句と蛇笏賞以後の三十句及びエッセイ執筆。「藍生」六月号に「私の一句」寄稿。八月、「女性俳句」七一号に五句発表。「俳句」九月号に「私の投句時代」執筆。「自鳴鐘」五十周年記念号に一句と祝詞。「俳句研究」十月号に作品十六句発表。「朝日新聞」十月十三日号に「自分と出会う」執筆。「銀化」創刊号に二句と祝詞。「俳句四季」十二月号に作品三句発表。

平成十一年（一九九九年）　八十四歳

二月、第十一回現代俳句協会大賞受賞。授賞式と現俳協総会（東京・東天紅）。翌日「草苑」関東地区合同句会。三月、「女性俳句」終刊記念パーティ。「鷹」主宰藤田湘子氏と対談（東京・パレスホテル）。四月、NHK「俳句春秋」掲載インタビュー。読売教室吟行（京都東山京大和）五月、「かつらぎ」七十周年記念祝賀会（上六・都ホテル）に出席。「草苑」二十九周年大会を大津・ロイヤルオークホテルで開催。「読売新聞」より取材。六月、柿衞文庫開館十五周年記念行事・中村苑子氏、片山由美子氏と対談（柿衞文庫酒蔵）。伊那八人塚法要に参列（長野県長谷村）。「毎日俳句大賞の会」（東京・如水会館）に出席。鈴木真砂女氏蛇笏賞授賞式（東京会館）に出席。七月、「運河」五百五十号・右城暮石氏生誕百年祝賀会（梅田・ヒルトンホテル）に出席。三十一日大腿骨頚部骨折のため入院。八月六日手術。九月二十七日退院。十一月、箕面市民俳句大会。十二月、現俳協関西地区句集祭（天王寺・

都ホテル）。
＊「俳句研究」一月号に作品十二句発表。「俳句」一月号に「証言・昭和の俳句」の談話。「全国農業新聞」一月一日号に作品五句と随想。「星」二十周年記念号に「吉野義子さんと私」執筆。「山茶花」一月号に随筆「青」執筆。「俳句あるふぁ」二・三月号に作品十句とコメント。「遊美」十二号に作品五句寄稿。「女性俳句」終刊号に「「女性俳句」への思いさまざま」執筆。「現代俳句」四月号に作品十句発表。「俳句」五月号に作品三十二句発表。「俳句研究」五月号にエッセイ「昨日きょう明日」執筆、同号「今日の顔ポートレート」。「握手」五月号に作品五句寄稿。「俳句研究」六月号に作品三十三句発表。「現代俳句」六月号に近詠十句発表。同号に第十一回現代俳句協会大賞受賞のことば及びグラビア掲載。「俳壇」四、五、六月号作品一句発表。「俳句四季」七月号に作品三句寄稿。「俳句」十月号に作品三十句発表。「俳句現代」十一月号に「阪神を詠う八十句」寄稿。「俳句現代」十二月号に「女流百人一句」。「俳壇」十二月号に師弟交歓作品五句。

平成十二年（二〇〇〇年）　八十五歳

一月、「俳句」三月号掲載写真の撮影（田中裕明氏と毎日新聞社周辺）。道浦母都子氏よりインタビュー取材（「ミマン」五月号掲載用）。三月、現俳協総会（東京）。翌日「草苑」関東地区合同句会。四月「草苑」箕面支部吟行会。読売教室吟行（京都左阿弥）。五月、句文集『草よ風よ』出版。「草苑」三十周年大会を下呂温泉・水明館で開催。六月、大阪俳句史研究会（伊丹・柿衞文庫）。七月、「毎日俳句大賞の会」に出席。九月、「草苑」中国支部吟行会（ホテル海の中道）。産経教室吟行（志摩宝生苑）。十一月箕面市民俳句大会。
＊「俳句」一月号に作品八句発表。「俳句研究」一月号に作品七句発表。「俳句朝日」一月号に作品七句発表。「全国農業新聞」に作品五句と随想。「俳句研究」六月号に作品五句発表。「俳句」七月号に「老いの句について」執筆。「俳句」八月号に花火の作品一句及び「戸垣東人句集『寒禽』について」執筆。「俳句四季」八月号に作品三句発表。「河」五百号記念号に作品五句寄稿。「読売新聞」八月九日号に作品五句寄稿。「俳句」九月号に虫の作品一句。「俳句研究」九月号に「飯島晴子の一句と追悼文」。「俳句」十月号に紅葉の作品一句。「俳壇」十月号に「草苑」創刊号の作品一句。「朝日新聞」九月十六日号に作品七句寄稿。「春燈」十月号にエッセイ「思い出」執筆。「沖」三十周年記念号に作品五句寄稿。「俳句」十一月号に冬の雨の作品一句。「俳壇」十一月号に「私が初心者だった頃」執筆。「俳句」十二月号に「私の一句」寄稿。「俳句朝日」十二月号に「今年の自選三句」寄稿。「毎日新聞」

十二月二十五日号に「今年の秀句十句選」。

平成十三年（二〇〇一年）　八十六歳

五月、日野晏子句碑除幕式（奈良県東吉野村・天好園）に参列。「草苑」三十一周年記念大会を京都パークホテルで開催。六月、宇多喜代子蛇笏賞授賞式祝賀会（東京会館）に出席。大阪俳句史研究会総会。七月、毎日新聞俳句大会（東京）に出席。朝日カルチャー中部俳句大会に出席。九月、「なにわ塾」第一回講演（大阪府庁）。十月、「なにわ塾」第二回講演。現俳協大会及び杉浦圭祐現俳協新人賞授賞式に出席。「なにわ七幸めぐり」俳句大会（四天王寺）。十一月、「なにわ塾」第三回講演。日野草城生誕百年記念講演（池田市立歴史民族資料館）。箕面市民俳句大会。十二月、現俳協関西地区句集祭（天王寺都ホテル）。「なにわ塾」終了式。

＊「全国農業新聞」一月一日号に作品五句と随想。「俳句」一月号に作品八句発表。「俳句研究」一月号に作品七句発表。「俳壇」一月号に作品七句発表。「俳句朝日」一月号に作品七句発表。「俳句現代」一月号に作品十句発表。「俳句四季」一月号に作品三句発表。「絵硝子」一月号に作品三句寄稿。「青玄」一月号に「日野草城先生の思い出」執筆。「俳句」四月号に作品三十二句発表。「俳句研究」四月号に「中村苑子の一句回想」執筆。「俳句現代」五月号に作品五句と「開眼の一句」寄稿。「糸瓜」三月号に「正岡子規絶筆三句をめぐって」執筆。「風」五十五周年記念号に祝詞「月の力」寄稿。「俳句研究」八月号に作品三十三句発表。「俳句研究」八月号に「山口誓子の作品をめぐって」トークエッセイ。「現代俳句」八月号に作品十句寄稿。「俳句四季」九月号に作品三句発表。「俳句朝日」九月号に作品二十句と近影。「毎日新聞」八月二十六日号に「日野草城生誕百年」執筆。「俳句あるふぁ」十・十一月号に作品十句発表。「沖」能村登四郎追悼号に作品五句寄稿。「朝日新聞」に作品五句寄稿。「アカシヤ」四百号記念号に「日野草城のこと」執筆。「俳壇」十二月号に作品十句発表。「俳句朝日」十二月号に作品三句。「毎日新聞」十二月十六日号に「今年の秀句十句選」。

平成十四年（二〇〇二年）　八十七歳

一月、「三橋敏雄氏を偲ぶ会」（東京・アラスカ）に出席。飯田枝美子句集『絵灯籠』出版記念会（ホテル・モントレ）。辻七重句集『花』出版記念会（東洋ホテル）。五月、茨木和生氏の俳人協会賞受賞祝賀会（大阪帝国ホテル）に出席。「草苑」三十二周年大会を全日空ホテル高松で開催。「山梨県都留市俳句大会」に出席。翌日飯田龍太氏と「山盧」にて対談。六月、津田清子氏と対談（新阪急ホテル）。七月、毎日新聞社俳句大会（東京・如水会館）に出席。九月、鈴木六林男氏現代俳句大賞受賞祝賀会（天王寺都ホテル）に出席。十月「草苑」中国支部吟行（安芸グランドホテル）。「なにわ七幸めぐり」俳句大会（四天王寺）。十一月、箕面市民俳句大会（箕面サンプラザ）。

＊「読売新聞」一月一日号に作品三句寄稿。「全国農業新聞」一月一日号に作品五句と随想。「俳句」一月号に作品八句発表。「俳句研究」一月号に作品七句発表。「俳句朝日」一月号に作品七句発表。「山茶花」一月号に随筆「海」寄稿。「俳句」二月号に「私の代表句自解」執筆。「俳句四季」三月号に作品三句発表。「俳句研究」四月号に「三橋敏雄の一句」執筆。「山梨日日新聞」六月十二日号に飯田龍太氏と山盧対談。「山梨日日新聞」六月二十五日〜二十七日号に広瀬直人氏及び福田甲子雄氏と対談。「朝日新聞」六月二十七日号にテーブルトーク。「俳句朝日」八月号に作品一句。「俳句あるふぁ」八・九月号に作品一句。「俳句研究」九月号に津田清子氏と対談。「俳句朝日」十二月号に作品三句発表。「毎日新聞」十二月二十二日号に「今年の秀句十句選」

平成十五年（二〇〇三年）　八十八歳

六月、「草苑」三十三周年大会を金沢全日空ホテルで開催。句集『草影』出版。七月、毎日新聞社俳句大会（東京・如水会館）に出席。九月「草苑」中国支部吟行大会。十月、兵庫県西宮へ転居。「南風」七十周年記念大会（新阪急ホテル）に出席。十一月、箕面市民俳句大会。十二月、「なにわ七幸めぐり」俳句大会（天満宮）。

＊「俳句研究」一月号に作品十句発表。「俳句」一月号に作品八句発表。「全国農業新聞」一月一日号に作品五句と随想。「山茶花」一月号に随筆「町について」寄稿。「毎日新聞」一月二十日〜二十二日号に「桂信子の俳句史かたり」。「俳句研究別冊・現代俳句の世界」に随筆「俳句と私」執筆。「俳句朝日」三月号に作品一句。「俳句四季」三月号に作品三句発表。「朝日新聞」三月十五日号に鈴木真砂女氏追悼コメント。「現代俳句」五月号に作品十句発表。「四季」四十周年記念号に作品五句寄稿。「俳句通信」十六号に一句。

平成十六年（二〇〇四年）　八十九歳

一月、第四十五回毎日芸術賞受賞、授賞式。五月、「草苑」三十四周年大会をリーガロイヤルホテル小倉で開催。平成十六年度大阪芸術賞受賞、授賞式。十二月九日兵庫県西宮協立脳神経科病院へ緊急入院。十六日午前十時十分永眠。十八日親族のみによる告別式。

＊「俳句」一月号に作品八句発表。「俳句研究」一月号に作品十句発表「俳句あるふぁ」四・五月号に「現代百人百句」。「俳句四季」四月号にインタビュー。

「俳句」八月号に作品三十二句発表。「朝日新聞」七月二日号にインタビュー。「俳句」十七年一月号に作品八句発表。「俳句研究」十七年一月号に作品十句発表。

平成十七年（二〇〇五年）

二月十七日、草苑俳句会による「桂信子をしのぶ会」を新阪急ホテルで開催。

あとがき

　本書は、桂信子の既刊句集のすべてと、最後の句集『草影』以降、おもに「草苑」に発表された句を、生前の桂信子の意向にそってまとめたものです。

　したがいまして、新聞その他に発表された既刊句集に未収録の句や、残されました句手帳の未発表の句などは、収録されておりません。

　一九三四年に日野草城の俳句に惹かれて以来、二〇〇四年に没するまでのほぼ七十年を、ひたすら真っ直ぐに生き、他におもねることのない句作を続けてきた桂信子を誇りに思い、あらためて衷心より畏敬の念を捧げます。

　出版に際しまして、栞をご執筆下さいました諸氏にこころよりのお礼を申し上げます。お力添えをいただきました方々、ありがとうございました。

　本書が、桂信子の俳句が読み継がれてゆくよすがになりますことを願っております。

二〇〇七年八月八日

『桂信子全句集』刊行世話人

丸山景子

吉田成子

宇多喜代子（代表）

全句季語別俳句索引

＊［　］は収録句集を示す
［月光］＝『月光抄』
［女身］＝『女身』
［晩春］＝『晩春』
［新緑］＝『新緑』
［初夏］＝『初夏』
［緑夜］＝『緑夜』
［草樹］＝『草樹』
［樹影］＝『樹影』
［花影］＝『花影』
［草影］＝『草影』
［以後］＝『草影』以後

春

時候

［春］

雨ふれり春の火鉢に顔ふるび　［月光］　二三
能面をとるやほのかに春の汗　［月光］　三七
声高に春の旅より母もどる　［女身］　八五
腰太く腕太く春の水をのむ　［女身］　八六
春薄明生死の生の側に覚む　［晩春］　一六〇
ところどころ水光りつつ春となる　［晩春］　一六四
春未明　水なき道を歩みゆく　［晩春］　一六四
ある夜感じた春　ナプキンの白い折目　［晩春］　一七二
日の射して創深く立つ春の幹　［初夏］　二七一
海鳴りや天衣が降らす春の砂　［初夏］　二八二
水中にまなこ開けば春となる　［緑夜］　三二二
襟元のゆるみに春の仏立つ　［緑夜］　三三三
ふりむかぬ大勢に射す春の日矢　［草樹］　三五九
海流の上の一舟へ春の日矢　［樹影］　四四七
揚舟のしめりに白き春の砂　［樹影］　四六一
水際のあやふきに佇ち春の鹿　［樹影］　四六二
船底に歪な鏡春の航　［樹影］　四八八
炮烙や家にも春の来たるらし　［花影］　五〇六
どことなく傷みはじめし春の家　［花影］　五〇七
擂粉木のどこやらにある春の家　［花影］　五〇七
死ぬことの怖くて吹きぬ春の笛　［花影］　五二九
雑草に春の気配の風かこれ　［花影］　五三八
春の島なんでもなくて横たはる　［花影］　五四〇
傾ぎし家どうにか春となりゐたり　［草影］　五五四
春の航波の綺羅よりはじまりぬ　［草影］　五五五
どこからか春はくるなり目つむれば　［草影］　五七〇
春の石亀の手足のやをら出て　［草影］　五七一
大き梁より落ちきしは春の煤　［草影］　五八二
浪音や春はそのまま俯伏して　［草影］　五八三
春の地震いまさらどうなるものでなし　［草影］　五八六
谷底の落葉となりて春過ごす　［草影］　五九八
七草を過ぎ何やらを過ぎ春となる　［草影］　六〇五
まさに春孔雀の羽根の拡げやう　［草影］　六〇六
九十の春いまだ読みたき書のあり　［以後］　六一八

九十の春いまだ行きたきところあり　［以後］六一八
九十の春いまだ知りたきことのあり　［以後］六一八
生くること宜ふ九十歳の春　［以後］六一九
ときどきは音立てなほす春の滝　［以後］六二〇
ふてぶてしく春の金魚となりゆける　［以後］六二九
餌らしきものも水面に春の鯉　［以後］六三一
浮き出でて顔の大きく春の鯉　［以後］六三一
餌とともに浮く飽食の春の鯉　［以後］六三一

［二月］

眼帯や街に二月の風荒き　［月光］五九
眼帯に二月の塀の屹立す　［月光］六〇
白い道の二月　遠くに肥車　［晩春］一七二
箱の中の暗色二月音なく来る　［新緑］二一四
庭石は二月の重さ時計打つ　［新緑］二一四
空罐の崖はしる音二月の風　［新緑］二二三
天井に水の明るさ来て二月　［新緑］二三四
書をひらき二月活字の香をこのむ　［新緑］二三六
汚れゐる本のカバーも二月かな　［草樹］三五六
遠くより二月の海のうねりかな　［草樹］三六九
摺り足の部屋を出でくる二月かな　［草樹］三八一
松の根のあらはに二月過ぎにけり　［草樹］三八一
深き井の水汲み上げて二月かな　［草樹］四〇三
かはらけの宙とんでゆく二月かな　［樹影］四六〇
朽舟にさざ波光る二月かな　［花影］四九九
水色に昏るる二月の燈台は　［花影］五三九
二月去りゆく細身の傘を巻きながら　［草影］五六三
濡れ色の鴉に二月屹立す　［草影］五八二
二ン月はいつも部厚き靴の音　［草影］五八三
大正昭和二月の雪は深かりし　［草影］六〇六
しろがねの太刀欲し二月ともなれば　［以後］六二〇
夢の淵歩いてゐたる二月かな　［以後］六二九

［睦月］

山の影木の影睦月過ぎゆけり　［樹影］四四六

［旧正月］

旧正の白波に佇つまひるかな　［樹影］四六〇
旧正を過ぎし日射となりにけり　［以後］六二九

［立春］

立春の花白うして風邪ごこち　［月光］三九
立春の銀輪しげしぬけ通る　［晩春］一四七
立春の海よりの風海見えず　［晩春］一五二
立春の積木の家を指くぐり　［草樹］三五七
立春や捨煙草よりけむり立つ　［草樹］三八一
立春の松の根方を砂はしり　［草樹］三八三
春立つと箪笥の鐶の鳴り出づる　［樹影］四七三
立春のこんにやくいつか煮えてをり　［花影］五三七
春立つ日シャボンの泡の中に居り　［草影］五五三
ブラインド下せしままに春の来し　［草影］五七〇
立春やひと生くる故この世あり　［草影］五九七
春来るや身の底を海とどろけり　［草影］六〇七
春立つや音たてて矢を放つ風　［以後］六二〇
あけぼのの色そのままに春きたる　［以後］六二〇
音頭とるつもりなけれど「春がきた」　［以後］六三〇

［春浅し］

浅春や闇へひろがる松の枝　［草樹］三五八

［余寒］

上げ潮の橋下通る余寒かな　［草樹］四〇三

【春寒】

春寒や昨日からある雲丹の瓶　［緑夜］　三三二
春寒のびつくり水や小豆煮る　［草影］　五五四

【春めく】

春めきてきしか何やらむずかゆし　［草影］　六〇七

【雨水】

厨窓半ば開けある雨水の日　［樹影］　四三三

【二月尽】

遠山に日ざし衰ふ二月尽　［女身］　一一〇
門川に砂こぼれ落ち二月尽く　［新緑］　二四四
壁裏のひびきに沿うて二月逝く　［緑夜］　三三二
波音に応へし幹や二月果つ　［花影］　五〇六

【三月】

耳ひらく風の三月きらめき過ぎ　［晩春］　一七三
眼の端に水が光つていて三月　［新緑］　二〇七
藁燃やす遠い火色に三月来る　［新緑］　二二三
三月の終りの紙を切りきざむ　［新緑］　二三七
三月の下駄箱暗き小学校　［草樹］　三五七
水際に立ち三月の樹の容　［草樹］　三五八
三月の裸電球水の上　［草樹］　三八二
海の風来て三月の乱れ髪　［花影］　五三九
三月は曲りくねりし松の枝　［草影］　五八三
燻れる生木三月終りたり　［以後］　六三〇

【如月】

喪の家にありきさらぎの藪濃ゆし　［月光］　三二
きさらぎの簷に陽あたる陽の硬さ　［月光］　三三
きさらぎの水のひゞきを夜も昼も　［月光］　三三
きさらぎの夕月映る水ひゞく　［月光］　三三
きさらぎの風吹ききみはひとの夫　［女身］　一〇四
きさらぎの水ふりこぼす喪の両掌　［新緑］　二四四
如月や海の底ゆく白鰈　［緑夜］　三二一
水辺ゆく如月の僧山下りて　［緑夜］　三三一
如月の半ばを白きホテルに居　［樹影］　四六一
如月も半ばや水の遊ぶ色　［花影］　五〇六
魂遊ぶ空如月の望のころ　［花影］　五一九
如月の鯉を一刀両断す　［花影］　五三七
きさらぎのいづれの星となりたまふ　［草影］　五八四
きさらぎの夢のつづきのきれぎれに　［以後］　六二九

【啓蟄】

啓蟄の煙が松の幹のぼる　［初夏］　二九五
啓蟄や松風過ぐる中二階　［樹影］　四三二
啓蟄や曇り硝子に灯のともり　［花影］　四九九
啓蟄の土を覆へる芥かな　［花影］　五三九
啓蟄や音なく濡るる庭の樹々　［草影］　五五四
啓蟄や柱の影の長く伸び　［草影］　五八三
啓蟄やこの世のもののみな眩し　［草影］　五八三

【彼岸】

紙屑を焚けば彼岸の炎色立つ　［緑夜］　三二三
川舟の舳先の揃ふ彼岸寒　［花影］　五〇七

【四月】

宿の畳にべつたり坐る四月かな　［女身］　一〇五
ひとの死へいそぐ四月の水の色　［新緑］　二〇九
水汲んで柄杓の重さ四月の喪　［新緑］　二〇九
藁うかぶ四月の川のまんなかに　［新緑］　二一五
空間にパイプの煙四月逝く　［花影］　五四二
四月逝く柱鏡に空映り　［花影］　五四二

やはらかき褥に目覚め四月かな　［草影］　五九八
［弥生］
きさらぎをぬけて弥生へものの影　［初夏］　二八二
灯のホテル弥生は月を上げながら　［花影］　五〇八
さざなみの志賀に弥生のひと日かな　［花影］　五一七
［清明］
清明や街道の松高く立つ　［草樹］　四〇四
清明や砂掻きつづく放ち鶏　［樹影］　四三三
清明や垣根結はへし棕梠の癖　［樹影］　四七六
［春の日］
春の夕日見馴れし家の窓照らす　［月光］　六〇
竹林に春日射す何時面上げても　［女身］　九三
ひとづまの褪せし着物に春陽射す　［女身］　九九
春日向鉋次第に早くなる　［女身］　一一二
白波と春日漂ふ荒岬　［晩春］　一五七
生命炎ゆ狂気の春日没りしのち　［晩春］　一六一
屋上園の鸚鵡には見え春落日　［新緑］　二〇五
［春暁］
春暁の焼くる我家をしかと見き　［月光］　四二
春暁の樹々焼けゆくよむしろ美し　［月光］　四二
春暁のリフトに担送車もろとも　［晩春］　一六〇
母の寝に侍す春暁のスリッパは　［新緑］　二三七
［春昼］
春の昼匙おちてよき音たつる　［女身］　一一一
春昼の群衆のなかストに倦む　［女身］　一一一
春の昼自縛の縄の端垂らし　［新緑］　二三七
食堂に松風通る春の昼　［樹影］　四六二
春昼を動きづめなる鶏冠の朱　［草影］　五九八
白湯たぎる音となりつつ春の昼　［草影］　五九九
［春の夕］
春夕べ覚めて巷の音遠し　［晩春］　一六〇
石像の獅子もしなやか春夕べ　［晩春］　一八六
風呂桶の隅のしめりに春夕日　［新緑］　二三六
誓子亡き芦屋の松に春夕日　［花影］　五二〇
［春の暮］
春のくれ夫なき家に帰りくる　［女身］　八六
平らかに畳に居るや春のくれ　［女身］　一一二
鮨くうて皿の残れる春の暮　［晩春］　一四四
亡き夫に似し犬の貌春の暮　［晩春］　一四八
つながれて牛考へる春の暮　［晩春］　一五六
薄紙も炎となりぬ春の暮　［晩春］　一六一
見えぬところに水湧き出でて春の暮　［晩春］　一六四
蜜なめて黒瞳かがやく春の暮　［晩春］　一六六
地に添うて鶏の一日春の暮　［新緑］　二〇五
春暮とも知らず水槽の眼なし魚　［新緑］　二〇八
山の音こだまにかえる春の暮　［新緑］　二〇八
春の暮川幅を水流れては　［新緑］　二〇九
水をみちびく竹林の精春の暮　［新緑］　二二六
相模野の春暮になじむとりけもの　［初夏］　二五九
総毛立つ紙の手ざわり春の暮　［初夏］　二六〇
窓を出てショパンの高貴春の暮　［初夏］　二六一
水の上を水が流れて春の暮　［初夏］　二七三
水道管地中に岐れ春の暮　［緑夜］　三〇一
従兄来て潮の匂いの春の暮　［緑夜］　三〇九
立つ波の白き尖りも春の暮　［樹影］　四四八
いづ方へ失せし眼鏡や春の暮　［樹影］　四七六

擂粉木の音のなかなる春の暮　[花影]　五一八
老いるまでの儀式いくつも春の暮　[花影]　五一九
龍太の句見たし読みたし春の暮　[花影]　五一九
如雨露より水のやさしき春の暮　[草影]　五八四
遠く来て名もなき川の春の暮　[草影]　五八五
春の暮われに家路といふは無し　[草影]　六〇八

[春の夜]

春夜の寮男の気配満ち満ちて　[女身]　九三
巷に音ひろがりゆけり春の夜は　[晩春]　一六〇

[暖か]

雨ぬくしやすらかに今日の眸を閉づる　[月光]　二五
玻璃のなか息あたたかく母老ゆる　[女身]　一二五
あたたかな墓の影より鳩飛び出す　[晩春]　一六九

[麗か]

麗かやジャムのつまりし瓶ならび　[草影]　五九八

[日永]

永き日の「羽衣」を舞ひをさめける　[月光]　三七
永き日の鼓きこゆる廊長し　[月光]　三七
永き日の寡婦にびつしり竹ならぶ　[月光]　六〇
陶榻にときに影ある日永かな　[花影]　五〇八

[花冷]

花冷えの夜は眼をひらく陶器の魚　[新緑]　二三八
花冷えの壺が吸いこむ母の息　[新緑]　二四六
花冷えの箱に音する吉野葛　[初夏]　二八三

[木の芽時]

木の芽風海むらさきに明けにけり　[月光]　三九
木の芽風燈台白をはためかす　[晩春]　一五七
木の芽雨平らなものへ女の目　[新緑]　二二四
密封の壺の重さよ木の芽風　[新緑]　二二五
木の芽風漆黒の膳拭き清め　[新緑]　二三五
鮨の香に家のまわりの木の芽風　[新緑]　二四四

[穀雨]

暮れがたの穀雨の白湯のたぎりけり　[草樹]　三八四
穀雨とて燈明の芯かきたつる　[樹影]　四二一
穀雨とや朝より白湯の沸騰す　[花影]　五二〇
水の面を影の過ぎゆく穀雨かな　[草影]　五八四
水の面に影の過ぎゆく穀雨かな　[草影]　五八七

[春深し]

春ふかく芋金色に煮上りぬ　[月光]　二五
湯の宿に髪を垂らして春ふかし　[女身]　一〇五
春ふかし深山の樹々のたたずまひ　[樹影]　四六一
春ふかし芝の平らに日あたりて　[樹影]　四六二
灯明りにそれぞれの顔春深し　[以後]　六三一

[八十八夜]

甕に満ち八十八夜の水みどり　[初夏]　二八四
吹かれ落ち八十八夜の白タオル　[緑夜]　三〇二
音立てて八十八夜の山の水　[緑夜]　三三三
鏡見て居れば八十八夜かな　[緑夜]　三三三
松の風八十八夜の湯呑立つ　[草樹]　三八五
便箋の白き八十八夜かな　[草樹]　三九四
樹を過ぐる灯影八十八夜かな　[樹影]　四三四
畳より立つ影八十八夜なる　[樹影]　四六三
紺暖簾奥の八十八夜かな　[花影]　五〇九

[暮の春]

水のような暮春なり出す掛時計　[晩春]　一六六
竹林に暮春漂う外厨　[新緑]　二一〇

一枚の闇に暮春の松林 [新緑] 二二五
人の葬暮春の水を汲むばかり [新緑] 二二五
暮春の灯ひとつふたつと他人の家に [草影] 六〇八
大海亀の涙を憶ふ暮春かな [以後] 六二二

[行く春]

臥るときのてのひら白く春逝けり [女身] 一一一
逝く春の甍ばかりの屋上園 [女身] 一一六
人ふくれ水ふくれ春終りたり [晩春] 一六四
春逝くや高きところに亀ねむり [草樹] 三七一
逝く春の動かぬ岩にもたれけり [樹影] 四七七
護摩の火の燃えさかる間も春逝ける [花影] 五〇一
逝く春や水に逆立つものを見て [草影] 五五六
身のまはりいつの間に春終りたる [草影] 五五六
カナリヤの脚の薄紅春逝くか [草影] 五七一
春逝くやダルマカレイになるもよし [草影] 五七一
風音や春逝くときは忍び足 [草影] 五八四
夕ぐれも春逝くときも薄き靄 [草影] 五八四
逝く春の林のなかの水たまり [草影] 五八六
一枚の絵に白き道春の逝く [草影] 五八六
塵あまた空をただよひ春逝くか [草影] 五八七
春逝くや砂の上なる影もまた [草影] 五九八
逝く春を惜しむ間もなくあれやこれ [草影] 六〇八
逝く春を惜しむこころのおのづから [以後] 六二一
逝く春をおくる心の綾さまざま [以後] 六三四

[春惜む]

惜春の竹の幹うつ石つぶて [初夏] 二六〇
惜春の目の前に垂れ撞木綱 [緑夜] 三〇二
門内の大きな壺と春惜しむ [樹影] 四四八

川底の石なめらかに春惜しむ [草影] 五七〇
春を惜しみ人を惜しみて飯を食む [以後] 六二二

[夏近し]

ぼんやりとしてゐていつか夏近し [花影] 五二九

[弥生尽]

倚り馴れし柱も焼けぬ弥生尽 [月光] 四二
二三日ホテルに居りて弥生尽 [樹影] 四四八

天文

[春の雲]

壺暗く鳥啼く日の春の雲 [新緑] 二二三

[春の月]

春月の木椅子きしますわがししむら [女身] 八六
春月がのぼるころよりふさぎこむ [女身] 一〇四
道見えて　人影見えて　春月待つ [晩春] 一八六
道見えて　春月藁塚にあるやさしさ [晩春] 一八六
のみ干す酒いま春月は一円燈 [新緑] 二〇五
ゆきひらや春月窓にかかりそむ [草樹] 三五八
春月や川面に何の水煙 [花影] 五〇八
逆立つるべき眉もなし春の月 [花影] 五一八

[朧]

もの提げて土橋を渡る夜の朧 [初夏] 二七三
おぼろより仏のりだす山の寺 [緑夜] 三〇一
村々や朧のなかに鳥睦み [緑夜] 三三三
白湯のんで朧のなかに鳥探す [緑夜] 三三三
舟底に水の音する朧かな [緑夜] 三三二
休日の問屋を出でし朧かな [草樹] 三七〇
夜陰よりおぼろに入りし松の幹 [樹影] 四二〇

樹々の間いつか灯となる朧かな　[樹影]　四六一
僧房や松の根方もおぼろにて　[樹影]　四六二
行くひとも橋もおぼろに湖国なる　[樹影]　四六三
艫音して寄りくる舟も朧かな　[花影]　五一六
椅子ひとつ庭に泛きゐる夜の朧　[草影]　五五四
朧より立ち上りくるものの影　[草影]　五五四
どこまでも橋伸びてゆく夜の朧　[草影]　五五五
人形の髪朧より摑み出す　[草影]　五六三
いつの世も朧のなかに水の音　[草影]　五六三

[春の闇]
春の闇柵ある園とおもはれず　[女身]　九八
舟底にさかなを生かす春の闇　[草樹]　三九五
死守したきものひとつあり春の闇　[草影]　六〇八

[春風]
春の風荒し今日より母旅に　[女身]　八五
春の風よんどころなく吹いてをり　[花影]　五四一

[涅槃西風]
舟べりに鱗の乾く涅槃西風　[緑夜]　三〇七
巻寿しや三和土の乾く涅槃西風　[緑夜]　三二二
川砂の乾く蹠や涅槃西風　[草樹]　三五八
揚舟に砂かたよりて彼岸西風　[草樹]　三八三
漁家十戸旅館あまたや彼岸西風　[樹影]　四七五

[比良八荒]
松の間に比良八荒のあとの湖　[樹影]　四三三

[春一番]
ひとところ水の凹みや春一番　[以後]　六三〇

[春疾風]
酔ひたくてのむ酒辛し春嵐　[女身]　一二六
玻璃しばしばかがやき震ふ春疾風　[晩春]　一四七
春の烈風夜に入り止まず熱の中　[晩春]　一六〇
母の視野のなかの起き伏し春嵐　[晩春]　一六一
樹々密に陽を梳り春疾風　[新緑]　二四五
臥す母のまわりきらに春の塵　[新緑]　二四六
春疾風帆船ガラス瓶のなか　[草樹]　三七二

[霾]
霾や家に二日の泊り客　[草樹]　三八二

[春雨]
倦める身に春雨絶えず幹つたふ　[女身]　九九
春雨来て病廊せばむ配膳車　[晩春]　一六〇
いくたびも見る太幹の春の雨　[草樹]　三九四

[菜種梅雨]
昼汽車のひと日の空費菜種梅雨　[晩春]　一四五
母とへだつ襖一枚　菜種梅雨　[晩春]　一八七
菜種梅雨念仏の膝つめあわせ　[緑夜]　三〇一
菜種梅雨灯明の輪を幾重にも　[草樹]　三八三

[春の雪]
春雪に呼ぶ子をもたず立ち眺む　[女身]　九八
春の雪近づく犬も黒瞳もつ　[晩春]　一七九
春雪のあとかたもなく晩餐図　[新緑]　二三六
レコードのかすれしダミア春の雪　[草樹]　三五七
七味屋の土間に払ひて春の雪　[草樹]　三七〇
音のなき越後や湖に春の雪　[樹影]　四四七
行平や春の雪散る夕まぐれ　[花影]　五〇七
棒黒くのこし解けだす春の雪　[花影]　五三八

[淡雪]
牡丹雪ひととき鏡はなやぎぬ　[女身]　九七

死者を置き鏡の中に牡丹雪　〔新緑〕二四三
夜の町は紺しぼりつつ牡丹雪　〔初夏〕二六九
灯は水にまたたきはじめ牡丹雪　〔初夏〕二九六
牡丹雪まばらに人の顔の見ゆ　〔花影〕五三八
〔斑雪〕
澄む水を流す母郷の斑雪山　〔新緑〕二一一
〔春の霰〕
春霰やめばたちまち月の甍　〔女身〕九一
風呂敷包み少し温くて春霰　〔晩春〕一七九
鮨にぎる手がガラス越し春霰　〔初夏〕二五九
〔忘れ霜〕
母へ濁す言葉の端よ別れ霜　〔新緑〕二二六
膝折つて縁を拭きこむ別れ霜　〔初夏〕二七三
晩霜や白紙を折るに力入れ　〔花影〕五一八
〔春の虹〕
春の虹もねむれる顔も生得し後　〔晩春〕一六一
〔春雷〕
めざめたる衾のかたき春の雷　〔女身〕八六
燈明の芯さみどりに春の雷　〔花影〕四九九
虫出しの雷おどろかぬ虫のゐて　〔花影〕五三九
〔霞〕
喪帰りのいくつ重ねて霞む橋　〔新緑〕二〇五
一本の杖の行手に夕霞　〔新緑〕二〇九
川上は霞がかくし老ひとり　〔新緑〕二三五
白無垢は霞にまぎれ鈴の音　〔新緑〕二三六
道端に出て火を創る薄霞　〔初夏〕二九六
手を触れて鳥のぬくみの夕霞　〔緑夜〕三〇一
人去って鏡のなかの遠霞　〔緑夜〕三三一
霞む海霞む島あり朝の玻璃　〔緑夜〕三三二
チューブよりはみがきの出る霞かな　〔草樹〕三九三
白粥に霞みし山河ひろがれる　〔樹影〕四五九
洛中の霞める日々を稽古笛　〔樹影〕四六二
ことごとく雑木山なり霞みけり　〔樹影〕四七五
行平にただよふ飯や昼霞　〔樹影〕四七七
立山のあるべきあたり朝霞　〔花影〕五〇〇
蹠にもさかなのあぶら遠霞　〔花影〕五一七
〔陽炎〕
それぞれのうしろ姿の陽炎へる　〔草樹〕三八三
陽炎や絵馬へもどりし黒神馬　〔樹影〕四六三
陽炎や敦賀に低き街の屋根　〔花影〕五〇〇
水陽炎襖の金に及びたる　〔花影〕五〇一
〔春陰〕
春陰の商家を囲む艶格子　〔花影〕五三九
〔花曇〕
花ぐもり臓腑おもたき牛あゆむ　〔女身〕八六
わが顔の鏡裡かなしむ花ぐもり　〔女身〕九三
花ぐもり庖丁きれぬままつかふ　〔女身〕九三
鶏のおちついてゐる花ぐもり　〔草樹〕三八四
浴泉のエメラルド色花曇　〔樹影〕四二〇
笛を吹く構へとなりし花曇　〔樹影〕四三三
花曇りうしろの山の鳴りにけり　〔樹影〕四七六
朝よりのわが影の失せ花ぐもり　〔以後〕六三一
〔鳥曇〕
船底を足音のゆく鳥曇り　〔草樹〕三五八
居酒屋にしばらく居りて鳥曇り　〔草樹〕三八二
〔春の夕焼〕

さきがけてわが部屋灯す春夕焼　［女身］　八七
春夕焼に玻璃ゆだね居り丸の内　［晩春］　一四八
病廊の春夕焼に医師独語　［晩春］　一六〇

地理

［春の山］
春の山短かき柵をめぐらせり　［樹影］　四七六

［山笑う］
ある日より笑ひはじめし名なき山　［樹影］　四六一
備中や削られし山片笑ひ　［花影］　五一九

［焼野］
末黒野の果にゆるがぬ一樹あり　［樹影］　四三三
水一筋末黒となりし野を流る　［樹影］　四四五

［春の水］
ひとりなれば佇つこと多し春水に　［女身］　一〇五
春水のきらめくに似て過ぎし日は　［晩春］　一七九
くるぶしの際ぬけてゆく春の水　［初夏］　二六〇
春水や雲のかたちをそれぞれに　［緑夜］　三三二
おもむろに首のべし鹿春の水　［樹影］　四六二
春の水もののあはれはここらより　［花影］　五二〇
春の水美髯の鯉のあらはるる　［以後］　六三一

［水温む］
野に出づるひとりの昼や水温む　［月光］　四四
鶏の羽ちらばつていて水温む　［初夏］　二九五
流れ藻や堰のあたりに温む水　［花影］　五〇六
水温むころの思ひ出あまたあり　［草影］　五五三

［春の川］
厨水春川に入る音を立て　［女身］　九三

［春の海］
春の海一燈つよく昏れにけり　［女身］　八五
眼前の有刺線他は春の湖　［新緑］　二二四

［春の波］
春怒濤逆光のものみな動く　［新緑］　二二四

［春潮］
春潮をみて来ていつか風邪ごこち　［月光］　六〇
春潮にたえずさからふ杭を打つ　［女身］　一一七
春潮の歯並くり出す雲の午後　［新緑］　二三七
春潮のうねり過ぎゆく白枕　［緑夜］　三一四
春潮や杖深く入る浜の砂　［草樹］　三七二
春潮に逆うて竿立ち流る　［草樹］　三七二
松の幹遠きは黝し春の潮　［草樹］　三八一
春潮の幾重も夜に入らむとす　［樹影］　四四七

［彼岸潮］
砂山に四五人現れぬ彼岸潮　［花影］　四九九

［苗代］
橋裏に光のあそぶ苗代寒　［初夏］　二七四
苗代寒黒塗りの膳拭き清め　［緑夜］　三二四
苗代寒紙の散らばる部屋のなか　［緑夜］　三三四
線香の灰おちつきて苗代寒　［草樹］　三七四
缶切りをうごかして居り苗代寒　［樹影］　四三四

［春の土］
春の土荒れて筋ひく竹箒　［初夏］　二六〇
窓下の箒の掃きし春の土　［花影］　五一八

［残雪］
残雪の裏山見えて古時計　［新緑］　二一一
残雪や木地師の里の小椋姓　［樹影］　四四一

をととひの雪の残りし狭庭かな　［花影］　五三八

［雪解］
身にひびく音ことごとく雪解音　［女身］　一二四
雪雫銀輪遠くより目立つ　［晩春］　一七二
光りあつめる一本の杭雪解川　［新緑］　二〇四
一灯の限界に渦雪解川　［新緑］　二一四
飛火野に女帯ほど雪解水　［樹影］　四八六
旧館の雪解け遅きランチかな　［樹影］　四八六
雪解道四五人店の灯に寄れる　［花影］　五〇六
近江路は水色に昏れ雪雫　［花影］　五一六
街道の昼絶え間なき雪雫　［花影］　五一六
舞殿を雪解雫の囲みけり　［花影］　五三八
水の面に松が枝つたふ雪雫　［花影］　五三八
身を揺する音のなかなる雪解川　［草影］　五五三
深吉野やいま会ひたきは雪解水　［草影］　六〇六

［薄氷］
覚め際の身に張りつめる薄氷　［初夏］　二七一
神の前薄氷にのる一羽毛　［初夏］　二九四
薄氷のとける刻くる山の池　［緑夜］　三〇六
薄氷をころがる煤や神の池　［緑夜］　三二一
薄氷の真下の水に鰭の紅　［草樹］　三七〇
薄氷の池をまぶしみ奈良茶粥　［樹影］　四三二
薄氷を踏みて或る日の夕景色　［樹影］　四四四
薄氷の満ちて大甕軒下に　［樹影］　四五八
水流せしあとの薄氷京の宿　［樹影］　四六〇
薄氷に遠く日あたる林あり　［花影］　五〇〇
薄氷をのせたる水の動きけり　［草影］　六〇六
つぎつぎと薄氷流れ岸の草　［以後］　六一九

生活

［春袷］
夫なしのわが身に裁つや春袷　［女身］　八七

［春服］
春服や青のまなこの魚のぞき　［緑夜］　三三三

［春手袋］
鉄の扉のゆつくりしまる春手套　［草樹］　三九五

［春帽子］
春帽子その庇より没日光　［新緑］　二〇六
春帽子の内側汚れ水に佇つ　［新緑］　二〇八
春帽子水辺の女とならむため　［樹影］　四七五
水の辺に散りし白紙や春帽子　［草影］　五八三

［木の芽和］
塗椀の重くて母の木の芽和え　［新緑］　二二五

［蜆汁］
玻璃を打つ風となり居り蜆汁　［緑夜］　三二四
日を浴びる雀を屋根に蜆汁　［草樹］　三六九
蜆汁空遠くゆく鳥のあり　［草樹］　三九四

［蒸鰈］
格子より夕日さしこむ蒸鰈　［緑夜］　三二二
裏山の窓に迫れり蒸鰈　［花影］　五〇〇

［鶯餅］
からうじて鶯餅のかたちせる　［草樹］　三五八
日当るやうぐひす餅の粉膝に　［花影］　五三九

［草餅］
土間移る夕日の重さ蓬餅　［新緑］　二三七
村にひとつ鳴らぬ半鐘蓬餅　［初夏］　二七三

草餅や水にひろがる紙つぶて　〔草樹〕　三八二
雨はじく傘過ぎゆけり草餅屋　〔草樹〕　四〇四
橋越えてすぐ街道の草餅屋　〔樹影〕　四二〇
草餅のだんだん重くなつてきし　〔樹影〕　四七六
草餅や相合傘の肩しづく　〔草影〕　五七〇
傘かしげつつ眼もて過ぐ草餅屋　〔草影〕　五七〇

〔桜餅〕

桜餅の上をときどき微風すぎ　〔新緑〕　二四七
朝の陽や老僧に置く桜餅　〔草樹〕　三七一
すぐ横に看板のある桜餅　〔草樹〕　三八三
湯呑おく粗拭きの盆桜餅　〔草樹〕　三九四
桜餅何もなき山眺めけり　〔樹影〕　四六一
さくら餅仏間を通りぬけにけり　〔花影〕　五一九

〔雛あられ〕

雛菓子にすこし日あたる母の留守　〔新緑〕　二〇八
置かれたる眼鏡に歪み雛あられ　〔草樹〕　三八一
雛菓子の紅毎年のことながら　〔以後〕　六二一

〔白酒〕

白酒の酔となるまで松を見て　〔緑夜〕　三三二

〔春燈〕

金扇に春燈高きところより　〔月光〕　三七
春燈のもと愕然と孤独なる　〔月光〕　五二
海流のうねりに遠き春燈　〔樹影〕　四四七
春灯つくまでの不安や青畳　〔花影〕　五四一
鉄燭の春の灯となりゐたり　〔草影〕　五八五
佳き酒を飲みしあとなる春灯　〔草影〕　五八五

〔春暖炉〕

鹿の首壁より出でて春暖炉　〔樹影〕　四三三

〔雪囲とる〕

雪囲ひ解く屈強の男たち　〔花影〕　五〇〇
雪囲ひ解きし梯子の置かれあり　〔花影〕　五〇〇

〔野焼〕

遠野火に出没の影けものめく　〔晩春〕　一八七
蹲踞に野焼の灰のややかかり　〔以後〕　六三一

〔田打〕

田を鋤いて牛の伏目の日昏れまで　〔晩春〕　一六六
牛不満　一枚の田を裏返し　〔晩春〕　一六六

〔畑打〕

今たわむ武蔵野の樹々　畑打つ背　〔晩春〕　一八〇
霧の奥に眼をみひらいて畑を打つ　〔新緑〕　二一七

〔種物〕

空缶にたまる雨水種苗店　〔新緑〕　二三六
花種を蒔いてみつめるただの土　〔新緑〕　二四七
常着で佇つ種苗店の夕あかり　〔初夏〕　二五九
母の忌の花種を土浅く埋め　〔初夏〕　二七一
竈の火片側にうけ種袋　〔初夏〕　二七三
日の昏れて机の上の種袋　〔緑夜〕　三三二

〔苗木市〕

苗木売り夕餉の灯色遠く見て　〔初夏〕　二七一

〔若布刈る〕

銀の海割つて入りくる若布刈舟　〔花影〕　五四〇

〔磯菜摘〕

遠くより荒波の舌磯菜摘　〔花影〕　五〇〇

〔磯遊び〕

舟人に手をとられ乗る磯遊び　〔樹影〕　四七五

〔観潮〕

渦潮のその底をゆくうねりかな　［樹影］四八八

［野遊］

野遊びの着物のしめり老夫婦　［新緑］二〇八
いつか蔵われ野遊びの母の杖　［新緑］二二三
母細眼薄明界の野に遊び　［新緑］二四五

［蕨狩］

学校の裏の道ゆく蕨狩り　［緑夜］三〇八

［梅見］

梅見んと眉毛をながく母きたる　［月光］六〇
風呂敷の小さな包み　梅を見に　［晩春］一七八
見えかくれしてそれぞれに梅を見る　［新緑］二一四
梅を観に女ざかりを過ぎし群　［草影］六〇六
梅見頃花よりもまづ坐らねば　［以後］六二〇

［花見］

売る菓子の乾く花見の裏通り　［新緑］二一五
ふりむいて花見団子を地に落す　［草樹］三九五

［夜桜］

拳で打つ空間夜桜の帰り　［新緑］二一六
夜桜や影の大きな人往き来　［花影］五四二

［花篝］

暗闇に入り花篝ふり返る　［緑夜］三三三
水の上に炎のひとひらや花篝　［草樹］三七〇
木の洞のひとつ明るし花篝　［草樹］四〇四
花篝ひととき顕ちしはるかかな　［草樹］四〇四
誰彼のわが前よぎる花篝　［花影］五〇七
み仏のゆらぎ出でたる花篝　［花影］五四一
行くひとの背を照らしゐる花篝　［以後］六二一

［凧］

中空にとどまる凧も夕陽浴ぶ　［女身］九〇
空に凧あるをたのみて帰路いそぐ　［女身］一一五
凧糸の白のひとすじ身より出て　［新緑］二四二

［春の風邪］

黒布もてつつむ部屋の灯春の風邪　［女身］一一二
まつしろな猫に睨まれ春の風邪　［草樹］三八二

［春眠］

春眠の底に刃物を逆立てる　［新緑］二三六

［春の夢］

春の夢あまたの橋を渡るかな　［樹影］四四七

［春愁］

春愁の夕べを帰る手の汚れ　［月光］二三
春愁のまなざし久し春蘭に　［月光］三三
春愁の身にまとふものやはらかし　［月光］三四
春愁もなし梳く髪のみじかければ　［女身］一一一
さつまいもやはらかく煮て春愁ふ　［女身］一一七
春愁や着馴れし服の匂ひにも　［花影］五二〇
春愁や浜辺の松の頼り甲斐　［草影］五六三
俎に魚春愁の眼閉づ　［草影］五九九
春愁や大海亀の背の乾く　［以後］六二二

［入学］

暗幕の裏の緋色や入学期　［草樹］三七一

行事

［初午］

初午や物音ひびく部屋の壁　［初夏］二五九
竈よりとり出す烈火一の午　［緑夜］三〇七
初午や白波つづく裏社　［緑夜］三〇七

初午や結び疲れの赤い紐　［緑夜］　三三二
初午の荒壁に添ふ子がひとり　［草樹］　三五六
初午や灰かぶりゐる道の草　［草樹］　三五七

［針供養］

天井に日の斑ゆらめく針供養　［初夏］　二九三

［雛祭］

雛の灯や憂ひなかりし日のことなど　［月光］　五一
雛の灯に近く独りの影法師　［月光］　五一
雛の日の哀愁いつの年よりか　［月光］　五一
わが憂ひつゝむに馴れて雛まつる　［月光］　五一
雛の夜の猫踏み歩く屋根の上　［女身］　一二六
戦後脛長き少女の雛祭　［晩春］　一五一
白き粥かがやく雛の日とおもう　［晩春］　一六〇
吊革をつかむ百の手　雛まつり　［晩春］　一七九
あしのうらからくるやわらかさ雛の前　［新緑］　二〇五
雛まつる壁裏昼の物音す　［新緑］　二〇七
雛の日の遠近ともる水際の家　［新緑］　二一〇
雛の日の街の端のみ日があたる　［新緑］　二二三
縁の下に瓶もたれあい雛の夜　［新緑］　二三六
川面に映るひとつの灯雛の夜　［新緑］　二四四
雛の日の日向かたよる石畳　［新緑］　二四四
雛の灯を消して仏間と闇かよう　［新緑］　二四四
雛段に半日おかれ母の眼鏡　［新緑］　二四四
古雛に水の厚みの夜も流れ　［初夏］　二七〇
嫗ひとり出て雛の日の門を掃く　［初夏］　二九五
舟べりの水に雲湧く雛の日　［緑夜］　三三二
雛の燈の及ばぬところ盆重ね　［緑夜］　三三二
雛の眼にいくども乾く水たまり　［緑夜］　三三二
遠きより波いく筋も雛の日　［草樹］　三五七
雛の店の奥に雑多な箱があり　［草樹］　三五七
雛の眸に微塵をふらす庭の樹々　［草樹］　三六九
雛の灯のつくところとなる幹の影　［草樹］　三六九
雛段のそばに久しき妻楊子　［草樹］　三七〇
卓袱台をもたせし壁や雛の日　［草樹］　三九三
雛の日の波白く立つ倉の間　［樹影］　四二〇
雛の日の水際藻屑を交へたる　［樹影］　四八七
眠りゐていやいや出でし雛もあらむ　［樹影］　四八七
闇のなか髪ふり乱す雛もあれ　［花影］　五〇一
崖降りるひと見えてゐる雛の日　［花影］　五一八
大方は雛人形の箱と見し　［花影］　五一八
紙雛のあやふき影や夜半の燭　［花影］　五二八
雛の眼にただ亀甲の松の肌　［草影］　五六三
いつかうに変り映えせぬ雛の膳　［以後］　六二〇
整へるものの哀しみ雛の眼　［以後］　六三〇
炎上せし雛の叫び暁の雨　［以後］　六三〇
雛の顔夢のなかなる炎かな　［以後］　六三〇

［雛納め］

遠白波ときどき騰り雛納め　［草影］　五六三

［雛流し］

流し雛岩陰を波躍り出て　［草樹］　三五八
水の面に雛を浮かべしよりの風邪　［花影］　五三九

［伊勢参り］

伊勢講の群降り車中がら空きに　［緑夜］　三〇八

［四月馬鹿］

晩成の成はいつごろ万愚節　［樹影］　四八七

［鎮花祭］

荷車の消えるまで音鎮花祭　［新緑］　二二四

［涅槃会］

涅槃会に佳人のまじる日の翳り　［初夏］　二七二
涅槃会の拇指太く宙にあり　［緑夜］　三〇一
涅槃像拝む閾の艶またぎ　［緑夜］　三三二
灯あかりに歎くもの増え涅槃図絵　［緑夜］　三三二
涅槃図の亀の歎きは首のべて　［緑夜］　三三三
涅槃像の肉色の足伏しおがむ　［緑夜］　三三三
涅槃会やこちら側より砂ぼこり　［草樹］　三五八
山の湯のなみなみとある寝釈迦かな　［樹影］　四八七
結界とせり涅槃図の長き箱　［草影］　五六二
涅槃図の裏側をゆく人の声　［草影］　五六三

［開帳］

廊下まで砂埃くる御開帳　［緑夜］　三三三
開帳や泥のつきたるままの靴　［草樹］　三八三

［遍路］

先頭の遍路が海の入日見る　［初夏］　二八三
足どりのおなじ遍路の前うしろ　［初夏］　二八三
縁に垂れ遍路の脚の宙に泛く　［初夏］　二八三

［仏生会］

傘立にある忘れ傘灌仏会　［緑夜］　三〇一
傍らの子に杓わたす灌仏会　［緑夜］　三〇八
縁側に居坐る猫や灌仏会　［草樹］　三五九

［花祭］

花祭川半ばまで芥寄り　［草樹］　三八三
花祭りのまひるに丸き椅子得たり　［草樹］　四〇四
抽斗の奥に生薬花まつり　［草影］　五九九

［甘茶］

誕生仏甘茶いくたび浴びにけむ　［草影］　五九九
濡れづめにして夕暮れぬ甘茶仏　［草影］　五九九

［花御堂］

花御堂の人群遠く紫衣の僧　［樹影］　四八八

［御忌］

鉄の扉に花のはりつく法然忌　［樹影］　四三四

［壬生念仏］

怒るとき片足あげる壬生狂言　［緑夜］　三〇二
壬生狂言かわらけ割れて埃立つ　［緑夜］　三〇二

［復活祭］

顔に近づく犬の涙目　復活祭　［晩春］　一六六

［夕霧忌］

逝きたまふ君の詠みたる夕霧忌　［草影］　五九四

［西行忌］

ホテルより見し春月や西行忌　［樹影］　四七六
西行にひと日をいそぎ誓子逝く　［花影］　五一九

［三鬼忌］

雑誌焚く煙横長三鬼の忌　［新緑］　二四五
軒借りのひとに傘貸す三鬼の忌　［初夏］　二七一
横文字に舌かむことも三鬼の忌　［花影］　五一八

［虚子忌］

虚子の忌につづく節子忌これよりは　［花影］　五三〇
毎日を同じ山見て虚子忌なる　［草影］　五九八

［啄木忌］

ひとところのわれをかへりみ啄木忌　［月光］　四四

動物

［猫の恋］

恋猫の湧いては消える日向道　[初夏]　二七二
長靴の左右に倒れ猫の恋　[草樹]　三五九
トランプを一枚めくり猫の恋　[草樹]　三五九
星の下猫の恋また人の恋　[草影]　五七〇

[亀鳴く]

亀鳴くやぽんかん出せしあとの箱　[草樹]　四〇五
亀鳴くを聞きたくて長生きをせり　[草影]　五七二
亀鳴くや身体のなかのくらがりに　[草影]　五八四
つぎの世は亀よりも蛇鳴かせたし　[草影]　五八四

[蛇穴を出づ]

蛇穴を出で曇日の水平ら　[花影]　五〇八
ひとあまた逝き山中に蛇の穴　[花影]　五二九

[お玉杓子]

昼闌けて天日の渦蝌蚪の渦　[女身]　一一七
こきりこや蝌蚪の踊れる水のなか　[草影]　五六五
この蝌蚪の黒きかたまりいつ現れし　[草影]　五八九
蝌蚪散つて天日のみの残りたる　[以後]　六二三

[蛙]

夕蛙生くるを憂しと思ひそむ　[女身]　一〇四
柱時計音をひきずり夜の蛙　[新緑]　二三九
海昏れて流人の国の遠蛙　[草樹]　三九七
磴の雨丹波の蛙手をついて　[樹影]　四三六
山の雨蛙の目玉まんまるし　[樹影]　四三六
遠蛙あやふき木橋渡りをり　[花影]　五三一
遠蛙田の面は翳り濃くしたる　[花影]　五三二
日本の地声か夜の田の蛙　[草影]　五九一
蛙鳴く誰もが冥へゆく途中　[草影]　六〇八
そのままでよろしからむと蛙鳴く　[以後]　六二二

[春の鳥]

寡婦ふたり歩む吉野の春鴉　[女身]　九九
宿題の子に見えかくれ春の鶏　[新緑]　二四五
舟くぐる橋裏ひろし春かもめ　[草樹]　四〇五
荒波に影躍りゐる春の鳶　[樹影]　四七五

[百千鳥]

やはらかき肌着身に添ひ百千鳥　[草影]　五八五

[鶯]

無雑作にねころぶ鶯が鳴けり　[女身]　一〇五
うぐいすの遠音　きらめく女の旅　[晩春]　一七九
うぐいすや乾かぬままに雨後の幹　[緑夜]　三一二
鶯や雑木林がくもりだす　[緑夜]　三三三
鶯や赤土色の崖を過ぎ　[草樹]　三八二
うぐひすや杖売る店のひとだかり　[樹影]　四二二
うぐひすや日照りの中の大和棟　[樹影]　四四八
うぐひすと思ひしときはもう鳴かず　[樹影]　四七五
うぐひすや崖を降りゆく村の人　[花影]　四九九
うぐひすや温みのこる昼の飯　[花影]　五〇八
うぐひすや雑木林もいつか失せ　[花影]　五一五
やうやくに近づいてきし初音かな　[草影]　五八三
鶯の満足の声昼闌ける　[草影]　六〇七
うぐひすや朝の素早き身拵へ　[以後]　六三〇

[雉]

ぶつつけ本番雉子は一声叫びたる　[以後]　六三四

[雲雀]

うつむきてゆきもどる日々雲雀鳴く　[月光]　五二
雲雀鳴く夕空仰ぐこともなし　[月光]　五二
遠雲雀　野をゆくひとの前のめり　[晩春]　一八六

［燕］

子をあやす言葉つたなし夕燕　［女身］　一一八
母生れし家を自在やつばくらめ　［晩春］　一四九
眩しければ燕も来ずよ石廊崎　［晩春］　一六七
緊まる靴へ　細身の燕　朝の楽　［晩春］　一七三
つばくらめ　目覚めの海のこの蒼さは　［晩春］　一八〇
崖土の赤さへ夕日と一飛燕　［新緑］　二一七
燕来る山の空気の切れ味に　［新緑］　二二六
水飴の瓶のほこりに燕とぶ　［新緑］　二四七
磨き砂道にこぼれて初燕　［初夏］　二七三
水際にのびきる夕日つばくらめ　［初夏］　二七四
山の町かげり濃くなる初燕　［緑夜］　三一〇
仏眼にひといろの水初燕　［草樹］　三六〇
つばくらや幟下せし金丸座　［樹影］　四四九
一湾を退く潮や初燕　［樹影］　四七八
燕に真青な空つづきけり　［花影］　五二一
したたかに黒き幹ありつばくらめ　［草影］　五六四
初燕飛び立つまでの縁かな　［以後］　六三二

［岩燕］

湧き水に朝漆黒の岩つばめ　［新緑］　二〇六
おのづから展く河口や岩燕　［草樹］　三八四
岩燕波とがりては尖りては　［樹影］　四七八

［春の雁］

みづうみのまんなかくらし春の雁　［草樹］　三七一

［帰雁］

雁帰る酒瓶に映る夜の顔　［新緑］　二四七
山脈や帰雁は遠き灯の上に　［緑夜］　三三三
鈍色の衣をまとふとき帰雁かな　［樹影］　四六一
北ぐにの曇りづめなる帰雁かな　［花影］　五〇〇
雁帰る浜の藻屑は黒きまま　［花影］　五四〇
白波の果に帰雁の空展く　［花影］　五四〇

［引鴨］

黒茶碗鴨引きし湖のこりけり　［花影］　五一七
鴨引きて堰を越えゆく鴨の羽　［草影］　五五四

［残る鴨］

残り鴨水を出てすぐ日向あり　［草樹］　三九一
見るからにゆるき流れに春の鴨　［花影］　五一五
北窓の景にまばらの残り鴨　［花影］　五一七
なんとなくあちこち浮遊残り鴨　［草影］　五五四
鬱勃と夜は来りけり残り鴨　［草影］　五七八
残り鴨かすかに鳴きし声かとも　［草影］　五七八
水の面に映る単なる残り鴨　［以後］　六三四
一応は泰然として残り鴨　［以後］　六三四

［鳥帰る］

街燈は高きにともり鳥帰る　［緑夜］　三三四
鳥帰る机の角に膝を打ち　［緑夜］　三三四
壺ひとつ納屋にのこりて鳥帰る　［草樹］　三七一
鳥帰る海峡の灯をあまた見て　［樹影］　四四七
夜も昼も白波の上鳥帰る　［花影］　五四〇
鏡面のひととき暗し鳥帰る　［草影］　五六九

［囀］

囀りに応えて朝の水の張り　［新緑］　二四五
囀りのたちまち社とりかこむ　［緑夜］　三三二
囀りのなか裏声の九官鳥　［草樹］　三五九
囀りや深空は藍を保ちつつ　［草樹］　三八二
囀のそのあと長く眠りたり　［草樹］　三九四

僧房や囀りの木は門前に　[草樹]　四〇五
囀の遠き天ありガルボ逝く　[樹影]　四七七
囀りや大樹の昏きところより　[草影]　五八五

[鳥の巣]

水音や巣藁にとどく夕餉の灯　[初夏]　二六二
鳥の巣や水輪に落ちる藁の屑　[草樹]　三七二
青き空あり山中に鳥孵る　[樹影]　四三五
鳥の巣に雲の流れの早き空　[草影]　六〇七

[燕の巣]

巣燕に看板の照るたばこ店　[新緑]　二四七
巣燕や河口に騒ぐ朝の波　[草樹]　三八四
巣燕に天井黒くつづきけり　[草樹]　三八六
松が枝の荒れしづまりし燕の巣　[樹影]　四二一

[桜鯛]

俎板のまつさらにして桜鯛　[花影]　五二〇

[白魚]

白魚舟水底は藻のからみあひ　[樹影]　四六一

[諸子]

松風の絶ゆるときなし初諸子　[草樹]　三八三
過ぎゆくも戻るも諸子釣りの舟　[花影]　五一六
松が枝にひと日風ふく初諸子　[花影]　五三六

[公魚]

わかさぎを薄味に煮て暮色くる　[新緑]　二三五
わかさぎの焼かれし形に寝ころがる　[花影]　五一七

[栄螺]

鬱と正午　さざえじりじり焼けるに佇ち　[晩春]　一八五

[蛤]

蛤は砂のなかなる沖つ波　[草樹]　三七一

[蜆]

蜆殻友見送つてから乾く　[新緑]　二〇七
流れゆく芥にわかれ蜆舟　[草樹]　三九四
街道の小溝にこぼれ蜆殻　[草樹]　四〇四
蜆舟芦のそよぎを出でゆける　[樹影]　四六一
蜆舟ゐて景をなす昨日今日　[花影]　五〇七

[地虫穴を出づ]

奈良の鬼京都の鬼に地虫出づ　[花影]　五〇八
飯櫃に温き飯あり地虫出づ　[草影]　五五四

[初蝶]

すり胡麻の香りのなかや初蝶来　[花影]　五一八
瓦礫をとぶ初蝶どこまでも瓦礫　[花影]　五二九
初蝶にとらへどころのなき日射　[草影]　五五五
白き椅子に一度は止まりたき初蝶　[草影]　五五五

[蝶]

相ふれてひそやかにあり暁の蝶　[月光]　四五
緑蔭を出でて白蝶おちつかず　[女身]　九五
目を病めば白蝶にはかに園にふゆ　[女身]　一一一
旱天広場に湧く蝶　見せあう力瘤　[晩春]　一八〇
夢寐の間を蝶翔つあとの軒雫　[新緑]　二〇五
白湯たぎるなか幻の蝶の昼　[新緑]　二四六
明暗の際とぶ蝶を見失う　[新緑]　二四六
夜の海に泛く蝶ひとつ燈台光　[緑夜]　三二五
白蝶のおびただしきに囲まるる　[樹影]　四四七
瓦斯燈の青きを慕ひ湖の蝶　[樹影]　四六四
舞ひつかれステンドグラスの蝶となる　[樹影]　四七七
夜の波のうねりにのりし蝶の翅　[樹影]　四七九
山深く蝶をかくまふ扉あり　[草影]　五六四

蝶あまたまとひて土佐の山中に　〔草影〕　五六四
野の涯まで白蝶の浮き沈み　〔草影〕　五八五

［蜂］

白壁に蜂つきあたりつゝ入日　〔月光〕　四五
蜂の縞ありありと海しづかなる　〔月光〕　六二
蜂死ねりうねりにうねる海の碧　〔月光〕　六二
足垂らす蜂と親しき時しばし　〔女身〕　一一九
老蜂の窓より入りて出でゆかず　〔女身〕　一二一
佇てる吾を物体として蜂とまる　〔女身〕　一二二
窓近き目覚めに蜂の全き屍　〔晩春〕　一五一
庫裏ぬけて甕の水まで蜂かよう　〔新緑〕　二一八
茶屋の昼柱時計を蜂が打つ　〔初夏〕　二六四
足長蜂影長く来る湖の昏　〔樹影〕　四八一

［虻］

ついて来る虻へ岬の石ぐらつく　〔晩春〕　一八一
個々に輪を描いてとぶ虻彩史の忌　〔新緑〕　二〇五
虻つれて水辺をまわる老婆の午後　〔新緑〕　二二九
日の虻に午後の翳りの藁筵　〔初夏〕　二六一
日の虻にすばやく奔る山の水　〔初夏〕　二六四
渡舟まで荷についてゆく山の虻　〔草樹〕　三七二
蔓の間入日となりし虻の金　〔以後〕　六三二
夜の闇より驚きし虻まつしぐら　〔以後〕　六三三

［春蟬］

欲情やとぎれとぎれに春の蟬　〔女身〕　八六
こころ澄む日のまれにして春の蟬　〔女身〕　九八
松蟬やいつもどこかで水音して　〔晩春〕　一六六
松蟬や柩のなかに脚のばす　〔草樹〕　三九八

植物

［梅］

梅林を額明るく過ぎゆけり　〔月光〕　二三
髪重し白梅あまた朝を耀り　〔月光〕　三一
白梅のかゞよひふかくこゝろ病む　〔月光〕　三一
白梅の耀りまさりつゝ虚しき昼　〔月光〕　三一
昼の寡婦なほ白梅の照に耐ゆ　〔月光〕　三一
上枝昏る、白梅に日の容なほ　〔月光〕　三一
白梅に穹ゆくひゞきうすれつゝ　〔月光〕　三一
梅一輪こぼせし風が眉にくる　〔月光〕　三一
昼しづか寡婦の生けたる梅白し　〔月光〕　三一
梅が香やひと来て坐る青畳　〔月光〕　三七
梅こぼれ午後の黒土あたたかき　〔月光〕　三七
天地のひかりしづかに梅咲きぬ　〔月光〕　四二
老母と居ればほのかに梅の風　〔月光〕　四二
梅かをり女ひとりの鏡冴ゆ　〔月光〕　五一
梅の昼はるかなる水汲みにゆく　〔月光〕　六〇
梅に陽があたり年々亡夫とほし　〔女身〕　一一〇
彎曲の黒煙列車へ梅ひらく　〔晩春〕　一五五
若者へ枝こみあつて梅林　〔晩春〕　一五五
足にもつれる犬の幸福　梅林　〔晩春〕　一七二
梅林に近く耕す　ふりむかず　〔晩春〕　一七二
干し手拭がいちにち吹かれ梅匂う　〔晩春〕　一七九
ほとばしる水を梅林の奥に見る　〔新緑〕　二〇四
梅林を音通りぬけ地鎮祭　〔新緑〕　二一五
梅林出てすぐ日を映す潦　〔新緑〕　二二三
潦の水減りはじめ梅の昼　〔新緑〕　二四四

母の魂梅に遊んで夜は還る　[新緑]　二四五
梅に瞠く薄明の母の眸か　[新緑]　二四五
梅が香や母の常着は闇に垂れ　[新緑]　二四五
梅林を出て薄紅の夕渚　[初夏]　二六〇
碧空へ梅を歛めこむ朝の鳥　[初夏]　二七〇
尼寺の湯桶が乾く梅の昼　[初夏]　二七〇
鉄瓶の湯に添うてくる梅の午後　[初夏]　二七〇
尼寺をとりまく梅の咲くちから　[初夏]　二七〇
床下を風吹きぬけて梅の寺　[初夏]　二七〇
白紐の手よりほどけて梅の昼　[初夏]　二八二
床柱のなか真白や梅の花　[緑夜]　三〇七
橋脚に白波の立つ盆梅展　[緑夜]　三〇七
梅咲くや飛白模様のシネマ見て　[草樹]　三九三
白梅のほとりこまかき飴細工　[草樹]　三九三
梅の闇犬の寝藁のぬくもりて　[草樹]　三九三
梅林の奥に捨てある青筵　[樹影]　四二〇
かたまりし空の湯呑や梅林　[樹影]　四二〇
夕の灯の溝を流るる梅林　[樹影]　四三二
梅咲くやふだん着につく飯の粒　[花影]　五〇六
深く来し梅林にある水たまり　[花影]　五一八
白梅をひとの過ぎゆく温みかな　[草影]　五六三
過ごし来し月日の端に梅の白　[草影]　五八二
つきあふには少し窮屈白梅は　[草影]　五八二
「休み」とも書かずに休む梅の茶屋　[草影]　五八二
梅の香にゴッホの絵などちよつと無理　[以後]　六二〇
梅の香に色ありとせばスーラの黄　[以後]　六二〇
梅の香にいま思ひ出す老夫人　[以後]　六二〇
梅林顔にまつすぐ日のあたる　[以後]　六二〇

[紅梅]

紅梅の隙間からくる悪寒かな　[初夏]　二六二
紅梅に佇ち白昼の嗄がれ声　[初夏]　二七〇

[椿]

仏壇にひるのともしび紅椿　[新緑]　二〇八
玉椿八十八の母の息　[新緑]　二一三
画展出て点描の森落椿　[新緑]　二一四
火の椿紙片一枚空をゆく　[新緑]　二二二
日おもての椿太鼓の音奔る　[新緑]　二二四
日の椿みえぬ辺りへ微塵撒き　[新緑]　二二四
濡れ傘を干して椿の午前照る　[新緑]　二二五
眼に見えぬ糸の張られて白椿　[新緑]　二四三
墓山のむこうに昏れる椿山　[初夏]　二七一
燈明の裏側流れ紅椿　[初夏]　二七二
蠟色の顔のゆき交う椿山　[初夏]　二八二
夕ぐれの力のこもる椿山　[初夏]　二八三
海鳴りは夜の音となり椿山　[初夏]　二八三
裏山の椿重くて眠り際　[初夏]　二八三
海鳴りの闇に椿が蕊を張る　[初夏]　二八三
鉄門や紅椿より錆びはじめ　[草樹]　三五七
紅椿ばかり茂りて壺のなか　[草樹]　三六九
海見ては椿山より下りてくる　[草樹]　三七〇
椿落ち水平線のうすみどり　[草樹]　三七〇
井戸蓋に落ちしばかりの紅椿　[樹影]　四二九
庭石にうごく灯影や紅椿　[樹影]　四二九
沖の船に遠き沖あり紅椿　[樹影]　四三一
安堵村憲吉邸の大椿　[樹影]　四四九
白張りて法然院の貴椿　[樹影]　四八八

水の面に落ち大いなる紅椿　[花影]　五〇一
怒濤音椿がわつと押し寄せる　[花影]　五三八
白波のひるがへる時椿落つ　[花影]　五三八
三日経て支離滅裂の落椿　[花影]　五三八
紅椿どこかに人の佇つてをり　[花影]　五三九
人体に椿の闇のこもりたる　[花影]　五三九
あはやとはいま紅椿落つるさま　[草影]　五五四
海流に日の強く照る藪椿　[草影]　五五五
紅椿濤音も夜に入りゆけり　[草影]　五五五
地に日数椿無惨となりにけり　[草影]　五八六
落椿水の上にて狂ひだす　[以後]　六一九

[初花]

衰へて日は水の上に初桜　[草樹]　三七〇
初桜水中を泡のぼりそむ　[花影]　四九九
初桜空気つめたくなりにけり　[花影]　四九九

[枝垂桜]

池水も枝垂れざくらも昼深し　[樹影]　四六二
糸ざくら背山の冷えの及びたる　[花影]　五四一
糸桜しだるるさまを見せにけり　[草影]　六〇八
朝翳の重なりあふも紅枝垂　[以後]　六二一

[桜]

夕ざくらしづかにひとの酔さむる　[月光]　二五
桜花爛漫と夫の洋服古びたり　[月光]　二五
倚り馴れし柱の冷えや夕ざくら　[月光]　四〇
湯上りの肌の匂へり夕ざくら　[月光]　四〇
夕ざくら見上ぐる顔も昏れにけり　[月光]　四〇
窓杳く野崎のさくら咲きにけり　[月光]　四二
さくら咲き去年とおなじ着物着る　[月光]　六〇
石は石のつめたささくら昏れにけり　[女身]　九二
憂きひと日ここにはじまる朝ざくら　[女身]　九四
さくら咲く日々にて何かもの足らず　[女身]　一一七
硝子器重し曇天に桜満ち　[晩春]　一四五
見馴れたるさくらなれども寄りて見る　[晩春]　一四八
満開のさくらの果のガラスコップ　[晩春]　一四八
さくら生ける花弁一片水に浮き　[晩春]　一五六
日曜の素顔の一家朝桜　[晩春]　一五六
弱る視力へさくらを降らすオートバイ　[晩春]　一六一
ひとごこちつけばさくらがまつさかり　[晩春]　一六四
スープに浮ぶ灯　すべて乱してさくらの夜　[晩春]　一七三
朝桜　夜桜　わが家への近道　[晩春]　一七三
手を打つて鳩に近づく朝ざくら　[晩春]　一七三
夕ざくらどの家の皿も雫垂り　[晩春]　一八六
さくら散り檻の豹よりかるい吐息　[晩春]　一八七
紙の桜に手触れては過ぎ子の真昼　[新緑]　二二五
花の咲く一日前のさくらの樹　[初夏]　二九六
電線をひつぱりあつて桜の木　[草樹]　三五八
さくら咲く「敦盛そば」の休みの日　[草樹]　三五九
ごはんつぶよく噛んでゐて桜咲く　[草樹]　三七〇
水際より藻のあらはるる桜の夜　[草樹]　三七一
押入れに使はぬ枕さくらの夜　[草樹]　三九四
絵本の中きつと途中で桜咲く　[草樹]　三九八
棚の奥にかたき羊羹さくら咲く　[花影]　五一九
さくら咲き重ね重ねし水の色　[花影]　五一九
桜咲きそめしそこらの日昏れかな　[花影]　五二〇
いざなはれさくらの精となり給ふ　[花影]　五二九
灯ともりてひとりひとりにさくら散る　[花影]　五三〇

ゆきずりのここにも咲いてゐる桜　［花影］　五四〇
川濁る白き桜の向う側　［花影］　五四〇
鍋の焦げそのままにして桜咲く　［花影］　五四一
部屋の隅さくら明りの朝を得し　［草影］　五五五
一心に生きてさくらのころとなる　［草影］　五七〇
朝ざくら風音は天過ぎゆくも　［草影］　五八五
曇日や甕の水面に桜満ち　［草影］　五八五
日の桜呆けて居りぬ人もまた　［草影］　五八六
桜満ち身過ぎ世過ぎは考へず　［草影］　五八六
晩年の思ひとはこれ夕ざくら　［草影］　六〇七
夕ざくらやさしきものはやはらかし　［草影］　六〇八
夜の桜翼なきもの地に騒ぐ　［以後］　六一一
散るさくら水の張力見えて来し　［以後］　六一一
閉まりたる戸の奥に音夕ざくら　［以後］　六二二
あれは何時の思ひ出なりし夕桜　［以後］　六三〇

［花］

花の夕ひとりの視野の中に佇つ　［月光］　二五
花の道母のぬくき手執りゆくも　［月光］　三四
母とゆく花のほそ道湿りけり　［月光］　三四
花の日々われにかかはりなく過ぎぬ　［月光］　三四
夫とゐる幻のなか花あかり　［月光］　三四
幸とほき日に馴れ花の樹々親し　［月光］　三四
水匂ひきさらぎの花咲き闌けぬ　［月光］　三七
海鳴りや花のこまかき影を踏む　［月光］　四〇
わが面の薄夕映えや花の中　［月光］　四〇
昼しんと花のはづれの松太し　［月光］　四〇
ふたりづつふたりづつ花の中に入る　［女身］　九二
花の中みなおろかなる顔となる　［女身］　九三
死にたけれ静かにて花満ちたれば　［女身］　九三
石の冷え身におよびつつ花昏れぬ　［女身］　九九
花の駅黒く憎くて貨車過ぐる　［女身］　一一七
人待つにあらず灯す花の日々　［女身］　一二七
鳰遠く花浮く水があるばかり　［晩春］　一五六
死を逃れ捧ぐ一枝の花の香よ　［晩春］　一六一
水に映る花の克明　死はそこに　［晩春］　一六四
もの食いては皿洗うなり花の夕　［晩春］　一七三
短い旅の終り　花びらで溝うずめる　［晩春］　一七三
土の匂いの毛氈たたむ花の夕　［新緑］　二一一
日曜の眼鏡おかれて花映る　［新緑］　二一五
遠い炎が見え曇天の花ざかり　［新緑］　二二四
水も洩らさぬひとと対きあう花の冷え　［新緑］　二三七
病む母の薄眼に満ちて花万朶　［新緑］　二三七
目が覚めて舌の根乾く花ざかり　［新緑］　二四五
花びらを少し吹き入れ日の格子　［新緑］　二四五
母ねむり葛湯さめゆく花の昼　［新緑］　二四六
薄紙につつむ花びら最晩年　［新緑］　二四六
遠山へ喪服を垂らす花の昼　［新緑］　二四六
庖丁の出を待つひかり花の昼　［初夏］　二七二
僧の頭のなかなか消えぬ花月夜　［初夏］　二八三
花びらのときに入りこむ蒲団部屋　［緑夜］　三二三
山々や花咲くまでの遠景色　［草樹］　三五八
花びらの階段に散り昼の客　［草樹］　三五九
下京や生麩ふくらむ花の昼　［草樹］　三七二
昼の酒はなびら遠く樹を巻ける　［草樹］　三八二
花咲いてのちをしばらく昏らく居り　［草樹］　三八三
曇天の山深く入る花のころ　［草樹］　三九四

名水の見えて降りゆく花の崖　[草樹]　四〇四
笛の音に花の散りたるひとしきり　[樹影]　四二一
花のなかに目覚めて白き真昼あり　[樹影]　四三三
とこしへに花降りつもる白枕　[樹影]　四三三
蔵うちの微光ひとすぢ花の昼　[樹影]　四四九
寧楽山や花咲爺はどのあたり　[樹影]　四六二
黒茶碗花の中なるひとりかな　[樹影]　四六三
水流れては時流れ花の昼　[樹影]　四七六
花の中うづ高き書は抛らんかな　[樹影]　四七六
花どきのいつも得体の知れぬ雲　[樹影]　四七七
常緑の一樹のほかはみんな花　[樹影]　四八八
この花に廊いくたびも曲り来し　[樹影]　四八八
念仏のたゆたひてゐる花の中　[樹影]　四八八
花の中鐘真黒な音を出す　[花影]　五〇一
山の影花の影きみ去りし世に　[花影]　五〇七
花の下顔白く塗ることをせり　[花影]　五〇八
花の中わが身も水を吸ひ上ぐる　[花影]　五二〇
あの世にて花を褥となし給へ　[花影]　五二九
京の端水面に花を湛へけり　[花影]　五三〇
花を待つこころに明くる御空かな　[花影]　五四〇
一山を覆へる靄や花の冷え　[花影]　五四一
常ならぬ窓の明りや花の暁　[花影]　五四一
青空や花は咲くことのみ思ひ　[花影]　五四一
花の窓へ宿の廊下のゆきどまり　[花影]　五四一
いつになく人訪ふこころ花の昼　[花影]　五四一
おちつかぬまま脇息に花の宿　[草影]　五五五
大阪の花の中なる遠忌かな　[草影]　五五五
集りて散りて遠忌の花の中　[草影]　五五五
海青く花咲くまでの幹と枝　[草影]　五六九
料亭の手摺の艶も花のころ　[草影]　五七一
塔の陰なほ花保つ一枝あり　[草影]　五七一
突風や花噴きあがる花の中　[草影]　五七一
噴きあがる花片空ゆく夕疾風　[草影]　五七一
筏ともならず池面のはなびらは　[草影]　五七一
雲映る隙間もなくて花片浮く　[草影]　五七一
花のなか魂遊びはじめけり　[草影]　六〇七
いつせいに花咲き音なしの構へ　[草影]　六〇七
花遠くして十字路の白き昼　[草影]　六〇七
いづれ消ゆるそれぞれの背の花明り　[以後]　六二一
魂のなきひと等寄りあふ花の下　[以後]　六二一
はなびらのいま花屑となる途中　[以後]　六二一
朝よりの花びら浮かべ池の水　[以後]　六三〇
花影やいまだつめたきちりれんげ　[以後]　六三一
朝粥の冷めしをすくふ花の陰　[以後]　六三一
花かるく樹々は重たく夜に入りし　[以後]　六三一

[山桜]

花のなか太き一樹は山ざくら　[草樹]　三五九

[八重桜]

喪服で逢う久闊の友八重桜　[新緑]　二〇九
人長く佇たせ喪家の八重桜　[新緑]　二一五
石を牽く牛の念力八重桜　[新緑]　二一五
八重桜夕日溶けては紅ながす　[新緑]　二一六
茣蓙の上にひとの娯しみ八重桜　[初夏]　二六〇
ころげ出る飴玉の黒八重桜　[初夏]　二七二
ぬきんでて山の日に倦む八重ざくら　[緑夜]　三〇二
鶏の胸張つて昼どき八重桜　[草樹]　三八四

大幹のいつまで雫八重桜　［草樹］　三九五
散る花は遠き幹より八重桜　［草樹］　三九八
もう見えぬ沖の白波八重桜　［草樹］　四〇四
土を掘るにぶき音せり八重桜　［草樹］　四〇五
淡き灯の並び点りぬ八重桜　［樹影］　四六二

［遅桜］

遅ざくら夕陽どの部屋にも入りて　［女身］　九九
いつの世も書院は昏らし遅桜　［草樹］　四〇四
道すでに深山に入りぬ遅桜　［樹影］　四六一
亡きひとに箕面の山の遅ざくら　［花影］　五〇七

［落花］

散るさくら孤独はいまにはじまらず　［月光］　五二
憂きままのひととせ長し散るさくら　［女身］　八六
花吹雪いづれも広き男の胸　［女身］　九二
母と娘にすることなくてさくら散る　［女身］　一〇五
いのち惜ししづかに花の散りぬれば　［女身］　一〇五
さくら散り水に遊べる指五本　［晩春］　一五三
平行棒への一心　さくら吹雪のなか　［晩春］　一八七
剝製の雉子に玻璃ごし花吹雪　［新緑］　二〇五
水音で充たす一日さくら散る　［新緑］　二一六
現し世と黄泉の境の花吹雪　［新緑］　二四六
眼の上に眉がありけり花吹雪　［草樹］　三七二
間道を風の走りて花吹雪　［草樹］　三八二
落花のなかことに激しき落花あり　［草樹］　四〇五
花筏となるまでの花たゆたへる　［花影］　五〇一
花吹雪をちこちに声あがりけり　［花影］　五〇八
落花いま大地平らにありにけり　［花影］　五二九
かの世へと君をつつみて花吹雪　［花影］　五二九
何といふことのなき日のさくら散る　［花影］　五四二
冥き世や花散りながら舞ひながら　［草影］　五七〇
花散るやあの世の湖も波打てる　［草影］　五七〇
池水に流るるとなく落花密　［草影］　五八六
花筏草陰にすぐ滞る　［以後］　六二一
地に憂ひあれば空ゆく花吹雪　［以後］　六二一
空に散り再び会はず花吹雪　［以後］　六二一
花散るやわれにかかはる紐の数　［以後］　六三一
今死ねば浄土に花の散り敷かむ　［以後］　六三一

［桜蘂降る］

手拍子や水に降りこむ桜蘂　［初夏］　二七三
傘さして闇に花蘂降る気配　［緑夜］　三〇九
鉄鉢や施米にまじるさくら蘂　［草樹］　三七一
月日なき鯉に散りつぐ桜蘂　［花影］　五〇一
塵としてややうづたかき桜蘂　［草影］　五七一

［沈丁花］

沈丁に夕べのあをさまさりくる　［月光］　三三
部屋部屋のうすくらがりや沈丁花　［月光］　五一

［ライラック］

三面鏡に映りし故のリラの冷え　［花影］　五二九

［躑躅］

鶏頭の夜半にてつつじ庭に燃ゆ　［晩春］　一五六
つつじ山昏れてみじめに皿小鉢　［新緑］　二三五
山つつじ咲き崖上の人の声　［初夏］　二六〇
風つれてひとの湧き出る躑躅山　［初夏］　二六〇
汲み水の濁りを通る躑躅山　［緑夜］　三一〇

［木蓮］

木蓮を過ぎてきたりし夜風なる　［草影］　五八三

[藤]

藤のかげ友いとし妻さびにける　[月光]　二八
女の心触れあうてゐて藤垂るる　[月光]　二八
藤の花ほつりと夫を待つ日暮　[月光]　二八
藤の下犬無雑作に通りけり　[月光]　六一
藤の下赤犬藤をしらずゆく　[月光]　六一
藤の昼膝やはらかくひとに逢ふ　[女身]　八七
窓あきしまま藤の夜となりにけり　[女身]　八七
藤の昼をんなしばらく憂かりけり　[女身]　八七
藤棚を出て藤棚の夕茜　[女身]　八七
藤棚の花咲く季節だけ仰ぐ　[女身]　九四
藤のしめりのその下をゆくひとり旅　[晩春]　一七三
胸元に喫泉の白　藤も昏れる　[晩春]　一七三
ふるさとの井戸のくらがり藤散りこむ　[新緑]　二〇三
影長く藤房の午後幼稚園　[初夏]　二六一
藤房の色より来たる夕べかな　[草影]　五八七
藤棚に吹かるる蔓の動きづめ　[以後]　六三二
藤棚にかかりし藤の先見ゆる　[以後]　六三二

[山吹]

眼帯の朝一眼の濃山吹　[晩春]　一八七

[桃の花]

わが影の起き伏し庭に桃散りて　[月光]　五一
桃見ゆる暗き厨にものを煮る　[女身]　八六
ももさくら咲き起き伏しの異らず　[女身]　八六
桃さくら裏木戸の風昼つめたし　[晩春]　一五一
手も足も出ない雲桃咲き満ちて　[晩春]　一五二
桃の木へ来て耕牛がぬすみ見する　[晩春]　一五二
桃散るや牛がおどろく目付して　[晩春]　一五三
ふるさとに残す足あと　桃さかり　[晩春]　一六四
馬の鼻ふくらむ　桃の風ふけば　[晩春]　一八七
裏がえる白紙に微風桃の昼　[新緑]　二三六
昼月より淡く時過ぎ桃の村　[新緑]　二四四
てのひらに鮨なれてくる桃の花　[緑夜]　三一二
桃の花湖の風吹く畳かな　[樹影]　四三三
桃流れくるやも川の靄の奥　[草影]　五六三

[木の芽]

芽ぶく樹々夫の哀歓に生き足らふ　[月光]　二八
朝空や木の芽の雫ふり仰ぐ　[月光]　三九
あかつきの空かんばしき木の芽かな　[月光]　三九
あけぼのの木の芽しづかに雫せり　[月光]　四〇
心、日に疲れしづかに見る木の芽　[月光]　五二
木の芽憂しひそかにひとを恋ふことも　[月光]　五二
法衣重くゆく老杉の芽ぶき時　[新緑]　二一五
眼窩深く灯る母の眸芽木昏れて　[新緑]　二四六
落葉松の芽吹きに堪える夜明け前　[緑夜]　三一二

[蘖]

ひこばえや竈の前を掃きよせて　[緑夜]　三三二

[若緑]

松の芯　顔出すものへ夕日の紅　[晩春]　一七三
松の芯みていつまでも畳の上　[新緑]　二一〇
崖の土こぼれて乾く松の芯　[新緑]　二四七
聖堂をつつむ風あり松の芯　[緑夜]　三〇二
テラスより見てことごとく松の芯　[樹影]　四二一
僧の衣のくれなゐ現るる松の芯　[樹影]　四三四
松の芯バケツの水のまだ揺れて　[草影]　五八八

[山椒の芽]

芽山椒の一葉をちぎり夕山路　[緑夜]　三〇九
[楓の芽]
楓の芽豆腐平らに煮られいて　[晩春]　一六六
[楤の芽]
楤の芽や横波かぶる浜の桶　[花影]　五〇〇
[松の花]
賽銭箱に松の塵ふる山の午後　[初夏]　二八九
蠟燭の焔の長くのび松の花　[緑夜]　三〇九
眼の塵をいくたびも拭き松の花　[草樹]　三七一
[杉の花]
塗膳を曇らす峡の杉花粉　[初夏]　二八四
鶏屋さわぐ空を流れる杉花粉　[緑夜]　三一四
杉花粉僧の行手の山に降る　[緑夜]　三三四
杉花粉かたまり嶺を越えにけり　[花影]　五一九
杉花粉日輪うすく過ぎゆくも　[草影]　五九八
大空も頭の中も花粉満ち　[草影]　六〇七
[猫柳]
薄明や水のなかにも猫柳　[緑夜]　三二三
[柳絮]
栓抜きは水に沈んで柳絮飛ぶ　[緑夜]　三三一
[枸橘の花]
からたちの夜や鏡面に罅はしる　[新緑]　二〇六
[竹の秋]
水を擲つ音のきこえて竹の秋　[初夏]　二六二
翁眉竹秋の風わたりくる　[花影]　五〇八
[春落葉]
井戸蓋の乾き久しき春落葉　[花影]　五〇一
春落葉山の湿りになじみつつ　[草影]　五八五
風の吹くままに散りたる春落葉　[草影]　五九八
[黄水仙]
障子しめ空気のうごく黄水仙　[樹影]　四八五
[菜の花]
菜の花に裏戸はいつも明けはなたれ　[月光]　五一
菜の花に日月淡し師の歿後　[晩春]　一四三
牛の胴花菜あかりの湖へだつ　[晩春]　一五六
牛にも齢湖も花菜の黄も淡く　[晩春]　一五六
菜種咲けばしばらく菜種色の川　[新緑]　二〇五
帰校児に濃淡の菜の花畑　[新緑]　二一五
昼月へ余命ちらばる花菜道　[新緑]　二四四
縁側に尺八ころげ菜の盛り　[初夏]　二七二
翔つ鳥の腹やわらかく花菜畑　[緑夜]　三〇一
菜の花に白波のよく立つ日かな　[花影]　五四〇
[茎立]
茎立や昨夜しづまりし湖の荒れ　[樹影]　四三二
茎立や風荒びきし浜の家　[花影]　五〇〇
茎立や荒き波くる暁の畑　[花影]　五〇七
[三葉芹]
大川の朝の舟陰三つ葉芹　[草樹]　三八三
[独活]
山独活やひと日を陰の甕の水　[緑夜]　三一二
[山葵]
子が出入りしてわさび田に遠き家　[晩春]　一六七
鴉さわぐ朝のわさび田伊豆山中　[晩春]　一六七
透き水のさざめき通る山葵沢　[緑夜]　三一一
山葵田に雪白く湧く午前かな　[緑夜]　三一一
[青麦]

戸の隙に青麦光り昼の箸　〔新緑〕　二四八

［菫］

天の隅ひらく入日や菫まぶし　〔女身〕　一一一
老年や夢のはじめのすみれ道　〔初夏〕　二六二
みちびかれ水は菫の野へつづく　〔初夏〕　二七一
菫まで二タ足とんで夕渚　〔初夏〕　二八二

［紫雲英］

げんげ野を眺めて居れど夫はなし　〔月光〕　六〇
げんげ田やそしりゐしひと近づきぬ　〔女身〕　一〇四
蓮華田のむこうより霽れ昼枕　〔初夏〕　二七二

［蒲公英］

荒天の海にたんぽぽ黄をつよむ　〔晩春〕　一五三

［酸葉］

すかんぽの一本を折り山の雨　〔緑夜〕　三〇八

［蕨］

枕より離れる身丈蕨飯　〔緑夜〕　三〇八
蕨より高きものなし名無し山　〔緑夜〕　三三四
かつらぎの山は円くて干蕨　〔草樹〕　三五七
洗面器におかれて昏れる蕨束　〔草樹〕　三八五
伊吹嶺の昏れつつありぬ蕨飯　〔樹影〕　四二〇

［薇］

ぜんまいの拳ほどけよ雲と水　〔緑夜〕　三〇一

［芹］

芹の水に小銭を落す婆の昼　〔新緑〕　二三五
芹の水へ土橋をわたる砂埃　〔初夏〕　二五九
山翳や村に入りゆく芹の水　〔草樹〕　三五七

［春蘭］

憂き日々にあり春蘭の薄埃　〔月光〕　三三
春蘭の影濃くうすく昼しづか　〔月光〕　三三
薄照りの陽に春蘭のもの憂しや　〔月光〕　三三

［蝮蛇草］

蝮草人の居ぬ日の鏡の間　〔緑夜〕　三二九
珈琲や夜に入るまでの蝮草　〔草樹〕　三五四

［蕗の薹］

遠く去るものへ風吹き蕗の薹　〔初夏〕　二五九

［蓬］

道問えば老婆出てきて蓬の香　〔新緑〕　二三七
蓬摘む波音遠し小松原　〔新緑〕　二三七
佇つ影の日へ歩み出す蓬原　〔初夏〕　二七二
蓬摘む一円光のなかにいて　〔緑夜〕　三〇八
日の下に真水のくぼみ蓬山　〔緑夜〕　三〇八
空井戸の蓬の茂り宇陀郡　〔緑夜〕　三〇八

［茅花］

水に映り茅花は白し死は徐々に　〔晩春〕　一六六
帯馴らす後手茅花あかりかな　〔樹影〕　四三四

［蘆の角］

舷に濡れし足あと芦の角　〔草樹〕　三七〇
夜の波のしろがねを展べ葦の角　〔樹影〕　四七五
湖の日や芦の芽ぐむを目のあたり　〔花影〕　五一六

［薊］

夕かけて冥む海鳴り浜あざみ　〔新緑〕　二四一

［和布］

海荒れや畳の上に新若布　〔草樹〕　三八四

［鹿尾菜］

ひじき取り岩間にかくれ沖つ波　〔緑夜〕　三三六
日あたりてひじき採りたるあとの岩　〔樹影〕　四七八

夏

時候

［夏］
克明に鏡に映つてみじめな夏　［新緑］二〇六
山中の殺気うかがう夏鴉　［新緑］二三九
神の山に悪食みられ夏鴉　［新緑］二三九
街の灯のグラスに黄ばみ裾ひく夏　［新緑］二五一
水中にまつすぐ下す糸の夏　［初夏］二六一
会うひとのこころごころや山の夏　［緑夜］三一三
水深を計る男に夏藻寄る　［草樹］三七五
舟の上へ真水をはこぶ夏の浜　［草樹］三八七
夏柱一刀痕をのこしけり　［樹影］四五〇
白波の立ち上りたるときぞ夏　［樹影］四七九
眠れねば故人をおもふ夏の闇　［草影］五七四
水に映り威を強めをり夏の松　［草影］五七五
まだ夏のつづきのところどころかな　［以後］六一六
夏の闇てふ得体の知れぬものに佇つ　［以後］六三六

［初夏］
初夏の白き花より吹かれけり　［樹影］四六三

［五月］
黒衣着て五月の窓に倚らむとす　［月光］五三
鉄材を地におくひびき五月憂し　［女身］八七
腰うづむばかり五月の砂やさし　［女身］一〇〇
熊笹の風まかせにて五月古る　［晩春］一四九
白線を地に長く引く五月かな　［草影］五八八
五月来る頭に乗せしベレー帽　［以後］六三二

［卯月］
歌麿展出でたる卯月ぐもりかな　［草樹］三八六

［立夏］
杉木立立夏の袴たたまれて　［緑夜］三二四
錦絵の彩ずれてゐて立夏の灯　［草樹］三七二
牛の乳草にこぼして夏立ちぬ　［草樹］三八四
中京や川瀬の音も夏立つ日　［樹影］四六三
夏立つとこの夕風に吹かれゐる　［花影］五二〇
樹々の香のなかへ入りゆく立夏かな　［花影］五三〇
底知れぬ井戸をのぞけり夏立つ日　［草影］五五六
水の綾さまざまに夏はじまれる　［草影］五六四
ものどもに夏は来にけり笛太鼓　［草影］五八八
湧き出づる不思議な力夏立つ日　［草影］五八八
見つむるも何もなき空夏となる　［以後］六三四

［薄暑］
漁師町に色街つづく薄暑かな　［女身］一〇五
紙函のまんなかへこむ薄暑かな　［初夏］二六一
僧のあと蹤いてまがれば薄暑の木　［緑夜］三三三
島人にふりかへられて薄暑かな　［草樹］三九七
城門の黒きをくぐる薄暑かな　［樹影］四七七

［麦の秋］
安曇野に顔出て歩く麦の秋　［緑夜］三一一
旅人も羽搏ちつつゆく麦の秋　［緑夜］三一一
麦秋や海の匂いを道しるべ　［緑夜］三一五
うねる川うねる道あり麦の秋　［緑夜］三一六
教科書を窓際におき麦の秋　［緑夜］三一六
宿の湯へきしむ廊下や麦の秋　［草樹］三九五

島人の目鼻顕ちくる麦の秋 [草樹] 三九七
からくりの芝居つづきぬ麦の秋 [樹影] 四五〇
寺田屋の五右衛門風呂や麦の秋 [樹影] 四五〇
湖へ髪なびかせよ麦の秋 [草影] 六〇八
麦の秋ひとは横臥を重ねつつ [以後] 六二三

[五月尽]
家めぐる水の迅さに五月逝く [新緑] 二一七
五月逝く大きな山を前にして [緑夜] 三二四
岩瀬家の暗き二階に五月果つ [草影] 五六四

[六月]
六月の雲あわただし大庇 [女身] 一〇五
六月や東京までの無言の旅 [晩春] 一四四
葬家出て沿う六月の朝の川 [新緑] 二〇八
六月の林すぐ尽き潦 [初夏] 二六三
縄垂れて六月終る水の渦 [初夏] 二七四
湯ざましや六月の暾を遠くみて [緑夜] 三〇三
六月のひと日ふた日は寝ころびて [緑夜] 三三五
六月の匂ひのうごく枕上 [草樹] 三九七
水底を六月過ぎてゆきにけり [草樹] 四〇六
六月や金毘羅参り宿に入る [樹影] 四四九
舟べりを過ぐ六月の水の色 [花影] 四九四
六月やうたたねになほ麦屋節 [草影] 五六五
謹しみしるす六月六日晴子の忌 [草影] 五八八
六月や洗ひざらしに糊きかせ [草影] 五八九

[入梅]
ひそかなる恋そのままに梅雨に入る [月光] 五三

[夏至]
泛子沈む水のくぼみも夏至の昼 [初夏] 二八七
夏至過ぎてのちの一タ言三言かな [緑夜] 三三六
夏至の日の海越えて来し紺絣 [草樹] 三七三
夏至の日の井戸の底より昏らき水 [草樹] 三七四
夏至の陽のなほ竹林に経机 [樹影] 四四九

[半夏生]
鯉の眼の血ばしって泛く半夏生 [緑夜] 三一四
深く入る竹林の陽や半夏生 [緑夜] 三三六
猫の貌四角に怒り半夏生 [草樹] 四〇九
舟宿へ藻の川わたる半夏生 [樹影] 四五〇
一粒の雨を広葉に半夏生 [草影] 五四七

[晩夏]
ひとり身にいきなりともる晩夏の灯 [女身] 一一三
縁に垂らすわが足大いなる晩夏 [女身] 一二〇
おうむも眠る晩夏揺り椅子に老夫婦 [晩春] 一七五
魚と漁婦の眼乾いて　海鳴りつよい晩夏 [晩春] 一八〇
すでに晩夏草ぬきんでて昏れる山 [新緑] 二一八
僧消えてのこる晩夏の石畳 [新緑] 二一八
鐘を打ち晩夏の雲の湧くを待つ [新緑] 二三〇
韻きあうものよ晩夏の雲と水 [新緑] 二三〇
晩春は佳しこのごろは晩夏また [以後] 六二四
風吹いて晩夏の景となりゆける [以後] 六二五

[七月]
七月の家ゆるがせて汽車黒し [女身] 九五
紺着流す風樹相搏つ七月の [晩春] 一七四
七月の殺気真昼の水を過ぐ [草影] 五九一
七月の机漆黒朝の風 [草影] 六〇〇
七月の刃物沈めし山の水 [草影] 六〇一

[水無月]

水無月の橋一僧を通しけり　[草樹]　四〇五
水無月の黒き傘さす宇陀郡　[樹影]　四三六
水無月の門うちひらき能の笛　[樹影]　四六三
水無月の名の美しや不安の世　[草影]　五五六
かりそめの世の水無月を過しけり　[草影]　五五六
暗き湖へ水無月の帯ゆるく巻く　[草影]　五七二

[梅雨明]
庭石に梅雨明けの雷ひゞきけり　[月光]　四四

[夏の日]
葬半ば松の高さに夏日あり　[草樹]　三八七

[夏の暁]
後頭部冷えて夏暁の河を越す　[女身]　一〇七
夏暁の風つよし目覚めし花合歓に　[晩春]　一四九
帆柱のかたまっている夏の暁　[緑夜]　三二五
夏の暁牛方宿のひとり発つ　[緑夜]　三二六
うつぶせに船の音きく夏暁かな　[草樹]　三六一
船の影近く夏暁のホテルの扉　[草樹]　三六一
夏暁や百草なびく磯の風　[草樹]　三九六

[炎昼]
炎昼の焚火全く煙なし　[女身]　一〇七
白髪の息ひそめあう炎える昼　[新緑]　二五一
炎える昼牛小屋までの水こぼす　[初夏]　二六五
石組のまはりの砂の炎ゆる昼　[草樹]　三九七

[夏の夕]
一木のうしろ百木夏の暮　[緑夜]　三一二
山上に肉炙る手や夏の暮　[緑夜]　三一三
道順はここを真直ぐ夏の暮　[草影]　六〇九

[夏の夜]
臥してなほ憶ふ句ごころ夏の夜半　[草影]　六一〇
夏の夜の過ぎゆくものの杳として　[以後]　六三五
夏の真夜闇とどろきて波となる　[以後]　六三五
ある時は動かざる闇夏の真夜　[以後]　六三六

[短夜]
短夜の畳に厚きあしのうら　[月光]　二三
岸壁に船の聳えて明け易き　[草樹]　三六一
短夜や空の水筒壁に垂れ　[草樹]　三六三
明易や川靄まとふ泊り舟　[花影]　四九四
短夜をかくも長しと病室の闇　[草影]　五七三

[土用]
待つひまを川面みている土用丑　[初夏]　二八八
人影のかたまつて出る土用丑　[初夏]　二八八
溝川を流れる箸や土用の入り　[草樹]　三六二
さまざまの匂ひに昏るる土用丑　[花影]　五二二

[盛夏]
水底へくぐり真夏の夜の夢　[草影]　五七五

[三伏]
三伏の岩くぐりゆく神の水　[草樹]　四〇七
三伏や奈良のあたりのうす煙　[樹影]　四六六
大仏を三伏の山囲みけり　[樹影]　四六六
三伏の白砂ばかり裏鬼門　[樹影]　四六七

[暑し]
むらがり咲くものの暑さよ墓過ぎて　[新緑]　二一七

[大暑]
椎茸の煮上るを待つ夜の大暑　[初夏]　二七五
畳目の限りなくある夜の大暑　[初夏]　二八七
夜の大暑垂らす喪服の裾に臥て　[緑夜]　三一四

大阪の屋根の歪みも大暑かな　[緑夜]　三一五
海峡のまんなかを航く大暑かな　[草樹]　三六二
茶漬屋の閾の端にゐて大暑　[樹影]　四六六
坪庭を大暑の空の覆ひけり　[樹影]　四六六
行列の真中にゐて大暑かな　[草影]　五七三
家奥に低き声して大暑かな　[草影]　六〇一

[炎暑]

炎暑いまわが家は厠のみ涼し　[女身]　一〇一
つよき火を焚きて炎暑の道なほす　[女身]　一〇七
ケーブルの強索炎暑ひきのぼる　[新緑]　二一八
炎暑去る地中にふかく樹の根満ち　[初夏]　二八八
目頭の寄り合うてゆく炎暑の葬　[緑夜]　三一四
牛の身の山越えてゆく炎暑かな　[草樹]　三六三

[灼くる]

灼けバスへ乗り込む老爺　漁臭ぐるみ　[晩春]　一八一
ひつそりと猫いてまひる灼け岬　[晩春]　一八一
灼け石二三歩それから羽搏つ能登鴉　[晩春]　一八二
灼け砂に空瓶うまり人の影　[初夏]　二八四

[涼し]

わが袂かるし晩涼の橋灯る　[月光]　二九
晩涼や兄も四十路の太腰に　[晩春]　一四三
山荘のベランダに居て日の涼し　[緑夜]　三一二
涼しさはいつもの席の柱陰　[草樹]　三七六
真黒き釣鐘を見て昼涼し　[草樹]　三九七
方丈の風に泛きたる紙涼し　[草樹]　四〇五
へだたりて居り涼しさの床柱　[草樹]　四一〇
国境過ぎたるあとの涼しき樹　[樹影]　四三五
薬草園朝を涼しき水流る　[樹影]　四三五
山ひとつ湖に映して影涼し　[樹影]　四八一
洛中や眉を涼しくホテルに居　[樹影]　四八二
屋形舟水に影おく涼気かな　[花影]　四九四
夕月や柱に添うて眉涼し　[花影]　五三二
先の舟涼しき水尾を引きにけり　[花影]　五三二
料亭に松を眺めて昼涼し　[花影]　五三三
太り肉の女将涼しく出できたる　[花影]　五三三
一枚に灯の街展べし夜涼かな　[草影]　五四九
延對寺荘に眠りて夏涼し　[草影]　五六四
ナースの眉一直線に夏涼し　[草影]　五七四
涼しとも蓮の間の舟の路　[草影]　五七四
男袴のうしろ涼しき鼓の音　[草影]　五八七
わが町の木陰涼しき研師の座　[草影]　五九〇
方丈の柱の陰にゐて涼し　[草影]　五九一
祝宴の写真の端にゐて涼し　[草影]　六〇〇
粋といふこの一筋の涼気かな　[草影]　六〇一
黒といふ涼しき色を着給へる　[草影]　六〇二
涼しさの佳き日を思ふ松の枝　[草影]　六〇九
周遊船涼しき灯つよくせり　[以後]　六三七
まつすぐに来る波涼し音もなし　[以後]　六三八
対岸の灯のかたまりて闇涼し　[以後]　六三九

[夏深し]

地獄絵に奪衣婆いて夏深む　[緑夜]　三一三
水は縦に枕は横に夏ふかむ　[緑夜]　三三四
珈琲館に好きな絵ありて夏深し　[草影]　五六六
水滴の間のびしてをり夏ふかし　[以後]　六一五
海際に浮遊の微塵夏深し　[以後]　六三六

[夏の果]

蚊を打ちしてのひら白く夏をはる　［月光］　四五
樹も草も青ふかめゆき去りゆく夏　［晩春］　一七四
夏逝く地日の斑と蜂の屍をのこし　［新緑］　二〇六
朴の広葉に雨音ひそか夏も去る　［新緑］　二一一
皿白く磨く山荘の夏の終り　［新緑］　二一一
一枚の岩に風吹く夏の終り　［新緑］　二一二
念仏の地を這う声に夏終る　［新緑］　二一八
男から黒髪奪い夏果てる　［新緑］　二五二
舟底を擦る川の砂夏の果　［初夏］　二六五
ソース瓶潮騒に立つ夏の果　［緑夜］　三〇四
川水の濁りに添うて夏の果　［緑夜］　三一三
土瓶より濃き茶出でくる夏の果　［緑夜］　三一七
皿叩く子のひとり居て夏の果　［緑夜］　三三五
白波のあちらこちらや夏の果　［緑夜］　三三七
湯のなかに沈むタオルや夏の果　［草樹］　三六四
うなぎ屋の黒き天井夏の果　［花影］　四九五
夏逝くやガラスの奥のわからぬ絵　［花影］　四九五
夏終る夜の卓燈の青き翳　［草影］　五六六
ふり返るあまたの顔や夏の果　［草影］　五八九
レコードのタンゴゆるやか夏の逝く　［以後］　六二四
魚は魚獣は獣夏果つる　［以後］　六二五
夏逝くや藻の青青と波の間　［以後］　六二五
浮子ひとつ竿に従ひ夏の果　［以後］　六二七
白浪の沖に立つより夏の果　［以後］　六二八
河の面夏逝くこころありにけり　［以後］　六二八
人ひとり遠き橋ゆき夏の果　［以後］　六二八
逝く夏の今日ひとときの空の色　［以後］　六二八

［夜の秋］

海わたる魂ひとつ夜の秋　［新緑］　二三〇
夜の秋の影を大きく祖谷泊り　［緑夜］　三〇三
山の湯のすこしの濁り夜の秋　［緑夜］　三〇四
板敷に映る鉄瓶夜の秋　［緑夜］　三〇四
煙草屋をはなれし声や夜の秋　［草樹］　三七五
夜の秋や天井高き山の宿　［樹影］　四二三
夜の秋の湯舟にのこるひとりかな　［樹影］　四二三
夜の秋鼠てのひらかざしけり　［樹影］　四六八
卓燈の翳のなかなる夜の秋　［樹影］　四七九
身のうちに匿ふ深傷夜の秋　［草影］　五七五

天文

［夏の空］

夏空へ片岡球子の面構へ　［以後］　六三二

［夏の雲］

夏雲や夢なき女よこたはる　［月光］　五四
病窓に日々の夏雲鮮しき　［草影］　五七三

［雲の峰］

俎の魚の眼が見る雲の峰　［新緑］　二二八
雷雲に映つて婆の水鏡　［新緑］　二二九
ひと葬ることの始終や雲の峯　［緑夜］　三一四
釣人の位置また変り雲の峯　［緑夜］　三一五
雲の峰何引つ提げてゆくべきや　［草影］　五五八

［夏の月］

夏の月蒲団を海に沿うて展べ　［緑夜］　三一五
ゆくりなき憶ひに照りて夏の月　［草影］　六一〇

［梅雨の月］

梅雨の月てらすは樹下の魚の骨　［月光］　六二

老母点す梅雨の月より暗き灯を　[月光]　六二
梅雨の月いま泉わく森もあらむ　[女身]　一〇六
鏡より出づる光や梅雨の月　[草影]　五五七

[南風]

南風の中ゆつくり浜へ能登老婆　[晩春]　一七五
老漁夫のひそかな嘔吐　南風岬　[晩春]　一八七

[白南風]

白南風や湖底にひらく貝の殻　[樹影]　四六五

[茅花流し]

橋際の一燈茅花流しかな　[花影]　五三〇
遠祖の地茅花流しのなかにあり　[草影]　五五六

[青嵐]

風青し寝椅子にパイプころがれる　[月光]　二六
夕雲のかたち変へつ、青あらし　[月光]　四〇
露天風呂に男の目鼻　青あらし　[晩春]　一六七
黒塗りの箸の月日に青嵐　[新緑]　二一七
下京を過ぎてしばらく青嵐　[草樹]　三七三
虚無僧といつかへだたり青嵐　[草樹]　四〇七
青嵐法の山より降りきたる　[樹影]　四三五
青嵐や遠く一会の松の幹　[草影]　六〇九

[涼風]

涼風を通す柱の黒光り　[緑夜]　三〇四
松が枝や僧のうしろの風涼し　[樹影]　四四九
涼風の過ぐる終りの風に逢ふ　[以後]　六三二
涼風過ぎ音となりゆく影あまた　[以後]　六三二

[夕凪]

なまこ濡れ　老婆の町に夕凪来る　[晩春]　一八一

[走り梅雨]

蓋もののなかの佃煮走り梅雨　[初夏]　二六三
縁側に亡きひと想ふ走り梅雨　[草影]　五九九

[梅雨]

梅雨じめり木目のしるき下駄を履く　[月光]　五三
梅雨の窓電柱いつも月隠す　[月光]　五三
梅雨昏し死魚洗はるるを見下せる　[月光]　五四
梅雨ひと日にんげんの声のがれたし　[月光]　五四
わが黒衣かけしひと日の梅雨の壁　[月光]　五四
梅雨の夜のひとづまならぬわが熟睡　[月光]　五四
夜よりも昼のはかなき梅雨の寡婦　[月光]　五四
絢爛とひとに訪はれし梅雨の寡婦　[月光]　五四
蹠より梅雨のはかなさはじまりぬ　[女身]　八七
梅雨の家みな真顔にて飯を食む　[女身]　八七
ふところに乳房ある憂さ梅雨ながき　[女身]　八七
梅雨くらしはなればなれに四肢よこたふ　[女身]　九五
白昼の灯のよんどころなき梅雨の家　[女身]　九五
身近かなる男の匂ひ雨季きたる　[女身]　一〇〇
梅雨ちかし鏡の裏に猫のこゑ　[女身]　一〇〇
梅雨長し寡婦となりても猫飼はず　[女身]　一〇〇
身に添はずして梅雨ちかき日の晴着　[女身]　一〇〇
梅雨いく日みじかくて髪もつれけり　[女身]　一〇六
掘割に映る梅雨の灯逢はず辞す　[女身]　一〇六
梅雨夜更け覚めて夫まつ身にあらず　[女身]　一〇六
梅雨昏し腰揺りて牛歩き出す　[女身]　一〇六
勤め憂し夜をのみ坐る梅雨畳　[女身]　一〇六
糸もつれしままの夕餉や梅雨ながし　[女身]　一一二
梅雨の鶏うみし卵をかがやかす　[女身]　一一七
切りしのち梅雨の鉄片となる鋏　[女身]　一一七

梅雨の底かの瞳のみわが心占む　〔女身〕　一一八
かの瞳ゆゑこころ乱れし梅雨幾日　〔女身〕　一一八
梅雨ふかしきざしそめたるものおさふ　〔女身〕　一一八
梅雨ふかしこころに戒を犯しつぐ　〔女身〕　一一八
母慈眼梅雨の薄日を額に受け　〔女身〕　一一八
梅雨の蝶飛べば昏きに入りやすし　〔女身〕　一一八
蝶容るる昏さを保ち梅雨の樹々　〔女身〕　一一八
土に低く黄の花咲けることも梅雨　〔晩春〕　一四四
梅雨鏡ギラリと夕べ熱出づる　〔晩春〕　一四五
柩ゆく梅雨の地熱のつつむなか　〔晩春〕　一五三
洩る梅雨陽羊歯群にまた熊笹に　〔晩春〕　一五六
杉の間全容まれに梅雨日輪　〔晩春〕　一五六
梅雨日落つ大羊歯群のしづもりに　〔晩春〕　一五六
梅雨の中手足短く老いにけり　〔晩春〕　一六一
梅雨の石　犬の鼻先そこ過ぎゆく　〔晩春〕　一七九
畳踏む大足うつす梅雨鏡　〔晩春〕　一七九
梅雨以後の幹の黒さに旅つづける　〔晩春〕　一八〇
牛帰る梅雨の黒幹いくつも見て　〔新緑〕　二〇八
石仏に梅雨の山坂うねりあう　〔新緑〕　二一一
木陰に光る眼をもつものら梅雨の村　〔新緑〕　二一六
薄紙をはがす婆いて長い梅雨　〔新緑〕　二一六
水銀のおもさ夕べの梅雨鏡　〔新緑〕　二四八
梅雨の柱を齢とりまく山の風　〔新緑〕　二四八
水に灯をのこし扉おろす梅雨館　〔初夏〕　二六三
梅雨の旅同車の僧も海を見る　〔初夏〕　二八四
肉親に重なりあうて梅雨の山　〔初夏〕　二八七
こめかみに一烈火あり梅雨の闇　〔緑夜〕　三二四
山の湯に桶ひびきこの長き梅雨　〔緑夜〕　三三四

山中や祠に乾く梅雨の泥　〔緑夜〕　三三四
貨車近くとまり越後の梅雨の駅　〔草樹〕　三六一
梅雨の山のあなたの奥の城趾かな　〔樹影〕　四三六
梅雨の河見えざるものへ網を打つ　〔花影〕　四九三
腹中のうつぼ思へば梅雨深し　〔花影〕　四九四
箸墓に眠る女人や梅雨の闇　〔花影〕　五〇九
梅雨鴉楸邨が逝く逝くと啼く　〔花影〕　五一〇
梅雨真闇楸邨やあーいと呼ばんかな　〔花影〕　五一〇
知世子夫人出迎へたまふ梅雨の門　〔花影〕　五一〇
奈良の梅雨甍の沈みはじめけり　〔花影〕　五二一
まぎらはしきものに囲まれ梅雨ふかし　〔花影〕　五三一
大杓子くらがりに垂れ梅雨さなか　〔草影〕　五四七
占ひの巫女の白衣も梅雨じめる　〔草影〕　五四八
梅雨釜や白衣の巫女の言おそろし　〔草影〕　五四八
梅雨の釜おどろおどろと鳴り出づる　〔草影〕　五四八
蒼白き顔の過ぎゆく梅雨の街　〔草影〕　五六五
梅雨の車内寄りかかるには細き傘　〔草影〕　五六五
梅雨前の闇のなかなる大欅　〔草影〕　五七二
梅雨の月志賀のみづうみ銀放つ　〔草影〕　五七二
何もなき壁を照らして梅雨の燭　〔草影〕　五八七
一日の通り過ぎたる梅雨の闇　〔草影〕　五八八
梅雨大樹宿りて終の一雫　〔草影〕　五八九
何の荷ともなく背に負うて梅雨に入る　〔草影〕　六〇八
身近なるひとより梅雨のはじまりぬ　〔草影〕　六〇九
ものの匂ひなべてかすかに梅雨の家　〔草影〕　六〇九
夕景に人を容れざる梅雨の橋　〔以後〕　六二三
おもむろに暮れそれらしく梅雨の橋　〔以後〕　六二三
梅雨のあと夏の過ぎたる覚えなし　〔以後〕　六二五

梅雨近く錆の鉄條なほ伸びて　[以後]　六三六

[空梅雨]

空梅雨らし音なきままに山の水　[以後]　六三三

[夕立]

朴の葉を打つ夕立のはじめの音　[新緑]　二五〇
さるをがせ大夕立となりにけり　[樹影]　四二二
白雨きて堀川通かき消えし　[樹影]　四六七

[驟雨]

松が枝に驟雨いたりぬ黒書院　[樹影]　四六六

[喜雨]

喜雨を待つ熊笹震い伏しながら　[初夏]　二八六

[夏の霧]

夏霧のなか幹を過ぎ幹を過ぎ　[初夏]　二六三
海鳴りのこちらを絶えず夏の霧　[草樹]　三八五

[夏霞]

するするとのびし岬や夏霞　[緑夜]　三三六
山に佇ちむかうの山も夏霞　[草樹]　三六二
川二つ寄りゆくあたり夏霞　[草樹]　四〇六
国造りの神も朝寝や夏霞　[樹影]　四四九
関門の短かき船笛や夏霞　[以後]　六三五
夏霞多佳子いづくに在すらむ　[以後]　六三五

[虹]

銀の笛ほし滝しぶき虹となり　[新緑]　二四〇
一瞬の虹アンソニー・クイン死す　[草影]　六〇〇

[雷]

雷去るやひとごゑ高き塀のうち　[月光]　四一
夜の雷身辺に師の封書おく　[女身]　九五
雷雨すぎ正座の客に杉の箸　[新緑]　二一八
雷火にも逆立つ馬の黒たてがみ　[新緑]　二二七
白紙より湧く影のあり日雷　[初夏]　二七六
遠雷や山のかたちを山覆う　[初夏]　二八六
雷裂けて全山震う吉野杉　[初夏]　二八六
雷のあとにのこる杉の香奥吉野　[初夏]　二八六
廃線路踏み山中の日雷　[緑夜]　三一三
雷過ぎて舟に寄りゆく夜のくらげ　[緑夜]　三一五
岩組むは神棲むところ日雷　[草樹]　四〇七
雷ひそむ山の気配や木々そよぐ　[草影]　五五七
身を賭してはげむ一事や日雷　[草影]　五八七
遠雷やこころの奥に風そよぐ　[以後]　六一三

[梅雨曇]

杉のなかにしたたかな幹梅雨ぐもり　[初夏]　二八五
岩を越す波ふたたびや梅雨曇り　[緑夜]　三一五
四万十川に白波を見ず梅雨曇　[花影]　四九三
梅雨曇「卯波」に電話鳴りにけり　[草影]　五六五
禅寺の松のしかかる梅雨ぐもり　[草影]　五八九

[五月闇]

寺門しめ幾重もつくる五月闇　[初夏]　二六二
五月闇羅漢のうしろ羅漢立つ　[草樹]　三八六

[梅雨晴]

梅雨晴れ間小さき鏡になにうつさむ　[女身]　一〇〇
女体の香われにもありや梅雨晴れ間　[女身]　一〇六
梅雨晴れ間　生きていて足袋白き葬　[晩春]　一六四

[朝曇]

朝ぐもり水面に触れて虫のとぶ　[初夏]　二八七
鰻池に藁ういている朝ぐもり　[緑夜]　三三四
物売りの窓下を過ぎ朝ぐもり　[草樹]　三六一

ひきずりし藻のあと砂に朝ぐもり　［草樹］　三九五
水甕に庇裏のうつる朝ぐもり　［樹影］　四六八

［夕焼］

しづかなる時経て夕焼身に至る　［女身］　八八
無人海士町　家の奥まで夕焼して　［晩春］　一八一
辛子色に沈む夕日と母の櫛　［新緑］　二二五
窓の玻璃赤く染りぬ貝料理　［緑夜］　三二五

［日盛］

日ざかりの黄の花にくみ熱に耐ふ　［月光］　三五

［西日］

打水の母にはげしき西日射す　［女身］　一〇一
西日さし入る喪の家の皿の数　［晩春］　一五三
砂浜に放置の筵西日さす　［晩春］　一七五
回転花壇に西日　穂先鋭い水のめば　［晩春］　一八〇
水中まで西日　すばやく魚刺さねば　［晩春］　一八二
手鏡の顔にも西日乗り継ぐ旅　［新緑］　二〇三
駄菓子屋のガラスの西日雨後しばらく　［新緑］　二二七
人去つて葬後の西日庭下駄に　［新緑］　二三九
大薬罐庫裡の西日をうけとめて　［初夏］　二六二
木の瘤に西日がのこり沼の水　［初夏］　二八九
壁紙に文弥の反古や西日中　［草樹］　三九六
額の絵に西日のとどき留守の家　［草影］　五八九
大阪の西日真向より来たる　［草影］　五九一
西日つよきいま大阪の河の面　［以後］　六三七

［炎天］

炎天や手鏡きのふ破れて無し　［月光］　六二
炎天に釘うつ音をはばからず　［女身］　一〇七
杭打ちて炎天の土ひびわれたり　［女身］　一〇七
聖使徒像のひげ悲しみて炎天に　［晩春］　一六九
炎天航く船底までの鉄の階　［新緑］　二〇六
鉈つかう音炎天の寺の裏　［新緑］　二一一
水際に悪寒をのこす青炎天　［新緑］　二二九
炎天に柄杓沈めて甕の水　［新緑］　二三九
船煙かすか無傷の炎天に　［新緑］　二四〇
炎天へ遠山をおく竹の幹　［新緑］　二四九
炎天に山風の香や吉野口　［初夏］　二八五
炎天と威を競いつつ迫る山　［初夏］　二八五
炎天に一樹の影の地を移る　［初夏］　二八八
人影の炎天に消え平家村　［緑夜］　三〇四
炎天の山ふところの家の粥　［緑夜］　三一〇
炎天や都電の駅に「鬼子母神」　［緑夜］　三一四
炎天の道は峠を越えてゆく　［草樹］　三六三
炎天や格子を太く生薬屋　［草樹］　四一一
炎天や鬼に金棒など要らぬ　［樹影］　四六七
炎天やお握飯おしいただきしこと　［樹影］　四六七
黒き傘炎天の町を来つつあり　［樹影］　四八〇
看護婦の眼のらんらんと炎天見る　［草影］　五七四
手術衣のわれに似合はず真炎天　［草影］　五七四

［油照］

女ざかりといふ語かなしや油照り　［女身］　一〇一
魚釣りの糸長く垂れ油照り　［草樹］　三六二

［片蔭］

片陰のなき道歩む老婆あり　［花影］　五三三

［旱］

大旱のつたなき琴を今日も弾く　［女身］　一〇一
遠景に人馬動いて旱川　［新緑］　二一七

船底に人あまた寝て旱雲　[草樹]　三六二

地理

[夏の山]

電柱の昼のさびしさ青山中　[初夏]　二六三
山伏の眸の奥ひかり青吉野　[初夏]　二八五
青年に長短の紐夏の山　[初夏]　二八七
雲水の水跳び越えし夏の山　[緑夜]　三三六
夏山のうしろより入る伯耆かな　[草樹]　三八五
いくたびも日照雨過ぎたり青信濃　[樹影]　四三五
富士山のほかは目立たぬ夏の山　[樹影]　四六四
青き山碧き水見て湯の宿に　[草影]　五六四
眼つむるや重なり合へる青山河　[草影]　六〇九

[夏富士]

夏富士の黒きを玻璃に夜の珈琲　[樹影]　四二二
茶柱の立つ夏富士のふもとかな　[樹影]　四六五
闇重ね居り夏富士と白枕　[樹影]　四六五

[五月富士]

五月富士全し母の髪白し　[晩春]　一四四

[雪渓]

雪渓に影のするどく夕べの木　[緑夜]　三一〇

[夏野]

傘ひくく母の痩せたる夏野かな　[月光]　四一
たてよこに富士伸びてゐる夏野かな　[樹影]　四六四
弓射よと夏野にそよぐ一樹あり　[樹影]　四六四
夏野ゆく夏野の果も夏野なる　[以後]　六二三
水たまり天を映して夏野かな　[以後]　六二三
こころの底を流るる水や夏野原　[以後]　六二三

[出水]

蛇も縄も流るる出水かな　[樹影]　四六八

[夏の海]

口中に飴夏海を俯瞰せり　[女身]　一〇五
夏海昏るつめたき青を横たへて　[晩春]　一四九
夏の海これより先は海の夏　[以後]　六二五
西方は浄土か輝く夏の海　[以後]　六三八

[夏の波]

女三人の背丈ことなり夏白浪　[晩春]　一八七
ふところを出てゆく風や夏怒濤　[緑夜]　三一五
夏怒濤海は真を尽しけり　[以後]　六三五
闇つねに動きて夏の怒濤音　[以後]　六三六
この世また闇もて閉づる夏怒濤　[以後]　六三六

[卯波]

じやんけんの石が勝ちたり遠卯波　[草樹]　三七二
舌の上に渋茶のこれる卯波かな　[草樹]　三九四
鳴る前の絃の張りゐる卯月波　[草樹]　三九八
須磨琴や卯波立ちゐる沖つ方　[樹影]　四二二

[土用波]

物売りの荷を砂におく土用波　[新緑]　二四〇
土用波へだてプールに水湛う　[新緑]　二四〇
空瓶のぬくもり浚う土用波　[初夏]　二六三
茎さしてガラス瓶透く土用波　[初夏]　二六五
新聞紙畳にふかれ土用波　[初夏]　二八七
土用波帆船瓶にをさまりて　[花影]　五二二

[夏の潮]

夏潮や芥かがやく入日どき　[草樹]　三八七
夏潮を蒼し蒼しと盥舟　[草樹]　三九六

夏潮や藻屑寄りたる岩の陰　〔樹影〕四七八

〔青葉潮〕

灯のひとつ石段照らし青葉潮　〔草樹〕三八五

〔代田〕

電柱のかたむき映り夕田水　〔初夏〕二六二
駅の灯が映る水田の人往来　〔初夏〕二六二
山々を沈めて田水張る越後　〔初夏〕二八四
安曇野や窓近くまで田水張る　〔緑夜〕三一一
家々に摺り鉢伏せて田水張る　〔緑夜〕三二四
まつさきに映る自転車田水張る　〔草樹〕三八四
越中の田水へだてし男舞　〔草影〕五六四
なほきこゆ田水越えくる麦屋節　〔草影〕五六四

〔植田〕

裏窓の水音植田照り返し　〔新緑〕二五〇
そよぎだす早苗田の青昼鏡　〔初夏〕二六二

〔青田〕

土間ぬけて遠山へ去る青田風　〔新緑〕二一七
潮ぐもり青田ぐもりにつづきけり　〔草樹〕三九五
島のなかの国中といふ青田かな　〔草樹〕三九六
青田風つむじとなりて黒木御所　〔草樹〕三九六
人遠く歩める青田ぐもりかな　〔花影〕五三二

〔田水沸く〕

理髪店出る人の影田水沸く　〔初夏〕二七五

〔泉〕

膝つたう静かな力　泉湧く　〔晩春〕一八二
人声ののして泉湧く町の端　〔新緑〕二三八
貌映し泉をくらくする午前　〔新緑〕二四七
山中の泉におとす切符かな　〔緑夜〕三三四
底知れぬ水湧き出づる松の風　〔以後〕六一三
松風のひびく泉の底に貌　〔以後〕六一三

〔清水〕

白雲のつらなり走る崖清水　〔新緑〕二三九
苔清水近くの岩の汚れゐて　〔草樹〕三八九

〔滝〕

滝どつとあふれておつるわが情も　〔女身〕一〇八
滝音の圏内去らず卵売り　〔新緑〕二一一
三室戸寺一条の滝かくし持つ　〔新緑〕二三八
老ひとり何かに祈り滝とどろく　〔新緑〕二三八
とどろきのなかに無音の神の滝　〔新緑〕二四〇
滝壺を誰もがのぞき引返す　〔新緑〕二四一
滝水の末に鍋釜ひたす村　〔新緑〕二四一
鶏冠を逆立てる鶏滝の前　〔新緑〕二五〇
滝おちる身のうちのもの鳴りひびき　〔新緑〕二五〇
滝壺の青を藍とし雲はしる　〔新緑〕二五〇
戸の隙に婆の脚見え滝見茶屋　〔初夏〕二六四
滝音のしばらくありし白枕　〔草樹〕四〇八
滝となるまでの流れの幾夜経し　〔以後〕六一三

生活

〔更衣〕

野の果をずいと見渡す更衣　〔緑夜〕三〇九
胸板をつらぬく矢欲し更衣　〔花影〕五三〇
忙しき世やいそがしく更衣　〔草影〕六〇〇

〔夏衣〕

川波のことごとく急き麻衣　〔初夏〕二七四
翅音して水の上ゆく夏衣　〔初夏〕二七五

潮待ちの舟の打ちあふ夏衣　［樹影］　四四九
湖の辺に富士顕ちし日の夏衣　［樹影］　四六五

［セル］

鯉の音かそけしセルの香に佇てば　［月光］　二八
昔セルと言ふものありき樹に凭れ　［以後］　六三二

［羅］

野をゆくや薄物くろき母のあと　［月光］　四〇
女人寄りおのもおのもに衣の透ける　［女身］　一〇一
竹林の土に日あたる薄着かな　［草樹］　四〇五

［上布］

上布着て二段構への波の白　［樹影］　四二三
先をゆく父の着たまふ上布かな　［草影］　五九〇

［浴衣］

濃き浴衣きて夜祭の灯のなかに　［女身］　八八
藍浴衣夜風自在に家通る　［晩春］　一六一
浴室へ浴衣裾長　窓打つ虻　［晩春］　一八〇
水辺まで出るごわごわの宿浴衣　［新緑］　二四八
杉山に斜めの雨や宿浴衣　［草樹］　三六〇
潮の香のまぎれもあらず宿浴衣　［草樹］　三七三
浴衣づれ音羽の山を下りきたる　［樹影］　四六六
笛復習ふ浴衣の糊の立ちしまま　［花影］　五三二
身八つ口よりの夜風や藍浴衣　［以後］　六二四

［白服］

漁港蒸れ白装乙女のまわり空く　［晩春］　一六七
竹の幹白服の人通しけり　［草樹］　三六三

［白絣］

飯強し母の着給ふ白絣　［晩春］　一四三
白地着て蓮池の風ふわと受く　［晩春］　一七四
納屋までの往き来に母の白絣　［新緑］　二二九
太鼓橋白地は水に放れ泛く　［緑夜］　三〇二
白地着て山脈の襞はっきりと　［緑夜］　三三六
山川のなびく夕べや白絣　［草樹］　三六〇
白絣部屋のまんなか通りけり　［草樹］　三八七
白絣家を出でゆくうしろかげ　［草樹］　三八七
白絣荒波とほく闘へる　［樹影］　四六六
白地着て抜き差しならぬ昨日今日　［花影］　五一一
亡き父も亡き兄もゐて白絣　［草影］　五七五
歩み来し能村登四郎白絣　［草影］　五九九

［海水着］

匙音を立てては水着家族散る　［新緑］　二二八
酒倉の間を抜けゆく水着かな　［草樹］　三七四

［日傘］

すぐ全力で漕ぐ　パラソルの女乗せ　［晩春］　一八〇
峡ふかく日傘曲折してくだる　［新緑］　二〇三
日傘また遠くあらわれ野の起伏　［新緑］　二三九
ゆきずりの日傘をたたむ廓あと　［草樹］　三七三
渡し舟潮の耀りを日傘うち　［樹影］　四二三
船宿に置き忘れある白日傘　［花影］　四九四
理髪店の鏡日傘のいま通る　［花影］　五二二
日傘より見る若者の笛吹く口　［草影］　五四七
土佐に入る日傘のまはりみな緑　［草影］　五六三
叫びたきことかずかずや黒日傘　［以後］　六一五

［夏帽子］

山越える山のかたちの夏帽子　［初夏］　二六四
夏帽の下照り返し舟の波　［草樹］　三六二
経師屋へ深く入りゆく夏帽子　［草樹］　三七四

夏帽子揺れ馬の背のあらはるる　[草樹]　四〇六
夏帽子ホテルは扉つらねたり　[樹影]　四三八

[夏足袋]
蔵の戸を開け夏足袋の亡父来る　[新緑]　二二六
箱階段夏足袋白く降りきたる　[樹影]　四四九
夏足袋のひとり過ぎける地行燈　[樹影]　四六八

[衣紋竹]
つるす衣の齢ふかれて衣紋竹　[初夏]　二六三
夜の風に壁搏つてゐる衣紋竹　[草樹]　三八六

[水貝]
水貝や遠き記憶の御真影　[草影]　五五七

[洗膾]
玻璃へだて山の寄り合う洗鯉　[緑夜]　三一七
越えて来し山々も昏れ洗鯉　[緑夜]　三一七

[沖膾]
ふなばたに大きな雫沖膾　[緑夜]　三〇三
舟傾ぐ方に日当り沖膾　[緑夜]　三〇三

[土用鰻]
それらしき匂してをり鰻の日　[草影]　五四七
いつの間に変りし店や鰻の日　[草影]　五五七
鰻の日近しと夕べ肱まくら　[草影]　五七二

[土用蜆]
門前に昨夜の雨あと土用蜆　[樹影]　四六七

[夏料理]
寺門出て別棟に入る夏料理　[草樹]　三六一

[冷奴]
見飽きたる夕日の壁や冷奴　[草樹]　三八六
砂つきしままの蹠や冷奴　[草樹]　三八七
眼前に黒き一木冷奴　[樹影]　四六七

[鮓]
鮨の皿上り框に松の風　[草樹]　三九四

[筍飯]
筍飯月日身近かに母の老　[新緑]　二二六

[葛饅頭]
白ラ紙の泛くほどの風葛饅頭　[樹影]　四五〇

[粽]
老の前永く置かれし粽かな　[花影]　五二一

[麨]
麨や金色の陽の海に入り　[緑夜]　三二六
麨やイランイラクをとり違へ　[樹影]　四八〇

[心太]
ひるすぎの町音にゐて心太　[草樹]　三五三
心太蝙蝠傘を厚く巻き　[草樹]　四〇九
天窓の光り囲りに心太　[樹影]　四五〇
心太みづうみ遠く煙りたる　[樹影]　四五二

[氷水]
氷店の鏡に午後の波頭　[新緑]　二一〇
村までの道一筋の氷店　[初夏]　二六四
庇より影の出てゆく氷水　[草樹]　三六二
削り氷の赤旗近き廓あと　[草樹]　三七三
よく見える氷屋の旗杉木立　[草樹]　三七四
水溜りに鋳浮いてゐる氷店　[草樹]　三九九
掻き氷奈良の駅にて別れたり　[草樹]　四一二
神輿より外れし衆ゐて掻き氷　[樹影]　四三七
少しづつ飲んでなくなる氷水　[草影]　六〇一

[冷汁]

風通り冷しものある昼の庫裡　［草樹］三六一

［ビール］

ビールほろ苦し女傑となりきれず　［女身］一一七
黒潮の夜気迫りくるビールかな　［草影］五五六

［冷酒］

くぐるべくのれんはありぬ冷し酒　［草影］五六五
冷し酒波郷の軸も古りにけり　［草影］五六五

［甘酒］

甘酒や水より水へ石飛んで　［草樹］三七三

［新茶］

新茶の香収まるところに収まりし　［以後］六三五

［夏館］

山上に強き燈洩らす夏館　［緑夜］三一四
草叢に井戸をかくして夏館　［緑夜］三一六
夏館灯の消えて波とどろけり　［草樹］三七五
立鏡いくつもありて夏館　［草影］五五七

［夏灯］

夏の灯の対岸の綺羅洋燈消す　［以後］六三五
夏灯呆とひとは眠りに入るならむ　［以後］六三五

［夏炉］

夏火鉢遠くの山に陽がさして　［緑夜］三〇三
潮の香や廓にのこる夏火鉢　［草樹］三七三
奈良の昼ホテルに仮の夏炉あり　［花影］五三〇
燃えぬ榾夏炉に飾り奈良ホテル　［花影］五三一

［夏座敷］

書を重く青年通る夏座敷　［新緑］二二六
水音をへだて灯ともる夏座敷　［新緑］二五〇
山の鳥裏にきこえて夏座敷　［初夏］二八六
足音のひと現れず夏座敷　［緑夜］三三六
飲みさしのコップおかれて夏座敷　［緑夜］三三五
腕立ての遂に伏したる夏畳　［草樹］三六〇

［泉殿］

水亭にねころんでゐる男の子　［樹影］四五一
水殿に浮かぶ心地や仰臥の位　［草影］五七四

［噴水］

夫の脊に噴水の音かはりけり　［月光］二八
未明の鳩ねむる　噴水のその高さに　［晩春］一七四

［簟］

横に臥て樹々の音聞く簟　［草影］六〇一

［油団］

低く吹く風に身をおき渋油団　［初夏］二八六

［籠枕］

籠枕百夜通へる島の船　［草樹］三九六
庇出づる雲のかたちや籠枕　［樹影］四四九
押入へ片手のばせば籠枕　［草影］五六六

［陶枕］

陶枕に間遠となりて寄せる潮　［草樹］三九七

［日除］

日覆のはためきつづけ午後の波　［初夏］二八八
山聳つや日覆ふかく写真館　［緑夜］三一〇
日覆のなかに残りて葬の椅子　［草樹］三八七

［青簾］

水の音簾に距て夜想曲　［新緑］二一〇
遠景に簾垂らして老うごく　［新緑］二二九
青簾走り去るもの地にひびき　［新緑］二四九
晩年の月日聳える青簾　［初夏］二七五

薄瞼簾の風が白湯さます　[初夏]　二七七
水の耀りまともに宿の青簾　[草樹]　三七五
簾かげいつまで老の箸づかひ　[花影]　五〇九
長簾うちのひと日や水の綺羅　[花影]　五三一
ひと日過ぎひと日古びぬ長簾　[花影]　五三一
ひとところ川波荒し青簾　[草影]　五四七
湖の耀りまともとなりぬ夕簾　[草影]　五七二
水の綺羅ひと日つづけり青簾　[草影]　六〇〇
青簾のむかう艪音の往き帰り　[草影]　六〇〇
古簾つらねて町家昼の閑　[草影]　六〇〇
夕かけて風出でにけり青簾　[草影]　六〇〇

[葭簀]

葭簀のうちの暗きに坐る明治の瞳　[晩春]　一六一
内側に青き魚売る葭簀張　[花影]　四九四

[葭戸]

闇に潮満ち来し気配葭障子　[草樹]　三七六

[籐椅子]

籐椅子になびく隣家の薄煙り　[新緑]　二一〇
杉叢も仏も蒼し籐寝椅子　[樹影]　四二三
籐椅子に新聞いつも荒だたみ　[草影]　五五六

[蠅叩]

仏前のまんじゅう丸し蠅叩　[緑夜]　三一四

[蚊帳]

昼あつく蚊帳吊る紐を垂らしたり　[月光]　六二
寡婦ひとり入るる青蚊帳ひくく垂れ　[女身]　九三
風荒き夜の青蚊帳の中に入る　[女身]　九四
片隅に蚊帳の紅紐海女の昼　[新緑]　二三〇
駅柵に沿う窓昼の蚊帳たるむ　[新緑]　二四一

[蚊遣火]

母病んで朝の日あたる蚊遣香　[新緑]　二一七
蚊遣香の変らぬかたち海鳴す　[花影]　四九四

[掛香]

掛香や夜空の黒く垂れて来し　[樹影]　四七九

[香水]

香水の香の内側に安眠す　[晩春]　一四六

[扇]

身じろぎて扇をおとす通夜の客　[草樹]　三八七
半ば閉ぢ半ば開きて奈良扇　[草樹]　四〇七
奈良扇一本道となりゆけり　[草樹]　四〇七
しづかなる扇の風のなかに居り　[草樹]　四〇九
書信籠にともに入れあり奈良扇　[草樹]　四一一
白扇や越えきし山を目のあたり　[樹影]　四二三
眺むるとなく開きをり奈良扇　[花影]　五二一

[団扇]

渋団扇左右に振ってひと悼む　[緑夜]　三一四
ふるさとやいづくよりこの団扇風　[以後]　六三二

[風鈴]

不意に鳴る風鈴　海女の深いねむり　[晩春]　一八一

[朝茶の湯]

夏点前水中鯉のひげ動く　[新緑]　二四一

[晒井]

井戸替を見ている群のなかにいる　[緑夜]　三三五

[日向水]

留守の家を訪ふいつからの日向水　[草影]　五七三
心中の日向水いま揺れはじむ　[以後]　六三七

[打水]

水打つや一日空《ラ》の神輿庫　[緑夜]　三〇九
熊笹のこもれる闇に水を打つ　[草樹]　三七四
中京や水を打つたる後の露地　[草樹]　四〇五
料亭の門前に水打ちて老ゆ　[樹影]　四六八

[苗売]
苗売のしばらく居りしあとらしき　[樹影]　四二一

[早乙女]
早乙女の手足の泥のいつ乾く　[晩春]　一七五

[水争]
遠景に水争いをおく日影　[新緑]　二五一

[水番]
水番の片手しばらく樹をたたく　[新緑]　二五一

[草刈]
草刈機陽ざらしにして昼餉どき　[新緑]　二二七

[藻刈]
霽晴れていつよりありし藻刈舟　[花影]　五二一

[繭]
朝日射し繭をねむらす大庇　[初夏]　二七七

[鵜飼]
鵜舟待つ浪速とおなじ風吹いて　[花影]　五〇九

[避暑]
破れし扉より霧ひろごれり避暑期過ぎ　[晩春]　一五〇
犬も荒息避暑地の砂を足で掻き　[晩春]　一六八
老犬の耳垂れて子等避暑地去る　[晩春]　一六九
椅子の脚砂におちつき避暑家族　[新緑]　二五一
避暑の荘この家の掛軸いつも鶴　[樹影]　四七八

[納涼]
夕風に袖口つらね涼み舟　[樹影]　四五一
船頭の毛脛まぢかに涼み舟　[樹影]　四七九
かたまりて暮色となりし涼み舟　[花影]　五〇二
柳まづ置かれ納涼芝居かな　[花影]　五二二
死神も厄病神も涼みけり　[花影]　五三三
とり立てて言ふこともなし夕涼み　[草影]　六〇一
身のどこかむずかゆきまま夕涼み　[以後]　六三七

[川床]
大葉より落つる雫や川床料理　[草樹]　四〇八
川床にゐて隣の川床のひとを見る　[草樹]　四〇八
その上を覆ふ大樹や川床料理　[草樹]　四〇八

[船遊]
目の前に舳先あらわれ舟遊び　[初夏]　二七五
男きて遊船に莫蓙かかへ入る　[草樹]　三七五
友舟の水尾に乗りゆく舟遊び　[草樹]　三七五
ひとしきり櫓の音はげし舟遊び　[草樹]　三七五
舟遊び畳のへりの砂踏みて　[草樹]　四〇六
遊船のみるみる岸をはなれけり　[草樹]　四〇九
水の上を景色流るる舟遊び　[草影]　五五九

[ボート]
見覚えの桟へボート揺れて着く　[草樹]　三七二

[ヨット]
若き四肢ふんだんに使ひヨット出す　[晩春]　一五三
老夫婦の黙に沖さす遠ヨット　[新緑]　二〇八
眼前にヨット傾く一人旅　[新緑]　二二七

[登山]
登山駅男女四五人遅れ着く　[緑夜]　三一〇

[キャンプ]
綱ひけばたちまち干し場キャンプ村　[新緑]　二五〇

［泳ぎ］
遠泳ぎ流木はなお沖へゆく　［緑夜］　三〇三
［夜店］
うしろから風吹いてくる夜店かな　［草樹］　三六三
［花火］
胸で押す群衆花火はじまらず　［女身］　一一九
花火待ち遠し仰ぎて天の缺点さがす　［女身］　一一九
花火消えむとしばらく夜空混みあへり　［女身］　一一九
天の肌目こまかに花火吸ひこめる　［女身］　一一九
花火消えすかさず夜空ひきしまる　［女身］　一一九
橋の上の風に貼絵の遠花火　［初夏］　二六二
花火あと水面に泛きし何やかや　［樹影］　四五二
遠花火立居目立たぬひとと居り　［花影］　四九五
手に触れし草の湿りや大花火　［花影］　五〇三
海花火遠流の島をおもひけり　［草影］　五五八
浜花火見知らぬ人と並び見る　［草影］　五七三
暗き海大きくうねり花火果つ　［草影］　五七三
大花火何といつてもこの世佳し　［以後］　六一五
大花火草一筋を流しけり　［以後］　六三六
花火の下黒き頭あまたうごめける　［以後］　六三七
花火果て大河一瞬黒き帯　［以後］　六三七
この空に記憶さまざま大花火　［以後］　六三九
［夏枯］
野外能夏枯れの樹を照らしけり　［花影］　五二三
［水遊び］
舟に添ひ流るる死魚や川遊び　［草樹］　四〇六
［水鉄砲］
水鉄砲遠き玻璃戸のひかりたる　［樹影］　四一二

［水機関］
寝ころぶや水からくりの音のなか　［草樹］　三七三
［水中花］
まじまじと子が見てひらく水中花　［新緑］　二一七
一日の大方過ぎて水中花　［緑夜］　三三五
［箱庭］
箱庭に天のかげりの過ぎてゆく　［緑夜］　三一七
箱庭の釣人ひとり暮れて佇つ　［草樹］　三七四
［立版古］
起し絵や離れ座敷に灯がともり　［草樹］　三六二
［裸］
日本海の端に網投げ裸稼業　［晩春］　一七五
素手素足動かざる闇摑みたし　［以後］　六三六
［端居］
動きゐるものを眺めて端居かな　［花影］　五三三
世の中をほどほどに見て端居かな　［以後］　六二四
［髪洗う］
あやめの辺束ねて軽き洗ひ髪　［月光］　五三
［汗］
わが憤り言葉とならず汗ながる　［女身］　一一九
龍舌蘭の埃　汗噴く旅の夜の　［晩春］　一六九
［昼寝］
裏山の松の容に昼寝せり　［樹影］　四七七
野に蜜のあふれて村のひるねどき　［花影］　四九三
樹雫の太き一滴昼寝覚　［花影］　四九四
昼寝覚椅子の脚より見えて来し　［花影］　五二一
匙音や昼寝覚めざるひとのあり　［花影］　五二二
［暑気中り］

暑気中り昼の土蔵の間をゆく　[緑夜]　三二六
目の荒き宿の畳や暑気中り　[草樹]　三九七
茶漬屋の一隅にあり暑気中り　[樹影]　四六七
塀穴より出できし猫の暑気中り　[草影]　五六五

[夏休]

瓶ふって虫をころがす夏休み　[緑夜]　三二七
釘箱は庭の葉陰に夏休み　[以後]　六三七

[帰省]

読経の座のうしろより入る帰省かな　[緑夜]　三三五

行事

[母の日]

母の日の母のこまかき柄を択る　[女身]　一一二
「母の日」の寝息の母に遠灯影　[晩春]　一四九
母の日のレモンを飾る古書の上　[新緑]　二四六
母の日のゆるき大川海に入る　[草影]　五八四

[原爆の日]

ふりむきし顔思ひ出す広島忌　[花影]　五一〇

[端午]

山へ入る道白く耀り旧端午　[緑夜]　三二一
菖蒲の日一直線のレールかな　[草影]　五八四

[夏芝居]

夏芝居果て草の根の水びたし　[緑夜]　三〇九
薄暗に口あんぐりと夏芝居　[草樹]　三七三

[パリ祭]

手の影の皿に大きく巴里祭　[新緑]　二三九
重く押すホテルの木の扉巴里祭　[緑夜]　三一三
巴里祭知らずに巴里祭を詠む　[花影]　五二一

[海開き]

海開き神官冠おさへけり　[草影]　五五九

[祭]

川面かすかにつたうは舟渡御　獅子の笛　[晩春]　一六八
渡御の前一刻衰う舟篝　[晩春]　一六八
格子の奥で髭音　商家へ来た祭　[晩春]　一八〇
鉦打つて沼の風よぶ夏祭　[新緑]　二一七
神輿来て戸口をふさぐ婆の腰　[新緑]　二一七
夜の刃物うつむき祭囃子過ぐ　[新緑]　二一七
裏口へ水流れ出て祭笛　[新緑]　二三二
祭囃子山影覆う村を出て　[初夏]　二八六
祭過ぎ杉の葉先の雨雫　[初夏]　二八七
祭衆ひとりは朝日顔に浴び　[緑夜]　三〇二
夕風や線路づたいに祭衆　[緑夜]　三一五
三方に道がひらけて祭笛　[緑夜]　三一六
祭笛水寄り添うて流れけり　[緑夜]　三三三
耀る波の岬とりまく祭笛　[緑夜]　三三六
祭笛町なかは昼過ぎにけり　[緑夜]　三三六
夕雲のいささか動き祭幡　[緑夜]　三三六
更けてより馴れし祭の人通り　[草樹]　三七四
汀まで藻の匍ひ上る夏祭　[草樹]　四一〇
祭月洛中に水匂ひけり　[樹影]　四五一
夕波の舟ばたを打つ祭かな　[樹影]　四六六
くらがりに祭座蒲団積まれゐる　[樹影]　四六六
土間深く風通ひけり祭あと　[花影]　五〇一
祭着や幼なの箸の上げ下し　[花影]　五〇九
夕空と水との間祭笛　[花影]　五二二
その次はお囃子舟の波きたる　[花影]　五三二

縁側にゐて暮れそむる祭かな　[花影]　五三二
祭衆笛ふく顔を笠のうち　[草影]　五四七
水色の夕べとなりぬ祭笛　[草影]　五六六
雑草の風に吹かるる祭あと　[草影]　五六六
夜の祭帯のゆるんでゆくらしき　[草影]　五七二
とつおいつ祭の中をゆきしのみ　[草影]　五七三
左見右見しては買はずに祭店　[草影]　五七三
祭あとなほ荒れてゐる兄弟　[草影]　五九一
ほかならぬ憶ひのなかを祭笛　[草影]　六一〇
尽き果つるまでがわが世や祭笛　[以後]　六一二
身を入るる隙あらばよし祭笛　[以後]　六一二
祭笛遊びごころとなりゆける　[以後]　六二三
原色の土産物屋の夏祭　[以後]　六三六
水尾一筋ひきて消えゆく祭かな　[以後]　六三七

[峰入]

峯入りのうしろ姿に手をかざす　[初夏]　二八五

[御田植祭]

笑ひ出す途中の顔や御田植　[草樹]　四〇九
神鏡に映る冠御田植祭　[樹影]　四二〇
おん田植鴉の絵馬の下に坐す　[樹影]　四二〇
牛をひく綱もつれけりおん田植　[樹影]　四二一
おん田植面のなかより佳き声す　[樹影]　四二一
お田植の笛の音ひびく平野郷　[樹影]　四二一

[祇園会]

祇園会や京へ上るといひしころ　[花影]　五〇九
森奥を照らす一燈稽古笛　[草影]　五四七
どよめきのいづくともなく鉾祭　[以後]　六二四

[夏越]

形代の行方に芦が音立てる　[初夏]　二九五
形代の片袖折れて流れゆく　[草樹]　四〇九
昨夜の雨水音にきく夏越かな　[草樹]　四〇九
形代や雨粒落ちる夜の海　[草樹]　四一〇
雨粒の額にかかりし夏祓　[草樹]　四一〇
薄闇に蹠拭きゐる夏越かな　[樹影]　四二二
夏祓淡き色もて水描かる　[樹影]　四五〇
水渡る足のゆらめき夏祓　[樹影]　四五〇
一燭の炎あやふし夏祓　[樹影]　四五〇
水の音樹の音闇に夏祓　[樹影]　四六八
うしろより砂踏む音や夏祓　[樹影]　四六九

[夏神楽]

夏神楽川ひとすじを闇におき　[緑夜]　三一五
匂いなきものら集り夏神楽　[緑夜]　三一六
つめよりし膝そのままに夏神楽　[花影]　四九三

[安居]

門の松夏百日を傾いて　[樹影]　四八〇
夏百日堪へてゐる樹の底力　[草影]　五九〇

[夏花]

おん墓に夏花一輪たてまつる　[花影]　五一〇

[鑑真忌]

藻の匂い町にひろがり鑑真忌　[初夏]　二八四

[多佳子忌]

燈台の白染める陽よ多佳子の忌　[晩春]　一六七
多佳子忌の高階に泛くエレベーター　[初夏]　二七四

[楸邨忌]

楸邨忌畳の上を蟻の匍ふ　[草影]　五五七

[河童忌]

河童忌の白紙をはしる墨の色　［緑夜］　三〇三
河童忌の空罐とまる崖の際　［草樹］　三七四

動物

［蝙蝠］
かはほりや池にうつれる母の顔　［月光］　六二
大川の逆波白し蚊喰鳥　［草樹］　三八五
かはほりや遠き部屋より文弥節　［草樹］　三九六

［雨蛙］
青蛙はるかにはるかに樹が倒れ　［月光］　六一
葉裏より不意に鳴きたる雨蛙　［樹影］　四三六

［蟇］
蟇闇のつづきの山負うて　［新緑］　二五〇
蟇が出て廻りおさめる糸ぐるま　［初夏］　二七七
蟇とんで女の声のすぐおこる　［初夏］　二八五
蟇大きな月がうしろより　［緑夜］　三三四
蟇を見下してゐる寺男　［草樹］　三六二
蟇かすかに椅子のきしみたる　［草樹］　四〇九
伊勢みちの途中鳴きたる蟇　［樹影］　四二一
蟇鳴くや釘にかけある藁草履　［樹影］　四三六
蟇宇陀の郡の水泡かな　［樹影］　四三六
容変へぬ富士とひと日の蟇　［樹影］　四六五
蟇宿着手荒くたたまるる　［花影］　四九三
動かぬまま闇にまぎれし蟇　［草影］　五六六
蟇の肌波打つてより水に入る　［草影］　五九一
蟇鳴くやいよいよ太き土性骨　［草影］　六〇二
ひきがへる祖母のいつしか坐りゐる　［以後］　六二四
どのやうなことにならうと蟇　［以後］　六二四

［河鹿］
水の面に灯のくだけゆく夕河鹿　［花影］　四九四
夕河鹿この水の果何現るる　［以後］　六二三
流れつつ白き草の根夕河鹿　［以後］　六二三

［牛蛙］
足もとに風出でてきし牛蛙　［樹影］　四六五
あの声は冥よりの声牛蛙　［草影］　五五六

［蜥蜴］
山霊に囲まれて居り青蜥蜴　［樹影］　四六四

［蛇］
草の根の蛇の眠りにとどきけり　［樹影］　四三三
蛇の目に薬草うねりはじめけり　［樹影］　四三五
草そよぎゐるは水辺の蛇のため　［樹影］　四八〇
因縁は深からねども池の蛇　［草影］　五七六
くちなはの口惜しといふ眼を見たり　［以後］　六一五
汗をかく蛇も居るらしその濡れ身　［以後］　六一五
いつ穴に入るやわが身に飼ひし蛇　［以後］　六一六

［蛇衣を脱ぐ］
白昼の風ふきかわる蛇の衣　［初夏］　二八四
蛇の衣まはりの草のなびきけり　［草樹］　三六三

［羽抜鳥］
神官の袴にすさる羽抜鳥　［樹影］　四六八
句を思ふ心一途や羽抜鶏　［草影］　五七八

［時鳥］
ほととぎす窓際ばかり明るくて　［草樹］　四〇六
ほととぎす一山越えしへだたりに　［草樹］　四〇七
山中の沼を鋼にほととぎす　［樹影］　四二二
ゆきつくは社殿の鏡ほととぎす　［花影］　四九三

ほととぎす聴く幸を得し遠忌かな　［花影］　五三一
ほととぎすきれいな闇を鳴き過ぐる　［草影］　五八八
ほととぎすまさかと急にしんとなる　［草影］　六〇九
死ぬ病死ねぬ病やほととぎす　［草影］　六〇九

［郭公］
郭公や夜明けの水の奔る音　［緑夜］　三一一
郭公や靄のなかより山の形　［緑夜］　三二六
山頂にゆきわたる日や遠郭公　［緑夜］　三二六

［青葉木菟］
青葉木菟あたりの闇を宥めては　［草影］　五八八

［老鶯］
山襞に夏うぐひすの声こもる　［女身］　一一二
夏うぐひす総身風にまかせゐて　［晩春］　一四九
老鶯や木橋に楔深く入る　［草影］　五四八
老鶯の声谷深くなりゆきし　［以後］　六三四

［葭切］
よしきりや花莫蓙のべる舟の底　［草樹］　三七五
芦のなかくぐもる声を葭雀　［草樹］　三七五
葭切や雨傘ひらくまでもなし　［花影］　四九三

［水鳥の巣］
浮巣まで竿のとどかぬ夕水輪　［初夏］　二七六

［夏の鴨］
夏鴨や湖に日の没る日々の景　［花影］　五三〇
夏鴨の夕べや何の物おもひ　［草影］　五七二

［通し鴨］
松籟の高きを渡る通し鴨　［樹影］　四五七

［鳧］
鳧鳴くや鳧をつけたきことのあり　［草影］　五七二

［水鶏］
霧の中稚拙こもごも水鶏笛　［晩春］　一七六

［鵜］
海蝕岩　八方に眼の鵜をおけり　［晩春］　一六七
綱の鵜に火の旺んなる篝かな　［花影］　五〇九
篝火に「鵜の目鷹の目」のその鵜の目　［花影］　五一〇
喪ごころや白子の浜に浮かぶ鵜も　［花影］　五二〇

［白鷺］
白鷺の翔つて水面を彩移る　［初夏］　二九一

［夏燕］
夏燕故里は水濁りけり　［草樹］　三八八

［鯰］
地の底の鯰に聞きたきことのあり　［草影］　五八六
今にして鯰の髭を宜へり　［草影］　五八六
先の世のわからぬことは鯰に聞け　［草影］　五八九

［鮎］
ふるさとはよし夕月と鮎の香と　［月光］　四一
鮎の香や母やすらかにふるさとに　［月光］　四一
鮎釣りに遠山の風樹々の風　［新緑］　二二八
床下に空瓶乾く鮎の宿　［新緑］　二二八
焼鮎の膳より吹かれ箸袋　［新緑］　二四八
さかのぼる川波の耀り鮎料理　［初夏］　二七五
屑籠をぬくき畳に鮎の宿　［草樹］　四〇八
柔肌の鮎の身金串ぬかれけり　［以後］　六三三
一尾いま串抜かれたるばかりの鮎　［以後］　六三三

［金魚］
閑暇憂し金魚は昼の水に浮き　［月光］　二四
子への愛知らず金魚に麩をうかす　［女身］　一〇七

幾日経ても金魚親しむ眼をみせず　［晩春］一四五
頸すでに老いて金魚をのぞきこむ　［晩春］一六一
金魚の緋西の方より嵐くる　［初夏］二六一
金魚鉢に水の衰へ昼ふかし　［花影］四九五
人の言ふ老とは何よ大金魚　［草影］六〇九

［目高］
目高の水に映つてからの子の午前　［新緑］二二七
暮れ際のめだかは右往左往せり　［以後］六三四
めだか散り少しは見ゆる池の底　［以後］六三四

［鱧］
夕風にととのふ鉦や祭鱧　［花影］五〇九
鱧ちりや浪速ことばの橋と箸　［花影］五〇九
祭鱧湯引きを待てる小窓かな　［花影］五二二
祭鱧遠き世よりの笛を吹く　［花影］五三二
祭鱧夕風つよくなりにけり　［草影］五四七
着流しのまま町中や祭鱧　［草影］五四七
川波の耀りひとときや祭鱧　［草影］五六六
川波のきらめきやまず祭鱧　［草影］五七三
遺影とは握手適はず祭鱧　［以後］六二二
お互ひの日暮ごころや祭鱧　［以後］六二三
折にふれ思ひ出すひと祭鱧　［以後］六二四

［鰻］
舷に両眼映るうなぎ池　［緑夜］三一〇
新幹線車中を鰻飯通る　［樹影］四六七

［章魚］
蛸壺のあまたの底のみな乾く　［花影］五二四
水餅に似る水槽の章魚の群　［草影］五六二

［鮑］
風ややに強くなりたる蒸し鮑　［樹影］四七八

［蟹］
蟹黒く沈みゆきたるのちの波　［草樹］三八五
揚げ舟の底匍ふ蟹の音乾く　［樹影］四七八

［船虫］
舟虫のうごきし砂や松の風　［草樹］三八五
舟虫のあたりの砂のこそばゆし　［草樹］三八五

［水母］
砂にみじめなくらげで　海鳴りも昏れる　［晩春］一八一
くらげの海に漕ぎ出す　むつつり青年漁夫　［晩春］一八一
蒼海の舟底をゆくくらげなる　［草樹］三九五
海月見しはこの水門のあのあたり　［草樹］四〇三
日の浜にくらげは水となりゆける　［花影］五〇二

［夏の蝶］
黒蝶のいきづくほとり沼くもり　［月光］四五
黒蝶や薬をのみし舌にがく　［月光］五五
黒蝶や香水つよきひととゐて　［月光］五五
曇天のひくき揚羽を怖れけり　［女身］一〇〇
七月の蝶あらあらし砂の上　［女身］一〇七
岩はなれたる梅雨の蝶荒く飛ぶ　［女身］一一一
大揚羽木隠れ湖を求め出づ　［晩春］一六五
緑陰もまたおちつかず揚羽蝶　［新緑］二三九
黒揚羽ゆきもどりして凶を撒く　［新緑］二五〇
一日の奥に日の射す黒揚羽　［初夏］二七五
壺の蜜ゆるみはじめる揚羽蝶　［初夏］二八八
黒揚羽飛ぶ水滴に映るまで　［緑夜］三一二
鎌倉やことに大きな揚羽蝶　［草樹］三五三
廓あと檐ふかくゆく揚羽あり　［草樹］三八六

揚羽蝶昼の昏らきに水祀る　[草樹]　四〇七
揚羽蝶ねむりの国の蒼くあり　[樹影]　四二三
樹液噴く幹日ざらしに揚羽蝶　[樹影]　四五三
木の洞を出でて狂へり揚羽蝶　[樹影]　四六四
水吸ひに黄泉より来たる揚羽蝶　[樹影]　四七七
いつの世も揚羽は煉瓦館に舞ふ　[樹影]　四七九
虚空よりとつて返せし揚羽蝶　[花影]　五一〇
地獄絵を抜け出し故の蝶の黒　[花影]　五一〇
黒揚羽現れてこの世のひと悼む　[草影]　五八七
梅雨蝶の柱の陰に昨日より　[草影]　五八九
黒揚羽野のまんなかの石乾き　[以後]　六二三
空間に鼓動大きく黒揚羽　[以後]　六二三
はばたきて耳元過ぐる黒揚羽　[以後]　六二三
ふりむくな夏蝶は翅重ね合ひ　[以後]　六二五
黒き蝶あれは化身よ晴子の忌　[以後]　六二六

[蛾]
大蛾息づけばわれも息づける　[月光]　五五
眼を張れる蛾や硝子戸を雨垂りて　[女身]　一〇六
比叡の灯に紅蛾は翅をたてて歩く　[女身]　一一二
夜をこめてひとりの部屋に灯蛾ふゆる　[女身]　一一三
ヘッドライトの圏内過ぐる蛾の歓喜　[晩春]　一五〇
蛾の微光おのれ昂り母寝落つ　[晩春]　一五三
鏡面の貌にとまる蛾　旅また旅　[晩春]　一六八
はばたく蛾の銀粉を紗に微光の町　[新緑]　二〇三
水に浮く蛾が生きていて西日さす　[新緑]　二一九
母の辺の禱りに白蛾たちのぼる　[新緑]　二三八
裏返る大蛾に朝の湖はあり　[初夏]　二八九
北ぐにの蛾の舞ひ出づる能舞台　[草樹]　三九五
卓布より青き蛾のたつ湖の宿　[樹影]　四三七
化野をめぐりて今宵蛾となりし　[樹影]　四五一
火蛾の宿一夜水音を近くせり　[樹影]　四五一
山の闇白蛾あまたをしまひけり　[樹影]　四五三
吊鐘を闇に沈めて白蛾かな　[樹影]　四五四
遠き世の白蛾となつてしまひけり　[樹影]　四七七
高笛に灯蛾狂ひたる野外能　[花影]　五二三
蛾とのぼる合掌部落の縄梯子　[草影]　五六四
蛾を打つて手応へのなき闇の中　[草影]　六〇二
骸の蛾由々しき貌をしてゐたる　[草影]　六〇二

[蛍]
ゆるやかに着てひとと逢ふ蛍の夜　[月光]　六二
蛍もう別の生きもの日が射せば　[晩春]　一七四
もう灯らぬ蛍籠　二三日は置く　[晩春]　一七四
目を大きく蛍をみては深夜の母　[晩春]　一七四
瀬にのつてすぐ蛍火の急速度　[晩春]　一七四
碑面に立つさざ波や初蛍　[樹影]　四三四
はかなさはいづれ衣の香と蛍火と　[花影]　五三二

[兜虫]
道ばたに死が来て乾く兜虫　[新緑]　二〇七

[金亀虫]
白昼の松を目指してこがね虫　[草樹]　三九八
ダイアナの死やかなぶんの一直線　[草影]　五五八

[水馬]
少年来て脚ねばりだす水すまし　[新緑]　二〇三
牛の鼻の影の近づく水すまし　[新緑]　二一六
ペン持たぬ午前水すましより寂し　[新緑]　二三〇
水すまし水の四隅にゆかず昏る　[草樹]　三八六

水すまし水に浮かびてガルボの死　［樹影］　四七七
雲踏みて今も昔もみづすまし　［花影］　五〇二

［鼓虫］
まひまひやほんにこの世は面白し　［以後］　六三六
まひまひのあてなく舞ひて日昏れけり　［以後］　六三七

［蟬］
蟬時雨夫のしづかな眸にひたる　［月光］　二六
夫とゐるやすけさ蟬が昏れてゆく　［月光］　二六
蟬時雨熱の掌を組む胸うすし　［月光］　三五
蟬の夜の暗きともしび灯りけり　［月光］　三五
初蟬や水面を雲のうつりつゝ　［月光］　四二
蟬なくや袖に射し入る夕薄日　［月光］　四四
夕蟬や松の雫のいまも垂り　［月光］　四五
天の蟬まひるぐらぐら湯が煮え立つ　［女身］　八八
羽根透ける蟬を夕焼にはなちやる　［女身］　九五
初蟬やかがやきそめし水のいろ　［女身］　九九
林中に日と蟬声の縞の棒　［晩春］　一六五
蟬の窓朝の花瓶の水にごる　［新緑］　二〇三
油蟬寺領の土を深く掘る　［新緑］　二五〇
水面に油紋のみどり蟬の昼　［初夏］　二六四
蟬ないて藤樹書屋に黄ばむ紙　［初夏］　二七七
蟬声に流れをはやめ峡の雲　［初夏］　二八五
朝の蟬忌日の白湯が煮え立ちて　［緑夜］　三三五
蟬なかぬ山つらねたり越後線　［草樹］　三六一
鋸をひきゐる蟬の木の根元　［草樹］　三六三
杉山に杉の影満ち朝の蟬　［草樹］　四〇七
啼く蟬の朝はやさしき貴船川　［草樹］　四〇八
水際に蟬の一生のありにけり　［草樹］　四〇八
一山に日ざす刻きて油蟬　［草樹］　四〇九
蟬はげし人の出で来ぬ湖畔村　［樹影］　四三五
蟬の森水の匂ひのしてきたり　［樹影］　四六七
蟬の穴にひそみて一夜眠りたし　［樹影］　四七九
蟬の穴冥へつづくはどの穴か　［花影］　五三三
夕凪やさざ波となる遠き蟬　［草影］　五四八
蟬しぐれ担送車に子の声は無し　［草影］　五七四
夕かけて己れ励ます蟬の声　［草影］　六一〇
蟬羨し憶ひのたけを啼きゐるは　［草影］　六一〇
遠蟬の止みたるのちの長き道　［以後］　六三七

［蚊］
蚊柱や眉つりあげし絵看板　［草樹］　三七三
蚊柱の大ゆれしたる竹林　［草樹］　四〇五
舟宿の蚊ののぼりゆく昼障子　［樹影］　四五〇
溢れ蚊や夕べは六腑衰へて　［草影］　五九九

［蚋］
着流しのひとりに蚋の襲ひけり　［樹影］　四三四

［まくなぎ］
まくなぎや山中に沼ひろがりて　［草樹］　三九八
まくなぎや門前町のはづれより　［樹影］　四三四
まくなぎやむかしばなしをききしあと　［樹影］　四六五
まくなぎを払ふしぐさをいくたびも　［花影］　五三一

［蟻地獄］
待つものの静けさにいて蟻地獄　［新緑］　二四九

［蟻］
蟻殖えてひとみ鋭く夫病みぬ　［月光］　二五
蟻ころす馴るるといふは佗びしきこと　［月光］　五二
蟻ひとつころせばあたり何もなし　［月光］　六一

菓子つまむ蟻ころしたる指をもて　[月光]　六一
寡婦痩せて地に黒蟻のおびただし　[女身]　九三
此の家去る朝もはげしく蟻ゆきかふ　[女身]　一〇七
夕日の蟻入りては穴をふかめゆく　[晩春]　一四八
草に臥て身の内側を蟻はしる　[新緑]　二二七

[羽蟻]

羽蟻出てもの音のなき一夜なる　[樹影]　四七九
床下に朽ちゆくものや羽蟻舞ふ　[樹影]　四八〇
どれだけと言へぬ羽蟻のむらがれる　[草影]　五九一

[蜘蛛]

吊り鏡夜は大蜘蛛のかくれ場所　[新緑]　二一八

[蝸牛]

蝸牛二日の旅の荷さへ重し　[晩春]　一五三
石畳ばかり誤算のかたつむり　[新緑]　二〇六
水逝くとてのひらにのる蝸牛　[初夏]　二七四
ねむりつぎ薄日ふたたび蝸牛　[初夏]　二八四
昏れんとし幹の途中の蝸牛　[緑夜]　三一二
蝸牛まひるの崖をころげ落つ　[緑夜]　三三四
遠国や舟ばたを匍うかたつむり　[緑夜]　三三五
でで虫や闇に重なる幹の数　[草樹]　三六一
かたつむり鎌倉の木をすべり落つ　[草樹]　三六一
蝸牛かぞへはじめのひとつかな　[草樹]　四〇六
水の辺にひと日の昏るる蝸牛　[樹影]　四五三
照らされて眼張りゐる蝸牛　[以後]　六三四

植物

[葉桜]

桜葉となるやをみなの衿白し　[月光]　四〇
葉桜の夕べかならず風さわぐ　[月光]　五二
唇なめて笛吹く葉ざくらよりの風　[晩春]　一七九
葉ざくらやきみの短冊掛けしまま　[花影]　五〇七

[薔薇]

朝光に紅薔薇愛し妻となりぬ　[月光]　二四
ひたすらに赤し颱風前の薔薇　[女身]　一一二
薔薇展のなかに造花をつけて入る　[女身]　一一九
薔薇挿せども空瓶になほ洋酒の香　[晩春]　一四五
女人の袖いまひるがへり薔薇の風　[晩春]　一五七
病廊に彩なき女薔薇をかぐ　[晩春]　一五九
日の薔薇へ扉を開く一医院　[初夏]　二九五
薔薇園の鉄柵に手をふれてゆく　[初夏]　二九六
薔薇館舌なめづりの猫と居て　[草樹]　三六四
治療には薔薇一本の花瓶も邪魔　[草影]　五七七

[牡丹]

牡丹園白日の海かゞやけり　[月光]　三四
牡丹昏れ夕べのひかり空に満つ　[月光]　三四
ぼうたんの昼闌けて書く巻手紙　[月光]　三四
牡丹生けてうすき蒲団に臥たりけり　[月光]　五三
しづかにてぼうたんに時経つつあり　[女身]　九二
牡丹咲ききつて真向より朝日　[女身]　九二
ぼうたんの蘂ふかくして蟻うごく　[女身]　九四
口乾き牡丹はひくく土に咲く　[女身]　九九
いのちの限り咲ける牡丹に圧され佇つ　[女身]　九九
廻廊はかげり牡丹は耀りかがやく　[女身]　九九
白昼の牡丹遠見にひとの家　[新緑]　二〇八
牡丹のなかより虫の貌が出て　[初夏]　二七三
白牡丹耀りくらがりの梯子段　[花影]　五〇九

牡丹一花終の白さを保ちをり　〔花影〕五一〇
牡丹散るいまなにもかも途中にて　〔草影〕五八七
百の牡丹のなかの一花を描き倦まず　〔草影〕五九一
おのづから光を放ち牡丹咲く　〔以後〕六二二
牡丹の炎噴きゐる静寂あり　〔以後〕六二二

〔紫陽花〕

紫陽花の醸せる暗さよりの雨　〔晩春〕一四四
紫陽花へ雨の簾をひと日かけ　〔新緑〕二四八
錆び音と共に開くドアー濃紫陽花　〔初夏〕二六三
紫陽花に佇ち山々の昏れごころ　〔緑夜〕三一三
紫陽花に自称憂愁夫人かな　〔草影〕五四八
あぢさゐにあぢさゐ色の暮色くる　〔草影〕五四九
あぢさゐに灯り初めたる麓の灯　〔草影〕五四九

〔百日紅〕

奈良坂の家うち暗きさるすべり　〔草樹〕四一一

〔杜鵑花〕

濡れわたりさつきの紅のしづもれる　〔女身〕一〇六
さつき先づ濡れそぼち芝濡れにけり　〔女身〕一〇六

〔夾竹桃〕

夾竹桃花のをはりの海荒るる　〔女身〕一一三

〔栗の花〕

栗咲く香にまみれて寡婦の寝ねがたし　〔女身〕一一八
栗の花匂ふとき死はみにくきもの　〔晩春〕一四六
濁る水はどこかへ流し栗の花　〔新緑〕二〇三
栗の花匂う真下の水汲場　〔緑夜〕三一二

〔石榴の花〕

水色は遠方の色花柘榴　〔新緑〕二一一

〔青梅〕

青梅のひるのねむりやかなしみて　〔女身〕八八
梅の実が落ちて梯子の位置きまる　〔新緑〕二四九
青梅や濡れびかりして水汲場　〔樹影〕四六四

〔青柿〕

青柿の落ちてひろがる針のめど　〔初夏〕二七八

〔青柚〕

一日の青柚子の耀り温泉の宿　〔草樹〕三七八

〔青林檎〕

青りんごひとりの夜もよきものぞ　〔月光〕四七

〔木苺〕

木苺にかかる埃も旅半ば　〔新緑〕二四八

〔桜桃の実〕

木の箱の釘すぐ抜けてさくらんぼ　〔初夏〕二七四

〔枇杷〕

きのふ子を死なしめし家枇杷熟す　〔女身〕九五
枇杷種に遠い灯がつき老夫妻　〔初夏〕二六四

〔夏蜜柑〕

夏蜜柑ざつくり剝きて旅たのし　〔女身〕一〇五

〔夏木立〕

剃りあとの青き夫なり夏木立　〔月光〕一九
ふるさとに切尖をもつ夏樹あり　〔新緑〕二五一
木立より顔あらわれる夏木立　〔緑夜〕三一三
夏木より葉の震ひ落つ能舞台　〔草樹〕三九六
鼓の音いつしんに立つ夏木あり　〔草樹〕三九七
水神を暗きところに夏木立　〔草樹〕四〇七
豁音やうすくらがりに夏樹の根　〔草樹〕四〇八
風音にゆるぎもあらず夏木立　〔草影〕六一〇

〔新樹〕

わが声のまづしく新樹夕映えぬ 〔月光〕二六
シューベルトあまりに美しく夜の新樹 〔月光〕二六
夜の新樹こゝろはげしきものに耐ふ 〔月光〕三五
夜の新樹はげしき雨も降り出でよ 〔月光〕三五
闇に新樹みなぎればわれ寝ねがたき 〔女身〕九四
新樹透く夕陽や奈良の粗壁に 〔女身〕九八
新樹ゆきくろき仏ををろがめる 〔女身〕九九
夜の新樹すこしの酒に胸さわぐ 〔晩春〕一八八
新樹照り心に遠く馬車の鈴 〔以後〕六二二

[若葉]

夕映えの一村囲む桑若葉 〔晩春〕一四九
若葉蔭にくぼむ眼窩よ笛吹けり 〔晩春〕一五三
若葉からまつすぐに来る朝の風 〔新緑〕二一六
奔るもの若葉を過ぎてより夕べ 〔新緑〕二二四
天気図に重石のナイフ若葉光 〔新緑〕二二四
若葉光虫はもとより鋼色 〔新緑〕二二五
老婆の荷を解き放つ風若葉光 〔新緑〕二二六
切尖をいづれに向けむ照若葉 〔草影〕五八七
振りかけの粉の四散や若葉風 〔以後〕六三二
拭きこみし縁黒光り若葉寒 〔以後〕六三二

[青葉]

てのひらの水の珠玉よ青葉騒 〔新緑〕二〇九
掌のしめり箸にうつして青葉の夜 〔新緑〕二一〇
一鳥の声のするどさ青葉騒 〔新緑〕二三八
煉瓦館の酒場の灯影や青葉冷 〔草影〕五四八
青葉騒昔の顔の打ち揃ひ 〔草影〕五五七

[新緑]

新緑や踏切番の旗鮮し 〔女身〕一一七
女五人みどりの出羽に衣を翻す 〔晩春〕一五七
喪服で抜ける緑濃き森 風のハイヤー 〔晩春〕一六四
緑ゆるがす風ばかりなる天城越え 〔晩春〕一六七
画展への道眼帯に緑さす 〔新緑〕二〇五
新緑のなかまつすぐな幹ならぶ 〔新緑〕二四七
新緑の顔映るまで茹で卵 〔初夏〕二七一
茶店透き柱に緑射す時計 〔緑夜〕三〇二
家鳩に庭木のみどり日もすがら 〔草樹〕三五九
新緑や鯉のあげたる水しぶき 〔草樹〕四〇六
新緑や水を窺ふ一羽ゐて 〔樹影〕四三四

[茂]

樹の茂り草の茂りも世田谷区 〔樹影〕四二四
屋根の上に草茂り居り薬草園 〔樹影〕四三五

[万緑]

子なき吾をめぐり万緑しづかなり 〔月光〕二八

[木下闇]

御陵へつつしみあゆむ木下闇 〔草樹〕三九六
木下闇に鯉のうねりを見し夜かな 〔樹影〕四七九
釜鳴り出づるまでの静寂や青葉闇 〔草影〕五四八

[緑蔭]

母子睦む緑蔭を過ぎ鶴の前 〔月光〕二八
緑蔭に蟻の一日ながかりき 〔月光〕五四
子をもたぬ女のひけめ緑蔭に 〔月光〕五四
緑蔭に赤犬を見てすぐ忘る 〔月光〕六一
緑蔭の奥の緑蔭男女ゐて 〔月光〕六一
緑蔭の濃きを選りては揚羽過ぐ 〔晩春〕一四九
清め塩緑陰に撒き喪の生者 〔新緑〕二〇九
緑陰に風反転し豹の息 〔新緑〕二一六

人容れて緑陰さわぐひとところ　〔新緑〕二三八
ハンカチを敷き緑陰の地とへだつ　〔新緑〕二三八
緑陰の木椅子は昏れるまで木椅子　〔新緑〕二四八
裏道に緑陰が見えそこへゆく　〔初夏〕二六〇
緑陰や水際に魚の匂いして　〔初夏〕二八六
緑蔭の椅子音たてて仆れけり　〔草樹〕四〇六

［柿若葉］
手拭の片寄り吹かれ柿若葉　〔新緑〕二三七
風はしり窓に片寄る柿若葉　〔初夏〕二六〇
雨あとの大きな雫柿若葉　〔初夏〕二七三
土塀より梯子つき出て柿若葉　〔緑夜〕三〇二
歯刷子の一列窓の柿若葉　〔緑夜〕三三三

［椎若葉］
一門に志あり椎若葉　〔花影〕五〇八

［若楓］
若楓奔流町の端を過ぎ　〔新緑〕二一六

［葉柳］
人力車にレトロの街の夏柳　〔以後〕六三六

［病葉］
病葉の上に病葉一日過ぐ　〔以後〕六三四

［常磐木落葉］
夏落葉深く沈みて露天風呂　〔草樹〕三六〇
井戸蓋の上に乾きゆく夏落葉　〔草影〕五九九

［卯の花］
暁の雲一気に去りぬ花うつぎ　〔晩春〕一五七
山裾に添うて日の照る花卯木　〔緑夜〕三一一
鳥一羽強気の声の花卯木　〔緑夜〕三一一

［忍冬の花］
呼べばすぐふりむくひとやすひかづら　〔草影〕五五六

［桐の花］
花桐にまひる物縫ふこゝろ憂き　〔月光〕一一九
桐の花紅の夕日は人去る方　〔新緑〕二一〇
花桐と土蔵の月日友の家　〔新緑〕二一〇
花桐にすでに脈打つ朝の町　〔新緑〕二二六
桐の花ひびくものみな地に沈む　〔新緑〕二二六
雨後の幹にさっと日のさす桐の花　〔緑夜〕三一二
山中の花桐にあふ真昼かな　〔草樹〕三八六
花桐のうけとめてゐる夕日かな　〔草樹〕三八七
湯の宿の曇りガラスや桐の咲く　〔草樹〕三九六

［朴の花］
山々をさめし闇や朴の花　〔草樹〕三六三

［山法師の花］
山荘や遠眼に白き山法師　〔樹影〕四五二
山法師ゆたかなる夜となりゆける　〔樹影〕四六五

［椎の花］
一団の発ちし湯宿や椎の花　〔樹影〕四二一

［榊の花］
夜の谷のさだかならねど花榊　〔草樹〕三九七

［えごの花］
暮るる間の雨の匂ひやえごの花　〔花影〕五三〇

［合歓の花］
沖の荒れ合歓はねむりの中にいて　〔新緑〕二四〇

［沙羅の花］
沙羅散るや助走の長きわが一生　〔草影〕五五八
落ちてより目立つことなき夏椿　〔以後〕六三五

［竹落葉］

坪庭に今日いちにちの竹落葉　[花影]　五三一
[竹の皮脱ぐ]
竹の皮ひらと地上に人の酔　[新緑]　二二五
竹の皮落ちてしばらく日の中に　[新緑]　二四七
竹皮をぬぐを見てゐる宿酔　[草樹]　三八六
竹皮を脱ぐひとときの無風かな　[花影]　五三一
[若竹]
耐へがての日の竹青く陽に透けり　[月光]　三二
若竹の日射しに乾く糠袋　[緑夜]　三〇九
[杜若]
声とほく水のくもれる杜若　[月光]　四四
[あやめ]
夕づきてさゞなみまぶし花あやめ　[月光]　四四
雨雲のましたあやめの色の濃き　[月光]　五三
雨雲やとがりてうすきあやめの葉　[月光]　五三
足垂れてあやめの水を濁しけり　[月光]　五三
髪うすく幸うすくまたあやめ咲く　[月光]　五三
あやめ咲きひとりでわたる丸木橋　[月光]　六一
膝の砂あやめの水に払ひけり　[月光]　六一
あやめ咲きつぎをあてたる足袋をはく　[月光]　六一
衣をぬぎし闇のあなたにあやめ咲く　[女身]　九二
女若くあやめ剪るにも膝まげず　[女身]　一一二
あやめ咲き雨戸の多い家に棲む　[新緑]　二三八
家々の深き庇やあやめ咲く　[草樹]　三六〇
黒甍せり出してくるあやめかな　[草樹]　三六〇
[花菖蒲]
花菖蒲夕べの川のにごりけり　[月光]　四四
花菖蒲　多佳子横顔ばかりの夢　[晩春]　一七九
さざ波のこちらむきたる花菖蒲　[草樹]　三六〇
人肌のぬくみの酒や花菖蒲　[草樹]　三六〇
花菖蒲多佳子いづくに佇ちたまふ　[草影]　五九九
[菖蒲]
隙多い木の橋わたり菖蒲池　[新緑]　二二八
飛ぶ虫のときには見えて菖蒲園　[草影]　五八四
[鳶尾草]
一八に使いはじめの飯茶碗　[初夏]　二七三
[向日葵]
夕浅間向日葵は黄を強く放つ　[晩春]　一七五
向日葵の精根尽きしさまにあり　[草影]　六〇一
[睡蓮]
睡蓮に外人の声ひゞきあへり　[月光]　二六
睡蓮の一花のために水に寄る　[晩春]　一四九
睡蓮の純白のこす山の暮　[新緑]　二三〇
声明に日のひろがれる未草　[樹影]　四三四
睡蓮に一本の草添ひ映る　[花影]　五二一
睡蓮の眠りに白馬過ぎゆけり　[草影]　五七五
睡蓮の水に行き交ふものの影　[草影]　五八八
睡蓮に睡る刻来て山の影　[草影]　五八九
[百合]
開く百合仰臥のままの哀歓よ　[晩春]　一六〇
飛ぶ雲に山百合の張り県境　[晩春]　一六五
匂う百合へ鏡の中で鳴る時計　[晩春]　一八二
断崖やたえず震うて百合の芯　[初夏]　二八四
僧衣より百合の香立ちぬ朝の燭　[草樹]　四〇七
[苺]
子がなくて苺ミルクの匙なむる　[女身]　一一七

[茄子苗]
荒海や砂飛んでくる茄子の苗　[草樹]　三八四
[豌豆]
ひとづまにゑんどうやはらかく煮えぬ　[月光]　二六
ゑんどうむき人妻の悲喜いまはなし　[女身]　一〇〇
板の間の黒光りせり豌豆剝く　[草影]　五七〇
地震の国に生きてゑんどう剝いてをり　[草影]　五八六
[筍]
裏山に筍のびる昼の経　[初夏]　二七二
筍を括る荒縄土の上　[緑夜]　三〇九
一絃のひびく筍ぐもりかな　[樹影]　四二二
白砂を踏む音筍曇りなる　[花影]　四九三
大甕の覆へる筍ぐもりかな　[花影]　五二〇
散らばやと散る筍の皮ひとつ　[草影]　六〇〇
[蕗]
奈良格子の奥に蕗煮る匂ひかな　[樹影]　四六二
[瓜]
街道にくだけし瓜や奈良格子　[草樹]　四一一
朝風や駅舎の裏に瓜の蔓　[樹影]　四二五
瓜の種笊にひつつき沖つ波　[花影]　五一二
日に熱き瓜をくれたる隣びと　[花影]　五三二
[茄子]
夜の冷気民田茄子をかみしめて　[晩春]　一五七
皿に描く茄子の紺色　風の日の　[晩春]　一八二
荷のなかの茄子胡瓜濡れ門前町　[緑夜]　三〇四
しろがねの雨横降りに茄子畑　[樹影]　四五三
[トマト]
わが庭のトマト耀ることなく熟れし　[女身]　一一九
[夏大根]
轍また深みにはいり夏大根　[初夏]　二七四
[パセリ]
岩礁にパセリ一片若者去る　[晩春]　一六七
[蓼]
ふり止みて再びはげし蓼の雨　[月光]　四一
[紫蘇]
紫蘇しげるなかを女のはかりごと　[初夏]　二八七
[青山椒]
夕暮の橋が短かく青山椒　[初夏]　二六三
雨傘の雫の下の青山椒　[草樹]　三八六
[蓮]
足許の闇に音たて池の蓮　[初夏]　二八八
蓮池のいよいよ雨を交へけり　[樹影]　四三六
蓮の花古陶は土に眠りけり　[樹影]　四三六
蓮ゆるるほどの風来てうすぐらし　[樹影]　四五一
いちにちの綺羅を通せり白蓮　[樹影]　四六三
雨脚の光一瞬白蓮　[草影]　五四八
蓮の花地声の人の通りけり　[草影]　五七二
大蓮の間ベッドを浮かしけり　[草影]　五七四
蓮の葉を水に浮かせて身は没す　[草影]　五七五
暁の蓮の台に坐りたし　[草影]　五七六
暁の近よりがたき蓮の白　[草影]　五七七
白蓮にいま日の昇る寂光土　[草影]　五七七
いまが死にごろか白蓮花ひらく　[草影]　五七七
[蓮の浮葉]
浮葉より虫立ちのぼる朝景色　[草樹]　四〇六
[麦]

窓外に視線やわらぐ麦畑　[新緑]　二一六
時計鳴り日の勁くなる麦畑　[初夏]　二六一
裏山に日がさすときの麦埃　[初夏]　二六一
仏飯の湯気麦畑に日があたり　[初夏]　二七四

[早苗]

笠のうち目のみ動きて苗を植う　[晩春]　一七五

[麻]

白波や筋目立ちたる麻衣　[樹影]　四八〇

[夏草]

夏草の根元透きつ、入日かな　[月光]　四五
夏草の丈に夫婦の息沈む　[新緑]　二二八

[青薄]

青萱を伝う人声舟寄せる　[新緑]　二三八
青芒沖に力の船通る　[新緑]　二五二

[青蘆]

湖昏れて青葦わたる風に筋　[初夏]　二七六

[夏蓬]

そこまでは灯ののびている夏蓬　[初夏]　二七四
北ぐにに幻はあり夏蓬　[草樹]　三九五

[夏萩]

燃ゆるもの身に夏萩を手折りけり　[月光]　四五
夏萩におかれひとつの机かな　[草樹]　三八八

[竹煮草]

老婆過ぎ風のむらがる竹煮草　[新緑]　二四九

[浜昼顔]

浜昼顔ホテルは窓を閉ざしたり　[樹影]　四七八
手漕ぎ舟浜昼顔を遠ざかる　[樹影]　四七九

[昼顔]

戸に咲く昼顔　ここ吾妻郡嬬恋村　[晩春]　一六八
昼顔に鉄の匂いのにぎりめし　[新緑]　二二九
昼顔に鉦の音より顔荒ぶ　[新緑]　二二九
昼顔や潮満ちてくる家の裏　[緑夜]　三三六
昼顔にうしろを見せて男帯　[草樹]　三六〇
昼顔や舟出す声を浜にむけ　[草樹]　三七五

[月見草]

月見草砂地は風の吹くままに　[新緑]　二一二
馬柵つづくかぎり空ある月見草　[草樹]　三八八

[真菰]

舟容れて青き真菰の水昏む　[晩春]　一六二

[河骨]

河骨の水の傷みに顔映る　[新緑]　二四九
河骨のところどころに射す日あり　[草樹]　三九八
河骨や水皺に貌のまじりたる　[花影]　五三〇

[蒲の穂]

蒲の穂の影の乱れし水の端　[草樹]　四一一
蒲の穂や波いくたびも折返す　[草樹]　四一一

[夏薊]

夏あざみどこにでもある景色かな　[以後]　六二五

[十薬]

十薬に一点の雨廃工場　[晩春]　一六六
十薬の花の近くの灰かぐら　[新緑]　二四八
どくだみへ空マッチ箱沖くもる　[初夏]　二八五
十薬や何か音する籠り堂　[緑夜]　三一三

[蛇苺]

渡り得ぬ深き淵あり蛇苺　[草樹]　三八七
蛇苺遠き水面の耀つよし　[花影]　五三一

[夏蕨]

入日の前の土の明るさ夏蕨　[新緑]　二四〇
灯を囲むものをへだてて夏蕨　[新緑]　二四八
谷底の雨霽れてゆく夏蕨　[草樹]　三八四
中空に富士も日に倦む夏蕨　[樹影]　四六五

[苔茂る]

苔ふかき庭に沈みて石ひとつ　[草影]　六〇八

[藻の花]

藻の花の辺を過ぎ水馴竿の影　[樹影]　四二二
藻の花に音なく富士の顕ちにけり　[樹影]　四六四
藻の花を地の神過ぐるまひるかな　[樹影]　四六四

[萍]

萍の風の気ままに雲の午後　[新緑]　二四九
あかつきの萍たたく山の雨　[新緑]　二四九
葬りあと身は萍に似て遊ぶ　[緑夜]　三一四
山昏れる萍は萍のまま　[緑夜]　三一五
母のせて舟萍のなかへ入る　[緑夜]　三三五
萍のいつか寄りゆく水漬き舟　[草樹]　三七四
萍に絶えず虫くる山の昼　[草樹]　三九八
萍の辺に天井の低き家　[樹影]　四五二
遠富士へ萍流れはじめけり　[樹影]　四六五
萍の隙間怖れし昔かな　[花影]　五〇二
萍の中を進みて白枕　[草影]　五七四
間をおきて萍過ぐる舟の影　[草影]　五九一

[黴]

夏の餅黴びねば忘れ山の風　[初夏]　二八七
抽斗の黴の聖書を怖れけり　[樹影]　四七八
黴の書とすまじジイドもチエホフも　[樹影]　四七八
かび美しき闇やわが身も光りだす　[草影]　六〇九

秋

時候

[秋]

夫の忌をこゝろに秋の京に入る　[月光]　四七
秋の土鶏のみつむるもの動く　[月光]　五五
他家の猫撫して秋昼ひとりの餉　[女身]　一〇八
四五人に日向ばかりの秋の道　[新緑]　二三一
秋すでに風のひびきの湖西線　[初夏]　二七六
水汲んで水を動かす山の秋　[初夏]　二九〇
茅葺の茅の緻密に山の秋　[初夏]　二九一
雲流れたしかに秋の松の幹　[緑夜]　三〇四
桟橋を端まで歩く秋の昼　[緑夜]　三一六
横顔に傘の雫の飛んで秋　[草樹]　三五三
傘立に傘がまつすぐ立つて秋　[草樹]　三五四
水を聴く面それぞれに秋の人　[草樹]　三八八
汐ひきしあとわらわらと秋の蟹　[草樹]　三九九
もの置かぬ秋の机を憶ひけり　[草樹]　四一一
音たてぬもののなかより秋の鶏　[樹影]　四五五
備中へ雲退りゆく秋の滝　[樹影]　四五七
秋翳や海峡沿ひの浅庇　[樹影]　四六九
松籟や秋の気顕ちし門構　[樹影]　四八〇
天守への太き手摺も秋の翳　[花影]　五一三
ゆくほどに秋や備前の甍耀り　[草影]　五五〇
白臘のひとの眠れる秋の闇　[草影]　五五九

円き空のこして落ちる秋の滝 〔草影〕 五六七
一花なき病室に切絵の秋の鳥 〔草影〕 五七七
秋励む二本の脚で歩くため 〔草影〕 五七七
はじめより高音朝の秋の鳥 〔草影〕 五七九
暮れそむる辺りに秋を思ひけり 〔草影〕 五九二
秋航や半島長く日当れる 〔草影〕 五九四
秋の一報天地ひつくり返りけり 〔草影〕 六〇二
秋となるまでのわが身のおきどころ 〔以後〕 六一五
足の地につかぬ思ひの日日の秋 〔以後〕 六一七
これが秋鏡のなかのもの吹かれ 〔以後〕 六二五
やうやくに秋のかがやき水の綺羅 〔以後〕 六二五
窓に倚ればラフマニノフの秋の景 〔以後〕 六二六
一夜経て波のかたちのすでに秋 〔以後〕 六三八
雲は秋木の考へてゐたりけり 〔以後〕 六三八

〔初秋〕

初秋の肌へさやらに菜を食めり 〔月光〕 三七
肉購いに初秋の鏡くぐりぬけ 〔新緑〕 二二九
はつ秋の雲より光大竈 〔初夏〕 二七七
初秋や人のうしろを風が過ぎ 〔初夏〕 二七七
水音のはやも初秋のひびき立つ 〔草影〕 五四八
風三筋きて初秋と思ひけり 〔草影〕 五七六
朝粥のまはり初秋の光満つ 〔草影〕 五七六
初秋やひとの蹠の真白くて 〔草影〕 五九二
初秋の草のかこめる真水かな 〔草影〕 五九二
泥眼を初秋の風通りけり 〔草影〕 五九三
初秋やひそめるものの声きこゆ 〔以後〕 六三七

〔八月〕

八月をかたはらにおく三尺寝 〔草樹〕 三六二
八月や兄の帽子が遠ざかる 〔花影〕 五一一
八月の終りきれいな魚の骨 〔花影〕 五一一
八月や闇に集る真人間 〔草影〕 五五八

〔文月〕

大広間文月の箸の揃ひけり 〔草影〕 五五七
水無月も文月も憂しや墨硯 〔草影〕 五六六

〔立秋〕

愛憎を母に放ちて秋に入る 〔月光〕 四六
絹をもて身をつつむ秋きたりけり 〔女身〕 一〇一
川半ばまで立秋の山の影 〔初夏〕 二八八
新聞紙濡れて秋立つ魚市場 〔初夏〕 二八九
木の洞を通ふ風あり秋の立つ 〔草樹〕 三五三
立秋の土掻いてゐる山の犬 〔草樹〕 三七六
秋立つや鐘をつかんとのけぞれる 〔草樹〕 三九八
水透きしところより秋はじまりぬ 〔樹影〕 四六九
川沿ひにつらねし庇秋の立つ 〔花影〕 五〇二
秋立つや観念の墨磨ってをり 〔草影〕 五五八
水底に動かぬ石や秋の立つ 〔草影〕 五六七
白粥の白をすくひぬ秋立つ日 〔草影〕 五七六
秋といふ身にしむころのきたりけり 〔草影〕 五七六
身もそぞろ秋立つ風のよぎるさへ 〔草影〕 五九一
今朝の秋柔き箒の動くまま 〔草影〕 五九二
秋きたる命まるごと洗ひたし 〔草影〕 六〇二
一羽毛ただよふ秋となりにけり 〔以後〕 六一五
音もなく水の流れて秋となる 〔以後〕 六一五
立秋や何かを思ひ立たねばと 〔以後〕 六一五
さまざまの雲ゆきあひて秋に入る 〔以後〕 六一六
秋立つや豆腐のほしき齢なる 〔以後〕 六二五

［残暑］
秋あつし鏡の奥にある素顔　［月光］　二九
六波羅に荷をほどきたる秋暑かな　［樹影］　四三六
舟着場に一舟のこり秋暑なる　［花影］　五〇三
もろもろに入日の深く射す残暑　［草影］　五八九
秋暑し人の近づく草の音　［以後］　六二五
秋暑し泥の乾きし築地塀　［以後］　六三八
秋暑し号外の端泥より見え　［以後］　六三九
秋暑し一木のみに日のあたり　［以後］　六三九

［二百十日］
窓際に二百十日の細身の椅子　［初夏］　二六五
電柱に厄日すみたる日射かな　［花影］　四九五

［九月］
松の幹のみな傾きて九月かな　［月光］　四五
いちじくも九月半ばの影つくる　［女身］　一〇八
園丁に大きな錠のある九月　［新緑］　二三〇
もろもろのもの尖りだす九月かな　［花影］　五一一
頭の中に猫を解体して九月　［花影］　五三四
窓閉ぢて九月はラフマニノフの曲　［草影］　六〇二
袖ぬける風や九月の肌熱し　［以後］　六一六
まつすぐにゆけば九月の乱れ雲　［以後］　六一六

［八朔］
八朔の夜風に会ひし松の幹　［樹影］　四一三
八朔や法螺貝ふかく法の山　［樹影］　四三八

［白露］
二階から声のしている白露の日　［初夏］　二六五
閾をすべる雨戸いくつも白露の日　［初夏］　二六六
白露の日神父の裳裾宙に泛き　［初夏］　二七八
地を展べて朝光を待つ白露の日　［初夏］　二八八
白露の日海の平らを窓に見て　［緑夜］　三二七
木の扉の触れあふ音や白露の日　［草樹］　三五三
つる細き眼鏡を探す白露の日　［草樹］　三七七
白露の日石段ひとつづつ降りる　［草樹］　三九九
山の木のはつきり見えて白露の日　［樹影］　四八二
白露かな杓文字につきしごはんつぶ　［樹影］　四八二
白露や三界に身の置処なし　［草影］　五七六
かすかなる鳥の羽音や白露の日　［以後］　六一六

［秋彼岸］
口むすぶ鯉みて帰る秋彼岸　［新緑］　二三一
昼の風鏡素通る秋彼岸　［初夏］　二五七
秋彼岸石階の端砂たまり　［草樹］　三五三
山裾をめぐる道あり秋彼岸　［樹影］　四五三
秋彼岸隙なき老婆前をゆく　［花影］　五一二

［秋の日］
部屋秋陽夫の匂ひの衣をたゝむ　［月光］　二七
母の髪染めて黒しや秋の陽に　［月光］　六二
みごもりしことなし肌に秋日あつし　［女身］　一〇二
椅子浅く掛けて秋日に診られ居り　［女身］　一〇九
かがやきて髪も秋日のものとなる　［女身］　一一四
いつも夕べのつかの間の秋陽白壁に　［女身］　一二〇
秋陽照らし出す盛装の一汚点　［女身］　一二一
ただよう秋陽と水に逆らい思惟少女　［晩春］　一八二
時計師に微塵の秋日身のまわり　［新緑］　二二一
階段裏へ秋日とどいて昼の酒　［新緑］　二三二
秋日射し杉の匂いの厠紙　［初夏］　二九〇
朽ち舟のどうにもならず秋日中　［草樹］　三八九

壺の口ひろきを移る秋の翳　[草樹]　四一〇
積まれたる瓦に秋陽さす日かな　[草樹]　四一三
日は秋の大甕を置く門構　[草樹]　四一三
くらがりに九体の仏秋入日　[樹影]　四二四
み仏のめつむりながき秋日かな　[樹影]　四二六
石の上に伏したる荒藻秋日差　[樹影]　四五四
立ち坐りして御僧に秋日果つ　[樹影]　四七二
秋日濃き出雲街道猫走る　[花影]　五一三
秋日没る庭の平らに金の砂　[以後]　六三九

[秋の暮]

秋の暮鶏はいつまで白からむ　[月光]　五五
秋の暮女ばかりの衣を干せり　[女身]　八九
さしかかるひとつの橋の秋の暮　[新緑]　二二〇
炎える火のふしぎなかたち秋の暮　[新緑]　二四二
水入れて壺に音する秋の暮　[新緑]　二四二
椎の樹を仰ぐ目鼻や秋の暮　[初夏]　二九一
舟底押す水の力や秋の暮　[草樹]　三五四
何事にもおどろかぬ顔秋の暮　[花影]　五〇四
海照らす日は真正面秋の暮　[以後]　六二六
高からぬ山連なりて秋の暮　[以後]　六二六
備前備後の山の親しき秋の暮　[以後]　六二六
じやんけんのあいこのままの秋の暮　[以後]　六三八

[秋の夜]

秋の夜のうつしゑ常にわれに向く　[月光]　三〇
秋の夜を笑ふひとなき淋しさよ　[月光]　三〇
指硬く組めり秋夜を組むほかなき　[月光]　六三

[夜長]

秋の夜白湯長く置く枕上　[草樹]　四一二
顧みてわれに影ある夜長かな　[花影]　五一二

[秋澄む]

大空の何待ちて澄む何も来ず　[草影]　五九〇

[爽か]

爽涼の御饌に香りのなかりけり　[樹影]　四七二
爽やかな空気の端を吸ひしのみ　[以後]　六二五

[冷やか]

大木の根元の冷えのひもすがら　[月光]　五六
すべて微光の中にて冷えし人うごく　[晩春]　一六二
光る眼をもたず動かず冷えし洞に　[晩春]　一六二
緻密に冷える夜気　葡萄酒のぶどう色　[晩春]　一八二
喪の膝と竹林に風冷え通る　[新緑]　二〇九
秋冷の身に及ぶまで雨後の幹　[新緑]　二一九
冷え土間を砂浜へ犬ぬけ通る　[新緑]　二四一
朝影や幹ひややかに地より立つ　[初夏]　二八八
大楠の冷え日もすがら叫ぶ鳥　[緑夜]　三〇五
犬冷えて出る曇日の竹藪を　[緑夜]　三〇九
山冷えの夜を下りくる沼の面　[緑夜]　三二六
枝々に張る秋冷の大気かな　[樹影]　四八〇

[うそ寒]

うそ寒やいつか空きたる身の囲り　[以後]　六一七

[夜寒]

母とわれ夜寒の咳をひとつづつ　[女身]　九〇
珈琲碗夜寒の眼鏡置かれある　[樹影]　四七一

[霜降]

霜降や一気に鯉の腹割きて　[草樹]　三五四

[冷まじ]

天龍わたるすさまじきものたかしの句　[晩春]　一五一

冷まじや早瀬に乗りし一小舟　[樹影]　四二七
山姥のうしろ姿のすさまじや　[花影]　五〇四

[秋深し]

恋ごころときにはつのり秋ふかむ　[月光]　四七
秋ふかし鏡に素顔ゆがみゐて　[女身]　八九
濡れし櫂真菰なでゆき深む秋　[晩春]　一六二
深秋の墓域を移る幹の影　[初夏]　二九〇
坐す牛にそれぞれの顔秋深む　[草樹]　三六五
秋ふかし過ぎきし方も松の風　[草樹]　三八九
水引のかかりし奉書秋深し　[草樹]　三九九
深秋の水に真昼の日を泛かべ　[草樹]　四〇一
秋深し法相宗の塔の影　[樹影]　四五四
秋ふかし夢二の女灯をともす　[樹影]　四八二
秋ふかき室津の宿の畳かな　[樹影]　四八二
秋深むスワンの朱きまなじりも　[花影]　五一二
秋ふかみゆく身ほとりの草も樹も　[草影]　五九二
秋深し木は年輪をいとなみつ　[草影]　五九三
音もなき闇を背負ひて秋深し　[以後]　六二七
秋深し湯に顔映らざるはよし　[以後]　六二七

[行く秋]

秋逝くと黄昏ふかく樹々鳴りぬ　[月光]　三六
逝く秋のひとごゑ池をめぐりきぬ　[月光]　三六
逝く秋や夫が遺愛の筆太き　[月光]　三六
板塀に沿いし水音　逝く秋の　[晩春]　一七〇
上手より馬あらわれて秋終る　[初夏]　二六七
遠ざかる秋へ雑草そよぎ初む　[樹影]　四五五
逝く秋のからくれなゐの心意気　[草影]　五八〇
逝く秋のあからさまなる山の容　[以後]　六二六

[秋惜む]

そのなかの一木に触れ秋惜しむ　[緑夜]　三一八
惜しむひまなくて逝きたる秋惜しむ　[以後]　六一七

[冬隣]

雲丹がすこし歩いて海鳴り　もうすぐ冬　[晩春]　一七六
冬近し水辺にあまた鱗散り　[草樹]　三六六
冬近し黒く重なる鯉の水　[草影]　五六〇
やうやくに秋と思へば冬近し　[以後]　六一七
冬近し鯉の鱗の黒光り　[以後]　六二七
違ひ棚に同じ人形冬近し　[以後]　六三九

[九月尽]

山の蛾がふらす銀粉九月果つ　[晩春]　一四六
城趾に鎖を垂らし九月逝く　[初夏]　二六五

天文

[秋色]

秋光や小魚の跳ねる曳き車　[樹影]　四六九

[菊日和]

太柱半ばは陰に菊日和　[緑夜]　三三〇
紐の束廊下の隅に菊日和　[草樹]　四〇一
菊日和丹波に低き山ならぶ　[樹影]　四七一

[秋晴]

母こぼれ降りる秋晴れの市電より　[女身]　八八
よれよれの禰宜の袴や秋日和　[樹影]　四二六
一湾に漁ながき秋日和　[樹影]　四二八
海神より賜りしこの秋日和　[樹影]　四六九

[秋旱]

石の上に落す鉛筆秋旱り　[緑夜]　三一九

［秋の空］
秋天は常のごとあり夫逝くに　［月光］　三〇
秋天に雲あり夫を焼く焼場　［月光］　三〇
秋天に出て服の皺気になりだす　［女身］　一二〇
秋天の高きに台辞うろおぼえ　［草樹］　三七八
秋空や二階の人に富士見ゆる　［樹影］　四五五
この秋空死の通ることいくたびか　［花影］　五〇三
秋空や高きにおきて志　［花影］　五一一
これをしも秋空といふ藍の色　［草影］　五八〇
［秋高し］
天高き日やアイザックスターン死す　［草影］　六〇二
［秋の雲］
思慕ふかく秋雲を四方にめぐらせり　［月光］　三〇
秋雲や画家のガウンの裾短か　［以後］　六二四
［鰯雲］
こまかき波こまかき波天に鰯雲　［晩春］　一六二
吹きなびくものをうしろに鰯雲　［新緑］　二三〇
風の透く梯子をはこぶ鰯雲　［初夏］　二六六
水に落ち羽毛すぐ浮く鰯雲　［初夏］　二八〇
都さす貨車が連なり鰯雲　［草樹］　三六五
庇より周防の国の鰯雲　［樹影］　四二八
老夫人のピンクのパジャマ鰯雲　［草影］　五七七
いづこより湖の匂ひや鰯雲　［以後］　六二四
坂の上の人いつか失せ鰯雲　［以後］　六二六
［月］
月あまり清ければ夫をにくみけり　［月光］　二七
母と娘のこゝろ距てて月更くる　［月光］　四六
月光のとゞく木立や母のこゑ　［月光］　四六
さびしさはひとには告げね月の樹々　［月光］　四六
手を貸して母を渡すや月の溝　［月光］　四六
月の街歩みしよりの恋ごころ　［月光］　四七
燭の灯に月下の石のゆらぎけり　［月光］　四八
すゝき原水なき川を月照らす　［月光］　五五
男臥て女の夜を月照らす　［月光］　五六
月の斑や女さみしきまゝ臥たり　［月光］　五六
月光のつきぬけてくる樹の匂ひ　［月光］　六三
月の夜の枕ひきよせ寝るほかなき　［月光］　六三
亡父に似るおもざし月にてらさるる　［月光］　六三
ひとりとてひとり歩める月の街　［月光］　六四
犬しばしかゞめり月のまがりかど　［月光］　六四
やはらかき身を月光の中に容れ　［月光］　六四
月の中透きとほる身をもたずして　［女身］　八九
月光に踏み入るふくらはぎ太し　［女身］　九四
月浴びてきし身をあつき湯にひたす　［女身］　九六
やがて影を天幕にしまひ月の浜　［女身］　一〇七
錐もみて細き穴あく月の中　［女身］　一一三
易々と猫越す月明の水たまり　［晩春］　一八三
吠えるような人間の声　月の道　［晩春］　一八四
月浴びて歯の根をあわす水の上　［初夏］　二五七
月明の遠山となる壁鏡　［初夏］　二七八
水底に泥のかぶさる月の村　［初夏］　二七八
月の出て畳の縁の足ざわり　［初夏］　二八九
草なびく月も虚空に吹かれ出て　［初夏］　二九〇
黒猫の去り月光は机まで　［緑夜］　三二九
月の湖といつかなりゐて草さわぐ　［草樹］　三五五
月明に小枝とばしぬ富士颪　［草樹］　三五五

松籟を遠く月夜の油壺　〔草樹〕三六四
月映る刻を待ち居り忘れ潮　〔草樹〕三七六
鶏小屋に鶏むくれゐる月明り　〔草樹〕三七七
月明や飼はれしけものくらがりに　〔草樹〕三七七
月の航ともづなに乗る黒い鳥　〔草樹〕三七八
月の中板一枚に水流る　〔草樹〕三七八
深く入る森に月夜の潦　〔草樹〕三八五
月明や潮のなかなる神の島　〔草樹〕三九九
雲の上に月の照りゐて蔵の町　〔草樹〕四〇〇
月の湖さざ波立ちてきたりけり　〔草樹〕四一三
沖くらくこもれり月の波がしら　〔草樹〕四一三
月を待つ人の小声や草に風　〔草樹〕四一三
月出でてほのと泛きたつ畳の香　〔草樹〕四一四
月の出や桟橋を人歩きゆく　〔草樹〕四一四
山肌の白し周防に月出づる　〔樹影〕四一七
関門の引き潮さわぐ砂月夜　〔樹影〕四一七
早鞆に月の潮路の立ち騒ぐ　〔樹影〕四一七
関門の灯に昂ぶれり月の灘　〔樹影〕四一七
月明の杭に通ひの舟きしむ　〔樹影〕四三九
月明のことに雪被し富士の山　〔樹影〕四四三
月明の奈良もはづれの一寺なる　〔樹影〕四五六
月の出やしきりに別の舟の波　〔樹影〕四七〇
熊野路や竹柏にさす月とこしなへ　〔花影〕五〇四
一本の枝を渡しぬ月の川　〔花影〕五一二
ふりかへり大きな月に出会ひけり　〔花影〕五一二
沖の舟にもいま月光の射しをらむ　〔花影〕五一二
傷舐むる獣もあらむ山の月　〔花影〕五一三
月の出や威儀を正せる苑の松　〔花影〕五二三
舞の手に月の甍の遠き照り　〔花影〕五二三
月の中へ枝さしのべし苑の松　〔花影〕五二三
月の夜は月さしこまむ丸子舟　〔花影〕五三四
月光のしばらく照らす峡の底　〔花影〕五三五
かかる世の月孤つ空わたりゆく　〔花影〕五三五
師の句碑に月照る夜の待たれけり　〔草影〕五四九
碑と月のむかひあふ夜の来たりけり　〔草影〕五四九
碑の建ちし日よりの夜々の月　〔草影〕五五〇
月の夜の貌の映らぬ鏡かな　〔草影〕五五〇
月光に遠く置かれしレモンかな　〔草影〕五五〇
湯の町の片側暗し十日月　〔草影〕五五九
月光をさかのぼりゆく君かとも　〔草影〕五五九
真夜かけて窓わたりゆく月ひとつ　〔草影〕五七八
外科病棟夜は月光に泛くベッド　〔草影〕五七八
月の中わが魂いまは珠なして　〔草影〕五七八
魂は売らぬ雲より雲へ月　〔草影〕五七八
月光やベッド真白き舟となる　〔草影〕五七八
月光や身にまとひたきうすごろも　〔草影〕五七八
月の中航く白き舟白き櫂　〔草影〕五七九
一燈を目ざし漕ぎゆく月の舟　〔草影〕五七九
鬼女の面柱に哄ふ月の真夜　〔草影〕五九三
月明や扉の半ばまで木々の影　〔以後〕六二五
月出でて海峡をゆく一漁船　〔以後〕六二七

【月代】

月白く春帆楼の甍かな　〔樹影〕四二七

【夕月夜】

夕月のかそけさ人の子を抱くも　〔月光〕二八

【待宵】

待宵の月のなかなるスープかな　[花影]　五三五

[名月]

師の句碑に照る満月を思ひけり　[草影]　五四九

[良夜]

広縁を拭きたるあとの良夜なる　[草樹]　三九九

[無月]

棕櫚を揉む風となりたる無月かな　[月光]　三八

母ねむり無月の空のあかるけれ　[月光]　四三

岸の波打ちあつてゐる無月かな　[草樹]　三五四

海の底うねりつづける無月かな　[草樹]　三六五

熊笹のさわぐ谷ある無月かな　[草樹]　三八九

辛口の人の集まる無月かな　[草樹]　三九九

羽ばたいて枝のゆれゐる無月かな　[草樹]　三九九

無月とや笑むが定めの翁面　[草影]　五九三

[雨月]

道の辺に土うづたかき雨月かな　[樹影]　四五四

[十六夜]

十六夜やわれのみこもる部屋ほしき　[月光]　四六

十六夜の母の前なる小盃　[月光]　四六

十六夜の黒からぬ髪梳り　[月光]　六三

[立待月]

まぎれつつ立待居待過ぎにけり　[樹影]　四五四

[後の月]

墨すつてひととへだたる十三夜　[月光]　四六

十三夜うすもいろのねずみ死ぬ　[草樹]　四〇〇

後の月長門周防を照らしけり　[樹影]　四二七

水の上の闇ひらけゆく十三夜　[樹影]　四五五

この年の雨に終りし十三夜　[以後]　六一七

[秋の星]

秋の星厳しき真夜を夫は逝けり　[月光]　二九

[天の川]

母病むや樹々のはざまの天の川　[月光]　四五

三たび居を替へて銀漢いよよ濃し　[女身]　一〇八

[流星]

流星やすでに妙義をかくす闇　[樹影]　四三八

[秋風]

われを置き夫は秋風とともに逝けり　[月光]　三〇

秋風や日輪白く波にあり　[月光]　三八

秋風の窓ひとつづつしめゆけり　[月光]　四八

目に触るるものみな乾き秋の風　[月光]　四八

秋風の馬の臭ひと歩きゐつ　[月光]　四八

秋風や母のうしろの生駒山　[月光]　五五

秋風が過ぐ抽斗にナイフ錆び　[女身]　九六

秋風にパンのかたちの包み抱く　[女身]　一一三

秋風や蟻も古びて樹を伝ふ　[女身]　一一九

秋風やハンドバッグの中汚なし　[女身]　一二〇

戸の内外秋風細く通ひあふ　[女身]　一二〇

秋風や盛装ゆるむひとの前　[女身]　一二一

秋風に掛けし衣のよき容なす　[女身]　一二三

逢ひし衣を脱ぐや秋風にも匂ふ　[女身]　一二三

団子食へば皿が秋風のまん中に　[晩春]　一五四

鋭き秋風　寝覚の床を過ぎしころ　[晩春]　一六八

風の秋嬬恋の名の村よぎり　[晩春]　一七四

犬も素直　秋風の道分けゆけば　[晩春]　一七七

鉋屑の小さな旋回　秋風路地　[晩春]　一八一

光る魚提げ背後平らな秋風受く　[晩春]　一八二

野仏に暮色たつぷり秋風散り　[晩春]　一八三
秋風の舟底白い魚ねかせ　[新緑]　二四一
秋風と月日繰りだす糸ぐるま　[初夏]　二七六
秋風の墓前を飾る一羽毛　[初夏]　二九一
秋風を来て鼻筋の通る馬　[草樹]　三五四
秋風や一生の石彫つてをり　[草樹]　三六四
秋風やももいろの牛横たはり　[草樹]　三六五
秋の風丸き柱をめぐり吹く　[草樹]　三八八
秋風に適へる松の容かな　[草樹]　三八九
串だんごの串ひきぬいて秋の風　[草樹]　三八九
秋風や山翳移る水の面　[草樹]　三九〇
秋風やかたまつて船下りきたる　[草樹]　三九九
秋風や山門にたつ木の柱　[樹影]　四二三
秋風や細身の傘を巻きながら　[樹影]　四二四
ゆきずりの御裳裾川の秋の風　[樹影]　四二八
秋風の吹いてくるなり藁草履　[樹影]　四五五
松の威に添ふ秋風や門跡寺　[樹影]　四六八
生薬の匂ひに秋の風きたる　[樹影]　四六九
蛇籠より洩るる水音秋の風　[樹影]　四七〇
海近き町に佇ちゐて風の秋　[樹影]　四八一
湖過ぎて湖に出会へり風の秋　[樹影]　四八一
一湖より見し一山や風の秋　[樹影]　四八一
秋風に松斜めなるままが佳し　[花影]　四九六
秋風の盤石に腰青畝大人　[花影]　四九六
秋風の遊ぶのれんとなりにけり　[花影]　五〇二
裏口を出て秋風となつてゐし　[花影]　五一一
そのままが佳し秋風にふくらむ衣　[花影]　五二三
秋風や心の傷は覆ふなし　[草影]　五七六
風や秋鏡のなかの帽子掛　[草影]　五七九
秋風をやりすごしゐる草の丈　[草影]　五七九
秋風やいつも気になる蝶番　[草影]　五八〇
草なびくかたちや既に秋の風　[草影]　五九二
秋の風人の匂ひのいづこより　[以後]　六二五

[色無き風]

裏口へ色なき風を通しけり　[花影]　五〇三

[爽籟]

爽籟や簷過ぎてゆく水の綾　[花影]　四九七

[初嵐]

樹の揺れを鏡の奥に初嵐　[樹影]　四五六

[野分]

あなうらのひややけき日の夜の野分　[月光]　四八
野分中相ふれてゆくひとの肩　[月光]　四九
木鋏の音はつきりと野分去る　[月光]　五五
水甕の水に触れゆく野分の端　[新緑]　二一九
はばたける鶏の蹴爪や野分あと　[草樹]　三八九
押し戻す鉄の扉の隙野分波　[草樹]　三九八
一僧の前もうしろも野分波　[樹影]　四八二
よく歩くひとに交りて野分あと　[花影]　四九五
ファインダーをのぞく眼冥き野分浪　[草影]　五六七

[颱風]

細き薄き板に囲まれ颱風待つ　[女身]　一二〇
颱風外れ月夜の貨車として進む　[女身]　一二〇
人の眸の細く鋭し颱風後　[女身]　一二〇
河口また黒き藻交り台風来　[以後]　六三八

[黍嵐]

芋嵐花かんざしを拾ひけり　[草樹]　四一二

京過ぎて黍嵐また葛嵐　[樹影]　四二六
風の戸の鳴る暁や黍嵐　[樹影]　四五五

[雁渡し]

雁渡し海なき国に入らむとす　[緑夜]　三一八
駅弁の黒きこんにゃく雁渡し　[緑夜]　三一八
雁わたし遠き鉄路を人よぎる　[草樹]　三六五
雁わたし米の袋を積み重ね　[草樹]　四一三
雁わたし宿の出窓を水の上　[樹影]　四二四
雁わたし鉄路一本山に入る　[樹影]　四二六
雁渡しこころ澄みくるきざしあり　[花影]　五一一

[秋曇]

秋曇の幹の褐色ドラン死す　[女身]　一二〇
秋曇の幹となるまで画布を塗る　[新緑]　二三二
秋曇の目の前にある松の幹　[初夏]　二八九
秋曇の海に浮びて蝶の翅　[樹影]　四五五
直哉旧居の湯呑秋陰まとひゐて　[樹影]　四六九
街道に暁の灯のこり秋曇　[花影]　五一三

[秋の雨]

秋雨の昼のつめたき掌をかさね　[月光]　三〇
秋雨の日照雨となりし銀座かな　[樹影]　四二四

[秋の雷]

ふりほどく老婆の髪へ秋の雷　[晩春]　一八三
秋雷をひそめし嶺の黒く聳つ　[樹影]　四三八
秋の雷きみの叱声かと思ふ　[草影]　五九三

[稲妻]

いなびかりひとと逢ひきし四肢てらす　[女身]　九四
杣人の片方の手にいなびかり　[初夏]　二八六
いなびかり夜に入る幹の直立し　[初夏]　二八六
いなびかり音なき湖を照らしけり　[以後]　六三九

[霧]

夜霧濃し厚き母の掌に手をおけり　[月光]　二五
夫ねむり霧はひそかに河を流れ　[月光]　二七
霧の中むなしさのみぞつきまとふ　[月光]　四九
夜の霧に溝を流るる水絶えず　[月光]　五六
ミルクのみ霧ふかき夜を出でゆける　[女身]　九一
川霧のなかにて赤く海老ゆだる　[女身]　一〇三
鉄塔の間のさびしさを霧満たす　[晩春]　一五〇
沖の船に光る靴立ち港は霧　[晩春]　一五〇
旅一夜の身寒さ霧の町　上野　[晩春]　一七六
湖は霧　逢えばうなずく馬と馬　[晩春]　一八〇
霧に眼を据えて昨日の水を見る　[新緑]　二〇九
罠もろとも獣がうごく霧の底　[新緑]　二一六
山中の霧が緋鯉の緋をあやつる　[新緑]　二一八
霧に影うごき牡牛に昼の飢え　[新緑]　二一八
霧にうかぶ皿より淡くわがねむり　[新緑]　二一八
霧の夜の川面に浮かすわが眠り　[新緑]　二二〇
厨房のナイフ曇らす山の霧　[新緑]　二二八
山荘の門出てすぐに霧女郎　[新緑]　二二八
セロファンにひびく霧笛よ薬のむ　[新緑]　二三二
足音や間道に霧深く入る　[初夏]　二八五
いただきは霧がとりまく国境　[初夏]　二八五
霧ごもり港ごもりや船の笛　[緑夜]　三一八
山ひとつ浮び諸山霧の中　[緑夜]　三一九
百本の蠟燭ともせ湖の霧　[草樹]　三五四
霧の夜の幹ばかり立つ三合目　[草樹]　三五四
霧を出て樹の幹太し霧に入る　[草樹]　三六五

何となく山の容を霧のなか　［草樹］　三七六
山中や影あるものに霧奔る　［草樹］　三七六
猟銃を壁につるして霧の山　［草樹］　三八〇
神職の町一筋の霧ごもる　［草樹］　三九九
遠き灯のひろがりきたる霧のなか　［草樹］　四〇八
朝の餉や備前備中霧のなか　［草樹］　四一五
霧笛の尾長き朝や壇の浦　［樹影］　四二八
平家村霧の中にて深井汲む　［樹影］　四四〇
現れし一山あとは霧ごもる　［樹影］　四四一
葦舟の声のとどかず湖の霧　［樹影］　四五二
霧のなか音無川の音ばかり　［樹影］　四五二
霧深く谷へみちびく水音あり　［樹影］　四五五
禱りの背霧にかくれてしまひけり　［樹影］　四五六
山荘やプリンに霧の灯をひとつ　［樹影］　四六七
一山の杉をつつみて五里霧中　［花影］　四九六
ふり返るひと怖しき霧のなか　［花影］　五三三
ふた廻り半の細帯霧の宿　［花影］　五三四
夜は霧にとりまかれなむ城孤つ　［草影］　五五〇
霧深し骨もこころも杳として　［草影］　五七六
これよりのくれなゐ秘めし霧の山　［草影］　五九〇
霧の中に夜の崖せまる舳先かな　［草影］　五九〇
しばらくの間を置いて鳴る霧笛かな　［草影］　五九〇
朽木いま流木となり夜の霧　［草影］　五九三
ふりむかず霧にまぎれてゆきしひと　［以後］　六三九

［露］

この庭の露びつしりと髪みだれ　［月光］　四八
照り戻る信濃つらぬく露軌条　［晩春］　一六八
牛ひき出す　穂薄の露とび散る中　［晩春］　一七六
一夜過ぎ単線駅の露の貨車　［新緑］　二〇六
露の駅ひとりひとりに手の温み　［新緑］　二〇六
母ねむりそれよりつづく露の道　［新緑］　二三九
砂浜に一夜放置の露の椅子　［新緑］　二四一
紅絹を裁つ亡母に露の鯨尺　［初夏］　二五七
賤が岳へ道のはじめの露葎　［初夏］　二七六
露の戸を開けて掌にのる余呉の湖　［初夏］　二七六
露の葉のそれぞれに日は力帯び　［初夏］　二七七
露の戸を敲く風あり草木染　［初夏］　二七八
露の灯の陽とさしかわる牛乳店　［初夏］　二七八
樹々ふかく露の墓域に人うごき　［初夏］　二九〇
竿竹売り露の籬に触れて過ぐ　［緑夜］　三一六
天地に露満ちひとを通すかな　［緑夜］　三一七
露しとど津和野の宿の黒甍　［草樹］　三八八
露けくて水辺に鯉の頭の寄れる　［草樹］　四一二
露けしや撞木の縄の宙とんで　［草樹］　四一二
祠の灯水に映れり露葎　［草樹］　四一二
早立ちの声過ぎゆけり露葎　［草樹］　四一二
露の道竹一本を結界に　［草樹］　四一三
露の玻璃山々は影重ねたる　［樹影］　四二五
堂くらし露けき千手寄りあひて　［樹影］　四二六
露ふかし椀に色濃き備前味噌　［樹影］　四三九
露の夜の灯りに巫女の白額　［樹影］　四六八
竹林に一夜の露の荒筵　［樹影］　四八〇
露の簷草々に日のあたり初む　［樹影］　四八〇
草々を露もて覆ひ隠れ里　［花影］　五〇二
露の夜の紙燭に裾を照らさるる　［花影］　五一一
巻かれあるホースの赤し草の露　［草影］　五四九

〔秋の夕焼〕
爼に流す血黒し秋夕焼　〔晩春〕一四四
秋夕焼山の彼方に誰も居ず　〔花影〕五三五

地理

〔秋の山〕
頂上に来てその先に秋の山　〔初夏〕二五八
われら去るあとに日当る秋の山　〔緑夜〕三一七
秋嶺の闇に入らむとなほ容　〔樹影〕四三八
屏となり塊となりつつ秋の嶺　〔樹影〕四三八
秋の嶺裾野に牛を囲ひけり　〔樹影〕四三九
秋の富士吾より先に逝きしはや　〔草影〕五五八

〔秋の田〕
稔り田の風にふくらむ老姉妹　〔初夏〕二六七
丹波路の稔田の黄や綾子逝く　〔草影〕五五九

〔刈田〕
刈田ゆく袖を四角に紺絣　〔初夏〕二九一
水たまり刈田に澄むも河内かな　〔草樹〕三七九

〔秋の水〕
秋の水へだてしひとも黒衣にて　〔女身〕八九
硯洗ひ秋水少しづつ濁す　〔女身〕一二一
秋水や鯉のねむりは眼をはりて　〔初夏〕二六六
秋水のゆらめきに載り庇影　〔初夏〕二九一
煉瓦館秋水陰のなか流る　〔緑夜〕三二七
神父くるあたりの風や秋の水　〔草樹〕三七六
藍倉の陰に入りたる秋の水　〔草樹〕四一四
遠国に秋水の濃き夕べあり　〔樹影〕四三九
立つ鷺も禱りのかたち秋の水　〔樹影〕四五四
秋水も笛の音も闇ぬけてきし　〔樹影〕四五六
秋の水真鯉の黒を沈めたる　〔花影〕五一一
秋の水御所のほとりを流れけり　〔花影〕五一二
舟すこし木陰に入りぬ水の秋　〔花影〕五三三
時かけて漣となる水の秋　〔花影〕五三四
揉みあへる真鯉の黒や秋の水　〔草影〕五四九
心中になほ期するあり水の秋　〔草影〕五七六
平らなるひろがりにあり水の秋　〔以後〕六一六
なればなるやうになりゆく水の秋　〔以後〕六一七
舟影のすすむともなく水の秋　〔以後〕六二七

〔水澄む〕
澄む水に燕まぶしき長良川　〔晩春〕一四八

〔秋の川〕
面売りにときどき光る秋の川　〔新緑〕二四二

〔秋の沼〕
樹はみどり深く沈めて秋の沼　〔初夏〕二八九

〔秋の海〕
秋の波駛る一瞬ありにけり　〔以後〕六三八

〔秋の潮〕
砲台跡に秋の潮のとどろけり　〔樹影〕四二八
やさしさは日にひろがれる秋の潮　〔以後〕六二六
秋潮にいま落日となるところ　〔以後〕六二六
落日や秋潮の綺羅わが身にも　〔以後〕六二六

〔秋の浜〕
秋の浜貝を焼く手に近くいる　〔新緑〕二四一
秋の浜煮ものの湯気のそば通り　〔緑夜〕三〇五
秋の浜松の力に遠くいる　〔緑夜〕三一七
秋の浜幹にもたせる身とこころ　〔以後〕六一六

生活

［秋袷］
木洩れ日の素顔にあたり秋袷　［月光］　三六
秋袷母の匂ひをわれも持つ　［女身］　一〇一

［衣被］
衣被遠山に雨降り出でし　［樹影］　四三七
松風の湖渡るらし衣被　［樹影］　四五六

［柚味噌］
柚味噌や端のみ見ゆる寺甍　［花影］　五二四

［新豆腐］
箱階段下りる足音新豆腐　［初夏］　二九三
新豆腐杉山裾に日のあたり　［初夏］　二九三
掘割に町音沈む新豆腐　［緑夜］　三一五
新豆腐終りの箸を夕日中　［緑夜］　三一五
山嶺の昼夜のかたち新豆腐　［樹影］　四三八

［新米］
新米をこぼしうつむく風の昼　［緑夜］　三一八
わだち深く今年の米のこぼれ居り　［草樹］　三七七
新米や崖の家より見下され　［草樹］　三九〇
新米や土間に片寄り藁の屑　［草樹］　三九〇
新米や蔵の陰ゆく猫車　［草樹］　四〇〇

［干柿］
雑草に風みえはじめ柿を干す　［初夏］　二六七
吊し柿日は一輪のままに落ち　［初夏］　二九一

［新酒］
新走り松風低く樋を鳴らす　［樹影］　四五六
新走り身の影をおく畳かな　［樹影］　四七二

［濁酒］
雑草の先に風ある濁酒　［樹影］　四八二
濁酒太郎もいつか眠りたる　［樹影］　四八三
佇みてどぶろく呑みに入るつもり　［花影］　四九七

［秋の灯］
秋の灯に夫が読む余白なき書物　［月光］　二九
子なき淋しさは言ふまじと秋の灯に坐る　［月光］　二九
母老いてパン喰みこぼす秋の灯に　［月光］　五五
なほ励むこと持ち吾も秋燈に　［女身］　一〇八
点したし八雲旧居の秋ランプ　［花影］　五一三

［秋の蚊帳］
ふるさとの暗き灯に吊る秋の蚊帳　［月光］　四一
母ときてふるさとに吊る秋の蚊帳　［月光］　四一

［秋扇］
祖母の声もともにたたんで秋扇　［新緑］　二〇七
秋扇のはたと止みける「勅使の間」　［樹影］　四三七
秋扇を帯にさしけり粟田口　［樹影］　四三七
室町の六角に売る秋扇　［樹影］　四三七
影揺るる水際も扇名残かな　［樹影］　四三七
舟の揺れ胸辺に扇名残りかな　［樹影］　四五三
舟べりに水見て扇名残かな　［花影］　五〇三
秋扇ひとさし舞うてくれしひと　［花影］　五一一
次の間に控へて扇名残かな　［草影］　五五九

［秋簾］
母屋の灯よぎる人影秋すだれ　［初夏］　二六六
夜々の灯を重ねていつか秋簾　［花影］　五〇二
志高きにありて秋簾　［草影］　五九〇

［燈籠］

盆提灯揺れずに更くる不気味かな　〔草影〕六〇一

〔障子張る〕

障子張るひとりの影をうつすべく　〔女身〕一〇二

〔火恋し〕

火の恋し木の洞に身をかくす夢　〔草影〕五八〇

〔松手入〕

燈籠を濡らして終る松手入　〔草影〕五六〇

弁当のまはりの塵や松手入　〔草影〕五六八

松手入ちよつと刈り込み過ぎしかな　〔草影〕五六八

松手入バケツの水に松葉浮く　〔草影〕五七九

手入すみし松の容や天龍寺　〔草影〕五九七

〔案山子〕

遠山も風の案山子も伊賀のうち　〔初夏〕二六五

昏れてなお案山子の吊り眼風の中　〔緑夜〕三〇五

仆れたる案山子につよき泥の耀り　〔花影〕四九五

〔鹿垣〕

猪垣に風の無き日のありにけり　〔草影〕五六〇

〔稲刈〕

稲刈りの刈りのこされしところかな　〔草樹〕四一二

昼ふかく稲刈る音のすすみくる　〔樹影〕四五二

草つけて廻る車輪や収穫期　〔以後〕六三九

〔稲干す〕

掛稲を匍う製材音　かすかな飢え　〔晩春〕一七六

〔稲架〕

夕ぐれの顔のみ動く稲架襖　〔緑夜〕三二八

日輪は稲架より稲架へ佐久郡　〔緑夜〕三三〇

稲架日和空気おいしくなりにけり　〔樹影〕四七〇

〔秋収め〕

田仕舞のふりむく顔を遠く見る　〔緑夜〕三二八

〔豊年〕

人声や豊年の臼裏庭に　〔初夏〕二八〇

豊年や踏切番のやをら立つ　〔樹影〕四二五

石臼を庭石として豊の秋　〔樹影〕四二六

豊年や朝より白紙折りたたむ　〔草影〕五六〇

岩崎太造破顔一笑豊の秋　〔草影〕五六七

徳利をあの世の供に豊の秋　〔草影〕五六七

豊年や流るるままに洗ひ水　〔草影〕五六七

〔新藁〕

新藁のなかに入りこむ老の箸　〔初夏〕二六五

犬小屋に敷く新藁のはみ出して　〔草樹〕三九〇

新藁や簷重ねあふ漁師町　〔花影〕五三四

〔藁塚〕

女の旅藁塚のぬくみの間を過ぎ　〔初夏〕二八〇

〔胡麻刈る〕

胡麻乾く縁のつづきの三輪の山　〔初夏〕二八九

〔下り簗〕

手拭のまるめおかれし下り簗　〔樹影〕四七〇

〔崩れ簗〕

崩れ簗を見る屈竟の男の背　〔樹影〕四七一

むかひくる風のひびきや崩れ簗　〔樹影〕四七一

道の辺に雨後の川音崩れ簗　〔樹影〕四七一

〔鮭打〕

遠く見え鮭撲つ男風の中　〔草樹〕三六六

〔鯊釣〕

鯊舟に潮満ちてゆく月曜日　〔初夏〕二七九

〔烏賊干す〕

千鳥賊の下をゆききの赤目老婆　〔晩春〕　一七六

［月見］

月見団子へ老斑の手が絶えず伸び　〔晩春〕　一五八
雨蒼く降つて月待つ貌の泛く　〔初夏〕　二九〇
まづ巫女ののりて揺れたる月見舟　〔樹影〕　四七〇

［菊花展］

菊花展饅頭の餡こぼれ落つ　〔緑夜〕　三一八
菊花展終りしテントなほ残る　〔草影〕　五五〇

［菊人形］

電線をめぐらす菊人形の上　〔新緑〕　二三一

［秋思］

曇日の石とむきあふわが秋思　〔月光〕　四三
寄りあひてはなれて石の秋思かな　〔樹影〕　四五七
尾道のきれいな猫の秋思かな　〔樹影〕　四七〇
樹々ゆれておのづからなる秋思かな　〔草影〕　五九三
朦朧と海朦朧とわが秋思　〔草影〕　五九四

［運動会］

一木に夕日とどめる運動会　〔緑夜〕　三〇五
運動会草深く日の射しにけり　〔草樹〕　四〇〇

行事

［終戦記念日］

太陽の丸く真上に終戦日　〔花影〕　五三三
街中を烏歩ける終戦日　〔草影〕　五五八
終戦日日輪のみが輝きて　〔草影〕　五六六

［敬老の日］

敬老日豆腐の上を水流れ　〔花影〕　五〇三

［文化の日］

純毛の服に日あたり文化の日　〔緑夜〕　三一七
金襴のお守り腰に文化の日　〔草樹〕　三六四

［七夕］

七夕や孫なき母が空仰ぐ　〔女身〕　一〇〇
七夕や風のしめりの菓子袋　〔初夏〕　二七五
七夕や雨たしかめる片手出す　〔初夏〕　二七五
七夕やいつもこの日の曇り空　〔草影〕　五五七
留守の家の七夕笹の枯れし音　〔草影〕　五七三
室内に七夕笹の風を待つ　〔以後〕　六二三
らちもなき七夕笹の願ひごと　〔以後〕　六二三
死とは何七夕笹に風の来ず　〔以後〕　六二四
月に還りたきひとあり七夕笹の揺れ　〔以後〕　六二四

［草の市］

往き来見え草市の灯へ橋ひとつ　〔新緑〕　二三〇

［盆］

水甕に昼がかぶさる盆の村　〔新緑〕　二五一
汲みおきの水に夜がくる盆の家　〔新緑〕　二五一
塩買いに新盆の下駄乾ききり　〔新緑〕　二五一
一族のなかにきらめき盆の水　〔初夏〕　二六四
盆僧に席すぐに空く山の駅　〔緑夜〕　三一五
ととのわぬまま夕となり盆の道　〔緑夜〕　三一五
吸殻を縁にころがす盂蘭盆会　〔緑夜〕　三三五
盆過ぎや人立つてゐる水の際　〔草樹〕　三六三
裏戸より人出て佇てり盆の波　〔草樹〕　四〇九
雑草の根に盆過ぎの水の翳　〔草樹〕　四一〇
起き伏しの枕ひとつや盆の風　〔草影〕　五五八
盆の波昨夜の芥を濡らしけり　〔草影〕　六〇一
身のどこか裏返りたる盆の波　〔以後〕　六二四

［施餓鬼］
施餓鬼僧水面の照りを見ては佇つ　［緑夜］三一五
鳥けものまわりに遊び川施餓鬼　［緑夜］三一六
［大文字］
左京区や電柱寄りに大文字　［草樹］四一一
［燈籠流］
温みある流燈水へつきはなす　［初夏］二七九
［踊］
遠祖のねむりへかよう盆太鼓　［新緑］二五一
集りてはやも踊りの輪となれり　［草影］六〇一
［鹿の角切］
角伐りや春日の宮の紋どころ　［草樹］四〇〇
勢子の縄まつすぐのびて鹿倒る　［草樹］四〇〇
角伐らる鹿に小さき枕あり　［草樹］四〇〇
不浄門堅く閉ざされ角伐り場　［草樹］四〇〇
［地芝居］
果てるころ月明となる村芝居　［初夏］二六六
出番待つ馬話しあふ村芝居　［草樹］三六五
地芝居や立ち坐りして風の中　［草樹］四一四
村芝居翁の笛のとうたらり　［草樹］四一四
地芝居のすみたる村の水音かな　［樹影］四三八
［秋祭］
老人に石のつらなる秋祭　［新緑］二三一
山々に深空賜わる秋祭　［緑夜］三一九
秋祭ともに出でたる犬叱る　［草樹］三六四
をちこちのひとに逢ひたる秋祭　［草影］五六七
秋祭過ぎしは昨日塀の泥　［草影］五六七
［八幡放生会］
放生の魚を眺めて岸にあり　［草樹］三六六
［二十六夜待］
頭に添はぬ枕や二十六夜待　［以後］六二六
［地蔵盆］
辻よぎる人影風の地蔵盆　［初夏］二七六
門川を流れる風や地蔵盆　［緑夜］三一五
地蔵盆莚にうすきところあり　［樹影］四八一
地蔵盆短かき町を往き来せる　［草影］五五九
地蔵会の誰に引かるる後ろ髪　［草影］六〇二
地蔵盆路地の奥より跫音せる　［以後］六一五
兵児帯の房の絞りや地蔵盆　［以後］六一五
［鳳作忌］
砂の上に朱欒ころがり鳳作忌　［草樹］四一一
［蛇笏忌］
とどろきてわたる天龍蛇笏逝く　［晩春］一六二
鉄燭の壁に影おく蛇笏の忌　［初夏］二八九
山中の一木に倚る蛇笏の忌　［緑夜］三一六
蛇笏の忌寸鉄の句をつくらばや　［草影］五九二

動物

［鹿］
秋の鹿老の近よるごとく寄る　［女身］一二二
鬱と居り寄りくる鹿の匂ひにも　［花影］五一四
鹿の眸に万燈の灯のおぼつかな　［花影］五三三
飛火野の小流れに佇つわれも鹿　［草影］五六八
［秋の蛇］
秋の蛇水にかくれし匂ひかな　［草樹］四一一
沼の水日なかとなりぬ秋の蛇　［樹影］四二四

見られつつしばらく居りし秋の蛇　［樹影］　四二四
土の上に山の音きく秋の蛇　［樹影］　四四〇

［蛇穴に入る］

穴に入りしあとはどうにもならぬ蛇　［花影］　五一三
この辺りたしかにありし蛇の穴　［草影］　五八一
穴に入りし蛇の周りの闇おもふ　［草影］　五八一

［鷹渡る］

白波を眼路の限りや鷹渡る　［樹影］　四四〇
鷹渡る鬟荒立てし祖谷の嶺　［樹影］　四四〇

［秋の鳥］

紙屑を散らして秋の山鴉　［緑夜］　三一七

［渡り鳥］

鳥渡るここら一面鉄気水　［草樹］　三七六
鳥渡る筆の穂先のやはらかに　［草樹］　三七七
欠け茶碗水に瞭らか鳥渡る　［草樹］　三七七
鳥渡る野のまんなかの深き井戸　［草樹］　四一三

［燕帰る］

燕去ぬ湖の真上や比良に雲　［草樹］　四一三
海峡を波打ちあひし帰燕かな　［樹影］　四二七
燕去ぬ波の幾重に周防灘　［樹影］　四二七
一天の翳りなきとき帰燕かな　［樹影］　四五三

［稲雀］

稲雀波うつ山にむかひ飛ぶ　［女身］　一二〇
盛装の紐いくすぢや稲雀　［女身］　一二二
思わぬところから湧く雨の稲雀　［初夏］　二五七

［鵙］

もの思へば鵙のはるけくなりゆける　［月光］　四八
鵙なくや見送るひともなくて出づ　［月光］　五六
猛る鵙この身このまま老いゆくか　［女身］　九四
子がなくて白きもの干す鵙の下　［女身］　九四
鵙遠し無言を楯として対す　［女身］　九五
鵙鳴けり工場金属音の中　［女身］　九六
逢はず久し鵙の辺に鵙猛りつつ　［女身］　一〇八
鵙はやもけたたましわが誕生日　［女身］　一〇八
鵙の昼何せば心やすまらむ　［女身］　一一四
鵙の昼古き写真のわれ笑ふ　［女身］　一一四
はや朝の心とがれり雨の鵙　［女身］　一二一
蝙蝠傘の裡鮮しや鵙の雨　［女身］　一二一
鵙猛る八方破れのわが生か　［晩春］　一五八
鵙ひらり鼓動わが身を離れずに　［晩春］　一五八
鵙猛る鏡の奥に女棲ませ　［晩春］　一八三
鵙叫びところどころの潦　［新緑］　二二〇
鵙鳴いて木陰遊ばす村境　［新緑］　二三二
飴色の月日に天の鵙叫ぶ　［新緑］　二四〇
飢餓の図を仰ぐ顔あり鵙日和　［緑夜］　三一七
椅子の背を一回まわし鵙の晴　［緑夜］　三一八
マネキンに描き足す涙鵙叫ぶ　［草樹］　三六四
山中や日の没るまでを猛り鵙　［樹影］　四五七
老はこれから木のてつぺんに昼の鵙　［以後］　六一六
ああ言へばかう言ふ鵙と思ひけり　［以後］　六一七

［鴫］

鴫散って樹の根をひたす山の水　［緑夜］　三〇五

［雁］

ともしびのひとつは我が家雁わたる　［月光］　四六
夕雲にひびきかりがねよと思ふ　［月光］　四八
かりがねのしづかさをへだてへだて啼く　［月光］　四八

雁なくや古りたる椅子にひと日かけ　〔月光〕　四八
雁なくや昼の憂ひを夜ももてる　〔月光〕　四九
雁ないてふとくづほるるこゝろかな　〔月光〕　四九
雁なくや夜ごとつめたき膝がしら　〔月光〕　四九
雁のこゑ遠ざかる夜の線路越ゆ　〔月光〕　五六
雁をきく敷布の皺をのばしつつ　〔月光〕　五六
かりがねや手足つめたきままねむる　〔月光〕　五六
雁なくや小暗き部屋の隅の母　〔月光〕　六三
中天に雁生きものの声を出す　〔女身〕　八九
飛べど飛べど雁月光を逃れ得ず　〔女身〕　八九
起き伏すもをみなひとりぞ雁わたる　〔女身〕　九六
雁なきてひとりの母を老いしむや　〔女身〕　九七
雁吸はれたる夜空より雨滴落つ　〔女身〕　一〇一
街昏れて雁わたる空のこしおく　〔晩春〕　一七〇
人等臥て雁のぬくみが空をゆく　〔晩春〕　一七〇
雁わたる風か畳に輪ゴム踏み　〔新緑〕　二二一
沼あをく雁くる風を迎へけり　〔樹影〕　四二六
現とも夢とも過ぎて初夜の雁　〔草影〕　五七七
いましがた人逝きしやも初夜の雁　〔草影〕　五七七
初夜の雁空は雲ゆくばかりなる　〔草影〕　五九二

［鰡］
他郷にてしきりに鰡の飛ぶ日なり　〔草影〕　五九四

［鯊］
水中に石段ひたり鯊の潮　〔初夏〕　二七九
舟影に芥をはこび鯊の潮　〔初夏〕　二七九
解く舟のたちまちに乗る鯊の潮　〔緑夜〕　三〇五
岩鼻へわたす板切鯊日和　〔緑夜〕　三一六
道ばたに七輪煽ぐ鯊の潮　〔緑夜〕　三一六
裏戸開き松の根方に鯊の潮　〔草樹〕　三六六
鯊の舟入日の波を立たせけり　〔樹影〕　四二八
一湾の潮目よぎりて鯊の舟　〔樹影〕　四三九
通ひ船いくたびも着き鯊の潮　〔樹影〕　四六九
家裏に潮の満干や鯊日和　〔樹影〕　四七〇
桟橋に長き夕日や鯊日和　〔樹影〕　四七〇

［鰯］
鰯船かがやく水尾を残しけり　〔草影〕　五六〇

［鮭］
鮭のぼる川夕映えとなりゐたる　〔草樹〕　三六六
手摑みの鮭さげて居り千歳川　〔草樹〕　三六六

［秋の蚊］
燈を離れゆき秋の蚊の見逃がさる　〔女身〕　一二二

［蜩］
ひぐらしや対きあふひとの眸の疲れ　〔月光〕　二四
ひぐらしに樹々の残照ながかりき　〔月光〕　三五
谷水にひぐらしこゑを重ねけり　〔女身〕　一一二
ホテルはともす　鳴くかなかなに似合う灯を　〔晩春〕　一六九
かなかなに絵筆を洗う水の彩　〔初夏〕　二六三
観世縒りの紙つよく張る夕ひぐらし　〔初夏〕　二六四
ひぐらしや灯はいつも御簾の奥　〔草樹〕　四〇八
庭石やいま微に入りし遠ひぐらし　〔草樹〕　四一〇
ひぐらしや甲斐山中の厠窓　〔樹影〕　四三五
音羽山の一樹にすがり夕蜩　〔樹影〕　四五一
蜩の一樹はなれし湖畔かな　〔樹影〕　四五二
ひぐらしや山裾に水祀る村　〔樹影〕　四六六

［つくつく法師］
湖の色たちまち翳り法師蟬　〔初夏〕　二七六

いつせいに颪に立つ葉や法師蟬　［草樹］三五三
法師蟬籠り啼きける粟田口　［樹影］四三七

［蜻蛉］

水に出て蜻蛉かがやく翅を持つ　［女身］一一三
とんぼためらう金髪少女ふとふりむき　［晩春］一七五
舟べりにとまる蜻蛉や出水あと　［樹影］四八二

［虫］

ふるさとの虫の音高き夜を寝ぬる　［月光］四二
門をかけて見返る虫の闇　［月光］四六
夜々の虫減りゆくなにがなし哀し　［月光］四七
虫しげし四十とならば結城着む　［女身］一〇八
音立てぬ虫いて青む夜の畳　［新緑］二三一
山々を過ぎる日輪昼の虫　［緑夜］三一七
虫の音を聞かむと白き舟すすむ　［草影］五七九
蟬絶えて虫絶えて何もなき野末　［草影］五七九

［蟋蟀］

蟋蟀の鳴きつのる夜を夫は逝けり　［月光］二九
独り寝のひくき枕やちちろ鳴く　［月光］六三
黒衣にて佇てばこほろぎ身に近く　［女身］八八
こほろぎのうかべる水を地に流す　［女身］八八
ひとり臥てちちろと闇をおなじうす　［女身］一〇一
こほろぎに寄りて流るる厨水　［晩春］一四四
暗きより出でしちちろを暗きに追ふ　［晩春］一四四
蟋蟀に闇くる鉄蓋より重く　［新緑］二一九
洋酒瓶の香りちちろを誘いだす　［初夏］二六五
こほろぎや闇夜の甕に満ちて水　［草樹］三六三
こほろぎや黒き柱の横に臥て　［樹影］四五四

［鉦叩］

誰がために生くる月日ぞ鉦叩　［月光］五四

［螽蟖］

きりぎりす素顔平らに昼寝せる　［月光］二三
髪黒き男が飼ふやきりぎりす　［月光］六二
きりぎりす腰紐ゆるめ寐ころべば　［女身］八八
膝にさす朝の陽つよしきりぎりす　［女身］八八
ひとりねのひるの底よりきりぎりす　［女身］八八
檐深く風棲む昼のきりぎりす　［新緑］二四九
きりぎりす足元の草直立し　［新緑］二四九
納屋までの道の凹凸きりぎりす　［樹影］四五二

［螇蚸］

はたはたの翔んで隠れて湖の国　［初夏］二七六

［蝗］

電柱に手を触れてゆくいなご捕り　［緑夜］三〇三

［蟷螂］

蟷螂にかゞめば膝の夕陽かな　［月光］六三
盤石に青蟷螂の細肢透く　［新緑］二三一
いつ遺句となるやも知れずいぼむしり　［草影］五九〇

［地虫鳴く］

老いてのちも書をよむわれか地虫なく　［女身］一〇〇

植物

［桃の実］

昼の海の薄さ手近かに桃光る　［晩春］一四九
水中になお水はじく水蜜桃　［新緑］二一八
白桃の一夜水漬き宿の桶　［緑夜］三〇三
海流は夢の白桃のせて去る　［緑夜］三三五

［梨］

ふるさとの梨に耀る陽のしづかなる　[月光]　四一

[青蜜柑]

青蜜柑横目の牛が通りけり　[晩春]　一四八

[柿]

柿耀るや村人声を高めあふ　[月光]　四三
柿に耀る陽はかげりきて海に耀る　[月光]　五〇
柿ひそかに潰え海鳴りはげしき日　[月光]　五〇
柿の色脳裏に荒れし海を見る　[月光]　五〇
柿耀りて牛にしづかな刻うつる　[女身]　一二一
柿実り村に赭顔の婆殖える　[晩春]　一八三
裏口より不意の打ち水柿減る村　[晩春]　一八三
てのひらの大きくて柿の種のこる　[初夏]　二五八

[熟柿]

熟柿落ち飼猫ひそかなる歩み　[月光]　五〇
熟柿掌に受く断りきれなくて　[晩春]　一四四

[林檎]

夜のケビンしづかにりんご傾きぬ　[月光]　二六
りんご食みわが行末は思はざる　[月光]　四七
りんご食みいちづなる身をいとほしむ　[月光]　四七
灯れば寂かさのまゝ耀るりんご　[月光]　五二
りんご掌にこの情念を如何せむ　[月光]　五二
青森の林檎の紅と志功の絵　[草影]　五六〇

[葡萄]

葡萄棚の濃き影ぶだう採りしあと　[晩春]　一五四

[栗]

水音や道に目覚めの栗の毬　[初夏]　二五七
栗の皮剝きてこの世に順ひぬ　[草影]　五六六

[無花果]

雑念満ちゐたりいちじくを開き食ふ　[晩春]　一四六
いちじくに母の拇指たやすく没す　[晩春]　一五三
いちじくの葉蔭に遠く耕せる　[晩春]　一六二
口中でつぶす無花果　母の手経て　[晩春]　一七七
無花果の頭上に笑ふ酔心地　[以後]　六一六

[石榴]

虚空にて見えざる鞭が柘榴打つ　[晩春]　一五二
すこし古風で実柘榴とその周囲　[新緑]　二〇六

[柚子]

棚の柚子に日が来て塩壺には射さぬ　[新緑]　二二一
板の間に柚子の艶おく留守の家　[初夏]　二五八
俯伏せの甕の久しく柚子の空　[草樹]　三七八

[紅葉]

紅葉耀りみな童顔の老夫婦　[女身]　一〇八
紅葉縫ふそれぞれによき夫持ちて　[女身]　一〇九
紙を焼く一重の煙紅葉山　[新緑]　二一九
家裏に空瓶透いて紅葉山　[新緑]　二一九
老年の遠く近くて紅葉照る　[新緑]　二二〇
紅葉の島に近寄り寄らず航く　[新緑]　二二〇
大津絵の鬼が手を拍つ紅葉山　[初夏]　二八〇
橋過ぎて日の衰えの紅葉谿　[緑夜]　三三〇
瘦せるため生薬を嚙む黄葉季　[草樹]　三六四
日の射して二つながらに紅葉山　[草樹]　三六六
神官の遠くを歩く紅葉かな　[草樹]　四一三
いただきに日の残りゐる谿紅葉　[樹影]　四四二
岩風呂の紅葉に近き入日なる　[樹影]　四七一
紅葉宿大きな雨となつて来し　[樹影]　四七一
紐ながき財布とりだす紅葉茶屋　[樹影]　四八四

峡紅葉神鼓の音の底を匍ふ 〔花影〕四九六
紅葉昏る頂きに日はありながら 〔花影〕五一二
昏れゆくに水面の紅葉まくれなゐ 〔花影〕五二三
山深く幹のまはりの照紅葉 〔花影〕五二五

［初紅葉］
昏れながら放つ光や初紅葉 〔花影〕五二三

［薄紅葉］
老犬のゆく道きまり薄紅葉 〔新緑〕二三二
薄紅葉水中を亀浮いてをり 〔樹影〕四二四

［黄落］
黄落の奥神鏡は闇を映し 〔新緑〕二一二
黄落の底に匂わぬ尼の頸 〔初夏〕二五七
黄落の道いくまがりみちのくは 〔初夏〕二七九
黄落のなかの一木水鏡 〔初夏〕二九二
黄落のなかをただよう小海線 〔緑夜〕三一八
黄落や片膝立てて山の湯に 〔緑夜〕三一九
黄落や木の根濡らさぬほどの雨 〔草樹〕三五五
黄落や表戸ぬらす朝の雨 〔草樹〕三六四
黄落や梯子おかれし土の上 〔草樹〕三六六
黄落や幹のまはりの朝の影 〔草樹〕三九〇
釜殿の大きなしやもじ黄落季 〔草樹〕四一五
黄落や真正面に社殿あり 〔樹影〕四八三
ポタージュの厚みを唇に黄落期 〔草影〕五八〇

［櫨紅葉］
水奔る音の昂ぶり櫨紅葉 〔新緑〕二三三
いつか人と離れて居りし櫨紅葉 〔樹影〕四二四

［銀杏黄葉］
まつさをき穹にくひこみ銀杏の木 〔月光〕四九
銀杏の樹いまも黄套三宅坂 〔樹影〕四七一

［桐一葉］
石庭に一葉落つる真昼かな 〔樹影〕四五七
窓際の透きたる景や一葉落つ 〔草影〕五九二

［銀杏散る］
銀杏散る金縁の画のちらと見え 〔以後〕六二七

［新松子］
近くまで波のきている新松子 〔緑夜〕三〇五

［木の実］
もの縫ひて夜は夜の憂ひ木の実降る 〔月光〕四九
木の実入れるまでポケットに風騒ぐ 〔晩春〕一八三
城壁に木の実落ちそのままの夜 〔新緑〕二二一
降る木の実水中半ばまで見えて 〔初夏〕二七九
墓の前木の実を降らす風のまま 〔初夏〕二九一
木の実降り裏戸にひびく金盥 〔初夏〕二九二
木の実降る家に蒟蒻くろく煮え 〔初夏〕二九三
夜は音のはげしき川や木の実独楽 〔緑夜〕三三〇
木の実降る音を遠くに夜の皿 〔草樹〕三五五
木の実降る山中白き魚の腹 〔草樹〕三八九
ポケットにあるといふだけ木の実独楽 〔花影〕四九八
井戸蓋に木の実の撥ねて真昼なり 〔花影〕五一二
いつか見し井戸ありいまも木の実降る 〔草影〕五五〇
濠の水に木の実沈みて午後となる 〔草影〕五五〇
ころがれる木の実に何の咎ありや 〔以後〕六三九

［一位の実］
低き地へ水は流れて一位の実 〔緑夜〕三三〇

［団栗］
どんぐりの落ちて日あたる山となる 〔新緑〕二四二

［カンナ］
顔の翳濃く日盛りのカンナ視る　［月光］　二四
カンナの黄視野いっぱいに熱上る　［月光］　三五
眼帯のうちにて炎ゆるカンナあり　［晩春］　一六四

［朝顔］
朝顔の萎へてしばらく跫音なし　［女身］　九五
朝顔むらさき海に裏側みせて棲む　［晩春］　一七五
水溢れおちつかぬ甕紺朝顔　［新緑］　二二八
朝顔の紺に塗箸すこし剥げ　［新緑］　二四〇
皺のばす朝顔の種つつむ紙　［新緑］　二四〇
朝顔の蔓の行方の白雫　［初夏］　二六四
朝顔の平らにひらき海の風　［初夏］　二八四
朝顔や母の白地は蔵のなか　［初夏］　二八七

［鶏頭］
衰へし犬鶏頭の辺を去らず　［月光］　四五
犬がゐて鶏頭の地のやや濡るる　［女身］　一〇一
鶏頭に素足すばやき女かな　［女身］　一一三
寡婦われに起ちても臥ても鶏頭燃ゆ　［女身］　一一四
鶏頭の一抹の朱わが生に　［晩春］　一五八
鶏頭の血の黝ずみに拳出す　［晩春］　一八四
悪まざと見え鶏頭のこの真紅　［新緑］　二〇七
鶏頭の朱に女臥るもののかげ　［新緑］　二〇七
鶏頭の倒れしままの朝あり　［草樹］　四〇一
鶏頭に荒く結はへし垣根あり　［樹影］　四二五

［コスモス］
門燈の点きしばかりや秋桜　［花影］　五二二

［鬼灯］
深草に買ひし酸漿乾びをり　［草樹］　四一〇

［菊］
白菊にかなしさありて眸を閉づる　［月光］　三〇
菊の香に夫を想ひて昼しづけき　［月光］　三一
白菊とわれ月光の底に冴ゆ　［月光］　三五
菊の日々ふるさとを母恋ひたまふ　［月光］　三八
白菊や一天の光あつめたる　［月光］　四九
眩しみて白菊の辺に撮られたる　［月光］　四九
白菊に起ち居しづかな日を重ね　［月光］　四九
夫なくて子なくて白き菊咲かす　［女身］　一〇二
菊の辺へ日曜の下駄ゆるく履く　［女身］　一一三
小菊すぐ踏まる乙女の降りしバスに　［晩春］　一五二
白菊に触れむと農の大きな指　［晩春］　一六三
菊の香に薄粥　われの晩年は　［晩春］　一七〇
菊咲いて女に水と時間澄む　［新緑］　二〇三
菊の香や女五人の強面　［初夏］　二八〇
虫喰いの菊の葉人の手がちぎる　［緑夜］　三二八
遠くより引返しくる菊車　［草樹］　四〇一
白菊に加ふるものを探し居り　［草樹］　四〇一
菊売りの荷ほどかるる五条坂　［樹影］　四五一
購ひし菊賜りし菊ともに挿す　［樹影］　四五一
浪がしら白く寄せくる菊畠　［樹影］　四五一
菊の香や初心を以て貴しと　［花影］　五一二
菊の辺や作り笑ひの顔せねば　［花影］　五二三

［木賊］
岩風呂や木賊にかかる夕陽見て　［新緑］　二四七

［糸瓜］
わが身また糸瓜にひとし垂れ下る　［草影］　六〇三
何やかやありて糸瓜の重く垂れ　［草影］　六〇三

世の中のよくも悪くも糸瓜垂る　〔以後〕六一六

[種茄子]

潮いたみ風いたみして種茄子　〔花影〕五〇三

[芋]

盛装より身をとりもどし芋を焼く　〔女身〕一一二
芋を剝く裏口遠く波を見て　〔新緑〕二四一
赤芋の地中に太り耕衣の死　〔草影〕五五八
八つ頭の現状如何とも出来ず　〔草影〕六〇二

[自然薯]

老人の寝や床下に山の芋　〔草樹〕四〇一
長考は山の芋より始まりぬ　〔花影〕五二五

[貝割菜]

一ト摑み余分となりし貝割菜　〔以後〕六三〇
貝割菜この頃聞かぬ牛の声　〔以後〕六三〇

[唐辛子]

溝川の音馴れてくる唐辛子　〔初夏〕二九〇
唐辛子淡海を靄のなかにこめ　〔草樹〕四一二
雲垂れて石見の国の唐辛子　〔樹影〕四五七

[生姜]

薑や人影わたす神田川　〔緑夜〕三一四
裏にすぐ崖ある宿や生姜汁　〔草樹〕三五五

[稲]

稲の香も夕べに駅の伝言板　〔初夏〕二八〇
徳利の口まつくらや稲穂波　〔緑夜〕三〇四
伝言板裸燈稲田の端てらす　〔緑夜〕三〇四
低くくる水の匂ひや稲穂波　〔草樹〕三七七
日あたりて備前備後の遠稲田　〔草樹〕三八八
甲冑の貌の部分に稲埃　〔樹影〕四六九

[稲の花]

遠くほど光る単線稲の花　〔初夏〕二七七
ただならぬ雲のかたちや稲の花　〔花影〕四九五

[玉蜀黍]

井を汲むや唐黍わたる風荒し　〔月光〕四一
波音に唐黍を焼く火を落す　〔初夏〕二七五

[黍]

荒風の昨日につづく黍畠　〔緑夜〕三三〇

[畦豆]

火に仕え母黒豆を黒く煮る　〔新緑〕二三四

[刀豆]

老人となり刀豆の舌ざはり　〔以後〕六一二

[蓮の実]

蓮の実のとんで都のはづれかな　〔樹影〕四一六

[敗荷]

敗荷や谷影近く迫りたる　〔樹影〕四四〇
敗荷のまはりの雨のこまかなる　〔樹影〕四八五
水に映りいま敗荷となる途中　〔草影〕五七八

[秋草]

ふるさとの秋草高き駅に佇つ　〔月光〕四一
生きもののぬくみをうつす秋草に　〔女身〕八九
秋草のほとりに長き禱りあり　〔樹影〕四五四
秋草にやはらかき風綾子逝く　〔草影〕五五九
秋草のやさしさにひと逝きたまふ　〔草影〕五六七
何となく佇てば秋草そよぎけり　〔草影〕五九二

[草の穂]

奥庭に穂絮日和の百ヶ日　〔緑夜〕三一八
街道の日すぢよぎりし穂絮かな　〔樹影〕四二九

廓あと木辻格子を穂絮過ぐ　[樹影]　四二九

[草の実]

草の実やいつか老いたる山の鳥　[草影]　五六一

[草紅葉]

草紅葉ひとのまなざし水に落つ　[月光]　三六

[末枯]

末枯はきらひな言葉夕茜　[草影]　五六八

[萩]

萩の葉のこまかきにわが脛入るる　[月光]　六三
別れきし荒き息もて萩を折る　[女身]　九六
萩叢にこもるまひるの日の匂い　[新緑]　二一九
飲食のかすかな音に萩昏れる　[新緑]　二一九
萩こぼれ雲をはしらす桶の水　[初夏]　二六六
庫裡の戸のあけたての音夕の萩　[初夏]　二六六
萩の辺りまできて光る貝釦　[初夏]　二六六
萩叢の暗さになじむ昼枕　[初夏]　二六七
荒縄の濡れては乾く萩の花　[初夏]　二七八
寺を出て萩に片よる水の音　[初夏]　二八九
萩の風白猫は絵のなかで臥る　[緑夜]　三二七
寺うちの往き来の影も萩のころ　[草樹]　三五三
萩わけし弾みの雫胸元に　[草樹]　四一二
水漬舟萩叢を風わけきたる　[樹影]　四二四
萩叢をゆるがす風や鶴の胸　[樹影]　四三八
夕闇の萩群ざわとあるばかり　[樹影]　四五四
石に吹く風や身を揺る萩薄　[樹影]　四五七
舟の来る気配に揺るる萩薄　[樹影]　四七〇
相似たる月日に庭の萩と椅子　[花影]　五二二
卓袱台のありしころにも萩に風　[花影]　五二二
山中や萩も薄も風のなか　[草影]　五四九
夜の風にこの白萩の乱れやう　[草影]　五四九
無器用に着たるパジャマや萩の白　[草影]　五七七

[薄]

すゝき野に肌あつきわれ昏れむとす　[月光]　五五
なびく芒の穂のみ日あたり街道昏る　[晩春]　一五四
身に触れて重き芒穂ここは大原　[晩春]　一五七
金色の芒穂破顔の農夫恐し　[晩春]　一六三
くれゆく芒　杣負う婆のみ日当りて　[晩春]　一六八
山裾薄野　とどかぬ声をかわしあう　[晩春]　一七四
老婆たちまち没す怒号の薄原　[晩春]　一八二
穂をほどく薄　老斑照らされて　[晩春]　一八三
魚提げて何度も曲る薄の道　[新緑]　二〇七
影もたぬ牛の咆哮薄原　[新緑]　二二〇
穂芒を分け昼月と部屋の鍵　[新緑]　二三〇
穂芒の銀をけぶらす紙焚いて　[初夏]　二五七
花芒遠い荷馬車に日をつなぐ　[初夏]　二六五
誰彼の声のやさしく花芒　[初夏]　二六六
馬に添う綱たるむとき花芒　[初夏]　二六六
僧ひとりゆくに穂芒ふきわかれ　[初夏]　二八〇
頂上の薄に乾び鳥の糞　[初夏]　二九〇
足あとのつかぬ土踏み薄原　[緑夜]　三〇五
搦手に矢鳴りの音や薄原　[緑夜]　三一七
湖消えて昼の穂芒湧くばかり　[緑夜]　三一七
穂芒に風の出てくる昼の酒　[緑夜]　三一七
薄原の八方明り鳥翔つ　[草樹]　三五四
舟べりを擦る穂すすきの乱れざま　[草樹]　三五四
薄野や夕ぐれを牛迫りくる　[草樹]　三六五

穂芒や水よりくらく馬過ぎる　［草樹］　三七六
鳥とぶや井戸の底より芒の穂　［草樹］　三七七
穂芒をもらひたる夜の空の色　［草樹］　四〇〇
雲の影薄が原を覆ひゆく　［樹影］　四二五
薄原笛吹童子現れよ　［樹影］　四二五
姫御前の人形の立つ夜の薄　［樹影］　四二五
夕薄棹さして音なかりけり　［樹影］　四二五
山中や芒がくれの沼の耀り　［樹影］　四二六
山中や薄まみれに宿ひとつ　［樹影］　四二九
雲かはるがはるに伸びて薄原　［樹影］　四五三
ものみなの影重ねあひ薄原　［樹影］　四五三
白薄水嵩はげしくなりにけり　［樹影］　四五六
落日や崖の上に湧く金薄　［花影］　四九六
日没や煙のなかの白薄　［花影］　四九六
中ほどを出没の頭や薄原　［花影］　五一三
薄荒れ眼前の景白濁す　［花影］　五一三
これ以上何を怖るる薄原　［花影］　五一三
芒野やひとの決めたる国境　［花影］　五二六
芒原戻り道などある筈なし　［花影］　五二六
厚雲の上を日のゆく薄原　［花影］　五三四
白薄狂女いづれに匿ひし　［草影］　五八〇
小面のほのと泛きたる夕薄　［草影］　五九三

［蘆］

葦と葭ともにさわぎて湖の昏　［樹影］　四六四
一舟に灯のはいりたる葭の風　［花影］　四九三

［葛］

とどきたる夕日しばらく葛の谿　［樹影］　四五五
日の出でて靄のなかより真葛原　［樹影］　四五五
鏡面に重なりあひし真葛なる　［樹影］　四五六
小座蒲団茶店に冷えし葛峠　［花影］　五〇四

［野菊］

野菊咲き今年も締むる紅き帯　［月光］　三五

［貴船菊］

これよりは秋明菊を思ひ出に　［草影］　五六〇

［藪虱］

山中に笑う男の草じらみ　［新緑］　二一二

［秋薊］

山上の光まばらに鬼薊　［樹影］　四三八

［曼珠沙華］

まんじゆさげ月なき夜も蘂ひろぐ　［女身］　九四
まんじゆさげ視線もてひとを虐げし　［女身］　一〇八
車窓より女のみ見る曼珠沙華　［女身］　一一四
白昼のくらきところに曼珠沙華　［女身］　一一四
白昼昏しまばたかば曼珠沙華消えむ　［女身］　一一四
朝の玻璃つめたし遠の曼珠沙華　［女身］　一二一
曼珠沙華の隙なき構へ根より抜く　［女身］　一二一
遠きより見る月明のまんじゆさげ　［晩春］　一四四
まんじゆさげの意味なき赤さ入日中　［晩春］　一四六
十二橋の一橋くぐりまんじゆさげ　［晩春］　一六二
老婆の息で開く花瓶の曼珠沙華　［晩春］　一八三
曼珠沙華噴く火を山の際にまで　［初夏］　二五七
曼珠沙華喇叭の紐のからみつつ　［緑夜］　三二九
曼珠沙華真一文字にほど遠し　［草樹］　三七七
長屋門よりとびとびの彼岸花　［草樹］　四一四
曼珠沙華縞の着物の干されゐて　［樹影］　四五六
そこここに地のくぼみゐる曼珠沙華　［樹影］　四五六

戸の隙に雨の一本まんじゆさげ　〔樹影〕四八二
夜の海へまんじゆさげなど流さむか　〔樹影〕四八二
曼珠沙華周りの空気いつも透く　〔草影〕五七九

〔桔梗〕
桔梗挿す壺の暗さをのぞいてから　〔新緑〕二二一
高く咲き老母まどわす白桔梗　〔新緑〕二二九
桔梗の丈に風吹く山の昼　〔草樹〕三五三
桔梗やまひるの部屋のくらがりに　〔草樹〕四一〇
桔梗や仏をへだつ扉一枚　〔樹影〕四二三
桔梗の間に運ばれし朝の粥　〔樹影〕四三七
やうやくにとどきし日差白桔梗　〔樹影〕四三七
朝粥や桔梗ひたせる山の水　〔樹影〕四六八
桔梗や藁うかびゐる朝の水　〔花影〕五〇二
白桔梗砥部焼の壺すこし濡れ　〔花影〕五〇二
ホースの水桔梗の鉢覆へす　〔草影〕五六〇
桔梗のむらさききみはいづくにや　〔草影〕五九三
挿されたる壺に桔梗の一雫　〔草影〕五九三
これといふことなくて咲く白桔梗　〔以後〕六一六

〔女郎花〕
日は空を月にゆずりて女郎花　〔緑夜〕三二九

〔竜胆〕
浅間荒肌　逆光に持つ濃りんどう　〔晩春〕一七五
綾子忌はまた輝枝の忌濃竜胆　〔以後〕六一五

〔松虫草〕
松虫草馬の行手の午前の陽　〔新緑〕二一七

〔烏瓜〕
老眼にいくつも見えて烏瓜　〔草樹〕三八八
いちにちの終りに会ひし烏瓜　〔花影〕五三四
烏瓜いつも思はぬところにある　〔花影〕五三五

〔菱の実〕
菱の実にしづかな雨となりにけり　〔以後〕六一九

〔茸〕
土間の靴みな茸山の土つけて　〔初夏〕二七八
縄張りのなかの飲食きのこ山　〔初夏〕二七八
太声に寄る夕ぐれの茸番人　〔初夏〕二七九
傘さしてまつすぐ通るきのこ山　〔草樹〕三五五
縄張りの縄新しききのこ山　〔草樹〕三九〇
昼茸に大きく揺るる山の樫　〔花影〕五〇三

〔毒茸〕
毒茸を掘つて真昼の日にさらす　〔初夏〕二五七
毒茸や水面いくども雲が過ぎ　〔初夏〕二七九
毒茸や出口一方だけ開いて　〔草樹〕三六四
毒茸を踏むが煙の立ちはじめ　〔花影〕四九五

〔月夜茸〕
生きものの温みが過ぎる月夜茸　〔初夏〕二七九
すぐそばを真水過ぎゆく月夜茸　〔樹影〕四五四

冬

時候

〔冬〕
冬の畳起ちても塀が見ゆるのみ　〔月光〕五九
風邪癒えぬままに踏み入る冬の畦　〔女身〕八九
冬の石踏みて近づくひとの夫　〔女身〕一〇二
別れの手振りをさむ左右の冬の畦　〔女身〕一〇四

駅の鏡明るし冬の旅うつす　[女身]　一一五
別れ来て冬の鏡におのれ恃す　[女身]　一一五
ゆでたまご口いつぱいに冬の旅　[女身]　一二六
押入より冬の匂ひのものを出す　[晩春]　一四三
七輪の火の粉まばらに雪なき冬　[晩春]　一四七
熊笹の根のはりつめてながい冬　[晩春]　一七二
階のぼりきり冬の金魚の尾鰭みる　[晩春]　一七七
送電線にいつも平行　冬の旅　[晩春]　一七七
鍋に煮える豆腐の軽さ　冬過ぎて　[晩春]　一七八
冬磧　手など垂らして犬を呼ぶ　[晩春]　一八五
空瓶透き大人ばかりの家の冬　[新緑]　二一三
卓にくばる真白な皿冬の航　[新緑]　二二一
冬鏡闇のむこうの川匂う　[新緑]　二二二
発破音その音にさえ身じろぐ冬　[新緑]　二三三
冬埃舞う藁小屋の戸があいて　[新緑]　二三五
二階踏む昼の足音冬金魚　[初夏]　二五八
片足にまといつく紐冬畳　[初夏]　二五九
湖の日の余りちらりと冬鏡　[初夏]　二八〇
一隅に冬の匂いの乱れ籠　[初夏]　二九二
信心のむれにしばらく冬の煤　[初夏]　二九四
深川や竿竹売りも冬の声　[草樹]　三六七
ひとの手のおなじ動きに冬の畑　[草樹]　三六七
鎧扉や冬の金魚の尾鰭立ち　[草樹]　三六九
宿の廊つきあたりたる冬鏡　[草樹]　三七九
板の間の漆黒を踏む冬の宿　[草樹]　三七九
すでに冬浅瀬を渉る鳥の眸も　[草樹]　三九〇
一瀑を山ふところに冬の村　[樹影]　四一八
山水のたはむれ入りつ冬の村　[樹影]　四二八
明るさに水めぐりゆく冬山家　[樹影]　四二九
冬の燭慈雲尊者に奉る　[樹影]　四三九
門くぐるひとりふたりや冬の寺　[樹影]　四三九
一灯へ人の息寄る峡の冬　[樹影]　四四一
さまざまに色ある夢や冬の宿　[樹影]　四七二
人歩む日向日陰も冬の景　[樹影]　四八一
冬木樵に鳥湧き出づる空の奥　[花影]　四九六
奈良盆地冬の煙を上げにけり　[花影]　四九八
神在ます熊野の冬のしんの闇　[花影]　五〇四
葛根湯身の一冬を支へけり　[花影]　五一五
何もゐぬ冬の生簀をみなのぞく　[花影]　五二四
杉山にひびける音のみな冬へ　[花影]　五三四
中辺路の山にこだまし冬の音　[花影]　五三四
国旗出すひと小さく見ゆ冬山家　[草影]　五五三
冬遍路入日の金をまとひけり　[草影]　五六九
谿川のいつの間にこの冬の音　[草影]　五八〇
真昼間のひとり遊びや冬金魚　[草影]　五九五
眦を決すとまではゆかぬ冬　[草影]　五九五
天はいま何たくらむや冬の雲　[草影]　五九五
枕頭に冬の香水君亡くて　[草影]　六〇四
京二条歩きて居れば急に冬　[以後]　六一七
肉声といふもの恐し冬の闇　[以後]　六三九
冬真昼わが影不意に生れたり　[以後]　六四〇

[初冬]

はつ冬や刃物を入れて水動く　[初夏]　二八〇
初冬や土の匂ひの厠紙　[樹影]　四三九
初冬の木々にやさしき音つづく　[樹影]　四八一
木地師ゐて木の粉を散らす冬初め　[花影]　四九七

水に透き初冬のさかなみな細身　[花影]　五三五

[十一月]

信濃全山十一月の月照らす　[晩春]　一五四
貌うつす十一月の水の張り　[晩春]　一五八
白湯をつぐ湯呑に十一月の昼　[緑夜]　三一八
帆柱に十一月の光かな　[草樹]　四一四
事多き十一月のはじまりし　[草影]　五六八

[神無月]

梯子より人の匂いや神無月　[緑夜]　三一六
野の草の匂ひに佇ちて神無月　[草樹]　三八八
神無月笛の袋を裏返し　[草樹]　四〇〇

[立冬]

墨を磨る心しづかに冬に入る　[月光]　三六
水中に滝深く落ち冬に入る　[女身]　一〇九
皿割つて日をこなごなにした立冬　[晩春]　一八四
立冬の貨車鉄柱の傍通る　[新緑]　二一二
水甕の水に浮く塵冬に入る　[新緑]　二二一
羽ばたきの音をかさねて冬に入る　[初夏]　二九一
冬に入るけものの逆毛撫でながら　[緑夜]　三〇五
立冬の白波遠く念珠置く　[緑夜]　三一九
冬立つや尾鰭ひろげて山の鯉　[緑夜]　三一九
立冬の水にしばらく山うつる　[緑夜]　三三〇
燈明のまわりが空いて冬に入る　[緑夜]　三三〇
立冬や足許にきて動く波　[草樹]　三五五
群衆にまぎれ居りしが冬立ちぬ　[草樹]　三七八
石筍に水戯れて冬に入る　[草樹]　四一四
立冬の寺の畳にある日差　[樹影]　四三九
山中の大鯉に冬きたりけり　[樹影]　四五七
立冬の水音は山の深きより　[樹影]　四八一
葛城の細き草踏む冬立つ日　[花影]　四九六
立冬の暮色は沼の底の色　[草影]　五五三
立冬や何も映さぬ山の水　[草影]　五八〇
水槽に魚ひるがへり冬の立つ　[草影]　五九四
立冬や秋いつの間に終りたる　[以後]　六一七
もの入れし袋の容チ冬となる　[以後]　六一七
冬に入る冬のむかうもやはり冬　[以後]　六一八
冬に入る備前の山のうすぐもり　[以後]　六二七
早潮に抗ふ船や冬に入る　[以後]　六二七

[冬ざれ]

眼帯や片目の街の冬ざるる　[月光]　六〇
裏口よりあひる二三歩　冬ざれ河岸　[晩春]　一八四

[小雪]

小雪の日とか茶色の奈良に居り　[草影]　五六八

[冬暖か]

馬ゆきて馬の臭ひのぬくき冬　[月光]　五八
ガラス運ぶとおよぐ自転車ぬくき冬　[晩春]　一五一
冬ぬくし飯は噴かずに炊かれけり　[樹影]　四六〇
亀水に平らに浮きて冬ぬくし　[樹影]　四八五
冬ぬくし桶を匍ひ出る蛸の脚　[花影]　五二四

[十二月]

鶩老いて胸毛ふかるる十二月　[月光]　五七
行く雲の遠見の速さ　十二月　[晩春]　一八四
桶あれば桶をのぞいて十二月　[緑夜]　三一九
十二月遠くの焔消しにゆく　[緑夜]　三三一
十二月緋の緞帳の長く垂れ　[草樹]　三六七
十二月こちらの本をあちらへ積み　[草影]　五九五

[霜月]
霜月の水かがやけり咳ばかり [晩春] 一五八
霜月の近くて深山音のせぬ [緑夜] 三二八
霜月に入りたる伊勢の木立かな [樹影] 四六九
霜月の祠に供へ黄なる酒 [樹影] 四八三

[冬至]
人去つて冬至の夕日樹に煙り [晩春] 一六三
冬至の陽仏壇に射しすぐに消え [新緑] 二三二
座布団の際まで射して冬至の陽 [初夏] 二六七
麓より村を出てゆく冬至の陽 [緑夜] 三一九
日のなかに人影の泛く冬至かな [草樹] 三六八
松の根にふきたまる砂冬至波 [草樹] 四〇一
陸橋の遠く日あたる冬至かな [草樹] 四〇二
人動き影のうごきて冬至なる [樹影] 四二九
白波に沖遠ざかる冬至かな [樹影] 四四二
いつの間に冬至過ぎたる日射かな [花影] 五一四
波の上に遠き日を置く冬至かな [草影] 五五三

[師走]
ゆく人の眸のたのもしき師走かな [月光] 三八
山内図師走の風となつてゐし [樹影] 四五八
備中に入りて師走の円き山 [樹影] 四五八
走るほどの用なしいつの間に師走 [草影] 五九五
空青し極月の塵宙を舞ひ [以後] 六一八

[年の暮]
年終る流れる水を垣間見て [新緑] 二四二
火の端に残る紙片や年の果 [樹影] 四八五
年果つるホテルに大き焼却炉 [花影] 四九七
山にゐて山の匂ひに年果つる [花影] 五〇四
ねばならぬことのつづきて年終る [草影] 五九五
二千年終る円真一文字 [草影] 五九六
いくたびも「第九」をききて年果つる [草影] 五九七
考へてもわからぬ国や年果つる [草影] 六〇四

[数え日]
数へ日の数ふるほどもなき日数 [花影] 五一四
数へ日や一日づつの珠の晴 [花影] 五一四
数へ日の水面を流れ己が影 [草影] 五九七

[行く年]
年逝くとしづかに満たす甕の水 [女身] 一二二
酒蔵や年逝くと人水に佇つ [草樹] 三五五
年逝くや闇にをさめし嶺あまた [樹影] 四四三
年逝くと鮃平たくなりにけり [花影] 五二六
年逝くと山の気こもる壺の中 [草影] 五五一
二千年過ぎたる夜々の月憶ふ [草影] 五九七

[大晦日]
大年の真闇に水を流しけり [樹影] 四三〇
長考に結論はなし大晦日 [草影] 六〇四

[年越]
部屋の隅の赤き金魚と越年す [女身] 一一六

[年の夜]
ひとひとりこころにありて除夜を過ぐ [女身] 一一五

[一月]
一月や油紋の海に雨の粒 [緑夜] 三〇七
一月や浄め塩散る石畳 [緑夜] 三二一
塩胡椒ふって一月終りたり [緑夜] 三二一
これよりは一月一日窓秋忌 [草影] 五六九
一月を丸めて抛る水の上 [草影] 五八二

［寒の入］

相たのむ母娘の影や寒に入る　［月光］　五八
鍋の中にやはらかきもの寒に入る　［女身］　一一六
うしろ背に声かけてゐる寒の入り　［草樹］　三五六
膝ついて松風をきく寒の入り　［草樹］　三八〇
竹一本水に映りて寒に入る　［樹影］　四一九
をちこちにこぼるる夕日寒の入　［草影］　五五二
地の底の烈火を憶ふ寒の入　［草影］　五九六

［大寒］

大寒の河みなぎりて光りけり　［月光］　三八
大寒の古りし手鏡冴えにけり　［月光］　三九
大寒の影を正しうして孤り　［女身］　九〇
大寒の乾ききつたる橋わたる　［女身］　九一
大寒や鴉翼を張りて飛ぶ　［女身］　九七
大寒の屋根の歪みや昼の酒　［晩春］　一四三
大寒や家のまはりの溝澄みて　［晩春］　一五二
大寒の爪むらさきに眠り落つ　［晩春］　一五九
大寒の鏡影のみよぎりたり　［晩春］　一六三
大寒の松の辺りの殺気かな　［緑夜］　三〇七
大寒や魚の容ちに猫はしり　［緑夜］　三〇七
大寒の木々にうごかぬ月日あり　［緑夜］　三二一
大寒や起きぬけに見る山と牛　［草樹］　三六八
大寒や白布を覆ふ膳の上　［草樹］　三九三
大寒の山中にして鍋たぎる　［樹影］　四七三
大寒のここはなんにも置かぬ部屋　［花影］　五一五
大寒や静かなる世に遠くゐる　［花影］　五二八
大寒や野のはるかまで日当りて　［草影］　五五二
大寒や風より先に人狂ふ　［以後］　六一九

［寒の内］

寒の馬首まつすぐに街に入る　［月光］　五八
紙屑をたきて音なし寒の土　［女身］　九六
ひと日見て下りしことなし寒の庭　［女身］　九七
道の辺の石階寒の河に没る　［女身］　一〇二
鶏の血を河岸に垂らせり寒の河　［女身］　一〇二
夕臥せば寒厨に菜を洗ふ音　［女身］　一〇三
寒厨に立たず女の日々過ごす　［女身］　一〇三
耀る波の玻璃にひびける寒の午後　［晩春］　一四七
寒の闇来て一燈に入る夜学生　［晩春］　一五一
寒の畳に死顔おがむ諸手つく　［新緑］　二〇四
白布の下のきみの死顔寒せめぐ　［新緑］　二〇四
寒日輪へ諸手合せてきみの葬　［新緑］　二〇四
城門のまんなかくぐる寒の昼　［初夏］　二六九
寒の山来ていただきに神の酒　［初夏］　二八一
神前に日だまりがあり寒の山　［初夏］　二八一
剝製の鳥に四隅の寒の闇　［初夏］　二九五
倒木や石の飛び散る寒の谷　［緑夜］　三〇六
神の灯のひとひらなびく寒の山　［緑夜］　三二一
海鳴りの沖にこもりて寒障子　［草樹］　三九二
山の手に古き傘さし寒の内　［樹影］　四三一
雄叫びのいづこふりむく寒の闇　［樹影］　四四五
火搔き棒のまはりの火屑寒の闇　［樹影］　四六〇
寒巌に載りしばかりの浄め塩　［花影］　四九九
百本の枝の横ざま寒松籟　［花影］　四九九
すはといふ間もあらばこそ寒の地震　［花影］　五二六
地震あとの高声寒の闇走る　［花影］　五二七
寒日輪常のごと出づ地震のあと　［花影］　五二七

動かぬ戸いくつもありて寒の部屋　[花影]　五一七
菜屑より流れはじめし寒の川　[花影]　五三七
身のうちの腑のみやはらか寒の闇　[草影]　六〇五
寒に逝くまこと俳句の鬼として　[草影]　六〇六

[寒九]

もぐさ屋の硝子戸ひびく寒九かな　[樹影]　四四六
佳きひとと水を距てし寒九かな　[草影]　五五二

[寒土用]

寒土用鯉にとどかぬ日差あり　[樹影]　四一九

[冬の日]

冬の陽のしばらく耀りて海昏れぬ　[月光]　三八
うすうすと冬陽のとどく簿書の上　[月光]　三九
冬日没りわが窓しばしかがやかす　[女身]　一〇三
一度だけの波音冬日昏れにけり　[女身]　一二三
冬日没りてより影となり貝拾ふ　[女身]　一二四
旅人われに冬の落日のみおなじ　[女身]　一二六
親しみ受く冬日東京の三叉路に　[女身]　一二六
目覚むたび母の眼に逢う冬日寒　[晩春]　一五九
寒入日影のごとくに物はこばれ　[晩春]　一六三
玻璃いつぱいに冬日射しここ伊豆の国　[晩春]　一七〇
昼もとざす燈台の扉の冬日向　[晩春]　一七〇
つながれるものら相似て冬日の柵　[新緑]　二一四
牛のいるまわりいちにち冬日向　[新緑]　二四三
呪文とけ冬日の亀が歩き出す　[初夏]　二五八
微塵ともならず真向う寒入日　[初夏]　二九四
冬の日や水の上来る青榊　[緑夜]　三一八
式台に冬の陽のさし庄屋あと　[草樹]　四一四
若狭塗冬日は遠く海の上に　[樹影]　四四二
舞ふ鷹の眸に映りけり冬日輪　[樹影]　四四五
中辺路や冬日のなかに魚乾び　[花影]　五〇三
冬没日見ぬまま暮れし浜の宿　[花影]　五二四
みちのくに見し片鱗の冬入日　[草影]　五六〇
冬日向幹の途中に蟻迷ふ　[草影]　六〇三
念力の通はざるなし冬日宙　[以後]　六二九
冬日輪没りたるのちの茜雲　[以後]　六二九

[冬の朝]

寒暁や生きてゐし声身を出づる　[花影]　五一七
寒暁を素走りしたる地震の神　[花影]　五一七
昨夜よりのわが影いづこ冬の朝　[以後]　六三九

[冬の暮]

海にして浮ぶものなし寒の暮　[女身]　九六
串にさす魚やはらかし寒の暮　[女身]　一一〇
冬の暮板の間を踏むいくたびも　[新緑]　二一二
もの売る声母にとどかず冬の暮　[新緑]　二一三
物売りに寒暮あかるむ橋の際　[新緑]　二一四
弱火で煮るものの多くて冬の暮　[新緑]　二一四
道端に捨縄を踏む冬の暮　[新緑]　二四二
耳門より細身の出入り寒の暮　[初夏]　二五九
もぐさ屋も伊吹の嶺も寒暮にて　[樹影]　四四六

[短日]

短日の湯にゐてとほき楽をきく　[月光]　二三
短日の薔薇白々と夫遅き　[月光]　二四
檻に鷲短日の煤地におちる　[月光]　五七
帯留を身よりはづして日短し　[女身]　一一〇
昨夜萎へし身の短日の温泉に太る　[女身]　一二四
短日の楽屋を走りぬける音　[初夏]　二九二

短日の巻尺もどす舞台裏　［緑夜］三二九
絵らふそく一本立てて日短か　［草樹］三六七

［冬の夜］
寒夜鮮しこつぷに水を注ぐとき　［月光］五八
飛機騒音寒夜ねて読む「赤と黒」　［女身］一二三
余震また身を伝ふがに寒の夜半　［花影］五二七

［寒し］
わが運命肯ひ寒き運河の辺　［月光］三一
病院の廊曲るごと寒さ増す　［女身］一〇三
寒き馬よぎる夕べの鏡店　［晩春］一五一
前衛花展の水　入れ替えて寒い老人　［晩春］一六三
竹林に寒気流れる手水鉢　［新緑］二二三
掃き出して仏間すぐさま寒気満つ　［新緑］二二三
寒気団去り次に来るものは何　［草影］六〇四

［冱つる］
凍の夜も鰈の腹は白からむ　［女身］一二五
眼の隅を一鳥よぎり湖凍てる　［新緑］二三四
凍鏡据え畳目を荒くする　［新緑］二四三
凍の夜のはじまる兆し軒の縄　［初夏］二六八
凍つるまで鵜の瀬の水のひびきかな　［樹影］四四一
人小さく凍てて地の揺れ思ふまま　［花影］五二八

［三寒四温］
白粥や玻璃のくもりも四温なる　［樹影］四八六
三寒の寒のつづきて四温なし　［花影］五一九

［冬深し］
滝音を山の音とし冬深む　［花影］五二四

［春待つ］
地震あとの春待つ顔を上げにけり　［花影］五二八
春を待つおなじこころに鳥けもの　［草影］五六九

［春近し］
歯刷子にそこはかの日や春隣　［緑夜］三〇一
象の皺ゆっくりと見て春隣　［緑夜］三三三
春近し水輪のなかに水輪生れ　［花影］五〇六
春近し日陰の笹の動きにも　［草影］五五二
光りのなか微塵ただよふ春近し　［草影］六〇五
春近し九官鳥の哄ふさへ　［草影］六〇五
世を憂ふるものらの眉根春未だ　［草影］六〇六
春遠し海に起伏のなきひと日　［草影］六〇七

［冬尽く］
赤き実を小鳥こぼして冬終る　［草影］五九六

［節分］
臥て過ぎし節分立春指やわらか　［晩春］一六〇
節分や柱のかげに待たされて　［緑夜］三三一
猫の胴のびきつて起つ節分会　［草樹］三五六
唐草の風呂敷たたむ節分会　［草樹］三六八
節分や納屋におぼえの金だらひ　［樹影］四三二
闇と闇のはざま灯りし節分会　［樹影］四七四

天文

［冬晴］
梯子出せば冬晴れの地に釘散らばる　［晩春］一八六
手を搏つて粉はらう昼寒日和　［初夏］二六八
冬麗のまんなかにある床柱　［初夏］二九二
肩の辺を白髪ただよう寒日和　［初夏］二九四
樹々の根に水のしたがふ寒日和　［草樹］三八〇
神の杉冬麗の日を流しをり　［草樹］四〇二

冬麗の富士へ草の根白く伸び　〔樹影〕四七三
冬麗の気高き馬を引き出だす　〔樹影〕四七四
冬麗や草に一本づつの影　〔草影〕五九四

〔冬旱〕

動かぬ時計柱に長し冬旱　〔樹影〕四三一

〔冬の空〕

ある日無音　冬空撫でてはガラス拭く　〔晩春〕一八四
凍空を端から開く朝鏡　〔新緑〕二二三
鬱の日や冬空へ杖飛ばさむか　〔草影〕五八一

〔冬の月〕

馬駈けて寒月光の道のこる　〔月光〕五八
寒月光夜もまがれる松の影　〔月光〕五九
寒月光男女つれだち出づるこゑ　〔月光〕五九
寒月に水捨つひとの華燭の日　〔女身〕九〇
みじめなる雲押しひらき寒の月　〔女身〕九〇
母寝ねてより寒月の窓に射す　〔女身〕九一
寒月光ゆれゆきなやむ肥車　〔晩春〕一五一
寒月光背後見ずとも貨車通る　〔晩春〕一五二
遮断機の影身を下る寒月光　〔晩春〕一五四
悲喜の果寒月明に浮くベッド　〔晩春〕一五九
夢に見し魔神をいまに寒月夜　〔樹影〕四四四
山の神地の神集ふ寒月夜　〔樹影〕四四四
寒月や現れて来し松の幹　〔樹影〕四四六
寒月をまたぐに惜しき潦　〔花影〕四九八
寒月に白刃をかざす滝のあり　〔花影〕五三七
灯なき城中空にあり冬の月　〔草影〕五五〇
心中を貫く光寒の月　〔草影〕六〇六

〔冬の星〕

寒の星忘れゐし「死」にゆきあたる　〔月光〕五〇
とこしへに地球はありや寒星座　〔花影〕五二八
冬銀河暗闇を水流れをり　〔草影〕五九八

〔寒昴〕

いくたびも震ふ大地や寒昴　〔花影〕五二八

〔冬凪〕

一握の島までの水尾冬の凪　〔新緑〕二二三
白昼の水色匂う冬の凪　〔新緑〕二三五

〔冬の風〕

寒風に牛叱るこゑのみ短か　〔月光〕五八
寒風やたくましと見しひとのそば　〔女身〕九一
寒風に出す七輪の火の粉の尾　〔晩春〕一五五

〔凩〕

縄一本闇に遊ばせ木枯去る　〔新緑〕二二一
木枯や帰りは空の出前箱　〔草樹〕三七九
木偶の目の夜は金色に木枯吹く　〔草樹〕四一四
木枯や昨夜にはづれし蝶番　〔樹影〕四八四

〔寒波〕

熊笹のふちの黄あざやか寒波過ぐ　〔晩春〕一七二
沖波の彼方に寒波居坐ると　〔樹影〕四三一

〔北風〕

鷲動かず紙屑北風にさらはるる　〔月光〕五七
われによき師ありて北風をいそぐなり　〔女身〕一一〇
北風に手を出せば短い言葉となる　〔晩春〕一七七
荷車の音きくも河岸　北風きれぎれ　〔晩春〕一八四

〔初時雨〕

一僧に喜捨の米粒初時雨　〔樹影〕四四〇

〔時雨〕

木洩れ日のむらさき深く時雨去る　［月光］　一一三
独り言いよよ時雨るる夜となりぬ　［月光］　三六
夫の忌の時雨に逢ひし橋の上　［月光］　四七
夫の忌の時雨しみたるわが袂　［月光］　四七
皿の艶午前の時雨来ては去り　［新緑］　二三二
伊香しぐれまでの田の面を鳥守る　［初夏］　二七七
前山にむらさき通る時雨雲　［緑夜］　三一八
巻紙やしぐれては野に彩はしる　［緑夜］　三一八
しぐれ来て幹黒く聳つ行者宿　［緑夜］　三一八
ケーブルを降りるに間あるひとしぐれ　［草樹］　三七八
湯舟より遠き山あるしぐれかな　［草樹］　三七八
檜山よりつづく杉山しぐれけり　［草樹］　三七九
しぐるるやすうつと開きし宿襖　［草樹］　三七九
しぐるるや宿のはたきの遠い音　［草樹］　三七九
丼の縁の飯粒時雨宿　［草樹］　三九〇
火の見まで甍つらねししぐれかな　［草樹］　四〇一
こんにやくの刺身を食へば時雨けり　［草樹］　四一五
しぐるるや遠き川面の薄光りに　［樹影］　四五八
玻璃うちに黒き猫ゐてしぐれけり　［樹影］　四五九
煙る山しぐるる山やあまご飯　［樹影］　四七二
一山に時雨去りたる堂柱　［樹影］　四七二
山襞の深き一宇に時雨の灯　［樹影］　四七二
二の膳や北山しぐれ過ぎし空　［樹影］　四八四
火の奥の炎の熾んなる時雨宿　［花影］　四九七
時雨れつつ山は容をなしにけり　［花影］　五〇五
寺箒立てかけしより時雨かな　［草影］　五六八
このごろや夕かけてくる時雨ぐせ　［草影］　五九五
庭石の濡れはじめたる時雨雲　［草影］　五九五
時ならぬ谿の時雨や黒茶碗　［草影］　五九六
時雨傘凭せしままや寺の門　［草影］　五九六
片時雨山々は雲走らせつ　［以後］　六一八

［冬の雨］

大正の館を濡らす冬の雨　［以後］　六二六

［寒の雨］

湯ほてりのひととゆきあふ寒の雨　［月光］　三九
肉親臥て庭石濡らす寒の雨　［女身］　一一六

［霰］

石上の霰しばらく月照らす　［月光］　五九
溶くる霰落つる霰を月照らす　［月光］　五九
叱られて帰る霰の石畳　［女身］　一〇四
白飯に飢ゑしは昔霰はね　［晩春］　一四五
神燈の真下のくらさ夕霰　［初夏］　二八一
夕霰ひととき芝居小屋の前　［初夏］　二九二
神灯の前の地を打つ夕霰　［草樹］　三九三
時ならぬ吹上御所の玉霰　［樹影］　四五九

［初霜］

初霜や　家に八十三の母　［晩春］　一七一

［霜］

霜白く蓬髪の夫たくましき　［月光］　二四
霜きびし母娘こもれる深廂　［月光］　四三
部屋ぬちに声音しづみぬ霜深く　［月光］　四四
母の顔老いしと思ふ朝の霜　［月光］　四四
病む母に霜の深きをいひ足しぬ　［月光］　四四
霜かがやきひとりの衾たたまるる　［女身］　八五
霜の踏切越えてみなぎる朝の力　［晩春］　一六三
捨て犬の馴れの飢の目　霜の墓地　［晩春］　一六五

パレットに絵具柔軟　霜の橋　[晩春]　一六九
塗り膳を土蔵より出す朝の霜　[初夏]　二六七
強霜を覆ひの上に舫舟　[樹影]　四四四
強霜の大気に絃のひびきけり　[樹影]　四八五
強霜に鋼の川の流れけり　[樹影]　四八五
強霜やこの梁の下友逝きし　[花影]　五一七
庭石に何時よりの苔朝の霜　[以後]　六一九
霜深し夢の通ひ路いづこまで　[以後]　六一九

[雪催い]

雪空のものうくて貨車うごき出す　[女身]　九八
湖際のもの横流れ雪ぐもり　[初夏]　二八〇
舟底に粥の煮えたつ雪催　[緑夜]　三〇六
神棚の榊の真青雪催　[緑夜]　三〇六
水搏つて舟繋がるる雪催　[草樹]　三九一
雪雲の屋根つづきけりお六櫛　[樹影]　四四一
踊り場に人と出会ひて雪催　[樹影]　四七四

[初雪]

初雪の下にはげしく下水音　[新緑]　二四三
初雪や橋のむかうの舟灯る　[草影]　六〇五

[雪]

むらさきの帛紗ひろげぬ雪日和　[月光]　四三
窓の雪よりそふひともなかりけり　[月光]　五〇
手拭は乾かず夜の雪つもる　[月光]　五九
雪の中子等の叫びの遠のけり　[女身]　八五
窓帷の重くて雪のふる夜なり　[女身]　九〇
どの家にも鼠ひそみて雪つもる　[女身]　九〇
霊柩車ゆき雪がふり今日をはる　[女身]　九一
畳の目粗し雪夜をかへりきて　[女身]　九二
窓の雪女体にて湯をあふれしむ　[女身]　九三
雪積むやしづかにつつむこころの喪　[女身]　九七
たまさかの雪なり出でて髪ぬらす　[女身]　九七
しづかなる母の起ち居も雪の景　[女身]　九八
須臾にして雪ふりしくか子等のこゑ　[女身]　九八
貨車が来て粉雪一層荒れ狂ふ　[女身]　一〇四
湯上りの身を載せ雪の夜の秤　[女身]　一〇四
雪のなか傘のうすくらがりがよし　[女身]　一〇九
深雪ならむ朝の戸あけて声あぐは　[女身]　一一〇
雪ふれば雪ひねもすの窓ひとつ　[女身]　一一〇
夫はなし暮雪を映す破れ鏡　[女身]　一一〇
俎の濡れしままにて雪の暮　[女身]　一一〇
鮒煮えてくれば粉雪となりにけり　[女身]　一一一
車窓いつか雪となりをり知らず編む　[女身]　一一一
手鏡の指紋浮きでて雪ふらす　[女身]　一一一
雪つもり肉親一室につどふ　[女身]　一一六
寝ね足りてちかぢかと見る枝の雪　[女身]　一一六
喫泉に口あまやかす雪のなか　[女身]　一二四
旅にて使ふ鮮しき紙幣雪の駅　[女身]　一二四
雪のなかの黒土その下の黒蟻　[女身]　一二四
雪国の柄太き傘を借り出づる　[女身]　一二四
雪墜ちて深雪ににぶき音うまる　[女身]　一二四
母指さす伊吹に雪がてのひらほど　[晩春]　一四五
意に満たぬ日々に粉雪がちらつけり　[晩春]　一四六
母寝ねて雪の厨に皿ひとつ　[晩春]　一五一
棕梠の葉が末まで張つて大雪報　[晩春]　一五四
いちまいの薄紙よ雪の鳥海は　[晩春]　一五七
鏡閉じ　いま降る雪をしまつておく　[晩春]　一七二

雪の夕餉　パセリの青を皿に散らし　[晩春]　一七七
うしろより亡父の声して雪こまか　[晩春]　一七七
墨磨つてのちの雪夜の重さ知る　[新緑]　二〇四
身のうちも白さ保つて夜に入る雪　[新緑]　二〇四
靴先に散る雪きみの死は確か　[新緑]　二〇四
遠嶺に雪また両眼をしばたたく　[新緑]　二〇四
粉雪ふるまでのやさしい潦　[新緑]　二〇七
切株の耐えられぬとき粉雪よぶ　[新緑]　二四三
燈明のひとりでに消え雪の昼　[初夏]　二八一
一望の雪に生身の魚を提げ　[初夏]　二九四
玻璃に雪剝製の鳥めつむれず　[初夏]　二九五
燈明や雪を怺えて軒庇　[緑夜]　三三一
雪はらふ人影ひとり書道塾　[草樹]　三八一
雪中の深処をくぐる水の音　[草樹]　三九二
柄の太き傘もたせある雪の宿　[草樹]　三九二
雪舞ふや水面かすめし棹の影　[草樹]　三九二
纜をかけてゆるみぬ雪の杭　[草樹]　三九二
雪中に佇つ水掻きのなき鳥も　[草樹]　三九二
雪降るを虫降るといひ遊び居り　[草樹]　三九三
膳ひとつのこりて朝の雪の宿　[草樹]　三九三
ころがれるワインのコルク雪の玻璃　[草樹]　四〇三
夜の灯と笛の音洩るる雪の家　[樹影]　四二九
荒格子妻籠は雪を惜しみなく　[樹影]　四四二
灯明りに飛び去るものを見し雪夜　[樹影]　四四三
蚕の匂ひ雪の匂ひや谿の村　[樹影]　四四六
ややあつて呟く雪の越後人　[樹影]　四四七
雪ひとつふたつが消えし地行燈　[樹影]　四七四
とんねるの雪なき国へ出でにけり　[樹影]　四七五
雪道の鞍馬格子を雪の景　[樹影]　四八七
松風の雪散らしたる勢ひかな　[樹影]　四八七
涅槃図を蔵して雪の末寺なる　[樹影]　四八七
雪中の鷺に遠き灯ともりそむ　[花影]　四九八
比良比叡雪を冠りぬ夕景色　[花影]　五〇五
沖雲は雪はこびつつ湖の暮　[花影]　五〇五
裏戸より一人出できぬ雪の宿　[花影]　五〇五
人容れぬ雪の桟橋長く伸び　[花影]　五一七
湖の上の靄の切れ目や雪の比良　[花影]　五一七
雪の比良水面に影を泛べけり　[花影]　五一七
雪たのしわれにたてがみあればなほ　[草影]　五五一
夕暮れて雨より雪となるあはひ　[草影]　五五二
雪の日の皿にぶあつき舌平目　[草影]　五五四

[雪晴]
雪晴れの水がふくれて夕景色　[初夏]　二九三

[風花]
風花や亡き師の言葉片々と　[晩春]　一四三
風花の玻璃飾る日や入院す　[晩春]　一五九
風花や墨の香のたつ部屋に居る　[草樹]　三九三

[吹雪]
雪煙りのなかに獣のうしろ脚　[初夏]　二六九
松が枝のたわむと見しが雪煙　[樹影]　四四七
吹雪中この荒波をこそ越後　[樹影]　四四八

[雪しまき]
風雪に耐へねばならぬ枝ばかり　[草影]　五九五

[冬の雷]
寒雷に打たれて目覚む身の五欲　[草影]　五九六

[冬霞]

生きもののすれ違う眼や冬霞　[新緑]　二一五
冬霞してギリシャ船沖にあり　[緑夜]　三一九
戸を開けていづれの道も冬霞　[草樹]　三六九
冬霞若狭の国を覆ひけり　[樹影]　四四一
山中やあまたの穴に冬霞　[樹影]　四八四
冬霞盆地一塊昏れにけり　[草影]　五六八
何もかも遠くへ去りぬ冬霞　[草影]　五九八

[冬の霧]

微光曳くもの生きていて冬の霧　[新緑]　二三六
冬霧やつながつてゐる縄の端　[草樹]　三七八
冬霧の海に消えゆく振りむかず　[草影]　六〇四

[冬夕焼]

寒夕焼反り身に魚の焼かれ居り　[女身]　一一〇
寒夕焼端まで塗らず画布の紅　[新緑]　二一四

地理

[冬の山]

絵に連なり冬山窓に鮮しき　[月光]　二三
枯山に昼餉の小さき音を立つ　[女身]　一〇九
駅長の閑雪嶺を立ち眺む　[女身]　一〇九
枯山の奥なまなまと滝一筋　[晩春]　一五五
遠雪嶺　深き庇に日の射して　[晩春]　一七二
微光のまま昏れる雪嶺何かに堪え　[新緑]　二〇四
枯山をきて頂上の平らな水　[新緑]　二三一
枯山につねに反古焚く薄煙り　[新緑]　二三二
枯山に見比べて買う鳩の笛　[新緑]　二三二
藁屋根の端の雪嶺ことに冴え　[新緑]　二三五
遠雪嶺鉄扉ひらいて国旗出す　[初夏]　二五八
枯山へつづく街道箒売り　[初夏]　二六七
中腹に道の岐れる冬の山　[初夏]　二九五
雪山の前に目立たぬ雪の山　[緑夜]　三一〇
落日や雪嶺は意のままに聳ち　[緑夜]　三一〇
中空に相寄り昏れる雪の嶺　[緑夜]　三一〇
雪嶺のことごとく昏れ水の音　[緑夜]　三一一
雪嶺出て安曇野の水平らかに　[緑夜]　三一一
窓際のガラスコップや遠雪嶺　[樹影]　四六〇
抜け道のどこかにありし冬の山　[樹影]　四八四
雪嶺に囲まれてゐる神楽の灯　[樹影]　四八六
日も月も険しくはなし冬の山　[花影]　四九八
靄のなか容おのづから冬の山　[花影]　五〇五
中腹の道顕らかに冬の山　[花影]　五一四
いま誰にも逢ひたくはなし冬の山　[花影]　五二五
枯山や熊野にながきはねつるべ　[花影]　五三五
近くなるほど雪嶺の威丈高　[草影]　五五三
雪嶺の青く震ひぬ夜の鏡　[草影]　五五三
冬山中日向の石の平らなる　[以後]　六一七

[山眠る]

生きものの音をたしかめ山眠る　[初夏]　二九三
掛時計数多く打ち山眠る　[緑夜]　三〇五
水深く魚はしらせて山眠る　[緑夜]　三一〇
回転扉人を放ちて山眠る　[緑夜]　三三一
地の底の音をおさえて山眠る　[緑夜]　三三一
石ころを積んで祠や山眠る　[草樹]　三八〇
鳥放ち山は眠りに入らむとす　[樹影]　四四〇
藁屋根に眠りの近き山の容　[樹影]　四四〇
藁灰や遠に大きく眠る山　[樹影]　四四三

眠る山目覚むる山も丹波なる　［樹影］四六三
火薬庫の錠に日あたり山眠る　［樹影］四八四
眠る山けものの柔毛吹かれたる　［樹影］四八四
木も草もいつか従ひ山眠る　［花影］四九七
地震知らぬかに山々の眠りけり　［花影］五二七
これからのことはまかせて山眠る　［草影］五六八
山眠る景そのままに窓ひらく　［草影］五八三

［枯野］

ひとの掌の触るることなき枯野の石　［月光］五七
大き掌に枯野来し手をつつまるる　［女身］八九
枯野にて匍ふ虫見るは堪へがたし　［女身］一〇三
水筒のぬくみに手触れ枯野中　［女身］一〇三
枯野来し水に夜業の手を洗ふ　［女身］一〇四
枯野に出てなほ喧しき女学生　［女身］一二一
五指ひらけば獅子のたてがみとなる枯野　［晩春］一八四
子等帰り枯野浮遊の一風船　［新緑］二一二
魚獲ては男枯野の端通る　［新緑］二二〇
絶えず動き枯野にぬくい牛の舌　［新緑］二二〇
一枚の葉書運ばれ枯野の家　［新緑］二三一
酢の瓶のむこうの枯野日が照って　［緑夜］三一七
焚口は枯野にむいて昼の風呂　［緑夜］三一九
遠くより影うごきだす枯野かな　［草樹］四〇二
日の中に釦とんだる枯野原　［樹影］四七一
飛ぶ鳥に枯野のうねり川の耀　［花影］五二六
枯野ゆく貨車に日当る鉄路あり　［草影］五六二
宮柱枯野の果の水光る　［草影］五九四

［冬岬］

すでに風に抗う姿勢　冬岬　［晩春］一八五

［雪原］

雪原のまひるは束となるひかり　［緑夜］三〇六
雪原や車中明るき紙コップ　［草樹］三九二

［冬田］

寝ねたらぬ眸に冬田あり平らかに　［女身］一〇二
洋傘の裡のみ紅し冬田ゆく　［晩春］一四七

［枯園］

枯園にひとの言葉をかみ砕く　［月光］二四
枯園に息はづまする之が恋か　［女身］九七
男女歩む枯園を枯園とせず　［女身］一一五
枯苑にはやぬきんでて一馬身　［新緑］二三一
枯園やつつ立つてゐる乗馬靴　［草樹］三七六

［水涸る］

滝涸れて一応滝と思ふだけ　［樹影］四七五

［冬の水］

冬の水音なく岩を濡らしけり　［花影］五二四

［寒の水］

情念の身の寒水を渉り居り　［女身］九〇
寒水にて洗ふ盃宴果つ　［晩春］一四五
寒水に透ける冬菜と指の傷　［晩春］一四七
大海のなか一杓の寒の水　［草影］五五二
段差なき閾にこぼす寒の水　［以後］六二九

［冬の泉］

幹の影揺れ山中の冬泉　［草樹］三九一
冬泉に一花となりてわれの舞ふ　［以後］六二六

［冬の川］

冬の川はなればなれに紙ながる　［月光］五七
人呼ぶと声荒げたる冬の川　［女身］一一二

画布の裏冬河ものをうかべては　[新緑]　二一四
電線を闇に走らす冬の川　[新緑]　二三三

[冬の海]

寒の海男の声がきて穢す　[女身]　九〇
灯の真珠冬海遠く闇に鳴り　[新緑]　二三三
カーテンの隙間にありし寒の海　[草樹]　四〇二

[冬の波]

日本海の寒浪一滴服の汚点　[女身]　一一五
全景の宿の絵葉書冬の浪　[初夏]　二六七
冬波や石の館に薔薇かざり　[緑夜]　三一九
朱塗椀冬波遠く逆立てる　[緑夜]　三一九
心棒のはづれし車冬の波　[草樹]　三六九
冬荒れの波に日あたり小浜線　[樹影]　四四一
ゆくゆくは骨撒く洋の冬怒濤　[花影]　四九七
冬濤にいつしか闇の音まじる　[草影]　五六一
冬波のひびき記憶の奥処より　[以後]　六二七

[寒潮]

寒潮の濃きよりかもめ逃れんと　[女身]　一二五
寒潮浅くせんなき鮫を沈ましむ　[女身]　一二五
手かぎがつるす大魚冬潮匂はせて　[晩春]　一五〇
寒潮へひとを信じて鳴らすギター　[晩春]　一八五
船室の鏡冬潮時々耀る　[新緑]　二二〇

[冬の浜]

指にレモンの香をかぐ　朝の冬渚　[晩春]　一八六
冬浜の砂の上くる薬売り　[新緑]　二四二
宿の鏡のなかにしりぞく冬渚　[初夏]　二六七
白波や泡ののこれる冬の浜　[花影]　四九九

[冬の湖]

櫓の音の櫓についてゆく冬の湖　[初夏]　二八二

[霜柱]

霜柱牝鶏絶えず眸をうごかし　[月光]　五八
霜柱不意にかがやき鶏はばたく　[女身]　九二

[氷]

氷る池硬き声音のひと通る　[月光]　三六
結氷や川辺の鳥の脚長く　[草樹]　三九二
魚の鰭の自在を底に厚氷　[樹影]　四六〇
闇の夜の身にはりつめし氷かな　[草影]　五九六

[氷柱]

草氷柱いつしか溶けし水たまり　[以後]　六二九

[冬滝]

ひと仰ぐたび殺気立つ寒の滝　[晩春]　一五五
細目してみても冬滝のきびしい拒否　[晩春]　一七七
冬滝まぢか　足早少女の髪なびく　[晩春]　一七七
遠き音冬滝らしくなつて来し　[樹影]　四四二
凍滝の棒となりたる無音かな　[樹影]　四四五
冬の滝日輪白く過ぎゆけり　[樹影]　四五七
冬滝やいづれの香とも隔たりて　[樹影]　四八一
あるときはもつるるままに冬の滝　[花影]　五一三
冬滝の真上日のあと月通る　[花影]　五二四
夜も音のとどろき止まず冬の滝　[花影]　五二五
凍滝のしろがね闇をつらぬけり　[花影]　五三七
日矢を得て白刃の光冬の滝　[草影]　五六一
まつたうに落ちて冬滝ただ白し　[以後]　六一八

[氷湖]

凍湖に映す火を焚きひと日透く　[新緑]　二三四
凍湖に白紙を反す書をひらき　[初夏]　二九四

生活

［外套］

外套のなかの生ま身が水をのむ　［女身］　一一三
扉を押せば外套くろく壁にあり　［草樹］　三六五
黒外套鎧ふはるかにひしめく街　［草影］　五九五
限りなき外套の黄の昭和かな　［以後］　六二〇

［蒲団］

干し蒲団叩く音する浜の午後　［緑夜］　三三三
蒲団干すよき夢を見る夜はいつか　［以後］　六二七

［毛衣］

裘銃身に似し身をつつむ　［樹影］　四四四
昭和果つかたまつてゆく裘　［樹影］　四五九
裘脱ぐ金銀のベルトかな　［樹影］　四八四

［手袋］

皮手袋の匂ひがわれをへだてゐる　［女身］　一一五
約したるのちの手袋ゆるく履く　［女身］　一一六
手袋に五指を分ちて意を決す　［晩春］　一四三
破れ手袋三十の夢今以て　［晩春］　一四六

［足袋］

誕生日母に貰ひし足袋はきぬ　［月光］　二五
湯上りの指やはらかし足袋のなか　［女身］　九一
白足袋の僧より落ちし名刺かな　［樹影］　四三一

［雪沓］

雪沓の音なく来たり湖の際　［樹影］　四四八

［毛糸編む］

若からぬ寡婦となりつつ毛糸編む　［月光］　六〇

［雑炊］

雑炊や人の働く向う岸　［緑夜］　三〇六
雑炊や遠き一樹のかしぎたる　［草樹］　三九〇
白波にひろがる光鴨雑炊　［樹影］　四一九
河豚雑炊次の間に闇満ちにけり　［樹影］　四二八
雑炊や他郷の月の丸くあり　［樹影］　四二八

［餅］

おのづからくづるる膝や餅やけば　［女身］　九一
餅焼いて食ふや男を交へずに　［女身］　一一六
まんなかに餅のふくれる老姉妹　［新緑］　二〇九
餅のひび深くて老の笑いあう　［初夏］　二九三
山々をわたる日差や餅の黴　［草樹］　四〇三
いちにちの大方餅を焼く匂ひ　［花影］　五一五
天と地のあはひに生きて餅を焼く　［草影］　五八三

［餅搗］

東吉野村を思へば餅つく音　［草影］　五六〇

［水餅］

水餅のまわりいつもの音はじまる　［新緑］　二四三
水餅の水餅らしく沈みをり　［花影］　五三七
底にまだ水餅らしきもののあり　［花影］　五三七

［熱燗］

熱燗や灰ならしゐる吉野人　［樹影］　四八六

［鰭酒］

瓦斯燈の残る館や鰭の酒　［樹影］　四二七

［鴨汁］

鴨鍋や水を距てて鴨昏るる　［花影］　五〇五
鴨鍋や夜更けて修羅となるわたし　［花影］　五一六

［牡丹鍋］

ぼたん鍋風音山を下りけり　［草樹］　三八一

猪肉食ふや下駄ちぐはぐに外厠　[草樹]　三八一
猪鍋の果て電柱の黒く立つ　[花影]　四九八

[薬喰]

衝立の陰の声音や薬喰　[花影]　四九七
窓枠の木目ざらつく薬喰　[花影]　四九八
思ひ出し笑ひときどき薬喰　[草影]　五五三

[蕪蒸]

蕪蒸遠き遮断機上りたる　[樹影]　四七二
窓の樹の風にうごけり蕪蒸　[樹影]　四八五

[湯豆腐]

四十近し湯豆腐鍋にをどらせて　[女身]　一〇九
湯豆腐や名のなき山を借景に　[樹影]　四八三

[煮凝]

煮凝りをくづす目玉はとうに無し　[樹影]　四七六
天井の龍の眼を煮こごりに　[草影]　五八一
煮凝の白眼を最後まで残す　[草影]　五八一

[寒卵]

隣室の闇に一夜の寒卵　[緑夜]　三二一
闇のなかまだ二つある寒卵　[草樹]　三五六

[冬構]

高き縁めぐらす寺や冬構　[草樹]　三六六
隠れ寺ある一村の冬構　[樹影]　四二六
葛城も大和もいよよ冬構　[花影]　四九六
冬構へ完璧にして熊野郷　[花影]　五三五

[霜除]

霜除の藁に老母の影うごく　[新緑]　二二二

[寒燈]

牛歩み去り寒燈に糞のこす　[月光]　五八
湯ざめせし貌寒灯の下過ぐる　[女身]　九二
幸福感真白き卓布冬灯に垂れ　[晩春]　一五五
寒灯や蒼白の手のうらおもて　[晩春]　一五九
ギターの胴に冬灯映つてからの雨　[新緑]　二三三
戸を閉して冬灯を洩らす行者宿　[草樹]　三九〇
まちまちに冬灯のつきて谿の家　[樹影]　四二九

[冬座敷]

便箋の白に日あたる冬座敷　[緑夜]　三〇六
蠍座を見に立つひとや冬座敷　[草樹]　四〇二

[障子]

午後に入りゆるむ障子や池の水　[草樹]　三六七
気配して人の出でくる冬障子　[樹影]　四三九
地鳴りして夜の地震過ぐる寒障子　[樹影]　四四六
降らぬまま雪見障子も薄暮なる　[樹影]　四四六
湖の面の銀に障子を開け放つ　[花影]　五〇五
しばらくして雪見障子の閉ざさるる　[花影]　五三八
ものの影仄かにありし白障子　[草影]　五八二

[襖]

老母いて襖の奥の棚光らす　[晩春]　一八五
廊過ぐる跫音しばらく大襖　[草樹]　三六七
襖絵は狩野山楽牡丹の図　[花影]　五〇一
襖絵は名知らぬ絵師の寒雀　[花影]　五一六

[屏風]

屏風絵の月日に遠き翅音あり　[樹影]　四二五
鴨宿の屏風金屏とはゆかず　[花影]　五一五
丁子屋のいつもの屏風「いろはにほ」　[花影]　五一七

[暖炉]

煖炉より笑声われのことならむ　[女身]　九八

煖炉ぬくし何を言ひだすかもしれぬ　〔女身〕一〇三
煖炉もえわが身いとしむ刻となる　〔女身〕一二三
一指だに触れず十年の瓦斯煖炉　〔女身〕一二三
他郷にて駅の煖炉にすぐ寄らず　〔女身〕一二四
暖炉燃え眼前の湖すぐ曇る　〔新緑〕二三四
聖燭を立てて暖炉に火の未だ　〔花影〕四九六

〔暖房〕
べつたりと富士煖房車ゆるく馳す　〔女身〕一二六

〔炭〕
寂けさを欲りまた厭ひ炭をつぐ　〔月光〕三一
炭つぎつ昼はそのまま夜となんぬ　〔月光〕三一
日のあたる方へ手が出て炭を挽く　〔緑夜〕三一八

〔炭火〕
鉛筆もてひろぐ炭火や夫はなし　〔女身〕一一三

〔埋火〕
さぐりあつ埋火ひとつ母寝し後　〔晩春〕一四六

〔炬燵〕
階段の裏のこたつを探し出す　〔草樹〕三五七

〔炉〕
炉の灰に昼の陽が射すひと待てば　〔女身〕一一五
炉火もえつぎたやすくひと日たちにけり　〔女身〕一二三
囲炉裏火のくづるるさまや峡の奥　〔花影〕四九七

〔榾〕
裏返す榾火に遠き雨の音　〔樹影〕四四三
炉の榾を返すしぐさも吉野なる　〔樹影〕四八六

〔火鉢〕
大火鉢灰まさぐりしあとのあり　〔樹影〕四八三
一山は雨に沈みて大火鉢　〔樹影〕四八三
大火鉢畳の縁の模様かな　〔樹影〕四八三

〔懐炉〕
他郷にて懐炉しだいにあたたかし　〔女身〕一一六

〔冬扇〕
冬扇の手筥に深く京の昼　〔以後〕六一九

〔冬耕〕
そば通り過ぎ冬耕のにぶい音　〔初夏〕二九三

〔大根引〕
崖下の見えぬ波きく大根引　〔緑夜〕三一六

〔麦蒔〕
遠山に雲ゆくばかり麦を蒔く　〔月光〕四三

〔狩〕
猟夫舟石垣に沿ひ湖に入る　〔草樹〕三六五
土間に入る火薬の匂ひ狩の犬　〔樹影〕四八七

〔焚火〕
門に佇ち焚火の群に近よらず　〔女身〕九八
八十の母の焚火の勢い立つ　〔晩春〕一五九
行者の衣汚れて通り焚火あと　〔初夏〕二八二
焚火あと四つ辻を人よぎり去り　〔初夏〕二八二

〔火事〕
ひるのをんな遠火事飽かず眺めけり　〔月光〕二四

〔避寒〕
何もなき海見つくして避寒宿　〔樹影〕四四六
いつの間にしりぞきし潮避寒宿　〔樹影〕四四六

〔雪見〕
櫓の音の近くを通る雪見酒　〔草樹〕三五六
雪見舟ゆき交しつつ音立てず　〔草樹〕三九二

〔雪兎〕

雪兎に夕暮の棒横たはる　[草樹]　三九二
雪兎にいよいよ暗き違ひ棚　[樹影]　四七四
雪兎昼までほつておかれけり　[樹影]　四七四

[スキー]
スキー担ぐおのおの温き家を出て　[晩春]　一六三

[寒稽古]
別棟に鼓鳴り出す寒稽古　[草樹]　三六九
切りむすびたきひとのあり寒稽古　[草影]　五五二

[湯ざめ]
湯ざめして居り黙々と豆腐切る　[女身]　九二

[風邪]
たちまちにあられ過ぎゆく風邪ごもり　[月光]　三九
庭石の耀る日もなくて風邪ごもり　[月光]　四三
ひとごゑのなかのひと日の風邪ごこち　[月光]　五九
風邪の衿白きをあはす逢はんとて　[月光]　五九
風邪なれば土塀に沿うて歩みけり　[女身]　八五
風邪の身にながき夕ぐれきたりけり　[女身]　八六
風邪癒ゆる砂糖を壺に満たしめて　[女身]　一〇三
逢ひたくて爪をみてゐる風邪ごこち　[女身]　一〇四
壁うつす鏡に風邪の身を入るる　[女身]　一一五
風邪の身のほてりや透きし雨衣のなか　[女身]　一一八
絵本なき一家にてまた風邪家族　[晩春]　一七一
燭の炎へ風邪をもちこむ昼の僧　[初夏]　二七二
風邪はやるどうにでもなる齢なり　[草影]　五九七

[嚔]
二つ目の辻に嚔をのこしけり　[草樹]　三七九

[悴む]
悴みてひたすら思ふ死とは何　[花影]　五二八

[皸]
松の樹とわが荒れし掌に朝日射す　[月光]　五七

[日向ぼこ]
土の上に何やら動く日向ぼこ　[草影]　六〇六
日向ぼこ当り障りのなきやうに　[以後]　六二七

[煤払]
煤逃げのゆきたき寺に来て居りし　[草影]　五九七

[年忘]
忘年や身ほとりのものすべて塵　[樹影]　四七三
忘年の酒いささかの覚悟あり　[草影]　六〇四
「美濃吉」の黒き柱や年忘れ　[以後]　六一八
忘年や話せば長きことながら　[以後]　六一八
小肥りとなられし女将忘年会　[以後]　六二八

行事

[顔見世]
顔見世や地に電柱の影ながく　[草樹]　三六七

[七五三]
鶏のとさか珍らし七五三　[樹影]　四七〇

[年の市]
夜空より大きな灰や年の市　[初夏]　二八一
歳の市裏通りより入りにけり　[草樹]　三八〇

[冬至粥]
天窓の昼のひかりや冬至粥　[緑夜]　三一九
階段を踏む音を背に冬至粥　[緑夜]　三一九

[柚子湯]
むつかしい一日が暮れ柚子湯の柚子　[新緑]　二一二
柚子湯出るとき坂下の家が見え　[新緑]　二三三

柚子風呂へ火屑を散らす竈口　［初夏］二五八
湯の中に虐げられし柚子のこる　［樹影］四四二

［年守る］
源流のきらめきに佇ち年送る　［草樹］四〇二

［晦日蕎麦］
運び来しホテルの年越蕎麦ひとつ　［草影］五六九

［追儺］
十日経て庭に掃かれる追儺豆　［初夏］二八二
追儺会のすみし路辺の草そよぐ　［樹影］四六〇
死に不意にわし摑まれさう追儺の夜　［花影］五二八
謝りて追儺の鬼の役終る　［草影］五五二

［豆撒］
闇へ打つ豆鬼にあたつたことにして　［樹影］四七四
豆撒いて鬼より怖きもの払ふ　［草影］五五三

［厄落］
人の手に焔みじかく厄詣り　［初夏］二六九

［神の旅］
太縄を地に葛城の神の発つ　［初夏］二九〇
水底を亀があるいて神の留守　［緑夜］三三〇

［御火焚］
お火焚の煙まつすぐ上りけり　［樹影］四八四

［神農祭］
路地の灯のいつしか点り神農祭　［草影］五八〇

［神楽］
神楽笛金銀散らす山の風　［初夏］二九二
昼の陽や枯葉舞ひ入る神楽殿　［草樹］四一五
一村の昂ぶり長し神楽舞　［樹影］四三〇
杉の間を光の筋や神楽笛　［樹影］四三〇

［里神楽］
草分けて用たすひとり里神楽　［初夏］二九二

［除夜詣］
太綱の闇に入りたる除夜詣　［以後］六一八

［十夜］
庫裏におとす白髪一筋　十夜粥　［晩春］一六九
十夜粥ぬくし本堂八方透き　［晩春］一六九
十夜粥鉢のぬくみにひざまづく　［草樹］三六六
ひとの頭のうすくらがりに十夜寺　［樹影］四八三
一方の薄明りより十夜僧　［樹影］四八三
十夜粥箸のまはりの灯影かな　［樹影］四八三

［大師講］
ゆきずりのひとともの言う大師講　［緑夜］三〇七

［御正忌］
雨傘を横に払うて親鸞忌　［草樹］三八〇

［鳴滝の大根焚］
顔あげて湯気の蓬髪大根焚　［初夏］二五八
濁り声身をとりまいて大根焚　［初夏］二五八

［寒垢離］
寒行にひとりひとりの視線過ぐ　［女身］一二三
寒行の足指永く記憶せり　［樹影］四三一

［クリスマス］
クリスマス妻のかなしみいつしか持ち　［月光］二七
裏町の泥かゞやけりクリスマス　［月光］四三
溝流る水音迅しクリスマス　［女身］九六
クリスマス雪のつもらぬ屋根つづく　［女身］一一四
女学生の黒き靴下聖夜ゆく　［女身］一二二
頁剪りはなつをわれの聖夜とす　［女身］一二三

ひと待てば聖夜の玻璃に意地もなし　[女身]　一二五
凹凸の道踏み帰りクリスマス　[晩春]　一四六
聖燭に子なき一家の顎揃う　[晩春]　一七一
クリスマスケーキこの荷厄介なもの　[晩春]　一七一
聖夜劇終りいつもの裸燈つく　[新緑]　二二二
橋裏に灯色動かし聖夜の舟　[新緑]　二二二
クリスマスツリーに関はりなき身なり　[草影]　五六一
ネグリジェの裾ひらひらとクリスマス　[草影]　五六一
聖夜の伴に洗ひ熊などよからんか　[以後]　六一八

[空也忌]

口開けてすこし雪受く空也の忌　[草樹]　三九一

[草城忌]

スケート靴の刃みがく青年草城忌　[晩春]　一六五
臥してきく寒風の音　草城忌　[晩春]　一七一
この冬の意外なぬくさ　草城忌　[晩春]　一八五
一燈をつつむ冬靄草城忌　[樹影]　四四四
全集の濃き藍色や草城忌　[樹影]　四六〇
夜の闇に雪の気配や草城忌　[樹影]　四六〇
動かぬ戸動かぬままに草城忌　[花影]　五二八

動物

[冬眠]

冬眠の蛇の真上を跫音過ぎ　[初夏]　二九二
暗黒や穴のしめりに蛇ねむる　[樹影]　四五八
くろがねの魂いだき蛇ねむる　[草影]　五八一

[寒犬]

冬の犬糞まるに時を費さず　[月光]　五八
冬の犬呼ぶ声あればひたに駈く　[月光]　五九

[鷹]

嶺ふかく添ひゆく翅や青鷹　[樹影]　四四一
荒海へ眸を燃やし過ぐ鷹一羽　[樹影]　四四五
虚空にて鷹の眸飢ゑてきたりけり　[樹影]　四四五
虚空にてかすかに鳴りし鷹の腹　[樹影]　四四五
鷹舞ふや海に入らむとして落暉　[樹影]　四四五
大楠に遠き入日や鷹羽搏つ　[樹影]　四四五
鷹の眸のはかり知れざる志　[草影]　五五〇

[寒禽]

冬の鷲爪みじかくて老いにけり　[月光]　五七
冬の鳥短かき音を立てにけり　[花影]　五二四
傍に来て眼のつよき冬の鳥　[草影]　五八〇
過ぎしこと海に捨てきし冬の鳥　[草影]　五九四

[寒雁]

木椅子得しひと日の疲れ冬の雁　[女身]　九〇
母起ちてともす灯ちさし冬の雁　[女身]　九一
大津絵の折り皺のばし冬の雁　[草樹]　三六七

[冬の鵙]

冬鵙や綺羅を野道にかがやかす　[女身]　九六
一本の白髪おそろし冬の鵙　[晩春]　一四七
冬の鵙生より炎立ちのぼる　[晩春]　一五八
冬鵙の目の張り朝日水に射す　[晩春]　一七一
少年に白紙おかれて冬の鵙　[新緑]　二三三

[笹鳴]

笹子鳴きふたゝび空はくもりけり　[月光]　三七
笹鳴や母のやつれは言ふまじく　[月光]　五一
笹鳴や厨に刃物研がれゐて　[女身]　一〇九
笹鳴や女ばかりの昼ながし　[女身]　一一六

酔ひし顔母に見られぬ笹鳴ける　〔女身〕一一六
笹鳴きや戸をあけて屋根あらわれる　〔緑夜〕三〇八
笹鳴きや米粒ひかる桝のなか　〔草樹〕三八一
笹鳴きの神社ぬけゆく指物師　〔草樹〕三八一
畳目のこまかき昼を笹鳴ける　〔草樹〕三九一
笹鳴きや西国街道靄ごめに　〔草樹〕四〇四
笹鳴きや渡り廊下に山の塵　〔樹影〕四七四
しばらくは笹鳴のみのきこえけり　〔花影〕五一八
笹鳴をたしかめてゐる間の閑か　〔花影〕五三九
庭先に何の雫や笹鳴ける　〔草影〕五八五
笹鳴や夢二の女の黄八丈　〔草影〕六〇六
笹鳴きや次の笹鳴きもう聴けず　〔以後〕六二九

［寒雀］

寒雀子なきわが家の眸をあつむ　〔女身〕一〇九
工場裏朝まだ蒼き寒雀　〔晩春〕一四七
腫れて顔重き朝餉や寒雀　〔晩春〕一五八
眠りが日課覚めている間の寒雀　〔晩春〕一五九
飯櫃の芯まで乾き寒雀　〔新緑〕二二三
神前の笛まっすぐに寒雀　〔緑夜〕三三一

［寒鴉］

河耀りて翼おもたき寒がらす　〔月光〕五〇
寒がらすこゑごゑさむく木隠れぬ　〔月光〕五一
松乱れ寒鴉乱るる日本海　〔女身〕一二五
日本海の色きびしすぎ寒鴉翔つ　〔女身〕一二五
暁の風はげしきへ翔つ寒鴉　〔晩春〕一五二
まる見えの二の丸跡の寒鴉　〔初夏〕二六九
寒鴉翔ぶ高からず低からず　〔初夏〕二六九

［水鳥］

しばらくは塔影に入る浮寝鳥　〔初夏〕二七一
茹で卵むけば日向に浮寝鳥　〔初夏〕二七一
映る炎の水際にのびて浮寝鳥　〔初夏〕二八一
影長くいて水禽の声荒ぶ　〔初夏〕二九四
浮寝鳥卵の殻の流れつく　〔草樹〕三五六
水に日のいくたびか映え浮寝鳥　〔草樹〕四〇三
風わたることのしばらく浮寝鳥　〔草樹〕四〇三
相へだてつつ流れけり浮寝鳥　〔樹影〕四七五

［鴨］

浮寝鴨薄眼　入日の金枯葦　〔晩春〕一七八
浮寝鴨目に見えぬ煤　針と降り　〔晩春〕一七八
浮寝鴨の濡れ身そのまま夜に入る　〔晩春〕一七八
月あかり円光　濡身の鴨静止　〔晩春〕一七八
風立てば鴨の浮き足　月の出前　〔晩春〕一七八
湖の芥に添うて流れる鴨の羽　〔初夏〕二七六
鴨をみて水際にのこるタイヤ跡　〔初夏〕二九四
紙屑の散って鴨泛く水にのる　〔初夏〕二九五
遠嶺より日あたつてくる鴨の水　〔初夏〕二九五
水尾やがてさざなみとなる鴨の池　〔草樹〕三六七
数へずにゐられぬほどの鴨の数　〔草樹〕三六九
膳はこぶ泛き足に添ふ鴨の水　〔草樹〕三七一
鏡面に鴨翔つさまを遠く見つ　〔草樹〕三八二
浮く鴨を数へなほしてばかりなる　〔草樹〕三九一
放れ鴨へ芦くぐりきし日差かな　〔草樹〕四〇三
落日や横にはしりし鴨一羽　〔樹影〕四一九
門を鎖して夜鴨をしづめたる　〔樹影〕四二九
水の中われにかへりし鴨一羽　〔樹影〕四三〇
かたまりし鴨が中州の草濡らす　〔樹影〕四三〇

鴨の中の美童の鴨に餌をやる 〔樹影〕四三〇
見定めし鴨にパン切とどきけり 〔樹影〕四三〇
薄明の浮寝の鴨となりゐたる 〔樹影〕四三二
鴨羽搏つ近くせまれる賤が岳 〔樹影〕四四一
鴨の色ただよふ白鳥湖の水際 〔樹影〕四四八
去る鴨のぬくみを水に夕茜 〔樹影〕四四八
湖の陽や遠見の鴨へ金の波 〔花影〕五〇五
鴨うごき闇に水輪のひろがれる 〔花影〕五〇六
鴨の羽根浮きたる水の堰を越ゆ 〔花影〕五〇六
鴨てふ字出来し前より鴨泛かぶ 〔花影〕五一五
黒き肝食うべて鴨と浮き寝せる 〔花影〕五一五
どこにでもある軸垂らし鴨の宿 〔花影〕五一五
艫の音のしばし過ぎゆく鴨の宿 〔花影〕五一六
身中の鴨に眠りの神誘ふ 〔花影〕五一六
満ち足りし思ひの顔や鴨の宿 〔花影〕五一七
松籟や鴨に平らな日のつづく 〔花影〕五二三
風景のなかに昏れゆく湖の鴨 〔花影〕五三六
見渡してみてほどほどの鴨の数 〔花影〕五三六

〔鳰〕

双眼鏡に鳰容れてのち湖を見る 〔新緑〕二二四
望遠鏡鳰くぐるまでを見て 〔新緑〕二三四
金泥の水の落日鳰くぐる 〔初夏〕二八一
鳰くぐる水底にこそ綺羅ありと 〔花影〕五三四

〔都鳥〕

川幅の裾ひろがりに都鳥 〔草樹〕三七八

〔冬鷗〕

身の果は知らず舞ひ立つ冬鷗 〔草影〕六〇三

〔白鳥〕

白鳥に冬夕ぐれの堀の水 〔女身〕一二六
白鳥の声のなかなる入日かな 〔樹影〕四四七
白鳥の白鳥らしからざるもあり 〔樹影〕四四八
餌に集ふ白鳥常の貌ならず 〔樹影〕四四八

〔鮫〕

水底に目覚めて鱶の病んでをり 〔草影〕五五七

〔魴鮄〕

魴鮄ののつぺらぼうの味を嚙む 〔草影〕五六二

〔鰤〕

裏口におろす荷鰤の尾が見えて 〔新緑〕二三五

〔氷魚〕

氷魚といふさかな小鉢に湖の宿 〔花影〕五三六

〔寒鯉〕

寒鯉の平安水の昏さに馴れ 〔新緑〕二一三
水底に昼夜を分ち冬の鯉 〔新緑〕二三三
寒鯉の水を覆うて雲はしる 〔初夏〕二六九
時々は泛く寒鯉の胴まわり 〔緑夜〕三〇六

〔寒鮒〕

寒鮒の一夜の生に水にごる 〔晩春〕一四七
明日は死ぬ寒鮒の水入れ替える 〔新緑〕二四三

〔海鼠〕

かたまりて貌のわからぬ海鼠なる 〔樹影〕四八七
俎のどちらむいても海鼠なる 〔樹影〕四八七
一舟に一人立ちゐる海鼠舟 〔花影〕五二四
桶底に海鼠の思ひかたまれる 〔花影〕五二五
たちまちに海鼠のつくる曇り空 〔花影〕五二五
何といふこともなき昼の海鼠かな 〔花影〕五二五
海鼠から何が飛び出すかも知れぬ 〔花影〕五二五

年逝くや海鼠は海鼠の容して　［花影］五三六
桶の底なまこに骨のない不安　［草影］五八一
重なれる海鼠を見ては辛抱す　［草影］五八二
たしかめてみたき海鼠の目鼻立チ　［草影］五八二

［寒蜆］
寒蜆の笊をゆすりて真昼なる　［草樹］三九一
舟影や水の浅きに寒蜆　［樹影］四三一
燗酒や闇に口開く寒蜆　［樹影］四四五

［牡蠣］
水底に死魚の骨揺れ牡蠣舟揺れ　［新緑］二一九
ナプキンの角に日あたり牡蠣料理　［初夏］二七九

［冬の蝶］
凍蝶のそばに芥を焼く焰　［初夏］二六九
凍蝶の微塵となりし空気かな　［樹影］四八五

［冬の蜂］
今なら殺せる冬の蜂畳匍ふ　［晩春］一五四
影ひきて歩む冬蜂生から死へ　［晩春］一五九
尼寺の縁にふくらむ冬の蜂　［初夏］二七〇
桶かわく日射しのなかの冬の蜂　［草樹］三六八
冬蜂の死やカーテンの襞のなか　［草影］五六二

［冬の蠅］
休日やすぐ馬柵にくる冬の蠅　［樹影］四七四

［綿虫］
雪虫のただよう日暮手のあそぶ　［初夏］二九四

植物

［帰り花］
淡海より風ふいてくる帰り花　［初夏］二九一

［室咲］
室の花貌の大きな魚を飼ひ　［樹影］四八六
舌厚く肉を食みをり室の花　［樹影］四八六

［冬桜］
冬桜庭下駄厚く奈良に在り　［樹影］四二〇
冬桜一滴の水硯に泛き　［樹影］四三一
このあたり奈良のはづれや寒桜　［樹影］四三一
中二階へ細身のてすり寒桜　［樹影］四三一
湯舟より見あぐる宿の寒桜　［樹影］四四六
冬ざくら城門の影芝に伸び　［以後］六一九

［冬薔薇］
冬薔薇わが辺にあれば酔ひがたし　［女身］一一六

［冬牡丹］
藁の先いつも吹かれて寒牡丹　［初夏］二六八
月光の白刃に触れ寒牡丹　［初夏］二六九
井の底に月の碧玉寒牡丹　［初夏］二六九
絹針に囲まれている寒牡丹　［初夏］二九四
寒牡丹菰の奥まで海の耀り　［樹影］四三一

［寒椿］
父も夫も師もあらぬ世の寒椿　［晩春］一四三
寒椿母の白髪の揺れ通る　［新緑］二一三
朝の空気静かに流れ寒椿　［新緑］二一二
汲みたての水揺れている冬椿　［緑夜］三三〇
寒椿挿したき壺も割れにけり　［花影］五一七

［山茶花］
山茶花の白のたしかさ死のたしかさ　［晩春］一五〇
山茶花の白さまともに眩みぬ　［晩春］一五八

［八手の花］

花八つ手花を散らして鉛の水　［新緑］　二三三

［茶の花］

茶の花を梯子の影の過ぎてゆく　［緑夜］　三一八
茶の花や輪ゴムをとばす宿の子ら　［草樹］　三七九
西国の茶の花を眼で慈しみ　［以後］　六二七

［南天の実］

喪の家に墨磨る手見え実南天　［新緑］　二二三

［蜜柑］

蜜柑山女の肌に血肉満ち　［晩春］　一四六
ひとりの時も笑顔の老婆　蜜柑山　［晩春］　一七〇
蜜柑山の起伏に馴れて老婆消える　［晩春］　一七〇
ゆたかなるもの満ち蜜柑山下る　［晩春］　一七〇
蜜柑の重さいつも頭上に蜜柑採る　［晩春］　一七〇

［椪柑］

ぽんかんの皮のぶあつさ土佐の国　［初夏］　二八三

［橙］

橙のころがるを待つ青畳　［新緑］　二三四

［紅葉散る］

紅葉散り一幹の照あらはなる　［草影］　六〇三

［落葉松散る］

落葉松の風の隙間に物食う顔　［晩春］　一六八

［木の葉］

山の湯の湧きつづきつつ木の葉散る　［緑夜］　三一九
絵硝子の裏を木の葉の降りつづく　［樹影］　四二五

［枯葉］

扉の前に吹かれてよりの枯葉なる　［以後］　六二五

［落葉］

夫の咳わが身にひゞき落葉ふる　［月光］　二七
夫恋へば落葉音なくわが前に　［月光］　三一
水の上の落葉や月の夜を沈む　［月光］　五六
馬臭あたたか落葉の中にとり残され　［晩春］　一七七
落葉掻く母に小走り　目ざとい鶏　［晩春］　一八三
物置に火吹竹古り落葉焚　［新緑］　二二一
落葉焚きそのあとの用次々湧く　［新緑］　二二一
落葉地にあたたまる日の御陵守　［緑夜］　三三〇
落葉焚き風がとりまく火の柱　［草樹］　三七七
洞を出てこの世の落葉ふりつもる　［草樹］　四一五
本殿の裏の梯子や落葉積む　［樹影］　四四〇
風吹かば修羅となるべし落葉道　［樹影］　四七二
落葉降る途中の空や奥吉野　［花影］　四九五
山中や落葉のぬくみ土の上に　［花影］　五二五
黒衣の女現はれるかも落葉径　［草影］　六〇三
落葉焚き途中で急に無口になる　［草影］　六〇三
いづれ地に朽つる落葉を掃き寄する　［草影］　六〇三
朝に夕に落葉掃く日のなほありや　［草影］　六一〇

［柿落葉］

地に触れて反る柿落葉巴塚　［初夏］　二九〇

［朴落葉］

朴落葉真正面より吹かれくる　［草影］　五六七
ひと日かけ裏返りたる朴落葉　［以後］　六一七

［冬木］

冬の松日輪ひとつよるべなし　［月光］　五七
冬木より離れわが影とまどへる　［女身］　八五
冬木より目づたふ雲のなくなりぬ　［女身］　九七
冬の松揺れては母のこゑ奪ふ　［女身］　一二四
壁鏡冬木が遠く身震ひする　［晩春］　一五〇

管理人室に入りこむ冬木影 [初夏] 二七〇
白波や冬の松より手を離す [緑夜] 三三一
水白く流るるばかり冬の樹々 [樹影] 四五七
大冬木に微塵みなぎる日和かな [樹影] 四五八
何ごともなかりしさまに大冬木 [花影] 五〇六

[冬木立]

家鳩のぐずついている冬木立 [新緑] 二一三
風呂敷の紺を匂わす冬木立 [初夏] 二六八
冬木立ひしめくものを身のうちに [草影] 五九四

[寒林]

むきあへばカラーが眩し寒林に [月光] 二七
水の音寒木は夜もしづかに耀る [月光] 三六
君が碑は寒木が辺に耀りゐけむ [月光] 三六
寒林の梢かゞやき海の音 [月光] 三八
寒木やガラスのごとき硬き空 [月光] 五〇
寒木のさきざきに雲なびきをり [月光] 五〇
寒林や道より細く水流る [女身] 八五
スクーターに曲る道なし寒林透き [晩春] 一五〇
人見えぬまま寒林の遠こだま [新緑] 二一二
寒木のしずまるときの針の穴 [初夏] 二六八
寒林にまぎれず駈くる一騎あり [樹影] 四四四

[枯木]

枯木の股月の光を流すのみ [月光] 五六
通りすぎ心に触れし枯木あり [月光] 五七
逢ふところまでいくたびも枯木過ぎ [月光] 五七
触るるものなくて枯枝穹に張り [女身] 八五
入日急遠目の馬に枯木添ふ [晩春] 一四五
滝にのみ日が射し戻る枯木坂 [晩春] 一五五
墓めぐる生者の雑音　枯木澄む [晩春] 一六九
すばやく拭う手鏡　八方枯木の中 [晩春] 一八四
生きる顔して山頂で蹴る枯木の根 [晩春] 一八四
画鋲ひとつ枯木に光り学園祭 [新緑] 二一二
手打つ音二度ひびきけり枯木宿 [草樹] 三七九
浮世絵を枕辺にせり枯木宿 [樹影] 四七二
枯木立心に画布をたてかくる [樹影] 四八四
チェンソーの不意のひびきや枯木山 [草影] 五六二

[枯蔓]

枯蔓の切尖に触れ水激す [晩春] 一五五

[冬枯]

枯れしもの等伏し滝音を自在にす [晩春] 一五五
もの足らず枯崖に猫啼かず過ぎ [晩春] 一六三
枯田に降り　烏のまわりにある明るさ [晩春] 一七六
耳鳴るは朝寝の罰か　枯れ川沿い [晩春] 一八五
ライターを借りてふりむく枯世界 [新緑] 二一三
枯供華の墓地の端ゆく画学生 [新緑] 二一九
山腹や枯れ果ててなほ葡萄の木 [草樹] 三五五
枯松葉くすぶりそめし真昼かな [草樹] 三八九
四方の玻璃枯れて大きな壺ひとつ [樹影] 四一九
枯笹の音たててゐるまひるかな [樹影] 四五九
山川の枯れゆくさまに遍き日 [花影] 四九七
中辺路の一樹のもとの枯仏 [花影] 五〇三
救ひやうなし蒲の穂のこの枯れざまは [草影] 六〇三

[冬苺]

鏡面を夜の影はしり冬苺 [初夏] 二五九

[水仙]

水仙剪る錆びし鋏を花に詫び [晩春] 一五一

水仙を二三日見て旅に発つ　［新緑］二四三
水仙をよくよく見たる机かな　［樹影］四一九
水仙に変らぬひと日ありにけり　［樹影］四一九
水仙の花ばかりなる入日かな　［花影］五四〇

［葉牡丹］
ソファーにいて葉牡丹の真正面　［初夏］二六八
葉牡丹を曇らせている街の音　［初夏］二六八
葉牡丹や女ばかりの昼の酒　［緑夜］三二〇

［枯菊］
母のこゑして菊を焚くうすけむり　［月光］三八
ひとり身の風邪枯菊を玻璃のそと　［女身］一二六
凍菊を折り焚くわづかなる生色　［晩春］一五五
共に焚かれ枯菊と縄似てしまう　［新緑］二二一
枯菊に午前の曇り午後の照り　［新緑］二三一
枯菊の終の香りは火の中に　［新緑］二三三
枯菊も芥のひとつ水に浮き　［新緑］二四二
枯菊や船宿あたり灯の入りて　［草樹］三六七

［枯蓮］
退勤に見る笑はぬ牛と枯はちす　［晩春］一五〇
枯蓮の影の交錯　微笑わずか　［晩春］一七八
鳥とんで風ばらばらに枯蓮　［初夏］二九二
枯蓮やうごくともなき池の水　［樹影］四三〇
枯蓮の日当つてゐる午前かな　［樹影］四三〇
枯蓮の動かぬ水に日のあたり　［草影］五九七
枯蓮によんどころなき昼の水　［草影］六〇三

［冬菜］
銀行の軒に売らるる冬菜かな　［草影］五六八

［大根］
大根馬坂の途中に日がさして　［初夏］二六七

［草枯］
逝く水や枯草杭にとどまれる　［花影］四九八

［枯蘆］
底にとどく櫂の手ごたえ葦枯れて　［晩春］一六二
葦枯れる流れぬ水の端々に　［新緑］二二〇
枯葦にひと日平らな空と水　［新緑］二三五
枯葦に影つくらせず鈍太陽　［新緑］二三五
真向の芦の枯れざま舞扇　［初夏］二八一
枯芦へ落日は金放ちたる　［草樹］四〇三
枯芦の日あたつてゐるところかな　［樹影］四一九
八雲聴きしかこの枯葦のたつる音　［花影］五一四
枯葦の影の乱れも湖北なる　［花影］五一六
枯葦のなかの光の入り交り　［以後］六三〇

［枯萩］
乳首より出づるものなし萩枯るる　［月光］六三

［枯尾花］
枯薄乱るるさまに日のまとも　［花影］四九八
枯芒の一本づつに日当れる　［花影］五二六

［枯葎］
日は午後の光りを返す枯葎　［初夏］二七〇
日差より外れし鶏冠枯葎　［樹影］四四〇

［冬菫］
ハンカチをていねいに折り冬菫　［緑夜］三〇八

［寒薄］
冬薄なびけるさまも遠敷川　［樹影］四四一
炎立つ山の一隅冬芒　［樹影］四八五

新年

時候

［新年］
乏しきに馴れきよらかに年迎ふ　［月光］　三八
火噴く山西に東に年明くる　［樹影］　四四二
年迎ふ円き器に円き水　［樹影］　四七三
万物の一塵として年迎ふ　［草影］　六〇五

［正月］
絨緞の厚い皺正月の写真師来る　［晩春］　一五四
正月の自転車倒す珈琲館　［草樹］　三五六
姥怖し正月行事知りつくす　［花影］　五三七
遠き舟正月淡く過ぎゆけり　［草影］　五九六

［初春］
往生に「大」をつけたき今朝の春　［以後］　六二八

［今年］
白波も今年の景となりゆけり　［草影］　五五一

［去年今年］
地の底の燃ゆるを思へ去年今年　［樹影］　四四二
読みさしの頁の裸婦図去年今年　［樹影］　四四三
暗闇に人の頭うごく去年今年　［樹影］　四五八
去年今年沖の真闇を船すすむ　［樹影］　四五八
巫女の笛高鳴りしたる去年今年　［樹影］　四七三
ひとびとに山の掟や去年今年　［花影］　五〇四
海鳴りの闇の中なる去年今年　［花影］　五一四
闇に泛く日本列島去年今年　［花影］　五一四
いつときの血気なつかし去年今年　［花影］　五二六
闇のなか歩みつづけて去年今年　［花影］　五三五
波の穂を捉ふ燈台去年今年　［草影］　五五一
地にこもる都会のひびき去年今年　［草影］　五五一
瞠きても闇ばかりなる去年今年　［草影］　五五一
ホテルのカーテン襞ふかくして去年今年　［草影］　五六一
大いなる闇うごきだす去年今年　［草影］　五八一

［元日］
喪にこもり元日の声を四方に聴く　［月光］　三一
喪にこもり元日の陽をわが膝に　［月光］　三一
元日の樹々あをあをと暮れにけり　［月光］　三一
元日の鳥が来て鳴く裏の川　［月光］　四三
元日の泥濘君をかへらしむ　［女身］　九一
元日の合唱は低音部より　［女身］　九七
元日の竹藪過ぎて陽あたりぬ　［女身］　一〇二
ひと去りて元日の風笹鳴らす　［女身］　一一五
元日の厨乾きて親しめず　［女身］　一一五
元日昏れ奇蹟おこらぬ壁鏡　［晩春］　一五四
元日の犬の憂鬱　硝子越し　［晩春］　一七一
雨　ことに壺のまわりの暗い元日　［晩春］　一八五
元日の川波明り窓にくる　［緑夜］　三二〇
元日の常着や浜に犬つれて　［緑夜］　三二一
元日の大空を陽のゆきわたり　［草樹］　三六八
暁闇や元日の幹黒く聳つ　［草樹］　三九一
元日の炎に壁の絵のルノアール　［樹影］　四四三
何思ふとも元日となりゐたり　［花影］　五三六
元日のホテルの窓の波ばかり　［草影］　五五一
元日や如何なる時も松は松　［草影］　六〇五

［元朝］

元旦や力を出さず声立てず　[以後]　六二八

[二日]

さわぐ笹二日の日射し入りみだれ　[晩春]　一五二
くれかかる二日の壁があるばかり　[新緑]　二四三
庭隅の幹に日のある二日かな　[初夏]　二九三
薬売り二日の山を下りけり　[草樹]　三六八
山容の二日は雲にまぎれけり　[樹影]　四四三
遠松風二日の景の曇りそむ　[花影]　五三六

[三日]

三日はや机の下に白紙落ち　[草樹]　三八〇
山河の河を雲ゆく三日かな　[草樹]　三九一
炎を水に映して闇の三日かな　[樹影]　四四四
三日とも日当りのよき畳かな　[花影]　五三七

[松の内]

一念発起いづれは松の内どまり　[草影]　五九六

[松過]

地震あとの声松過ぎの家々に　[花影]　五二七
松過ぎの灰のぬくもり夕座敷　[花影]　五三七

[小正月]

松籟の砂地に長き小正月　[草影]　五九六
忘れものせしやうな昼小正月　[以後]　六一九

天文

[初明り]

声なくて一部屋づつの初明り　[以後]　六二八

[初日]

針葉林しづかに出でて初日なる　[月光]　三一
初日さす戦後の畳やはらかし　[女身]　一一四
たたみ目のゆがみし国旗初日に出す　[女身]　一二三
新聞受までの素顔に初日受く　[晩春]　一七一
昨日とおなじところに居れば初日さす　[新緑]　二一三
ひるがえりひるがえりつつ初日くる　[初夏]　二六八
初日待つ人声にいて浜の宿　[緑夜]　三三〇
神鏡や初日のせたる水の面　[草樹]　四〇二
海底に藻の色顕ちて初日の出　[草樹]　四〇二
牛を打つ鞭を初日に村童子　[樹影]　四四三
同胞よイラクの初日など思ひ　[樹影]　四八六
初日の出熊野一円おしだまる　[花影]　五〇五
初日さす深熊野青き渕湛へ　[花影]　五〇五
湖の面をつたふ光や初日出づ　[花影]　五三六
海鳥に岩のぬめりや初日射　[草影]　五六一
初日射この美しき地球に棲む　[草影]　五六二
鯉太り初日の金の水くぐる　[草影]　五六二
初日出で限りなく来る波の金　[草影]　五六九
太古より光は真直ぐ初日出づ　[草影]　六〇四
野の果まで馬駈け抜けよ初日中　[草影]　六〇五
一切の空貫きて初日の出　[以後]　六一九
一滴に初日あたれり松雫　[以後]　六一九
いざ舟出初日いまこそ大全円　[以後]　六二〇
新しき部屋ゆゑ初日右手より　[以後]　六二八
初日出づかの井戸に水湧きをらむ　[以後]　六二八

[初空]

初御空より一本の鞭の影　[新緑]　二三四
初御空いよいよ命かがやきぬ　[草影]　五六一
初御空よりの光は海より射す　[以後]　六二八

[初霞]

漕ぎ出づる艪音身近に初霞　[草影]　五六一
初霞通ひ船なほ仕度せり　[草影]　五六九

[初東風]
初東風に大甕の水笑ひけり　[樹影]　四七三

[初凪]
初凪や裏戸より鶏はしり出て　[緑夜]　三二〇
初凪や傘を背負ひし魚売　[樹影]　四四四
初凪や天変地異の兆しつつ　[花影]　五一五

[御降]
お降りや夕ぐれとなる幹の色　[緑夜]　三二〇

地理

[初景色]
一本の電柱の立つ初景色　[草樹]　三五六

[初富士]
初富士や影となりたる漁り舟　[樹影]　四三一

[初波]
己が身にその勢ひ欲し初怒濤　[以後]　六一九

生活

[春着]
かの壁にかゝれる春著焼け失せし　[月光]　四二

[雑煮]
ソファーも雑煮の餅もやはらかし　[草影]　五五一

[門松]
門松のすこしゆがんでいる日向　[初夏]　二六八

[注連飾]
日中の太い日がさす注連飾り　[初夏]　二五九
一に一足せば三かも注連飾　[草影]　六〇四

[鏡餅]
鏡餅暗闇を牛通りけり　[草樹]　四〇二
家々に鏡餅のみ鎮座せり　[草影]　六〇五
鏡餅なければ嫁が君も来ず　[以後]　六二八

[初暦]
緋色よりはじまる壁の新暦　[緑夜]　三二〇
松風の音遠ざかり初暦　[草樹]　三八〇

[初湯]
四十過ぐ底浅き湯を初湯とし　[晩春]　一四三
初湯より上りていまだ真昼なる　[草樹]　三八〇
身にひそむ気の充ちゆきて初湯かな　[花影]　五一四

[笑初]
初笑ひ世の中をかしなことばかり　[以後]　六一九
テレビよりわけのわからぬ初笑ひ　[以後]　六二八

[初鏡]
女としてわが身うつれり初鏡　[女身]　一二三
初鏡いつまで生くるつもりなる　[以後]　六二八

[初夢]
きれぎれに見たり初夢らしくなし　[樹影]　四四三
初夢や宙を巻きゆく蛇の舌　[樹影]　四五八
初夢のかごめかごめの国に居り　[草影]　五五二

[年始]
年寿ぐと無用の壺を飾りけり　[草影]　五五一

[初便り]
賀状うづたかしかのひとよりは来ず　[女身]　一一五

[読初]
読初は思案の末の『方丈記』　[草影]　六〇五

[初旅]
初旅や練り歯みがきのひとうねり　[樹影]　四七三
初旅のまづ富士見ゆる窓がよし　[草影]　五六二
[初扇]
松が枝をくぐりて来たり初扇子　[樹影]　四二二
初扇胸高といふ言葉あり　[花影]　五二一
居ずまひを正すの語あり初扇　[草影]　五八七
装ひも世過ぎのひとつ初扇　[草影]　六〇〇
[初漁]
初舟出しろがねの波立たせけり　[樹影]　四三一
[歌留多]
佳きひとの声音まぢかや歌かるた　[以後]　六二九
[双六]
松籟の寺に道中絵双六　[草樹]　四〇三
[福笑い]
むかし男ありけりとなん福笑　[樹影]　四七四
[羽子板]
追羽子や山川つねの姿にて　[緑夜]　三三一
[手毬]
幼な児にいくつ数ふる手毬唄　[草影]　五九七
[破魔弓]
破魔矢受く巫女の口紅だけ見えて　[草樹]　三六八
[獅子舞]
獅子舞が通りこぼれる崖の土　[新緑]　二三四

行事

[四方拝]
いづくより来る幸四方を拝みけり　[草影]　五六九
神棚仏壇ともになければ四方拝　[以後]　六二八
[弓始]
矢面に立つ人はなし弓始　[花影]　五二六
[七種]
七草の水に萎えたる朝厨　[樹影]　四五九
両眼に畳目茫と七日粥　[樹影]　四五九
うごきそめし影に朝靄七日粥　[花影]　五三六
[小豆粥]
腰張りの端に隙ある小豆粥　[草樹]　三六八
小豆粥たちまち松のくもりたる　[樹影]　四一九
一椀に野山のひかり小豆粥　[樹影]　四四四
[初詣]
石段の変らぬ堅さ　初詣で　[晩春]　一七八
道いつか平らかになり初詣　[初夏]　二八一
初詣の帰りに通る裏の山　[緑夜]　三〇六
裏山は松が枝ばかり初詣　[緑夜]　三二〇
森深く人の温みや初詣　[草樹]　三六八
自らを炎となさむとて初詣　[樹影]　四四二
閻王の舌を見上ぐる初詣　[樹影]　四七三
初詣人出の先の見えぬまま　[草影]　五八二
一年の計まだ立たず初詣　[以後]　六二八
[恵方詣]
暁暗に人の声する正恵方　[初夏]　二五八
裘北北西が恵方とや　[樹影]　四三一
御恵方は西とや西に地震おこる　[花影]　五二六

動物

[嫁が君]

嫁が君といふ薄気味の悪き名よ　〔草影〕　五六二

植物

〔歯朶〕
裏白のみどりの仔細　老あたらし　〔晩春〕　一八五

〔楪〕
ゆずり葉の先すこし枯れ母ねむる　〔新緑〕　二一二
楪の大方は枯れ沖つ波　〔緑夜〕　三〇七

無季

なまぬるき水を呑み干し忿りつぐ　〔月光〕　二四
嫁く日近く母の横顔みて居りぬ　〔月光〕　二四
ひと日暮れ凪なき街の空やさし　〔月光〕　二五
激情あり嶺々の黒きを見て椅子に　〔月光〕　二六
海昏れてわれ夕風に匂ひけり　〔月光〕　二六
漕ぐわれに水のゆたかさばかりなる　〔月光〕　二七
ひとり漕ぐこゝろに重く櫂鳴れり　〔月光〕　二七
離る身に松のひゞきはあらあらし　〔月光〕　二七
穹を視る眸のやさしくなりて夫癒えぬ　〔月光〕　二七
医師遅し臨終の夫をむせび抱く　〔月光〕　二九
握りしむ臨終の夫の掌のぬくみ　〔月光〕　二九
夫逝きぬちちはは遠く知り給はず　〔月光〕　三〇
天澄むに孤独の手足わが垂らす　〔月光〕　三〇
山を視る山に陽あたり夫あらず　〔月光〕　三三
海を視る海は平らにたゞ青き　〔月光〕　三三
夫とゐて子を欲りし日よ遠き日よ　〔月光〕　三四
熱少しある日の太鼓夜もひゞき　〔月光〕　三五
今日よりの働く顔とむきあへり　〔月光〕　三九
今日よりの勤めのわれに固き椅子　〔月光〕　三九
恋知らずしてわが一生終ふべきか　〔月光〕　四七
波白く男の群に入りがたし　〔女身〕　九五
薄暮にてとろ火の粥をのぞきこむ　〔女身〕　九六
鳶ないて何なすべしや昼の寡婦　〔女身〕　九八
何すべく生き来しわれか薪割る　〔女身〕　一〇二
薪割る五欲を顔にあらはさず　〔女身〕　一〇三
頸飾りはづすくつろぎし姿勢にて　〔女身〕　一〇七
海に出でしより流木の触れあはず　〔女身〕　一一三
玻璃のなか湯気こもらせてひそと母　〔女身〕　一二五
やや酔ひし身をつつむ雨衣透きにけり　〔女身〕　一二七
逝きしルオーの絵と思ひまた長く佇つ　〔晩春〕　一四八
硝子器売場光攻めあふ中とほる　〔晩春〕　一四八
ふるさとの座蒲団厚し坐り切り　〔晩春〕　一四八
落日の芯もゆるなり山毛欅林　〔晩春〕　一五七
白い凪微音重ねて漁舟発つ　〔晩春〕　一五七
すでにかがやき鳩の飛翔の病窓に　〔晩春〕　一五九
爬虫類と化し洞窟に動かず居り　〔晩春〕　一六二
遠き白帆　汚れ帆となり目前過ぐ　〔晩春〕　一六五
なきこもる山鳩に密　昏れの大気　〔晩春〕　一六五
草萎えて城あとに鳴らす菓子袋　〔晩春〕　一六五
皮の匂いの一画　日向の靴直し　〔晩春〕　一六五
鯛あまたいる海の上　盛装して　〔晩春〕　一六六
男の旅　岬の端に佇つために　〔晩春〕　一六七
木曾の水いそげり輝くものを残し　〔晩春〕　一六八
旅嚢重く背を干す女の傍通る　〔晩春〕　一六九

咽喉いたむ干し物に日の匂いして 〔晩春〕 一七一
尿る樵夫　光りの中に鋸を残し 〔晩春〕 一七二
汐木ひろう老婆に短い足生えて 〔晩春〕 一七六
急に戻る丹後　おもたい石担ぐとき 〔晩春〕 一七六
猪おどしあつてあたりの風騒がし 〔晩春〕 一七六
顔ぬらす日照雨束の間　裏日本 〔晩春〕 一八一
さざなみ喚ぶ葦　掌の中の鮒つよく撥ね 〔晩春〕 一八二
さぼてんの楕円へゆるやかな午前 〔晩春〕 一八六
掌のしめり　さぼてん午後のふくらみ持つ 〔晩春〕 一八六
じつと見つめる何かがあつて亀あるく 〔晩春〕 一八六
日暮れ坂町　竿売りはまつすぐ行く 〔晩春〕 一八七
塩味利く男の昼餉　雑木山 〔晩春〕 一八七
裏通りの灯までゆきつく陶器祭 〔晩春〕 一八八
苔のぬくみは男のぬくみ枯山水 〔新緑〕 二〇三
忘れては小雨に濡らす花鋏 〔新緑〕 二一〇
航く海に眼鏡離さず老農夫 〔新緑〕 二一一
水中に芯とがる花少年来て 〔新緑〕 二一七
草の種こぼす犬いて廃寺院 〔新緑〕 二一九
老婆去り水際に浮ぶ捨て青菜 〔新緑〕 二二五
風の夜半燠掻き立てて亡夫去る 〔新緑〕 二三六
浜焼の鯛仰向けに野をいそぐ 〔初夏〕 二六一
羽ばたきのあとさみどりの潦 〔初夏〕 二六一
蛇酒の蛇とけてゆく壺のなか 〔初夏〕 二七八
巻貝のなかの薄暗遠潮騒 〔初夏〕 二八二
奥祖谷の水をはねては水車 〔緑夜〕 三〇三
山の湯を出て蓮根の酢の匂い 〔緑夜〕 三〇四
駅に立つ山の冷気のうしろより 〔緑夜〕 三一二
寺深く衝立の字や昼深し 〔緑夜〕 三一三

山荘や卵がうつる朝鏡 〔緑夜〕 三二七
牡丹餅やはつきり見えぬ山の空 〔草樹〕 三五九
水くぐり夜は白鯉と遊ぶかな 〔草樹〕 三八八
色鯉に神田川より引きし水 〔草樹〕 三八九
藁灰のぬくみに遠き山河あり 〔草樹〕 四〇一
薪積んで寺に人気のなき日かな 〔草樹〕 四〇一
床下を色鯉の水京の宿 〔草樹〕 四一〇
茴香や昼深みゆく宇陀郡 〔樹影〕 四三五
松が枝や眼もと涼しきひとと居り 〔樹影〕 四五二
灯に遠き洞におびただしき羽虫 〔樹影〕 四五三
昭和果つ真夜の豆腐の水底に 〔樹影〕 四五九
鏡中に昭和果てたる床柱 〔樹影〕 四五九
昭和終る日の蒟蒻をたいてをり 〔樹影〕 四五九
小虫匍ふ日あたつてゐる泥の上 〔樹影〕 四六三
藁焚くやおのづからなる灰の色 〔樹影〕 四七一
色鯉の床より出づる池畔亭 〔樹影〕 四七六
南国の皿に盛られしうつぼかな 〔花影〕 四九四
鹿刺を食うべしあとの顔ばかり 〔花影〕 五〇四
日も月も宙にただよひ熊野灘 〔花影〕 五〇四
炎えて立つ楸邨あらぬまひるの木 〔花影〕 五一〇
誓子先生翁とならず逝きませり 〔花影〕 五一九
日だまりにゐる時だけの人ぎらひ 〔花影〕 五二五
人間を笑うて山の覚めにけり 〔花影〕 五二八
どの家もみなぎつしりと薪積む 〔花影〕 五三五
髪真白川波真白立ち競ふ 〔草影〕 五五二
出石そば小皿に五枚静塔逝く 〔草影〕 五五九
蝙蝠傘林田紀音夫逝きたると 〔草影〕 五六五
鉛筆もてしるす句ひとつ紀音夫逝く 〔草影〕 五六五

点滴の命を絞りゐるがごと　［草影］五七四
水中の色鯉自在吾は仰臥　［草影］五七五
色鯉の歓喜をわがものとせむ　［草影］五七五
色鯉と共に舞はむと水底に　［草影］五七五
音楽や色鯉とわれ水中に　［草影］五七五
切株の日向の坐りごこちかな　［草影］五七九
一年を封ずる糊をつよく引く　［草影］五八一
水中に色鯉鬱の眼をひらく　［草影］五八八
揺れぬ樹を真夜とり囲む熱気かな　［草影］五九〇
三面鏡暗闇に立つ憲吉忌　［草影］五九四
彼の世にても指揮棒握りいざ「第九」　［草影］六〇四
本重ね年を重ねていつか死ぬ　［以後］六一八
黄昏の河面やキャサリン・ヘップバーンの死　［以後］六二四

●全句初句索引（五十音順）

あ

ああ言へば　六一七
藍倉の　四一四
逢ひし衣を　一二二
愛憎を　四六
逢ひたくて　一〇四
相たのむ　五八
相ふれて　四五
相似たる　五二二
相へだてつつ　四七五
藍浴衣　一六一
逢ふところ　五七
会うひとの　三一三
蹠にも　五一七
蹠より　八七
青嵐　四三五
青梅の　八八
青梅や　四六四
青蛙　六一
青柿の　二七八
青萱を　二三八
青き空　四三五
青き山　五六四
蒼白き　五六五
青芒　二五二
青簾　二四九
青簾の　六〇〇
碧空へ　二七〇
青空や　五四一
青田風　三九六
青葉騒　五五七
青葉木菟　五八八
青蜜柑　一四八
青森の　五六〇
青りんご　四七
赤芋の　五五八
赤き実を　五九六
あかつきの
—空かんばしき　三九
—萍たたく　二四九
暁の
—蓮の台に　五七六
—近よりがたき　五七七
明るさに　四二九
秋あつし　二一九
秋暑し
—人の近づく　六二五
—泥の乾きし　六三八
—号外の端　六三九
—一木のみに　六三九
秋袷　一〇一
秋扇　五一一
秋風が　九六
秋風と　二七六
秋風に
—パンのかたちの　一一三
—掛けし衣のよき　一二二
—適へる松の　三八九
—松斜めなる　四九六
秋風の
—窓ひとつづつ　四八
—馬の臭ひと　四八
—舟底白い　二四一
—墓前を飾る　二九一
—吹いてくるなり　四五五
—盤石に腰　四九六
—遊ぶのれんと　五〇二
秋風や
—日輪白く　三八
—母のうしろの　五五
—蟻も古びて　一一九
—ハンドバッグの　一二〇
—盛装ゆるむ　一二一
—一生の石　三六四
—ももいろの牛　三六五
—山翳移る　三九〇
—かたまつて船　三九九
—山門にたつ　四二三
—細身の傘を　四二四
—心の傷は　五七六
—いつも気になる　五八〇
秋風を
—来て鼻筋の　三五四
—やりすごしゐる　五七九
空缶に　二三六
空罐の　二二三
秋きたる　六〇二
秋草に　五五九
秋草の
—ほとりに長き　四五四
—やさしさにひと　五六七
秋雲や　六二四
秋曇の
—幹の褐色　一二〇
—幹となるまで　二三二
—目の前にある　二八九
—海に浮びて　四五五
秋雨の
—昼のつめたき　三〇
—日照雨となりし　四二四
秋潮に　六二六
秋すでに　二七六
秋空や
—二階の人に　四五五
—高きにおきて　五一一
秋立つや
—鐘をつかんと　三九八
—観念の墨　五五八
—豆腐のほしき　六二五
秋といふ　五七六
秋となる　六一五
秋の一報　六〇二
秋の風
—丸き柱を　三八八
—人の匂ひの　六二五
秋の暮
—鶏はいつまで　五五
—女ばかりの　八九
秋の鹿　一二二
秋の土　五五
秋の波　六三八
秋の浜
—貝を焼く手に　二四一
—煮ものの湯気の　三〇五

—松の力に　三一七
—幹にもたせる　六一六
秋の灯に　二九
秋の富士　五五八
秋の蛇　四一一
秋の星　二九
秋の水
—へだてしひとも　八九
—真鯉の黒を　五一一
—御所のほとりを　五一二
秋の嶺　四三九
秋の夜の　三〇
秋の夜　四一二
秋の夜を　三〇
秋の雷　五九三
秋励む　五七七
秋日没る　六三九
秋彼岸
—石階の端　三五三
—隙なき老婆　五一二
秋日濃き　五一三
秋日射し　二九〇
秋陽照らし　一二一
空瓶透き　一二三
空瓶の　二六三
秋ふかき　四八二
秋ふかし
—鏡に素顔　八九
—過ぎきし方も　三八九
—夢二の女　四八二
秋深し
—法相宗の　四五四
—木は年輪を　五九三
—湯に顔映らざるは　六二七
秋ふかみ　五九二
秋深む　五一二
秋祭
—ともに出でたる　三六四
—過ぎしは昨日　五六七
秋逝くと　三六
秋夕焼　五三五
悪まざと　二〇七
上げ潮の　四〇三
暁の凪　一五二
暁の雲　一五七
揚羽蝶
—昼の昏らきに　四〇七
—ねむりの国の　四二三
揚舟に　三八三
揚げ舟の　四七八
揚舟の　四六一
あけぼのの
—木の芽しづかに　四〇
—色そのままに　六二〇
明易や　四九四
朝顔の
—萎へてしばらく　九五
—紺に塗箸　二四〇
—蔓の行方の　二六四
—平らにひらき　二八四
朝顔むらさき　一七五
朝顔や　二八七
朝光に　二四
朝翳の　六二一
朝影や　二八八
朝風や　四二五
朝粥の
—まはり初秋の　五七六
—冷めしをすくふ　六三一
朝粥や　四六八
朝ぐもり　二八七
朝桜　一七三
朝ざくら　五八五
朝空や　三九
朝に夕に　六一〇
朝の空気　二二二
朝の餉や　四一五
朝の蟬　三三五
朝の玻璃　一二一
朝の陽や　三七一
朝日射し　二七七
浅間荒肌　一七五
朝よりの
—花びら浮かべ　六三〇
—わが影の失せ　六三一
足あとの　三〇五
足音の　三一六
足音や　二八五
葦枯れる　二二〇
紫陽花に
—佇ち山々の　三一三
—自称憂愁夫人　五四八
あぢさゐに
—あぢさゐ色の　五四九
—灯り初めたる　五四九
紫陽花の　一四四
紫陽花へ　二四八
足垂らす　一一九
足垂れて　五三
葦と葭　四六四
足どりの　二八三
足長蜂　四八一
足にもつれる　一七二
あしのうらから　二〇五
足の地に　六一七
芦のなか　三七五
葦舟の　四五二
足もとに　四六五
足許の　二八八
小豆粥　四一九
明日は死ぬ　二四三
安曇野に　三一一
安曇野や　三一一
汗をかく　六一五
化野を　四五一
あたたかな　一六九
新しき　六二八
熱燗や　四八六
厚雲の　五三四
集りて
—散りて遠忌の　五五五
—はやも踊りの　六〇一
あなうらの　四八
穴に入りし
—あとはどうにも　五一三
—蛇の周りの　五八一
あの声は　五五六
あの世にて　五二九
虻つれて　二二九
油蟬　二五〇
溢れ蚊や　五九九
雨脚の　五四八
雨傘の　三八六
雨傘を　三八〇
雨雲の　五三
雨雲や　五三
雨粒の　四一〇
甘酒や　三七三
尼寺の
—縁にふくらむ　二七〇
—湯桶が乾く　二七〇
尼寺を　二七〇
雨蒼く　二九〇
雨あとの　二七三
飴色の　二四〇

雨　ことに　一八五
天地に　三一七
天地の　四二
雨ぬくし　二五
雨はじく　四〇四
雨ふれり　二三
綾子忌は　六一五
謝りて　五五二
あやめ咲き
—ひとりでわたる　六一
—つぎをあてたる　六一
—雨戸の多い　二三八
あやめの辺　五三
鮎釣りに　二二八
鮎の香や　四一
歩み来し　五九九
荒海へ　四四五
荒海や　三八四
荒風の　三三〇
荒格子　四四二
荒波に　四七五
荒縄の　二七八
新走り
—松風低く　四五六
—身の影をおく　四七二
現れし　四四一
蟻ころす　五二
蟻ひとつ　六一
蟻殖えて　二五
あるときは　五一三
ある時は　六三六
ある日無音　一八四
ある日より　四六一
ある夜感じた　一七二
あれは何時の　六三〇
淡き灯の　四六二
逢はず久し　一〇八
あはやとは　五五四
暗黒や　四五八
安堵村　四四九
暗幕の　三七一

い

家々に
—摺り鉢伏せて　三二四
—鏡餅のみ　六〇五
家々の　三六〇
遺影とは　六二二
家裏に
—空瓶透いて　二一九
—潮の満干や　四七〇
家奥に　六〇一
家鳩に　三五九
家鳩の　二一三
家めぐる　二二七
伊香しぐれ　二七七
筏とも　五七一
生きものの
—ぬくみをうつす　八九
—すれ違う眼や　二一五
—温みが過ぎる　二七九
—音をたしかめ　二九三
生きる顔して　一八四
いくたびも
—見る太幹の　三九四
—日照雨過ぎたり　四三五
—震ふ大地や　五二八
—「第九」をききて　五九七
行くひとの　六二一
行くひとも　四六三
幾日経ても　一四五
生くること　六一九
池水に　五八六
池水も　四六二
居酒屋に　三八二
いざなはれ　五二九
いざ舟出　六二〇
十六夜の
—母の前なる　四六
—黒からぬ髪　六三
十六夜や　四六
石臼を　四二六
医師遅し　二九
石組の　三九七
石ころを　三八〇
石畳　二〇六
石段の　一七八
石に吹く　四五七
石の上に
—落す鉛筆　三二九
—伏したる荒藻　四五四
石の冷え　九九
石は石の　九二
碑の　五五〇
石を牽く　二一五
椅子浅く　一〇九
いづ方へ　四七六
いづくより　五六九
いずこより　六二四
出石そば　五五九
椅子の脚　二五一
椅子の背を　三二八
椅子ひとつ　五五四
居ずまひを　五八七
いづれ消ゆる　六二一
いづれ地に　六〇三
伊勢講の　三〇八
伊勢みちの　四二一
忙しき　六〇〇
板敷に　三〇四
いただきに　四四二
いただきは　二八五
板の間に　二五八
板の間の
—漆黒を踏む　三七九
—黒光りせり　五七〇
板塀に　一七〇
一握の　二二三
一羽毛　六一五
一応は　六三四
一月や
—油紋の海に　三〇七
—浄め塩散る　三三一
一月を　五八二
一隅に　二九二
一絃の　四二二
一山に
—日ざす刻きて　四〇九
—時雨去りたる　四七二
一山の　四九六
一山は　四八三
一山を　五四一
いちじくに　一五三
いちじくの　一六二
無花果の　六一六
いちじくも　一〇八
一族の　二六四
一団の　四二一
一度だけの　一二三
一に一　六〇四
一日の
—奥に日の射す　二七五
—大方過ぎて　三三五
—青柚子の耀り　三七八
—通り過ぎたる　五八八

いちにちの
—綺羅を通せり 四六三
—大方餅を 五一五
—終りに会ひし 五三四
一年の 六二八
一念発起 五九六
一年を 五八一
一瀑を 四二八
一八に 二七三
一尾いま 六三三
一望の 二九四
一木に 三〇五
一木の 三一二
一枚に 五四九
いちまいの 一五七
一枚の
—岩に風吹く 二二二
—闇に暮春の 二二五
—葉書運ばれ 二三一
—絵に白き道 五八六
一門に 五〇八
一夜過ぎ 二〇六
一夜経て 六三八
銀杏散る 六二七
銀杏の樹 四七一
一湾に 四二八
一椀に 四四四
一湾の 四三九
一湾を 四七八
いつ穴に 六一六
いつ遺句と 五九〇
いつか蔵われ 二二三
一花なき 五七七
いつか人と 四二四
いつか見し 五五〇
いつかうに 六二〇
一湖より 四八一
一切の 六一九
一指だに 一二三
一舟に
—灯のはいりたる 四九三
—一人立ちゐる 五二四
一瞬の 六〇〇
一燭の 四五〇
一心に 五七〇
いつせいに
—風に立つ葉や 三五三
—花咲き音なしの 六〇七
一僧に 四四〇
一僧の 四八二
一村の 四三〇
一鳥の 二三八
一滴に 六一九
一天の 四五三
一灯の 二一四
一灯へ 四四一
一燈を
—つつむ冬靄 四四四
—目ざし漕ぎゆく 五七九
いつときの 五二六
いつになく 五四一
いつの間に
—しりぞきし潮 四四六
—冬至過ぎたる 五一四
—変りし店や 五五七
いつの世も
—書院は昏らし 四〇四
—揚羽は煉瓦館に 四七九
—朧のなかに 五六三
一方の 四八三
一本の
—白髪おそろし 一四七
—杖の行手に 二〇九
—電柱の立つ 三五六
—枝を渡しぬ 五一二
いつも夕べの 一二〇
凍つるまで 四四一
凍湖に
—映す火を焚き 二三四
—白紙を反す 二九四
凍鏡 二四三
凍菊を 一五五
凍空を 二二三
凍滝の
—棒となりたる 四四五
—しろがね闇を 五三七
凍蝶の
—そばに芥を 二六九
—微塵となりし 四八五
凍の夜の 二六八
凍の夜も 一二五
井戸替を 三三五
従兄来て 三〇九
糸ざくら 五四一
糸桜 六〇八
井戸蓋に
—落ちしばかりの 四二九
—木の実の撥ねて 五一二
井戸蓋の
—乾き久しき 五〇一
—上に乾きゆく 五九九
糸もつれし 一一二
稲雀 一二〇
いなびかり
—ひとと逢ひきし 九四
—夜に入る幹の 二八六
—音なき湖を 六三九
意に満たぬ 一四六
犬がゐて 一〇一
犬小屋に 三九〇
犬しばし 六四
犬冷えて 三〇九
犬も荒息 一六八
犬も素直 一七七
稲刈りの 四一二
寝ねたらぬ 一〇二
寝ね足りて 一一六
稲の香も 二八〇
井の底に 二六九
いのち惜し 一〇五
いのちの限り 九九
生命炎ゆ 一六一
禱りの背 四五六
伊吹嶺の 四二〇
いまが死にごろ 五七七
いましがた 五七七
今死ねば 六三一
いま誰にも 五二五
今たわむ 一八〇
今なら殺せる 一五四
今にして 五八六
芋嵐 四一二
芋を剝く 二四一
入日急 一四五
入日の前の 二四〇
色鯉と 五七五
色鯉に 三八九
色鯉の
—床より出づる 四七六
—歓喜をわがものと 五七五
囲炉裏火の 四九七
岩組むは 四〇七
岩崎太造 五六七
鰯船 五六〇
岩瀬家の 五六四

岩燕　四七八
岩鼻へ　三一六
岩はなれ　一一一
岩風呂の　二四七
岩風呂や　四七一
岩を越す　三二五
井を汲むや　四一
因縁は　五七六

う

茴香や　四三五
魚提げて　二〇七
魚釣りの　三六二
魚と漁婦の眼　一八〇
魚獲ては　二二〇
魚の鰭の　四六〇
魚は魚　六三五
肉親臥て　一一六
浮き出でて　六三一
萍に　三九八
萍の
—風の気ままに　二四九
—いつか寄りゆく　三七四
—辺に天井の　四五二
—隙間怖れし　五〇二
—中を進みて　五七四
泛子沈む　二八七
浮巣まで　二七六
浮寝鴨
—薄眼　入日の　一七八
—目に見えぬ煤　一七八
浮寝鴨の　一七八
浮寝鳥　三五六
浮葉より　四〇六
浮子ひとつ　六三七
憂きひと日　九四
憂き日々に　三三
憂きままの　八六
浮世絵を　四七二
うぐひすと　四七五
うぐいすの　一七九
鶯の　六〇七
鶯や
—雑木林が　三三三
—赤土色の　三八二
うぐいすや
—乾かぬままに　三三二
—杖売る店の　四二二
—日照りの中の　四四八
—崖を降りゆく　四九九
—温みのこる　五〇八
—雑木林も　五一五
—朝の素早き　六三〇
浮く鴨を　三九一
動かぬ戸
—いくつもありて　五二七
—動かぬままに　五二八
動かぬ時計　四三一
動かぬまま　五六六
動きゐる　五三三
うごきそめし　五三六
雨後の幹に　三一二
牛歩み　五八
牛帰る　二〇八
牛にも齢　一五六
牛のいる　二四三
牛の乳　三八四
牛の胴　一五六
牛の鼻の　二一六
牛の身の　三六三
牛ひき出す　一七六
牛不満　一六六
うしろから　三六三
うしろ背に　三五六
うしろより
—亡父の声して　一七七
—砂踏む音や　四六九
牛を打つ　四四三
牛をひく　四二一
うすうすと　三九
薄紙に　二四六
薄紙も　一六一
薄紙を　二一六
渦潮の　四八八
薄照りの　三三
薄瞼　二七七
薄紅葉　四二四
薄暗に
—口あんぐりと　三七三
—蹠拭きゐる　四二二
薄氷に　五〇〇
薄氷の
—とける刻くる　三〇六
—真下の水に　三七〇
—池をまぶしみ　四三二
—満ちて大甕　四五八
薄氷を
—ころがる煤や　三二一
—踏みて或る日の　四四四
—のせたる水の　六〇六
うそ寒や　六一七
歌麿展　三八六
内側に　四九四
打水の　一〇一
現し世と　二四六
現とも　五七七
鬱と居り　五一四
鬱と正午　一八五
鬱の日や　五八一
うつぶせに　三六一
俯伏せの　三七八
鬱勃と　五七八
うつむきて　五二
映る炎の　二八一
腕立ての　三六〇
鰻池に　三三四
鰻の日　五七二
うなぎ屋の　四九五
雲丹がすこし　一七六
うねる川　三二六
姥怖し　五三七
鵜舟待つ　五〇九
馬駈けて　五八
馬に添う　二六六
馬の鼻　一八七
馬ゆきて　五八
海青く　五六九
海荒れや　三八四
湖消えて　三一七
海際に　六三六
湖際の
海昏れて　二八〇
—われ夕風に　二六
—流人の国の　三九七
湖昏れて　二七六
湖過ぎて　四八一
海近き　四八一
海照らす　六二六
海鳥に　五六一
海鳴りの
—闇に椿が　二八三
—こちらを絶えず　三八五
—沖にこもりて　三九二
—闇の中なる　五一四
海鳴りは　二八三

海鳴りや
—花のこまかき　四〇
—天衣が降らす　二八二
海に出でし　一一三
海にして　九六
湖の芥に　二七六
湖の色　二七六
湖の上の　五一七
海の風　五三九
海の底　三六五
湖の耀り　五七二
湖の日の　二八〇
湖の日や　五一六
湖の陽や　五〇五
湖の辺に　四六五
湖の面の　五〇五
湖の面を　五三六
湖は霧　一八〇
海花火　五五八
海開き　五五九
海見ては　三七〇
海わたる　二三〇
海を視る　三三
梅一輪　三二
梅かをり　五一
梅が香や
—ひと来て坐る　三七
—母の常着は　二四五
梅こぼれ　三七
梅咲くや
—飛白模様の　三九三
—ふだん着につく　五〇六
梅に陽が　一一〇
梅に瞠く　二四五
梅の香に
—ゴッホの絵など　六二〇
—色ありとせば　六二〇
—いま思ひ出す　六二〇
梅の昼　六〇
梅の実が　二四九
梅の闇　三九三
梅林　六二〇
梅見頃　六二〇
梅見んと　六〇
倦める身に　九九
梅を観に　六〇六
裏返す　四四三
裏がえる　二三六
裏返る　二八九
末枯は　五六八
裏口に　二三五
裏口へ
—水流れ出て　二三二
裏口より
—色なき風を　五〇三
—不意の打ち水　一八三
—あひる二三歩　一八四
裏口を　五一一
裏白の　一八五
裏戸開き　三六六
裏通りの　一八八
裏戸より
—人出て佇てり　四〇九
—一人出できぬ　五〇五
占ひの　五四八
裏にすぐ　三五五
裏町の　四三
裏窓の　二五〇
裏道に　二六〇
裏山に
—日がさすときの　二六一
—筍のびる　二七二
裏山の
—椿重くて　二八三
—松の容に　四七七
—窓に迫れり　五〇〇
裏山は　三二〇
麗かや　五九八
瓜の種　五二一
売る菓子の　二二五
雲水の　三三六
運動会　四〇〇

え

酔ひし顔　一一六
絵硝子の　四二五
駅柵に　二四一
駅長の　一〇九
駅に立つ　三一二
駅の鏡　一一五
駅の灯が　二六二
駅弁の　三一八
餌らしき　六三一
枝々に　四八〇
越中の　五六四
餌とともに　六三一
餌に集ふ　四四八
絵に連なり　一三
柄の太き　三九二
絵本なき　一七一
絵本の中　三九八
襟元の　三三三
絵らふそく　三六七
閻王の　四七三
縁側に
—尺八ころげ　二七二
—居坐る猫や　三五九
—ゐて暮れそむる　五三二
—亡きひと想ふ　五九九
遠景に
—人馬動いて　二一七
—簾垂らして　二二九
—水争いを　二五一
炎暑いま　一〇一
炎上せし　六三〇
炎暑去る　二八八
遠祖の地　五五六
延對寺荘　五六四
炎昼の　一〇七
園丁に　二三〇
炎天と　二八五
炎天に
—釘うつ音を　一〇七
—柄杓沈めて　二三九
—山風の香や　二八五
—一樹の影の　二八八
炎天の
—山ふところの　三一〇
—道は峠を　三六三
炎天へ　二四九
炎天や
—手鏡きのふ　六二
—都電の駅に　三一四
—格子を太く　四一一
—鬼に金棒　四六七
—お握飯　四六七
炎天航く　二〇六
ゑんどうむき　一〇〇
縁に垂らす　一二〇
縁に垂れ　二八三
縁の下に　二三六
鉛筆もて
—ひろぐ炭火や　一一三
—しるす句ひとつ　五六五
遠雷や

―山のかたちを　二八六
―こころの奥に　六二三

お

老いてのち　一〇〇
老の前　五二一
老はこれから　六一六
老蜂の　一一一
追羽子や　三三一
老母と　四二
老ひとり　二三八
老いるまでの　五一九
桜花爛漫と　二五
往生に　六二八
媼ひとり　二九五
近江路は　五一六
淡海より　二九一
おうむも眠る　一七五
御恵方は　五二六
大揚羽　一六五
大いなる　五八一
大海亀の　六二二
大海の　五五二
大蛾息づけば　五五
大方は　五一八
大甕の　五二〇
大川の
―朝の舟陰　三八三
―逆波白し　三八五
大き掌に　八九
大き梁　五八二
大楠に　四四五
大楠の　三〇五
大阪の
―屋根の歪みも　三二五
―花の中なる　五五五
―西日真向より　五九一
大杓子　五四七
大空の　五九〇
大空も　六〇七
大津絵の
―鬼が手を拍つ　二八〇
―折り皺のばし　三六七
大年の　四三〇
大蓮の　五七四
大花火
―何といつても　六一五
―草一筋を　六三六
大葉より　四〇八
大火鉢
―灰まさぐりし　四八三
―畳の縁の　四八三
大広間　五五七
大冬木に　四五八
大幹の　三九五
大薬罐　二六二
置かれたる　三八一
沖雲は　五〇五
沖くらく　四一三
翁眉　五〇八
沖波の　四三一
沖の荒れ　二四〇
沖の船に
―光る靴立ち　一五〇
―遠き沖あり　四三一
沖の舟にも　五一二
起き伏しの　五五八
起き伏すも　九六
奥祖谷の　三〇三
屋上園の　二〇五
奥庭に　三一八
桶あれば　三一九
桶かわく　三六八
桶底に　五二五
桶の底　五八一
起し絵や　三六二
怒るとき　三〇二
お降りや　三二〇
幼な児に　五九七
押入れに　三九四
押入へ　五六六
押入より　一四三
惜しむひま　六一七
押し戻す　三九八
遅ざくら　九九
お田植の　四二一
お互ひの　六二三
雄叫びの　四四五
をちこちに　五五二
おちつかぬ　五五五
落椿　六一九
落ちてより　六三五
落葉掻く　一八三
落葉焚き
―そのあとの用　二一一
―風がとりまく　三七七
―途中で急に　六〇三
落葉地に　三二〇
落葉降る　四九五
男から　二五二
男きて　三七五
男臥て　五六
男の旅　一六七
音立てて　三三三
音立てぬ　二二一
音たてぬ　四五五
をととひの　五三八
音のなき　四四七
音もなき　六二七
音もなく　六一五
踊り場に　四七四
衰へし　四五
衰へて　三七〇
音羽山の　四五一
己が身に　六一九
おのづから
―くづるる膝や　九一
―展く河口や　三八四
―光を放ち　六二二
尾道の　四七〇
男袴の　五八七
帯留を　一一〇
帯馴らす　四三四
お火焚の　四八四
おぼろより　三〇一
朧より　五五四
思ひ出し　五五三
重く押す　三一三
おもむろに
―首のべし鹿　四六二
―暮れそれらしく　六二三
母屋の灯　二六六
思わぬところ　二五七
折にふれ　六二四
檻に鷲　五七
音楽や　五七五
遠国に　四三九
遠国や　三三五
飲食の　二一九
おん田植
―鴉の絵馬の　四二〇
―面のなかより　四二一
音頭とる　六三〇
女五人　一五七

女ざかりと　一〇一
女三人の　一八七
女として　一二三
女の心　二八
女の旅　二八〇
女若く　一一二
おん墓に　五一〇

か

カーテンの　四〇二
海峡の　三六二
海峡を　四二七
購ひし菊　四五一
海蝕岩　一六七
海神より　四六九
階段裏へ　二三二
階段の　三五七
階段を　三一九
開帳や　三八三
海底に　四〇二
回転花壇に西日　一八〇
回転扉　三三一
街道に
—くだけし瓜や　四一一
—暁の灯のこり　五一三
街道の
—小溝にこぼれ　四〇四
—日すぢよぎりし　四二九
—昼絶え間なき　五一六
外套の　一二三
街燈は　三二四
階のぼりきり　一七七
峡ふかく　二〇三
峡紅葉　四九六
海流に　五五五
海流の
—上の一舟へ　四四七
—うねりに遠き　四四七
海流は　三二五
廻廊は　九九
貝割菜　六三〇
楓の芽　一六六
顧みて　五一二
顔あげて　二五八
貌映し　二四七
貌うつす　一五八
顔に近づく　一六六
顔ぬらす　一八一
顔の翳　二四
顔見世や　三六七
鏡閉じ　一七二
鏡見て　三三三
鏡餅
—暗闇を牛　四〇二
—なければ嫁が　六二八
鏡より　五五七
かがやきて　一一四
篝火に　五一〇
かかる世の　五三五
搔き氷　四一二
柿耀りて　一二一
柿耀るや　四三
柿に耀る　五〇
柿の色　五〇
柿ひそかに　五〇
柿実り　一八三
限りなき　六二〇
額の絵に　五八九
神楽笛　二九二
隠れ寺　四二六
掛稲を　一七六
崖降りる　五一八
掛香や　四七九
崖下の　三一六
欠け茶碗　三七七
崖土の　二一七
掛時計　三〇五
影長く
—藤房の午後　二六一
—いて水禽の　二九四
崖の土　二四七
影ひきて　一五九
影もたぬ　二二〇
影揺るる　四三七
陽炎や
—絵馬へもどりし　四六三
—敦賀に低き　五〇〇
河口また　六三八
籠枕　三九六
傘かしげ　五七〇
傘さして
—闇に花蘂　三〇九
—まつすぐ通る　三五五
傘立に
—ある忘れ傘　三〇一
—傘がまつすぐ　三五四
重なれる　五八二
笠のうち　一七五
風花の　一五九
風花や
—亡き師の言葉　一四三
—墨の香のたつ　三九三
傘ひくく　四一
悴みて　五二八
傾ぎし家　五五四
菓子つまむ　六一
貨車が来て　一〇四
貨車近く　三六一
賀状うづたかし　一一五
かすかなる　六一六
瓦斯燈の
—残る館や　四二七
—青きを慕ひ　四六四
霞む海　三三二
風青し　二六
風荒き　九四
風邪癒えぬ　八九
風邪癒ゆる　一〇三
風音に　六一〇
風音や　五八四
風立てば　一七八
風つれて　二六〇
風通り　三六一
風邪なれば　八五
風の秋　一七四
風邪の衿　五九
風の透く　二六六
風の戸の　四五五
風の吹く　五九八
風邪の身に　八六
風邪の身の　一一八
風の夜半　二三六
風はしり　二六〇
風邪はやる　五九七
風吹いて　六二五
風吹かば　四七二
風三筋　五七六
風や秋　五七九
風ややに　四七八
風わたる　四〇三
数へずに　三六九
数へ日の
—数ふるほども　五一四
—水面を流れ　五九七
数へ日や　五一四

片足に　二五九
片陰の　五三三
片時雨　六一八
形代の
—行方に芦が　二九五
—片袖折れて　四〇九
形代や　四一〇
片隅に　二三〇
蝸牛
—二日の旅の　一五三
—まひるの崖を　三三四
—かぞへはじめの　四〇六
かたつむり　三六一
肩の辺を　二九四
かたまりし
—空の湯呑や　四二〇
—鴨が中州の　四三〇
かたまりて
—貌のわからぬ　四八七
—暮色となりし　五〇二
傍らの　三〇八
学校の　三〇八
郭公や
—夜明けの水の　三一二
—靄のなかより　三三六
葛根湯　五一五
甲冑の　四六九
河童忌の
—白紙をはしる　三〇三
—空罐とまる　三七四
かつらぎの　三五七
葛城の　四九六
葛城も　四九六
画展出て　二一四
画展への　二〇五
門川に　二四四
門川を　三一五
蝌蚪散つて　六二三
蛾とのぼる　五六四
門松の　二六八
かなかなに　二六三
カナリヤの　五七一
蟹黒く　三八五
鉦打つて　二一七
鐘を打ち　二三〇
かの壁に　四二
蛾の微光　一五三
かの瞳ゆゑ　一一八
彼の世にても　六〇四
かの世へと　五二九
蚊柱の　四〇五
蚊柱や　三七三
黴の書と　四七八
かび美しき　六〇九
画鋲ひとつ　二一二
画布の裏　二一四
寡婦ひとり　九三
寡婦ふたり　九九
寡婦痩せて　九三
蕪蒸　四七二
寡婦われに　一一四
壁うつす　一一五
壁裏の　三一二
壁鏡　一五〇
壁紙に　三九六
鎌倉や　三五三
釜殿の　四一五
竈の火　二七三
竈より　三〇七
釜鳴り出づる　五四八
蒲の穂の　四一一
蒲の穂や　四一一
神在ます　五〇四
髪うすく　五三
髪重し　三二
紙屑の　二九五
紙屑を
—たきて音なし　九六
—散らして秋の　三一七
—焚けば彼岸の　三三三
髪黒き　六二
神棚の　三〇六
神棚仏壇　六二八
上手より　二六七
紙の桜に　二二五
神の杉　四〇二
神の灯の　三二一
神の前　二九四
神の山に　二三九
紙函の　二六一
紙雛の　五二八
髪真白　五五二
紙を焼く　二一九
亀鳴くや
—ぽんかん出せし　四〇五
—身体のなかの　五八四
亀鳴くを　五七二
甕に満ち　二八四
亀水に　四八五
鴨うごき　五〇六
鴨てふ字　五一五
鴨鍋や
—水を距てて　五〇五
—夜更けて修羅と　五一六
鴨の色　四四八
鴨の中の　四三〇
鴨の羽根　五〇六
鴨羽搏つ　四四一
鴨引きて　五五四
鴨宿の　五一五
鴨をみて　二九四
火薬庫の　四八四
茅葺の　二九一
蚊遣香の　四九四
通ひ船　四六九
空井戸の　三〇八
唐草の　三六八
辛口の　三九九
からくりの　四五〇
辛子色に　二一五
烏瓜　五三五
硝子器売場　一四八
硝子器重し　一四五
鴉さわぐ　一六七
ガラス運ぶと　一五一
からたちの　二〇六
空梅雨し　六三三
落葉松の
—風の隙間に　一六八
—芽吹きに堪える　三一二
搦手に　三一七
雁帰る
—酒瓶に映る　二四七
—浜の藻屑は　五四〇
かりがねの　四八
かりがねや　五六
雁吸はれ　一〇一
かりそめの　五五六
刈田ゆく　二九一
雁ないて　四九
雁なきて　九七
雁なくや
—古りたる椅子に　四八
—昼の憂ひを　四九
—夜ごとつめたき　四九

―小暗き部屋の　六三
雁のこゑ　五六
雁わたし
―遠き鉄路を　三六五
―米の袋を　四一三
―宿の出窓を　四二四
―鉄路一本　四二六
雁渡し
―海なき国に　三一八
―こころ澄みくる　五一一
雁わたる　二二一
雁をきく　五六
枯葦に
―ひと日平らな　二三五
―影つくらせず　二三五
枯芦の　四一九
枯葦の
―影の乱れも　五一六
―なかの光の　六三〇
枯芦へ　四〇三
枯菊に　二三一
枯菊の　二三三
枯菊も　二四二
枯菊や　三六七
枯木の股　五六
瓦礫をとぶ　五二九
枯供華の　二一九
枯木立　四八四
枯笹の　四五九

枯れしもの　一五五
枯薄　四九八
枯芒の　五二六
枯園に
―ひとの言葉を　二四
―息はづまする　九七
枯苑に　二三一
枯園や　三七六
枯田に降り　一七六
枯蔓の　一五五
枯野来し　一〇四
枯野にて　一〇三
枯野に出て　一二一
枯野ゆく　五六二
枯蓮に　六〇三
枯蓮の
―影の交錯　一七八
―日当つてゐる　四三〇
―動かぬ水に　五九七
枯蓮や　四三〇
枯松葉　三八九
枯山に
―昼餉の小さき　一〇九
―つねに反古焚く　二三二
―見比べて買う　二三二
枯山の　一五五
枯山へ　二六七
枯山や　五三五
枯山を　二三一

からうじて　三五八
川上は　二三五
川霧の　一〇三
裘
―北北西が　四三一
―銃身に似し　四四四
―脱ぐ金銀の　四八四
蛙鳴く　六〇八
川砂の　三五八
川沿ひに　五〇二
川底の　五七〇
皮手袋の　一一五
河耀りて　五〇
川半ば　二八八
川波の
―ことごとく急き　二七四
―耀りひとときや　五六六
―きらめきやまず　五七三
川濁る　五四〇
皮の匂いの　一六五
河の面　六三八
川幅の　三七八
川二つ　四〇六
川舟の　五〇七
かはほりや
―池にうつれる　六二
―遠き部屋より　三九六
川水の　三一三
川面かすかに　一六八

川面に映る　二四四
かはらけの　四六〇
蚊を打ちし　四五
蛾を打つて　六〇二
寒入日　一六三
閑暇憂し　二四
考へても　六〇四
眼窩深く　二四六
寒がらす　五一
寒鴉　二六九
寒巌に　四九九
寒気団　六〇四
寒行に　一二三
寒行の　四三一
寒暁や　五二七
寒暁を　五二七
缶切りを　四三四
寒厨に　一〇三
寒月光
―夜もまがれる　五九
―男女つれだち　五九
―ゆれゆきなやむ　一五一
―背後見ずとも　一五二
寒月に
―水捨つひとの　九〇
―白刃をかざす　五三七
寒月や　四四六
寒月を　四九八
寒鯉の

―平安水の　二一三
―水を覆うて　二六九
看護婦の　五七四
燗酒や　四四五
寒蜆の　三九一
元日昏れ　一五四
元日の
―樹々あをあをと　三一
―鳥が来て鳴く　四三
―泥濘君を　九一
―合唱は低音部　九七
―竹藪過ぎて　一〇二
―厨乾きて　一一五
―犬の憂鬱　一七一
―川波明り　三二〇
―常着や浜に　三三一
―大空を陽の　三六八
―炎に壁の絵の　四四三
―ホテルの窓の　五五一
元日や　六〇五
岩礁に　一六七
寒水に　一四七
寒水にて　一四五
寒雀　一〇九
観世縒りの　二六四
眼前に
―ヨット傾く　二二七
―黒き一木　四六七
眼前の　二二四

眼帯に　六〇
眼帯の
—うちにて炎ゆる　一六四
—朝一眼の　一八七
眼帯や
—街に二月の　五九
—片目の街の　六〇
元旦や　六二八
寒潮浅く　一二五
寒潮の　一二五
寒潮へ　一八五
寒椿
—母の白髪の　二一三
—挿したき壺も　五二七
旱天広場に　一八〇
寒灯や　一五九
間道を　三八二
寒土用　四一九
鉋屑の　一八一
神無月　四〇〇
カンナの黄　三五
寒日輪　五二七
寒日輪へ　二〇四
寒に逝く　六〇六
門を
—かけて見返る　四六
—鎖して夜鴨を　四二九
寒の馬　五八
寒の海　九〇
寒の畳に　二〇四
寒の星　五〇
寒の山　二八一
寒の闇　一五一
寒風に
—牛叱るこゑのみ　五八
—出す七輪の　一五五
寒風や　九一
寒鮒の　一四七
岸壁に　三六一
寒木の
—さきざきに雲　五〇
—しずまるときの　二六八
寒木や　五〇
寒牡丹　四三二
関門の
—引き潮さわぐ　四二七
—灯に昂ぶれり　四二七
—短かき船笛や　六三五
寒夜鮮し　五八
寒夕焼
—反り身に魚の　一一〇
—端まで塗らず　二一四
寒雷に　五九六
管理人室に　二七〇
寒林に　四四四
寒林の　三八
寒林や　八五

き

木椅子得し　九〇
木苺に　二四八
喜雨を待つ　二八六
祇園会や　五〇九
飢餓の図を　三二七
樹々の間　四六一
樹々の香の　五三〇
樹々の根に　三八〇
樹々ふかく　二九〇
樹々密に　二四五
樹々ゆれて　五九三
桔梗挿す　二一一
菊売りの　四五一
菊花展
—饅頭の餡　三二八
—終りしテント　五五〇
菊咲いて　二〇三
菊の香に
—夫を想ひて　三一
—薄粥　われの　一七〇
菊の香や
—女五人の　二八〇
—初心を以て　五一二
菊の日々　三八
菊の辺へ　一一三
菊の辺や　五二三
菊日和　四七一
帰校児に　二一五
きさらぎの
—簷に陽あたる　三三
—水のひゞきを　三三
—夕月映る　三三
—風吹ききみは　一〇四
—水ふりこぼす　二四四
—いづれの星と　五八四
—夢のつづきの　六二九
如月の
—半ばを白き　四六一
—鯉を一刀両断　五三七
如月も　五〇六
如月や　三二一
きさらぎを　二八二
木地師ゐて　四九七
樹雫の　四九四
岸の波　三五四
鬼女の面　五九三
傷舐むる　五一三
木曾の水　一六八
ギターの胴に　二三三
北ぐにに　三九五
北ぐにの
—蛾の舞ひ出づる　三九五
—曇りづめなる　五〇〇
北風に手を　一七七
北窓の　五一七
桔梗の
—丈に風吹く　三五三
—間に運ばれし　四三七
—むらさききみは　五九三
桔梗や
—まひるの部屋の　四一〇
—仏をへだつ　四二三
—蘖うかびゐる　五〇二
切尖を　五八七
喫泉に　一二四
着流しの
—ひとりに蚋の　四三四
—まま町中や　五四七
衣被　四三七
絹針に　二九四
衣をぬぎし　九二
絹をもて　一〇一
きのふ子を　九五
昨日とおなじ　二一三
木の瘤に　二八九
樹の茂り　四二四
木の扉の　三五三
木の箱の　二七四
木の洞の　四〇四
木の洞を
—通ふ風あり　三五三
—出でて狂へり　四六四
樹の揺れを　四五六
木鋏の　五五
樹はみどり　二八九

君が碑は　三六
樹も草も　一七四
木も草も　四九七
旧館の　四八六
休日の　三七〇
休日や　四七四
九十の春
—いまだ読みたき　六一八
—いまだ行きたき　六一八
—いまだ知りたき　六一八
旧正の　四六〇
旧正を　六二九
急に戻る　一七六
暁暗に　二五八
暁闇や　三九一
教科書を　三三六
橋脚に　三〇七
行者の衣　二八二
経師屋へ　三七四
京過ぎて　四二六
夾竹桃　一一三
鏡中に　四五九
京二条　六一七
京の端　五三〇
鏡面に
—鴨翔つさまを　三八二
—重なりあひし　四五六
鏡面の
—貌にとまる蛾　一六八
—ひととき暗し　五六九
鏡面を　二五九
今日よりの
—働く顔と　三九
—勤めのわれに　三九
行列の　五七三
漁港蒸れ　一六七
虚子の忌に　五三〇
清め塩　二〇九
切株の
—耐えられぬとき　二四三
—日向の坐りごこち　五七九
きりぎりす
—素顔平らに　三三
—腰紐ゆるめ　八八
—足元の草　二四九
霧ごもり　三三八
切りしのち　一一七
霧にうかぶ　二一八
霧に影　二一八
霧に眼を　二〇九
霧の奥に　二一七
霧の中
—むなしさのみぞ　四九
—稚拙こもごも　一七六
霧のなか　四五二
霧の中に　五九〇
桐の花
—紅の夕日は　二一〇
—ひびくものみな　二二六
霧の夜の
—川面に浮かす　二二〇
—幹ばかり立つ　三五四
霧深く　四五五
霧深し　五七六
切りむすび　五五二
錐もみて　一一三
霧を出て　三六五
きれぎれに　四四三
樹を過ぐる　四三四
金色の　一六三
金魚の緋　二六一
金魚鉢に　四九五
銀行の　五六八
金扇に　三七
金泥の　二八一
銀の海　五四〇
銀の笛　二四〇
金襴の　三六四

く

杭打ちて　一〇七
空間に
—パイプの煙　五四二
—鼓動大きく　六三三
茎さして　二六五
釘箱は　六三七
茎立や
—昨夜しづまりし　四三二
—風荒びきし　五〇〇
—荒き波くる　五〇七
くぐるべく　五六五
草刈機　二一七
草々を　五〇二
草そよぎ　四八〇
草つけて　六三九
草氷柱　六二九
草萎えて　一六五
草なびく
—月も虚空に　二九〇
—かたちや既に　五九二
草に臥て　二一七
草の種　二一九
草の根の　四三三
草の実や　五六一
草叢に　三一六
草餅の　四七六
草餅や
—水にひろがる　三八二
—相合傘の　五七〇
草紅葉　三六
草分けて　二九二
串だんごの　三八九
串にさす　一一〇
屑籠を　四〇八
燻れる　六三〇
薬売り　三六八
崩れ簗を　四七一
口開けて　三九一
口乾き　九九
朽木いま　五九三
唇なめて　一七九
くちなはの　六一五
蛇も　四六八
朽舟に　四九九
朽ち舟の　三八九
口むすぶ　二三一
靴先に　二〇四
国境　四三五
国造りの　四四九
頸飾り　一〇七
頸すでに　一六一
熊笹の
—風まかせにて　一四九
—根のはりつめて　一七二
—ふちの黄あざやか　一七二
—こもれる闇に　三七四
—さわぐ谷ある　三八九
熊野路や　五〇四
汲みおきの　二五一
汲みたての　三三〇
汲み水の　三一〇
雲映る　五七一
雲かはる　四五三
雲垂れて　四五七
雲流れ　三〇四

雲の上に　四〇〇
雲の影　四二五
雲の峰　五五八
雲は秋　六三八
雲踏みて　五〇二
曇日の　四三
曇日や　五八五
蔵うちの　四四九
くらがりに
—九体の仏　四二四
—祭座蒲団　四六六
暗き海　五七三
暗き湖へ　五七二
冥き世や　五七〇
暗きより　一四四
くらげの海に　一八一
海月見しは　四〇三
蔵の戸を　二二六
暗闇に
—入り花篝　三三三
—人の頭うごく　四五八
栗咲く香に　一一八
クリスマス
—妻のかなしみ　二一七
—雪のつもらぬ　一一四
—ツリーに関はり　五六一
クリスマスケーキ　一七一
庫裏におとす　一六九
庫裏ぬけて　二一八
栗の皮　五六六
庫裡の戸の　二六六
栗の花
—匂ふとき死は　一四六
—匂う真下の　三一二
厨窓　四三三
厨水　九三
くるぶしの　二六〇
暮るる間の　五三〇
廓あと
—檜ふかくゆく　三八六
—木辻格子を　四一九
くれかかる　二四三
暮れがたの　三八四
暮れ際の　六三四
暮れそむる　五九二
昏れてなお　三〇五
昏れながら　五二三
くれゆく芒　一六八
昏れゆくに　五二三
昏れんとし　三一二
黒揚羽
—ゆきもどりして　二五〇
—飛ぶ水滴に　三一二
—現れてこの世の　五八七
—野のまんなかの　六三三
黒甍　三六〇
黒外套　五九五
くろがねの　五八一
黒き傘　四八〇
黒き肝　五一五
黒き蝶　六三六
黒潮の　五五六
黒茶碗
—花の中なる　四六三
—鴨引きし湖　五一七
黒蝶の　四五
黒蝶や
—薬をのみし　五五
—香水つよき　五五
黒といふ　六〇二
黒塗りの　二一七
黒猫の　三二九
句を思ふ　五七八
群衆に　三七八

け

鶏冠を　二五〇
啓蟄の
—煙が松の　二九五
—土を覆へる　五三九
啓蟄や
—松風過ぐる　四三二
—曇り硝子に　四九九
—音なく濡るる　五五四
—柱の影の　五八三
—この世のものの　五八三
鶏頭に
—素足すばやき　一一三
—荒く結はへし　四二五
鶏頭の
—夜半にてつつじ　一五六
—一抹の朱　一五八
—血の黝ずみに　一八四
—朱に女臥る　二〇七
—倒れしままの　四〇一
敬老日　五〇三
ケーブルの　二一八
ケーブルを　三七八
外科病棟　五七八
激情あり　二六
今朝の秋　五九二
夏至過ぎて　三三六
夏至の日の
—海越えて来し　三七三
—井戸の底より　三七四
夏至の陽の　四四九
削り氷の　三七三
結界と　五六二
月光に
—踏み入る　九四
—遠く置かれし　五五〇
月光の
—とゞく木立や　四六
—つきぬけてくる　六三
—白刃に触れ　二六九
—しばらく照らす　五三五
月光や
—ベッド真白き　五七八
—身にまとひたき　五七八
月光を　五五九
結氷や　三九二
月明に　三五五
月明の
—遠山となる　二七八
—杭に通ひの　四三九
—ことに雪被し　四四三
—奈良もはづれの　四五六
月明や
—飼はれしけもの　三七七
—潮のなかなる　三九九
—扉の半ばまで　六二五
気配して　四三九
夏百日　五九〇
煙る山　四七二
鳧鳴くや　五七二
げんげ田や　一〇四
げんげ野を　六〇
原色の　六三六
絢爛と　五四
源流の　四〇二

こ

恋ごころ　四七
恋知らず　四七
恋猫の　二七二

鯉の音 二八
鯉の眼の 三一四
鯉太り 五六二
格子の奥で 一八〇
工場裏 一四七
格子より 三二二
香水の 一四六
口中で 一七七
口中に 一〇五
荒天の 一五三
後頭部 一〇七
紅梅に 二七〇
紅梅の 二六二
幸福感 一五五
河骨の
―水の傷みに 二四九
―ところどころに 三九八
河骨や 五三〇
蝙蝠傘 五六五
蝙蝠傘の 二一一
紅葉の 二二〇
黄落の
―奥神鏡は 二二二
―底に匂わぬ 二五七
―道いくまがり 二七九
―なかの一木 二九二
―なかをただよう 三二八
黄落や
―片膝立てて 三二九
―木の根濡らさぬ 三五五
―表戸ぬらす 三六四
―梯子おかれし 三六六
―幹のまはりの 三九〇
―真正面に 四八三
越えて来し 三二七
声とほく 四四
声なくて 六二八
珈琲館に 五六六
珈琲や 三五四
珈琲碗 四七一
小面の 五九三
氷店の 二一〇
氷る池 三六
こほろぎに 一四四
蟋蟀に 二一九
蟋蟀の 二九
こほろぎの 八八
こほろぎや
―闇夜の甕に 三六三
―黒き柱の 四五四
木陰に光る 二一六
五月来る 六三二
五月逝く 三二四
子が出入り 一六七
子がなくて
―白きもの干す 九四
―苺ミルクの 一一七
木枯や
―帰りは空の 三七九
―昨夜にはづれし 四八四
漕ぎ出づる 五六一
小菊すぐ 一五二
濃き浴衣 八八
こきりこや 五六五
黒衣着て 五三
黒衣にて 八八
黒衣の女 六〇三
穀雨とて 四二一
穀雨とや 五二〇
虚空にて
―見えざる鞭が 一五二
―鷹の眸飢ゑて 四四五
―かすかに鳴りし 四四五
虚空より 五一〇
黒布もて 一一二
克明に 二〇六
漕ぐわれに 二七
苔清水 三八九
苔のぬくみは 二〇三
苔ふかき 六〇八
午後に入り 三六七
個々に輪を 二〇五
志 五九〇
こころ澄む 九八
こころの底を 六三三
心、日に 五二
莫蓙の上に 二六〇
小座蒲団 五〇四
腰うづむ 一〇〇
木下闇に 四七九
腰張りの 三六八
五指ひらけば 一八四
腰太く 八六
去年今年 四五八
木立より 三一三
国旗出す 五五三
事多き 五六八
ことごとく 四七五
子なき淋しさは 二九
子なき吾を 二八
粉雪ふる 二〇七
この秋空 五〇三
このあたり 四三二
この辺り 五八一
此の家去る 一〇七
この蝌蚪の 五八九
このごろや 五九五
この空に 六三九
この年の 六一七
蚕の匂ひ 四四六
この庭の 四八
この花に 四八八
この冬の 一八五
木の実入れる 一八三
木の実降り 二九二
木の実降る
―家に蒟蒻 二九三
―音を遠くに 三五五
―山中白き 三八九
木の芽雨 三二四
木の芽憂し 五二
木の芽風
―海むらさきに 三九
―燈台白を 一五七
―漆黒の膳 三三五
この世また 六三六
ごはんつぶ 三七〇
拳で打つ 二一六
小肥りと 六二八
子への愛 一〇七
こまかき波 一六二
胡麻乾く 二八九
護摩の火の 五〇一
小虫匍ふ 四六三
虚無僧と 四〇七
こめかみに 三一四
木洩れ日の
―むらさき深く 二三
―素顔にあたり 三六
子等帰り 二一二
これ以上 五一三
これが秋 六二五
これからの 五六八
これといふ 六一六
これよりの 五九〇

これよりは
—秋明菊を　五六〇
—一月一日　五六九
これをしも　五八〇
ころがれる
—ワインのコルク　四〇三
—木の実に何の　六三九
ころげ出る　二七二
強霜に　四八五
強霜の　四八五
強霜や　五二七
強霜を　四四四
声高に　八五
子をあやす　一一八
子をもたぬ　五四
紺着流す　一七四
こんにやくの　四一五
紺暖簾　五〇九

さ

西行に　五一九
西国の　六二七
賽銭箱に　二八九
西方は　六三八
囀りに　二四五
囀りの
—たちまち社　三三二
—なか裏声の　三五九
囀の
—そのあと長く　三九四
—遠き天あり　四七七
囀りや
—深空は藍を　三八二
—大樹の昏き　五八五
竿竹売り　三一六
早乙女の　一七五
酒倉の　三七四
酒蔵や　三五五
逆立つる　五一八
坂の上の　六二六
さかのぼる　二七五
相模野の　二五九
離る身に　二七
さきがけて　八七
先の舟　五三二
先の世の　五八九
左京区や　四一一
先をゆく　五九〇
さくら生ける　一五六
さくら咲き
—去年とおなじ　六〇
—重ね重ねし　五一九
桜咲き　五二〇
さくら咲く
—日々にて何か　一一七
—「敦盛そば」の　三五九
さくら散り
—水に遊べる　一五三
—檻の豹より　一八七
桜葉と　四〇
桜満ち　五八六
桜餅　四六一
さくら餅　五一九
桜餅の　二四七
さぐりあつ　一四六
鮭のぼる　三六六
叫びたき　六一五
笹子鳴き　三七
笹鳴きの　三八一
笹鳴や
—母のやつれは　五一
—厨に刃物　一〇九
—女ばかりの　一一六
—夢二の女の　六〇六
笹鳴きや
—戸をあけて屋根　三〇八
—米粒ひかる　三八一
—西国街道　四〇四
—渡り廊下に　四七四
—次の笹鳴き　六二九
笹鳴を　五三九
さざ波の　三六〇
さざなみの　五一七
さざなみ喚ぶ葦　一八二
挿されたる　五九三
山茶花の
—白のたしかさ　一五〇
—白さまともに　一五八
匙音や　五二二
匙音を　二二八
さしかかる　二二〇
坐す牛に　三六五
蠍座を　四〇二
幸とほき　三四
猟夫舟　三六五
五月富士　一四四
さつき先づ　一〇六
五月闇　三八六
雑誌焚く　二四五
雑草に
—風みえはじめ　二六七
—春の気配の　五三八
雑草の
—根に盆過ぎの　四一〇
—先に風ある　四八二
—風に吹かるる　五六六
雑念満ちゐたり　一四六
さつまいも　一一七
錆び音と　二六三
さびしさは　四六
座布団の　二六七
さぼてんの　一八六
さまざまに　四七二
さまざまの
—匂ひに昏るる　五二二
—雲ゆきあひて　六一六
寒き馬　一五一
覚め際の　二七一
白湯たぎる
—なか幻の　二四六
—音となりつつ　五九九
白湯のんで　三二三
白湯をつぐ　三一八
皿白く　二一一
皿叩く　三三五
皿に描く　一八二
沙羅散るや　五五八
皿の艶　二三二
皿割つて　一八四
さるをがせ　四二二
去る鴨の　四四八
さわぐ笹　一五二
爽やかな　六二五
三月の
—終りの紙を　二三七
—下駄箱暗き　三五七
—裸電球　三八二
三月は　五八三
三寒の　五一九
山上に
—肉炙る手や　三一四
—強き燈洩らす　三一四
山上の　四三八
山水の　四二八
残雪の　二一一

残雪や 四四一
山荘の
―門出てすぐに 二二八
―ベランダに居て 三二二
山荘や
―卵がうつる 三三七
―遠眼に白き 四五二
―プリンに霧の 四六七
山中に 二一二
山中の
―霧が緋鯉の 二一八
―殺気うかがう 二三九
―一木に倚る 三一六
―泉におとす 三三四
―花桐にあふ 三八六
―沼を鋼に 四二二
―大鯉に冬 四五七
山中や
―祠に乾く 三三四
―影あるものに 三七六
―芒がくれの 四二六
―薄まみれに 四二九
―日の没るまでを 四五七
―あまたの穴に 四八四
―落葉のぬくみ 五二五
―萩も薄も 五四九
山頂に 三二六
山内図 四五八
桟橋に 四七〇
桟橋を 三一六
三伏の
―岩くぐりゆく 四〇七
―白砂ばかり 四六七
山腹や 三五五
三伏や 四六六
三方に 三一六
山脈や 三三三
三面鏡 五九四
三面鏡に 五二九
山容の 四四三
山霊に 四六四
山嶺の 四三八

し

椎茸の 二七五
椎の樹を 二九一
塩味利く 一八七
潮いたみ 五〇三
塩買いに 二五一
汐木ひろう 一七六
潮ぐもり 三九五
塩胡椒 三二一
潮の香の 三七三
潮の香や 三七三
汐ひきし 三九九
潮待ちの 四四九
鹿刺を 五〇四
四月逝く 五四二
鹿の首 四三三
鹿の眸に 五三三
叱られて 一〇四
閾をすべる 二六六
式台に 四一四
食堂に 四六二
しぐるるや
―すうつと開きし 三七九
―宿のはたきの 三七九
―遠き川面の 四五八
時雨傘 五九六
しぐれ来て 三一八
時雨れつつ 五〇五
地獄絵に 三一三
地獄絵を 五一〇
四五人に 二三一
猪おどし 一七六
猪垣に 五六〇
猪肉食ふや 三八一
猪鍋の 四九八
地芝居の 四三八
地芝居や 四一四
獅子舞が 二三四
蜆殻 二〇七
蜆汁 三九四
蜆舟
―芦のそよぎを 四六一
―ゐて景をなす 五〇七
死者を置き 二四三
四十過ぐ 一四三
四十近し 一〇九
死守したき 六〇八
賤が岳へ 二七六
しづかなる
―時経て夕焼 八八
―母の起ち居も 九八
―扇の風の 四〇九
しづかにて 九二
寂けさを 三一
地蔵会の 六〇二
地蔵盆
―筵にうすき 四八一
―短かき町を 五五九
―路地の奥より 六一五
紫蘇しげる 二八七
舌厚く 四八六
親しみ受く 一二六
したたかに 五六四
舌の上に 三九四
七月の
―家ゆるがせて 九五
―蝶あらあらし 一〇七
―殺気真昼の 五九一
―机漆黒 六〇〇
―刃物沈めし 六〇一
七味屋の 三七〇
七輪の 一四七
じつと見つめる 一八六
室内に 六三三
死とは何 六三四
信濃全山 一五四
地鳴りして 四四六
死神も 五三三
死にたけれ 九三
死に不意に 五二八
死ぬことの 五二九
死ぬ病 六〇九
師の句碑に
―月照る夜の 五四九
―照る満月を 五四九
しばらくして 五三八
しばらくの 五九〇
しばらくは
―塔影に入る 二七一
―笹鳴のみの 五一八
渋団扇 三二四
思慕ふかく 三〇
島のなかの 三九六
島人に 三九七
島人の 三九七
閉まりたる 六二二
緊まる靴へ 一七三
四万十川に 四九三
霜かがやき 八五
霜きびし 四三
下京や 三七二
下京を 三七三

霜白く　二四
霜月に　四六九
霜月の
—水かがやけり　一五八
—近くて深山　三二八
—祠に供へ　四八三
霜の踏切　一六三
霜柱
—牝鶏絶えず　五八
—不意にかがやき　九二
霜深し　六二九
霜降や　三五四
霜除の　三三二
寺門しめ　二六二
寺門出て　三六一
耳門より　二五九
蛇籠より　四七〇
車窓いつか　一一一
車窓より　一一四
遮断機の　一五四
じやんけんの
—石が勝ちたり　三七二
—あいこのままの　六三八
秋翳や　四六九
秋光や　四六九
秋航や　五九四
十三夜　四〇〇
秋水の　二九一
秋水も　四五六
秋水や　二六六
秋扇の　四三七
終戦日　五六六
秋扇を　四三七
楸邨忌　五五七
絨緞の　一五四
秋天に
—雲あり夫を　三〇
—出て服の皺　一二〇
秋天の　三七八
秋天は　三〇
十二月
—遠くの焔　三三一
—緋の緞帳の　三六七
—こちらの本を　五九五
十二橋の　一六二
シューベルト　二六
十夜粥
—ぬくし本堂　一六九
—鉢のぬくみに　三六六
—箸のまはりの　四八三
十薬に　一六六
十薬の　二四八
十薬や　三一三
周遊船　六三七
秋雷を　四三八
秋冷の　二一九
秋嶺の　四三八
樹液噴く　四五三
祝宴の　六〇〇
熟柿落ち　五〇
熟柿掌に　一四四
宿題の　二四五
手術衣の　五七四
朱塗椀　三一九
呪文とけ　二五八
須臾にして　九八
棕梠の葉が　一五四
棕櫚を揉む　三八
春陰の　五三九
春暁の
—焼くる我家を　四二
—樹々焼けゆくよ　四二
—リフトに担送車　一六〇
春月が　一〇四
春月の　八六
春月や　五〇八
春愁の
—夕べを帰る　三三
—まなざし久し　三三
—身にまとふもの　三四
春愁も　一一
春愁や
—着馴れし服の　五二〇
—浜辺の松の　五六三
—大海亀の　六二二
春水の　一七九
春水や　三三二
春雪に　九八
春雪の　二三六
春昼の　一一一
春昼を　五九八
春潮に
—たえずさからふ　一一七
—逆うて竿　三七二
春潮の
—歯並くり出す　二三七
—うねり過ぎゆく　三三四
—幾重も夜に　四四七
春潮や　三七二
春潮を　六〇
春燈の　五二
春服や　三三三
春暮とも　二〇八
春眠の　二三六
純毛の　三一七
春夜の寮　九三
春蘭の　三三
正月の　三五六
障子しめ　四八五
障子張る　一〇二
小雪の　五六八
少年来て　二〇三
少年に　二三三
情念の　九〇
上布着て　四二三
菖蒲の日　五八四
城壁に　二二一
声明に　四三四
城門の
—まんなかくぐる　二六九
—黒きをくぐる　四七七
生薬の　四六九
松籟の
—寺に道中　四〇三
—高きを渡る　四五七
—砂地に長き　五九六
松籟や
—秋の気顕ちし　四八〇
—鴨に平らな　五一三
松籟を　三六四
常緑の　四八八
如雨露より　五八四
昭和終る　四五九
昭和果つ
—真夜の豆腐の　四五九
—かたまつてゆく　四五九
女学生の　一二二
暑気中り　三二六
燭の灯に　四八
燭の炎へ　二七二
書信籠に　四一一
初夜の雁　五九二
書を重く　二二六
書をひらき　二三六
白魚舟　四六一

白壁に　四五
白ラ紙の　四五〇
白粥に　四五九
白粥の　五七六
白粥や　四八六
白菊と　三五
白菊に
―かなしさありて　三〇
―起ち居しづかな　四九
―触れむと農の　一六三
―加ふるものを　四〇一
白菊や　四九
白鷺の　二九一
白露や　五七六
白波と　一五七
白波に
―ひろがる光　四一九
―沖遠ざかる　四四二
白波の
―あちらこちらや　三三七
―立ち上りたる　四七九
―ひるがへる時　五三八
―果に帰雁の　五四〇
―沖に立つより　六三八
白波も　五五一
白波や
―冬の松より　三三一
―筋目立ちたる　四八〇
―泡ののこれる　四九九

白波を　四四〇
城趾に　二六五
白い凪　一五七
白い道の　一七二
白絣
―部屋のまんなか　三八七
―家を出でゆく　三八七
―荒波とほく　四六六
しろがねの
―雨横降りに　四五三
―太刀欲し二月　六二〇
白き椅子に　五五五
白き粥　一六〇
白桔梗　五〇二
白酒の　三三二
白地着て
―蓮池の風　一七四
―山脈の襞　三三六
―抜き差しならぬ　五一一
白薄
―水嵩はげしく　四五六
―狂女いづれに　五八〇
白砂を　四九三
白足袋の　四三一
白蝶の　四四七
白南風や　四六五
白張りて　四八八
白紐の　二八二
白牡丹　五〇九

白無垢は　二三六
白飯に　一四五
皺のばす　二四〇
死を逃れ　一六一
新幹線　四六七
神官の
―遠くを歩く　四一三
―袴にすさる　四六八
神鏡に　四二〇
神鏡や　四〇二
深秋の
―墓域を移る　二九〇
―水に真昼の　四〇一
新樹透く　九八
新樹照り　六二二
新樹ゆき　九九
神職の　三九九
信心の　二九四
神前に　二八一
神前の　三三一
人体に　五三九
新茶の香　六三五
心中に　五七六
身中の　五一六
心中の　六三七
心中を　六〇六
沈丁に　三三
神燈の　二八一
神灯の　三九三

新豆腐
―杉山裾に　二九三
―終りの箸を　三一五
神父くる　三七六
新聞受　一七一
新聞紙
―畳にふかれ　二八七
―濡れて秋立つ　二八九
心棒の　三六九
新米や
―崖の家より　三九〇
―土間に片寄り　三九〇
―蔵の陰ゆく　四〇〇
新米を　三一八
針葉林　三一
人力車に　六三六
新緑の
―なかまつすぐな　二四七
―顔映るまで　二七一
新緑や
―踏切番の　一一七
―鯉のあげたる　四〇六
―水を窺ふ　四三四
新藁の　二六五
新藁や　五三四

す

吸殻を　三三五
水銀の　二四八

水深を　三七五
水神を　四〇七
水仙剪る　一五一
水仙に　四一九
水仙の　五四〇
水仙を
―二三日見て　二四三
―よくよく見たる　四一九
水槽に　五九四
水中に
―滝深く落ち　一〇九
―芯とがる花　二二七
―まつすぐ下す　二六一
―石段ひたり　二七九
―まなこ開けば　三三二
―色鯉鬱の　五八八
水中になお　二一八
水中の　五七五
水中まで　一八二
水亭に　四五一
水滴の　六一五
粋といふ　六〇一
水道管　三〇一
水筒の　一〇三
水面に　二六四
睡蓮に
―外人の声　二六
―一本の草　五二一
―睡る刻来て　五八九

睡蓮の
—一花のために 一四九
—純白のこす 二三〇
—眠りに白馬 五七五
—水に行き交ふ 五八八
スープに浮ぶ灯 一七三
すかんぽの 三〇八
スキー担ぐ 一六三
隙多い 二二八
杉花粉
—僧の行手の 三三四
—かたまり嶺を 五二九
—日輪うすく 五九八
杉木立 三二四
過ぎしこと 五九四
杉の間 一五六
杉のなかに 二八五
杉の間を 四三〇
透き水の 三二一
杉叢も 四二三
杉山に
—斜めの雨や 三六〇
—杉の影満ち 四〇七
—ひびける音の 五三四
過ぎゆくも 五一六
救ひやう 六〇三
スクーターに 一五〇
すぐ全力で 一八〇
すぐそばを 四五四
すぐ横に 三八三
末黒野の 四三三
スケート靴の 一六五
過ごし来し 五八二
すこし古風で 二〇六
少しづつ 六〇一
冷まじや 四二七
鮨くうて 一四四
鮨にぎる 二五九
鮨の香に 二四四
鮨の皿 三九四
涼風の 六三二
薄荒れ 五一三
すゝき野に 五五
薄野や 三六五
芒野や 五二六
すゝき原 五五
薄原 四二五
芒原 五二六
薄原の 三五四
涼しさの 六〇九
涼しさは 三七六
涼しとも 五七四
煤逃げの 五九七
硯洗ひ 二二一
簾かげ 五〇九
巣燕に
—看板の照る 二四七
—天井黒く 三八六
巣燕や 三八四
捨て犬の 一六五
素手素足 六三六
すでにかがやき 一五九
すでに風に 一八五
すでに晩夏 二一八
すでに冬 三九〇
砂つきし 三八七
砂にみじめな 一八一
砂の上に 四一一
砂浜に
—放置の筵 一七五
—一夜放置の 二四一
砂山に 四九九
頭に添はぬ 六二六
頭の中に 五三四
酢の瓶の 三一七
すばやく拭う 一八四
すべて微光の 一六二
須磨琴や 四二二
墨すつて 四六
墨磨つて 二〇四
炭つぎつ 三一
菫まで 二八二
墨を磨る 三六
澄む水に 一四八
澄む水を 二一一
摺り足の 三八一
擂粉木の
—どこやらにある 五〇七
—音のなかなる 五一八
すり胡麻の 五一八
するすると 三三六
すはといふ 五二六

せ

誓子先生 五一九
聖使徒像の 一六九
誓子亡き 五二〇
聖燭に 一七一
聖燭を 四九六
盛装の 一二三
盛装より 一二三
聖堂を 三〇二
青年に 二八七
清明や
—街道の松 四〇四
—砂掻きつづく 四三三
—垣根結はへし 四七六
聖夜劇 二二二
聖夜の伴に 六一八
青嵐や 六〇九
施餓鬼僧 三一五
石筍に 四一四
惜春の
—竹の幹うつ 二六〇
—目の前に垂れ 三〇二
石上の 五九
石像の 一八六
石庭に 四五七
石仏に 二一一
勢子の縄 四〇〇
雪渓に 三一〇
雪原の 三〇六
雪原や 三九二
雪中に 三九二
雪中の
—深処をくぐる 三九二
—鷺に遠き灯 四九八
節分や
—柱のかげに 三三一
—納屋におぼえの 四三二
雪嶺出て 三二一
雪嶺に 四八六
雪嶺の
—ことごとく昏れ 三二一
—青く震ひぬ 五五三
瀬にのつて 一七四
蟬声に 二八五
蟬時雨
—夫のしづかな 二六
—熱の掌を組む 三五
蟬しぐれ 五七四
蟬絶えて 五七九
蟬美し 六一〇
蟬ないて 二七七
蟬なかぬ 三六一

蟬なくや　四四
蟬の穴　五三三
蟬の穴に　四七九
蟬の窓　二〇三
蟬の森　四六七
蟬の夜の　三五
蟬はげし　四三五
芹の水に　二三五
芹の水へ　二五九
セロファンに　二三一
前衛花展の水　一六三
全景の　二六七
線香の　三七四
戦後脛　一五一
船室の　二二〇
全集の　四六〇
浅春や　三五八
禅寺の　五八九
先頭の　二八三
船頭の　四七九
栓抜きは　三三二
膳はこぶ　三七一
膳ひとつ　三九三
ぜんまいの　三〇一
洗面器に　三八五

そ

僧衣より　四〇七
窓外に　二一六
蒼海の　三九五
葬家出て　二〇八
双眼鏡に　二二四
僧消えて　二一八
総毛立つ　二六〇
雑炊や
―人の働く　三〇六
―遠き一樹の　三九〇
―他郷の月の　四二八
送電線に　一七七
葬半ば　三八七
僧のあと　三三三
僧の衣の　四三四
象の皺　三三三
僧の頭の　二八三
僧ひとり　二八〇
僧房や
―囀りの木は　四〇五
―松の根方も　四六二
爽籟や　四九七
爽涼の　四七二
ソース瓶　三〇四
そこここに　四五六
底知れぬ
―井戸をのぞけり　五五六
―水湧き出づる　六一三
底にとどく　一六二
底にまだ　五三七
そこまでは　二七四
袖ぬける　六一六
その上を　四〇八
その次は　五三二
そのなかの　三一八
そのままが　五二三
そのままで　六二二
そば通り　二九三
傍に来て　五八〇
ソファーに　二六八
ソファーも　五五一
祖母の声も　二〇七
杣人の　二八六
そよぎだす　二六二
空青し　六一八
空に凧　一一五
空に散り　六二一
穹を視る　二一七
剃りあとの　二九
それぞれの　三八三
それらしき　五四七

た

ダイアナの　五五八
鯛あまた　一六六
対岸の　六三九
大旱の　一〇一
大寒の
―河みなぎりて　三八
―古りし手鏡　三九
―影を正しうして　九〇
―乾ききつたる　九一
―屋根の歪みや　一四三
―爪むらさきに　一五九
―鏡影のみ　一六三
―松の辺りの　三〇七
―木々にうごかぬ　三二一
―山中にして　四七三
―ここはなんにも　五一五
大寒や
―鴉翼を　九七
―家のまはりの　一五二
―魚の容ちに　三〇七
―起きぬけに見る　三六八
―白布を覆ふ　三九三
―静かなる世に　五二八
―野のはるかまで　五五二
―風より先に　六一九
太鼓橋　三〇二
太古より　六〇四
大根馬　二六七
大正昭和　六〇六
大正の　六二六
橙の　二三四
颱風外れ　一二〇
大仏を　四六六
大木の　五六
太陽の　五三三
平らかに　一一二
平らなる　六一六
耐へがての　三三二
絶えず動き　二三〇
仆れたる　四九五
高からぬ　六二六
高き縁　三六六
高く咲き　二三九
多佳子忌の　二七四
駄菓子屋の　二三七
誰がために　五四
鷹の眸の　五五〇
高笛に　五二三
鷹舞ふや　四四五
鷹渡る　四四〇
滝おちる　二五〇
滝音の
―圏内去らず　二一一
―しばらくありし　四〇八
滝音を　五二四
滝涸れて　四七五
薪割る　一〇三
焚口は　三一九
滝壺の　二五〇
滝壺を　二四一
滝どつと　一〇八
滝となる　六二三
滝にのみ　一五五
焚火あと　二八二
滝水の　二四一

他郷にて
—懐炉しだいに　一一六
—駅の煖炉に　一二四
—しきりに鰡の　五九四
卓燈の　四七九
卓にくばる　二二一
卓布より　四三七
竹一本　四一九
竹皮を
—ぬぐを見てゐる　三八六
—脱ぐひとときの　五三一
竹の皮
—ひらと地上に　三三五
—落ちてしばらく　二四七
筍飯　二二六
筍を　三〇九
他家の猫　一〇八
竹の幹　三六三
猛る鴫　九四
凧糸の　二四二
蛇笏の忌　五九二
蛸壺の　五二四
たしかめて　五八二
田仕舞の　三一八
黄昏の　六二四
佇みて　四九七
ただならぬ　四九五
畳の目　九二
畳踏む　一七九
たたみ目の　一二三
畳目の
—限りなくある　二八七
—こまかき昼を　三九一
畳より　四六三
ただよう秋陽と　一八二
立ち坐り　四七二
たちまちに
—あられ過ぎゆく　三九
—海鼠のつくる　五二五
佇つ影の　二七二
立つ鷺も　四五四
翔つ鳥の　三〇一
立つ波の　四四八
立鏡　五五七
立山の　五〇〇
たてよこに　四六四
佇てる吾を　二二二
棚の奥に　五一九
棚の柚子に　二二一
七夕や
—孫なき母が　一〇〇
—風のしめりの　二七五
—雨たしかめる　二七五
—いつもこの日の　五五七
谿音や　四〇八
谿川の　五八〇
谷底の
—雨霽れてゆく　三八四
—落葉となりて　五九八
谷水に　一一二
煙草屋を　三七五
旅一夜の　一七六
旅にて使ふ　一二四
旅人も　三一一
旅人われに　一二六
魂遊ぶ　五一九
たまさかの　九七
魂は　五七八
玉椿　二一三
魂のなき　六二一
楤の芽や　五〇〇
誰彼の
—声のやさしく　二六六
—わが前よぎる　五〇七
田を鋤いて　一六六
断崖や　二八四
団子食へば　一五四
段差なき　六二九
短日の
—湯にゐてとほき　三三
—薔薇白々と　二四
—楽屋を走りぬける　二九二
—巻尺もどす　三一九
男女歩む　一一五
誕生日　二五
誕生仏　五九九
丹波路の　五五九
煖炉ぬくし　一〇三
煖炉もえ　一二三
暖炉燃え　二三四
煖炉より　九八

ち

チェンソーの　五六二
違ひ棚に　六三九
近くなる　五五三
近くまで　三〇五
乳首より　六三
竹林に
—春日射す何時　九三
—暮春漂う　二一〇
—寒気流れる　二一三
—一夜の露の　四八〇
竹林の　四〇五
亡父に似る　六三
父も夫も　一四三
地に憂ひ　六二一
地にこもる　五五一
地に添うて　二〇五
地に日数　五八六
地に触れて　二九〇
地の底の
—音をおさえて　三三一
—燃ゆるを思へ　四四二
—鯰に聞きたき　五八六
—烈火を憶ふ　五九六
巷に音　一六〇
緻密に冷える　一八二
茶漬屋の
—閾の端に　四六六
—一隅にあり　四六七
茶の花や　三七九
茶の花を　三一八
茶柱の　四六五
卓袱台の　五二二
卓袱台を　三九三
茶店透き　三〇二
茶屋の昼　二六四
中天に　八九
中二階へ　四三二
中腹に　二九五
中腹の　五一四
チューブより　三九三
厨房の　二二八
蝶あまた　五六四
蝶容るる　一一八
長考に　六〇四
長考は　五二五
丁子屋の　五一七
頂上に　二五八
頂上の　二九〇
知世子夫人　五一〇
散らばやと　六〇〇
塵あまた　五八七
塵として　五七一

治療には 五七七
散るさくら
—孤独はいまに 五二
—水の張力 六一一
散る花は 三九八
地を展べて 二八八
枕頭に 六〇四

つ

衝立の 四九七
ついて来る 一八一
つきあふには 五八二
追儺会の 四六〇
月あかり 一七八
月浴びて
—きし身をあつき 九六
—歯の根をあわす 二五七
月あまり 二一七
月出でて
—ほのと泛きたつ 四一四
—海峡をゆく 六一七
月映る 三七六
月白く 四二七
つぎつぎと 六一九
月に還り 六三四
月の湖 四一三
月の湖と 三五五
月の航 三七八
月の出て 二八九
月の出や
—桟橋を人 四一四
—しきりに別の 四七〇
—威儀を正せる 五二三
月の中
—透きとほる身を 八九
—板一枚に 三七八
—わが魂いまは 五七八
—航く白き舟 五七九
月の中へ 五二三
月の斑や 五六
月の街 四七
次の間に 五五九
月の夜の
—枕ひきよせ 六三
—貌の映らぬ 五五〇
月の夜は 五三四
つぎの世は 五八四
尽き果つる 六二二
月日なき 五〇一
月見草 二一二
月見団子へ 一五八
月を待つ 四一三
蹲踞に 六三一
辻よぎる 二七六
土に低く 一四四
土の上に
—山の音きく 四四〇
—何やら動く 六〇六
土の匂いの 二一一
霾や 三八二
土を掘る 四〇五
謹しみしるす 五八八
つつじ山 二二五
鼓の音 三九七
勤め憂し 一〇六
つながれて 一五六
つながれる 二一四
綱の鵜に 五〇九
綱ひけば 二五〇
常着で佇つ 二五九
常ならぬ 五四一
角伐らる 四〇〇
角伐りや 四〇〇
椿落ち 三七〇
つばくらめ 一八〇
つばくらや 四四九
燕に 五二一
燕去ぬ
—湖の真上や 四一三
—波の幾重に 四一七
燕来る 二一六
壺暗く 二一三
坪庭を 四六六
坪庭に 五三一
壺の口 四一〇
壺の蜜 二八八
壺ひとつ 三七一
夫恋へば 三一
夫とゐて 三四
夫とゐる
—やすけさ蟬が 二六
—幻のなか 三四
夫なくて 一〇二
夫なしの 八七
夫ねむり 二七
夫の忌の
—時雨に逢ひし 四七
—時雨しみたる 四七
夫の忌を 四七
夫の咳 二七
夫の脊に 二八
夫はなし 一一〇
夫逝きぬ 三〇
積まれたる 四一三
つめよりし 四九三
梅雨いく日 一〇六
梅雨以後の 一八〇
梅雨鏡 一四五
梅雨釜や 五四八
梅雨鴉 五一〇
梅雨曇 五六五
梅雨昏し
—死魚洗はるるを 五四
—腰揺りて牛 一〇六
梅雨くらし 九五
露けくて 四一二
露けしや 四一二
露しとど 三八八
梅雨じめり 五三
梅雨大樹 五八九
梅雨近く 六三六
梅雨ちかし 一〇〇
梅雨蝶の 五八九
梅雨長し 一〇〇
梅雨のあと 六二五
梅雨の家 八七
梅雨の石 一七九
露の駅 二〇六
梅雨の釜 五四八
梅雨の河 四九三
梅雨の車内 五六五
梅雨の底 一一八
梅雨の旅 二八四
梅雨の蝶 一一八
梅雨の月
—てらすは樹下の 六二
—いま泉わく 一〇六
—志賀のみづうみ 五七二
梅雨の鶏 一一七
露の戸を
—開けて掌にのる 二七六
—敲く風あり 二七八
梅雨の中 一六一
露の簷 四八〇
梅雨の柱を 二四八

露の葉の　二七七
露の玻璃　四二五
露の灯の　二七八
梅雨の窓　五三
露の道　四一三
梅雨の山の　四三六
梅雨の夜の　五四
露の夜の
—灯りに巫女の　四六八
—紙燭に裾を　五一一
梅雨晴れ間
—小さき鏡に　一〇〇
—生きていて足袋　一六四
梅雨日落つ　一五六
梅雨ひと日　五四
梅雨ふかし
—きざしそめたる　一一八
—こころに戒を　一一八
露ふかし　四三九
梅雨前の　五七二
梅雨真闇　五一〇
梅雨夜更け　一〇六
つよき火を　一〇七
吊り鏡　二二八
吊鐘を　四五四
吊革を　一七九
釣人の　三一五
吊し柿　二九一
つるす衣の　二六三
蔓の間　六三二
つる細き　三七七

て

泥眼を　五九三
手入すみし　五九七
手打つ音　三七九
手鏡の
—指紋浮きでて　一一一
—顔にも西日　二〇三
手かぎがつるす　一五〇
木偶の目の　四一四
手漕ぎ舟　四七九
凹凸の　一四六
手摑みの　三六六
鉄材を　八七
鉄燭の
—壁に影おく　二八九
—春の灯と　五八五
鉄塔の　一五〇
鉄の扉に　四三四
鉄の扉の　三九五
鉄鉢や　三七一
鉄瓶の　二七〇
鉄門や　三五七
でで虫や　三六一
手に触れし　五〇三
手拭の
—片寄り吹かれ　二三七
—まるめおかれし　四七〇
手拭は　五九
手の影の　二三九
掌のしめり
—さぼてん午後の　一八六
—箸にうつして　二一〇
てのひらに　三三二
てのひらの
—水の珠玉よ　二〇九
—大きくて柿の　二五八
出番待つ　三六五
手拍子や　二七三
手袋に　一四三
手も足も　一五二
寺うちの　三五三
照らされて　六三四
テラスより　四二一
寺田屋の　四五〇
寺深く　三一三
寺箒　五六八
寺を出て　二八九
照り戻る　一六八
耀る波の
—玻璃にひびける　一四七
—岬とりまく　三三六
テレビより　六二八
手を打つて　一七三
手を搏つて　二六八
手を貸して　四六
手を触れて　三〇一
天気図に　二二四
伝言板　三〇四
天守への　五一三
天井に
—水の明るさ　二三四
—日の斑ゆらめく　二九三
天井の　五八一
天澄むに　三〇
電線を
—めぐらす菊人形　二三二
—闇に走らす　二三三
—ひつぱりあつて　三五八
天高き　六〇二
電柱に
—手を触れてゆく　三〇三
—厄日すみたる　四九五
電柱の
—かたむき映り　二六二
—昼のさびしさ　二六三
点滴の　五七四
天と地の　五八三
天の肌目　一一九
天の隅　一一一
天の蟬　八八
天はいま　五九五
天窓の
—昼のひかりや　三一九
—光り囲りに　四五〇
天龍わたる　一五一

と

籐椅子に
—なびく隣家の　二一〇
—新聞いつも　五五六
唐辛子　四一二
堂くらし　四二六
冬至の陽　二二三
冬泉に　六二六
冬扇の　六一九
燈台の　一六七
陶枕に　三九七
陶榻に　五〇八
礎の雨　四三六
塔の陰　五七一
倒木や　三〇六
燈明の
—裏側流れ　二七二
—ひとりでに消え　二八一
—まわりが空いて　三三〇
—芯さみどりに　四九九
燈明や　三三一
冬眠の　二九二
冬麗の
—まんなかにある　二九二
—富士へ草の根　四七三
—気高き馬を　四七四
冬麗や　五九四

蟷螂に 六三
燈籠を 五六〇
遠い炎が 二二四
遠祖の 二五一
遠泳ぎ 三〇三
十日経て 二八二
遠蛙
—あやふき木橋 五三一
—田の面は翳り 五三二
遠き音 四四二
遠き白帆 一六五
遠き灯の 四〇八
遠き舟 五九六
遠き世の 四七七
遠きより
—見る月明の 一四四
—波いく筋も 三五七
遠く来て 五八五
遠く去る 二五九
遠くほど 二七七
遠く見え 三六六
遠くより
—二月の海の 三六九
—引返しくる 四〇一
—影うごきだす 四〇二
—荒波の舌 五〇〇
遠ざかる 四五五
遠白波 五六三
遠雪嶺
—深き庇に 一七二
—鉄扉ひらいて 二五八
遠蟬の 六三七
遠嶺に雪 二〇四
遠嶺より 二九五
遠野火に 一八七
遠花火 四九五
遠雲雀 一八六
遠富士へ 四六五
遠松風 五三六
遠山に
—雲ゆくばかり 四三
—日ざし衰ふ 一一〇
遠山へ 二四六
遠山も 二六五
通りすぎ 五七
鋭き秋風 一六八
時かけて 五三四
時々は 三〇六
ときどきは 六二〇
時ならぬ
—吹上御所の 四五九
—谿の時雨や 五九六
読経の座の 三三五
渡御の前 一六八
毒茸や
—水面いくども 二七九
—出口一方だけ 三六四
毒茸を
—掘つて真昼の 二五七
—踏むが煙の 四九五
どくだみへ 二八五
解く舟の 三〇五
溶くる霰 五九
時計師に 二三一
時計鳴り 二六一
どこからか 五七〇
とこしへに
—花降りつもる 四三三
—地球はありや 五二八
どことなく 五〇七
どこにでも 五一五
床柱の 三〇七
どこまでも 五五五
心太
—蝙蝠傘を 四〇九
—みづうみ遠く 四五二
ところどころ 一六四
土佐に入る 五六三
登山駅 三一〇
年終る 二四二
歳の市 三八〇
年果つる 四九七
年寿ぐと 五五一
年迎ふ 四七三
年逝くと
—しづかに満たす 一二二
—鮓平たく 五二六
—山の気こもる 五五一
年逝くや
—闇にをさめし 四四三
—海鼠は海鼠の 五三六
とつおいつ 五七三
徳利の 三〇四
徳利を 五六七
突風や 五七一
怒濤音 五三八
とどきたる 四五五
整へる 六三〇
ととのわぬ 三一五
とどろきて 一六二
とどろきの 二四〇
戸に咲く昼顔 一六八
どの家にも 九〇
どの家も 五三五
戸の内外 一二〇
戸の隙に
—青麦光り 二四八
—婆の脚見え 二六四
—雨の一本 四八二
扉の前に 六二五
どのやうな 六二四
鳶ないて 九八
土瓶より 三一七
飛ぶ雲に 一六五
飛ぶ鳥に 五二六
飛火野に 四八六
飛火野の 五六八
飛ぶ虫の 五八四
土塀より 三〇二
飛べど飛べど 八九
乏しきに 三八
土間移る 二三七
土間に入る 四八七
土間ぬけて 二一七
土間の靴 二七八
土間深く 五〇一
左見右見 五七三
点したし 五一三
ともしびの 四六
纜を 三九二
共に焚かれ 二二一
友舟の 三七五
鶏屋さわぐ 三二四
土用波
—へだてプールに 二四〇
—帆船瓶に 五二二
どよめきの 六二四
トランプを 三五九
鳥一羽 三二一
鳥帰る
—机の角に 三二四
—海峡の灯を 四四七
鳥けもの 三一六
鶏小屋に 三七七
とり立てて 六〇一

鳥とぶや　三七七
鳥とんで　二九二
鳥の巣に　六〇七
鳥の巣や　三七二
鶏の血を　一〇二
鶏の羽　二九五
鶏の胸　三八四
鳥放ち　四四〇
鳥渡る
—ここら一面　三七六
—筆の穂先の　三七七
—野のまんなかの　四一三
どれだけと　五九一
戸を開けて　三六九
扉を押せば　三六五
戸を閉して　三九〇
どんぐりの　二四二
曇天の
—ひくき揚羽を　一〇〇
—山深く入る　三九四
とんねるの　四七五
丼の　三九〇
とんぼためらう　一七五

な

ナースの眉　五七四
地震あとの
—高声寒の　五二七
—声松過ぎの　五二七
—春待つ顔を　五二八
地震知らぬ　五二七
地震の国に　五八六
苗売の　四二一
苗木売り　二七一
なほきこゆ　五六四
なほ励む　一〇八
直哉旧居の　四六九
永き日の
—「羽衣」を舞ひ　三七
—鼓きこゆる　三七
—寡婦にびつしり　六〇
中京や
—水を打つたる　四〇五
—川瀬の音も　四六三
長靴の　三五九
流し雛　三五八
長簾　五三一
中空に
—とどまる凧も　九〇
—相寄り昏れる　三一〇
—富士も日に倦む　四六五
半ば閉ぢ　四〇七
中辺路の
—一樹のもとの　五〇三
—山にこだまし　五三四
中辺路や　五〇三
中ほどを　五一三
眺むると　五二一
長屋門　四一四
流れつつ　六二三
流れ藻や　五〇六
流れゆく　三九四
なきこもる　一六五
亡き父も　五七五
亡き夫に　一四八
亡きひとに　五〇七
菜屑より　五三七
啼く蟬の　四〇八
鉈つかう　二一一
菜種咲けば　二〇五
菜種梅雨
—念仏の膝　三〇一
—灯明の輪を　三八三
夏暁の　一四九
夏暁や　三九六
夏あざみ　六二五
夏うぐひす　一四九
夏海昏る　一四九
夏落葉　三六〇
夏終る　五六六
夏神楽　三一五
夏霞　六二五
夏鴨の　五七二
夏鴨や　五三〇
夏木より　三九六
夏霧の　二六三
夏草の
—根元透きつゝ　四五
—丈に夫婦の　二二八
夏雲や　五四
夏潮を　三九六
夏潮や
—芥かがやく　三八七
—藻屑寄りたる　四七八
夏芝居　三〇九
夏空へ　六三二
夏立つと　五二〇
夏足袋の　四六八
夏燕　三八八
夏点前　二四一
夏怒濤　六三五
夏の暁　三三六
夏の海　六二五
夏の月　三三五
夏の灯の　六三五
夏の真夜　六三五
夏の餅　二八七
夏の闇　六三六
夏野ゆく　六三三
夏の夜の　六三五
夏萩に　三八八
夏柱　四五〇
夏祓　四五〇
夏火鉢　三〇三
夏灯呆と　六三五
夏富士の　四二二
夏帽子
—揺れ馬の背の　四〇六
—ホテルは扉　四三八
夏帽の　三六二
夏蜜柑　一〇五
夏館　三七五
夏山の　三八五
夏逝く地　二〇六
夏逝くや
—ガラスの奥の　四九五
—藻の青青と　六三五
七草の　四五九
七草を　六〇五
何思ふ　五三六
何事にも　五〇四
何ごとも　五〇六
何すべく　一〇二
何もゐぬ　五二四
何もかも　五九八
何もなき
—海見つくして　四四六
—壁を照らして　五八七
何やかや　六〇三
菜の花に
—裏戸はいつも　五一
—日月淡し　一四三
—白波のよく　五四〇
なびく芒の　一五四
ナプキンの　二七九

鍋に煮える　一七八
鍋の焦げ　五四一
鍋の中に　一一六
海鼠から　五二五
なまこ濡れ　一八一
なまぬるき　二四
波音に
—唐黍を焼く　二七五
—応へし幹や　五〇六
浪音や　五八三
浪がしら　四五一
波白く　九五
波の上に　五五三
波の穂を　五五一
納屋までの
—往き来に母の　二二九
—道の凹凸　四五二
奈良扇　四〇七
奈良格子の　四六二
奈良坂の　四一一
奈良の鬼　五〇八
奈良の梅雨　五二一
奈良の昼　五三〇
奈良盆地　四九八
寧楽山や　四六二
容変へぬ　四六五
鳴る前の　三九八
なればなる　六一七
縄一本　二二一
苗代寒
—黒塗りの膳　三二四
—紙の散らばる　三三四
縄垂れて　二七四
縄張りの
—なかの飲食　二七八
—縄新しき　三九〇
南国の　四九四
何といふ
—ことなき昼の　五二五
—ことのなき日の　五四二
なんとなく　五五四
何となく
—山の容を　三七六
—佇てば秋草　五九二
何の荷とも　六〇八

に

匂いなき　三一六
匂う百合へ　一八二
鳰くぐる　五三四
鳰遠く　一五六
二階から　二六五
二階踏む　二五八
二月去りゆく　五六三
握りしむ　二九
肉購いに　二三九
肉親に　二八七
肉声と　六三九
荷車の
—音きくも河岸　一八四
—消えるまで音　二二四
煮凝の　五八一
煮凝りを　四七六
濁り声　二五八
濁酒　四八三
濁る水は　二〇三
二三日　四四八
錦絵の　三七二
西日さし入る　一五三
西日つよき　六三七
二千年
—終る門　五九六
—過ぎたる夜々の　五九七
日没や　四九六
日曜の
—素顔の一家　一五六
—眼鏡おかれて　二一五
日輪は　三三〇
日中の　二五九
日本の　五九一
二の膳や　四八四
荷のなかの　三〇四
鈍色の　四六一
日本海の
—寒浪一滴　一二五
—色きびしすぎ　一二五
—端に網投げ　一七五
女体の香　一〇六
女人の袖　一五七
女人寄り　一〇一
庭石に
—梅雨明けの雷　四四
—うごく灯影や　四二九
—何時よりの苔　六二九
庭石の
—耀る日もなくて　四三
—濡れはじめたる　五九五
庭石は　二一四
庭石や　四一〇
庭先に　五八五
庭隅の　二九三
潦の　二四四
鶏の
—おちついてゐる　三八四
—とさか珍らし　四七〇
二ヶ月は　五八三
人形の　五六三
人間を　五二八

ぬ

ぬきんでて　三〇二
温みある　二七九
抜け道の　四八四
沼あをく　四二六
沼の水　四二四
塗り膳を　二六七
塗膳を　二八四
塗椀の　二二五
濡れ色の　五八二
濡れ傘を　二二五
濡れし櫂　一六二
濡れづめに　五九九
濡れわたり　一〇六

ね

ネグリジェの　五六一
猫の貌　四〇九
猫の胴　三五六
寝ころぶや　三七三
熱少し　三五
臥て過ぎし　一六〇
ねばならぬ　五九五
涅槃会に　二七二
涅槃会の　三〇一
涅槃会や　三五八
涅槃図の
—亀の歎きは　三三三
—裏側をゆく　五六三
涅槃図を　四八七
涅槃像　三三二
涅槃像の　三三三
眠りゐて　四八七
眠りが日課　一五九
ねむりつぎ　二八四
眠る山

—目覚むる山も 四六三
—けものの柔毛 四八四
眠れねば 五七四
臥るときの 一一一
念仏の
—地を這う声に 二一八
—たゆたひてゐる 四八八
念力の 六二九

の

野遊びの 二〇八
能面を 三七
軒借りの 二七一
檐深く 二四九
野菊咲き 三五
鋸を 三六三
残り鴨
—水を出てすぐ 三九一
—かすかに鳴きし 五七八
後の月 四二七
咽喉いたむ 一七一
野に出づる 四四
野に蜜の 四九三
野の草の 三八八
野の涯 五八五
野の果まで 六〇五
野の果を 三〇九
野仏に 一八三
飲みさしの
のみ干す酒 二〇五
野分中 四九
野をゆくや 四〇

は

羽蟻出て 四七九
廃線路 三一三
梅林出て 二二三
梅林に 一七二
梅林の 四二〇
梅林を
—額明るく 三三
—音通りぬけ 二一五
—出て薄紅の 二六〇
葉裏より 四三六
南風の中 一七五
翅音して 二七五
はかなさは 五三二
墓の前 二九一
墓めぐる 一六九
墓山の 二七一
萩こぼれ 二六六
掃き出して 二一三
萩の辺り 二六六
萩の風 三一七
萩の葉の 六三
萩叢に 二一九
萩叢の 二六七
萩叢を 四三八
萩わけし 四一二
白雨きて 四六七
白雲の 二三九
麦秋や 三一五
白紙より 二七七
剝製の
—雉子に玻璃ごし 二〇五
—鳥に四隅の 二九五
白扇や 四二三
白線を 五八八
白昼の
—くらきところに 一一四
—牡丹遠見に 二〇八
—水色匂う 二三五
—風ふきかわる 二八四
—松を目指して 三九八
白鳥に 一二六
白鳥の
—声のなかなる 四四七
—白鳥らしからざる 四四八
白桃の 三〇三
白梅に 三一
白梅の
—かゞよひふかく 三一
—耀りまさりつゝ 三一
—ほとりこまかき 三九三
白梅を 五六三
白髪の 二五一
白布の下の 二〇四
薄暮にて 九六
薄明の 四三一
薄明や 三三三
白蓮に 五七七
白臘の 五五九
白露かな 四八二
白露の日
—神父の裳裾 二七八
—海の平らを 三一七
—石段ひとつづつ 三九九
箱階段
—下りる足音 二九三
—夏足袋白く 四四九
箱庭に 三一七
箱庭の 三七四
箱の中の 二一四
運び来し 五六九
葉桜の 五二
葉ざくらや 五〇七
稲架日和 四七〇
橋裏に
—灯色動かし 二三二
—光のあそぶ 二七四
薑や 三一四
橋際の 五三〇
橋越えて 四二〇
梯子出せば 一八六
梯子より 三一六
橋過ぎて 三三〇
橋の上の 二六二
箸墓に 五〇九
はじめより 五七九
馬臭あたたか 一七七
柱時計 二三九
走るほどの 五九五
奔るもの 二二四
蓮池の 四三六
蓮の花
—古陶は土に 四三六
—地声の人の 五七二
蓮の葉を 五七五
蓮の実の 四二六
蓮ゆるる 四五一
鯊の舟 四二八
鯊舟に 二七九
はたはたの 二七六
八月の 五一一
八月や
—兄の帽子が 五一一
—闇に集る 五五八
八月を 三六二
蜂死ねり 六二
八十の 一五九
蜂の縞 六二
爬虫類と 一六二
はつ秋の 二七七
初秋の
—肌へさやらに 三七

—草のかこめる　五九二
初秋や
—人のうしろを　二七七
—ひとの蹠の　五九二
—ひそめるものの　六三七
初午の　三五六
初午や
—物音ひびく　二五九
—白波つづく　三〇七
—結び疲れの　三三一
—灰かぶりゐる　三五七
初扇　五二一
初鏡　六二八
初霞　五六九
初東風に　四七三
八朔の　四二三
八朔や　四三八
初桜
—水中を泡　四九九
—空気つめたく　四九九
初霜や　一七一
初蟬や
—水面を雲の　四二
—かがやきそめし　九九
麨や
—金色の陽の　三二六
—イランイラクを　四八〇
初旅の　五六二
初旅や　四七三
初蝶に　五五五
初燕　六三二
初凪や
—裏戸より鶏　三三〇
—傘を背負ひし　四四四
—天変地異の　五一五
初夏の　四六三
発破音　二三三
初日出づ　六二八
初日出で　五六九
初日射　五六二
初日さす
—戦後の畳　一一四
—深熊野青き　五〇五
初日の出　五〇五
初日待つ　三三〇
初富士や　四三一
初舟出　四三一
初冬の　四八一
はつ冬や　二八〇
初冬や　四三九
初御空
—空より一本の　二三四
—空いよいよ命　五六一
—空よりの光は　六二八
初詣　五八二
初詣の　三〇六
初雪の　二四三
初雪や　六〇五
初夢の　五五二
初夢や　四五八
初湯より　三八〇
初笑ひ　六一九
果てるころ　二六六
花筏　六二一
花筏と　五〇一
花篝　四〇四
花影や　六三一
花かるく　六三一
花桐と　二一〇
花桐に
—まひる物縫ふ　二九
—すでに脈打つ　二二六
花桐の　三八七
花ぐもり
—臓腑おもたき　八六
—庖丁きれぬまま　九三
花曇り　四七六
花咲いて　三八三
花菖蒲
—夕べの川の　四四
—多佳子横顔　一七九
—多佳子いづくに　五九九
花芒　二六五
花種を　二四七
花散るや
—あの世の湖も　五七〇
—われにかかはる　六三一
花遠く　六〇七
花どきの　四七七
花の駅　一一七
花の咲く　二九六
花の下　五〇八
花のなか
—太き一樹は　三五九
—魂遊び　六〇七
花の中
—みなおろかなる　九三
—うづ高き書は　四七六
—鐘真黒な　五〇一
—わが身も水を　五二〇
花のなかに　四三三
花の日々　三四
花の窓へ　五四一
花の道　三四
花の夕　二五
花火あと　四五二
花冷えの
—夜は眼をひらく　二三八
—壺が吸いこむ　二四六
—箱に音する　二八三
花火消え　一一九
花火消えむと　一一九
花火の下　六三七
花火果て　六三七
花火待ち遠し　一一九
花びらの
—ときに入りこむ　三三三
—階段に散り　三五九
はなびらの　六二一
花びらを　二四五
花吹雪
—いづれも広き　九二
—をちこちに声　五〇八
花祭　三八三
花祭りの　四〇四
花御堂の　四八八
花八つ手　二三三
放れ鴨へ　四〇三
花を待つ　五四〇
羽根透ける　九五
母生れし　一四九
母寝ねて
—より寒月の　九一
—雪の厨に　一五一
母老いて　五五
母こぼれ　八八
母子睦む　二八
母慈眼　一一八
羽ばたいて　三九九
はばたきて　六三三
羽ばたきの
—あとさみどりの　二六一
—音をかさねて　二九一
はばたく蛾の　二〇三
はばたける　三八九

母起ちて 九一
母ときて 四一
母と娘に 一〇五
母と娘の 四六
母とへだつ 一八七
母とゆく 三四
母とわれ 九〇
母ねむり
—無月の空の 四三
—それよりつづく 二三九
—葛湯さめゆく 二四六
母の寝に 二三七
母の顔 四四
母の髪 六二
母の忌の 二七一
母のこゑ 三八
母の視野の 一六一
母のせて 三三五
母の魂 二四五
「母の日」の 一四九
母の日の
—母のこまかき 一一二
—レモンを飾る 二四六
—ゆるき大川 五八四
母の辺の 二三八
母へ濁す 二三六
母細眼 二四五
母病むや 四五
母病んで 二一七
母指さす 一四五
歯刷子に 三〇一
歯刷子の 三三三
葉牡丹や 三二〇
葉牡丹を 二六八
蛤は 三七一
浜花火 五七三
浜昼顔 四七八
破魔矢受く 三六八
浜焼の 二六一
鱧ちりや 五〇九
はや朝の 一二一
早潮に 六二七
早立ちの 四一二
早鞆に 四二七
薔薇園の 二九六
同胞よ 四八六
薔薇挿せども 一四五
薔薇展の 一一九
薔薇館 三六四
玻璃いっぱいに 一七〇
玻璃うちに 四五九
巴里祭 五二一
玻璃しばしば 一四七
玻璃に雪 二九五
玻璃のなか
—息あたたかく 一二五
—湯気こもらせて 一二五
玻璃へだて 三一七
玻璃を打つ 三二四
春霰 九一
春落葉 五八五
春来るや 六〇七
春寒の 五五四
春寒や 三三二
春雨来て 一六〇
春立つと 四七三
春立つ日 五五三
春立つや 六二〇
春近し
—水輪のなかに 五〇六
—日陰の笹の 五五二
—九官鳥の 六〇五
春遠し 六〇七
春怒濤 二二四
春灯 五四一
春の石 五七一
春の海 八五
春の風
—荒し今日より 八五
—よんどころなく 五四一
春のくれ 八六
春の暮
—川幅を水 二〇九
—われに家路と 六〇八
春の航 五五五
春の島 五四〇
春の土 二六〇
春の地震 五八六
春の虹も 一六一
春の昼
—匙おちてよき 一一一
—自縛の縄の 二三七
春の水
—もののあはれは 五二〇
—美髯の鯉の 六三一
春の山 四七六
春の闇 九八
春の夕日 六〇
春の雪 一七九
春の夢 四四七
春の烈風 一六〇
春薄明 一六〇
春疾風 三七二
春日向 一一二
春ふかく 二五
春ふかし
—深山の樹々の 四六一
—芝の平らに 四六二
春帽子
—その庇より 二〇六
—水辺の女と 四七五
春帽子の 二〇八
春未明 一六四
春めきて 六〇七
春夕べ 一六〇
春夕焼に 一四八
春逝くや
—高きところに 三七一
—ダルマカレイに 五七一
—砂の上なる 五九八
春を惜しみ 六二二
春を待つ 五六九
パレットに 一六九
腫れて顔 一五八
ハンカチを
—敷き緑陰の 二三八
—ていねいに折り 三〇八
盤石に 二三一
晩春は 六二四
晩成の 四八七
晩霜や 五一八
晩年の
—月日聳える 二七五
—思ひとはこれ 六〇七
万物の 六〇五
晩涼や 一四三

ひ

日あたりて
—備前備後の 三八八
—ひじき採りたる 四七八
日当るや 五三九
ビールほろ苦し 一一七
緋色より 三三〇
比叡の灯に 一一二

冷え土間を　二四一
日覆の
—はためきつづけ　二八八
—なかに残りて　三八七
氷魚といふ　五三六
碑面に　四三四
日おもての　二二四
火掻き棒の　四六〇
日傘また　二三九
日傘より　五四七
東吉野　五六〇
火蛾の宿　四五一
光りあつめる　二〇四
光りのなか　六〇五
光る魚提げ　一八二
光る眼を　一六二
蟇
—闇のつづきの　二五〇
—大きな月が　三三四
—かすかに椅子の　四〇九
—宇陀の郡の　四三六
—宿着手荒く　四九三
ひきがへる　六二四
蟇を　三六二
蟇が出て　二七七
ひきずりし　三九五
飛機騒音　一二三
抽斗の
—黴の聖書を　四七八
—奥に生薬　五九九
蟇とんで　二八五
蟇鳴くや
—釘にかけある　四三六
—いよいよ太き　六〇二
蟇の肌　五九一
悲喜の果　一五九
低き地へ　三三〇
低くくる　三七七
低く吹く　二八六
ひぐらしに　三五
蜩の　四五二
ひぐらしや
—対きあふひとの　二四
—灯はいつも　四〇八
—甲斐山中の　四三五
—山裾に水　四六六
日暮れ坂町　一八七
退勤に見る　一五〇
微光のまま　二〇四
微光曳く　二三六
ひこばえや　三三二
膝折つて　二七三
日ざかりの　三五
庇出づる　四四九
庇より
—影の出てゆく　三六二
—周防の国の　四二八
日差より　四四〇
膝ついて　三八〇
膝つたう　一八二
膝にさす　八八
膝の砂　六一
ひじき取り　三三六
菱の実に　六一九
避暑の荘　四七八
備前備後の　六二六
ひそかなる　五三
ひたすらに　一一二
日だまりに　五二五
柩ゆく　一五三
ひつそりと　一八一
備中に　四五八
備中へ　四五七
備中や　五一九
ひと仰ぐ　一五五
ひとあまた　五二九
人歩む　四八一
人容れて　二三八
人容れぬ　五一七
人動き　四二九
人影の
—かたまつて出る　二八八
—炎天に消え　三〇四
ひとごゑの　五九
人声の　二三八
人声や　二八〇
ひとごこち　一六四
ひところの　四四
人去つて
—冬至の夕日　一六三
—葬後の西日　二三九
ひと去りて　三三一
—鏡のなかの　一一五
ひとしきり　三七五
人小さく　五二八
一ト摑み　六三〇
碑と月の　五四九
一粒の　五四七
ひとづまに　二六
ひとづまの　九九
人遠く　五三二
ひとところ
—川波荒し　五四七
—水の凹みや　六三〇
人長く　二一五
人の言ふ　六〇九
ひとの死へ　二〇九
ひとの頭の　四八三
人の葬　二二五
人の手に　二六九
ひとの掌の　五七
ひとの手の　三六七
人の眸の　一一〇
人肌の　三六〇
ひと日かけ　六一七
ひと日暮れ　一二五
ひと日過ぎ　五三一
ひとびとに　五〇四
ひとひとり　一二五
人ひとり　六三八
ひと日見て　九七
人ふくれ　一六四
ひと葬る　三一四
人待つに　一二七
ひと待てば　一二五
人見えぬ　二三二
灯ともりて　五三〇
灯れば　五二
人呼ぶと　一二二
人等臥て　一七〇
ひとり漕ぐ　二七
独り言　三六
ひとりとて　六四
ひとりなれば　一〇五
ひとり臥て　一〇一
独り寝の　六三
ひとりねの　八八
ひとりの時も　一七〇
ひとり身に　一一三
ひとり身の　一二六
雛菓子に　二〇八
雛菓子の　六二一
灯なき城　五五〇
日向ぼこ　六二七
雛段に　二四四

雛段の　三七〇
雛の顔　六三〇
雛の灯に　五一
雛の日の
—哀愁いつの　五一
—遠近ともる　二一〇
—街の端のみ　二二三
—日向かたよる　二四四
—波白く立つ　四二〇
—水際藻屑を　四八七
雛の燈の　三三二
雛の灯の　三六九
雛の灯や　五一
雛の灯を　二四四
雛の店の　三五七
雛の眼に
—いくども乾く　三三二
—微塵をふらす　三六九
—ただ亀甲の　五六三
雛の夜の　一二六
雛まつる　二〇七
日に熱き　五三二
火に仕え　二三四
灯に遠き　四五三
日のあたる　三一八
日の虻に
—午後の翳りの　二六一
—すばやく奔る　二六四
日の出でて　四五五
火の奥の　四九七
日の昏れて　三三二
火の恋し　五八〇
日の桜　五八六
日の射して
—創深く立つ　二七一
—二つながらに　三六六
日の下に　三〇八
灯の真珠　二三三
火の椿　二二二
日の椿　二二四
日のなかに　三六八
日の中に　四七一
火の端に　四八五
日の浜に　五〇二
日の薔薇へ　二九五
灯のひとつ　三八五
灯のホテル　五〇八
火の見まで　四〇一
日は秋の　四一三
日は午後の　二七〇
日は空を　三二九
灯は水に　二九六
雲雀鳴く　五二
韻きあう　二三〇
火噴く山　四四二
向日葵の　六〇一
姫御前の　四二五
日も月も
—険しくはなし　四九八
—宙にただよひ　五〇四
紐ながき　四八四
紐の束　四〇一
百の牡丹の　五九一
冷し酒　五六五
百本の
—蠟燭ともせ　三五四
—枝の横ざま　四九九
檜山より　三七九
日矢を得て　五六一
病院の　一〇三
病窓に　五七三
屛となり　四三八
屛風絵の　四二五
病廊に　一五九
病廊の　一六〇
鵯散って　三〇五
開く百合　一六〇
比良比叡　五〇五
昼あつく　六二
ひるがえり　二六八
昼顔に
—鉄の匂いの　二二九
—鉦の音より　二二九
—うしろを見せて　三六〇
昼顔や
—潮満ちてくる　三三六
—舟出す声を　三七五
昼汽車の　一四五
白昼昏し　一一四
昼しづか　三二
昼しんと　四〇
ひるすぎの　三五三
昼闌けて　一一七
昼茸に　五〇三
昼月へ　二四四
昼月より　二四四
昼寝覚　五二一
昼の海の　一四九
ひるのをんな　二四
昼の風　二五七
昼の寡婦　三二
昼の酒　三八二
白昼の灯の　九五
昼の陽や　四一五
昼ふかく　四五二
昼もとざす　一七〇
広縁を　三九九
枇杷種に　二六四
日を浴びる　三六九
灯を囲む　二四八
燈を離れ　一二二
炎を水に　四四四
便箋の
—白に日あたる　三〇六
—白き八十八夜　三九四
瓶ふって　三一七

ふ

ファインダーを　五六七
不意に鳴る　一八一
風景の　五三六
風雪に　五九五
笛復習ふ　五三二
笛の音に　四二一
笛を吹く　四三三
深川や　三六七
深き井の　四〇三
深く入る
—竹林の陽や　三三六
—森に月夜の　三八五
深く来し　五一八
深草に　四一〇
吹かれ落ち　三〇二
噴きあがる　五七一
拭きこみし　六三二
吹きなびく　二三〇
無器用に　五七七
河豚雑炊　四二八
腹中の　四九四
更けてより　三七四
富士山の　四六四
藤棚に
—吹かるる蔓の　六三二
—かかりし藤の　六三二
藤棚の　九四

藤棚を　八七
臥してきく　一七一
臥してなほ　六一〇
藤のかげ　二八
藤の下
—犬無雑作に　六一
—赤犬藤を　六一
藤のしめりの　一七三
藤の花　二八
藤の昼
—膝やはらかく　八七
—をんなしばらく　八七
藤房の　五八七
不浄門　四〇〇
臥す母の　二四六
襖絵は
—狩野山楽　五〇一
—名知らぬ絵師の　五一六
二つ目の　三七九
ふた廻り　五三四
蓋ものの　二六三
ふたりづつ　九二
仏眼に　三六〇
仏前の　三一四
仏壇に　二〇八
ぶつつけ本番　六三四
仏飯の　二七四
ふてぶてしく　六二九
葡萄棚の　一五四
太声に　二七九
ふところに　八七
ふところを　三三五
太綱の　六一八
太縄を　二九〇
太柱　三三〇
太り肉の　五三三
蒲団干す　六二七
舟遊び　四〇六
舟影に　二七九
舟影の　六二七
舟影や　四三一
船煙　二四〇
舟底押す　三五四
舟底に
—粥の煮えたつ　三〇六
—水の音する　三三二
—さかなを生かす　三九五
船底に
—人あまた寝て　三六二
—歪な鏡　四八八
舟底を　二六五
船底を　三五八
舟着場に　五〇三
鮒煮えて　一一一
ふなばたに　三〇三
舷に
—両眼映る　三一〇
—濡れし足あと　三七〇
舟人に　四七五
舟べりに
—鱗の乾く　三〇七
—とまる蜻蛉や　四八二
—水見て扇　五〇三
舟べりの　三三二
舟べりを
—擦る穂すすきの　三五四
—過ぐ六月の　四九四
舟虫の
—うごきし砂や　三八五
—あたりの砂の　三八五
船宿に　四九四
舟宿の　四五〇
舟宿へ　四五〇
舟容れて　一六二
舟傾ぐ　三〇三
舟くぐる　四〇五
舟すこし　五三三
舟に添ひ　四〇六
舟の上へ　三八七
船の影　三六一
舟の来る　四七〇
舟の揺れ　四五三
吹雪中　四四八
麓より　三一九
冬荒れの　四四一
冬没日　五二四
冬鏡　二二二
冬霞
—してギリシャ船　三一九
—若狭の国を　四四一
—盆地一塊　五六八
冬構へ　五三五
冬磧　一八五
冬木樵に　四九六
冬木より
—離れわが影　八五
—目づたふ雲の　九七
冬霧の　六〇四
冬霧や　三七八
冬銀河　五九八
冬木立　五九四
冬桜
—庭下駄厚く　四二〇
—一滴の水　四三二
冬ざくら　六一九
冬山中　六一七
冬薄　四四一
冬薔薇　一二六
冬滝の　五二四
冬滝まぢか　一七七
冬滝や　四八一
冬立つや　三一九
冬近し
—水辺にあまた　三六六
—黒く重なる　五六〇
—鯉の鱗の　六二七
冬濤に　五六一
冬波の　六二七
冬波や　三一九
冬に入る
—けものの逆毛　三〇五
—冬のむかうも　六一八
—備前の山の　六二七
冬日輪　六二九
冬ぬくし
—飯は噴かずに　四六〇
—桶を銜ひ出る　五二四
冬の石　一〇二
冬の犬
—糞まるに時を　五八
—呼ぶ声あれば　五九
冬の川　五七
冬の暮　二一二
冬の燭　四三九
冬の滝　四五七
冬の畳　五九
冬の鳥　五二四
冬の陽の　三八
冬の日や　三一八
冬の松
—日輪ひとつ　五七
—揺れては母の　一二四
冬の水　五二四
冬の鵙　一五八
冬の鷲　五七

冬蜂の　五六二
冬浜の　二四二
冬日没り　一〇三
冬日没りて　一二四
冬日向　六〇三
冬遍路　五六九
冬埃　二三五
冬真昼　六四〇
冬鵙の　一七一
冬鵙や　九六
ブラインド　五七〇
降らぬまま　四四六
ふりかへり　五一二
ふり返る
—ひと怖しき　五三三
—あまたの顔や　五八九
振りかけの　六三二
ふりほどく　一八三
ふりむいて　三九五
ふりむかず　六三九
ふりむかぬ　三五九
ふりむきし　五一〇
ふりむくな　六三五
ふり止みて　四一
降る木の実　二七九
ふるさとに
—残す足あと　一六四
—切尖をもつ　二五一
ふるさとの
—秋草高き　四一
—梨に耀る陽の　四一
—暗き灯に吊る　四一
—虫の音高き　四一
—座蒲団厚し　一四八
—井戸のくらがり　二〇三
ふるさとは　四一
ふるさとや　六三二
古簾　六〇〇
古雛に　二七〇
触るるもの　八五
風呂桶の　二三六
風呂敷包み　一七九
風呂敷の
—小さな包み　一七八
—紺を匂わす　二六八

へ

塀穴より　五六五
平家村　四四〇
平行棒への　一八七
頁剪り　一二三
兵児帯の　六一五
へだたりて　四一〇
べつたりと　一二六
ヘッドライトの　一五〇
別棟に　三六九
紅椿
—ばかり茂りて　三六九
—どこかに人の　五三九
—濤音も夜に　五五五
蛇穴を　五〇八
蛇苺　五三一
蛇酒の　二七八
蛇の衣　三六三
蛇の目に　四三五
部屋秋陽　二七
部屋ぬちに　四四
部屋の隅　五五五
部屋の隅の　二一六
部屋部屋の　五一
弁当の　五六八
ペン持たぬ　二三〇

ほ

灯あかりに　三三一
灯明りに
—飛び去るものを　四四三
—それぞれの顔　六三一
法衣重く　二一五
望遠鏡　二三四
棒黒く　五三八
法師蟬　四三七
放生の　三六六
方丈の
—風に泛きたる　四〇五
—柱の陰に　五九一
砲台跡に　四二八
ぼうたんの
—昼闌けて書く　三四
—薬ふかくして　九四
牡丹の
—なかより虫の　二七三
—炎噴きゐる　六二二
庖丁の　二七二
忘年の　六〇四
豊年や
—踏切番の　四二五
—朝より白紙　五六〇
—流るるままに　五六七
忘年や
—身ほとりのもの　四七三
—話せば長き　六一八
魴鮄の　五六二
炮烙や　五〇六
吠えるような　一八四
朴落葉　五六七
ホースの水　五六〇
朴の葉を　二五〇
朴の広葉に　二一一
ほかならぬ　六一〇
ポケットに　四九八
祠の灯　四一二
干烏賊の　一七六
干し手拭が　一七九
星の下　五七〇
干し蒲団　三三三
暮春の灯　六〇八
穂芒に　三一七
穂芒の　二五七
穂芒や　三七六
穂芒を
—分け昼月と　二三〇
—もらひたる夜の　四〇〇
細き薄き　一二〇
細目して　一七七
ポタージュの　五八〇
牡丹餅や　三五九
蛍もう　一七四
牡丹生けて　五三
牡丹一花　五一〇
牡丹園　三四
牡丹昏れ　三四
牡丹咲き　九二
牡丹散る　五八七
ぼたん鍋　三八一
牡丹雪
—ひととき鏡　九七
—まばらに人の　五三八
上枝昏る、　三二
ホテルのカーテン　五六一
ホテルはともす　一六九
ホテルより　四七六
ほととぎす
—窓際ばかり　四〇六
—一山越えし　四〇七

—聴く幸を得し　五三二
—きれいな闇を　五八八
—まさかと急に　六〇九
ほとばしる　二〇四
帆柱に　四一四
帆柱の　三三五
葬りあと　三一四
炎立つ　四八五
洞を出て　四一五
濠の水に　五五〇
掘割に
—映る梅雨の灯　一〇六
—町音沈む　三一五
穂をほどく　一八三
本重ね　六一八
ぽんかんの　二八三
盆過ぎや　三六三
盆僧に　三一五
盆提灯　六〇一
本殿の　四四〇
盆の波　六〇一
ぼんやりと　五二九

ま

舞ひつかれ　四七七
舞殿を　五三八
毎日を　五九八
舞の手に　五二三
まひまひの　六三七
まひまひや　六三六
舞ふ鷹の　四四五
前山に　三一八
巻かれある　五四九
巻貝の　二八二
巻紙や　三一八
巻寿しや　三三二
薪積んで　四〇一
まぎらはしき　五三一
まぎれつつ　四五四
まくなぎや
—山中に沼　三九八
—門前町の　四三四
—むかしばなしを　四六五
まくなぎを　五三一
枕より　三〇八
まさに春　六〇六
まじまじと　二一七
まづ巫女の　四七〇
馬柵つづく　三八八
まだ夏の　六一六
街昏れて　一七〇
街中を　五五八
街の灯の　二五一
まちまちに　四二九
松が枝に
—驟雨いたりぬ　四六六
—ひと日風ふく　五三六
松が枝の
—荒れしづまりし　四二一
—たわむと見しが　四四七
松が枝や
—僧のうしろの　四四九
—眼もと涼しき　四五二
松が枝を　四二二
松風の
—音遠ざかり　三八〇
—絶ゆるときなし　三八三
—湖渡るらし　四五六
—雪散らしたる　四八七
—ひびく泉の　六二三
真黒き　三九七
まつさをき　四九
まつさきに　三八四
まつしろな　三八二
松過ぎの　五三七
まつすぐに
—ゆけば九月の　六一六
—来る波涼し　六三八
松蟬や
—いつもどこかで　一六六
—柩のなかに　三九八
松手入
—ちよつと刈り込み　五六八
—バケツの水に　五七九
まつとうに　六一八
松の威に　四六八
松の風　三八五
松の樹と　五七
松の芯
—顔出すものへ　一七三
—みていつまでも　二一〇
—バケツの水の　五八八
松の根に　四〇一
松の根の　三八一
松の間に　四三三
松の幹
—のみな傾きて　四五
—遠きは黝し　三八一
待つひまを　二八八
松乱れ　一二五
松虫草　二一七
待つものの　二四九
待宵の　五三五
祭あと　五九一
祭着や　五〇九
祭衆
—ひとりは朝日　三〇二
—笛ふく顔を　五四七
祭過ぎ　二八七
祭月　四五一
祭鱧
—湯引きを待てる　五二二
—遠き世よりの　五三二
—夕風つよく　五四七
祭囃子　二八六
祭笛
—水寄り添うて　三三三
—町なかは昼　三三六
—遊びごころと　六二三
窓あきし　八七
窓帷の　九〇
窓際に　二六五
窓際の
—ガラスコップや　四六〇
—透きたる景や　五九二
窓下の　五一八
窓近き　一五一
窓昏く　四二
窓閉ぢて　六〇二
窓に倚れば　六二六
窓の樹の　四八五
窓の玻璃　三二五
窓の雪
—よりそふひとも　五〇
—女体にて湯を　九三
窓枠の　四九八
窓を出て　二六一
俎に
—流す血黒し　一四四
—魚春愁の　五九九
俎の
—濡れしままにて　一一〇
—魚の眼が見る　二二八
—どちらむいても　四八七
俎板の　五二〇

眦を　五九五
マネキンに　三六四
真昼間の　五九五
眩しければ　一六七
眩しみて　四九
真向の　二八一
蝮草　三二九
豆撒いて　五五三
真夜かけて　五七八
円き空　五六七
まる見えの　二六九
間をおきて　五九一
満開の　一四八
まんじゆさげ
—月なき夜も　九四
—視線もてひとを　一〇八
まんじゆさげの　一四六
曼珠沙華
—噴く火を山の　二五七
—喇叭の紐の　三二九
—真一文字に　三七七
—縞の着物の　四五六
—周りの空気　五七九
曼珠沙華の　一二一
まんなかに　二〇九

み

見飽きたる　三八六
見えかくれ　二一四
見えぬところに　一六四
水尾一筋　六三七
見覚えの　三七二
水尾やがて　三六七
磨き砂　二七三
蜜柑の重さ　一七〇
蜜柑山　一四六
蜜柑山の　一七〇
幹の影　三九一
汀まで　四一〇
水際より　三七一
神輿来て　二一七
神輿より　四三七
巫女の笛　四七三
みごもりし　一〇二
御陵へ　三九六
見定めし　四三〇
短い旅の　一七三
短夜の　二三
短夜や　三六三
短夜を　五七三
みじめなる　九〇
身じろぎて　三八七
微塵とも　二九四
水溢れ　二二八
水飴の　二四七
水入れて　二四二
水色に　五三九
水色の　五六六
水色は　二一一
水搏つて　三九一
水打つや　三〇九
みづうみの　三七一
湖へ　六〇八
水音で　二一六
水音の　五四八
水音や
—道に目覚めの　二五七
—巣藁にとどく　二六二
水音を　二五〇
水貝や　五五七
水陽炎　五〇一
水甕に
—昼がかぶさる　二五一
—庇裏のうつる　四六八
水甕の
—水に触れゆく　二一九
—水に浮く塵　二二一
自らを　四四二
水際に
—悪寒をのこす　二一九
—のびきる夕日　二七四
—立ち三月の　三五八
—蟬の一生の　四〇八
水際の　四六二
水くぐり　三八八
水汲んで
—柄杓の重さ　二〇九
—水を動かす　二九〇
水白く　四五七
水吸ひに　四七七
水透きし　四六九
水すまし
—水の四隅に　三八六
—水に浮かびて　四七七
水たまり
—刈田に澄むも　三七九
—天を映して　六三三
水溜りに　三九九
水鉄砲　四二二
水殿に　五七四
水流せし　四六〇
水流れては　四七六
水に浮く　二一九
水に映り
—茅花は白し　一六六
—威を強めをり　五七五
—いま敗荷となる　五七八
水に映る　一六四
水匂ひ　三七
水に落ち　二八〇
水に透き　五三五
水に出て　一一三
水に日の　四〇三
水に灯を　二六三
水温む　五五三
水の綾　五六四
水の上に　三七〇
水の上の
—落葉や月の　五六
—闇ひらけゆく　四五五
水の上を
—水が流れて　二七三
—景色流るる　五五九
水の音
—寒木は夜も　三六
—簾に距て　二一〇
—樹の音闇に　四六八
水の綺羅　六〇〇
水の耀り　三七五
水の中　四三〇
水の辺に
—ひと日の昏るる　四五三
—散りし白紙や　五八三
水の面に
—灯のくだけゆく　四九四
—落ち大いなる　五〇一
—松が枝つたふ　五三八
—雛を浮かべし　五三九
—影の過ぎゆく　五八七
—映る単なる　六三四
水の面を　五八四
水のような　一六六
水奔る　二二三
水は縦に　三三四
水番の　二五一

水引の　三九九
水一筋　四四五
水深く　三一〇
水辺まで　二四八
水辺ゆく　三三一
水餅に　五六二
水餅の
—まわりいつもの　二四三
—水餅らしく　五三七
水も洩らさぬ　二三七
水逝くと　二七四
水渡る　四五〇
水を擲つ　二六二
水を聴く　三八八
水をみちびく　三二六
溝川の　二九〇
溝川を　三六二
溝流る　九六
三たび居を　一〇八
道いつか　二八一
身近かなる　一〇〇
身近なる　六〇九
道順は　六〇九
道すでに　四六一
満ち足りし　五一七
道問えば　二三七
みちのくに　五六〇
道の辺に
—土うづたかき　四五四
—雨後の川音　四七一
道の辺の　一〇二
道ばたに
—死が来て乾く　二〇七
—七輪煽ぐ　三一六
道端に
—捨縄を踏む　二四二
—出て火を創る　二九六
みちびかれ　二七一
道見えて
—人影見えて　一八六
—春月藁塚にある　一八六
三日とも　五三七
三日はや　三八〇
三日経て　五三八
水漬舟　四二四
蜜なめて　一六六
密封の　二二五
見つむるも　六三四
緑ゆるがす　一六七
水底に
—死魚の骨揺れ　二一九
—昼夜を分ち　二三三
—泥のかぶさる　二七八
—目覚めて鱶の　五五七
—動かぬ石や　五六七
水底へ　五七五
水底を
—亀があるいて　三三〇
—六月過ぎて　四〇六
水無月の
—橋一僧を　四〇五
—黒き傘さす　四三六
—門うちひらき　四六三
—名の美しや　五五六
水無月も　五六六
見馴れたる　一四八
身に添はず　一〇〇
身にひそむ　五一四
身にひびく　二二四
身に触れて　一五七
峯入りの　二八五
嶺ふかく　四四一
身のうちに　五七五
身のうちの　六〇五
身のうちも　二〇四
「美濃吉」の　六一八
身のどこか
—裏返りたる　六二四
—むずかゆきまま　六三七
身の果は　六〇三
身のまはり　五五六
稔り田の　二六七
瞠きても　五五一
壬生狂言　三〇二
み仏の
—めつむりながき　四二六
—ゆらぎ出でたる　五四一
耳鳴るは　一八五
耳ひらく　一七三
三室戸寺　二三八
未明の鳩　一七四
身もそぞろ　五九一
都さす　三六五
身八つ口　六二四
宮柱　五九四
深雪ならむ　一一〇
深吉野や　六〇六
見られつつ　四二四
見るからに　五一五
ミルクのみ　九一
見渡して　五三六
身を入るる　六二二
身を賭して　五八七
身を揺する　五五三

む

むかひくる　四七一
むかし男　四七四
昔セルと　六三二
むきあへば　二一七
麦の秋　六二三
骸の蛾　六〇二
無月とや　五九三
虫喰いの　三二八
虫しげし　一〇八
虫出しの　五三九
虫の音を　五七九
無人海士町　一八一
無雑作に　一〇五
むつかしい　二一二
霧笛の尾　四二八
胸板を　五三〇
胸元に　一七三
胸で押す　一一九
夢寐の間を　二〇五
むらがり咲く　二一七
むらさきの　四三
村芝居　四一四
村にひとつ　二七三
村までの　二六四
村々や　三二三
室の花　四八六
室町の　四三七

め

明暗の　二四六
名水の　四〇四
目が覚めて　二四五
目頭の　三一四
目覚むたび　一五九
めざめたる　八六
芽山椒の　三〇九
飯強し　一四三
飯櫃に　五五四
飯櫃の　二一三

めだか散り　六三四
目高の水に　二二七
眼つむるや　六〇九
目に触るる　四八
眼に見えぬ　二四三
目の荒き　三九七
眼の上に　三七二
眼の隅を　三三四
眼の塵を　三七一
眼の端に　二〇七
目の前に　二七五
芽ぶく樹々　二八
目を大きく　一七四
眼を張れる　一〇六
目を病めば　一一一
面売りに　二四二

も

もう灯らぬ　一七四
もう見えぬ　四〇四
朦朧と　五九四
炎えて立つ　五一〇
燃えぬ榾　五三一
炎える火の　二四二
炎える昼　二六五
喪帰りの　二〇五
もぐさ屋の　四四六
もぐさ屋も　四四六
木蓮を　五八三
喪ごころや　五二〇
鵙叫び　二二〇
鵙猛る
―八方破れの　一五八
―鏡の奥に　一八三
鵙遠し　九五
鵙鳴いて　三三二
鵙なくや　五六
鵙鳴けり　九六
鵙の昼
―何せば心　一一四
―古き写真の　一一四
鵙はやも　一〇八
鵙ひらり　一五八
餅のひび　二九三
餅焼いて　一一六
喪にこもり
―元日の声を　三一
―元日の陽を　三一
喪の家に
―ありきさらぎの　三二
―墨磨る手見え　二三三
もの入れし　六一七
物売りに　二一四
物売りの
―荷を砂におく　二四〇
―窓下を過ぎ　三六一
もの売る声　二一三
もの置かぬ　四一一
物置に　二二一
もの思へば　四八
もの食いては　一七三
もの提げて　二七三
もの足らず　一六三
ものどもに　五八八
藻の匂い　二八四
もの縫ひて　四九
ものの影　五八二
ものの匂ひ　六〇九
藻の花に　四六四
藻の花の　四二二
藻の花を　四六四
喪の膝と　二〇九
ものみなの　四五三
喪服で逢う　二〇九
喪服で抜ける　一六四
揉みあへる　五四九
紅葉昏る　五一二
紅葉散り　六〇三
紅葉耀り　一〇八
紅葉縫ふ　一〇九
紅葉宿　四七一
紅絹を裁つ　二五七
ももさくら　八六
桃さくら　一五一
桃散るや　一五三
桃流れ　五六三
桃の木へ　一五二
桃の花　四三三
桃見ゆる　八六
靄のなか　五〇五
靄晴れて　五二一
燃ゆるもの　四五
森奥を　五四七
森深く　三六八
洩る梅雨陽　一五六
もろもろに　五八九
もろもろの　五一一
門くぐる　四三九
門前に　四六七
門燈の　五二二
門内の　四四八
門に佇ち　九八
門の松　四八〇

や

夜陰より　四二〇
八重桜　二一六
矢面に　五二六
野外能　五二三
屋形舟　四九四
やがて影を　一〇七
焼鮎の　二四八
約したる　一一六
薬草園　四三五
八雲聴きしか　五一四
灼け石二三歩　一八二
灼け砂に　二八四
灼けバスへ　一八一
やさしさは　六二六
「休み」とも　五八二
易々と　一八三
痩せるため　三六四
八つ頭の　六〇二
宿の鏡の　二六七
宿の畳に　一〇五
宿の湯へ　三九五
宿の廊　三七九
柳まづ　五二二
屋根の上に　四三五
山独活や　三一二
山姥の　五〇四
山翳や　三五七
山川の
―なびく夕べや　三六〇
―枯れゆくさまに　四九七
山河の　三九一
山昏れる　三一五
山越える　二六四
山裾薄野　一七四
山裾に　三一一
山裾を　四五三
山聳つや　三一〇
山つつじ　二六〇
山にゐて　五〇四
山に佇ち　三六二

山眠る　五八三
山の雨　四三六
山の音　二〇八
山の蛾が　一四六
山の影
—木の影睦月　四四六
—花の影きみ　五〇七
山の神　四四四
山の木の　四八二
山の手に　四三一
山の鳥　二八六
山の町　三一〇
山の闇　四五三
山の湯に　三三四
山の湯の
—すこしの濁り　三〇四
—湧きつづきつつ　三一九
—なみなみとある　四八七
山の湯を　三〇四
山肌の　四二七
山冷えの　三三六
山襞に　一一二
山襞の　四七二
山ひとつ
—浮び諸山　三一九
—湖に映して　四八一
山深く
—幹のまはりの　五一五
—蝶をかくまふ　五六四
山伏の　二八五
山へ入る　三一一
山法師　四六五
山々に　三一九
山々や　三五八
山々を
—沈めて田水張る　二八四
—過ぎる日輪　三一七
—をさめし闇や　三六三
—わたる日差や　四〇三
山を視る　三三
闇重ね　四六五
闇つねに　六三六
闇と闇の　四七四
闇に泛く　五一四
闇に潮　三七六
闇に新樹　九四
闇のなか
—まだ二つある　三五六
—髪ふり乱す　五〇一
—歩みつづけて　五三五
闇の夜の　五九六
闇へ打つ　四七四
病む母に　四四
病む母の　二三七
ややあつて　四四七
やや酔ひし　一二七
破れし扉より　一五〇
破れ手袋　一四六
敗荷の　四八五
敗荷や　四四〇
柔肌の　六三三
やはらかき
—身を月光の　六四
—肌着身に添ひ　五八五
—褥に目覚め　五九八

ゆ

湯上りの
—肌の匂へり　四〇
—指やはらかし　九一
—身を載せ雪の　一〇四
夕浅間　一七五
夕霰　二九二
夕かけて
—冥む海鳴り　二四一
—風出でにけり　六〇〇
—己れ励ます　六一〇
夕河鹿　六二三
夕風に
—袖口つらね　四五一
—ととのふ鉦や　五〇九
夕風や
—線路づたいに　三一五
—さざ波となる　五四八
夕蛙　一〇四
夕雲に　四八
夕雲の
—かたち変へつ、　四〇
—いささか動き　三三六
夕暮れて　五五一
夕暮の　二六三
夕ぐれの
—力のこもる　二八三
—顔のみ動く　三一八
夕ぐれも　五八四
夕景に　六二三
夕ざくら
—しづかにひとの　二五
—見上ぐる顔も　四〇
—どの家の皿も　一八六
—やさしきものは　六〇八
夕薄　四二五
夕蟬や　四五
遊船の　四〇九
夕空と　五二二
夕づきて　四四
夕月の　二八
夕月や　五三一
夕波の　四六六
夕の灯の　四三二
夕映えの　一四九
夕日の蟻　一四八
夕臥せば　一〇三
夕闇の　四五四
床下に
—空瓶乾く　二一八
—朽ちゆくものや　四八〇
床下を
—風吹きぬけて　二七〇
—色鯉の水　四一〇
浴衣づれ　四六六
川床にゐて　四〇八
雪兎　四七四
雪兎に
—夕暮の棒　三九二
—いよいよ暗き　四七四
雪墜ちて　一一四
雪囲ひ
—解く屈強の　五〇〇
—解きし梯子の　五〇〇
往き来見え　二三〇
雪沓の　四四八
雪国の　一二四
雪雲の　四四一
雪解道　五〇六
雪煙りの　二六九
雪雫　一七二
逝きしルオーの　一四八
ゆきずりの
—ひとともの言う　三〇七
—日傘をたたむ　三七三
—御裳裾川の　四二八
—ここにも咲いて　五四〇
雪空の　九八
雪たのし　五五一

逝きたまふ　五九四
ゆきつくは　四九三
雪積むや　九七
雪つもり　一一六
雪の中　八五
雪のなか　一〇九
雪のなかの　一二四
雪の日の　五五四
雪の比良　五一七
雪の夕餉　一七七
雪はらふ　三八一
雪晴れの　二九三
雪ひとつ　四七四
行平に　四七七
ゆきひらや　三五八
行平や　五〇七
雪降るを　三九三
雪ふれば　一一〇
雪舞ふや　三九二
雪道の　四八七
雪見舟　三九二
雪虫の　二九四
雪山の　三一〇
逝く秋の
―ひとごゑ池を　三六
―からくれなゐの　五八〇
―あからさまなる　六二六
逝く秋や　三六
航く海に　二二一
行く雲の　一八四
逝く夏の　六三八
逝く春の
―甍ばかりの　一一六
―動かぬ岩に　四七七
―林のなかの　五八六
逝く春や　五五六
逝く春を
―惜しむ間もなく　六〇八
―惜しむこころの　六二一
―おくる心の　六三四
嫁く日近く　二四
ゆく人の　三八
ゆくほどに　五五〇
逝く水や　四九八
ゆくゆくは　四九七
ゆくりなき　六一〇
湯ざましや　三〇三
湯ざめして　九二
湯ざめせし　九二
柚子風呂へ　二五八
柚味噌や　五二四
柚子湯出る　二三三
ゆずり葉の　二二二
楪の　三〇七
ゆたかなる　一七〇
ゆでたまご　一二六
茹で卵　二七一
湯豆腐や　四八三
湯のなかに　三六四
湯の中に　四四二
湯の町の　五五九
湯呑おく　三九四
湯の宿に　一〇五
湯の宿の　三九六
尿る樵夫　一七二
指硬く　六三
指にレモンの　一八六
湯舟より
―遠き山ある　三七八
―見あぐる宿の　四四六
湯ほてりの　三九
弓射よと　四六四
夢に見し　四四四
夢の淵　六二九
ゆるやかに　六二
揺れぬ樹を　五九〇

よ

酔ひたくて　一二六
洋傘の　一四七
洋酒瓶の　二六五
やうやくに
―とどきし日差　四三七
―近づいてきし　五八三
―秋と思へば　六一七
―秋のかがやき　六二五
佳き酒を　五八五
佳きひとと　五五二
佳きひとの　六二九
夜霧濃し　二五
よく歩く　四九五
浴室へ　一八〇
欲情や　八六
浴泉の　四二〇
よく見える　三七四
横顔に　三五三
横に臥て　六〇一
横文字に　五一八
汚れゐる　三五六
夜桜や　五四二
よしきりや　三七五
葭切や　四九三
葭簀のうちの　一六一
余震また　五二七
装ひも　六〇〇
夜空より　二八一
夜の秋の
―影を大きく　三〇三
―湯舟にのこる　四三三
夜の秋や　四二三
夜の海に　三二五
夜の海へ　四八二
夜の風に
―壁搏つてゐる　三八六
―この白萩の　五四九
夜の霧に　五六
夜のケビン　二六
夜の桜　六二一
夜の新樹
―こゝろはげしき　三五
―はげしき雨も　三五
―すこしの酒に　一八八
夜の大暑　三一四
夜の谷の　三九七
世の中の　六一六
世の中を　六二四
夜の波の
―しろがねを展べ　四七五
―うねりにのりし　四七九
夜の刃物　二二七
夜の町は　二六九
夜の祭　五七二
夜の闇に　四六〇
夜の闇より　六三三
夜の冷気　一五七
夜は音の　三三〇
夜は霧に　五五〇
昨夜萎へし　一二四
昨夜の雨　四〇九
呼べばすぐ　五五六
昨夜よりの　六三九
読みさしの　四四三
読初は　六〇五
嫁が君と　五六二
蓬摘む

—波音遠し　二三七
—一円光の　三〇八
夜も音の　五二五
四方の玻璃　四一九
夜も昼も　五四〇
夜々の灯を　五〇二
夜々の虫　四七
寄りあひて　四五七
倚り馴れし
—柱の冷えや　四〇
—柱も焼けぬ　四二
夜の秋　四六八
夜の灯と　四二九
夜の雷　九五
夜よりも　五四
よれよれの　四二六
鎧扉や　三六九
弱火で煮る　二一四
弱る視力へ　一六一
世を憂ふる　六〇六
夜をこめて　一一三

ら

雷雨すぎ　二一八
雷雲に　二三九
雷火にも　二三七
雷裂けて　二八六
雷去るや　四一
雷過ぎて　三一五
ライターを　二一三
雷のあとに　二八六
雷ひそむ　五五七
落日の　一五七
落日や
—雪嶺は意のままに　三一〇
—横にはしりし　四一九
—崖の上に湧く　四九六
—秋潮の綺羅　六一六
洛中の　四六二
洛中や　四八二
らちもなき　六三三
落花いま　五二九
落花のなか　四〇五

り

陸橋の　四〇二
立秋の　三七六
立秋や　六一五
立春の
—花白うして　三九
—銀輪しげし　一四七
—海よりの風　一五二
—積木の家を　三五七
—松の根方を　三八三
—こんにやくいつか　五三七
立春や
—捨煙草より　三八一
—ひと生くる故　五九七
立冬の
—貨車鉄柱の　二一二
—白波遠く　三一九
—水にしばらく　三三〇
—寺の畳に　四三九
—水音は山の　四八一
—暮色は沼の　五五三
立冬や
—足許にきて　三五五
—何も映さぬ　五八〇
—秋いつの間に　六一七
理髪店　二七五
理髪店の　五二二
流星や　四三八
龍舌蘭の　一六九
龍太の句　五一九
漁家十戸　四七五
両眼に　四五九
漁師町に　一〇五
猟銃を　三八〇
料亭に　五三三
料亭の
—門前に水打ちて　四六八
—手摺の艶も　五七一
涼風過ぎ　六三二
涼風を　三〇四
緑蔭に
—蟻の一日　五四
—赤犬を見て　六一
—風反転し　二一六
緑蔭の
—奥の緑蔭　六一
—濃きを選りては　一四九
—椅子音たてて　四〇六
緑陰の　二四八
緑陰も　二三九
緑陰や　二八六
緑蔭を　九五
旅嚢重く　一六九
りんご掌に　五二
りんご食み
—わが行末は　四七
—いちづなる身を　四七
隣室の　三三一
林中に　一六五

る

留守の家の　五七三
留守の家を　五七三

れ

霊柩車　九一
レコードの
—かすれしダミア　三五七
—タンゴゆるやか　六二四
煉瓦館　三一七
煉瓦館の　五四八
蓮華田の　二七二

ろ

蠟色の　二八二
老鶯の　六三四
老鶯や　五四八
廊下まで　三三三
老眼に　三八八
老漁夫の　一八七
老犬の
—耳垂れて子等　一六九
—ゆく道きまり　二三二
老人と　六二二
老人に　二三一
老人の　四〇一
廊過ぐる　三六七
蠟燭の　三〇九
老年の　二二〇
老年や　二六二
老婆去り　二三五
老婆過ぎ　二四九
老婆たちまち　一八二
老婆の息で　一八三
老婆の荷を　二二六
老夫婦の　二〇八
老夫人の　五七七
老母いて　一八五
老母点す　六二
艪音して　五一六
六月の

—雲あわただし　一〇五
—林すぐ尽き　二六三
—ひと日ふた日は　三三五
—匂ひのうごく　三九七
六月や
—東京までの　一四四
—金毘羅参り　四四九
—うたたねになほ　五六五
—洗ひざらしに　五八九
六波羅に　四三六
路地の灯の　五八〇
露天風呂に　一六七
櫓の音の
—櫓についてゆく　二八二
—近くを通る　三五六
艫の音の　五一六
炉の灰に　一一五
炉の榾を　四八六
炉火もえつぎ　一二三

わ

わが憤り　一一九
わが憂ひ　五一
わが面の　四〇
若楓　二二六
わが顔の　九三
わが影の　五一
若からぬ　六〇
若き四肢　一五三
わが声の　二六
わが黒衣　五四
わかさぎの　五一七
わかさぎを　二三五
わが運命　三一
若狭塗　四四二
若竹の　三〇九
わが袂　二九
わが庭の　一一九
若葉蔭に　一五三
若葉から　二一六
若葉光　二二五
わが町の　五九〇
わが身また　六〇三
若者へ　一五五
別れきし　九六
別れ来て　一一五
別れの手　一〇四
湧き出づる　五八八
湧き水に　二〇六
病葉の　六三四
山葵田に　三一一
鷲動かず　五七
鷲老いて　五七
忘れては　二一〇
忘れもの　六一九
渡し舟　四二三
渡舟まで　三七二
わだち深く　三七七
轍また　二七四
渡り得ぬ　三八七
罠もろとも　二一六
笑ひ出す　四〇九
藁うかぶ　二一五
藁焚くや　四七一
藁の先　二六八
藁灰の　四〇一
藁灰や　四四三
蕨より　三三四
藁燃やす　二一三
藁屋根に　四四〇
藁屋根の　二三五
われによき　一一〇
われら去る　三一七
われを置き　三〇
彎曲の　一五五

桂 信子全句集（かつらのぶこぜんくしゅう）

二〇〇七年一〇月一日第一刷
定価＝一二〇〇〇円（本体一一四二九円＋税）
●著者――桂 信子
●編者――宇多喜代子
●発行者――山岡喜美子
●発行所――ふらんす堂
〒一八二―〇〇〇二 東京都調布市仙川町一―九―六一―一〇二
TEL〇三・三三二六・九〇六一 FAX〇三・三三二六・六九一九
ホームページ http://furansudo.com/ E-mail fragie@apple.ifnet.or.jp
●装幀――君嶋真理子
●印刷――株式会社トーヨー社
●製本――有限会社並木製本

ISBN978-4-89402-962-0 C0092 ¥11429E